Michel Beaud et Gilles Dostaler

La pensée économique depuis Keynes

Édition abrégée

Éditions du Seuil

ISBN 2-02-028969-5
(ISBN 2-02-012033-X, 1re publication)

à Calliope / à Marielle

Sommaire

Avant-propos de l'édition abrégée

La première édition de ce livre a été publiée au Seuil en septembre 1993, avec cent quarante-cinq auteurs étudiés dans la partie dictionnaire.

Dès 1993, la traduction anglaise a été engagée sous la direction de Gilles Dostaler. Au cours de ce travail, un certain nombre de corrections et d'ajouts ont été effectués ; d'autre part, cinq auteurs supplémentaires ont été inclus dans la partie dictionnaire : Krishna Bharadwaj, Marcel Boiteux, Claude Gruson, Josef Steindl et Oliver E. Williamson.

En outre, l'édition anglaise publiée par Edward Elgar a été enrichie d'un index thématique que nous avons repris dans la deuxième édition.

Enfin, nous avons bénéficié des remarques d'un certain nombre de collègues ; qu'ils en soient remerciés, et tout particulièrement Ronald G. Bodkin, qui, lors de la préparation de la recension de ce livre pour *L'Actualité économique* (vol. 71, nº 1, mars 1995, 99-107), nous a communiqué de très utiles observations et suggestions.

C'est sur la base du texte de la deuxième édition – revue, corrigée et augmentée – qu'a été établie cette édition abrégée, publiée dans la collection Points-Seuil. Elle en reprend *in extenso* la partie historique et la bibliographie ; mais la partie dictionnaire a été réduite à cinquante auteurs (voir la liste au début de cette partie).

M. B.
G. D.

Montréal / Paris, avril 1995

Présentation de la première édition

Cet ouvrage porte sur la pensée économique depuis la *Théorie générale* de Keynes. Il s'adresse à tous ceux qui cherchent à se retrouver dans le foisonnement de la pensée économique contemporaine. Il vise particulièrement les étudiants et les enseignants en économie et en sciences sociales, mais aussi les économistes spécialisés, qui, surtout familiers avec les auteurs et les débats liés à leur domaine, trouveront ici un instrument de travail et de référence pour les autres champs de recherche.

Presque toutes les histoires de la pensée économique s'arrêtent à Keynes ou à la révolution keynésienne. Elles consacrent tout au plus un chapitre, une conclusion ou une postface aux développements ultérieurs. Or, depuis la *Théorie générale*, un demi-siècle s'est écoulé, riche de développements et de débats, avec des transformations marquées du paysage de la pensée économique : d'abord, sur fond d'interventionnisme, l'affirmation et la diffusion du keynésianisme, puis, après une manière d'apothéose, un reflux, correspondant à la montée du libéralisme et de nouveaux courants de pensée. On assiste aussi, tout au long de cette période, à une formalisation et une mathématisation croissantes de la théorie économique.

Pendant ces cinquante-six années, la production de livres et d'articles en économie est considérablement plus abondante que ce qui avait été publié des origines de la pensée économique à la parution du livre de John Maynard Keynes[1]. Les

1. Certains estiment que la production de cette période représente quatorze fois le stock d'ouvrages existant en économie en 1936. Voir G. Stigler, « The Literature of Economics : The Case of the Kinked Oligopoly Demand Curve », *Economic Inquiry*, vol. 16, 1978, 185-204.

anciens courants et écoles de pensée se sont renouvelés, de nouveaux sont apparus, tandis que s'opéraient regroupements, fusions ou scissions. Les domaines de spécialisation – élaborations et approfondissements théoriques ou applications à des champs particuliers – se sont multipliés. Avec le mouvement de formalisation et de mathématisation, la nature même de la littérature théorique s'est transformée.

Ainsi, autant il était relativement facile de se retrouver dans la diversité des doctrines et des théories jusqu'à la guerre et même jusqu'à l'immédiat après-guerre, autant, depuis les années soixante, cela devient sans cesse plus difficile. Il existe évidemment de nombreux livres ou articles qui traitent d'un aspect ou l'autre du développement de la pensée économique contemporaine[1]. Il existe aussi, sous diverses formes, des présentations des thèses d'auteurs importants de cette période.

Cet ouvrage vise à rendre compte de l'ensemble des mouvements qui ont marqué l'évolution de la pensée économique depuis la révolution keynésienne. Principalement axé sur ce qui constitue le corpus central de la science économique contemporaine, donc sur les analyses, les thèmes et les débats fondamentaux, il vise à en donner une présentation globale et systématique, avec le triple objectif d'en rendre la matière accessible à un public large, d'offrir aux spécialistes un ensemble d'informations rigoureusement contrôlées et de dégager quelques voies de compréhension.

Parmi les difficultés que suscite un travail de ce type, celle qui a dicté le choix de la forme que nous avons adoptée est la suivante : la période étudiée est caractérisée par la diversité des courants de pensée, mais aussi par des convergences, des recouvrements, des glissements – parfois partiels, parfois temporaires – qui rendent les frontières floues ou mouvantes. En outre, les auteurs évoluent au cours de leurs trente, quarante ou cinquante années d'activité : nombre d'auteurs ont eu des itinéraires singuliers, certains hors de toute école, d'autres avec des cheminements s'étant traduits par plusieurs appartenances successives. Quant à ceux dont les trajectoires individuelles sont restées liées à une école et une seule, étant admis qu'au cours de la période le paysage de la pensée économique a changé, leur place dans le tableau et la manière dont ils sont perçus ont évolué.

1. Voir la bibliographie générale à la fin du livre.

Il en est de même en ce qui concerne le clivage, aussi ancien que la pensée économique, entre libéraux et interventionnistes. Il faut se garder ici de tout réductionnisme. D'une part, si beaucoup d'économistes conservent la même position doctrinale tout au long de leur vie, d'autres ont pu changer de camp, soit du libéralisme à l'interventionnisme, tels Hansen ou Robbins, soit à l'inverse, à la manière des ex-jeunes keynésiens se convertissant au libéralisme dans les années quatre-vingt. D'autre part, cette frontière doctrinale traverse bien des regroupements : celui des économistes mathématiciens et formalisateurs comme celui des économistes plus littéraires, et celui des adeptes de la théorie pure comme celui des économistes travaillant sur les réalités plus concrètes.

Bref, pour présenter l'évolution de la pensée économique contemporaine, sont à la fois nécessaires la mise en perspective des courants de pensée, de leur évolution et des débats qui se nouent entre eux et la présentation des auteurs, avec leur spécificité et leur cheminement. C'est pourquoi on trouvera dans ce livre :

– d'abord un historique, dans lequel sont présentés, en évitant les simplifications, les avancées et les tournants majeurs, les écoles, les courants et les débats situés dans le mouvement d'ensemble, et dans lequel sont mis en scène les auteurs qui ont joué un rôle majeur ou significatif ;

– ensuite, un dictionnaire des auteurs : cent quarante-cinq auteurs y sont étudiés ; pour chacun, des éléments biographiques, une bibliographie de ses principaux travaux publiés, une analyse de ses contributions à la pensée économique et, finalement, une sélection des études qui lui ont été consacrées, sont successivement présentés ;

– enfin, après une bibliographie générale, un index permet de retrouver tous les auteurs cités (ceux qui sont retenus dans le dictionnaire, mais aussi ceux qui ne s'y trouvent pas, mais qui sont nommés dans la présentation historique, ainsi que les auteurs des ouvrages et articles cités).

L'historique

Il n'y a pas de lecture du réel, il n'y a pas de recherche, sans grille de lecture. Une des grilles de lecture longtemps prédominante peut être résumée de la manière suivante. Avec la publication de la *Théorie générale de l'emploi, de l'intérêt et de la monnaie*, Keynes a marqué le début d'une mutation majeure de la science et des politiques économiques ; le keynésianisme et l'interventionnisme ont atteint une manière d'apogée dans les années soixante ; mais les premières manifestations et le déploiement de la crise facilitèrent la contre-offensive libérale, qui bénéficia du soutien de justifications théoriques assez disparates.

Cette grille de lecture apparaît quelque peu fruste. D'abord, la *Théorie générale* inclut des intuitions, des analyses, des interprétations que d'autres auteurs avaient, indépendamment ou non de Keynes, produites dans les années vingt et trente. Cela étant, sous le même nom de keynésianisme, des systèmes d'analyse et de pensée profondément différents, parfois divergents, se sont développés, avec des interférences et parfois des combinaisons très diversifiées impliquant d'autres courants et écoles.

Ensuite, derrière la grande mutation keynésienne, laquelle conserve toute sa portée, il s'en est produit une autre : la mathématisation de l'économie, qui s'est traduite à la fois par le développement des recherches et de la modélisation économétriques et par un renforcement de l'axiomatisation et de la formalisation, y compris en l'absence de tout souci de chiffrage ou de vérification empirique.

Enfin, une bipolarisation, certes ancienne, est devenue majeure : d'un côté, un ensemble voué à l'élaboration théorique, et au sein duquel le pôle de l'équilibre général et les travaux néoclassiques – rationalité substantielle et référence à l'équilibre – occupent une place essentielle ; et de l'autre côté, un ensemble consacré à la compréhension et à l'interprétation des phénomènes et des dynamiques économiques, et qui s'est largement polarisé autour de la vision de Keynes, puis de la macroéconomie à fondements keynésiens.

Notre lecture de l'évolution de la pensée économique contemporaine peut donc être schématisée comme suit. Malgré ses ambiguïtés, l'importance de la *Théorie générale* est double : comme construction théorique prétendant remplacer l'ancienne approche classique anglaise et comme justification théorique de l'interventionnisme (chapitre 1). Au moins autant que l'œuvre d'un homme et de l'équipe réunie autour de lui, elle est l'expression d'idées et de recherches en cours à l'époque de sa publication, face notamment au contexte de la grande crise (chapitre 2). Elle va très vite se concrétiser par le renouvellement des approches, des outils d'analyse et des politiques économiques : mais là où l'on voit habituellement une victoire du keynésianisme, c'est principalement l'interventionnisme qui triomphe (chapitre 3).

Parallèlement à cette mutation, une autre, peut-être plus fondamentale, se produit avec le développement de l'économétrie et de nouvelles techniques d'analyse mathématique, la mathématisation de l'économie et la reformulation de la théorie de l'équilibre général (chapitre 4). Cette mathématisation contribuera à infléchir et peut-être à changer la nature de la pensée économique. Elle contribuera à ce que la macroéconomie keynésienne soit, dans ce qui fut nommé la synthèse néoclassique, repensée en équilibre, débouchant ainsi sur l'élaboration de grands modèles macroéconomiques, qui, même s'ils se réfèrent à Keynes, ne font plus aucune place à certaines de ses intuitions et hypothèses essentielles (chapitre 5). Elle fera aussi en sorte que les grandes écoles macroéconomiques qui débattent, et parfois s'affrontent, dans les années soixante-dix et quatre-vingt, travaillent dans un cadre fondamentalement commun, ce qui à la fois exacerbe les oppositions, mais atténue les différences (chapitre 8).

Dans l'après-guerre, face à la réémergence de la démarche néoclassique et à la prééminence du keynésianisme de la synthèse, on assiste à un regain des hétérodoxies, souvent avec le projet de mieux rendre compte des économies contemporaines, et cela tant dans les traditions post-keynésiennes, néo-ricardiennes, institutionnalistes et marxistes, que du fait d'auteurs s'efforçant d'ouvrir de nouvelles voies (chapitre 6). Mais la crise révèle les limites d'un interventionnisme qui a longtemps été qualifié de keynésien : les traditions libérales resurgissent après une longue traversée du désert. Les critiques de l'Etat et des politiques économiques actives se multiplient, avec différents supports théoriques parmi lesquels émergent notamment les travaux de M. Friedman et du courant monétariste (chapitre 7) et leur prolongement, la nouvelle macroéconomie classique, laquelle se pose en prétendante à la succession des différentes macroéconomies d'inspiration keynésienne (chapitre 8). Aujourd'hui, alors que l'approche néoclassique s'est à nouveau imposée comme pôle de référence impossible à ignorer en théorie économique, de nouvelles voies sont ouvertes pour échapper à son irréalisme : nouvelles réflexions sur le marché, la firme, l'organisation et la rationalité et nouvelles tentatives pour construire une économie à dimension historique, sociale, voire éthique (chapitre 9).

Le dictionnaire des auteurs

La partie dictionnaire nous a obligés à opérer des choix. Le point de départ de la période étudiée est la publication de la *Théorie générale* en 1936[1]. Et comme un recul suffisant est nécessaire, notamment pour tenir compte des appréciations et des réactions de la profession sur les œuvres publiées, nous avons pris en compte les économistes ayant produit l'essentiel de leur œuvre ou publié au moins une œuvre marquante entre 1936 et 1980. C'est ainsi que des économistes ne figurent pas dans la section dictionnaire, alors même que certains de leurs travaux sont mentionnés dans les derniers chapitres de la partie historique.

Il a fallu également opérer des arbitrages dans le cas d'économistes dont le travail s'est déroulé à la fois dans l'entre-deux-guerres et pendant, parfois après, la Seconde Guerre mondiale. Nous avons alors distingué ceux qui avaient produit l'essentiel de leur œuvre avant ou après la date de publication de la *Théorie générale*. Pour les premiers, nous avons choisi de ne pas les mentionner dans le dictionnaire ; c'est par exemple le cas de Beveridge, Hawtrey, Keynes lui-même, Knight, Lindahl, von Mises, Robertson, Rueff, Schumpeter, Simons ou Viner.

Ensuite, pour les économistes correspondant à la période choisie, nous avons eu à apprécier, parmi plusieurs centaines, lesquels devaient être retenus. Le critère a été d'avoir publié au

1. Evidemment, dans la partie historique, il nous a fallu évoquer à diverses reprises des développements antérieurs.

moins une œuvre marquante entre 1936 et 1980, c'est-à-dire un livre ou un article qui a apporté une contribution majeure à la théorie, à l'analyse ou à un débat significatif, dans le domaine de la pensée économique. C'est dire qu'on pourra ne pas trouver, dans le dictionnaire, des enseignants qui ont joué un rôle majeur dans la formation de générations d'étudiants, des auteurs qui ont essentiellement publié des ouvrages de vulgarisation ayant connu de très grands succès, des hommes politiques et publics ayant contribué et à l'action et à la réflexion économiques.

Enfin, le problème s'est posé pour de grands spécialistes des autres sciences sociales dont la réflexion s'est étendue à l'économie : démographes, sociologues, historiens, anthropologues ou philosophes [1]. Nous avons choisi de ne pas entrouvrir cette porte, craignant de ne plus savoir ensuite quand et où la refermer.

Une part d'arbitraire demeure certainement dans le choix des cent quarante-cinq auteurs [cent cinquante dans la 2e édition], comme dans la longueur des commentaires sur chacun d'eux. Mais cet inconvénient est en partie compensé par le fait que nous avons été amenés à évoquer ou présenter, dans la partie historique, des dizaines d'autres auteurs.

Tel qu'il est, notre choix reflète, dans sa répartition géographique, l'enracinement actuel de la profession. Tour à tour espagnole, italienne, française et anglaise, l'économie politique est en grande partie désormais américaine. Il est donc normal que les économistes américains soient largement représentés dans notre échantillon. On remarquera toutefois que plus du tiers des économistes américains sont d'origine étrangère, en particulier d'Europe de l'Est. Plus largement, beaucoup d'économistes contemporains ont dû fuir le totalitarisme, tant sous la domination de l'Allemagne nazie que sous celle de l'URSS stalinienne, ce qui a entraîné, dans les pays concernés, un appauvrissement de la pensée économique. Après les Etats-Unis, c'est l'Europe de l'Ouest qui est la mieux représentée, avec en tête la Grande-Bretagne, qui continuait à jouer un rôle dominant au début de la période qui nous occupe. On jugera certainement que nous avons omis, dans différents pays et en particulier dans nos pays d'origine, d'éminents collègues. Cela est inévitable

1. Par exemple, en vrac, Balandier, Bataille, Braudel, Lefebvre, Polanyi, Poulantzas, Sauvy.

dans ce genre d'entreprise. Il est évident en tout cas que certains pays, certaines régions du monde sont sous-représentés. Quoi qu'il en soit, nous aurons à cœur de parfaire nos choix pour des éditions ultérieures de cet ouvrage : les commentaires de nos lecteurs pourraient nous éclairer utilement.

Questions de méthode

L'histoire de la pensée, dans quelque domaine que ce soit, est une entreprise complexe et semée d'embûches. Convient-il de juger les œuvres passées à l'aune d'une vérité présente ? Faut-il privilégier la cohérence des écoles et des courants de pensée ou celle des œuvres des auteurs ? Devons-nous surtout chercher à comprendre pourquoi tel auteur a produit telle œuvre, en reconstruire la genèse historique, ou devons-nous plutôt en évaluer la cohérence logique et rationnelle ? Cette cohérence doit-elle être jugée en fonction de la vision du monde qui prévalait au moment de sa production ou en fonction de celle qui a cours aujourd'hui ? Cela renvoie d'ailleurs à quelques questions essentielles sur les rapports entre la création individuelle et l'évolution des idées, et entre cette évolution et l'histoire, qui hantent la pensée philosophique depuis ses origines et ne trouveront sans doute jamais de réponses définitives.

Les problèmes sont sans doute aggravés, dans le domaine de la pensée économique, du fait de la nature de son objet. Il est question, en effet, d'argent, de pouvoir, de rapports de force entre des individus et des groupes sociaux. Il est question de rapport entre la théorie et la politique. Il est parfois question de violence et de guerre. Il n'est donc pas étonnant que, depuis son origine, l'économie politique soit le champ de débats intenses, où la discussion rationnelle cède souvent le pas à l'anathème.

Nous ne prétendons évidemment pas avoir surmonté tous ces écueils et avoir échappé aux effets de nos propres positions intellectuelles, mais nous avons cherché à en minimiser l'influence en nous guidant avec certains principes. Nous refusons d'abord de juger la matière que nous avons sous les yeux à l'aune d'une orthodoxie quelconque. Ensuite, nous avons eu recours à une combinaison de l'histoire de la pensée et de l'histoire des idées, dont rend mieux compte l'expression allemande de *Geistesgeschichte*, littéralement « histoire de l'esprit »[1]. Nous avons en effet cherché à identifier les questions centrales et les cohérences logiques de ce qui a structuré le paysage théorique à travers les différentes phases étudiées.

Pour les auteurs étudiés, nous avons été soucieux à la fois de les saisir dans leur spécificité et de les situer, dans chaque phase principale, par rapport aux lignes de force et aux axes d'évolution de la pensée économique : ce qui nous a conduits à recourir à la méthode de la « reconstruction historique ». Cela nous a amenés à constater combien sont fragiles, incertaines et sujettes à discussion les multiples classifications et taxonomies utilisées dans la période contemporaine ; tant il est, finalement, exceptionnel qu'un auteur s'identifie strictement et d'une manière univoque, à un courant, les fondateurs et chefs d'école, eux-mêmes, étant souvent revendiqués par plusieurs courants.

Questions sémantiques

Une des difficultés que nous avons rencontrées lors de la rédaction de ce livre est d'ordre sémantique. Des mots essentiels pour parler de la pensée économique contemporaine sont employés dans des acceptions très diverses, au point qu'il règne parfois la plus grande confusion dans les discussions.

Il en est ainsi, par exemple, pour l'adjectif keynésien, employé au moins dans trois acceptions profondément diffé-

1. Voir à ce sujet M. Blaug, « On the Historiography of Economics », *Journal of the History of Economic Thought*, vol. 12, 1990, 27-37. Reprenant les catégories proposées par Richard Rorty (« The Historiography of Philosophy : Four Genres », in *Philosophy in History : Essays on the Historiography of Philosophy*, sous la direction de R. Rorty, J.B. Schneewind et Q. Skinner, Cambridge, Angleterre, Cambridge University Press, 1984, 49-75), Mark Blaug distingue, dans cet article, quatre démarches caractéristiques en histoire de la pensée économique : la *Geistesgeschichte*, la reconstruction historique, la reconstruction rationnelle et la doxographie. La *Geistesgeschichte* – histoire des pensées – cherche à identifier les questions centrales posées par les penseurs du passé, pour les situer dans les cohérences de leurs propres systèmes de pensée. La reconstruction historique, elle, cherche à rendre compte des pensées de ces auteurs, dans les termes mêmes où ceux-ci les avaient formulées et dans des présentations qu'ils auraient acceptées. Quant à la reconstruction rationnelle, elle vise à présenter les idées des auteurs dans le langage moderne, avec le souci de faire apparaître, par rapport à l'état actuel de la pensée, leurs erreurs, leurs apports et leurs lacunes. Enfin, la doxographie reformule les pensées des auteurs du passé de manière à les évaluer à la lumière d'une moderne orthodoxie.

rentes. On l'utilise d'abord pour qualifier ce qui concerne l'œuvre et la pensée de Keynes. On l'utilise aussi pour caractériser ce qui se réfère au corpus central de la révolution keynésienne : or l'œuvre de Keynes a fait l'objet de lectures profondément différentes ; la révolution keynésienne recouvre des apports multiples et parfois disparates ; et ces deux réalités sont liées par des rapports complexes et parfois contradictoires. Enfin il est un troisième sens, le plus fréquent sans doute, dans lequel le qualificatif de keynésien est utilisé par les politologues, sociologues et autres analystes autant que par des économistes : il s'agit de tout prolongement ou développement théorique, toute mesure ou politique économique, ayant une relation même très lâche avec tel ou tel apport de Keynes ou de la révolution keynésienne. On se trouve donc à parler d'une réalité multiple et contradictoire avec un mot qui lui-même a des contenus qui peuvent différer.

Les mêmes difficultés surgissent avec l'expression de néoclassique. Pour certains, elle est associée à la révolution marginaliste, perçue par ses auteurs, et notamment Jevons, comme une rupture avec la pensée classique ; mais ce terme a été forgé pour marquer au contraire la continuité entre la pensée classique et la révolution marginaliste ! D'une manière plus générale, la théorie néoclassique est un vaste corpus, assez éclectique, qui contient à la fois la théorie de la détermination des prix par l'interaction de l'offre et de la demande, la théorie quantitative de la monnaie et la loi de Say ; Keynes a attaqué explicitement ces deux derniers éléments, qu'il qualifiait, lui, de « classiques ». On a aussi appelé, à partir des années cinquante, à la suite de Samuelson, « synthèse néoclassique » la conciliation (apparente ou réelle) entre la vision traditionnelle à fondements microéconomiques et la macroéconomie keynésienne. Pour d'autres encore, le mot néoclassique est employé un peu comme un fourre-tout permettant de mettre, en gros, tout ce qui est plus libéral que keynésien, ce qui conduit certains par exemple à situer parmi les néoclassiques un auteur comme Friedrich Hayek qui, pourtant, rejette plusieurs des hypothèses fondamentales de la pensée néoclassique. Chez d'autres, au contraire, préoccupés de méthodologie, le terme de néoclassique renvoie à quelques hypothèses telles que la rationalité des agents et l'équilibre sur les marchés. En ce sens, le modèle d'équilibre général de Walras, perfectionné par

Arrow et Debreu, constituerait la quintessence de l'approche néoclassique ; mais Walras, pas plus au demeurant qu'Arrow ou Debreu, n'a jamais prétendu en tirer de conclusion politique justifiant plutôt le libéralisme que l'interventionnisme.

Nous aurons, dans le texte qui suit, à tenir compte de l'usage que les auteurs que nous étudions font de ces différents mots ainsi que de la manière dont ils se qualifient eux-mêmes ou dont ils sont désignés par leurs pairs, leurs critiques ou les historiens de la pensée.

Mais on peut difficilement faire un travail sérieux dans une telle confusion sémantique. C'est pourquoi, pour les plus importantes de ces expressions, nous chercherons d'une part à en préciser le sens et d'autre part à distinguer chaque fois que possible le type d'emploi que nous en ferons : dans le sens courant, dans le sens où des auteurs dont nous parlons l'ont utilisée ou dans le sens précis que nous aurons défini.

Les bibliographies

Les renseignements bibliographiques constituent évidemment un élément essentiel de cet ouvrage. Nous avons en effet voulu en faire un instrument de travail utile. Nous avons donc cherché à être à la fois cohérent, clair et le plus complet possible, sans pour autant viser à une impossible exhaustivité.

On trouvera évidemment, à la fin de l'ouvrage, une bibliographie générale des principaux ouvrages de référence, dictionnaires, encyclopédies, manuels, monographies et importants numéros de revues consacrés à la période étudiée, dans son ensemble ou sur tel ou tel aspect majeur.

On trouvera aussi, pour chaque auteur traité dans la partie dictionnaire, d'une part une sélection bibliographique de ses principaux ouvrages et articles[1], et d'autre part, un choix de publications le concernant. Parmi ces dernières, certaines sont données avec références complètes, et d'autres sous forme d'une abréviation renvoyant à un ouvrage de référence mentionné à la bibliographie finale. Lorsque l'auteur a publié un texte autobiographique, nous le mentionnons de nouveau dans

1. Lorsqu'il s'agit d'une œuvre cosignée, nous faisons suivre la date de « Avec », suivi du (des) nom(s) des coauteurs.

cette section, sous forme de référence abrégée. Dans le cas où l'auteur traité a reçu le prix de sciences économiques en mémoire de Nobel, nous commençons par mentionner le numéro du *Swedish* [devenu en 1976 *Scandinavian*] *Journal of Economics* où l'on trouve la proclamation du jury, un ou des articles le concernant et une bibliographie.

D'autres ouvrages et articles, d'intérêt plus ponctuel, ou encore d'auteurs ne figurant pas dans le dictionnaire, seront cités seulement au point du texte où nous les évoquerons, avec références complètes. Pour les autres, ils seront cités au texte, comme il est devenu usuel de le faire, avec le nom de l'auteur et la date de publication (exemple : Blaug 1985)[1]. Le lecteur pourra retrouver l'ouvrage cité :

– en se reportant d'abord à la bibliographie de la notice de l'auteur, pour ceux qui sont étudiés dans la partie dictionnaire ;

– et, si l'ouvrage n'a pas été retrouvé de cette manière (ouvrage non cité dans la notice, ou auteur absent de la partie dictionnaire), en consultant la bibliographie générale à la fin de l'ouvrage.

Remerciements

Nous remercions le Conseil de recherches en sciences humaines du Canada (CRSH) et le Programme d'aide financière aux chercheurs et créateurs de l'université du Québec à Montréal (PAFACC-UQAM) pour des appuis financiers qui nous ont aidés à réaliser ce travail.

Les auteurs dont les noms suivent nous ont communiqué des renseignements biographiques et bibliographiques les concernant, renseignements qui nous ont été précieux dans la préparation du dictionnaire. Nous remercions pour leur collaboration Irma Adelman, Armen Alchian, Maurice Allais, Samir Amin, Kenneth Arrow, Athanasios Asimakopulos, Jos Bain, Bela Balassa, Alain Barrère, Robert Barro, William Baumol, Gary Becker, Abram Bergson, Charles Bettelheim, Mark Blaug, Marcel Boiteux, Kenneth Boulding, Samuel Bowles,

1. Lorsque, pour la même année, il y a plus d'une publication, nous faisons suivre l'année par le premier mot principal du titre (si c'est un ouvrage) ou par les initiales de la revue (si c'est un article).

Andras Brody, Martin Bronfenbrenner, Suzanne de Brunhoff, James Buchanan, Hollis B. Chenery, Robert Clower, Ronald Coase, Paul Davidson, Gérard Debreu, Harold Demsetz, Edward F. Denison, Evsey Domar, Anthony Downs, John Eatwell, Robert Eisner, Robert Fogel, André Gunder Frank, Milton Friedman, Celso Furtado, John Kenneth Galbraith, Pierangelo Garegnani, Nicholas Georgescu-Roegen, Richard M. Goodwin, Claude Gruson, Trygve Haavelmo, Gottfried Haberler, Frank Hahn, Geoffrey Harcourt, Friedrich A. Hayek, Robert Heilbroner, Albert Hirschman, Terence Hutchison, Walter Isard, Dale Jorgenson, Charles Kindleberger, Lawrence Klein, Janos Kornai, Jan Kregel, Harvey Leibenstein, Axel Leijonhufvud, Wassily Leontief, William Arthur Lewis, Richard Lipsey, Ian M. Little, Robert Lucas, Edmond Malinvaud, Ernest Mandel, Thomas Mayer, Donald McCloskey, James Meade, Jacob Mincer, Hyman P. Minsky, Franco Modigliani, Michio Morishima, Douglass C. North, Alex Nove, Luigi Pasinetti, Don Patinkin, Edmund Phelps, Henry Phelps Brown, Richard A. Posner, Walt Rostow, Paul A. Samuelson, Thomas Sargent, Anna Schwartz, Tibor Scitovsky, Amartya Sen, Herbert Simon, Hans Singer, Robert Solow, Michael A. Spence, George Stigler, Joseph Stiglitz, Paul Sweezy, Lorie Tarshis, James Tobin, Robert Triffin, Shigetu Tsuru, Gordon Tullock, Jaroslav Vanek, Raymond Vernon, Oliver E. Williamson et Arnold Zellner.

Nous remercions ceux qui ont lu, en tout ou en partie, notre manuscrit à diverses étapes de sa préparation, nous ont suggéré des corrections ou offert des conseils quant aux moyens de venir à bout de cette longue entreprise, et notamment Edmond Blanc, Mark Blaug, Gilles Bourque, Marielle Cauchy, Antoine del Busso, Edward Elgar et Robert Leonard. Nous sommes évidemment les seuls responsables des défauts du produit final.

Nous remercions également les assistants de recherche qui nous ont aidés : Isabelle Bruston et François Plourde, au début de nos travaux, et Ianik Marcil, dont l'aide fut précieuse lors de la dernière étape de la préparation de ce manuscrit.

PREMIÈRE PARTIE

ESQUISSE D'UNE HISTOIRE DE LA PENSÉE ÉCONOMIQUE DEPUIS LA *THÉORIE GÉNÉRALE* DE KEYNES

Prologue

La *Théorie générale de l'emploi, de l'intérêt et de la monnaie* de John Maynard Keynes est publiée en 1936, un peu plus d'un siècle et demi après les *Recherches sur la nature et les causes de la richesse des nations* d'Adam Smith [1]. Dans son célèbre ouvrage, Smith opère, entre plusieurs courants de pensée antérieurs, dont celui de la physiocratie en France, une synthèse nouvelle qui constitue le point de départ de l'économie politique classique. Critiquant ce qu'il baptise le mercantilisme, qui, dominant la pensée économique pendant les deux siècles précédents, prônait aussi bien le protectionnisme qu'une intervention active, tant économique que militaire, des Etats-nations nouvellement constitués, Adam Smith énonce la célèbre allégorie de la main invisible qui conduit chaque individu « à remplir une fin qui n'entre nullement dans ses intentions [...]. Tout en ne cherchant que son intérêt personnel, il travaille souvent d'une manière bien plus efficace pour l'intérêt de la société, que s'il avait réellement pour but d'y travailler » [2]. Pour Smith, les « dépenses à la charge du souverain ou de la république » doivent se limiter à celles « qu'exige la Défense commune » [3], à celles « qu'exige l'administration de la justice » [4], enfin à celles « qu'exigent les travaux et établissements publics [...] dont une grande société retire d'immenses avantages, mais qui sont néanmoins de nature à ne pouvoir être entrepris ou entretenus par un ou par quelques particuliers, attendu que, pour

1. *An Inquiry into the Nature and Causes of the Wealth of Nations*, Londres, W. Straham & T. Cadell, 1776 ; nombreuses éditions ultérieures.
2. *Recherches sur la nature et les causes de la richesse des nations*, Paris, Gallimard, 1976, p. 256.
3. *Id.*, p. 355.
4. *Ibid.*, p. 362.

ceux-ci, le profit ne saurait jamais leur en rembourser la dépense »[1]. L'œuvre de Smith joue ainsi un rôle essentiel dans le développement du libéralisme économique qui s'épanouit, avec le triomphe du capitalisme, dans une Angleterre qui, au dix-neuvième siècle, domine le monde. Codifiée par David Ricardo[2] et John Stuart Mill[3], l'économie politique devient en grande partie une science anglaise. Mais c'est un économiste français, Jean-Baptiste Say, qui énonce en 1803 la célèbre loi des débouchés[4], en vertu de laquelle, compte tenu de la neutralité de la monnaie dans l'économie, l'offre globale crée sa demande, et il ne saurait donc y avoir, dans une économie de marché libre, de crise de surproduction générale ni ce phénomène que Keynes nommera le chômage involontaire. Mais la réalité, avec sa succession régulière de crises générant simultanément des masses de marchandises invendues et la misère du plus grand nombre, contredisait la théorie, comme l'ont souligné, parmi d'autres, Malthus[5], Sismondi[6], puis Marx[7]. C'est, paradoxalement, en bâtissant son système à partir de l'économie politique ricardienne que ce dernier, dans son œuvre majeure, *Le Capital*, cherche à donner un fondement théorique à ce qu'il croit être l'inéluctable destin des sociétés capitalistes, leur transformation en sociétés socialistes.

Dans le dernier quart du dix-neuvième siècle, alors que le marxisme s'impose dans le mouvement ouvrier européen et

1. *Ibid.*, p. 370.

2. *On the Principles of Political Economy and Taxation*, Londres, John Murray, 1817 ; vol. 1 de *The Works and Correspondence of David Ricardo*, édité par P. Sraffa, Cambridge, Angleterre, Cambridge University Press, 1951 ; trad. fr., *Principes de l'économie politique et de l'impôt*, Paris, Calmann-Lévy, 1970.

3. *Principles of Political Economy, With Some of their Applications to Social Philosophy*, 1848 ; trad. fr., *Principes d'économie politique avec quelques-unes de leurs applications à l'économie sociale*, Paris, Guillaumin, 1873.

4. *Traité d'économie politique*, Paris, Déterville, 1803 ; Paris, Calmann-Lévy, 1972.

5. *Principles of Political Economy : Considered with a View to their Practical Application*, Londres, John Murray, 1820 ; trad. fr., *Principes d'économie politique, considérés sous le rapport de leur application pratique*, Paris, Calmann-Lévy, 1969.

6. *Nouveaux Principes d'économie politique ou De la richesse dans ses rapports avec la population*, Paris, Delaunay, 1819, 2 vol. ; Paris, Calmann-Lévy, 1971.

7. *Das Kapital : Kritik der politischen Ökonomie*, Hambourg, Otto Messner, livre 1, 1867 ; livre 2, 1885 ; livre 3, 1894.

qu'il en vient à dominer un mouvement socialiste qui lui était, évidemment, bien antérieur, l'économie politique subit une transformation importante avec ce qu'on appelle la révolution marginaliste. Associée aux noms de Jevons[1], Menger[2], et Walras[3], elle fait table rase de la vision classique, et surtout ricardienne, de la valeur et de la répartition. La nouvelle théorie des prix, fondée sur le principe de l'utilité marginale décroissante, trouve son épanouissement et sa codification dans le système d'équilibre général de Walras qui domine, jusqu'à ce jour, la pensée économique. La société y est perçue comme un mécanisme naturel, au même titre que le système solaire ou un organisme biologique, dans lequel l'interaction d'agents libres assure la meilleure allocation des ressources et l'optimum économique.

Critique à certains égards de la théorie classique, la révolution marginaliste perfectionne tout de même, en lui donnant une formulation mathématique, la parabole de la main invisible de Smith. Ses tenants demeurent fidèles à la loi des débouchés de Say, développant, sous la forme de la loi de Walras, la dichotomie entre grandeurs réelles, formées par le jeu de la concurrence, de l'offre et de la demande, et les grandeurs monétaires. La théorie quantitative de la monnaie, dont l'histoire remonte au moins au seizième siècle, lie le niveau général des prix à la quantité de monnaie en circulation. L'expression de théorie néoclassique est bientôt forgée pour exprimer la continuité, plutôt que la rupture, entre la vision classique et celle qui lui succède au vingtième siècle. Les *Principes d'économie politique* d'Alfred Marshall, dont la première édition date de 1890[4], et qui domineront l'enseignement de l'économie politique, au moins dans le monde anglo-saxon, pendant plusieurs décennies, symbolisent cette continuité, qu'illustre d'ailleurs la phrase que son auteur fait figurer en

1. *The Theory of Political Economy*, Londres, Macmillan, 1871 ; trad. fr., *La Théorie de l'économie politique*, Paris, V. Giard & E. Brière, 1909.

2. *Grundsätze der Volkswirtschaftslehre*, Vienne, Wilhelm Braumüller, 1871 ; trad. angl., *Principles of Economics*, New York University Press, 1976.

3. *Eléments d'économie politique pure ou théorie de la richesse sociale*, Lausanne, Imprimerie L. Corbaz ; Paris, Guillaumin, 1874-1877.

4. *Principles of Economics. An Introductory Volume*, Londres, Macmillan, 8e éd. en 1920 ; trad. fr., *Principes d'économie politique*, Paris, V. Giard & E. Brière, 1906.

exergue de son livre : « *Natura non facit saltum* ». La science économique qui évolue, de l'avis de Marshall, « d'une croissance lente et continue »[1] constitue « une étude de l'humanité dans les affaires ordinaires de la vie »[2]. Né en 1842, mort en 1924, Alfred Marshall appuyait sa vision économique sur des conceptions politiques et éthiques qui caractérisent ce qu'on appelle l'ère victorienne en Angleterre.

Pendant tous ces développements, la réalité n'a cessé de contredire la vision, partagée par plusieurs économistes classiques et néoclassiques, selon laquelle le fonctionnement libre des marchés suffit à assurer le plein emploi des ressources et leur allocation optimale. Les crises économiques n'ont cessé de gangrener les économies capitalistes pendant tout le dix-neuvième siècle et jusqu'à la grande guerre de 1914-18. Les soulèvements ouvriers au dix-neuvième siècle, en particulier les événements de 1848 et la Commune de Paris en 1871, la révolution russe en 1917, puis les insurrections ouvrières que connaissent plusieurs capitales européennes au sortir de la guerre, semblent pour plusieurs confirmer la vision de Marx et de ses disciples. Les crises continuent après la guerre. Pendant les années vingt, et jusqu'à la Seconde Guerre mondiale, le nombre de chômeurs ne descendra jamais en dessous du million en Angleterre. L'euphorie boursière que connaissent en particulier les Etats-Unis dans la deuxième moitié des années vingt peut être comparée à une poussée maniaque, prélude à un épisode dépressif qui, déclenché un jour d'octobre 1929, n'en finit pas de s'aggraver.

Le monde entier est alors ravagé par la grande dépression, qui se manifeste par les réductions d'activité, l'augmentation du chômage, l'élargissement de la pauvreté et de la misère. Pour certains, notamment dans le monde ouvrier en Europe, l'URSS apparaît comme un pays porteur d'un espoir immense : la construction du socialisme y est en cours. Pour d'autres, le nationalisme, le repliement sur le pays ou l'expansion nationale constituent les principaux facteurs de cohésion et de force. Reprenant ces deux termes, pour développer surtout le second sous la forme du réarmement, de l'affirmation de la grandeur nationale et de l'expansion militaire, Hitler fait triompher en

1. *Id.*, 8e éd., Londres, Macmillan, 1920, p. v.
2. *Ibid.*, p. 1.

Allemagne le national-socialisme. L'univers des économistes a été affecté de différentes manières par cette situation.

D'abord, la crise a profondément marqué les consciences et la vie de ceux qui sont nés au début du siècle. Très nombreux sont ceux qui, engagés dans des études de lettres, de droit ou de mathématiques, deviennent économistes pour comprendre les causes des maux qu'ils observent autour d'eux, et rechercher des solutions pour contribuer à les combattre.

Ensuite, beaucoup d'économistes, comme tant d'intellectuels et artistes, juifs notamment, quittent au début des années trente l'Allemagne de Hitler et les pays d'Europe où progressent ses thèses. Cette migration fait suite à celle qui a eu lieu à partir de l'URSS, après la révolution d'Octobre ; elle sera prolongée par celle des pays d'Europe de l'Est après les accords de Yalta. L'Europe de l'Ouest assure souvent le premier accueil, mais ce sont presque toujours les Etats-Unis qui reçoivent en fin de compte ces émigrants. Bourses, subventions et appuis de fondations permettent de faire face au plus pressé ; puis, très rapidement, des postes sont offerts dans les universités, les instituts de recherche et, dès la guerre, dans l'administration et les organismes voués à l'activité militaire.

Enfin, la crise accentue le malaise dans la théorie économique en attisant le débat qui oppose ceux qui croient qu'une économie de marché dispose des mécanismes nécessaires pour s'ajuster automatiquement aux chocs exogènes, et tous ceux, issus de courants de pensée très diversifiés, qui croient au contraire que le capitalisme libéral est atteint de graves maladies, qu'il doit être renversé ou profondément transformé, ou qu'il faut au moins une intervention active et même massive des autorités publiques pour en éviter l'écroulement et jeter un baume sur les souffrances des laissés-pour-compte de la croissance.

Bien avant la publication, en 1936, de la *Théorie générale* de Keynes, une très large gamme de critiques et de contre-propositions se fait entendre, face à une orthodoxie libérale qui se résume dans plusieurs cas à prôner la rigueur monétaire et la flexibilité des prix, et surtout des salaires, comme uniques moyens de relancer l'emploi. Souvent d'inspiration pragmatique, avec un double souci national et social, elles mettent en avant les idées des grands travaux et des programmes d'emploi, du déficit budgétaire et du budget anticyclique ; ainsi en est-il bien sûr du docteur Schacht en Allemagne, des propositions des fondateurs de l'école de Stockholm[1] qui inspirent les politiciens sociaux-démocrates suédois, des thèses des socialistes fabiens anglais, des travaux de Frisch en Norvège sur une économie en dépression du fait de l'insuffisance de la demande effective, de ceux de Tinbergen en Hollande qui définissent les axes d'une politique de plein emploi, des recherches en France du groupe X-crise, du très large débat qui se développe aux Etats-Unis pendant tout le début des années trente[2].

Dans ce contexte, la *Théorie générale* constitue une contribution cruciale. En effet, sur la double base de la réputation de son auteur et d'un texte d'une grande ambition intellectuelle, elle se présente à la fois comme une critique de la pensée classique, qui inclut pour Keynes la pensée néoclassique, et comme une construction théorique nouvelle attaquant, au nom même du libéralisme politique, le dogmatisme des économistes libéraux, justifiant les politiques économiques actives et proposant quelques leviers d'action essentiels. Et ce n'est pas en diminuer le mérite que de remarquer que, par exemple, avec cet ensemble de politiques nouvelles qu'on a baptisé le New Deal, le président des Etats-Unis Roosevelt, élu le 8 novembre 1932, donc au cœur de la dépression, entré en fonction le 4 mars 1933, avait largement ouvert la voie des politiques économiques modernes qu'on a, par la suite, souvent qualifiées de keynésiennes[3]. Dans ce mouvement général, la publication de la *Théorie générale* a joué un rôle majeur. C'est pourquoi nous lui consacrons le premier chapitre de ce texte.

1. Voir *infra*, chapitre 2.
2. Voir *infra*, chapitre 3.
3. Keynes, qui a rencontré le président Roosevelt en 1934, avait écrit dans une « Lettre ouverte au Président » publié par le *New York Times* le 31 décembre 1933 : « Vous vous êtes fait le mandataire de tous ceux qui, dans tous les pays, cherchent à mettre fin aux démons de notre condition par une expérience raisonnée, envisagée à l'intérieur de la structure du système social existant. Si vous échouez, le changement rationnel subira un préjudice grave, à travers le monde, laissant à l'orthodoxie et à la révolution le champ libre pour la combattre. Mais si vous réussissez, des méthodes nouvelles et plus audacieuses pourront être partout expérimentées et nous pourrons dater de votre accession à cette charge le premier chapitre d'une ère économique nouvelle » (*The Collected Writtings of John Maynard Keynes*, édités par Austin Robinson et Donald Moggridge, Londres, Macmillan et New York, Cambridge University Press, pour la Royal Economic Society, XXI, p. 289). Dans la suite de l'ouvrage, nous désignerons les références à cette édition des œuvres de Keynes, publiée en trente volumes entre 1971 et 1989, par l'abréviation *JMK*, suivie du numéro du volume.

1. Keynes et la *Théorie générale*

De l'éthique à la politique

John Maynard Keynes est né à Cambridge le 5 juin 1883[1]. Son père, John Neville, y menait une carrière universitaire et enseignait la logique et l'économie politique. Il est l'auteur de l'un des premiers ouvrages entièrement consacrés à la méthodologie de l'économie, livre qui constitue encore une référence importante et une synthèse utile. Cherchant à définir une voie moyenne entre la conception de l'économie politique comme « science positive, abstraite et déductive » et sa vision de celle-ci comme « méthode éthique, réaliste et inductive »[2], John Neville Keynes formule la distinction entre science positive et science normative, dans des termes auxquels Milton Friedman

1. Sur la vie de Keynes, on consultera entre autres : S. Harris, *John Maynard Keynes, Economist and Policy Maker*, New York, Scribner, 1955 ; R. Harrod, *The Life of John Maynard Keynes*, 1954 ; C.H. Hession, *John Maynard Keynes : A Personal Biography of the Man who Revolutionized Capitalism and the Way we Lived*, New York, Macmillan, 1984 (trad. fr., *John Maynard Keynes : une biographie de l'homme qui a révolutionné le capitalisme et notre mode de vie*, Paris, Payot, 1985) ; P. Hill et R. Keynes (dir.), *Lydia and Maynard, Letters between Lydia Lopokova and John Maynard Keynes*, Londres, Andre Deutsch, 1989 ; M. Keynes (dir.), *Essays on John Maynard Keynes*, Cambridge, Angleterre, Cambridge University Press, 1975 ; E.S. Johnson et H.G. Johnson, *The Shadow of Keynes : Understanding Keynes, Cambridge and Keynesian Economics*, Chicago, University of Chicago Press, 1978 ; D.E. Moggridge (dir.), *Keynes : Aspects of the Man and his Work*, Londres, Macmillan, 1974 ; D.E. Moggridge, *Maynard Keynes. An Economist's Biography*, Londres, Routledge, 1992 ; E.A.G. Robinson, « John Maynard Keynes 1883-1946 », *Economic Journal*, vol. 57, 1947, 1-68 ; R. Skidelsky, *John Maynard Keynes*, vol. 1, *Hopes Betrayed, 1883-1920*, Londres, Macmillan, 1983, New York, Viking, 1986, vol. 2, *The Economist as Saviour 1920-37*, Londres, Macmillan, 1992.

2. *The Scope and Method of Political Economy*, Londres, Macmillan, 1890, p. 9, 20.

se référera encore au début de son célèbre texte sur la « méthodologie de l'économie positive » (1953). C'était un homme conservateur, adhérant comme son ami Alfred Marshall aux idéaux de l'Angleterre victorienne[1]. John Maynard, qui a manifesté très tôt d'exceptionnelles qualités intellectuelles, s'est éloigné rapidement de ces idéaux, en particulier sous l'influence des milieux dans lesquels il a reçu son éducation : d'abord Eton (1897-1902), puis Cambridge (1902-1906).

En février 1903, Keynes est admis, sous le patronage de Lytton Strachey et Leonard Woolf, dans la « Société de conversation », connue aussi sous l'appellation « Les Apôtres », société secrète fondée en 1820 à Cambridge, destinée « à la poursuite de la vérité avec une absolue dévotion et sans réserve, par un groupe d'amis intimes »[2]. Parmi les « Apôtres », on compte le philosophe George Edward Moore, qui publie à l'automne 1903 les *Principia Ethica*. Ce livre a exercé sur Keynes une influence profonde et durable. C'est à cette époque que se sont précisées les conceptions éthiques et la philosophie politique qui demeureront celles de Keynes jusqu'à la fin de sa vie[3], comme en

1. Plus progressiste que son mari, socialement et politiquement très active, la mère de John Maynard, Florence Ada, a été maire de Cambridge (1932-33). Les parents de Keynes lui ont survécu, ainsi que sa sœur Margaret, et son frère, Geoffrey, nés respectivement en 1885 et 1887. John Maynard a épousé en 1925 Lydia Lopokova, ballerine d'origine russe, membre de la célèbre troupe de Diaghilev.

2. A. Sidgwick et E.M. Sidgwick, *Henry Sidgwick : A Memoir*, Londres, Macmillan, 1906, p. 34-5, cité par D.E. Moggridge, *Maynard Keynes*, *op. cit.*, p. 66.

3. Voir à ce sujet G. Dostaler, « La vision politique de Keynes », in G. Boismenu et G. Dostaler (dir.), *La « Théorie générale » et le keynésianisme*, Montréal, ACFAS, 1987, 75-90. Plusieurs travaux récents renouvellent considérablement la vision traditionnelle de la pensée de Keynes en redonnant à ses conceptions philosophiques et politiques, exposées dans des textes dont plusieurs sont encore inédits, leur importance primordiale. Voir en particulier : B.W. Bateman et J.B. Davis (dir.), *Keynes and Philosophy. Essays on the Origin of Keynes's Thought*, Aldershot, Hants, Edward Elgar, 1991 ; A.M. Carabelli, *On Keynes's Method*, Londres, Macmillan, 1988 ; A. Fitzgibbons, *Keynes's Vision : A New Political Economy*, Oxford, Clarendon Press, 1988 ; B. Gerrard et J. Hillard (dir.), *The Philosophy and Economics of J. M. Keynes*, Aldershot, Hants, Edward Elgar, 1992 ; T. Lawson et H. Pesaran (dir.), *Keynes's Economics. Methodological Issues*, Londres, Routledge, 1985 ; R. O'Donnell, *Keynes : Philosophy, Economics and Politics. The Philosophical Foundations of Keynes's Thought and their Influence on his Economics and Politics*, Londres, Macmillan, 1989 ; *id.* (dir.), *Keynes as Philosopher-Economist*, Londres, Macmillan, 1991. De l'ensemble de ces travaux émerge l'image d'un

témoigne par exemple le texte intitulé « My Early Beliefs », lu par Keynes à ses amis du « Bloomsbury Memoir Club » en 1938 et publié, selon sa volonté, à titre posthume en 1949 (*JMK*, X, 433-50). Keynes y écrit que la philosophie de Moore l'a aidé à se libérer de l'utilitarisme benthamien, de la morale victorienne et de son sens du devoir, tout en contribuant « à protéger l'ensemble d'entre nous de cette *reductio ad absurdum* finale du benthamisme connue sous le nom de marxisme » (*ibid.*, p. 446). Pour Keynes et ses amis, qui se proclamaient non conformistes et même « immoralistes » [1], la poursuite du beau et du vrai, les relations d'amitié et d'amour, constituent les objectifs ultimes de l'humanité. L'organisation politique et économique doit être subordonnée à ces fins, dont le progrès technique permet de penser qu'elles deviennent, pour la première fois dans l'histoire de l'humanité, accessibles pour le plus grand nombre [2].

Les convictions acquises à Eton et à Cambridge vont s'affermir au sein d'une communauté plus informelle, à laquelle Keynes restera étroitement associé jusqu'à la fin de sa vie, le groupe de Bloomsbury [3]. D'une certaine manière, Keynes a toujours mené une double vie, le pôle privé, artistique, étant associé à Bloomsbury, et le pôle public à ses activités d'économiste et de conseiller politique. Composé d'artistes et d'écrivains, le

---

penseur radical, qui a d'ailleurs écrit : « La république de mon imagination se trouve à l'extrême gauche de l'espace céleste » (*JMK*, IX, p. 309).

1. Deux ans après la publication de la *Théorie générale*, Keynes continue à se réclamer d'un immoralisme dont Hayek, entre autres, fait la source de la perversité de sa vision économique : « Maintenant, en ce qui me concerne, il est trop tard pour changer. Je demeure, et je demeurerai toujours, un immoraliste » (*JMK*, X, p. 447).

2. Keynes n'en a pas moins toujours professé un élitisme à saveur platonicienne qui l'amenait à croire que certaines catégories sociales étaient peut-être dépourvues des qualités leur permettant de goûter aux raffinements les plus subtils de la civilisation.

3. Du nom d'un quartier de Londres où vivaient et se réunissaient, entre autres, Vanessa et Clive Bell, Leonard et Virginia Woolf, Duncan Grant, Roger Fry et Lytton Strachey. Voir, entre autres, Q. Bell, *Bloomsbury*, New York, Basic Books, 1969 ; D. Crabtree et A.P. Thirwall (dir.), *Keynes and the Bloomsbury Group*, Londres, Macmillan et New York, Holmes & Meier, 1980 ; D. Gadd, *The Loving Friends : A Portrait of Bloomsbury*, New York, Harcourt Brace Jovanovich, 1975 ; P.V. Mini, *Keynes, Bloomsbury and the General Theory*, New York, St. Martin's Press, 1991 ; S.P. Rosenbaum (dir.), *The Bloomsbury Group : A Collection of Memoirs, Commentary and Criticism*, Toronto, University of Toronto Press, 1975.

groupe de Bloomsbury a joué un rôle important dans la transformation de la vision du monde associée à l'ère victorienne. C'est une révolution de même nature que, dans le domaine de la critique d'art, du roman ou de la biographie, Roger Fry, Virginia Woolf et Lytton Strachey cherchent à initier, et que Keynes de son côté essaie de provoquer dans celui de l'économie. Tous partagent la conviction que la logique déterministe a peu à voir avec l'action humaine, propulsée par des motifs en grande partie irrationnels. Freud n'est pas loin, dont le frère de Lytton Strachey, James, a traduit et édité les œuvres, que Keynes a lui-même lues attentivement[1], et auxquelles il a à diverses reprises fait allusion[2], en particulier à l'occasion de sa critique du système de l'étalon-or, indissociable de la domination économique et monétaire de la Grande-Bretagne au dix-neuvième siècle. C'est, plus globalement, une condamnation de l'enrichissement poursuivi comme une fin en soi, inspirée de l'attitude d'Aristote face à la chrématistique, qu'on peut lire sous la plume d'un homme qui s'est par ailleurs considérablement enrichi par la spéculation. De « l'amour de l'argent comme objet de possession, qu'il faut distinguer de l'amour de l'argent comme moyen de se procurer les plaisirs et les réalités de la vie », il dit en effet qu'il s'agit d'« un état morbide plutôt répugnant, l'une de ces inclinations à demi criminelles et à demi pathologiques dont on confie le soin en frissonnant aux spécialistes des maladies mentales »[3].

1. Voir à ce sujet P. Meisel et W. Rendick (dir.), *Bloomsbury-Freud : The Letters of James and Alix Strachey, 1924-25*, New York, Basic Books, 1985 ; trad. fr., *Bloomsbury-Freud : James et Alix Strachey. Correspondance 1924-25*, Paris, PUF, 1990.

2. Voici ce que, sous la signature de Siela, Keynes écrivit de Freud dans le numéro du 29 août 1925 de *The Nation and the Athenaeum*, hebdomadaire dont il était depuis 1923 directeur de publication : « Le Professeur Freud me semble doté jusqu'au génie de l'imagination scientifique qui peut donner corps à une abondance d'idées novatrices, à des ouvertures fracassantes, à des hypothèses de travail qui sont suffisamment établies dans l'intuition et dans l'expérience commune pour mériter l'examen le plus patient et le plus impartial, et qui contiennent, selon toutes probabilités, à la fois des théories qui devront être abandonnées ou remaniées jusqu'à ne plus exister, mais aussi des théories d'une signification immense et permanente » (« Freudian Psycho-Analysis », *The Nation and the Athenaeum*, 29 août 1925, 643). Cette description ne s'applique-t-elle pas à Keynes lui-même ?

3. *Essais sur la monnaie et l'économie. Les cris de Cassandre*, Paris, Payot, p. 138. Cette édition [que nous désignerons désormais par *Essais*] est une

Dès le début de sa carrière intellectuelle, Keynes s'est engagé dans une réflexion intense sur les fondements de l'action humaine et en particulier de ses liens avec des connaissances imparfaites et incertaines. A partir de 1906, il la poursuit dans le cadre de la préparation d'une thèse sur les fondements des probabilités, qui lui permettra d'être nommé, en 1909, membre du King's College et de commencer sa carrière universitaire, après un séjour de deux années comme fonctionnaire au bureau des affaires indiennes, entre 1906 et 1908. Keynes consacre tous ses loisirs, jusqu'en 1911, à remanier cette thèse qu'il publie finalement en 1921 sous le titre *A Treatise on Probability* (*JMK*, VIII). Dans cet ouvrage, reconnu par les spécialistes comme une contribution importante à l'analyse des fondements logiques de la théorie des probabilités, Keynes se réclame d'une tradition intellectuelle qui, partant de Leibniz et de Pascal, passe par Locke, Berkeley et Hume pour aboutir à W.E. Johnson, G.E. Moore et B. Russell. Dans une section consacrée à des applications philosophiques des probabilités, il étaye son scepticisme face à l'utilitarisme benthamien. Il écrit que la théorie des « anticipations mathématiques » développée pour l'étude des jeux ne peut convenir dans le domaine des probabilités appliquées aux conduites humaines. Les degrés de probabilité ne sont pas sujets aux lois de l'arithmétique. Il faut abandonner le rêve, largement répandu au dix-neuvième siècle, de soumettre les sciences morales à l'empire du raisonnement mathématique. Keynes déclare en particulier n'avoir jamais caressé l'espoir de Condorcet, partagé par Edgeworth, d'« éclairer les Sciences morales et politiques par le flambeau de l'Algèbre » (*JMK*, VIII, p. 349 ; en français dans le texte).

Keynes avait trente ans lorsque éclata la Première Guerre

---

version réduite des *Essays in Persuasion*, composés d'extraits d'ouvrages et d'articles publiés entre 1919 et 1931 et rassemblés par Keynes en 1931 (Londres, Macmillan ; version augmentée, *JMK*, IX). Ces textes, très accessibles, constituent une excellente introduction à la pensée économique et politique de Keynes, et une illustration de son « art de convaincre », tel que mis en œuvre dans des moyens d'expression très divers, du traité abstrait à l'allocution radiophonique. Voici comment Keynes lui-même les présente : « Voici donc rassemblés les croassements de douze années, les croassements d'une Cassandre qui ne fut jamais capable d'infléchir à temps le cours des événements. [...] C'est pourtant avec une ardeur militante que la plupart de ces essais furent écrits, en un effort pour influencer l'opinion publique » (*id.*, p. 11).

mondiale. Employé par le Trésor britannique, il devint un acteur important des négociations qui ont marqué la fin de cette guerre. En désaccord avec la nature des réparations imposées à l'Allemagne dans le cadre du traité de Versailles, il démissionne de la délégation britannique dont il faisait partie et écrit en trois mois *Les Conséquences économiques de la paix*[1]. Publié en décembre 1919, rapidement traduit en plusieurs langues, ce livre connaît un immense succès et assure instantanément à son auteur une notoriété internationale. Keynes y dresse le constat de la fin d'une époque, et dessine l'esquisse du nouveau libéralisme dont il se fera désormais l'avocat infatigable, entre autres dans le cadre de ses activités au sein du Parti libéral anglais[2]. Dans une brochure publiée en 1926 sous le titre *La Fin du laissez-faire* (*JMK*, IX, 272-94), issue de cours donnés à Oxford en 1924 et à Berlin en 1926, Keynes dénonce avec force ce qu'il appelle ailleurs le principe de « diffusion » (*JMK*, XIX, 440), cette croyance dans le mythe de l'ajustement automatique des prix et des quantités : « Il n'est *nullement* correct de déduire des principes de l'Economie politique que l'intérêt personnel dûment éclairé œuvre toujours en faveur de l'intérêt général » (*Essais*, p. 117).

Keynes ne croit donc pas, et n'a jamais cru, à la parabole de la main invisible d'Adam Smith, et encore moins à la formali-

1. *The Economic Consequences of the Peace*, Londres, Macmillan, 1919 ; *JMK*, II ; trad. fr., *Les Conséquences économiques de la paix*, Paris, Gallimard, 1921.

2. De ses années d'étude à Cambridge, où il était membre d'un Club libéral, jusqu'à la fin de sa vie, alors qu'il siégeait sur les banquettes libérales à la chambre des Lords, Keynes a toujours été étroitement lié au Parti libéral anglais, pour lequel il a par exemple fait plusieurs discours à l'occasion de campagnes électorales. Il n'en a pas moins toujours été proche du Parti travailliste, et a cherché à plusieurs reprises à établir des ponts entre les deux partis (voir le premier éditorial de la nouvelle équipe de *The Nation and the Athenaeum*, 5 mai 1923, p. 146). Il se considérait lui-même à certains égards comme à gauche du Parti travailliste, auquel il reprochait entre autres de tolérer en son sein des partisans de la révolution violente ainsi que de ne pas prendre au sérieux les problèmes monétaires. Mais ce qui l'empêchait avant tout d'adhérer au « grand parti du prolétariat » (*JMK*, IX, p. 311), c'est le fait que « c'est un parti de classe, et la classe n'est pas la mienne. [...] la *guerre* de classe me trouvera du côté de la *bourgeoisie* éclairée » (*JMK*, IX, p. 297). Cela dit, toute l'action politique de Keynes vise à créer les conditions pour que cette « guerre » n'éclate pas. Au sujet de l'appartenance politique de Keynes, voir entre autres « Am I a Liberal ? » (1925, in *JMK*, IX, 295-306) et « Liberalism and Labour » (1926, *id.*, 307-311).

sation mathématique qu'en a donnée Walras. Non seulement il récuse cette vision parce qu'elle est fondée sur une erreur intellectuelle, mais aussi parce qu'elle constitue une illusion dangereuse, lorsqu'elle se transforme en vision politique. L'inaction qu'elle implique face aux problèmes économiques de notre temps comporte en effet le risque d'un écroulement du système qui peut déboucher sur le bolchevisme et le fascisme. Sympathique à certains idéaux portés par la révolution russe, particulièrement sa tentative de déplacer le moteur de l'enrichissement comme premier but de la vie, Keynes n'en était pas moins très critique face au totalitarisme et, surtout, aux méthodes de transformations radicales, parfois violentes, prônées par certains partisans de ce système[1]. Il éprouvait la plus profonde répugnance pour les systèmes mis en œuvre dans l'Italie de Mussolini ou l'Allemagne de Hitler. La montée du nazisme pouvait d'ailleurs être liée à l'aggravation de difficultés économiques constituant l'une des conséquences de la nature du traité que Keynes avait condamné dans *Les Conséquences économiques de la paix*.

Pour Keynes, « le problème politique de l'humanité consiste à combiner trois choses : l'efficacité économique, la justice sociale et la liberté politique » (*JMK*, IX, p. 311). Seules de profondes réformes peuvent permettre d'atteindre ces objectifs. La poursuite de politiques conservatrices, fondées sur les illusions du laissez-faire, prépare le lit de la révolution. La lutte acharnée de Keynes contre le retour à l'étalon-or et à la parité d'avant-guerre en Grande-Bretagne illustre bien cette préoccupation[2]. Lorsque fut prise, en avril 1925, cette décision qui entraîna une grève des mineurs, puis une grève générale, Keynes écrivit, rapidement comme toujours, *The Economic Consequences of Mr. Churchill*[3], virulente charge contre le libéralisme, qu'on pouvait reprendre, *mutatis mutandis*, plus

1. Voir en particulier « A Short View of Russia » (Londres, Hogarth, 1925, in *JMK*, IX, 253-71).

2. Voir à ce sujet D. Moggridge, *British Monetary Policy 1924-1931*, Cambridge, Angleterre, Cambridge University Press, 1972. Voir aussi G. Dostaler, « Le retour à l'étalon-or en Grande-Bretagne : une fâcheuse illusion », in F. Poulon (dir.), *Les Ecrits de Keynes*, Paris, Dunod, 1985, 176-194.

3. Londres, Hogarth, 1925 ; d'abord publié sous le titre « Unemployment and Monetary Policy », *Evening Standard* des 22, 23 et 24 juillet 1925 ; version condensée préparée par Keynes pour ses *Essays in Persuasion* (*JMK*, IX, 207-30). Voir aussi *JMK*, XIX, 357-453.

d'un demi-siècle plus tard, en remplaçant le nom de Churchill par celui de Mme Thatcher[1].

C'est en grande partie durant les années vingt que Keynes a élaboré cet ensemble de propositions qu'on a appelées par la suite politiques keynésiennes, dans une version d'ailleurs plus radicale que celle qui s'imposera après la guerre, insistant par exemple sur l'importance de l'investissement public. On en trouve une exposition dans le document publié en 1928 par le Parti libéral anglais sous le titre de *Britain's Industrial Future*, dont Keynes fut l'un des principaux rédacteurs. Ces idées sont développées à l'occasion de la campagne électorale de 1929 dans *We Can Conquer Unemployment*, et dans la brochure que Keynes rédige à cette occasion avec Hubert Henderson, *Can Lloyd George Do It?* (*JMK*, IX, 86-125). Prônant un programme massif de dépenses publiques pour combattre le chômage, Keynes et Henderson attaquent vigoureusement la politique d'inaction des conservateurs au pouvoir. Le Parti libéral subit un cuisant revers dans cette élection qui porta au pouvoir le Parti travailliste. En novembre 1929, Keynes fut nommé, par le nouveau gouvernement, membre de la commission Macmillan mise sur pied par le chancelier de l'Echiquier pour étudier la situation économique (Committee on Finance and Industry). Il y poursuivit sa croisade en faveur d'une intervention active de l'Etat dans l'économie, comme il le fit comme membre d'un conseil économique consultatif (Economic Advisory Council) créé en 1930 pour conseiller le gouvernement en matière économique.

L'assaut contre la citadelle

Le problème auquel Keynes s'est trouvé alors confronté est que son analyse économique, fondée en partie sur une tradition orthodoxe qu'il avait lui-même contribué à développer dans ses premiers travaux, était, d'une certaine manière, en retard sur sa vision politique. Entre les propositions de réforme proposées dans *Can Lloyd George Do It?* et l'analyse élaborée dans *A Treatise on Money*, publié en 1930 (*JMK*, V et VI), il y avait un fossé qui a amené Keynes à commencer, dès la publication de

1. Ce qu'a d'ailleurs fait Nicholas Kaldor (1983).

ce livre, une révision en profondeur de ses conceptions économiques qui allait aboutir, six ans plus tard, à la *Théorie générale* dont il décrit ainsi l'objectif, dans une lettre à son ami George Bernard Shaw, qui manifestait plus de sympathie que Keynes tant à l'égard du Parti travailliste qu'à l'égard du marxisme :

> Pour comprendre *mon* état d'esprit, toutefois, vous devez savoir que j'écris actuellement un livre de théorie économique qui révolutionnera grandement – non pas, je suppose, dès maintenant, mais au cours des dix prochaines années – la manière dont le monde considère les problèmes économiques. Lorsque ma nouvelle théorie aura été convenablement assimilée et mêlée aux politiques, aux sentiments et aux passions, je ne peux prédire quel sera le résultat final dans son effet sur l'action et les affaires. Mais il y aura un grand changement, et, en particulier, les fondements ricardiens du marxisme seront démolis. Je ne peux m'attendre à ce que vous, ou quiconque, croyiez à cela pour le moment. Mais en ce qui me concerne, non seulement j'espère en ce que je dis, mais, dans mon esprit, j'en suis tout à fait certain (*JMK*, XIII, p. 492-3).

L'élaboration de cette nouvelle théorie a constitué un processus long et complexe, comme on peut le constater, entre autres, en lisant les documents rassemblés dans le treizième volume des *Collected Writings* de Keynes[1]. Voici comment Keynes décrit à Roy Harrod, avec qui il correspondait régulièrement pendant l'élaboration de son œuvre et à qui il envoyait les épreuves, ce processus :

> J'ai été très préoccupé par la causalité, pour ainsi dire, de l'évolution de mon propre esprit de la position classique à mes vues actuelles – de l'ordre dans lequel le problème s'est développé dans mon esprit. Ce que certains considèrent comme des controverses inutiles est vraiment dû à l'importance dans mon propre esprit de ce que j'avais l'habitude de

1. Sur l'évolution de la pensée économique de Keynes, voir en particulier P. Clarke, *The Keynesian Revolution in the Making, 1924-1936*, Oxford, Clarendon Press, 1988 ; Robert W. Dimand, *The Origins of the Keynesian Revolution : The Development of Keynes' Theory of Employment and Output*, Aldershot, Hants, Edward Elgar, 1988 ; R.F. Kahn, *The Making of Keynes' General Theory*, Cambridge, Angleterre, Cambridge Univer.ity Press, 1984 ; D.E. Moggridge, *John Maynard Keynes*, Londres, Macmillan, 1976 ; Patinkin 1976, 1978 et 1982 ; T.K. Rymes (dir.), *Keynes's Lectures 1932-35 : Notes of a Representative Student*, Londres, Macmillan, 1989.

> croire, et des moments de transition qui étaient pour moi personnellement des moments d'illumination. Vous ne ressentez pas le poids du passé comme je le ressens. On ne peut pas se débarrasser d'une charge qu'on n'a jamais vraiment portée. [...] Les particules de lumière qu'on voit en s'échappant d'un tunnel ne sont intéressantes ni pour ceux qui veulent rester là ni pour ceux qui n'y ont jamais été ! (Keynes, lettre à R.F. Harrod, 30 août 1936, in *JMK*, XIV, p. 84-5).

Ce texte de Keynes illustre bien le processus qui, initié dans *Indian Currency and Finance* (1913), passe par *La Réforme monétaire* (1923)[1] et *A Treatise on Money* (1930), avant d'aboutir à la *Théorie générale* et aux articles qui l'ont suivie. Keynes commence sa carrière d'économiste comme élève et disciple de Marshall et de Pigou, c'est-à-dire comme économiste « classique ». En effet, dans la *Théorie générale*, il dit ranger dans l'école classique, non seulement Ricardo et ses successeurs immédiats, mais « les économistes qui ont adopté et amélioré sa théorie y compris notamment Stuart Mill, Marshall, Edgeworth et le Professeur Pigou »[2]. Ce faisant, Keynes prend le contre-pied de la tradition qui voit une rupture entre l'école classique, qui se termine avec Mill, et l'école néoclassique, qui commence avec Jevons, Menger et Walras. Manifestement, toutefois, il y a une continuité entre ces auteurs en ce qui concerne les problèmes qui préoccupaient Keynes. Les uns et les autres, en particulier, acceptent la loi de Say, la détermination de l'investissement par l'épargne préalable, la dichotomie entre le secteur monétaire et le secteur réel et la théorie quantitative de la monnaie.

Ce sont précisément de ces conceptions que Keynes se libère graduellement pour élaborer l'approche développée dans la *Théorie générale*. Cette libération est présentée comme un processus pénible, dont le moment principal semble intervenir

1. *A Tract on Monetary Reform*. Dans le corps du texte, nous mentionnons le titre anglais lorsque l'ouvrage n'a pas été traduit en français. Autrement, nous utilisons le titre de la traduction française, qui n'est pas nécessairement la traduction littérale du titre anglais, comme c'est le cas par exemple pour *La Réforme monétaire* (Paris, Editions du Sagittaire, 1924).

2. Keynes, *Théorie générale de l'emploi, de l'intérêt et de la monnaie*, Paris, Payot, 1982, p. 29. Nous désignerons désormais nos références à cette édition par *TG*.

entre 1932 et 1934. Keynes voyait sa tâche comme celle de la destruction d'une citadelle, tâche d'autant plus compliquée qu'il fallait la détruire de l'intérieur. C'est à l'occasion d'une émission de radio, diffusée en 1934 et publiée par la suite, qu'il s'exprime le plus clairement à ce sujet[1]. Il y distingue deux groupes chez les économistes, entre lesquels le fossé est beaucoup plus grand qu'on ne le pense habituellement. Le premier groupe, largement majoritaire, comprend « ceux qui croient que [le système économique] a une tendance inhérente vers l'ajustement automatique, si on n'interfère pas avec lui, et si l'action du changement et de la chance n'est pas trop rapide » (*JMK*, XIII, p. 487). Cette vision, Keynes la qualifie d'orthodoxe. Selon elle, il ne peut y avoir de crise de surproduction générale et de chômage involontaire. La théorie orthodoxe est donc incapable d'expliquer les plus importants problèmes économiques contemporains : le chômage et les cycles. Keynes ajoute que les éléments essentiels de l'orthodoxie sont acceptés par les marxistes, de sorte qu'on doit considérer l'école du laissez-faire et le marxisme comme les enfants jumeaux de Say et de Ricardo. Ils sont dans la même citadelle.

De l'autre côté du gouffre se trouvent « ceux qui rejettent l'idée selon laquelle le système économique actuel s'ajuste automatiquement, d'une manière significative. Ils croient que l'échec de la demande effective à rejoindre toutes les potentialités de l'offre, en dépit du fait que la demande psychologique humaine est très loin d'être satisfaite pour la vaste majorité des individus, est dû à des causes beaucoup plus fondamentales » (*JMK*, XIII, p. 487). Ces économistes ont des opinions diverses quant à ces causes. Keynes les appelle les hérétiques et souligne qu'il y a une longue lignée d'hérétiques dans l'histoire de la pensée économique. Mais, depuis le dix-neuvième siècle, l'orthodoxie ricardienne, qui a pour elle tout l'*establishment* économique et correspond aux intérêts en place, domine.

Keynes se range parmi les hérétiques. Son problème, toutefois, vient du fait qu'il a été élevé dans la citadelle, dont il reconnaît ainsi la force et la puissance. Son évolution, depuis le début de sa carrière d'économiste, a consisté à se dégager graduellement de l'influence de l'orthodoxie, à en découvrir

1. « Poverty in Plenty : Is the Economic System Self-Adjusting ? », *The Listener*, 21 novembre 1934 ; in *JMK*, XIII, 485-92.

successivement les failles. Ce fut un long effort qui n'aboutit pas, avec la *Théorie générale*, à un parfait achèvement, car la rupture avec la tradition classique et orthodoxe s'accompagne du maintien d'un certain nombre d'éléments de cette théorie. Keynes en était sans doute lui-même conscient. Dès la publication de son livre, il commença de nouveau, comme pour le *Treatise on Money*, à en envisager une révision, et il écrit, dans la préface à la traduction française de son livre :

> Pendant un siècle ou plus l'Economie Politique a été dominée en Angleterre par une conception orthodoxe. [...] C'est dans cette orthodoxie en constante évolution que nous avons été élevé. Nous l'avons étudiée, enseignée, commentée dans nos écrits et sans doute les observateurs superficiels nous rangent-ils encore parmi ses adeptes. Les futurs historiens des doctrines considéreront que le présent ouvrage procède essentiellement de la même tradition. Mais nous-même, en écrivant ce livre et un autre ouvrage récent qui l'a préparé, nous avons senti que nous abandonnions cette orthodoxie, que nous réagissions fortement contre elle, que nous brisions des chaînes et conquérions une liberté (*TG*, p. 5).

La rupture

Les points de rupture avec l'orthodoxie, les fissures de la citadelle, ce sont ces éléments de la vision de Keynes qui ne peuvent être réconciliés avec la vision classique. Ils ne sont pas nécessairement formulés explicitement dans la *Théorie générale*, dont ils constituent néanmoins des clés de lecture. C'est souvent dans des articles ultérieurs, en particulier la réponse à ses critiques intitulée « The General Theory of Employment »[1], que Keynes est le plus clair à cet égard.

La première fissure concerne la méthode. Plusieurs critiques, soulignant les difficultés de lecture que comporte le livre de Keynes, lui reprochent en particulier de ne pas utiliser un langage mathématique que, peut-être, il ne maîtrisait pas. D'autres vont plus loin et le décrivent comme un théoricien peu méticuleux, plus porté par l'intuition que par la rigueur. Il est évident

1. *Quarterly Journal of Economics*, vol. 51, 1937, 209-23; *JMK*, XIV, 109-23.

que Keynes accordait à l'intuition un rôle important dans le processus d'analyse économique. A diverses reprises, il a aussi écrit que l'économiste devrait être doté de « bon sens », et fonder son analyse sur une connaissance approfondie des processus réels aussi bien que des institutions. C'était précisément son cas. Keynes est, sans doute, parmi les économistes théoriciens, l'un de ceux qui avaient la connaissance la plus concrète des objets dont il traitait. Ainsi lorsqu'il décrit la spéculation, ou encore l'évolution des prix des matières premières ou des monnaies, traite-t-il d'un sujet qu'il connaît de première main. Le fait que, depuis le début de sa carrière, il ait fréquenté les décideurs, dans tous les domaines, politique, syndical, bancaire, entrepreneurial, l'amène à décrire ce qu'il connaît. Or Keynes considère que la théorie économique doit décrire la réalité. Il reproche à la théorie classique, non pas son manque de rigueur, mais le fait que « les caractéristiques du cas spécial auquel cette théorie s'applique se trouvent ne pas être celles de la société économique où nous vivons réellement » (*TG*, p. 29), les économistes classiques étant « comme des Candide, qui, ayant abandonné le monde pour cultiver leur jardin, enseignent que tout est pour le mieux dans le meilleur des mondes possibles pourvu qu'on le laisse aller tout seul [...]. Il se peut que la théorie classique décrive la manière dont nous aimerions que notre économie se comportât » (*TG*, p. 57). Il est donc clair que Keynes ne pouvait envisager la théorie économique, à la manière de Robbins ou de Samuelson, comme une théorie générale de l'optimisation, ni accepter les thèses de Friedman, aujourd'hui très largement admises par les économistes, relatives à la non-importance du réalisme des hypothèses.

Quant à l'utilisation des mathématiques, il est certainement hasardeux de faire l'hypothèse du manque de compétence de l'auteur du *Treatise on Probability*. C'est d'ailleurs à la lumière de ce livre qu'on peut comprendre la volonté délibérée de Keynes de ne pas utiliser la formalisation mathématique dans la *Théorie générale*, et sa réaction négative face à la tentative par Tinbergen de faire une évaluation statistique des théories du cycle d'affaire[1]. Keynes a expliqué dans son *Treatise on*

1. « Professor Tinbergen's Method », *Economic Journal*, vol. 49, 1939, 558-70, repris avec d'autres documents relatifs à cette controverse in *JMK*, XIV, 285-320.

Probability les raisons pour lesquelles il considère qu'on ne peut traiter les sciences humaines avec les mêmes méthodes quantitatives que les sciences naturelles. Il y traite du caractère « atomique » des lois naturelles, auquel s'oppose une approche qualifiée d'« organique » (*JMK*, VIII, 276-8)[1].

Poursuivant une tradition qui, remontant à Aristote et aux scolastiques, est réaffirmée par Sidgwick, Marshall et son père John Neville, Keynes considère l'économie comme une science morale. A Harrod, il écrit, le 4 juillet 1938, que « l'économique est essentiellement une science morale et non pas une science naturelle. C'est-à-dire qu'elle utilise l'introspection et les jugements de valeur » (*JMK*, XIV, p. 297). Dans sa critique de Tinbergen, se référant explicitement à son *Treatise on Probability*, il fait état de son scepticisme quant à l'utilisation des statistiques dans un domaine, celui des cycles économiques, où le temps et l'incertitude jouent un si grand rôle. La méthode de Tinbergen suppose que tous les facteurs sont mesurables, ce qui la rend inapplicable pour « tous ces problèmes économiques où des facteurs politiques, sociaux et psychologiques, incluant des choses telles que la politique gouvernementale, le progrès de l'invention et l'état des anticipations, peuvent être significatifs. En particulier, elle est inapplicable au problème du cycle économique » (*JMK*, XIV, p. 309). Pour Keynes, l'économique n'est donc pas une science mathématique fermée sur elle-même. Elle doit s'ouvrir aux autres disciplines. On verra toutefois se développer, sur la base de la théorie de Keynes, la modélisation statistique qu'il rejetait. Plus globalement, tout le développement contemporain de l'économie va, pour l'essentiel, dans un sens tout à fait différent de celui que souhaitait Keynes[2].

1. On retrouve dans des textes antérieurs de Keynes, par exemple dans « Miscellanea Ethica » (1905), l'analyse de cette dichotomie atomique-organique, qui éclaire la vision keynésienne de la macroéconomie, irréductible à la sommation d'éléments individuels. Voir à ce sujet R.X. Chase, « Keynes's Dichotomy : A Methodological Escape for a Theoretic Revolution », *Methodus*, vol. 3, 1991, nº 2, 79-85.

2. De même, à partir de Klein, l'un des fondateurs de l'économétrie moderne, jusqu'à ce jour, on a à de nombreuses reprises expliqué par un malentendu, sinon une incompréhension, l'attitude de Keynes face à Tinbergen. Voir entre autres, à ce sujet, T. Lawson, « Keynes, Prediction and Econometrics », H. Pesaran et R. Smith, « Keynes on Econometrics », in Lawson et Pesaran (dir.), *op. cit.*, 116-33 et 134-50, ainsi que Stone 1978 « Keynes… ».

Le rôle du temps dans l'analyse peut être considéré comme un deuxième point de rupture, évidemment lié au précédent, comme aux suivants. Pour sa disciple et collaboratrice Joan Robinson, c'est même là le fossé principal avec l'orthodoxie : « Keynes a ramené le *temps* dans la théorie économique. Il a réveillé la Belle au bois dormant du long oubli auquel l'avaient condamnée "l'équilibre" et "la prévision parfaite" et l'a menée dans le monde d'ici et de maintenant » (Robinson 1962, *Economic Philosophy*, p. 73). Mais il ne s'agit pas de n'importe quel temps. C'est un temps historique, et irréversible, qui s'oppose au temps logique des modèles d'équilibre général et de la théorie néoclassique.

C'est à la tradition marshallienne, toutefois, que Keynes a emprunté la distinction entre le court terme et le long terme. Mais il lui donne une portée et une signification différentes de celles qu'on trouve dans l'analyse classique de Marshall. C'est dans *La Réforme monétaire* que se trouve le passage souvent cité selon lequel « *à la longue*, nous serons tous morts ». Il ne s'agit pas d'une boutade. Cette phrase est prononcée à l'occasion d'une analyse de la théorie quantitative de la monnaie, qu'à cette époque Keynes acceptait, alors qu'il la rejette dans la *Théorie générale*. Mais cette acceptation est déjà, en 1923, très mitigée. Ce n'est en effet que dans le long terme que cette théorie est valable, ce qui la rend au bout du compte inutile pour comprendre les problèmes actuels : « Mais cette manière d'envisager les choses dans un long espace de temps est une mauvaise méthode d'étudier les événements actuels. *A la longue*, nous serons tous morts. Les économistes se donnent une tâche trop facile et trop inutile, si, dans une période orageuse, ils se contentent de nous dire que lorsque la tempête est passée l'Océan redevient calme [1]. » C'est précisément pendant une période orageuse que Keynes élabore la *Théorie générale*. Dans le court terme dans lequel il situe son analyse, il y a un passé révolu, qu'on ne peut reconstruire, duquel on doit partir et qui se manifeste en particulier par un stock et une composition du capital, des inventaires, une main-d'œuvre avec ses qualifications, une répartition des revenus, et aussi des institutions politiques, sociales, des événements divers, des états d'esprit, des valeurs.

1. *La Réforme monétaire*, Paris, Editions du Sagittaire, 1924, p. 100.

Il y a aussi un futur. Ce futur est inconnu. Le traitement de l'anticipation en contexte d'incertitude est un élément majeur de la rupture de Keynes avec l'orthodoxie. Cela semblait l'être en tout cas dans l'esprit de Keynes lui-même puisqu'il en fait le thème principal de son article du numéro de février 1937 du *Quarterly Journal of Economics*. Pour Keynes, il ne faut pas confondre incertain et plus ou moins probable. On ne peut pas assigner un chiffre, expression d'une probabilité, à un événement futur. On ne peut calculer l'incertain. Il n'y a pas de base scientifique sur laquelle on puisse établir une probabilité calculable en économie. Tel est l'un des principaux défauts de la théorie qu'il combat : « J'accuse la théorie économique classique d'être elle-même l'une de ces techniques polies et délicates qui essaient de traiter avec le présent en faisant abstraction du fait que nous connaissons très peu de choses à propos du futur » (*JMK*, XIV, p. 115).

A la perception du temps et de l'incertitude est étroitement reliée une conception de la monnaie par laquelle, de nouveau, Keynes se démarque de l'orthodoxie. Cette dernière distingue un secteur réel où sont fixés les prix relatifs et un secteur monétaire où est déterminé le niveau général des prix, selon le mécanisme de la théorie quantitative de la monnaie. L'abandon par Keynes de cette théorie va de pair avec celui de la loi de Say. Le mot monnaie figure dans les titres de tous ses ouvrages théoriques importants. Le chemin qui mène à la *Théorie générale* consiste à intégrer le réel et le monétaire. Keynes s'explique clairement dans un texte publié en 1933[1]. Il y annonce qu'il écrit une « théorie monétaire de la production », titre de certaines des premières ébauches de son livre futur. La théorie classique, écrit-il, est une théorie qui traite d'une économie d'échange réel. Ailleurs, il parle d'économie coopérative, ou encore d'économie de troc. Il y oppose une économie monétaire, ou encore une économie d'entrepreneurs. Pour Keynes, la monnaie est donc intimement liée à l'incertitude et, par ce biais, au chômage. Keynes dit dans la *Théorie générale* que la monnaie est un pont entre le passé et l'avenir :

1. « A Monetary Theory of Production », in G. Clausing (dir.), *Der Stand und die nächste Zukunft der Konjunkturforschung. Festschrift für Arthur Spiethoff*, Munich, Duncker & Humblot ; *JMK*, XIII, 408-11.

> Le présent ouvrage a fini par devenir au contraire une étude portant principalement sur les forces qui gouvernent les variations de volume de la production et de l'emploi dans leur ensemble ; et comme il apparaît que la monnaie joue dans le mécanisme économique un rôle primordial et d'ailleurs très particulier, les détails de la technique monétaire se situent à l'arrière-plan du sujet. Une économie monétaire est essentiellement, comme nous le verrons, une économie où la variation des vues sur l'avenir peut influer sur le volume actuel de l'emploi (*TG*, p. 10).

A la théorie classique, Keynes reproche ainsi de n'avoir pas d'explication de ce qui détermine le niveau global de l'emploi, de la production et du revenu. Ou encore, s'il en est une, c'est celle selon laquelle l'équilibre entre l'offre et la demande sur le marché du travail fixe simultanément le salaire réel d'équilibre et un niveau d'emploi qui ne peut être alors que le plein emploi, défini par le fait que tous ceux qui souhaitent travailler à un tel niveau de salaire réel, compte tenu de leur fonction de préférence pour le loisir, trouvent un emploi. De manière analogue, le marché du capital, représenté par la combinaison d'une courbe de demande de capital, correspondant à l'investissement désiré à divers niveaux du taux réel d'intérêt, et d'une courbe d'offre, correspondant à l'épargne, elle-même liée aux préférences intertemporelles des agents, détermine un niveau d'équilibre du taux réel d'intérêt et de l'investissement. Déjà dans le *Treatise on Money*, Keynes rompt avec cette conception qui a régné dans la pensée classique depuis Smith et, avant lui, Turgot, auquel le premier l'a d'ailleurs sans doute empruntée, conception en vertu de laquelle l'investissement est limité par un fonds d'épargne préalable.

Keynes considère, comme tous les économistes, que l'épargne, définie comme la différence entre le revenu et les dépenses de consommation, est toujours égale à l'investissement. Mais il s'agit là d'une identité comptable, que l'on constate *ex post*. L'épargne est en effet un résidu. L'investissement est le moteur de l'activité économique. Plus précisément la décision d'investir est le principal déterminant du niveau de la production, de l'emploi et du revenu. Cette décision n'est d'aucune manière limitée par une épargne préalable. Elle découle des anticipations et des « esprits animaux »[1] des entrepreneurs, dont les décisions, comme toutes les décisions humaines, « ne peuvent pour la plupart être prises que sous la poussée d'un dynamisme naturel – d'un besoin spontané d'agir plutôt que de ne rien faire – et non en conséquence d'une moyenne pondérée de bénéfices quantitatifs multipliés par des probabilités quantitatives [...] Lorsqu'on évalue les perspectives de l'investissement, il faut donc tenir compte des nerfs et des humeurs, des digestions même et des réactions au climat des personnes dont l'activité spontanée les gouverne en grande partie » (*TG*, p. 173-4).

Non seulement l'investissement n'est pas limité par un fonds d'épargne préalable, mais il suscite, par les variations de la production qu'il provoque, une épargne qui lui est égale. Cette idée est parfois présentée comme le paradoxe central de la *Théorie générale* : lorsque tous les agents décident d'épargner plus, cela déprime la demande effective, l'investissement, le revenu et donc finalement l'épargne globale finale[2]. Tel est l'un des résultats principaux de la construction que Keynes substitue à l'analyse classique. Elle est fondée sur ce qu'il appelle « les trois facteurs psychologiques fondamentaux : la propension psychologique à consommer, l'attitude psychologique touchant la liquidité, et l'estimation psychologique du rendement futur des capitaux » (*TG*, p. 252-3). Il décrit ainsi la manière dont ils lui sont apparus, lui permettant de reconstruire à la place de la citadelle détruite sa propre théorie de la détermination de l'emploi :

> Vous ne faites pas mention de la *demande effective* ou, plus précisément, de la courbe de demande pour la production totale, sauf dans la mesure où elle est implicite dans le multiplicateur. Pour moi, la chose la plus extraordinaire, d'un point de vue historique, est la disparition complète de la théorie de la demande et de l'offre pour la production totale, c'est-à-dire de la théorie de l'emploi, *après* qu'elle eut été la chose la plus discutée en économie pendant un quart de siècle. L'une des plus importantes transitions pour moi, après que mon *Traité de la monnaie* eut été publié, a été de réaliser sou-

1. C'est par « dynamisme naturel » que le traducteur de la *Théorie générale* (173) rend l'expression anglaise de *animal spirits* (*JMK*, VII, 162).

2. Cela illustre bien la conception méthodologique particulière à la macroéconomie keynésienne, en vertu de laquelle les processus globaux ne sont pas la résultante additive de l'ensemble des processus élémentaires.

> dainement cela. Ce n'est venu qu'après que j'eus énoncé pour moi-même la loi psychologique selon laquelle, lorsque le revenu augmente, la brèche entre le revenu et la consommation s'accroît – une conclusion de très grande importance pour ma propre pensée, mais apparemment pas, ainsi exprimée, pour qui que ce soit d'autre. Ensuite, beaucoup plus tard, est venue la notion de l'intérêt comme signifiant la préférence pour la liquidité, qui est devenue très claire dans mon esprit dès que j'ai commencé à y penser. Et l'automne dernier, après beaucoup de confusion et plusieurs ébauches, la définition correcte de l'efficacité marginale du capital a relié les choses les unes avec les autres (Lettre à Harrod, 30 août 1936; in *JMK*, XIV, p. 85)[1].

Une description détaillée de ces concepts, et de la construction théorique de Keynes, n'a évidemment pas sa place ici. Nous renvoyons le lecteur à la lecture du livre de Keynes et des innombrables présentations qui en ont été faites. Mais justement, ces présentations sont multiples et contradictoires, et cela découle en partie de l'exposé de Keynes, pour les raisons que nous allons brièvement évoquer en conclusion de ce chapitre.

La continuité

En même temps qu'il l'attaquait, Keynes utilisait des éléments de la théorie classique dans sa reconstruction. Là se trouve la source d'innombrables débats ultérieurs, et de querelles d'interprétation. Le texte de Keynes, du fait de la diversité de ses facettes et de ses ambiguïtés, peut être lu avec les lunettes de l'orthodoxie que son auteur condamnait par ailleurs. En d'autres termes, on peut le lire sans prendre en considération, ou en les gommant, les points de rupture examinés plus haut.

La première et la principale des ambiguïtés de l'œuvre de Keynes tient au rôle assigné à la théorie classique. Le défaut principal de cette dernière, de l'avis de Keynes, est son impuissance à déterminer le niveau global de l'emploi et de la production. Elle suppose que les forces du marché poussent naturellement l'économie vers le plein emploi. Or pour Keynes, la théorie classique s'applique lorsque le plein emploi est atteint.

1. Voir aussi la lettre à Abba Lerner, 16 juin 1936, in *JMK*, XXIX, 214-216.

Plus généralement, cette théorie est valable lorsqu'il s'agit d'étudier l'allocation de ressources déterminées. Cela l'amène à accepter la théorie classique des prix et de la répartition. Après avoir critiqué la théorie classique de la détermination du salaire réel et de l'emploi, il accepte néanmoins l'idée selon laquelle, l'emploi étant donné, le salaire réel est égal à la productivité marginale du travail. C'est cette position qui va permettre la tentative de synthèse entre ce qu'on va désormais appeler la macroéconomie, keynésienne, et la microéconomie, néoclassique.

Une autre ambiguïté concerne la macroéconomie elle-même. Keynes évite ce qu'il appelle la cristallisation et la codification mathématique de son système. Mais certains de ses développements s'y prêtent, en particulier la théorie du multiplicateur, de même que la conception de l'efficacité marginale du capital. Ce n'est pas la codification en soi qui pose problème, mais la possibilité de l'effectuer en oubliant l'irréversibilité du temps et l'incertitude. Les relations causales complexes mises en lumière par Keynes peuvent être transformées en relations fonctionnelles entre des variables, qu'on peut traiter d'une manière que Keynes avait par ailleurs critiquée à l'occasion de son débat avec Tinbergen.

En outre, l'ancrage de l'analyse dans le court terme et l'absence d'une théorie de la croissance constituent pour plusieurs une autre limite, sinon même une faiblesse majeure de la *Théorie générale*. Il est d'ailleurs significatif de constater que Keynes sera très critique face à la tentative, engagée par Harrod, de dynamiser sa théorie et de la prolonger dans le long terme (*JMK*, XIV, p. 320). Ce sera pourtant là un des lieux d'ancrage de la théorie post-keynésienne.

Une dernière ambiguïté tient au statut de la monnaie. Elle est d'autant plus importante que la monnaie joue, nous l'avons dit, un rôle fondamental dans l'analyse keynésienne. Alors que l'idée selon laquelle la quantité de monnaie est déterminée par les autorités monétaires implique une conception exogène de l'offre de monnaie, Keynes laisse entendre en d'autres endroits que l'offre de monnaie peut être considérée comme endogène, déterminée par les besoins de l'économie. C'est en fin de compte le système bancaire et financier qui crée la monnaie en fonction des besoins des entreprises. Keynes développera cette vision dans certains articles postérieurs à la publication de la

Théorie générale, entre autres lorsqu'il ajoute, aux motifs de détention de liquidité répertoriés dans son livre, ce qu'il appelle le « motif financier ». Alors que les théoriciens d'obédience post-keynésienne insisteront sur cette dernière vision, les théoriciens néoclassiques retiendront plutôt l'analyse exogène de l'offre de monnaie, compatible avec la théorie quantitative de la monnaie. Plus tard, on verra les théoriciens du monétarisme, au premier rang desquels Friedman, affirmer que Keynes, résolument quantitativiste dans la *Réforme monétaire*, l'était demeuré en grande partie dans la *Théorie générale*.

2. La révolution keynésienne

Keynes et la révolution keynésienne

Lorsque paraît, le 4 février 1936, la *Théorie générale de l'emploi, de l'intérêt et de la monnaie*, son auteur, John Maynard Keynes, alors âgé de cinquante-deux ans, est depuis longtemps déjà le plus célèbre et le plus influent des économistes de Grande-Bretagne. Ce livre le propulsera au premier rang des économistes du vingtième siècle, et en fera, avec Smith, Ricardo, Marx et quelques autres, l'un des plus grands noms dans l'histoire de l'économie politique. Keynes meurt dix années après la publication de son livre, le dimanche de Pâques 21 avril 1946, terrassé par la dernière d'une série d'attaques cardiaques dont la première l'avait frappé en 1937. Il aura eu le temps de voir réalisée une partie de la prophétie qu'il faisait à son ami George Bernard Shaw, le 1er janvier 1935. En effet, en 1946, la *Théorie générale* s'est déjà imposée comme un livre « qui révolutionne grandement la manière dont le monde considère les problèmes économiques » (*JMK*, XIII, p. 492). Keynes avait donc lui-même utilisé l'expression de « révolution » pour caractériser l'impact de son œuvre. La formule de « révolution keynésienne » apparaîtra dans le titre d'un ouvrage de Lawrence Klein (1947), qui jouera un rôle important dans la diffusion des idées keynésiennes aux Etats-Unis.

Ce qu'on appelle la révolution keynésienne est toutefois un phénomène dont l'ampleur dépasse la publication puis le destin de la *Théorie générale*. Pendant sa vie, Keynes a été le témoin d'importants bouleversements, tant sur le plan politique que social, économique et culturel. Dans un ouvrage majeur publié en 1944, Karl Polanyi a baptisé « grande transformation »[1] l'effondrement, entre 1900 et 1940, d'un système international qui avait triomphé au dix-neuvième siècle en reposant sur quatre institutions : le système de l'équilibre des puissances, l'étalon-or international, le marché autorégulateur et l'Etat libéral. Ce système était porté par une utopie, l'idée d'un marché s'ajustant lui-même, en intégrant dans son domaine d'action l'or, la terre et, surtout, le travail : « Les origines du cataclysme résident dans l'entreprise utopique par laquelle le libéralisme économique a voulu créer un système de marché autorégulateur[2]. » La montée du socialisme, celles du nazisme et du fascisme, mais aussi la recherche d'une « troisième voie » dans les pays capitalistes constituent des conséquences de ce cataclysme : « Les événements marquants en furent l'abandon de l'étalon-or par la Grande-Bretagne ; les plans quinquennaux en Russie ; le lancement du New Deal ; la révolution nationale-socialiste en Allemagne ; et l'effondrement de la SDN au profit d'empires autarciques[3]. » La voie était étroite pour une réforme du système qui ne débouche ni sur l'autoritarisme ni sur la barbarie. La recherche de cette voie, tel était le sens du combat que Keynes a mené avec un acharnement qui est sans aucun doute une des causes de sa mort prématurée[4].

Ce qu'on appelle la révolution keynésienne a été un moment de cette grande transformation. Cette expression, cependant, est ambiguë. Le mot révolution, en premier lieu, doit être manié avec soin. Dans le domaine social, politique et économique comme dans celui des idées, ce qui apparaît comme une rupture brutale est souvent le fruit d'une longue évolution. Plus encore,

1. *The Great Transformation*, New York, Rinehart ; trad. fr., *La Grande Transformation : Aux origines politiques et économiques de notre temps*, Paris, Gallimard, 1983.

2. *Id.*, p. 53-4.

3. *Ibid.*, p. 45-6.

4. C'est en effet contre toute prudence et en dépit de l'avis de ses médecins que, pendant et immédiatement après la Seconde Guerre mondiale, Keynes a été l'un des principaux artisans de négociations complexes visant à assurer les conditions économiques et politiques d'un monde pacifié, dans lequel on pourrait enfin s'adonner à la quête de la beauté, de la connaissance, de l'amour et de l'amitié. Outre ses fonctions épuisantes de négociateur qui l'ont amené à traverser plusieurs fois l'Atlantique, Keynes a par ailleurs, à partir de 1942, consacré beaucoup d'énergie aux activités du Comité pour l'encouragement de la musique et des arts (qui deviendra après la guerre le Conseil des Arts), qu'il présidait et dont il ne cessait de surveiller de près les activités même durant ses séjours aux Etats-Unis, exigeant qu'on lui envoie les procès-verbaux des réunions.

il y a souvent des retours de l'histoire. Des révolutions – c'est d'ailleurs le sens premier du terme – nous font revenir à un point de départ. Ainsi la théorie keynésienne renoue-t-elle avec certains courants d'idées que la théorie classique avait cru éliminer. Elle plonge même ses racines dans un passé très lointain, auquel son auteur fait lui-même référence dans la *Théorie générale*[1]. Il y fait ainsi l'éloge de la juste intuition des scolastiques dans leur condamnation du prêt usuraire, indiquant qu'on y trouve déjà l'ébauche de la distinction entre le taux d'intérêt et l'efficacité marginale du capital. Il réhabilite les mercantilistes qui, beaucoup mieux que les classiques, avaient compris le problème de l'emploi. Il indique que Malthus, à qui il avait déjà consacré une étude importante[2], avait bien perçu les failles de la théorie ricardienne. Pour les lecteurs français de son livre, il souligne qu'il revient, pour ce qui est de la théorie de l'intérêt, à la doctrine de Montesquieu, « le plus grand économiste français, celui qu'il est juste de comparer à Adam Smith, et qui dépasse les physiocrates de cent coudées par la perspicacité, par la clarté des idées et par le bon sens (qualités que tout économiste devrait posséder) » (*TG*, p. 7).

Et le mot keynésien n'est pas, lui non plus, sans ambiguïté. Il pourrait en effet laisser croire que Keynes est l'unique auteur de cette révolution, révolution que son œuvre aurait déclenchée. Il n'en est pas ainsi. Keynes est un acteur, certes très important, de ce qu'on appelle la révolution keynésienne. Mais d'autres que lui ont développé, en même temps ou même avant, certains éléments importants de ce qu'on appelle désormais la théorie keynésienne, comme nous allons le voir. En 1948, Joan Robinson présentait la « Théorie générale » comme le produit collectif d'une transformation théorique dont le livre de Keynes ne représentait qu'une étape parmi d'autres : « Mais par théorie

1. Voir en particulier le chapitre 23, « Notes sur le mercantilisme, les lois contre l'usure, la monnaie estampillée, et les théories de la sous-consommation ». Sur la théorie de la demande effective avant Adam Smith, on consultera en particulier H. Brems, *Pioneering Economic Theory, 1630-1980 : A Mathematical Restatement*, Baltimore, Johns Hopkins University Press, 1986, et T.W. Hutchison, *Before Adam Smith : The Emergence of Political Economy, 1662-1776*, Oxford, Basil Blackwell, 1988.

2. Ebauchée en 1914, développée en 1922 et en 1924 à l'occasion de divers exposés, cette étude a été complétée en 1933 pour être intégrée dans les *Essays in Biography* publiés par Keynes cette année-là (Londres, Macmillan) ; voir *JMK*, X, 71-108.

générale je ne désigne pas le livre célèbre de cet auteur. Certes, cet ouvrage est très important, mais il n'est ni complet ni définitif. Il constituait, lors de sa parution, une sorte de compte rendu provisoire sur un mouvement d'idées en cours de développement. [...] Ce que j'entends par l'expression de théorie générale est plutôt une méthode d'analyse. C'est un corps vivant d'idées qui se développe et qui produit des résultats très différents suivant qu'il est appliqué à des circonstances différentes par telle ou telle personne » (Robinson 1948, p. 185).

Mais il est juste que le nom de Keynes figure au premier rang. Si la révolution dont il est question est qualifiée de keynésienne, cela tient en effet aux qualités personnelles de John Maynard Keynes, comme à un concours complexe de circonstances. Keynes était un individu exceptionnel, et il a de plus écrit au bon moment, au bon endroit et dans la bonne langue. Le polonais, le suédois, le norvégien et le hollandais n'étaient pas des véhicules aussi efficaces que l'anglais, depuis longtemps langue dominante dans le domaine de l'économie politique. Enfin, Keynes a toujours su publier ses ouvrages importants à des moments clés, faire en sorte qu'ils soient attendus. Il est difficile de connaître la part de chance et la part de calcul dans tout cela, mais il est indéniable que chaque publication de Keynes, au moins depuis *Les Conséquences économiques de la paix*, constituait un événement médiatique. Ce qui relevait du calcul en tout cas, c'étaient les campagnes efficaces menées après les publications pour faire connaître et discuter les œuvres.

Car Keynes était homme de pouvoir, dans tous les sens du terme. Conseiller influent et critique redouté des politiques gouvernementales, il a exercé, jusqu'à la fin de sa vie, des tâches importantes à divers niveaux de l'appareil d'Etat. Comme nous l'avons vu, il a été un membre actif et influent du Parti libéral, tout en étant très écouté par le Parti travailliste. Sur le plan de la profession économique, dès l'âge de vingt-huit ans, en 1911, Keynes prenait le contrôle de l'*Economic Journal* et occupait de ce fait une place centrale. Il savait aussi s'entourer de disciples fidèles et dévoués.

Homme de pouvoir, Keynes était aussi un intellectuel doté de qualités hors du commun. Son intelligence, sa culture et ses capacités de travail étaient exceptionnelles. C'était un écrivain prolifique, au style beaucoup plus vivant que celui de la plupart de ses collègues. Et, loin de se limiter à l'économie, il intervenait dans de multiples domaines du savoir. Sa réputation dépassait ainsi largement le cercle restreint de la profession économique ou même celui de la politique. Elle englobait par ailleurs le domaine des arts dans lequel Keynes a joué un rôle important.

Les ambiguïtés mêmes de son œuvre et de son message ont contribué au succès de Keynes. Beaucoup pouvaient y lire ce qu'ils voulaient. Il est hors de doute que Keynes se complaisait lui-même dans un rôle de provocateur, de brouilleur de cartes, qui lui permettait d'occuper le devant de la scène. La force de ses convictions ne l'empêchait pas de faire preuve, en plusieurs occasions, d'un opportunisme parfois surprenant. Keynes n'était pas de ceux qui reculent devant les virages et les remises en question de leurs propres prises de position pour faire avancer leur point de vue. C'est un combat que Keynes a mené tout au long de sa carrière, combat pour lequel, toutefois, il préférait le verbe au fer. Dans ce combat, il avait des adversaires coriaces, qui l'admiraient parfois, qui se sont même dans certains cas ralliés, et des disciples inconditionnels, à l'occasion même encombrants. Voyons d'abord ses principaux adversaires.

De Vienne à Londres[1]

Pour Keynes et ses amis, l'essentiel, sur le plan scientifique, se passait à l'intérieur d'un triangle dont Cambridge, Oxford et Londres constituaient les trois sommets, Cambridge étant évidemment le plus important des sommets. Il y avait bien une littérature économique « continentale » à laquelle on faisait parfois allusion, mais on la connaissait mal, en particulier à Cambridge. A Londres, par contre, la London School of Economics[2], qui publiait la revue *Economica*, concurrente de

1. Certains éléments de cette section sont repris de G. Dostaler, « Aperçus sur la controverse entre Keynes et Hayek », *Economies et sociétés*, vol. 24, nº 6, 1990, 135-62, et « The Debate between Hayek and Keynes », in W. Barber (dir.), *Perspectives on the History of Economic Thought*, vol. 6, *Themes in Keynesian Criticism and Supplementary Modern Topics*, Aldershot, Hants, Edward Elgar, 1991, 77-101.

2. Sur la London School of Economics dans les années trente, voir A.W. Coats, « The LSE Ethos in the Inter-War Years », *Atlantic Economic Journal*, vol. 10, 1982, 18-30 ; J.R. Hicks, « LSE and the Robbins Circle », in *Money, Interest and Wages. Collected Essays on Economic Theory*, vol. 2, Oxford, Basil Blackwell, 1982, 3-10 ; C. Ménard, « Le keynésianisme : nais-

l'*Economic Journal*, organe officiel de la Royal Economic Society, que Keynes tenait d'une main de fer[1], était plus ouverte à ces influences étrangères. C'est par Londres que l'école walraso-parétienne d'une part, et l'école autrichienne d'autre part, pénétrèrent le monde anglo-saxon. La première conduira éventuellement à la synthèse néoclassique dont nous parlerons plus loin. La seconde, par le biais de Hayek en particulier, donnera naissance à l'un des pôles de résistance les plus vifs à l'interventionnisme et au keynésianisme.

Par rapport aux deux autres branches de la révolution marginaliste, l'école autrichienne, initiée par Carl Menger, s'est toujours maintenue en courant de pensée autonome. Elle connaît même de nos jours une renaissance vigoureuse sous l'appellation d'école néo-autrichienne. Alors que les traditions issues de Walras et de Jevons conduisaient à l'émergence de la théorie néoclassique, l'école de Vienne s'est caractérisée par des positions méthodologiques assez spécifiques, clairement explicitées d'ailleurs, ce qui n'est pas le cas des autres courants[2]. A une perception de l'économie en termes d'équilibre général, l'approche autrichienne préfère une vision causale, qui l'amène par exemple à réduire le capital au temps et au travail. Et la cause ultime pour elle, dans le domaine social et économique, réside dans le sujet. Ce sont les perceptions du sujet qui constituent la réalité première à partir de laquelle on doit construire la théorie économique. Pour l'école autrichienne, c'est l'introspection par laquelle on élabore les hypothèses de la théorie économique qui lui donne sa valeur. Individualisme méthodologique, subjectivisme ou encore apriorisme radical

---

sance d'une illusion », *Economies et sociétés*, vol. 19, série *Œconomia*, nº 3, 1985, 3-27 ; L.C. Robbins, *Autobiography of an Economist*, Londres, Macmillan, 1971.

1. En 1933, un groupe de jeunes économistes cambridgiens et londoniens mettent sur pied la *Review of Economic Studies* dans le but, entre autres, de dépasser les clivages entre écoles rivales. Les aînés l'appelaient le « Children's Journal ».

2. Et ce qui s'explique sans doute par le fait que ce sont les fondateurs autrichiens du marginalisme qui ont croisé le fer tant avec les membres de l'école historique allemande, dans le cadre de la « guerre des méthodes » *(Methodenstreit)* qui a fait rage dans les années quatre-vingt, qu'avec un courant marxiste puissamment implanté en Allemagne et en Autriche. Menger, Böhm-Bawerk et Wieser devaient ainsi opposer des visions d'ensemble cohérentes à ces courants de pensée.

comptent parmi les expressions utilisées pour caractériser cette approche. Insistant sur l'importance du temps et de l'incertitude dans les affaires humaines, l'école autrichienne se méfie de la fascination qu'exercent, sur les économistes, les méthodes des sciences naturelles, et en particulier les mathématiques.

Il existe donc des analogies entre la vision autrichienne et celle de Keynes. Ainsi Hayek a développé une critique de la vision walraso-parétienne de l'équilibre général, qui n'est pas sans ressembler à la critique, par Keynes, de la théorie classique. Dès ses premiers travaux importants, dans les années vingt, il reproche aux économistes de négliger le temps dans leurs analyses, et il met en doute la possibilité de construire une théorie économique de caractère formel et mathématique sur le même modèle que celui des sciences de la nature. Son « Economics and Knowledge », publié en 1937 [1], contient une critique de la théorie de l'équilibre général qui offre plusieurs ressemblances avec ce qu'on trouve dans l'article que Keynes publie la même année dans le *Quarterly Journal of Economics*. Il est permis de penser que, à l'occasion de sa controverse avec Hayek, Keynes ait pu être en partie influencé par ce dernier.

En dépit de ces liens de parenté, l'école autrichienne se caractérise par un libéralisme radical qui débouchera sur l'une des critiques les plus vigoureuses du keynésianisme. Ce libéralisme n'est pas le fait des fondateurs. Menger, Böhm-Bawerk et Wieser professaient, comme du reste Jevons et Walras, des idées plutôt progressistes sur l'échiquier politique de leur époque. C'est avec Ludwig von Mises et Friedrich Hayek qu'un libéralisme intransigeant deviendra l'une des principales caractéristiques de l'école autrichienne. Alors que Pareto ou Barone affirmaient de l'équilibre général walrasien qu'il pouvait constituer le fondement rationnel de la planification socialiste, Mises prétendait démontrer que la planification socialiste est impossible. Cette impossibilité se fonde sur une argumentation d'ordre méthodologique et épistémologique. La planification est impossible parce qu'aucun cerveau humain ne peut détenir seul l'ensemble des connaissances nécessaires pour assurer une organisation optimale de la production. Pour Hayek, l'interventionnisme keynésien participe de la même illusion. Il plonge

1. Discours présidentiel prononcé au London Economic Club en novembre 1936, publié dans *Economica*, vol. 4, 33-54 ; repris in Hayek 1948, 33-56.

ses racines dans cette tradition intellectuelle illustrée, entre autres, par Marx, Comte, Rousseau, Voltaire, Descartes et, bien au-delà, Platon, qui croyaient possible d'organiser rationnellement la société. Or, pour Hayek, la société constitue un ordre spontané, fruit d'une longue évolution.

Parallèlement à Keynes, au cours des années vingt, Hayek développe une théorie des fluctuations cycliques qui donne un fondement théorique à son rejet de l'interventionnisme[1]. Il écrit sous la double influence de Wicksell, fondateur de la tradition suédoise[2], et de Böhm-Bawerk[3]. Au premier, il emprunte l'idée du déséquilibre entre le taux naturel de l'intérêt, lié à la productivité du capital et aux préférences temporelles des agents, et le taux monétaire déterminé par le système bancaire, déséquilibre déclenchant un processus cumulatif de hausse ou de baisse des prix. Du second, il utilise la conception de l'investissement comme allongement d'un processus de production dont les facteurs initiaux sont le travail et les ressources naturelles. Dans les deux cas, la conception du temps est fondamentale. La monnaie joue aussi un rôle capital, Hayek estimant, comme Keynes, qu'une économie monétaire est différente d'une économie d'échange réel. Loin d'agir uniquement, comme l'explique la théorie quantitative traditionnelle, sur le niveau général des prix, la variation de la quantité de monnaie a un impact sur la structure des prix relatifs. Ainsi, une hausse de la masse monétaire, par exemple par le biais de facilités de crédit accrues, fait baisser le taux monétaire de l'intérêt au-dessous du taux naturel. Cela provoque un allongement des processus de production, et un déséquilibre entre l'investissement et l'épargne souhaitée par les agents. Une hausse subséquente des prix des biens de consommation dégage l'épargne supplémentaire, baptisée « épargne forcée » nécessaire pour financer le surinvestissement. Dès lors est déclenché un raccourcisse-

1. Voir les textes, alors publiés en allemand, traduits et rassemblés dans Hayek 1984 (*Money, Capital...*), ainsi que Hayek 1929, 1931 et 1939. Voir aussi M. Colonna, H. Hagemann et O. Hamouda (dir.), *The Economics of Hayek*, vol. 1, *Money and Business Cycles*, Aldershot, Hants, Edward Elgar, 1994.

2. Voir la section suivante.

3. A laquelle il faut sans doute ajouter celle des économistes institutionnalistes américains que Hayek a rencontrés à l'occasion d'un voyage aux Etats-Unis en 1923 et 1924.

ment des processus de production, cause de hausse du chômage dans le secteur des biens de production, puis de proche en proche dans l'ensemble de l'économie. Ainsi, pour Hayek, la crise de 1929 a été provoquée par un surinvestissement découlant d'une politique monétaire laxiste, fondée sur l'illusion de la stimulation de l'économie par l'inflation. Dès ce moment, il critique les « illusions sous-consommationnistes » propagées par des auteurs tels que Foster et Catchings, et, de manière plus sophistiquée, par Keynes[1].

Telles sont les thèses que Hayek développe à l'occasion d'un cycle de conférences prononcées à la London School of Economics, à l'invitation de Lionel Robbins, en février 1931, quelques mois après la publication du *Treatise on Money* de Keynes. Les propos de Hayek, qui sont publiés en septembre 1931 sous le titre de *Prix et production*, y soulèvent l'enthousiasme, et valent à son auteur un poste à la London School of Economics, où il s'affirme rapidement comme le leader de l'opposition à Keynes et à ses disciples. Alors étudiant à la London School of Economics, Hicks a décrit, plusieurs années plus tard, dans « The Hayek's Story », l'embarras dans lequel l'opposition entre les thèses de Keynes et celles de Hayek a plongé plusieurs jeunes économistes à cette époque :

> Lorsque l'histoire définitive de l'analyse économique pendant les années trente sera écrite, un personnage dominant dans ce drame (car ce fut vraiment un drame) sera le professeur Hayek. [...] on ne se rappelle guère qu'il fut un temps où les nouvelles théories de Hayek étaient les principales rivales des nouvelles théories de Keynes. Qui avait raison, Keynes ou Hayek? Il y a plusieurs économistes, enseignants ou autres, qui ont dû se faire une idée sur la question; et plusieurs (y compris le présent auteur) ont mis beaucoup de temps avant de se décider (Hicks 1967, p. 203).

1. Dans une série de livres généralement ignorés par les économistes, mais qui ont connu une large diffusion (*Money*, Boston, Houghton Mifflin, 1923; *Profits*, Boston, Houghton Mifflin, 1925; *Business Without a Buyer*, Boston, Houghton Mifflin, 1927; *The Road to Plenty*, Boston, Houghton Mifflin, 1928, qui est écrit sous forme de roman), William Trufant Foster et Waddill Catchings ont développé la thèse selon laquelle une insuffisance de la demande, provoquée par une épargne trop considérable, constitue l'une des sources majeures des difficultés économiques. Voir Hayek, « The "Paradox" of Saving », *Economica*, vol. 11, 1931, 125-69.

Cet embarras était accentué par le fossé entre les positions politiques des uns et des autres. Alors que pour Keynes et ses disciples, l'effondrement de l'investissement est la cause ultime de la grande dépression, pour Hayek, Robbins et leurs collègues, c'est au contraire un surinvestissement provoqué par une politique monétaire laxiste qui en est la cause. Les uns en appellent à une vigoureuse intervention publique pour stimuler la consommation et l'investissement ; les autres se font les porte-parole de la *Treasury View*, selon laquelle l'intervention publique détourne les fonds disponibles pour l'action privée. Pour les premiers, il faut hausser les salaires pour stimuler la consommation ; pour les autres, c'est la baisse des salaires qui constitue la seule voie de rétablissement du plein emploi [1].

Outre John Hicks, la London School of Economics réunissait aussi entre ses murs d'autres jeunes économistes qui allaient occuper une place importante dans le développement de la pensée économique après Keynes : entre autres, Kaldor, Lerner, Shackle. Amenés à s'éloigner de Robbins et de Hayek pour des raisons politiques, ces auteurs n'en seront pas moins marqués de façon importante par la London School. C'est là qu'on peut trouver les racines de certains rapprochements à première vue étranges entre l'univers autrichien et celui des disciples radicaux de Keynes, qu'on baptisera plus tard les « post-keynésiens ». En ce qui concerne Hicks, outre l'influence autrichienne et celle de Walras et Pareto, il rencontre sur son chemin les Suédois, explorateurs indépendants dont nous parlerons dans la section suivante. Assurant, comme *lecturer*, ses tout premiers enseignements à la London School, Kaldor entre en contact avec Keynes en 1931 et se propose explicitement de jeter une passerelle entre Cambridge et la London School of Economics, comme Lerner, qui deviendra plus tard l'un des principaux initiateurs de la révolution keynésienne aux Etats-Unis. Traducteur de Hayek, Kaldor en deviendra, au moment où il aura déménagé à Cambridge, l'un des plus durs critiques [2]. Devenu lui aussi un disciple de Keynes, Shackle, de son côté, ne s'éloignera pas pour autant de Hayek. Dans l'un de ses pre-

1. Voir par exemple la lettre dans laquelle Keynes, Pigou et d'autres économistes dénoncent l'orthodoxie, dans le *Times* du 17 octobre 1932, et la réponse de Hayek, Robbins et leurs amis, le 19 octobre.

2. Voir son « Professor Hayek and the Concertina Effect », *Economica*, vol. 9, 1942, 359-382.

miers textes publiés (Shackle 1933), il tente d'opérer une synthèse entre les approches de Keynes et de Hayek. Attirant l'attention sur les similarités entre l'article publié par Keynes dans le *Quarterly Journal of Economics* en 1937 et celui que Hayek publie la même année dans *Economica*, il consacre depuis cette date sa carrière à l'approfondissement de ce qu'il considère être leurs apports communs : la prise en compte de l'incertitude et des anticipations, l'insertion de l'analyse dans le temps. Shackle est aussi l'un des premiers à avoir attiré l'attention sur l'apport des Suédois, et particulièrement de Myrdal. Il considère Myrdal, et Kalecki, comme des explorateurs indépendants qui sont arrivés, avant Keynes, aux mêmes conclusions que ce dernier (Shackle 1967).

Précurseurs et explorateurs indépendants

Dans son *Equilibre monétaire*, dont la première version suédoise a paru en 1932, Gunnar Myrdal a écrit : « Le récent et brillant – sinon toujours clair – ouvrage de J.M. Keynes, *A Treatise on Money*, est complètement imprégné de l'influence de Wicksell. Néanmoins, l'ouvrage de Keynes souffre lui aussi quelque peu de cette espèce d'originalité anglosaxonne, attrayante mais inutile, qui a ses racines dans certaines lacunes systématiques dans la connaissance de la langue allemande, de la part de la majorité des économistes anglais » (Myrdal [1931[1]] 1950, p. 26). Partant de la théorie néoclassique, dont il est d'ailleurs l'un des principaux théoriciens[2], Wicksell cherche en effet à intégrer le réel et le monétaire, ce qu'il fait avec sa fameuse distinction entre le taux naturel et le

1. Le numéro d'*Ekonomisk Tidskrift* dans lequel a paru la première version du texte de Myrdal était daté de 1931, mais il a paru en fait durant l'été 1932.

2. Ce fait, parmi d'autres, illustre bien l'idée selon laquelle il n'y a pas de congruence nécessaire entre l'adhésion à la théorie néoclassique et des positions politiques libérales. Wicksell fut en effet, toute sa vie, partisan d'interventions importantes de l'Etat pour corriger une situation, même « équilibrée », défavorable aux travailleurs. Né en 1851, mort en 1926, Wicksell est l'auteur, entre autres, de *Value, Capital and Rent* (Londres, George Allen & Unwin, 1954 ; 1re éd. allemande 1893), *Interest and Prices : A Study of the Causes Regulating the Value of Money* (Londres, Macmillan, 1936 ; 1re éd. allemande 1898) et *Lectures on Political Economy* (2 vol., Londres, Macmillan, 1934-5 ; 1re éd. suédoise 1901-6).

taux monétaire de l'intérêt. Le déséquilibre entre ces deux taux génère un processus cumulatif de hausse ou de baisse des prix. Non seulement trouve-t-on chez Wicksell l'idée de la nécessité d'une demande monétaire globale pour écouler la production, mais aussi celle d'un déséquilibre entre l'épargne et l'investissement, qui sont le résultat de décisions indépendantes. En fait, Keynes reconnaissait la parenté entre certaines de ses thèses et celles de Wicksell, se disant même proche, dans *A Treatise on Money*, d'une école allemande et néo-autrichienne néo-wicksellienne dont Hayek faisait partie. Myrdal a d'ailleurs lui-même écrit : « J'espère toutefois compléter plus tard et dans une autre occasion cet exposé positif par une critique notamment de Keynes et Hayek, dont les travaux sont naturellement très proches des miens » (Myrdal [1931] 1950, p. 46). Dans la *Théorie générale*, toutefois, Keynes ne fait qu'une brève allusion au fait qu'il a développé, à l'époque du *Treatise*, le concept du taux naturel de Wicksell, mais que ce concept lui paraît désormais erroné.

Les Suédois ne verront, quant à eux, dans la *Théorie générale*, et plus généralement dans la « révolution » que Keynes prétendait avoir menée contre les classiques, rien de bien nouveau par rapport aux thèses que Wicksell d'abord, puis ses jeunes disciples, au premier rang desquels Erik Lindahl, Gunnar Myrdal et Bertil Ohlin, ont développées dans les années vingt et trente. L'aîné parmi ces jeunes, Lindahl[1], a non seulement élaboré des idées très proches de la théorie de la demande effective de Keynes, mettant en lumière, dès la fin des années vingt, la possibilité d'un équilibre de sous-emploi ou éclairant le paradoxe de l'épargne, mais il a aussi commencé à développer, à la même époque, une analyse dynamique qui constitue l'une des caractéristiques de l'approche suédoise, analyse qui a du reste exercé une influence importante sur le Hicks de *Valeur et capital*. L'approche en termes de *ex ante* et *ex post* mise en avant par Myrdal dans la version allemande de son *Equilibre*

1. Né en 1891, mort en 1960, Erik Lindahl a écrit la plupart de ses contributions majeures avant la publication de la *Théorie générale*, bien qu'elles ne seront révélées à un lectorat anglo-saxon qu'en 1939, avec la publication de *Studies in the Theory of Money and Capital* (Londres, George Allen & Unwin). C'est pourquoi nous ne lui consacrons pas d'entrée dans le dictionnaire des auteurs, où l'on trouvera par contre une analyse plus détaillée des contributions de Myrdal et Ohlin.

monétaire, publiée en 1933, constitue, de ce point de vue, un des apports marquants de l'école suédoise. Par ailleurs, Lindahl, et surtout Myrdal, dans sa thèse de doctorat publiée en 1927, ont introduit explicitement le rôle des anticipations dans l'analyse économique, et en particulier dans la formation des prix. Certains y voient d'ailleurs une des origines intellectuelles de l'approche actuelle des anticipations rationnelles, alors que d'autres voient dans les développements les plus récents de l'équilibre général le retour au concept d'équilibre temporel mis en avant par Lindahl.

Ohlin, de son côté, a développé dans les années vingt et trente des analyses de nature à fonder l'intervention de l'Etat contre le chômage. Séjournant à Cambridge dans les années vingt, il fut fréquemment en contact avec Keynes dans les années trente. Dans une célèbre controverse avec ce dernier, en 1929, sur la question des transferts, il développe des positions plus « keynésiennes » que celles que Keynes défendait à cette époque. C'est Ohlin qui, dans une série de deux articles publiés dans l'*Economic Journal* de 1937, forge l'expression d'école de Stockholm et en révèle pour la première fois les thèses à un public anglo-saxon. La même année paraît *Studies in the Theory of Economic Expansion* de Erik Lundberg, qu'on peut considérer, avec des auteurs comme Dag Hammarskjöld[1] et Bent Hansen[2], comme membre de la deuxième génération de l'école de Stockholm. Ce n'est que deux ans plus tard que paraîtront enfin en anglais les contributions majeures de Myrdal et Lindahl. Outre Myrdal, Ohlin et Hammarskjöld, on compte aussi Gösta Bagge, un économiste plus conservateur, parmi les auteurs d'un fameux rapport du Comité sur le chômage constitué en Suède en 1927 et publié en 1934. Il est clair que les membres de l'école de Stockholm ont joué un rôle important dans la mise en œuvre, par le gouvernement social-démocrate élu en 1932, de politiques de relance qu'on peut qualifier *ex post* de keynésiennes[3]. Cela dit, le fait de savoir jusqu'à quel

1. Voir par exemple « The Swedish Discussion on the Aims of Monetary Policy », *International Economic Papers*, nº 5, 1955, 145-154.

2. *A Study in the Theory of Inflation*, Londres, George Allen & Unwin, 1951 ; *The Economic Theory of Fiscal Policy*, Londres, Allen & Unwin, 1958 (1re éd. suédoise 1955).

3. Rédigée par Myrdal, l'annexe au discours sur le budget du ministre social-démocrate des Finances, Ernst Wigforss, prononcé le 2 janvier 1933,

point l'école de Stockholm a anticipé la révolution keynésienne, comme celle du degré de convergence entre ses thèses et celles développées dans la *Théorie générale*, fait l'objet, depuis 1937, d'un débat qui ne semble pas près de se conclure[1].

Il en est de même pour les rapports entre Keynes et Kalecki. Il ne s'agit pas, cette fois, d'une école, mais d'un individu, et d'un individu très isolé. Alors que Myrdal et ses collègues suédois partaient de Wicksell, c'est de Marx et de sa compatriote Rosa Luxemburg que s'inspire Michal Kalecki pour élaborer le premier d'une série de modèles dans lesquels il intègre une théorie de la demande effective analogue à celle de Keynes, une analyse de la répartition de facture classique, une théorie des prix intégrant les monopoles et enfin une théorie de la croissance. Comme l'ont souligné Klein, Joan Robinson et plusieurs autres, le modèle de Kalecki, qui fait d'abord l'objet d'une publication en polonais en 1933, se révélait plus général que celui de Keynes. Il fit aussi l'objet d'une présentation à la rencontre de la société d'économétrie à Leyden, en octobre 1933, et le texte présenté à cette occasion fut publié dans la revue de la société, *Econometrica*, en 1935. Kalecki fit aussi connaître ses idées à un public français, la même année, dans la *Revue d'économie politique*. Le style très succinct de ces textes, caractéristique de Kalecki, et leur facture mathématique les firent

---

contient la justification théorique d'une politique d'expansion qu'on pourrait qualifier de keynésienne. Dès 1912, Wigforss et les dirigeants du Parti social-démocrate suédois avaient commencé à proposer des politiques de ce type.

1. Voir à ce sujet, entre autres : B.J. Hansson, *The Stockholm School and the Development of Dynamic Method*, Londres, Croom Helm, 1982 (voir aussi du même auteur l'entrée « Stockholm School » du *New Palgrave*, vol. 4, 503-7) ; L. Jonung (dir.), *The Stockholm School of Economics Revisited*, Cambridge, Angleterre, Cambridge University Press, 1991 ; K.-G. Landgren, *Economics in Modern Sweden*, Washington, Library of Congress, Reference Department, 1957 ; *id., Den « nya ekonomien » i Sverige. J.M. Keynes, E. Wigforss, B. Ohlin och utvecklingen 1927-39* [La « nouvelle économique » en Suède : J.M. Keynes, E. Wigforss, B. Ohlin et les développements 1927-39], Stockholm, Almqvist & Wiksell, 1960 ; O. Steiger, *Studien zur Entstehung der Neuen Wirtschaftslehre in Schweden : Eine Anti-Kritik* [Etudes sur le développement de la nouvelle économique en Suède : une contre-critique], Berlin, Duncker & Humblot, 1971. Pour plus de références, voir G. Dostaler, « An Assessment of Gunnar Myrdal's Early Work in Economics », *Journal of the History of Economic Thought*, vol. 12, 1990, 227-31 ; trad. fr., *Actualité économique*, vol. 67, 1991, 133-59.

passer à peu près inaperçus. Quelques économistes qui allaient jouer un rôle majeur dans l'évolution de la pensée économique au vingtième siècle, en virent toutefois dès le départ toute la portée. Il s'agit en particulier de Ragnar Frisch et de Jan Tinbergen. Dans une longue recension des théories des cycles publiée dans le numéro d'*Econometrica* qui contient l'article de Kalecki, Tinbergen oppose aux théories « non et semi-mathématiques » de Keynes et Hayek, les théories mathématiques de Kalecki et de Frisch (Tinbergen 1933). La même année, Ragnar Frisch forgeait d'ailleurs l'expression de macro-dynamique. Frisch et Tinbergen, qui seront les premiers récipiendaires du prix de science économique en mémoire d'Alfred Nobel, en 1969, doivent être eux-mêmes comptés, au même titre que Kalecki ou que les Suédois, parmi les « explorateurs indépendants » de ce qu'on appellera plus tard la révolution keynésienne. Créateurs de l'économétrie, ils sont aussi parmi les initiateurs majeurs du mouvement de mathématisation de l'économie qui se déroule, à partir des années trente, indépendamment de la révolution keynésienne, et dont nous reparlerons dans le chapitre 4.

Ces explorateurs indépendants entrent donc en contact les uns avec les autres. En 1936, disposant d'une bourse de la fondation Rockefeller, Kalecki se rend à Stockholm où il rencontre les économistes suédois. C'est là qu'il prend connaissance de la *Théorie générale*. Il se rend à Cambridge, où les disciples de Keynes seront surpris de la rapidité et de la facilité avec lesquelles Kalecki assimile et explique la théorie de leur maître ! A partir de ce moment, Kalecki exercera, sur les disciples cambridgiens de Keynes, en particulier Joan Robinson et Kaldor, une influence déterminante, qui en fait l'un des initiateurs du courant post-keynésien. C'est Kalecki qui fait découvrir Marx à Joan Robinson. Auteur du premier livre ouvert aux idées de Marx issu de l'univers académique anglo-saxon (1942), Joan Robinson découvre alors que Kahn, pour expliquer le fonctionnement du multiplicateur au moyen de schémas, retrouvait tout simplement les schémas de reproduction de Marx. Cela nous amène aux disciples cambridgiens de Keynes.

Disciples et compagnons de route

L'attaque contre la citadelle orthodoxe fut une œuvre collective. Keynes était aidé par des élèves et de fidèles disciples qui, plus jeunes que lui, ne supportaient pas aussi intensément le poids du passé. La critique du *Treatise on Money*, puis l'élaboration des thèses centrales de la *Théorie générale*, ne sont pas le fait de Keynes seul, comme cela ressort clairement, entre autres, des matériaux rassemblés dans les volumes XIII et XXIX des *Collected Writings* de Keynes. Elève, ami et finalement exécuteur testamentaire de Keynes, Richard Kahn en fut sans doute le plus proche collaborateur. Schumpeter (1954, p. 1172) estime qu'on devrait le considérer comme le coauteur de la *Théorie générale*, puisque toutes les ébauches de Keynes étaient corrigées et discutées par lui. Kahn a lui-même élaboré le concept de multiplicateur[1]. Il était aussi le messager qui reliait Keynes au *Circus*, qui s'est réuni à Cambridge pendant quelques mois en 1931. Il s'agissait d'un groupe de jeunes disciples de Keynes. Leur objectif premier, la discussion du *Treatise on Money*, se transforma rapidement en critique, puis en élaboration de propositions théoriques que Kahn transmettait à Keynes, et que ce dernier intégrait, après les avoir transformées, dans ses cours et travaux préparatoires à ce qui allait devenir la *Théorie générale*. Le noyau du *Circus* était composé, outre Kahn, de quelques économistes qui vont jouer un rôle important dans le développement de la pensée économique après Keynes : James Meade, Austin et Joan Robinson, Piero Sraffa[2].

Ces auteurs sont aussi associés à une autre transformation

1. R. Kahn, « The Relation of Home Investment to Unemployment », *Economic Journal*, vol. 41, 1931, 173-98. On trouvera les principales contributions théoriques de Kahn rassemblées dans *Selected Essays on Employment and Growth* (Cambridge, Angleterre, Cambridge University Press, 1972). Soutenue en 1929, sa thèse de doctorat a été publiée soixante ans plus tard (*The Economics of the Short Period*, Londres, Macmillan, 1989). On lira son témoignage, de première main, sur la genèse de la *Théorie générale* dans *The Making of Keynes' General Theory* (Cambridge, Angleterre, Cambridge University Press, 1984). Sur Kahn (1905-1989), voir G.C. Harcourt, « R.F. Kahn : A Tribute », *Quarterly Review, Banca Nazionale del Lavoro*, n° 176, 1991, 15-30.

2. A propos du *Circus*, voir les notes des éditeurs dans Keynes, *JMK*, XIII, p. 202-11 et 337-43 ; et surtout les témoignages de Richard Kahn et Austin Robinson dans Harcourt 1985.

importante de la théorie économique de la période de l'entre-deux-guerres, elle aussi indépendante de la révolution keynésienne, celle qui mène à l'émergence de la théorie de la concurrence monopolistique. Arrivé d'Italie à Cambridge en 1927, Sraffa peut être considéré comme le premier initiateur de ce mouvement, par ses critiques dévastatrices de la théorie de l'offre et de la demande, dans sa version marshallienne (1925, 1926). Ce n'est pas lui, toutefois, mais Chamberlin, Harrod (1930), Kahn et Joan Robinson (1933 *The Economics*), qui tenteront à la fin des années vingt et au début des années trente de concilier théorie orthodoxe et existence des monopoles. Devenue plus tard très critique de ce premier travail, Joan Robinson et plus généralement les théoriciens post-keynésiens se rallieront aux positions déjà mises en avant par Kalecki au milieu des années trente, selon lesquelles on doit considérer les prix monétaires comme déterminés par l'ajout d'un taux de marge, dont la grandeur dépend du degré de monopole de l'entreprise ou de l'industrie considérée, au coût variable moyen, dont l'élément le plus important est le salaire monétaire, lui-même résultant du rapport de force entre employeurs et employés. Sraffa, de son côté, prônera un retour à la vision classique de la valeur, qu'il reformulera dans un ouvrage ultérieur donnant naissance à un courant qu'on qualifiera de néo-ricardien. C'est avec l'encouragement de Keynes lui-même que Sraffa s'est engagé, dans les années trente, dans un long travail d'édition des œuvres et de la correspondance de Ricardo.

Mais Keynes n'avait pas que des disciples cambridgiens. Outre ses alliés de la London School of Economics, on trouvait aussi à Oxford des compagnons d'armes. Membre du *Circus*, à l'occasion d'un séjour à Cambridge, James Meade était rattaché à Oxford, comme Roy Harrod, qu'on avait envoyé à Cambridge au début des années vingt pour qu'il s'y initie à l'économie politique, sous la direction de Keynes, en vue d'enseigner cette matière à Oxford. Harrod deviendra un ami et un collaborateur précieux, à qui Keynes fait parvenir les épreuves de la *Théorie générale*. Il tentera en vain d'atténuer les aspérités des attaques de Keynes contre les classiques. Lui-même jouera un rôle essentiel dans la dynamisation de l'analyse keynésienne et la genèse des théories modernes de la croissance. Ce sera à lui que la famille de Keynes fera appel pour qu'il rédige sa première biographie, ce qui aura d'ailleurs pour effet d'irriter les cambridgiens.

Ceux que nous venons de nommer font partie, pour reprendre l'image de Keynes, du groupe qui n'a jamais vraiment porté le fardeau classique, ou vécu dans son noir tunnel. Cela explique la version plus radicale du keynésianisme qu'ils élaboreront. D'autres ont dû, comme Keynes, subir un exorcisme. Ce sont, en particulier, Hawtrey[1] et Robertson[2]. Non seulement Keynes ne les considère pas comme classiques, mais il lui arrive de dire que ce sont eux qui lui ont montré, au milieu des années vingt, le chemin de la délivrance. Les rapports entre eux seront toutefois de plus en plus difficiles, à mesure que Keynes approche de sa solution. Ni Hawtrey ni Robertson ne pourront le suivre jusqu'au bout. Une vive controverse opposera, après la publication de la *Théorie générale*, Robertson à Keynes, et surtout à ses disciples cambridgiens[3].

De la théorie aux politiques

Pour Keynes, comme pour tous les auteurs dont nous venons de traiter, les rapports entre la théorie économique et les propositions de politique économique sont fort complexes. Il est trop simple de considérer une politique économique déterminée comme découlant automatiquement d'une théorie économique particulière. On peut même inverser le lien de causalité traditionnellement envisagé et soutenir par exemple que la *Théorie générale* a été écrite pour donner un fondement théorique à des

1. Voir notamment *Good and Bad Trade : An Inquiry into the Causes of Trade Fluctuations*, Londres, Macmillan, 1913 ; *Currency and Credit*, Londres, Macmillan, 1919 ; *The Art of Central Banking*, Londres, Macmillan, 1932.

2. La thèse de Robertson (*A Study of Industrial Fluctuations*, Londres, P.S. King & Sons, 1915) a été écrite à Cambridge, alors que Keynes était son tuteur. Ce dernier a été influencé par cet ouvrage, ainsi que par un autre ouvrage de Robertson, *Banking Policy and the Price Level* (Londres, P.S. King & Sons, 1926). Keynes lui a d'ailleurs écrit : « Je peux sans nul doute faire remonter mon émancipation aux discussions que nous eûmes avant la publication de votre *Banking Policy and the Price Level*. La dernière chose dont je pourrais vous accuser serait d'être classique ou orthodoxe » (lettre à Robertson du 13 décembre 1936, *JMK*, XIV, p. 94). Sur l'œuvre de Robertson, voir J.R. Presley, *Robertsonian Economics. An Examination of the Work of Sir D. H. Robertson on Industrial Fluctuations*, Londres, Macmillan, 1979.

3. Sur les critiques de la théorie keynésienne par Robertson, voir *Essays in Monetary Theory*, Londres, Staple Press, 1940 ; voir aussi *Essays in Money and Interest*, édité par J.R. Hicks, Manchester, Collins, 1966.

propositions de politique économique que Keynes, et plusieurs autres économistes, avaient formulées dès la fin des années vingt. La vision politique précède souvent la vision théorique.

D'autre part, il n'y a pas non plus de concordance stricte entre positions politiques et options théoriques. Ainsi, plusieurs des économistes que Keynes rangeait dans le camp des classiques défendaient, dès les années vingt, des positions de politique économique très proches de celles de Keynes. C'est le cas en particulier de Pigou, principale cible de la *Théorie générale*. C'est le cas, nous l'avons vu, de plusieurs économistes de l'équipe de la London School of Economics, pourtant considérée comme le bastion du conservatisme.

Enfin, Keynes lui-même a ouvert plusieurs perspectives. Son diagnostic est clair. Les deux défauts majeurs du capitalisme, chômage trop élevé et répartition trop inégale des revenus, risquent de briser la cohésion sociale, de favoriser la sédition et la révolution, en débouchant sur le fascisme ou le bolchevisme. La persistance d'un chômage élevé, comme les fluctuations cycliques de l'économie, ne sont pas des phénomènes conjoncturels, mais des résultats inévitables du capitalisme de laissez-faire. Ils résultent de la combinaison d'une propension marginale à consommer trop faible et de l'instabilité de l'investissement, elle-même conséquence d'une trop forte préférence pour la liquidité et d'une efficacité marginale du capital trop faible, deux phénomènes découlant des anticipations des agents face à un futur incertain. La *Théorie générale* propose un « diagnostic » de cette maladie complexe et dangereuse. Mais ce diagnostic peut déboucher sur plusieurs types de cures :

> Ce que je propose, c'est donc une théorie qui explique pourquoi la production et l'emploi sont sujets à de telles fluctuations. Cela n'offre pas un remède tout fait pour savoir comment éviter ces fluctuations et maintenir l'emploi à un niveau optimal constant. Mais c'est, à proprement parler, une théorie de l'emploi parce qu'elle explique *pourquoi*, dans des circonstances données, l'emploi est ce qu'il est. Naturellement, je ne suis pas seulement intéressé par le diagnostic, mais aussi par la cure ; et plusieurs pages de mon livre sont consacrées à cette dernière. Mais je considère que mes suggestions pour la cure qui, je l'avoue, ne sont pas travaillées complètement, se situent à un autre plan que celui du diagnostic. Elles ne sont pas conçues pour être définitives ; elles sont sujettes à

> toutes sortes d'hypothèses spéciales et sont nécessairement liées aux conditions particulières du temps (*JMK*, XIV, p. 121-22).

Les options de politique économique restent donc ouvertes. Entre la médecine douce et l'intervention chirurgicale, il y a plusieurs remèdes possibles. Alors que Keynes qualifie lui-même, dans le dernier chapitre de son livre, sa position d'« assez conservatrice » (*TG*, p. 371), puisqu'elle implique le maintien d'un système d'entreprises privées, allant de pair avec une inégalité des revenus qu'on ne doit pas viser à extirper totalement, l'interventionnisme qu'il prône par ailleurs tout au long de sa carrière contient des aspects très radicaux, y compris dans certains passages de la *Théorie générale*. Ainsi affirme-t-il parfois que l'Etat est seul en mesure de prendre en charge l'investissement nécessaire, non seulement pour stimuler la demande effective, mais aussi pour en assurer l'utilité sociale. A côté de la socialisation de l'investissement, de la planification et même du « semi-socialisme » qu'implique cette vision, Keynes en appelle aussi à une transformation sociale radicale lorsqu'il évoque la nécessaire euthanasie du rentier, à laquelle peut mener une baisse graduelle du taux de l'intérêt. Il est remarquable de voir Keynes s'attaquer à la même classe sociale parasitaire, non productive et vivant de ses rentes, que celle à laquelle, en son temps, s'attaquait Ricardo.

A l'époque où le système soviétique apparaît à beaucoup comme une alternative au capitalisme – espérance pour certains, menace pour d'autres ; alors que quelques-uns affichent leur confiance dans la planification centralisée (Bettelheim[1] ; Dobb 1928) et que d'autres, tels Lerner (1934-5) et Lange (1936-7), affirment, face à Mises, la possibilité théorique du socialisme ; au moment où Hansen (1938, 1939) considère la stagnation comme une perspective durable pour le capitalisme, où Schumpeter exprime ses vues pessimistes sur l'avenir du capitalisme[2] et où Colin Clark analyse les sources du progrès éco-

1. *La Planification soviétique*, Paris, Marcel Rivière, 1939.

2. *Capitalism, Socialism and Democracy*, New York, Harper & Brothers, 1942 ; trad. fr., *Capitalisme, socialisme et démocratie*, Paris, Payot, 1951. Joseph Schumpeter, né la même année que Keynes, en 1883, et mort en 1950, laissant inachevée sa monumentale *Histoire de l'analyse économique*, est l'un des très grands économistes du vingtième siècle, auquel nous ne pouvons

nomique, Keynes a, sur la base de son diagnostic, esquissé plusieurs types de politiques qui devaient permettre au capitalisme de surmonter ses propres contradictions et par là assurer la sauvegarde des sociétés libérales. Et dans l'après-guerre, c'est une gamme d'expériences extrêmement diversifiée de politiques économiques qui pourront être qualifiées de keynésiennes.

---

rendre, dans cet ouvrage, tout son dû (voir tout de même *infra*, chapitres 6 et 9). Né à Vienne, il fut ministre des Finances du gouvernement autrichien en 1919 et 1920. Il a quitté l'Europe en 1932 pour s'installer à Harvard, où il a profondément influencé plusieurs des économistes que nous mentionnons dans cet ouvrage. Son livre majeur, *Business Cycles : A Theoretical, Historical and Statistical Analysis of the Capitalist Process* (2 vol., New York et Londres, McGraw-Hill, 1939), dans lequel il tente d'intégrer dans un ensemble cohérent les analyses des fluctuations cycliques, de la croissance et du développement, a eu le malheur de paraître au moment où la *Théorie générale* occupait tout le terrain. Très éloigné de Marx sur le plan politique, Schumpeter n'en partageait pas moins plusieurs des éléments essentiels de sa vision de la dynamique du capitalisme, dans laquelle les crises jouent un rôle essentiel. Il a d'abord présenté ses thèses, en particulier sa théorie du rôle des innovations, dans sa *Theorie der Wirtschaftlichen Entwicklung*, Dunker et Humblot, Leipzig, 1912 ; nouvelle éd. révisée, 1926 ; trad. fr., *Théorie de l'évolution économique*, Paris, Dalloz, 1935. Longtemps occultée, la pensée de Schumpeter revient aujourd'hui sur le devant de la scène. Parmi de nombreux ouvrages sur Schumpeter, voir : R.V. Clemence et F.S. Doody, *The Schumpeterian System*, New York, A.M. Kelley, 1950 ; E. Marz, *Joseph Schumpeter. Scholar, Teacher, and Politician*, New Haven et Londres, Connecticut, Yale University Press, 1991 ; A. Oakley, *Schumpeter's Theory of Capitalist Motion : A Critical Exposition and Reassessment*, Aldershot, Hants, Edward Elgar, 1990 ; F. Perroux, « La Pensée économique de Joseph Schumpeter », Introduction à J. Schumpeter, *Théorie de l'évolution économique*, *op. cit.*, 1-216 ; R. Swedberg, *Schumpeter : His Life and Work*, Princeton, Princeton University Press ; Oxford, Polity Press, 1991 ; et Wolff 1982, 61-163.

3. Le triomphe de l'interventionnisme

A partir de 1936, le keynésianisme se développe de manière autonome ; il n'appartient plus à son concepteur. Cependant Keynes demeure, pendant dix années, un acteur et un participant de cette évolution. Ses positions, avec leurs variations et parfois leurs contradictions, éclairent les ambiguïtés qui caractériseront le développement de cet ensemble de doctrines et de théories qui seront désormais qualifiées de keynésiennes.

Les positions de Keynes après 1936

Comme cela était prévisible, une discussion très vive a suivi la publication de la *Théorie générale*[1]. Keynes y a participé, par des articles et des conférences, par sa correspondance et par des discussions dont on témoigne à divers endroits[2]. Il en res-

1. Pour entrer dans l'abondante littérature sur Keynes et la *Théorie générale*, on pourra consulter les articles rassemblés par John Cunningham Wood (dir.), *John Maynard Keynes. Critical Assessments*, 4 vol., Londres, Croom Helm, 1983. Voir aussi Mark Blaug (dir.), *John Maynard Keynes (1883-1946)*, 2 vol., Aldershot, Hants, Edward Elgar, 1991.

2. Voir en particulier *JMK*, XIV et XXIX. Voici la liste des principaux articles théoriques de Keynes postérieurs à la publication de la *Théorie générale* : « The General Theory of Employment », *Quarterly Journal of Economics*, vol. 51, février 1937, 209-23 ; « Alternative Theories of the Rate of Interest », *Economic Journal*, vol. 47, juin 1937, 241-52 ; « The "Ex Ante" Theory of the Rate of Interest », *Economic Journal*, vol. 47, décembre 1937, 663-9 ; « Professor Pigou on Money Wages in Relation to Unemployment », *Economic Journal*, vol. 47, décembre 1937, 743-5 ; « The Theory of the Rate of Interest », in A.D. Gayer (dir.), *The Lessons of Monetary Experience : Essays in Honour of Irving Fisher*, New York, Farrar & Rinehart, Londres, George Allen & Unwin, 145-52 ; « Mr Keynes and "Finance" », *Economic Journal*, vol. 48,

sort que Keynes a varié au sujet de l'interprétation à donner à son œuvre. L'article publié dans le numéro de février 1937 du *Quarterly Journal of Economics*, auquel nous avons déjà fait référence, tend manifestement vers une rupture totale avec l'orthodoxie. Mais quand John Hicks lui envoie le manuscrit de l'article, « Mr Keynes and the "Classics" : A Suggested Interpretation » (Hicks 1937), qui propose, avec le schéma IS/LL, une grille de lecture commune pour la théorie classique et pour la *Théorie générale* – ce qui ouvre la voie à la synthèse néoclassique –, Keynes lui écrit, le 31 mars 1937 : « Je l'ai trouvé très intéressant et je n'ai vraiment pas grand-chose à dire en guise de critique » (*JMK*, XIV, p. 79). A Joan Robinson, qui se proposait de rédiger une version simplifiée des thèses de la *Théorie générale*, Keynes avait écrit, le 2 décembre 1936 :

> Pour autant que je suis moi-même concerné, j'essaie d'empêcher mon esprit de trop se cristalliser sur les lignes précises de la *Théorie générale*. Je suis attentif aux critiques, à ce qui soulève des difficultés et à ce qui attire l'attention des gens – ce qui réserve plusieurs surprises. Je pense que la meilleure version populaire devra se trouver d'elle-même. J'y pense beaucoup, mais je ne me sens pas prêt. Il y a une différence considérable entre une théorie plus ou moins formelle, ce que mon livre prétend être, et ce qui prétend être applicable aux événements courants sans trop de qualifications par des gens qui ne comprennent pas complètement la théorie. Je suis donc contre la hâte et en faveur de la gestation (*JMK*, XXIX, p. 185-186).

Le 20 avril 1937, il lui écrit : « Je me situe graduellement dans une position de plus en plus extérieure par rapport au livre, et je cherche de nouveaux modes d'exposition » (*JMK*, XIV, p. 150). Keynes manifeste par ailleurs l'intention de publier des notes explicatives à son livre. A un autre moment, dans un article dans lequel il critique la conception du taux d'intérêt des

---

juin 1938, 318-22 ; « Mr Keynes's Consumption Function : Reply », *Quarterly Journal of Economics*, vol. 52, août 1938, 708-9 et novembre 1938, 160 ; « Relative Movements of Real Wages and Output », *Economic Journal*, vol. 49, mars 1939, 34-51 ; « Mr Keynes on the Distribution of Incomes and "Propensity to Consume" : A Reply », *Review of Economic Statistics*, vol. 21, août 1939, 129 ; « Professor Tinbergen's Method », *Economic Journal*, vol. 49, septembre 1939, 558-70.

économistes suédois, il annonce son intention d'examiner la concordance entre ses concepts et la problématique *ex ante* et *ex post* de l'école de Stockholm[1].

En ce qui concerne la place de la théorie classique dans la *Théorie générale*, on peut aussi relever une évolution de Keynes. A une lettre de Gerald Shove, professeur à Cambridge, qui se déclarait d'accord avec sa critique des classiques, mais s'étonnait de la générosité de Keynes pour cette théorie dans son application à l'entreprise individuelle, Keynes répond le 15 avril 1936 : « Ce que vous dites de l'analyse classique telle qu'appliquée à l'industrie individuelle et à la firme est probablement correct. Je me suis concentré sur l'autre problème et je n'ai pas, comme vous, réfléchi beaucoup sur les éléments du système » (*JMK*, XIV, p. 2). Puis, dans un article paru trois ans plus tard, Keynes revient sur son acceptation du premier postulat de la théorie classique, celui de l'égalité entre le salaire réel et le produit marginal physique du travail[2].

On constate aussi des variations dans les positions de Keynes sur le plan de la politique économique. Ainsi, il lui est arrivé de mettre en garde contre une politique de plein emploi poussée trop loin[3]. Alors que Beveridge fixait à 3 % le niveau en dessous duquel une politique active de plein emploi était susceptible de déclencher un processus inflationniste, Keynes le fixait aux environs de 4,5 %. Mais, pendant la guerre, Keynes a pris les positions les plus claires en faveur de la socialisation de l'investissement et d'un contrôle important par l'Etat de l'acti-

1. « The "Ex Ante"... », 1937, in *JMK*, XIV, p. 216.

2. « Relative Movements... », 1939.

3. Voir par exemple « How to Avoid a Slump? », *The Times*, 12 janvier 1937. Voir aussi l'ensemble des articles rassemblés dans *JMK*, XXVII. Les commentaires que ces textes ont inspirés à T. Hutchison (*Keynes versus the « Keynesians »... ? An Essay in the Thinking of J.M. Keynes and the Accuracy of its Interpretation by his Followers*, Londres, Institute of Economic Affairs, 1977) et à A.H. Meltzer (« Keynes's *General Theory* : A Different Perspective », *Journal of Economic Literature*, vol. 19, 1981, 34-64) ont provoqué de vives controverses. Voir entre autres le débat avec J. Crotty, P. Davidson, D. Patinkin et S. Weintraub dans le numéro de mars 1983 du *Journal of Economic Literature*, ainsi que A. Meltzer, *Keynes's Monetary Theory : A Different Interpretation* (Cambridge, Angleterre, Cambridge University Press, 1988), D. Patinkin, « On Different Interpretations of the *General Theory* » (*Journal of Monetary Economics*, vol. 26, 1990, 205-43), la réponse de Meltzer à Patinkin dans la même revue (vol. 29, 1992, 151-62) et D. Patinkin, « Meltzer on Keynes », *Journal of Monetary Economics*, vol. 32, 1993, 347-56.

vité économique. Il a même proposé des mécanismes précis de gestion publique de l'investissement. Après la publication, en 1944, de *La Route de la servitude*, virulente dénonciation du socialisme, dans laquelle Hayek affirme que toute forme de planification ne peut mener, à terme, qu'au totalitarisme, Keynes lui avait écrit pour lui dire d'abord qu'il était totalement d'accord avec lui, moralement et philosophiquement, dans sa condamnation du totalitarisme et son exaltation de la liberté ; cependant, il s'en séparait sur les propositions économiques : ce n'était pas de moins, mais de plus de planification dont on avait besoin pour éviter le glissement vers le totalitarisme. Et à la fin de sa lettre, Keynes disait craindre les conséquences de l'application de versions extrémistes de thèses comme celles de Hayek dans un pays comme les Etats-Unis (*JMK*, XXVII, p. 382). Mais, selon le témoignage de Hayek, au cours de la dernière conversation qu'ils avaient eue peu de temps avant sa mort, Keynes aurait indiqué qu'il était prêt à reprendre son bâton de pèlerin pour inciter les pouvoirs publics à lutter avant tout contre l'inflation s'il s'avérait que cela devenait le principal danger (Hayek 1978, p. 286-87).

Ainsi, les positions de Keynes ont varié entre la publication de la *Théorie générale* en 1936 et sa mort en 1946. Ses ouvrages et ses thèses ont fait l'objet de lectures et d'interprétations diverses. Ses apports, quelle qu'ait été leur importance, se sont inscrits dans un large mouvement de pensée à l'œuvre dans les années trente et quarante. C'est dire que, si ce qu'on a nommé révolution keynésienne a constitué une très profonde transformation de l'univers intellectuel des économistes et des décideurs, cette transformation ne peut être réduite à l'image simpliste qui en a trop souvent été donnée.

L'ambigu raz de marée keynésien

Dans son compte rendu du livre de Roy F. Harrod, *The Life of John Maynard Keynes*, paru dans le *Times* du 26 janvier 1951, Lionel Robbins écrit : « Le futur historien de la pensée sociale pourra bien appeler cette période la période de John Maynard Keynes. Il n'est pourtant pas facile du tout de trouver une formule simple pour exprimer en quoi a consisté l'ascendant qu'il a exercé » (Robbins 1970, p. 244). Cette appréciation s'applique parfaitement aux développements de la pensée économique et aux politiques économiques de l'après-guerre. Presque tout le monde s'accorde à en souligner le caractère keynésien, mais force est de reconnaître que, le plus souvent, ce caractère keynésien tient moins à une cohérence profonde avec le noyau dur de la théorie de Keynes qu'à des continuités ou des convergences par rapport à différents aspects de sa pensée.

Le succès de la *Théorie générale* s'est affirmé en plusieurs temps. D'abord, des proches et fidèles de Keynes adoptent cet ouvrage comme cheval de bataille. Des économistes américains, notamment Hansen dans son séminaire de Harvard, y trouvent une cohérence théorique, qui va séduire nombre d'étudiants et de jeunes chercheurs, parmi lesquels Samuelson, Galbraith et Tobin. En France, si Pierre Mendès France a eu connaissance des idées de Keynes dès 1938, F. Perroux, C. Gruson, P. Uri, A. Barrère découvrent la *Théorie générale* pendant la guerre [1] ; de même, en Argentine, R. Prebisch.

Ensuite, dans le changement de l'univers intellectuel qui accompagne la fin de la guerre, vont s'imposer des idées simples qui ne sont pas sans lien avec la *Théorie générale*, mais la dépassent et peuvent être rattachées à bien d'autres sources d'inspiration : le devoir des gouvernements d'assurer le plein emploi (plus tard la croissance) ; une lecture, à la fois renouvelée et simple, des économies nationales, avec les grands agrégats macroéconomiques et les relations fonctionnelles qui les lient, ce pour quoi les comptabilités nationales vont bientôt donner un cadre cohérent et des données de plus en plus fiables ; et enfin, sur ces bases, un meilleur éclairage des politiques économiques.

Ces idées ont pu être reçues, après la guerre, aussi bien par des libéraux et des radicaux anglo-saxons que par des travaillistes britanniques, des sociaux-démocrates et socialistes réformateurs d'Europe, ou encore par des chrétiens-démocrates, des réformateurs sociaux, des tenants du développement économique national, héritiers de Colbert, List ou Carey. C'est dire qu'elles se sont largement répandues dans des milieux qui ont accédé au pouvoir au lendemain de la Seconde Guerre mondiale ; et ce n'est que dans une acception très large qu'on peut les qualifier de keynésiennes.

1. Voir F. Fourquet, *Les Comptes de la puissance*, Paris, Editions Recherches, 1980, p. 28, 42, 47, 71.

Mais le keynésianisme a eu bien d'autres visages. Parallèlement à la publication de la *Théorie générale* et à la diffusion de ses idées, une mutation radicale s'opérait : la mathématisation et la formalisation de l'économie, dont nous traiterons dans le chapitre suivant. Comme d'autres théories, celle de Keynes fut réécrite en langage mathématique, ce à quoi se prêtaient aisément certaines relations fonctionnelles simples entre grandeurs macroéconomiques ; cette formalisation fut souvent opérée au prix de simplifications qui gommaient des apports ou des aspects essentiels de la pensée de Keynes. C'est ainsi que fut facilité le développement d'une macroéconomie descriptive, couramment qualifiée de keynésienne et que nourriront les données de plus en plus abondamment disponibles au lendemain de la guerre, notamment dans le cadre des comptabilités nationales.

Ces simplifications rendirent aussi possibles des rapprochements, amorcés on l'a vu par Hicks dès 1937, parfois des combinaisons entre des outils d'analyse proposés par Keynes et d'autres issus des approches qu'il avait combattues. Ce syncrétisme reçut le nom de synthèse néoclassique. Il devint prédominant dans les années cinquante et soixante et fut la base théorique sur laquelle furent conçus et construits les grands modèles économétriques, eux-mêmes rendus opérationnels par les progrès de l'informatique. Les économistes disposeront alors à la fois de la possibilité d'établir en théorie le bien-fondé des politiques économiques et de puissants outils de connaissance des économies nationales, permettant de guider ces politiques.

Ainsi, issus de la révolution conçue par Keynes – l'élaboration d'une théorie permettant de rompre avec la démarche classique – et plus largement du mouvement des idées des années trente dans laquelle elle s'inscrit, plusieurs développements, qui à un titre ou à un autre ont été qualifiés de keynésiens, ont marqué l'après-guerre : tant dans le champ des politiques économiques que dans ceux de l'économie appliquée et de la théorie. Mais peut-être est-ce la vague de fond de la formalisation et de la mathématisation, longtemps masquée derrière ce renouveau théorique, qui aura constitué la mutation décisive de la discipline dans cette période (voir chapitre 4) ?

On examinera plus loin les cheminements et les démarches qui ont conduit à rapprocher, rendre compatibles, intégrer des éléments théoriques appartenant, les uns à la tradition néoclassique, les autres à la théorie keynésienne (chapitre 5), puis les travaux des proches, fidèles et disciples de Keynes qui, dans son esprit, se sont attachés à développer des analyses en rupture avec la théorie néoclassique (chapitre 6). On se bornera donc ici à présenter quelques domaines dans lesquels les approches et les visions ont été profondément transformées entre la fin des années trente et les années cinquante : avec notamment la prise en compte du plein emploi comme objectif prioritaire, un large consensus autour de la politique économique, la mise en place des comptabilités nationales. Dans chacun de ces domaines, on peut trouver l'influence ou l'empreinte de la pensée de Keynes, même si aucune de ces avancées ne peut s'expliquer par ses seuls apports.

L'acceptation du plein emploi comme objectif prioritaire

Même dans sa troisième édition (1941 en anglais, 1943 en français), l'ouvrage rédigé par Gottfried Haberler pour la Société des Nations, *Prospérité et dépression*[1], reste principalement consacré aux débats d'avant la *Théorie générale* et ne fait guère place aux idées de Keynes. Mais dès 1943, le rapport de la délégation de la Société des Nations chargée de l'étude des dépressions économiques, *Le Passage de l'économie de guerre à l'économie de paix*, met en avant le « droit au travail », avec le but « d'assurer à la fois la liberté et la possibilité de travailler »[2].

En Grande-Bretagne, William Beveridge prolonge son rapport sur *Les Assurances sociales et les services connexes* (1942) par un second sur le plein emploi. Ce dernier est en cours d'impression quand le gouvernement publie, en mai 1944, un livre blanc dans lequel il « s'assigne comme but principal et assume la responsabilité de maintenir après la guerre l'occupation à un niveau élevé et stable », sur la base notamment d'une « politique qui consiste à maintenir la dépense totale ».

1. *Prospérité et dépression : Etude théorique des cycles économiques*, Genève, Société des Nations, 1937 ; 3e éd. augmentée, 1943.

2. Société des Nations, *Le Passage de l'économie de guerre à l'économie de paix*, Genève, SDN, 1943, p. 17 et 20.

Dans son rapport, *Full Employment in a Free Society* (1944, trad. fr. 1945), William Beveridge se réfère explicitement à Keynes : « Une nouvelle ère de la théorie économique de l'occupation [*sic*] et du chômage a été inaugurée par la publication, en 1936, de la *Théorie générale de l'occupation* [sic], *de l'intérêt et de la monnaie* [...], par J.M. Keynes, maintenant Lord Keynes. Je ne puis tenter de dire ici, même brièvement, à quel point cet ouvrage, qui marque dans l'histoire, a bouleversé le langage et la pensée économiques [1]. »

Beveridge est prêt à aller très loin pour que soit assuré le plein emploi : si, écrit-il, « le raisonnement montrait que l'abolition de la propriété privée des moyens de production est nécessaire pour la pleine occupation, il faudrait procéder à cette abolition » [2]. Cependant ses propositions s'inscrivent dans la perspective d'un interventionnisme moins radical, avec notamment une nouvelle politique budgétaire basée « sur le potentiel humain disponible et non pas sur l'argent » [3] et, plus largement, « une politique de socialisation de la demande plutôt qu'une politique de socialisation de la production » [4].

L'affirmation du plein emploi comme objectif prioritaire fait tache d'huile. Le gouvernement canadien publie en avril 1945 un livre blanc soulignant que l'un des objectifs principaux de la politique canadienne « est d'assurer un niveau élevé et stable de l'emploi et du revenu et, par ce moyen, d'élever les niveaux de vie » [5]. L'Australie publie également un livre blanc sur le plein emploi et la Nouvelle-Zélande adopte une loi sur l'emploi. Sous des formes différentes, de semblables positions mettant en avant l'objectif de plein emploi sont adoptées dans de nombreux pays d'Europe tels que la Belgique, la France, les Pays-Bas, la Norvège.

Aux Etats-Unis, le préambule de l'*Employment Act* de 1946 affirme qu'il est de la responsabilité du gouvernement fédéral d'utiliser tous les moyens praticables, dans le respect de la libre

1. William Beveridge, *Full Employment in a Free Society*, Londres, G. Allen & Unwin, 1944 ; trad. fr., *Du travail pour tous dans une société libre*, Paris, Domat-Monchrestien, 1945, p. 98. C'est par le mot occupation, et non emploi, qu'est traduit, dans la version française, le mot anglais *employment*.

2. *Id.*, p. 22.

3. *Ibid.*, p. 145.

4. *Ibid.*, p. 206.

5. Nations unies, *Le Maintien du plein emploi*, New York, 1949, p. 9.

entreprise, de la concurrence et du bien-être général, pour créer les conditions permettant l'emploi des personnes désireuses de travailler et « pour porter au maximum l'emploi, la production et le pouvoir d'achat »[1]. Plus largement, la conférence des Nations unies sur le commerce et l'emploi, tenue à La Havane en février 1948, souligne l'importance de la réalisation et du maintien du plein emploi productif[2].

Victoire des idées de Keynes, assurément, mais aussi de tous ceux qui, dans les années trente et quarante, ont recherché et proposé des mesures pour le plein emploi : en Europe, parmi beaucoup d'autres, Ohlin, Myrdal, Tinbergen ; et aux Etats-Unis, les nombreux économistes qui, dès le début des années trente, appelaient à une politique nouvelle pour combattre le chômage massif : de Sumner Slichter et Virgil Jordan aux universitaires de Chicago signataires d'un mémorandum affirmant que le choix était entre une attente (qui risquait d'être longue) d'une baisse suffisante des coûts, et une politique d'injection (par les finances publiques) d'un volume consistant de nouveau pouvoir d'achat[3] ; mais aussi John Maurice Clark[4] et Paul H. Douglas[5], dont les idées et les propositions préfigurent en ce domaine, en 1934 et 1935, celles de la *Théorie générale*.

Paradoxalement, au moment où les responsables politiques font leur, avec ou sans référence à Keynes, l'objectif de plein emploi, il y a déjà plusieurs années que Keynes s'est inquiété des difficultés qui se manifesteraient à l'approche du plein emploi. De leur côté, Fellner[6] et Lerner (1951) se préoccupent des risques pour la stabilité des prix de politiques menées sans le discernement nécessaire. Et, en rédigeant l'avant-propos de la traduction française de son *Introduction à la théorie de*

1. *Id.*, p. 9.
2. *Ibid.*, p. 1.
3. Parmi les signataires, on compte Paul H. Douglas, Frank H. Knight, Henry Schultz, Henry C. Simons, Jacob Viner. Voir J.R. Davis, *The New Economics and the Old Economists*, Ames, Iowa State University Press, 1971, p. 12 s. et 25 s.
4. *Strategic Factors in Business Cycles*, New York, National Bureau of Economic Research, 1934 ; *Economics of Planning Public Works*, Washington, DC, US Government Printing Office, 1935. Voir Davis, *op. cit.*, p. 64 s.
5. *Controlling Depressions*, New York, W.W. Norton, 1935. Voir Davis, *op. cit.*, p. 47 s.
6. *Monetary Policies and Full Employment*, Berkeley, University of California Press, 1946.

l'emploi (écrite en 1935 et publiée en 1937), J. Robinson exprime, en 1947, un semblable souci :

> Le succès même d'une politique de l'emploi fait surgir de nouveaux problèmes. Dans un système fondé sur l'entreprise privée, l'existence d'une réserve de chômeurs jouait un rôle important [...]. Le chômage maintenait la discipline dans l'industrie [...], donnait une souplesse suffisante au mécanisme de la production pour lui permettre de s'adapter à l'évolution de la technique et aux variations de la demande [et] en freinant la tendance à la hausse des salaires nominaux [...] assurait une stabilité suffisante à la valeur de la monnaie. Le chômage était une méthode cruelle et coûteuse d'obtenir ces résultats. Mais s'il doit être aboli, d'autres méthodes sont à trouver pour accomplir ces mêmes fonctions (Robinson [1937] 1948, p. 10).

Joan Robinson ne prône évidemment pas l'abandon du projet keynésien ; mais, face à une situation nouvelle, elle invite à poursuivre la réflexion et à l'étendre aux politiques économiques à mettre en œuvre dans la nouvelle conjoncture de l'après-guerre. C'est ce que fait, parmi d'autres, Weintraub, qui, très tôt, prend conscience du risque que coexistent chômage et inflation, dégage l'importance du taux de salaire monétaire et propose de compléter la politique de gestion de la demande par une politique des revenus (Weintraub 1940, 1946).

L'âge d'or de l'interventionnisme et des politiques économiques

Dans le livre qu'il publie en 1947, *Economic Policy and Full Employment*, Alvin Hansen rejette les positions avancées par Hayek dans *La Route de la servitude* (1944). Mise en garde contre l'engrenage qui conduit de l'interventionnisme et de la planification au socialisme et au nazisme, bref, au totalitarisme, à la servitude, le livre de Hayek connaissait une forte diffusion. Constatant l'effondrement de l'ordre ancien, Hansen plaide pour la reconstruction d'une économie de marché, tant au plan national qu'international, sur la base de nouvelles institutions. Les nouvelles caractéristiques du capitalisme rendent nécessaire la politique économique ; et la gestion de la demande globale et de ses composantes majeures doit en être le principal instrument d'action : « Un programme pour le plein emploi et le niveau maximal de production implique, entre autres, un programme pour la stabilité » (Hansen 1947, p. 3). En 1950, un texte élaboré par un sous-comité de l'American Economic Association, sur le problème de l'instabilité économique[1], place pratiquement sur le même plan l'objectif du plein emploi et celui de la stabilité des prix ; il préconise une gamme assez large de mesures touchant à la fois aux finances publiques et à la politique monétaire. Parmi les cinq auteurs de cette étude[2], on trouve deux jeunes économistes dont les itinéraires divergeront : Milton Friedman et Paul Samuelson.

Plus largement, les voix de Hayek et des opposants à l'interventionnisme sont très nettement couvertes, dans l'après-guerre, par celles des partisans des politiques économiques, qu'ils se réfèrent ou non à Keynes. Aux hommes politiques et à leurs conseillers, la remise en marche et la modernisation de l'économie de leur pays s'imposent comme une responsabilité première. D'autres objectifs sont aussi poursuivis : l'élargissement et l'amélioration de la protection sociale, du logement, de la santé, de l'éducation, l'élévation du niveau de vie, bref la croissance. Dans tous les pays industriels, l'heure est aux politiques économiques[3].

Dans la mesure où elles comportaient, au cœur de leur dispositif, la régulation de la demande comme levier principal pour impulser ou freiner l'activité, ces politiques furent fréquemment qualifiées de keynésiennes. Mais elles se sont aussi nourries à d'autres sources : étatisme libéral au Japon et en Allemagne, tradition sociale-démocrate en Europe du Nord,

1. « The Problem of Economic Instability », A Committee Report, *American Economic Review*, vol. 40, 1950, 501-38 ; repris in W.D. Grampp et E.T. Weiler (dir.), *Economic Policy*, Homewood, Illinois, Richard D. Irwin, 1956 [1re éd., 1953], 12-41.

2. Emile Despres, Milton Friedman, Albert G. Hart, Paul Samuelson et Donald H. Wallace.

3. Témoigne de leur parenté et de leur diversité l'ouvrage collectif, *Economic Policy in Our Time*, 3 vol., Amsterdam, North-Holland, 1964 ; trad. fr. abrégée, Institut de sociologie de l'Université libre de Bruxelles, 1966 ; cet ouvrage regroupe les contributions de E.S. Kirschen, J. Bénard, H. Besters, F. Blackaby, O. Eckstein, J. Faaland, F. Hartog, L. Morissens, E. Tosco.

interventionnisme et colbertisme en France, où Jean Monnet[1] jette, avec Etienne Hirsch, F. Gaillard, Robert Marjolin, Pierre Uri, les bases de la planification indicative.

En Allemagne fédérale, Ludwig Erhard conçoit et met en œuvre l'« économie sociale de marché », caractérisée par une large confiance dans le marché, l'Etat devant veiller à ce que le progrès bénéficie à l'ensemble de la société ; Wilhelm Röpke, principal représentant de l'école de Fribourg (Allemagne) après la mort, en 1950, de Walter Euken, lui apporte sa caution[2]. En Grande-Bretagne, James Meade, qui avait déjà avant la guerre apporté son soutien aux propositions de Keynes, préconise en 1948 la *« lib-lab policy »* : politique libérale en ce sens qu'elle doit respecter le marché, mais aussi sociale et soucieuse des intérêts du monde du travail. Dans les pays scandinaves, les politiques menées trouvent leurs inspirations dans les travaux et les analyses de Frisch en Norvège, et d'Ohlin, Myrdal et Lundberg en Suède.

En Hollande, mais son influence déborde largement ce pays, Jan Tinbergen a non seulement joué un rôle actif dans la construction d'un modèle de l'économie hollandaise et la mise en place de la comptabilité nationale, mais aussi, dans les années cinquante, pour la planification et la définition de la politique économique ; critiquant la mise en œuvre simultanée de plusieurs politiques économiques poursuivant chacune un (ou quelques) objectif(s), il affirme la nécessaire unicité de la politique économique, et dégage le principe selon lequel il est possible de poursuivre plusieurs objectifs majeurs, dès lors que l'on utilise un nombre égal de moyens d'action majeurs. Il assigne d'ailleurs à la politique économique de lourdes responsabilités, qui vont de la « dépense réelle maximum par tête avec "plein" emploi et équilibre monétaire » à l'« amélioration de la répartition du revenu réel ou de la dépense réelle entre les

1. Jean Monnet, premier commissaire au Plan, quitte ce poste en mai 1950 pour présider la CECA (Communauté européenne du charbon et de l'acier). Il est remplacé par E. Hirsch, auquel succédera Pierre Massé. Ces deux derniers sont ingénieurs de formation. Cf. Pierre Bauchet, *La Planification française*, Paris, Seuil, 1962, p. 16. Voir aussi Claude Gruson, *Origine et espoirs de la planification française*, Paris, Dunod, 1968 ; Pierre Massé, *Le Plan ou l'anti-hasard*, Paris, Gallimard, 1965.

2. Voir L. Erhard, *Deutsche Wirtschaftspolitik*, Dusseldorf, Econ-Verlag, 1962 ; trad. fr., *Une politique de l'abondance*, Paris, Laffont, 1963, avec une préface d'Alfred Grosser.

groupes sociaux et entre les pays », et de l'« émancipation de certains groupes défavorisés » au « maintien de la paix internationale » (Tinbergen [1956] 1961, p. 15-16). Très tôt, Meade (1951-1955) et Tinbergen (1952) ont pris en compte l'environnement extérieur et conçu les instruments et les actions de politique économique pour une économie ouverte.

Avec les développements de l'analyse économique, les progrès de la connaissance statistique et la mise en œuvre des modèles macroéconométriques, la connaissance des économies nationales s'affirme et s'affine. La détérioration de la situation économique des Etats-Unis vers la fin des années cinquante suscite une forte demande de croissance[1]. Et la victoire de John F. Kennedy va donner aux économistes américains, partisans d'une attitude active de l'Etat, l'occasion de faire la preuve de la validité et de l'efficacité de leurs nouveaux savoirs. Outre les avis qu'il reçoit de Samuelson et de Galbraith, le président est entouré d'une solide équipe de conseillers officiels, avec notamment Walter Heller, James Tobin, Kermit Gordon, Robert Solow et Arthur Okun. Ceux-ci préparent et proposent une nouvelle politique économique : la « nouvelle économique »[2].

Celle-ci, selon J. Tobin[3], a reposé sur trois principes : le premier consiste dans la mise en œuvre d'instruments de politique macroéconomique en vue d'atteindre certains objectifs écono-

1. Sont publiés, en 1959, par l'AFL-CIO, *Policies for Economic Growth*, et par le CED-Committee for Economic Development, *The Budget and Economic Growth* ; et en 1960, par le Joint Economic Committee of Congress, *Employment, Growth and Price Levels*, par la Chambre de commerce des Etats-Unis, *The Promise of Economic Growth*, et par la National Planning Association, *Long-Range Projections for Economic Growth* ; voir H.W. Arndt, *The Rise and Fall of Economic Growth*, University of Chicago Press, 1978, éd. 1984, p. 57.

2. En 1988, J. Tobin et M.L. Weidenbaum ont réédité le premier rapport économique préparé par les conseillers du président Kennedy en 1961 et celui qu'ont écrit, vingt ans plus tard, les conseillers du président Reagan, sous le titre significatif *Two Revolutions in Economic Policy* (Tobin 1988). Voici un passage du rapport des conseillers de Kennedy : « La tâche inachevée de la politique économique inclut 1º la réalisation du plein emploi et d'une prospérité soutenue sans inflation, 2º l'accélération de la croissance économique, 3º l'élargissement de l'égalité des chances, 4º la restauration de l'équilibre de la balance des paiements. La politique économique est ainsi confrontée à une mission difficile, mais qui peut et doit être réalisée dans le cadre d'une société libre » (p. 93-94).

3. « Keynes's Policies in Theory and Practice », in H.L. Wattel (dir.), *The Policy Consequences of John Maynard Keynes*, Londres, Macmillan, 1985, p. 18-9.

miques réels ; le deuxième se traduit par une gestion active de la demande pour combattre les faiblesses inhérentes au capitalisme de marché ; le troisième réside dans la mise en œuvre combinée de politiques fiscales et monétaires. Enfin, dans la mesure où la mise en œuvre de ces deux types de politiques n'était pas suffisante pour assurer ensemble plein emploi et stabilité des prix, un troisième type de politique, en filigrane dans la *Théorie générale*, se révéla nécessaire : la politique des revenus.

W. Heller, qui présida le Comité des conseillers économiques sous la présidence de J.F. Kennedy, dresse le bilan des politiques menées par Kennedy et son successeur [1] :

> La connaissance économique a atteint sa majorité au cours des années soixante. Deux présidents ont reconnu son importance en tant que composante de la puissance nationale et facteur du pouvoir présidentiel et l'ont mise à contribution. Qu'ils aient accepté d'utiliser, pour la première fois, toute la gamme des instruments de la science économique moderne, constitue l'élément déterminant de l'expansion ininterrompue que les Etats-Unis ont connue depuis le début de 1961 – expansion qui, en cinq ans, a créé plus de sept millions de nouveaux emplois, doublé les bénéfices, accru le produit national d'un tiers [...] (Heller [1966] 1968, p. 35).

La science économique triomphe donc. Mais aussi, désormais, la responsabilité du gouvernement en matière économique est reconnue :

> Nous avons fini par accepter en pratique ce que nous avions admis en théorie vingt ans auparavant dans la loi sur l'emploi de 1946, à savoir que la responsabilité suprême en matière de stabilité et de croissance économique incombait au gouvernement fédéral ; et nous sommes enfin décidés à adopter une politique fiscale et monétaire efficace en vue d'atteindre ces objectifs. Ce sont là des changements profonds. Ils ont entraîné non pas la création d'une nouvelle science économique, mais l'achèvement de la révolution keynésienne, trente ans après que John Maynard Keynes en eut ouvert le feu (*ibid.*, p. 36).

1. *New Dimensions of Political Economy*, Cambridge, Massachusetts, Harvard University Press, 1966 ; trad. fr. 1968, *Nouvelles Perspectives de la politique économique*, Paris, Calmann-Lévy.

La révolution keynésienne apparaît bien alors comme à l'origine du fait qu'enfin on pense maîtriser l'activité économique. Heller énumère l'ensemble des progrès de la science économique qui, selon lui, ont rendu possible cette nouvelle maîtrise de l'économie, concrétisée par la nouvelle économique :

> – L'intervention spectaculaire de Lord Keynes qui, grâce à sa *Théorie générale de l'emploi, de l'intérêt et de la monnaie*, a tiré la science économique du désert de la théorie classique de l'équilibre [...].
> – L'américanisation de Keynes par Alvin Hansen [...].
> – Les travaux féconds de Simon Kuznets sur les concepts de revenu national et de produit national brut [...].
> – La « synthèse néoclassique » de Paul Samuelson, qui a combiné les apports des économistes classiques et ceux de Keynes en une politique d'équilibre de plein emploi et de répartition optimale des ressources.
> – Les apports d'une nouvelle génération d'économistes capables de résoudre les modèles économiques sur ordinateurs [...] (*ibid.*, p. 39-40).

W. Heller marque là le triple enracinement de la « nouvelle économique » : dans la pensée de Keynes, dans la tradition américaine et dans la « modernité » des années cinquante et soixante. Et il laisse jaillir cette profession de foi, caractéristique du milieu des années soixante : « Nous sommes unanimes à penser que l'économie ne peut pas trouver son rythme d'elle-même. Il semble maintenant tout naturel que le gouvernement intervienne pour maintenir l'emploi et la croissance économique à des taux élevés, tâche essentielle que les mécanismes du marché ne sauraient effectuer spontanément » (*ibid.*, p. 47). « Unanimes », le mot est certainement excessif; d'opiniâtres tenants du libéralisme, comme F. Hayek et A.F. Burns, qui a été président du comité des conseillers du président Eisenhower et qui préside le NBER, de 1957 à 1967, mais aussi M. Friedman, qui publie en 1962 *Capitalisme et liberté*, et en France Jacques Rueff, affirment des positions radicalement opposées.

Il n'empêche. Les années cinquante et soixante constituent l'âge d'or des politiques économiques. Avec ou sans référence à Keynes, fortement interventionnistes ou « libérales », fondées sur des transformations structurelles ou plus axées sur une gestion fine de la conjoncture, celles-ci ont indiscutablement des composantes keynésiennes. Les variables stratégiques sont les quantités globales ; l'accent est mis sur la demande et ses composantes (investissement, consommation, dépenses gouvernementales), avec des actions sur l'investissement public et les déterminants de l'investissement privé, la répartition du revenu (à travers notamment la fiscalité et la redistribution), les finances publiques.

C'est le temps de la certitude. Les économistes savent : grâce à une connaissance de plus en plus précise de la réalité, ils savent jouer sur une gamme de plus en plus diversifiée d'instruments pour permettre aux gouvernements d'atteindre divers objectifs, tout en assurant la croissance dans l'équilibre. Du moins, pour beaucoup d'entre eux, en ont-ils la ferme conviction.

La mise en place des comptabilités nationales

Instruments essentiels de la connaissance de la réalité économique, les comptabilités nationales ont été mises en place dans l'immédiat après-guerre. Sans parler des précurseurs des siècles passés, leur conception et leur élaboration ont été préparées par les efforts de mesure des productions et des revenus menés entre les deux guerres par les services statistiques de nombreux pays : Canada, Danemark, Etats-Unis, Allemagne, Japon, Nouvelle-Zélande, Turquie notamment. Elles l'ont aussi été par les travaux pionniers menés par des économistes tels que S. Kuznets (1934, 1938, 1941), C. Clark[1], mais aussi R. Frisch, M. Kalecki, E. Lindahl, E. Varga, C. Colson, A. Sauvy et bien d'autres.

C'est en Grande-Bretagne, en liaison avec l'effort de guerre, qu'est prise l'initiative décisive, avec le soutien de Keynes et le concours de l'administration. Un premier livre blanc, publié par le Trésor britannique en 1941[2], contient à la fois une série d'estimations de l'administration du Trésor et une autre, élaborée par des économistes universitaires, parmi lesquels R. Stone, formé à Cambridge et qui suivit des enseignements de C. Clark,

1. *National Income and Outlay*, Londres, Macmillan, 1937 ; avec J.G. Crawford, *The National Income of Australia*, Sydney, Angus & Robertson, 1938 ; *A Critique of Russian Statistics*, Londres, Macmillan, 1939.

2. *An Analysis of the Sources of War Finance and an Estimate of the National Income and Expenditure in 1938 and 1940*, Cmd. 6261, Londres, HMSO.

et J.E. Meade, qui était fondée sur trois comptes : du revenu national, des recettes et dépenses des ménages et des emplois et ressources de l'épargne. A partir de là furent développés les comptes nationaux britanniques, qui serviront de modèle à l'ensemble des pays anglo-saxons. Parallèlement, sur la base de travaux antérieurs [1], des voies originales sont ouvertes : en Hollande, sous l'impulsion de Jan Tinbergen et en France, avec les travaux initiés par L.A. Vincent et impulsés par C. Gruson [2]. Des efforts de rapprochement de ces différents systèmes seront réalisés dans le cadre de la Société des Nations (SDN), puis de l'Organisation des Nations unies (ONU), et de l'Organisation européenne de coopération économique (OECE) ; ils aboutissent, sous l'impulsion de R. Stone, O. Aukrust et J. Marczewski, à un système de comptes simplifiés, puis standardisés de l'OECE [3], puis, sous la direction de R. Stone, au système de comptes normalisés de l'ONU [4].

Dans l'après-guerre, chaque pays se dotera d'un système de comptabilité nationale. Très vite, avec d'autres améliorations, y ont été intégrés les tableaux d'échanges inter-industriels, dont W. Leontief a inlassablement été, depuis les années trente (1936, 1941), le concepteur, l'artisan, le promoteur.

Entre les comptabilités nationales mesurant les principaux flux annuels globaux et l'analyse macroéconomique keynésienne décrivant les liaisons et les interactions entre les principaux agrégats d'un système économique national, il y a

1. En Hollande, E. Van Cleeff, National Bœkhouding, « Prœve van een Jaaroverzicht Nederland, 1938 », *De Economist*, Harlem, 1941. En France, L.A. Vincent, *L'Organisation dans l'entreprise et la nation*, Nancy, Société industrielle de l'Est, 1941.

2. Comme pour la planification, une des caractéristiques de la comptabilité nationale en France est qu'elle a été création collective. Y ont notamment contribué – à travers divers organismes de l'administration – J. Dumontier, R. Froment, P. Gavanier, J. Sérisé, S. Nora et, dans le cadre de l'ISEA (Institut de sciences économiques appliquées) – centre de recherche universitaire –, F. Perroux, J. Marczewski et P. Uri. Voir J. Marczewski, *Comptabilité nationale*, Paris, Dalloz, 1965 ; A. Sauvy, « Historique de la comptabilité nationale » et « Les organisations internationales de comptabilité économique », *Economie et statistique*, 1970, nº 15 et 17 ; F. Fourquet 1980, *op. cit.*

3. OECE, *A Simplified System of National Accounts*, Paris, 1950 ; trad. fr., *Système simplifié de comptabilité nationale*, Paris, 1951 ; OECE, *Standardised System of National Accounts*, Paris, 1952.

4. ONU, *Le Système de comptabilité nationale et tableaux connexes, Etudes méthodologiques*, série F, nº 2, New York, 1953.

évidemment eu appui et enrichissement réciproques. L'analyse keynésienne a offert un cadre conceptuel pour la construction, l'articulation et l'utilisation des comptes nationaux. Et ceux-ci ont permis de disposer de matériaux statistiques pour la mesure ou l'estimation des principales grandeurs, relations et fonctions keynésiennes : multiplicateur d'investissement, propension à consommer, lien activité productive-emploi.

Il y aura, pendant tout l'après-guerre, stimulations et enrichissements réciproques entre les améliorations des comptabilités nationales, les progrès de l'analyse macroéconomique et les avancées de l'économétrie. L'ensemble culminera dans la construction de modèles économétriques nationaux [1] permettant d'analyser la conjoncture, d'effectuer simulations et projections et donc d'éclairer la politique économique et de planifier.

Ces modèles, souvent qualifiés de keynésiens, s'inscrivent en effet dans l'architecture générale de la macroéconomie keynésienne ; ils intégreront de plus en plus les résultats de travaux réalisés dans la dynamique de la synthèse néoclassique.

Un keynésianisme hydraulique

Parallèlement, s'est diffusé un keynésianisme simplifié, réduit à une mécanique des quantités globales ou à une hydraulique de flux et entièrement vidé de dimensions essentielles de la pensée de Keynes : le temps, l'incertitude non probabilisable, les anticipations et donc la prise en compte des phénomènes monétaires comme inhérents à la production et, plus largement, à l'activité et aux dynamiques économiques.

L'illustrent bien, avec d'innombrables ouvrages de pédagogie et de vulgarisation, certains schémas du manuel de P. Samuelson, *L'Economique*, d'abord paru en 1948, dont les nombreuses éditions ultérieures en ont fait sans doute le plus grand best-seller dans l'histoire de la pensée économique.

1. Pour la France, voir Robert Boyer, « Les modèles macro-économiques globaux et la comptabilité nationale (1950-1980) », in Joelle Affichard (dir.), *Pour une histoire de la statistique*, Paris, Economica/INSEE, 1987, t. 2, 635-59. Sur les modèles économétriques, voir *infra*, chap. 5, p. 125-6.

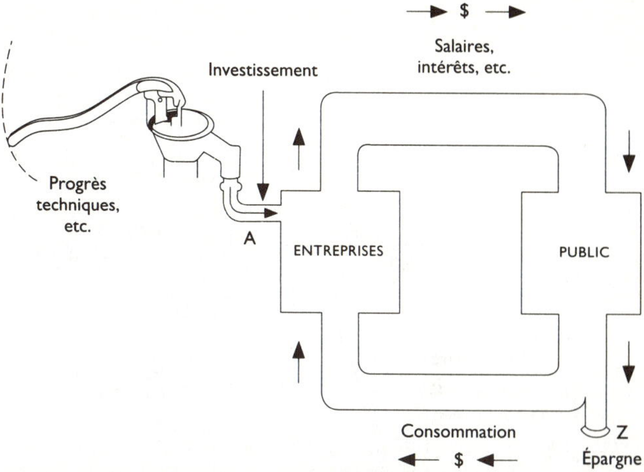

COMMENT L'INVESTISSEMENT DÉTERMINE LE REVENU, SELON SAMUELSON (1948, trad. fr. 1953, t. I, p. 165) : « Les progrès techniques, la croissance démographique et d'autres facteurs dynamiques maintiennent en action la poignée de la pompe à investissements. Le revenu monte et baisse en même temps que l'investissement varie, son niveau d'équilibre n'étant atteint, à un moment quelconque, que lorsque l'épargne projetée en Z coïncide exactement avec l'investissement projeté en A. »

A la même époque, A.W. Phillips[1], ingénieur de formation, concevait un système de tuyauteries et de réservoirs qui devait concrétiser les relations entre stocks, flux macroéconomiques et niveau des prix (voir page suivante).

Cette construction demeurera une curiosité, mais c'est une courbe qui, dix ans plus tard, lui vaudra la célébrité.

* * *

1. « Mechanical Models in Economic Dynamics », *Economica*, vol. 17, 1950, 283-305.

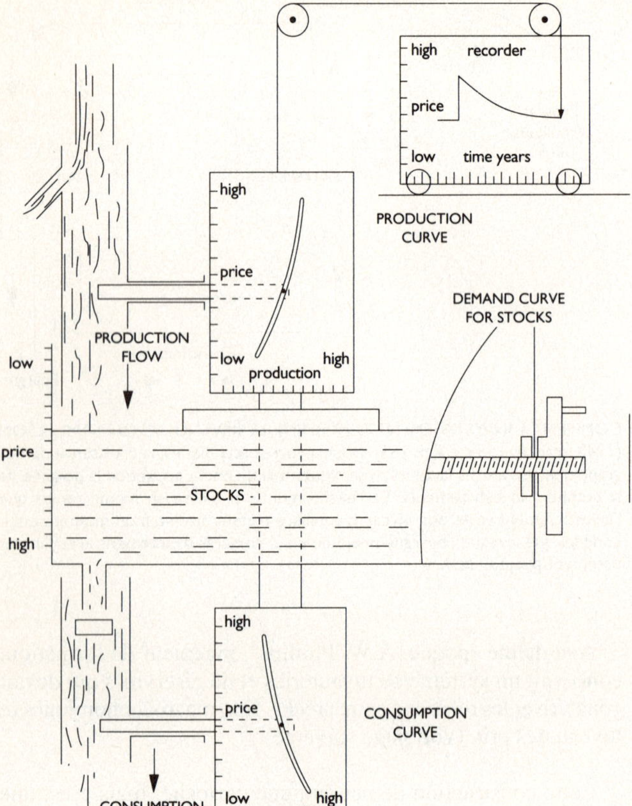

STOCKS, FLUX ET PRIX, SELON PHILLIPS (1950, p. 285)

Les transformations évoquées dans ce chapitre ont profondément modifié le paysage de la pensée économique de l'après-guerre. S'inscrivant d'une manière ou d'une autre dans le prolongement des travaux ou des positions de Keynes, elles illustrent les dimensions les plus accessibles au grand public de la révolution keynésienne. Elles ont été favorisées par un concours exceptionnel de circonstances, de choix politiques et de travaux réalisés par un ensemble d'économistes, qui ont très largement débordé les groupes des proches et des disciples de Keynes.

Ainsi, si elle mérite indéniablement d'être qualifiée de keynésienne, la révolution qui s'est opérée a cristallisé des renouveaux de pensée qui étaient en gestation dans les années trente et quarante. Ce qui a contribué à son succès ; mais ce qui ajoute aussi à son ambiguïté.

4. Axiomatisation, formalisation, mathématisation

Une révolution scientifique en a caché une autre. Tandis que Keynes préparait et publiait la *Théorie générale*, une mutation radicale s'amorçait, dont on ne prendra toute la mesure que beaucoup plus tard : la mathématisation de la discipline. L'utilisation des mathématiques dans le domaine de la réflexion économique est déjà ancienne. Au dix-septième siècle, en Angleterre, William Petty, Charles Davenant, Gregory King et d'autres élaborent ce qu'ils appellent l'arithmétique politique [1], et font les premières évaluations de comptes nationaux. King est considéré comme l'auteur de la première estimation quantitative d'une fonction de demande. En 1738, le mathématicien Daniel Bernouilli formule l'hypothèse de la décroissance de l'utilité marginale de la richesse pour un individu, en l'illustrant par un graphique portant en abscisse les accroissements de richesse et en ordonnée les utilités générées par la richesse [2]. On pourrait nommer quelques autres tentatives de formalisation mathématique de l'économie, mais elles ne sont pas le fait des grands classiques, Smith, Ricardo, Say et Malthus, et n'attirent pas leur attention.

C'est un philosophe, Augustin Cournot, qui publie en 1838

1. Voici la définition qu'en donne Davenant : « Par l'arithmétique politique, nous entendons l'art de raisonner au moyen de chiffres sur des choses relatives au gouvernement [...] Cet art est lui-même sans doute très ancien » (*Of the Use of Political Arithmetick, Works*, I, 1771, p. 128, cité par Schumpeter 1954, p. 210-11 ; trad. fr. 1983, t. 1, p. 296).

2. « Specimen Theoriae Novae de Mensura Sortis », *Commentaires de l'Académie des sciences de Pétersbourg*, vol. 5, 175-92 ; trad. angl., « Exposition of a New Theory on the Measurement of Risk », *Econometrica*, vol. 22, 1954, 23-36.

le premier véritable traité d'économie mathématique, les *Recherches sur les principes mathématiques de la théorie des richesses*[1]. Ce livre, qui passe d'abord inaperçu, est aujourd'hui reconnu comme une étape marquante vers la formalisation de la théorie économique. Cette évolution prend son véritable envol avec la révolution marginaliste, en particulier sous l'impulsion du fondateur de la théorie de l'équilibre général, Léon Walras, qui déclare au début de ses *Eléments d'économie politique pure* : « Si l'économie politique pure, ou la théorie de la valeur d'échange et de l'échange, c'est-à-dire la théorie de la richesse sociale considérée en elle-même, est, comme la mécanique, comme l'hydraulique, une science physico-mathématique, elle ne doit pas craindre d'employer la méthode et le langage des mathématiques[2]. » Jevons déclare de son côté, de la nouvelle science qu'il prétend fonder, qu'elle « doit être une science mathématique dans son contenu si ce n'est dans son langage. [...] La théorie de l'économie, ainsi traitée, présente d'étroites analogies avec la science de la mécanique statique »[3].

En dépit de l'enthousiasme des initiateurs de la révolution marginaliste envers l'économie mathématique, la discipline demeure très largement littéraire, jusqu'à la Seconde Guerre mondiale. Ses travaux étant mal accueillis en France, c'est en Suisse, à Lausanne, que Walras obtiendra une chaire d'économie politique. Alfred Marshall, qui codifie la nouvelle science en Angleterre, met en garde contre la prolifération des formulations mathématiques qu'il confine dans un appendice de son traité[4]. A l'analogie avec la physique, il préfère d'ailleurs l'analogie avec la biologie. C'est dans les années trente que des économistes, principalement européens, et dont la formation est souvent d'abord en mathématiques, en physique, ou en ingénierie[5], préparent la mutation de la discipline.

1. Paris, Hachette ; rééd., Paris, Calmann-Lévy, 1974.

2. *Eléments d'économie politique pure ou théorie de la richesse sociale*, Paris, Economica, 1988, p. 53.

3. *The Theory of Political Economy*, Harmondsworth, Penguin, 1971, p. 44.

4. *Principles of Economics*, Londres, Macmillan, [1890] 1966, p. IX.

5. Tel fut le cas pour Marshak, Kalecki, von Neumann, Frisch, Tinbergen, Kantorovich, Georgescu-Roegen, puis, dans les générations ultérieures, pour Allais, Koopmans, Arrow, Debreu, Malinvaud, Domar et bien d'autres.

Naissance et développement de l'économétrie[1]

C'est dans un certain isolement qu'ont travaillé au début du siècle, tant aux Etats-Unis qu'en Europe, les premiers praticiens de l'économétrie. Le mot lui-même n'était pas alors utilisé, bien qu'on puisse le lire dès 1910 sous la plume de Pawel Ciompa[2]. L'économiste Henry L. Moore est l'un des premiers à utiliser de manière systématique les statistiques pour tester empiriquement les relations économiques, par exemple la théorie liant le salaire à la productivité marginale du travail, ou encore l'hypothèse liant les cycles économiques aux variations climatiques, elles-mêmes liées aux mouvements de la planète Vénus[3]. A la même époque, plusieurs autres économistes, la plupart oubliés aujourd'hui, ont cherché les moyens de formuler les hypothèses économiques en modèles mathématiques, de rassembler des données significatives, d'estimer les paramètres des modèles de manière à évaluer la force des influences sur les variables indépendantes[4].

Mais aussi, des économistes bien plus connus, tels que Irving Fisher et Wesley Clair Mitchell, s'intéressaient à l'économie mathématique, et à l'utilisation des statistiques. Dès 1912, Fisher, Mitchell et Moore avaient tenté, mais sans succès, de mettre sur pied une société vouée à la promotion de la recherche en économie mathématique et quantitative. En 1917 a été créé le Harvard Committee for Economic Research, qui a

1. Sur ce thème, on consultera entre autres De Marchi et Gilbert (1989), Epstein (1987), Morgan (1990) et M.H. Pesaran, « Econometrics », *New Palgrave* 1987, vol. 2, 8-22.

2. Pesaran, *op. cit.*, p. 8.

3. Voir entre autres : « The Statistical Complement of Pure Economics », *Quarterly Journal of Economics*, vol. 23, 1908, 1-33 ; *Laws of Wages*, New York, Macmillan, 1911 ; *Economic Cycles : Their Law and Cause*, New York, Macmillan, 1914 ; *Generating Economic Cycles*, New York, Macmillan, 1923. Jevons avait déjà proposé une théorie liant les fluctuations cycliques de l'économie à la récurrence des taches solaires (« The Solar Period and the Price of Corn », *Investigations in Currency and Finance*, Londres, Macmillan, 1884, réimp. New York, Basic Books, 1964, 194-205).

4. Mentionnons, entre autres, Paul Douglas, Mordecaï Ezekiel, Marcel Lenoir, Robert Lehfeldt, Warren Persons, Charles Roos, Henry Shultz, Elmar et Holbrook Working, Fred Waugh, Sewall Wright, George Yule. On trouvera des détails sur les contributions de ces auteurs entre autres dans Epstein (1987), Morgan (1990) et Stigler (1954).

fondé en 1919 la *Review of Economic Statistics*, dont le nom a été transformé en 1948 en *Review of Economics and Statistics*. En 1920, Mitchell et d'autres économistes qui se rattachent, comme lui, au courant institutionnaliste, mettent sur pied le National Bureau of Economic Research qui s'imposera comme l'un des principaux organismes voués à la recherche économique empirique aux Etats-Unis. Selon le premier article d'une résolution adoptée le 25 octobre 1926, et révisée le 6 février 1933, l'objectif du National Bureau of Economic Research est « de vérifier et de présenter au public les faits économiques importants et leur interprétation d'une manière scientifique et impartiale ». Mitchell sera directeur de recherche du NBER de sa fondation à 1945, et son collaborateur Arthur Burns lui succédera.

C'est un économiste d'origine européenne, Ragnar Frisch, premier titulaire du prix de science économique en mémoire d'Alfred Nobel[1], qui joue un rôle déterminant dans la naissance et l'organisation de la nouvelle discipline qu'il baptise économétrie. Ayant déjà publié en Europe des travaux en économie mathématique, en particulier sur la théorie du consommateur, Frisch arrive aux Etats-Unis en 1928. Avec Charles Roos, il tente de convaincre Irving Fisher de mettre sur pied une société vouée au rapprochement entre économie, mathématiques et statistiques. La réunion de fondation de la Société d'économétrie s'est tenue à Cleveland, le 29 décembre 1930. Présidée par Joseph Schumpeter, elle réunissait douze Américains et quatre Européens, qui ont élu Irving Fisher comme premier président. La section 1 de la constitution adoptée alors stipule que : « La Société d'économétrie est une association internationale pour l'avancement de la théorie économique dans ses relations avec les statistiques et les mathématiques. [...] Son objectif principal sera de promouvoir des études qui visent à l'unification des approches théorico-quantitative et empirico-quantitative aux problèmes économiques et qui sont pénétrées par un raisonnement constructif et rigoureux tel que celui qui en est venu à dominer dans les sciences naturelles[2]. » La première réunion de la nouvelle association se tient à Lausanne, l'année suivante. En

1. Il le partagea avec Jan Tinbergen, qui joue lui aussi un rôle capital dans cette histoire.

2. Cité dans l'éditorial du premier numéro d'*Econometrica* (vol. 1, 1933, p. 1).

janvier 1933 paraît le premier numéro de la revue de la société, *Econometrica*, avec un éditorial écrit par le rédacteur en chef Ragnar Frisch, qui conservera ce poste jusqu'en 1954, et un article introductif, retraçant les origines de l'économie mathématique, signé par Joseph Schumpeter [1]. Voici comment l'éditorial définit l'économétrie :

> Ainsi, l'économétrie n'est pas du tout la même chose que la statistique économique. Elle ne doit pas non plus être identifiée avec ce qu'on appelle la théorie économique générale, bien qu'une partie considérable de cette théorie ait un caractère résolument quantitatif. L'économétrie ne doit pas non plus être considérée comme synonyme de l'application des mathématiques à l'économie. L'expérience a montré que chacun de ces trois points de vue, celui des statistiques, celui de la théorie économique, et celui des mathématiques, est une condition nécessaire, mais non suffisante en elle-même, à une compréhension réelle des relations quantitatives dans la vie économique moderne. C'est l'*unification* des trois qui est puissante. Et c'est cette unification qui constitue l'économétrie (*Econometrica*, vol. 1, 1933, p. 2).

C'est donc l'union de la théorie économique, des mathématiques et de la statistique qui définit l'économétrie, dans la perspective de Frisch et des fondateurs de la discipline. Ils s'opposent ainsi tant à la spéculation théorique pure, qu'à l'inductivisme empirique qui caractérise à leurs yeux les travaux des économistes institutionnalistes, et en particulier des fondateurs et animateurs du National Bureau of Economic Research. Des conflits très durs se développeront d'ailleurs entre économétriciens et adeptes des méthodes de recherche du National Bureau of Economic Research. Par un de ces curieux hasards de l'histoire, Gunnar Myrdal, qui ralliera le camp institutionnaliste, était l'un des invités à un repas chez Irving Fisher, où fut discutée la création de la Société d'économétrie, conçue entre autres comme un cheval de bataille contre l'institutionnalisme, alors très puissant aux Etats-Unis [2].

1. Sur la fondation de la Société d'économétrie et de la revue *Econometrica*, on lira C.F. Christ, « The Founding of the Econometric Society and *Econometrica* », *Econometrica*, vol. 51, 1983, 3-6.

2. Voir à ce sujet Myrdal, « Institutional Economics », *Journal of Economic Issues*, vol. 12, 1978, p. 771-72.

L'année de la fondation d'*Econometrica* est aussi celle de la publication d'un texte majeur dans lequel Frisch forge l'expression de macrodynamique, à l'origine de celle de macroéconomie. S'appuyant sur une étude publiée en russe, par l'Institut de conjoncture de Moscou, en 1927, sous la signature de Slutzky [1], Frisch construit un modèle mathématique des fluctuations cycliques, dans lequel les oscillations sont provoquées par des chocs exogènes. Cette même année 1933, Kalecki présente, devant la Société d'économétrie, le modèle de fluctuations cycliques dont vient d'être publiée la version polonaise et dont des versions réduites, française et anglaise, paraissent en 1935. Dans *Econometrica*, en 1935, Tinbergen signe une importante revue de la littérature sur les cycles, dans lequel il oppose, aux modèles ouverts et non mathématiques de Keynes et Hayek, les modèles fermés et mathématiques développés par Frisch, Kalecki et lui-même. Tinbergen, récipiendaire avec Frisch du premier prix Nobel d'économie, joue aussi un rôle majeur dans le progrès de l'économétrie. En 1936, année même de la parution de la *Théorie générale* de Keynes, il publie le premier modèle macroéconomique global d'une économie nationale, celle de son pays, la Hollande.

A la demande de la Société des Nations, Tinbergen se consacre ensuite à la vérification empirique des théories des cycles, ce qui donne lieu à la publication de deux ouvrages (1939), dont le second contient le premier modèle macroéconomique de l'économie américaine. Ces deux livres ont aussi l'honneur d'être durement critiqués, le premier par Keynes [2], le second par Friedman [3]. La critique de Keynes est beaucoup mieux connue que celle de Friedman, mais il est intéressant de souligner que les deux développent certains thèmes similaires. L'un et l'autre manifestent beaucoup de scepticisme face à la possibilité de construire des modèles mathématiques des fluctuations cycliques de l'économie, et en particulier d'en prédire avec précision les parcours futurs. Le scepticisme manifesté par Keynes face à la pratique de l'économétrie ne l'empêchait

1. Trad. angl., « The Summation of Random Causes as the Source of Cyclic Processes », *Econometrica*, vol. 5, 1937, 105-146.

2. « Professor Tinbergen's Method », *Economic Journal*, vol. 49, 1939, 558-70. Voir la réponse de Tinbergen, suivie d'une réplique de Keynes, dans *Economic Journal*, vol. 50, 1940, 141-56.

3. *American Economic Review*, vol. 30, 1940, 657-60.

toutefois pas de faire partie du comité de rédaction d'*Econometrica* et de siéger au conseil d'administration de la Société d'économétrie, dont il sera élu président en 1944. Il encouragera par ailleurs la création d'un département d'économie appliquée à Cambridge, dont il sera le premier directeur. Stone lui succédera à ce poste et fera du département d'économie appliquée l'un des principaux centres de la recherche économétrique dans la Grande-Bretagne de l'après-guerre [1].

Aux Etats-Unis, c'est un organisme privé, étroitement lié à la Société d'économétrie, qui deviendra le principal vecteur de la recherche économétrique. Il s'agit de la commission Cowles de recherche en économie, fondée en 1932 à Colorado Springs par Alfred Cowles [2]. La fondation de la commission a suivi une offre de budget annuel de 12 000 dollars par année proposée par Cowles à Fisher, en tant que président de la Société d'économétrie, pour la mise sur pied d'un centre de recherche en économétrie. D'abord reçue avec méfiance, l'offre est finalement acceptée et la commission Cowles de recherche en économétrie est mise sur pied sous le patronage de la société qui en nomme le conseil consultatif. L'entente prévoit aussi que Cowles, qui deviendra secrétaire-trésorier de la société en 1937, soutient financièrement la mise sur pied de la revue *Econometrica*. Le dynamisme de Cowles, premier directeur de la commission qui porte son nom [3], l'amène à attirer, dans les activités de la commission, en particulier ses fameuses conférences d'été, des économistes aussi prestigieux que R.G.D. Allen, Fisher, Frisch, Hotelling, Marschak, Karl Menger [4], Schumpeter, Abraham

1. Voir à ce sujet Stone (1978 *Proceedings*).

2. Alfred Cowles, membre d'une riche famille œuvrant dans le domaine de l'édition, dirigeait une entreprise de prévision boursière à Colorado Springs. C'est l'échec des prévisions dans le contexte de la crise de 1929 qui l'a incité à se consacrer à l'étude des forces déterminant les fluctuations des valeurs boursières et plus généralement les cycles économiques. Sur la fondation et l'histoire de la commission Cowles, on consultera C.F. Christ, *Economic Theory and Measurement : A Twenty-Year Research Report, 1932-52*, Chicago, Cowles Commission for Research in Economics, 1952 ; C. Hildreth, *The Cowles Commission in Chicago, 1939-1955*, Berlin et New York, Springer-Verlag, 1986 ; E. Malinvaud, « Econometric Methodology at the Cowles Commission : Rise and Maturity », *Econometric Theory*, vol. 4, 1988, 187-209.

3. Le premier conseil consultatif était composé de Frisch, Fisher, A.L. Bowley et Carl Snyder. En 1934, Charles F. Roos est devenu directeur de recherche.

4. Il s'agit du fils du fondateur de l'école autrichienne, Carl Menger.

Wald et T. Yntema[1]. Rapidement, la commission commence à publier ses fameuses monographies, qui portent en exergue, pendant vingt ans, la phrase de Lord Kelvin, « Science is measurement ». En 1939, la commission déménage à Chicago[2], où elle sera affiliée à l'université de Chicago jusqu'en 1955[3], avant de s'installer à Yale, et de changer de nom pour devenir la fondation Cowles.

En 1942, Cowles convainc Marschak de prendre la direction de la commission. Rassembleur hors pair, Marschak, qui dirige la commission jusqu'en 1948, y attire, entre autres, Kenneth Arrow, Trygve Haavelmo, George Katona, Lawrence Klein, Tjalling Koopmans, Oscar Lange, Don Patinkin et Herbert Simon[4]. Haavelmo, qui avait participé avec lui à un séminaire d'économétrie en 1941, à New York, avait commencé à y faire circuler un texte qui prônait l'utilisation d'une approche probabiliste en économie, à l'encontre de l'opinion de la quasi-totalité des économistes, y compris de Frisch. Haavelmo considère en effet que la théorie des probabilités est à la base de l'analyse statistique qui forme le contenu méthodologique de l'économétrie. Les variables dont elle s'occupe sont de nature stochastique. Marschak, et les autres membres de la commission, sont vite convaincus de la fécondité et de la justesse de l'approche de Haavelmo, dont le texte est finalement publié en 1944. Certains ne reculent pas devant l'expression de « révolution probabiliste » pour caractériser cette évolution[5].

Venu lui aussi de la physique, et successeur de Marschak à

1. Notons que la conférence d'été de 1938 était consacrée à une célébration des *Recherches* de Cournot.

2. Au même moment, la Société d'économétrie déménage aussi ses quartiers généraux à Chicago.

3. C'est à Chicago que se développent de très vives tensions entre chercheurs et enseignants associés à la commission Cowles et ceux qui sont associés au National Bureau of Economic Research, ainsi qu'entre ces derniers et ceux qui, comme Knight, sont résolument hostiles à toute forme d'économie mathématique. Voir à ce sujet, notamment, Bodkin, Klein et Marwah 1991, et J. Lodewijks, « Macroeconometric Models and the Methodology of Macroeconomics », *History of Economics Society Bulletin*, vol. 11, 1989, 33-58.

4. D'autres futurs récipiendaires du prix Nobel, tels que Debreu et Modigliani, se joindront aussi par la suite à la commission.

5. Sur la révolution probabiliste dans les sciences, tant naturelles que sociales, qui se serait déroulée entre 1830 et 1950, on consultera L. Krüger, L. Daston et M. Heidelberger (dir.), *The Probabilistic Revolution*, 2 vol., Cambridge, Massachusetts, MIT Press, 1987.

la direction de la commission, Tjalling Koopmans est sans doute l'un des principaux propagateurs des nouvelles techniques, qu'il contribue lui-même à perfectionner. Il sera entre autres l'éditeur de quelques-unes des célèbres monographies publiées par la commission au début des années cinquante (Koopmans 1950, 1951). Théoricien, mais aussi organisateur et propagateur, il répondra à Keynes plus durement que Tinbergen (Koopmans 1941), avant de croiser le fer, à la fin des années quarante, avec les praticiens de ce qu'il a appelé la « mesure sans théorie »[1] du National Bureau of Economic Research. Marschak avait d'ailleurs lui-même rédigé, avec Oscar Lange, une très dure réponse à Keynes, que ce dernier n'a pas jugé bon d'accepter pour l'*Economic Journal*[2]. Haavelmo s'est lui-même mis de la partie en 1943, et on peut considérer son texte de 1944 comme, entre autres, une réponse aux objections de Keynes contre l'économétrie.

L'après-guerre voit la naissance et le développement des grands modèles macroéconomiques, dont Klein est le premier architecte. Nous en reparlerons dans le chapitre suivant, puisqu'il s'agit d'un développement de la macroéconomie keynésienne. Il faut noter que plusieurs des fondateurs, tels que Frisch et Tinbergen, ont pris leurs distances face à l'évolution récente de l'économétrie.

Les jeux et la guerre

Un des plus célèbres mathématiciens de notre siècle, John von Neumann, a joué un rôle essentiel, tant dans l'élaboration de la théorie des jeux, qui occupe désormais une place majeure dans la théorie économique, que dans celle des instruments mathématiques à l'origine du perfectionnement de la théorie de l'équilibre général. En 1928, il démontre le théorème du minimax, selon lequel tout jeu à deux personnes et à somme nulle,

1. Tel est le titre que Koopmans a en effet donné à sa longue recension, très critique, de l'ouvrage de Burns et Mitchell sur la mesure des cycles (1946). R. Vining répliquera, non moins durement, au nom des chercheurs du Bureau, dans « Koopmans on the Choice of Variables to be Studied and of Methods of Measurement » (*Review of Economics and Statistics*, vol. 31, 1949, 77-86, suivi d'une réplique de Koopmans, 86-91, et d'une réponse de Vining, 91-4).

2. Voir Morgan 1990, p. 128.

tel le jeu d'échecs, avec un nombre fini de stratégies pour chaque joueur, a une solution déterminée. Il y a une stratégie rationnelle qui assure à un joueur l'avantage maximal, quelle que soit la stratégie de l'adversaire. Il s'agit d'un élément important de la théorie des jeux, théorie dont von Neumann n'est toutefois pas l'inventeur. En 1913, Zermelo avait formulé un théorème en vertu duquel le jeu d'échecs était strictement déterminé [1]. Le théorème de Zermelo était toutefois limité à une situation de connaissance parfaite. Le mathématicien E. Borel a lui-même développé, avant von Neumann, quelques éléments du minimax [2].

Mais c'est von Neumann qui a perçu toute la fécondité de cette approche. A partir du moment où on considère la théorie des jeux comme s'appliquant à toute situation dans laquelle les comportements des agents décideurs ont des effets les uns sur les autres, on voit que cela peut s'appliquer, non seulement aux échecs ou aux cartes, mais à la politique, à la guerre, à la diplomatie, et aussi à l'économie. Et dans une perspective, telle que la vision néoclassique, qui postule que le fonctionnement de l'économie est le résultat de l'interaction d'agents rationnels, la théorie des jeux apparaît comme un instrument potentiellement très fécond. C'était en tout cas la conviction de John von Neumann et de l'économiste Oskar Morgenstern, lequel reprochait aux économistes d'utiliser des techniques mathématiques primitives. Morgenstern avait lui-même, dans un ouvrage tiré de sa thèse de doctorat et consacré à la prévision économique, publié en 1928, proposé une première ébauche de l'application de la théorie des jeux aux comportements sociaux. Les deux hommes ont commencé à collaborer en 1939, à Princeton. Cette collaboration donne naissance à un ouvrage majeur, *Theory of Games and Economic Behavior*, paru en 1944, soit la même année que *Probability Approach in Econometrics* de

1. « Über eine Anwendung der Mengenlehre auf die Theorie des Schachspiels », *Proceedings of the Fifth International Congress of Mathematicians*, vol. 2, 501-4.

2. Voir en particulier Borel, « Sur les jeux où interviennent le hasard et l'habileté des joueurs », in J. Hermann (dir.), *Eléments de la théorie des probabilités*, Paris, Librairie scientifique, 1924, 204-24. Soulignons que Borel a publié, la même année, une critique du *Treatise on Probability* de Keynes : « A propos d'un traité de probabilités », *Revue philosophique*, vol. 98, 321-26. Sur Borel, voir Maurice Fréchet, « Emile Borel, Initiator of the Theory of Psychological Games and its Application », *Econometrica*, vol. 21, 1953, 118-27.

Haavelmo. Outre l'élaboration de la théorie des jeux, c'est une axiomatisation très rigoureuse de la théorie économique qu'offre le livre de von Neumann et Morgenstern, dont le but est « de découvrir les principes mathématiquement complets qui définissent le "comportement rationnel" des membres d'une économie sociale, et d'en dériver les caractéristiques générales de ce comportement » [1]. Ce n'est pas, toutefois, la théorie économique, mais plutôt la guerre qui constitue le premier champ d'application de la théorie des jeux, et le ressort de son développement.

Plusieurs de ceux qui ont fait progresser l'économie mathématique se sont d'ailleurs trouvés en contacts étroits, à l'occasion de la guerre [2]. Von Neumann avait lui-même commencé à travailler pour le gouvernement américain sur des problèmes militaires dès 1937. Présent à Los Alamos, dans le cadre de l'élaboration de la bombe atomique [3], il était devenu, au moment de sa mort prématurée en 1957, l'un des hommes de science les plus importants aux Etats-Unis. Pendant la Seconde Guerre mondiale, l'un des lieux privilégiés de contact entre hommes de sciences de diverses disciplines fut aux Etats-Unis le Research and Analysis Branch de l'Office of Strategic Services (OSS), ancêtre de la Central of Intelligence Agency. Cette agence était elle-même constituée sur le modèle d'organismes analogues nés en Grande-Bretagne au milieu des années trente, dans le but d'utiliser les avancées scientifiques et technologiques pour renforcer la capacité militaire du pays ; la fameuse section S (Statistics Branch), dirigée par F.A. Lindemann, devenu Lord Cherwell, a employé, entre autres, Roy

1. *Theory of Games and Economic Behavior*, Princeton University Press, 1944 ; 3e éd. 1953, p. 31.

2. Sur cette question, on consultera R. Leonard, « War as a "Simple Economic Problem" : The Rise on an Economics of Defense », *History of Political Economy*, vol. 23, 1991, supplément annuel, 261-83, à qui nous avons emprunté plusieurs des renseignements qui suivent. Voir aussi, du même auteur, « Creating a Context for Game Theory », *History of Political Economy*, vol. 24, 1992, supplément annuel ; et P. Mirowski, « When Games Grow Deadly Serious : The Military Influence on the Evolution of Game Theory », *History of Political Economy*, vol. 23, 1991, supplément annuel, 227-55. On consultera aussi les autres textes rassemblés dans ces suppléments annuels dont le premier est consacré à l'économie et la sécurité nationale et le second à la théorie des jeux.

3. Il peut être utile de souligner que Einstein et von Neumann étaient collègues, voisins et amis à Princeton, qui fut à une époque une extraordinaire concentration de cerveaux que la montée du nazisme avait chassés d'Europe.

Harrod[1] et G.L.S. Shackle. Quant à l'OSS, parmi la cinquantaine d'économistes qu'elle a recrutés, on compte Moses Abramowitz, Sidney Alexander, Paul Baran, Abram Bergson, Carl Kaysen, Charles Kindleberger, Walt Rostow, William Salant et Paul Sweezy[2]. Un autre organisme étroitement lié à la recherche militaire, en particulier au combat aérien, le Statistical Research Group at Columbia, était dirigé par Allen Wallis et Harold Hotelling, qui ont recruté, entre autres, Milton Friedman, John Savage, George Stigler et Abraham Wald. A la fin de la guerre fut mise sur pied la RAND (Research and Development) Corporation, organisme privé de recherche dont le principal client était au début l'armée de l'air américaine. Armen Alchian fut le premier économiste recruté par cet organisme, auquel ont collaboré un grand nombre d'économistes américains des plus connus.

Analyse de système, analyse de l'activité, étude de l'allocation optimale des ressources, développement de la théorie des jeux, recherche opérationnelle, programmation linéaire, telles sont les techniques de recherche, applicables tant à l'activité économique que militaire, qui ont été développées dans le cadre de ces institutions. Elaborée par un émigré russe, Wassily Leontief, la théorie de l'input-output a aussi été un puissant instrument utilisé et développé dans ce contexte. A la même époque, en URSS, des techniques analogues étaient développées par des économistes tels que Kantorovitch, qui a lui aussi travaillé pour la production militaire et le secteur nucléaire, et Novozhilov. De la programmation linéaire, présentée comme « un des plus importants développements de l'après-guerre en théorie économique », Dorfman, Samuelson et Solow écrivent, dans le manuel qu'ils lui consacrent, que son développement est le fruit des « efforts conjoints de mathématiciens, administrateurs civils et militaires, statisticiens et économistes » (Samuelson et al.1958, p. VII). Ce manuel est d'ailleurs produit par la RAND Corporation. Le premier ouvrage consacré à la présentation des techniques de la programmation linéaire, *Activity Analysis of Production and Allocation* (Koopmans

1. Qui a d'ailleurs écrit la biographie de Lord Cherwell (1959).

2. Comme on le voit, l'éventail idéologique était très large. Franz Horkheimer et Herbert Marcuse étaient aussi de la partie ! (Voir Leonard, « War... », *op. cit.*, p. 264).

1951), était le fruit d'un effort conjoint de la RAND Corporation et de la commission Cowles.

L'équilibre général

Ces développements ont un effet en retour sur la théorie économique pure, et plus particulièrement sur la théorie de l'équilibre général. C'est l'économiste français Walras qui a, en 1874, proposé la formulation classique de ce qui est devenu le noyau central, non seulement de la microéconomie contemporaine, mais également de la macroéconomie, avec ses plus récents développements. Le modèle d'équilibre général vise à répondre à une question qui hante la pensée économique au moins depuis que la parabole de la main invisible symbolise le libéralisme de Smith : comment un ordre peut-il naître de l'interaction entre une multitude d'agents, dont chacun est mû par son intérêt propre et prend des décisions indépendantes ? Sont donc en jeu l'efficacité, la viabilité et l'optimalité du système de marché. L'élaboration part de l'hypothèse que la société est composée d'agents rationnels, c'est-à-dire de consommateurs cherchant à maximiser leur utilité et de producteurs cherchant à maximiser leurs profits[1]. De Walras aux formulations les plus actuelles, c'est là le fondement du programme de recherche néoclassique. C'est aussi, nous l'avons vu, un élément de base de la théorie des jeux, de sorte qu'il n'est pas étonnant que les deux problématiques se soient rejointes dans l'après-guerre.

Il s'agit de déterminer les prix et les quantités de toutes les marchandises, étant donné les dotations et les préférences des agents, et en supposant par ailleurs que les prix fluctuent de manière à équilibrer l'offre et la demande pour chaque bien, dans un cadre de concurrence parfaite, dans lequel les prix sont donnés pour chaque agent. Le terme d'équilibre général, par opposition à l'analyse en termes d'équilibre partiel développée par Marshall, renvoie au fait qu'on considère que l'offre et la demande pour chaque bien dépendent, non seulement du prix de ce bien, mais de tous les autres prix. Walras s'est contenté de

1. Ce qui se traduira à l'équilibre, dans le modèle walrasien, par l'absence de bénéfices.

compter le nombre d'équations et d'inconnues pour affirmer, sans le démontrer, l'existence d'un équilibre général. Pour simplifier, on peut dire que l'histoire de la théorie de l'équilibre général depuis cette date a consisté à chercher à prouver l'existence d'un équilibre général dans lequel tous les prix sont positifs, et, si possible, son unicité et sa stabilité[1].

A la suite des premiers efforts de formalisation de G. Cassel[2], H. Neisser[3], K. Schlesinger[4], von Stackelberg[5] et F. Zeuthen[6], c'est le mathématicien Abraham Wald qui donne, dans deux articles publiés en 1935 et 1936, la première solution au problème de l'existence de l'équilibre général[7]. Ses articles, très complexes mathématiquement, passent inaperçus. De son côté, en 1932, John von Neumann présente une conférence sur la théorie de la croissance économique, qui est publiée en 1937, sous le titre « Sur un système d'équations économiques simultanées et sur la généralisation du théorème de point fixe de Brouwer »[8]. Ce texte contient un instrument mathématique qui servira à donner à la théorie de l'équilibre général sa formulation moderne. Basé sur l'idée du minimax, il s'agit du théorème du point fixe,

1. A ce sujet, voir Ingrao et Israel 1987 ; E.R. Weintraub, « On the Existence of a Competitive Equilibrium ; 1930-1954 », *Journal of Economic Literature*, vol. 21, 1983, 1-39 ; E.R. Weintraub, *General Equilibrium Analysis : Studies in Appraisal*, Cambridge, Angleterre, Cambridge University Press, 1985.

2. *Theoretische Sozialökonomie*, Leipzig, C.F. Winter, 1918 ; trad. angl., *The Theory of Social Economy*, New York, Harcourt Brace, 1932.

3. « Lohnöhe und Beschäftigungsgrad im Marktgleichgewicht », *Weltwirstchaftliches Archiv*, vol. 36, 1932, 415-55.

4. « Über die Produktionsgleichungen der ökonomischen Wertlehre », *Ergebnisse eines mathematischen Kolloquiums*, vol. 6, 1935, 10-11.

5. « Zwei kritische Bemerkungen zur Preistheorie Gustav Cassels », *Zeitschrift für Nationalökonomie*, vol. 4, 1933, 456-72.

6. « Das Prinzip der Knappheit, technische Kombination und ökonomische Qualität », *Zeitschrift für Nationalökonomie*, vol. 4, 1932, 1-24.

7. De ces articles, publiés en allemand dans *Ergebnisse eines mathematischen Kolloquiums* (vol. 6, 1935, 12-20 ; vol. 7, 1936, 637-70), Wald a donné une version moins technique dans « Über einige Gleichungsysteme der mathematischen Ökonomie », *Zeitschrift für Nationalökonomie*, vol. 7, 1936, 637-70 ; trad. angl., « On Some Systems of Equations of Mathematical Economics », *Econometrica*, vol. 19, 1951, 368-403.

8. « Über ein ökonomisches Gleichungssystem und eine Verallgemeinerung des Brouwerschen Fixpunktsatzes » [Sur un système d'équations économiques simultanées et sur la généralisation du théorème de point fixe de Brouwer], in K. Menger (dir.), *Ergebnisse eines Mathematischen Kolloquiums*, Vienne, vol. 8, 1937, 73-83 ; trad. angl. 1945-46, « A Model of General Economic Equilibrium », *Review of Economic Studies*, vol. 13, 1-9.

relevant de la topologie algébrique, démontré en 1910 par le mathématicien Brouwer et utilisé entre autres dans le domaine de la physique. Reformulé en 1941 par le mathématicien S. Kakutani[1], il sert de base autant au perfectionnement de la théorie des jeux qu'à celui de la théorie de l'équilibre général.

Dans le premier cas, il s'agit de la célèbre contribution du mathématicien Nash qui démontre, dans une courte note publiée en 1950, l'existence d'un équilibre dans le cas d'un jeu dit « non coopératif », c'est-à-dire à somme non nulle, dans lequel chacun des participants poursuit la meilleure stratégie possible en connaissant les stratégies de tous les autres participants[2]. La référence à l'équilibre de Nash a pris une importance majeure dans la littérature économique contemporaine.

Dépassant la géométrie et le calcul différentiel et intégral surtout utilisé jusque-là en économie mathématique, c'est donc en faisant appel à la topologie et notamment la théorie de la convexité que, à peu près simultanément, Arrow et Debreu (1954) et McKenzie[3] démontrent l'existence d'un équilibre général à partir d'un nombre restreint d'hypothèses relatives à la rationalité des consommateurs et au comportement des firmes. Debreu développe cette étude dans une courte monographie publiée par la commission Cowles en 1959, destinée à présenter une analyse axiomatique de l'équilibre général, selon les critères de rigueur mis en avant par von Neumann et Morgenstern en 1944 dans l'étude de l'économie.

Par rapport au modèle de Wald, outre l'allègement des hypothèses relatives à la technologie et aux préférences, l'un des progrès accomplis consiste à intégrer en un seul modèle la production, l'échange et la consommation, en tenant compte du flux circulaire des revenus. Arrow et Debreu démontrent que si chaque individu détient au départ une certaine quantité de

1. « A Generalization of Brouwer's Fixed Point Theorem », *Duke Mathematical Journal*, vol. 8, 1941, 457-9. Un autre développement important de ce théorème est dû à Herbert E. Scarf (« The Approximation of Fixed Points of a Continuous Mapping », *SIAM Journal of Applied Mathematics*, vol. 15, 1967, 1328-43).

2. « Equilibrium Points in N-Person Games », *Proceedings of the National Academy of Science of the USA*, vol. 36, 1950, 48-9.

3. « On Equilibrium in Graham's Model of World Trade and Other Competitive Systems », *Econometrica*, vol. 22, 1954, 147-61 ; voir aussi « On the Existence of General Equilibrium for a Competitive Market », *Econometrica*, vol. 27, 1959, 54-71.

chaque bien disponible pour la vente, un équilibre concurrentiel existera : c'est ce qu'ils appellent le théorème d'existence d'un équilibre concurrentiel. Arrow et Debreu considèrent que « d'un point de vue descriptif, l'idée suivant laquelle le modèle concurrentiel est une description raisonnablement juste de la réalité, du moins pour certaines fins, présuppose que les équations décrivant le modèle sont consistantes les unes avec les autres » (Arrow et Debreu 1954, p. 266). Toutefois, ni la stabilité ni l'unicité de cet équilibre ne sont démontrées.

Ce modèle a des implications importantes en ce qui concerne les problèmes d'économie normative ou d'économie du bien-être. Indépendamment l'un de l'autre, Arrow (1951 « An Extension ») et Debreu (1952) avaient déjà établi l'équivalence entre l'équilibre général et l'optimum de Pareto. Ainsi la parabole de la main invisible reçoit une preuve mathématique rigoureuse, démontrant l'efficacité et l'optimalité de l'équilibre concurrentiel. Il ne s'ensuit pas, pour les auteurs de cette argumentation, une démonstration de la supériorité de l'économie concurrentielle sur l'économie planifiée : « Les adversaires de l'intervention étatique voient dans ces deux théorèmes [établissant l'équivalence entre équilibre concurrentiel et optimum de Pareto] une démonstration mathématique de la supériorité inconditionnelle des économies de marché, alors que les partisans de l'intervention étatique font bon accueil aux mêmes théorèmes parce que le caractère explicite de leurs hypothèses met en lumière les écarts entre le modèle théorique et les économies qu'ils observent » (Debreu 1987, p. 402). En réalité, à la suite de Pareto et de Barone, on a aussi perfectionné la démonstration du fait que la planification parfaitement informée peut aussi faire parvenir une économie à l'optimum.

Non seulement les partisans de l'intervention étatique, mais plus généralement les économistes méfiants face à l'utilisation d'instruments mathématiques sophistiqués, aussi bien que ceux qui rejettent l'approche néoclassique, ont à maintes reprises critiqué l'irréalisme des hypothèses nécessaires à la construction de ces modèles considérés comme coupés de la réalité[1]. Cela

1. Parmi les critiques de la théorie de l'équilibre général et de ses prémisses, on peut noter, par exemple, celles des institutionnalistes (y compris Galbraith) et des post-keynésiens, au premier rang desquels Joan Robinson, ainsi que d'auteurs « inclassables » tels que Georgescu-Roegen ou Kornai.

n'a évidemment pas empêché la prolifération d'une littérature très abondante, s'appuyant entre autres sur le théorème de Kakutani pour perfectionner et développer le modèle d'équilibre général de Walras [1].

Mais ce furent d'abord les architectes de ces constructions sophistiquées qui attirèrent eux-mêmes l'attention sur leurs limites et mirent en garde contre les conclusions qu'on peut en tirer. Debreu a souligné que la démonstration de l'unité et de la stabilité de l'équilibre général nécessite des hypothèses beaucoup trop contraignantes [2]. Dans ce qui est sans doute le principal manuel sur la théorie de l'équilibre général, plus accessible au lecteur moyen que les travaux fondateurs, Arrow et Hahn attirent l'attention sur le caractère irréaliste d'une théorie qui évacue, entre autres, la monnaie et l'incertitude, données pourtant fondamentales des économies contemporaines : « [Dans] un monde avec un passé et un futur dans lequel les contrats sont établis en termes de monnaie, il peut ne pas y avoir d'équilibre » (Arrow et Hahn 1971, p. 361). Il n'y a en effet pas de monnaie dans le modèle d'équilibre général de Arrow-Debreu, où toutes les transactions se font au début d'un intervalle de temps donné. Il n'y a pas, non plus, d'informations asymétriques. Il est difficile d'intégrer tant le gouvernement que les monopoles dans le modèle. Hahn et plusieurs autres travaillent à enrichir la théorie de l'équilibre général en cherchant à y intégrer certains de ces éléments, comme du reste en cherchant à la dynamiser.

Triomphe et limites des mathématiques

Le massif, plus ou moins escarpé, de l'économétrie constitue somme toute un champ de spécialisation relativement défini et restreint de l'économie ; et si les programmes universitaires prévoient la plupart du temps l'obligation de suivre des

1. On trouvera une bibliographie détaillée de ces contributions entre autres dans Debreu 1982.

2. Voir Debreu (1974). Pour une démonstration des conditions de stabilité de l'équilibre, qui chez Walras prenait la forme de l'étude du tâtonnement, avec commissaire-priseur, on consultera K. Arrow et L. Hurwicz, « On the Stability of the Competitive Equilibrium I », *Econometrica*, vol. 26, 1958, 522-52 et K. Arrow, J. Block et L. Hurwicz, « On the Stability of the Competitive Equilibrium II », *Econometrica*, vol. 27, 1959, 82-109.

cours d'économétrie, on peut être économiste sans être économétricien. De même, l'escalade des cimes topologiques de la théorie de l'équilibre général n'est-elle pas exigée de tous. Mais les sentiers de plaine eux aussi sont désormais balisés d'équations et de figures géométriques. L'aspirant économiste ne peut échapper à la mathématisation. L'économiste professionnel ne peut comprendre ses collègues et ne peut lire les revues, du moins les plus prestigieuses, sans un bagage mathématique minimal.

Cela aussi a commencé dans les années trente, avec la reformulation en langage mathématique de tous les secteurs de la science économique. La théorie du commerce international s'y est particulièrement prêtée ; l'analyse des fluctuations cycliques a, de plus en plus, fait l'objet de traitement mathématique à partir du début des années trente ; au même moment, la théorie du consommateur et la théorie de la valeur ont fait l'objet de traductions formalisées, souvent par les mêmes auteurs, par exemple, dès 1928, Frisch. Et puis, après la publication de la *Théorie générale*, ce sera la macroéconomie keynésienne qui, de plus en plus, sera coulée dans un moule mathématique, en dépit des avertissements de son auteur contre les « récentes "économies mathématiques" » qui « permettent aux auteurs d'oublier dans le dédale de symboles vains et prétentieux les complexités et les interdépendances du monde réel » (*TG*, p. 298-99).

Trois auteurs en particulier ont joué un rôle clé dans cette reformulation mathématique des différents pans de la théorie économique, à un niveau qu'on pourrait qualifier d'intermédiaire, celui qui a été intégré dans les manuels. En Grande-Bretagne, John Hicks initie le monde anglo-saxon à l'approche walrasienne, dont l'œuvre fondatrice, les *Eléments d'économie politique pure*, ne sera traduite en anglais qu'en 1954[1]. Plus généralement, Hicks a, dans divers articles parus dans les années trente, en particulier la célèbre reformulation de la théorie de la demande avec Allen (1934), mais surtout dans son *Valeur et capital* (1939), élaboré un grand nombre des instruments d'analyse qui sont aujourd'hui devenus partie intégrante de la théorie économique orthodoxe, à tel point d'ailleurs qu'on

1. *Elements of Pure Economics*, Homewood, Illinois, Richard D. Irwin, 1954.

ne voit plus clairement leur origine chez Hicks – d'autant plus que leur auteur s'est graduellement éloigné tant de la tradition néoclassique que de l'économie mathématique.

Il n'en est pas de même pour l'économiste Maurice Allais, qui demeure aujourd'hui convaincu de la fécondité de la voie qu'il a ouverte, en 1943, avec ce monumental ouvrage, *A la recherche d'une discipline économique*, qu'il écrit dans l'isolement, ne disposant que de Walras, de Pareto et des mathématiques. Physicien et ingénieur autant qu'économiste, Allais cherche à reconstruire la totalité de la science économique sur des bases analogues à celles de la physique. Son travail, dans lequel il démontre entre autres un théorème d'équivalence analogue à la démonstration par Arrow et Debreu de l'équivalence entre équilibre concurrentiel et optimum de Pareto, demeurera longtemps méconnu.

L'économiste américain Paul Samuelson est plus favorisé, sans doute parce qu'il publie en anglais, aux Etats-Unis, qu'il a envahi toutes les revues avec ses articles reformulant mathématiquement la quasi-totalité du savoir économique de l'époque. Il a écrit en 1937 la plus grande partie d'une thèse de doctorat, soutenue en 1941, dans laquelle il cherche à démontrer l'existence, dans tous les domaines de la recherche économique, de théorèmes significatifs dérivant en grande partie de l'hypothèse selon laquelle « les conditions d'équilibre sont équivalentes au maximum (ou au minimum) de quelque grandeur » (Samuelson 1947, p. 5).

Cette thèse n'est publiée qu'en 1947 ; la guerre et son caractère mathématique complexe en ont retardé la publication. Elle joue un rôle important dans la transformation de la discipline qui s'opérera dans l'après-guerre. Cette transformation se caractérise, non seulement par la création de nouvelles revues d'économie mathématique, s'ajoutant à *Econometrica*, *Review of Economic Studies* et *Review of Economics and Statistics*, telles que *International Economic Review* (1960), *Journal of Economic Theory* (1969) et *Journal of Mathematical Economics* (1974), mais aussi par le fait que dans des revues telles que l'*American Economic Review*, la proportion des pages contenant des formulations mathématiques est passée de moins de 3 % en 1940 à 40 % en 1990 (Debreu 1991 *AER*, p. 1). Beaucoup pensent que la science économique vient de se doter d'outils nouveaux. En fait, ces outils mathématiques qui viennent d'investir massivement la théorie et l'analyse économique, transforment la nature de cette discipline.

La synthèse keynéso-néoclassique, dont Hicks est un des principaux architectes, en est probablement un premier indice. En effet, c'est très largement une reformulation dans un cadre commun qui a permis le rapprochement entre l'approche keynésienne et celle que Keynes avait choisi de combattre. La formalisation mathématique a tout naturellement conduit à gommer l'incertitude non probabilisable, élément clé de la critique de la théorie classique par Keynes, ce qui a permis la réintégration dans une analyse en termes d'équilibre des principales fonctions keynésiennes.

Plus largement, l'investissement de la science économique par les techniques et le langage mathématiques a contribué au fait qu'elle est devenue de plus en plus difficile à définir par son objet. Certes, celui sur lequel ont porté les travaux des économistes a pu varier depuis la naissance de leur discipline : richesse du Prince, puis de la nation (mercantilistes), circulation du produit net (physiocrates), production et répartition des richesses (classiques), mode de production capitaliste (Marx), économie réelle de marché (marginalistes), économie monétaire de marché (Wicksell), économie monétaire de production (Keynes). Ces objets diffèrent. Mais tous concernent les conditions matérielles de la reproduction des sociétés humaines. La science économique formalisée de l'après-guerre reprend en gros tout cet héritage, quitte à le traduire en termes plus aseptisés (du point de vue de la formalisation mathématique) ; mais elle y ajoute l'équilibre de marché – et l'équilibre en soi, ainsi que l'optimum. Progressivement, l'objet de la science économique formalisée s'élargit à l'ensemble des comportements de tout agent en situation d'évaluer, de décider et d'agir, ainsi qu'aux conditions auxquelles ces comportements sont compatibles.

Ainsi, les démarches et les travaux les plus disparates vont se développer au sein de ce que l'on continue à nommer la science économique. Avec le recul, on peut discerner la formation de deux galaxies, l'une à prédominance axiomatique (où les diverses approches théoriques sont reconstruites, avec le principal souci de leur cohérence logique formelle), l'autre principalement vouée (là encore à partir de différentes approches théoriques) à la connaissance et l'interprétation des processus et phénomènes observables. Résidant de moins en moins dans l'unicité de l'objet étudié, l'unité de l'ensemble va désormais résulter des outils et du langage utilisés, les uns et l'autre de plus en plus mathématiques.

Au sein des autres sciences sociales, la science économique va dès lors se distinguer par le développement de ses méthodes formalisées, créant une distance et une différenciation nouvelles et suscitant des relations complexes de fascination/répulsion. Et cela d'autant plus que des adeptes de cette nouvelle économie formalisée vont, parfois sans beaucoup de discernement, appliquer leurs outils à des champs traditionnellement traités par d'autres disciplines : l'analyse de la famille et de la fécondité (G. Becker), des scrutins politiques et de la bureaucratie (A. Downs), de la criminalité et de la procédure judiciaire (G. Tullock), R. Fogel[1] allant même jusqu'à prétendre remplacer la vieille « histoire traditionnelle » par une nouvelle « histoire scientifique » : la « cliométrie ».

Forte à la fois de ses succès pratiques (comptabilités nationales, politiques économiques, planifications) et de ses hautes capacités de formalisation (que symbolisent les travaux sur l'équilibre général), la science économique bénéficie d'un prestige exceptionnel. Outre une certaine communauté de problématiques, d'outils et de langage, sa cohésion va très largement se construire à travers des procédures de reconnaissance réciproque, et en quelque sorte d'habilitation, pour lesquelles joueront un rôle majeur des associations internationales, telles que la Société d'économétrie, et, de plus en plus, l'American Economic Association, avec sa conférence annuelle et ses publications.

Car, et c'est la troisième mutation majeure de la période, le pôle géographique de la science économique a basculé de la Grande-Bretagne aux Etats-Unis. C'est là que s'est formée la communauté la plus dynamique d'économistes, avec un exceptionnel système d'interrelations entre des mondes souvent séparés en Europe : l'université, l'administration, le système bancaire et les affaires, et le rôle clé des fondations et des programmes et institutions de recherche (Fondation Cowles, Brookings Institution, National Science Foundation, National

1. Avec G.R. Elton, *Which Road to the Past ? Two Views of History*, New Haven, Connecticut, Yale University Press, 1983.

Bureau of Economic Research, parmi d'autres) ; avec une étonnante capacité d'accueil, de mobilisation et d'assimilation de compétences venues d'autres pays [1] ; avec aussi une remarquable aptitude à impulser une dynamique dominante, au point qu'on peut avoir le sentiment qu'il y a une véritable gestion de la profession, mais une aptitude aussi à accepter dissidents, contestataires et esprits atypiques.

1. Parmi les auteurs étudiés dans le dictionnaire de la grande édition, quelques-uns sont nés dans des familles qui avaient immigré aux Etats-Unis au début du siècle : Arrow, Burns, Friedman, Stigler, et au début des années trente : Frank. De même, les familles de Nove, Singer et Hahn avaient immigré en Grande-Bretagne. Notons qu'ont immigré aux Etats-Unis : de Russie, Marschak en 1919 et Kuznets en 1921 ; au début des années trente, d'Allemagne, von Neumann et Katona (nés à Budapest), Baran et Leontief (nés en Russie), Hirschman et, d'Autriche, Machlup ; dans la deuxième moitié des années trente, Domar (de Russie), Boulding (de Grande-Bretagne), Morgenstern (de Vienne, mais il était né en Silésie), Modigliani (d'Italie), Scitovsky et Fellner (de Hongrie), Lerner (de Grande-Bretagne, mais il était né en Bessarabie) ; pendant la guerre, Koopmans (de Hollande) et Nurkse (d'Estonie) ; et après la guerre, Georgescu-Roegen (de Roumanie, 1948), I. Adelman (née en Roumanie, d'Israël, 1949), Debreu (de France, 1950), Coase (de Grande-Bretagne, 1951), Vanek (de Tchécoslovaquie, 1955), Balassa (de Hongrie, 1956), Leijonhufvud (de Suède, 1960-1). Les mouvements en sens inverse sont peu nombreux.

5. Une nouvelle orthodoxie : la synthèse néoclassique

La voie d'une conciliation entre des apports du renouveau keynésien et des éléments de la tradition néoclassique a, en quelque sorte, été laissée ouverte par certaines ambiguïtés de Keynes. John Hicks fut l'un des premiers à s'y engager peu après la parution de la *Théorie générale*. Puis, de nombreux travaux contribuèrent à l'élaboration d'une macroéconomie de la synthèse, au sein de laquelle ont été réexaminées et reformulées les principales relations économiques exposées dans l'œuvre de Keynes.

C'est principalement dans ce cadre analytique que sera enseignée à des générations d'étudiants une version revue et corrigée de ce que l'on continuera, non sans risque de malentendu, à nommer keynésianisme. Et c'est dans ce cadre que seront construits, grâce aux progrès réalisés par les comptabilités économiques, l'économétrie et l'informatique, les premiers grands modèles macroéconométriques permettant de simuler le fonctionnement et les dynamiques des économies des principaux pays industrialisés.

La macroéconomie repensée en équilibre

On ne peut reprocher à John Hicks d'avoir mal lu la *Théorie générale* ; dans son compte rendu de cet ouvrage, publié dans l'*Economic Journal* de juin 1936, il met en relief l'importance de la prise en compte des anticipations, tant pour la théorie que pour l'analyse du monde tel qu'il est, y compris en déséquilibre. Il rappelle que la découverte n'est pas entièrement nouvelle et que les économistes suédois, notamment Lindahl et

Myrdal, ont précédé Keynes de plusieurs années sur ce terrain. Mais il affirme : « Du point de vue de la théorie pure, le recours à la méthode des anticipations est peut-être la chose la plus révolutionnaire de ce livre » (Hicks 1936, p. 240).

L'année suivante, dans son article paru dans *Econometrica* en avril 1937, « M. Keynes et les “classiques” : proposition d'une interprétation », Hicks n'évoque plus les anticipations. Son propos est autre. Il vise, au départ, à évaluer dans quelle mesure il y a une réelle opposition entre la théorie de Keynes et celle des « classiques », à laquelle Keynes s'était explicitement attaqué. Pour ce faire, il réduit les deux théories à trois équations : l'une pour la demande de monnaie, la deuxième pour l'investissement et la troisième pour l'investissement pris comme égal à l'épargne. Ainsi reformulées, les deux théories ne s'opposent plus guère[1] : chez les classiques et chez Keynes, les trois grandeurs sont fonctions soit du revenu Y, soit du taux d'intérêt i, soit de Y et de i. Hicks propose alors, dans un souci d'élégance mathématique, de prendre comme variables Y et i dans les trois équations, ce qui donne[2] :

$$M = L(Y, i) \qquad I = K(Y, i) \qquad I = S(Y, i).$$

Cela est alors présenté par Hicks comme le noyau d'une « théorie générale généralisée ». Il en fait une présentation graphique sur un schéma portant i en ordonnée et Y en abscisse et où il trace :

– la courbe IS, lieu des points où il y a égalité de I et de S, pour des couples (Y, i) – i représentant là le « taux d'intérêt d'investissement », très proche selon Hicks du taux naturel de Wicksell ;

– la courbe LL, lieu des points où il y a équilibre du marché monétaire pour des couples (Y, i) – i représentant là le « taux d'intérêt monétaire ».

Le point d'intersection des deux courbes est le point d'équi-

1. Dans l'une et l'autre, l'investissement dépend du taux d'intérêt (I = K (i)) ; en ce qui concerne la demande de monnaie M, elle dépend chez les classiques du revenu (M = kY) et chez Keynes du revenu et du taux d'intérêt (M = L (Y, i)) ; enfin, pour les classiques l'épargne dépend du taux d'intérêt et du revenu (I = S (i, Y)), alors que chez Keynes elle dépend du seul revenu (I = S(Y)) (Hicks 1937, p. 152-3).

2. *Id.*, p. 156. Dans cet article, Hicks représente le revenu par I et l'investissement par I_x.

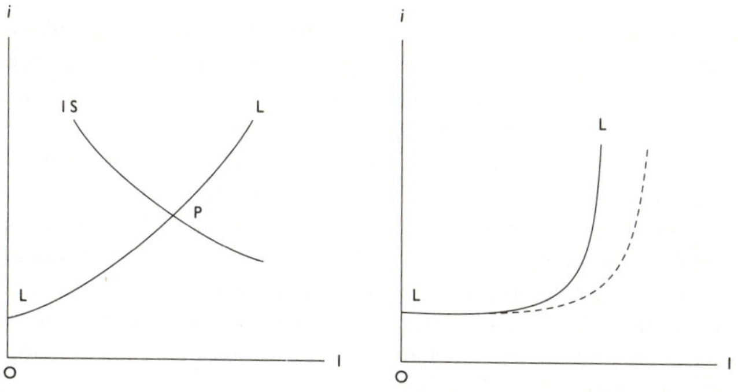

L'ANCÊTRE DU MODÈLE IS-LM, LE SCHÉMA IS-LL DE HICKS (1937 *Etrica*, p. 153)
(avec les notations originales de Hicks)

libre de l'économie puisqu'il y a à la fois équilibre du marché monétaire, égalité de l'investissement et de l'épargne et égalité du « taux d'intérêt d'investissement » et du « taux d'intérêt monétaire ». Il permet donc de connaître le couple (Y, i) correspondant à l'équilibre (p. 156-7). Arrivé à ce point, Hicks ne peut s'empêcher de remarquer : « Quand elle est ainsi généralisée la théorie de M. Keynes commence à ressembler fortement à la construction de Wicksell » (Hicks [1937] 1977, p. 200).

Keynes a-t-il été séduit par l'élégance de l'argument ? Ou a-t-il manqué de vigilance ? Le fait est qu'il ne désavoua pas cette présentation, pourtant peu compatible avec certaines idées forces de la *Théorie générale*, comme en fait foi sa lettre à Hicks, le 31 mars 1937, à propos d'une version préliminaire du texte de Hicks, qui avait d'abord été présentée à une réunion de la Société d'économétrie tenue à Oxford en septembre 1936 [1]. Toutefois, il écrit, à propos du concept de revenu figurant dans les équations de Hicks : « L'objection qu'on peut faire est que cela donne trop d'importance au revenu courant. En ce qui concerne l'incitation à investir, le revenu anticipé pour la période de l'investissement est la variable appropriée. C'est ce que j'ai tenté de prendre en compte en définissant l'efficacité marginale du capital » (*JMK*, XIV, p. 80). Mais surtout, il termine sa lettre en annonçant un article traitant des différences

1. Voir *supra*, chapitre 3.

fondamentales entre sa théorie de l'intérêt et celle des Suédois, ajoutant ne pas comprendre la position de Hicks à ce sujet. Dans une lettre datée du 11 avril 1937 (*JMK*, XIV, p. 83), il écrit qu'il devra, dans cet article, accuser Hicks d'être dans le même camp que les Suédois. Pour Keynes, autant la théorie suédoise que la théorie classique de l'intérêt, qui se rejoignent, s'opposent radicalement à sa théorie monétaire de l'intérêt qu'il voit de plus en plus comme son apport majeur. Or le modèle IS-LL ne fait aucune différence entre les conceptions classique et keynésienne de l'intérêt, ce qui permet de considérer les deux modèles comme des cas particuliers d'un modèle plus général, qu'on pourrait qualifier de hicksien.

Justement, John Hicks travaillait alors à la rédaction de *Valeur et capital* (1939) [1], avec le souci de parvenir à une explication globale du fonctionnement économique. Il était donc naturel qu'il cherche à trouver un cadre commun aux relations macroéconomiques de la théorie classique et de la *Théorie générale*. Il reste que son article de 1937 va être souvent lu comme une formulation particulièrement concise, synthétique, de la théorie keynésienne. Avec le recul, on peut remarquer qu'il s'agit d'une lecture particulière, caractérisée par l'absence de prise en considération de l'incertitude et des anticipations face à un futur inconnu et inconnaissable, et par l'insertion de certaines fonctions keynésiennes, plus ou moins épurées, dans un cadre de pensée profondément différent de celui de la *Théorie générale*, puisque la préoccupation principale est de chercher à dégager les conditions de l'équilibre.

Outre Hicks, Harrod et Meade ont eux aussi présenté, à la réunion de septembre 1936 de la Société d'économétrie, des interprétations très semblables de la *Théorie générale*, publiées l'année suivante, respectivement, dans *Econometrica* et *Review of Economic Studies*. Il n'y manque en fait que la présentation géométrique qui en fait à la fois l'originalité et est sans doute à

1. Ce qui explique peut-être la phrase finale de son article : « La *Théorie générale de l'emploi* est un ouvrage utile ; mais il n'est ni le début, ni la fin de l'économie dynamique » (p. 201). Schumpeter, dont le *Business Cycles* a aussi paru trois ans après le livre de Keynes, a eu une réaction analogue, écrivant dans son *Histoire de l'analyse économique*, à propos de la *Théorie générale*, que « les économistes suédois les plus distingués, notamment Lindahl, Myrdal et Ohlin, en développant certaines orientations de Wicksell, utilisèrent des matériaux semblables et suivirent un plan similaire » (Schumpeter 1983, vol. 3, p. 547).

la source de son succès. Hicks est aussi le seul à présenter les modèles de Keynes et des classiques comme des cas particuliers d'un modèle plus général. Harrod compare à une « théorie traditionnelle » de l'intérêt, réduite à deux équations, une théorie de Keynes traduite en trois équations, écrivant de cette dernière : « A mon avis, M. Keynes n'a pas effectué de révolution dans la théorie économique fondamentale, mais un réajustement et un déplacement de ce sur quoi on met l'accent » (1937, p. 85)[1]. Meade présente un modèle du système keynésien en huit équations. Il a été établi que Hicks avait lu les textes de Harrod et de Meade avant de préparer le sien[2], et sans doute aussi un texte soumis par David Champernowne à la *Review of Economic Studies* avant la publication de la *Théorie générale*, lequel cherchait à modéliser la différence entre les approches classique et keynésienne, en construisant un système qui les englobe toutes les deux[3].

De nombreux autres auteurs, malgré des préoccupations et des perspectives souvent dissemblables, vont concourir à cette recherche d'une version systématisée et simplifiée de la théorie de Keynes. En 1937, dans une recension de la *Théorie générale* publiée par la revue *Economic Record*, W.B. Reddaway développe, indépendamment de Champernowne, Harrod, Hicks et Meade, une analyse très semblable à celle qui sous-tend le modèle IS-LL[4]. La même année, Nicholas Kaldor, qui s'affir-

1. Lecteur des épreuves de la *Théorie générale*, Harrod avait conseillé à Keynes d'adoucir ses attaques contre les classiques. Keynes lui avait répondu qu'il fallait au contraire les accentuer pour bien faire ressortir l'essentiel de son message (lettre du 27 août 1935, in *JMK*, XIII, 547-53 ; voir p. 526-65 pour l'ensemble de la correspondance entre Harrod et Keynes relative aux épreuves de la *Théorie générale*). A Harrod, comme à Hicks, Keynes écrit de son texte : « J'aime votre papier [...] plus que je ne peux le dire. Je l'ai trouvé instructif et éclairant, et je n'ai vraiment pas de critique » (*JMK*, XIV, p. 84), mais cette déclaration préliminaire est suivie d'un passage dans lequel Keynes insiste sur sa rupture avec la vision classique, qu'il compare à des moments d'illumination, qui lui ont permis de sortir d'un tunnel. Il reproche aussi à Harrod de ne pas mentionner la demande effective.

2. Voir à ce sujet Young 1987, p. 20-39 et 82-3.

3. « Unemployment, Basic and Monetary : The Classical Analysis and the Keynesian », *Review of Economic Studies*, vol. 3, 1935-36, 201-16. Chacun des modèles comprend six équations et Champernowne, qui était un étudiant sous-gradué et suivait les cours de Keynes lorsqu'il a écrit ce texte, utilise aussi une illustration graphique qui préfigure celle de Hicks.

4. « The General Theory of Employment, Interest, and Money », *Economic Record*, vol. 12, 1937, 28-36.

mera plus tard comme l'un des principaux théoriciens du courant post-keynésien, est le premier à appliquer le schéma IS-LL dans le cadre d'une critique de l'article dans lequel Pigou traite de l'effet qui portera son nom[1]. En 1938, dans un article fondé sur l'intuition selon laquelle la théorie traditionnelle et la théorie de Keynes sont l'une et l'autre des cas particuliers d'une théorie plus générale, O. Lange utilise à son tour un schéma de type IS-LL, ainsi que d'autres, annonciateurs du futur « schéma à 45° »[2]. Il est l'un des rares auteurs à construire son modèle en utilisant les unités salariales suggérées par Keynes dans la *Théorie générale*. Auteur d'une recension « littéraire » de la *Théorie générale* publiée en 1936, Abba Lerner deviendra rapidement l'un des plus ardents propagateurs de la géométrie IS-LL[3], jouant un rôle très important dans la popularisation du keynésianisme aux Etats-Unis.

En 1944, Franco Modigliani publie, dans *Econometrica*, un article, issu d'une thèse de doctorat réalisée sous la direction de Marschak, qui a, dans la constitution de la synthèse néoclassique, une influence aussi importante que celle de l'article publié par Hicks dans la même revue sept ans plus tôt. Modigliani a lui-même, plusieurs années plus tard, présenté ainsi l'un de ses principaux objectifs de recherche : « intégrer les principaux éléments de la construction de la *Théorie générale* à la méthodologie plus traditionnelle et mieux établie de la science économique qui repose sur le postulat de base du comportement rationnel de maximisation de la part des agents économiques » (1980, p. XI). Dans son article, il présente le système « keynésien » de manière à en rendre la comparaison possible tant avec le système « classique élémentaire » qu'avec le système « classique généralisé », chacun décrit en douze

1. « Prof. Pigou on Money Wages in Relation to Unemployment », *Economic Journal*, vol. 47, 1937, 743-53. Voir Pigou, « Real and Money Wage Rates in Relation to Unemployment », *Economic Journal*, vol. 47, 1937, 405-22.

2. De l'article de Lange, Keynes a écrit, dans le cadre d'une controverse avec Robertson, qu'il « suit très étroitement et fidèlement ma ligne de pensée », ajoutant que l'analyse qu'il donne dans son livre est la même que la « théorie générale » exposée par Lange (« Mr. Keynes and Finance », *Economic Journal*, vol. 48, 1938, in *JMK*, XIV, p. 232).

3. Voir en particulier Lerner 1938 et 1939, où il utilise cette problématique pour étudier la théorie des Suédois, dont il mettait par ailleurs en doute tant l'antériorité par rapport à Keynes dans la découverte que la supériorité dans l'analyse (voir Lerner 1940).

équations, et dans une forme qui en rend la vérification empirique aisée. Il utilise un schéma de type IS-LL (p. 58-9) et fait ressortir que l'hypothèse de rigidité des salaires est essentielle pour expliquer l'équilibre de sous-emploi. Il s'intéresse au problème de la dichotomie entre le secteur réel et le secteur monétaire, thème sur lequel il revient dans un autre article où, en 1963, il reprend et complexifie son modèle de 1944, décrivant en quatorze équations le système keynésien.

Le modèle de Modigliani aura une influence importante sur les constructeurs de modèles macroéconométriques. Parmi ces derniers, L. Klein a lui-même contribué à l'élaboration du modèle keynésien, entre autres dans un article publié en 1947 dans le *Journal of Political Economy*, et dans le livre publié la même année sous le titre de *The Keynesian Revolution*, issu de sa thèse de doctorat. Dans le premier, il compare, en les traduisant en équations, les systèmes classique, keynésien, et, ce qui n'était pas courant pour l'époque, marxiste. Dans le chapitre cinquième de son livre, il donne une version simplifiée, en huit relations fondamentales, du système de Keynes et en analyse les interdépendances à l'aide de plusieurs schémas, dont un du type « IS-LL » (p. 88). La même année que le livre de Klein paraît *Foundations of Economic Analysis*, dans lequel Samuelson propose lui aussi une présentation mathématique de la *Théorie générale*, selon les mêmes lignes que Hicks, Lange et Meade.

Le schéma IS-LL fera l'objet de nouvelles élaborations et d'une présentation plus systématique par A. Hansen, en particulier dans deux livres publiés en 1949 (notamment chap. 5) et en 1953 (chap. 7), qui jouent un rôle déterminant dans la popularisation de cette approche. Le second, *A Guide to Keynes*, est un guide de lecture mathématisé, mais en même temps très abordable, de la *Théorie générale*, qui finira par s'imposer comme lecture pouvant remplacer celle du livre de Keynes. Comme ses prédécesseurs, Hansen cherche à réconcilier Keynes et ses adversaires, tels que Pigou, Robertson ou les Suédois. Il est sans doute l'un des premiers à distinguer la théorie économique de Keynes de la théorie économique keynésienne, soulignant par exemple que « si on considère le système keynésien dans son ensemble sans se concentrer trop étroitement sur certains passages de la *Théorie générale*, on trouve beaucoup plus d'accord entre Robertson et Keynes qu'il n'y paraît en surface » (1949, p. 81). Dans *A Guide to Keynes*, pour obtenir la courbe IS, Hansen combine la fonction de demande d'investissement de Keynes avec la conception néoclassique des « fonds prêtables ». Il obtient la courbe LL, en rapprochant l'offre de monnaie d'une famille de courbes de demande de monnaie pour différents niveaux de revenus : il construit donc la courbe des points où il y a égalité de l'offre et de la demande de monnaie pour des couples (Y,i). Cette courbe, il l'appelle LM[1], et c'est désormais l'appellation de IS-LM qui s'imposera pour décrire le modèle initialement présenté par Hicks.

Le modèle IS-LM, progressivement systématisé[2], va constituer, dans les années cinquante et soixante, le cadre principal du développement de la macroéconomie keynésienne, dans la version de la synthèse néoclassique[3], et de son enseignement[4], comme celui de la construction des modèles économétriques.

De même que, pour la microéconomie, les courbes d'offre et de demande illustrent l'analyse de l'équilibre des prix et des quantités sur les marchés, de même, pour la macroéconomie, IS-LM symbolise l'équilibre des quantités globales ; plus précisément, il permet de déterminer les niveaux du revenu et de l'intérêt pour lesquels se réalise le double équilibre sur les marchés des biens et sur le marché monétaire. Là où les fonctions et les analyses de Keynes devaient permettre d'expliquer les dysfonctionnements des systèmes économiques et notamment le maintien durable de situations de sous-emploi, le schéma IS-LM permet aux économistes de retrouver leur point de repère privilégié : l'équilibre.

1. En fait, c'est dans son livre de 1949 (p. 77-8) que Hansen a procédé au remplacement du sigle LL par le sigle LM.

2. Sur l'abondante littérature suscitée par le schéma IS-LM, on consultera, outre le livre de Young (1987) : I. Maes, « IS-LM : The Hicksian Journey », *De Economist*, 137, nº 1, 1989, 91-104 ; D. Patinkin, « In Defense of IS-LM », *Quarterly Review, Banca Nazionale del Lavoro*, nº 172, mars 1990, 119-34 ; G.L.S. Shackle, « Sir John Hicks's "IS-LM : An Explanation" : A Comment », *Journal of Post-Keynesian Economics*, vol. 4, 1982, 435-8 ; H. Zajdela, « IS-LM : la controverse Hicks-Keynes », *Economie appliquée*, tome 41, nº 2, 1988, 225-46.

3. Nous verrons en effet au chapitre suivant qu'une autre macroéconomie keynésienne se développera à la même époque, entre autres sous l'inspiration des travaux de Kalecki.

4. Dans ce cadre, joueront un rôle essentiel les ouvrages de Klein, *The Keynesian Revolution* (1947), de Hansen, *A Guide to Keynes* (1953) et de Samuelson, *L'Economique* (1948) lequel, à travers plusieurs éditions et plus de 40 traductions, sera diffusé à plus de quatre millions d'exemplaires.

Certes, il a été critiqué comme non keynésien, notamment par Weintraub (1961), Clower[1] et Leijonhufvud[2]. Hicks lui-même en marquera les limites, à mesure qu'il s'éloigne, dans l'après-guerre, de la nouvelle orthodoxie et devient de plus en plus sceptique face à une économie mathématique qui simplifie la réalité en évacuant le temps et l'incertitude. Il écrit ainsi en 1976, du schéma dont il est le créateur et qui a déjà servi à initier d'innombrables étudiants à la théorie keynésienne, qu'il « réduit la *Théorie générale* à une économique d'équilibre ; il n'est pas vraiment *dans* le temps » (1976, p. 141). En 1981, c'est à une véritable autocritique qu'il se livre dans le *Journal of Post Keynesian Economics*, organe d'un courant de pensée qui n'a cessé d'attaquer le keynésianisme que symbolise le modèle IS-LM (1981 *JPKE*), soulignant que ce modèle est loin de contenir tous les apports de la *Théorie générale*. Il n'empêche : pour des générations d'étudiants, donc d'économistes, il y a eu assimilation entre IS-LM, macroéconomie et keynésianisme.

En même temps que, avec son volet réel et son volet monétaire nettement distincts, le modèle IS-LM était adopté comme cadre privilégié d'analyse, se renouvelait la séparation entre travaux consacrés aux équilibres réels et travaux portant sur les phénomènes monétaires. Malgré leur relative abondance, ces derniers n'ont pas contribué à dégager une vision dominante et n'ont pas non plus fait émerger d'hypothèses ou d'axes décisifs d'analyse. Après des débats sur la question de la dette publique, le Rapport Radcliffe (1959) en Grande-Bretagne et aux Etats-Unis le Rapport de la Commission sur la monnaie et le crédit auprès du Comité pour le développement économique (1961) portent principalement sur les institutions et les instruments de la politique monétaire. Dans le champ théorique, plusieurs auteurs parmi lesquels W. Baumol[3], R. Kahn[4] et J. Tobin

1. « Die Keynesianische Gegenrevolution : eine theoretische Kritik », *Schweizerische Zeitschrift*, 1963, 8-31 ; trad. angl. 1965, « The Keynesian Counterrevolution : A Theoretical Appraisal », in F.H. Hahn et F.P. Brechling (dir.), *Theory of Interest Rates*, Londres, Macmillan, 103-25.

2. *On Keynesian Economics and the Economics of Keynes : A Study in Monetary Theory*, New York, Oxford University Press, 1968.

3. « The Transaction Demand for Cash : An Inventory Theoretic Approach », *Quarterly Journal of Economics*, vol. 66, 1952, 545-56.

4. « Some Notes on Liquidity Preference », *Manchester School of Economic and Social Studies*, vol. 22, 1954, 229-57.

(1955, 1958, 1961) intègrent la théorie de la demande de monnaie dans une analyse élargie à différents types d'actifs.

Pour leur part, les travaux de D. Patinkin (1948, 1949, 1956) traduisent un effort pour intégrer théorie monétaire et théorie réelle. Dès le premier texte, Patinkin se montre d'ailleurs très critique par rapport à ce qu'il appelle la « dichotomie classique » présente dans les modèles de type IS-LM, auxquels il reproche en outre l'absence de fondements microéconomiques satisfaisants. Les travaux de Patinkin ont eux-mêmes fait l'objet d'interprétations très divergentes, sa contribution apparaissant à certains comme s'inscrivant dans le droit fil de la *Théorie générale*, à d'autres comme en travestissant le message central et à d'autres encore comme un accomplissement de la synthèse néoclassique. Son ouvrage de 1956 traite successivement de l'approche microéconomique, avec notamment l'effet d'encaisses réelles, et de l'approche macroéconomique, en recherchant, dans un cadre de structure keynésienne et avec des hypothèses de comportement classiques, quelles sont les conditions de la neutralité de la monnaie[1]. La même année, M. Friedman publie sa reformulation moderne de la théorie quantitative de la monnaie.

Le fait que les travaux consacrés aux flux économiques et à leurs interrelations et ceux consacrés aux phénomènes monétaires ont, dans l'ensemble, été séparés, les premiers étant prédominants par rapport aux seconds, a conduit à ce paradoxe. Alors que le projet de Keynes, avec la *Théorie générale*, était de construire la théorie d'une économie monétaire de production, le keynésianisme des années cinquante et soixante est apparu comme négligeant la monnaie ; et c'est dans une réaction complexe à la fois contre Keynes, contre les politiques économiques keynésiennes et contre ce keynésianisme a-monétaire, que s'affirmera à partir de la fin des années soixante le monétarisme, avec cette idée simple : « Money matters »[2]. Fallait-il que le keynésianisme ait été dénaturé par rapport à ses idées fondatrices, pour qu'il soit devenu possible de lui opposer, comme critique radicale, l'affirmation que la monnaie compte, qu'elle est active !

1. Son analyse est critiquée par entre autres J. Gurley et E. Shaw (*Money in a Theory of Finance*, Washington, Brookings Institution, 1960). Elle donne lieu aussi à un débat avec Hicks : voir Hicks, « A Rehabilitation of "Classical" Economics », *Economic Journal*, vol. 67, 1957, 278-89 et Patinkin (1959 *EJ*).

2. Sur le monétarisme, voir chapitre 7.

La révision des principales fonctions keynésiennes

Par leur simplicité même, les principales fonctions keynésiennes se prêtaient à la vérification statistique, à la critique et à de nouvelles élaborations, ce qui a été réalisé, dans les années quarante et cinquante, par des économistes formés, pour beaucoup, à l'école néoclassique. Qu'il s'agisse de la fonction de consommation, des déterminants de l'investissement, de la relation chômage-inflation, ce fut un foisonnement de recherches, de publications, de débats et parfois de controverses. Ce qui s'en dégage, avec le recul, c'est, par-delà les révisions et les enrichissements, une certaine dénaturation par rapport à l'intuition ou l'intention keynésienne fondatrice.

Ce mouvement a été particulièrement net pour la fonction de consommation. La position de Keynes ne péchait pas par excès de sophistication : lien stable entre la consommation et le revenu, mesuré par la propension à consommer ; importance de cette propension pour la détermination du niveau de l'activité à travers le jeu du multiplicateur ; décroissance de la propension à consommer au fur et à mesure que s'élève le revenu, ce qui justifie une politique fiscale visant à réduire les inégalités.

Un des premiers, J. Duesenberry s'est efforcé de tester statistiquement, sur des séries temporelles, la relation entre revenu et consommation ; ses observations ne confirment l'hypothèse keynésienne ni dans le cycle, ni dans les évolutions longues. Il propose alors (1948) une fonction modifiée, où il fait intervenir non seulement le revenu disponible courant, mais aussi le plus haut revenu disponible obtenu dans le passé. Il reprend cette hypothèse, toujours pour l'analyse des séries temporelles, dans son ouvrage de 1949 et la complète, pour l'interprétation des résultats concernant les budgets de famille dans une période donnée, par une autre : que la part du revenu épargnée est fonction, non du revenu courant, mais de la position de la famille dans l'éventail des revenus.

F. Modigliani va plus loin dans la révision de la fonction keynésienne de consommation, aussi bien dans son étude de 1954 publiée avec R. Brumberg que dans son article, rédigé en collaboration avec A. Ando, de 1963. Dans l'étude de 1954, Modigliani et Brumberg repartent de la théorie du choix du consommateur et de la fonction individuelle de consommation :

leur objectif est non seulement d'expliquer les résultats observés dans les enquêtes sur les budgets de familles, mais d'établir un pont entre ce type d'investigations et celles portant sur les séries temporelles, de manière à obtenir une explication homogène. Ils parviennent à l'idée que la proportion du revenu épargné est, pour l'essentiel, indépendante du revenu, mais s'explique par les choix effectués pour être en mesure de faire face aux situations, prévisibles (retraite) ou non, qui sont susceptibles de marquer différentes phases du cycle de vie. Aucune hostilité à Keynes ne marque leur travail ; au contraire, n'écrivent-ils pas :

> Les résultats de notre travail confirment fondamentalement les propositions mises en avant par Keynes dans la *Théorie générale*. En même temps, nous avons quelque satisfaction d'avoir été capables de replacer cet aspect de son analyse dans le courant principal de la théorie économique. [...Cependant,] notre nouvelle compréhension des déterminants des comportements d'épargne suscite quelques doutes quant à l'efficacité d'une politique de redistribution des revenus qui viserait à réduire la propension moyenne à consommer (Modigliani 1954, p. 430-31).

Ces deux citations, mêlant hommage à Keynes, remise en cause et souci de le faire rentrer dans le courant dominant, sont caractéristiques de cette période. Ando et Modigliani mettent l'hypothèse du cycle de vie au cœur de leur article de 1963. Le point de départ en est l'article publié neuf ans plus tôt avec Brumberg. Prenant en compte trois variables – le revenu courant de la période, la somme de la valeur nette transmise de la période précédente et le revenu annuel moyen espéré pour le futur – ils établissent des fonctions individuelles de consommation qu'ils agrègent par groupes d'âges et dont ils déduisent la fonction globale de consommation. Ils poursuivent donc leur effort pour établir un pont entre l'analyse des comportements individuels et le travail sur les quantités globales. Et ils parviennent à des résultats empiriques qui leur paraissent en quelque sorte couronner ceux obtenus par Duesenberry, Modigliani et Modigliani-Brumberg : si la fonction keynésienne est remaniée, elle n'est pas fondamentalement remise en cause.

Tel n'est pas le cas avec le livre que publie Milton Friedman en 1957. D'emblée, Keynes, la *Théorie générale* et le rôle clé qu'y joue la fonction de consommation sont dans la ligne de mire. Friedman souligne que plusieurs analyses empiriques infirment les idées avancées par Keynes sur les déterminants de la consommation. Il ne se satisfait pas des travaux évoqués ci-dessus et va plus loin :

> Les doutes au sujet de la justesse de la fonction de consommation keynésienne suscités par les constats empiriques furent renforcés par les débats théoriques portant sur la proposition de Keynes selon laquelle il n'y a pas, dans une économie monétaire, de force automatique qui assure l'existence d'une situation d'équilibre de plein emploi (Friedman 1957, p. 5).

Partant de nouveau de la théorie pure du consommateur, mettant en avant l'hypothèse du « revenu permanent », s'appuyant sur des recherches empiriques et des vérifications statistiques, il met en place les éléments d'une nouvelle théorie de la fonction de consommation. Celle-ci rompt avec la théorie de Keynes, moins par la mise en avant du concept de revenu permanent, que par la prise en compte, dans la fonction, d'éléments tels que le taux d'intérêt, le rapport richesse-revenu et d'autres facteurs susceptibles d'expliquer les arbitrages qu'opèrent les unités de consommation entre consommation courante et accumulation d'actifs. Avec cet ouvrage, il n'est plus question de vérifier et d'améliorer l'apport de Keynes. On est entré dans l'ère de la mise en cause[1].

Les travaux sur la fonction d'investissement n'ont pas donné lieu à des révisions aussi marquantes. S'en dégagent principalement les efforts de E. Kuh[2], R. Eisner[3], D. Jorgenson et

1. Dans la période, sur la consommation, on doit noter, outre les travaux évoqués ici et à travers lesquels se transforme l'approche de la fonction de consommation, les ouvrages de Stone (1954-66) et de Katona : *The Powerful Consumer : Psychological Studies of the American Economy*, New York, McGraw-Hill, 1960 ; *The Mass Consumption Society*, New York, McGraw-Hill, 1964 ; trad. fr. 1966, *La Société de consommation de masse*, Paris, Editions Hommes et Techniques ; *Consumer Response to Income Increase*, Washington, DC, Brookings Institution, 1968.

2. *Capital and Growth : A Micro-Economic Approach*, Amsterdam, North-Holland, 1963.

3. « A Permanent Income Theory for Investment : Some Empirical Explorations », *American Economic Review*, vol. 57, 1967, 363-90.

C. Siebert[1], pour améliorer la connaissance des comportements des firmes, et ceux de R. Eisner[2], D. Jorgenson[3], M. K. Evans[4], D. Jorgenson et J.A. Stephenson[5] pour affiner la fonction globale d'investissement, notamment par la prise en compte d'une gamme plus diversifiée de variables explicatives : niveau ou variation des ventes, degré d'utilisation des capacités, prix des biens d'équipement, taux de rendement, niveau ou variation des profits, structure des impôts. T. Haavelmo (1960) met en question le rapport entre investissement et taux d'intérêt. J. Tobin, de son côté, cherche à expliquer les rythmes d'investissement par les relations entre secteur financier et secteur réel de l'économie. Il formule notamment le célèbre indice « q », rapport entre l'évaluation marchande d'un actif et son coût réel de remplacement, qui détermine le rythme de l'investissement (1968 *AER*, 1969).

L'invention de la courbe de Phillips

L'analyse de la relation taux de salaire-chômage a constitué un autre enjeu majeur. En un sens, la position de Keynes était claire. La *Théorie générale* peut apparaître comme le refus d'une explication du chômage par le niveau trop élevé du taux de salaire et comme la démonstration que la baisse du salaire réel ne fera pas reculer le chômage massif. Mais la position de Keynes n'était pas sans ambiguïté. Il avait bien conscience du fait qu'à l'approche du plein emploi, la hausse des salaires, nominaux et réels, pouvait contribuer à la hausse des prix, à l'inflation[6].

1. « Optimal Capital Accumulation and Corporate Investment Behavior », *Journal of Political Economy*, vol. 76, 1968, 1123-51.

2. « Investment Plans and Realizations », *American Economic Review*, vol. 52, 1962, 190-203 ; « Realization of Investment Anticipations », in Duesenberry *et al.* (dir.), *The Brookings Quarterly Econometric Model of the United States*, Chicago, Rand McNally, 1965, 95-128.

3. « Capital Theory and Investment Behavior », *American Economic Review*, vol. 53, 1963, 247-59.

4. « A Study of Industry Investment Decisions », *Review of Economics and Statistics*, vol. 49, 1967, 151-64.

5. « Investment Behavior in US Manufacturing, 1947-60 », *Econometrica*, vol. 35, 1967, 169-220.

6. Voir en particulier les textes rassemblés dans le volume 27 des *Collected Writings* de Keynes. Voir aussi Hutchison 1977, *op. cit.*, ainsi que Meltzer 1981, *op. cit.*

Cela n'était certes pas le problème des années trente. Mais cela devint le problème des années quarante et cinquante et une question clé, pour ceux qui préconisaient ou mettaient en œuvre les politiques de plein emploi, comme pour ceux qui les mettaient en cause.

Très tôt s'en préoccupent aussi bien des proches de Keynes, comme J. Robinson[1], que d'autres auteurs, tels que Fellner[2], Patinkin (1948), Lerner (1951) et M. Friedman (1951). Le débat cependant était mené comme en sourdine, car il était bien difficile, au lendemain de la guerre et une vingtaine d'années après la grande dépression, de ne pas affirmer son attachement au plein emploi.

C'est en décembre 1959 que P. Samuelson et R. Solow vont jeter leur pavé dans la mare. Lors du soixante-douzième colloque annuel de l'American Economic Association, ils présentent un texte sur les aspects analytiques de la politique anti-inflationniste, texte publié dans le numéro spécial annuel de mai 1960 de l'*American Economic Review*, dans une section consacrée au problème du maintien d'un niveau de prix stable. Ayant posé le problème de la meilleure manière de combattre l'inflation et examiné les différentes thèses en présence – position des tenants de la théorie quantitative, inflation tirée par la demande « à la Keynes », inflation poussée par les coûts –, ils mettent en avant le schéma de Phillips reliant chômage et variation des salaires.

Un an et demi plus tôt, A. Phillips avait publié, dans *Economica*, un article sur cette question[3], à partir de statistiques du Royaume-Uni couvrant la période 1861-1957. Il cherchait à y vérifier si les observations statistiques étayaient « l'hypothèse selon laquelle le taux de variation du taux de salaire monétaire [...] pouvait être expliqué par le niveau du chômage ou le taux de changement du chômage » (p. 284). Plusieurs schémas couvrant les périodes 1861-1913, 1913-1948 et 1948-1957 permettaient d'associer, à des situations de chômage élevé, de faibles hausses (ainsi que, jusqu'en 1932, des baisses) du taux

1. Avant-propos, de 1947, à la traduction française de son ouvrage de 1937.
2. *Monetary Policies and Full Employment*, Berkeley, University of California Press, 1946.
3. « The Relation between Unemployment and the Rate of Change of Money Wage Rates in the United Kingdom, 1861-1957 », *Economica*, vol. 25, 1958, 283-99.

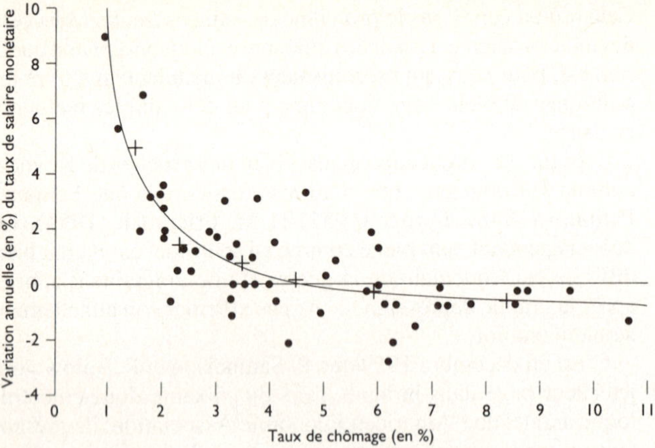

LA RELATION ENTRE LE TAUX DE CHÔMAGE
ET LA VARIATION DU TAUX DE SALAIRE MONÉTAIRE
POUR LE ROYAUME-UNI DES ANNÉES 1861-1913,
SELON PHILLIPS (1958, p. 285)

de salaire monétaire ; et à des situations de faible chômage, des hausses sensibles du taux de salaire monétaire.

A. Phillips répondait donc positivement à la question qu'il avait posée en début d'article ; il évaluait à $5^1/_2$% le taux de chômage susceptible d'assurer la stabilité des taux de salaires. Mais il terminait avec une sage prudence : « Ces conclusions sont évidemment provisoires. Il sera nécessaire de mener des recherches beaucoup plus détaillées sur les relations entre chômage, taux de salaires, prix et productivité » (p. 299).

Ayant exposé les résultats obtenus par Phillips, Samuelson et Solow présentent, sur le modèle de leur inspirateur, un schéma concernant les Etats-Unis pour les périodes 1900-1945 et 1945-1958 : le nuage de points est plutôt dispersé et peu significatif (voir schéma p. 123).

Nos auteurs repartent alors de la courbe établie par Phillips en la modifiant doublement : d'une part, ils remplacent la variation du taux de salaire par l'augmentation annuelle des prix ; et d'autre part, ils modifient la nature même du schéma, transformé en « un diagramme des différents niveaux de chômage dont on aurait “besoin” pour chaque degré de variation du niveau des prix [...] ».

Le schéma peut alors se lire de deux manières :

> 1. Pour avoir un accroissement des salaires à un taux qui ne soit pas supérieur à 2,5 % par an, correspondant à la croissance de notre productivité, l’économie américaine paraît devoir, sur la base du vingtième siècle et de l’expérience de l’après-guerre, subir quelque chose comme 5 à 6 % de chômage de la main-d’œuvre civile. Un tel chômage pourrait apparaître comme le coût de la stabilité des prix dans les prochaines années.
> 2. Pour réaliser l’objectif non perfectionniste d’une production suffisamment élevée pour ne pas donner plus que 3 % de chômage, l’indice des prix pourrait avoir à monter autour de

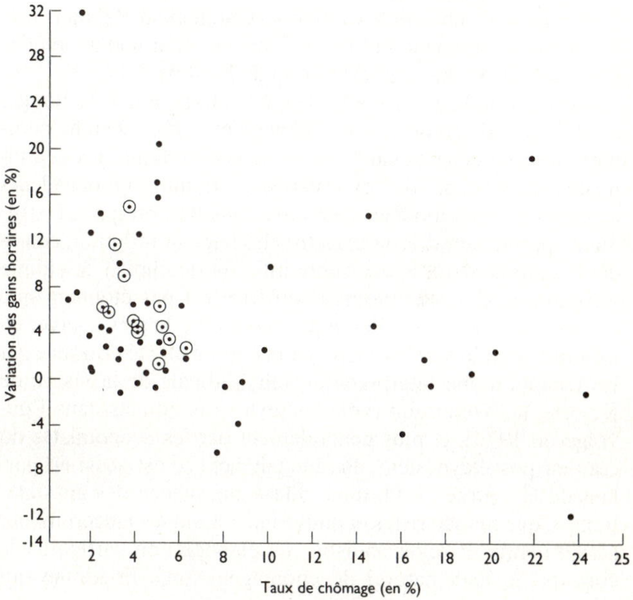

LA RELATION DE PHILLIPS AUX ÉTATS-UNIS
POUR LES PÉRIODES 1900-1945 ET 1945-1958 (POINTS CERCLÉS),
SELON SAMUELSON ET SOLOW (1960, p. 188)

> 4 à 5 % par an. Une telle hausse de prix pourrait apparaître comme le coût nécessaire pour un haut niveau d'emploi et de production dans les prochaines années (Samuelson et Solow 1960, p. 192).

La courbe de Phillips modifiée, du fait qu'elle comblait un vide du modèle IS-LM, est entrée dans l'arsenal du macroéconomiste keynésien des années soixante. Outre le texte de Samuelson et Solow, l'article publié la même année par R. Lipsey a joué un rôle déterminant, sans doute plus que le texte original de Phillips, dans la popularisation de cette approche. Lipsey a cherché en particulier à donner des fondements théoriques microéconomiques à une relation dont Phillips se contentait de constater l'existence sans véritablement l'expliquer. Il faut souligner aussi que, ici comme ailleurs, les idées totalement neuves sont très rares. Dès 1926, Irving Fisher publiait un article intitulé « A Statistical Relation between Unemployment and Price Changes » [1], article à bien des titres précurseur par rapport à celui de Phillips.

Ainsi, là où Keynes avait affirmé le choix, à la fois éthique et politique, de combattre le chômage massif et cherché comment agir en ce sens sur le système économique, les économistes se réclamant du keynésianisme ont introduit dans leurs analyses et leurs modèles des « relations de Phillips », instruments permettant d'arbitrer entre chômage et inflation, considérés comme deux maux alternatifs, ou de choisir le couple inflation-chômage le moins nocif. Il n'est pas étonnant que cette vision selon laquelle on peut connaître le prix à payer en inflation pour la réalisation du plein emploi ait été critiquée par les tenants d'une interprétation plus radicale de la vision de Keynes, tel Weintraub (voir les textes rassemblés dans l'ouvrage de 1973), et plus généralement par les économistes du courant post-keynésien [2]. Paradoxalement, c'est aussi en partant de la courbe de Phillips, dite « augmentée des anticipations », que monétaristes et nouveaux classiques lanceront leur assaut contre le keynésianisme, en élaborant en particulier le concept de taux naturel de chômage. Après Friedman qui

1. *International Labour Review*, vol. 13, 1926, 785-92 ; in *Journal of Political Economy*, vol. 81, 1973, 496-502.

2. Voir chapitre suivant.

affirme que la courbe de Phillips à long terme est verticale, sinon même à pente positive, Lucas et ses disciples déclarent qu'elle est aussi positive à court terme. La véritable marque de commerce des keynésiens résistant au monétarisme et à la nouvelle macroéconomie classique sera le maintien de la foi dans une courbe de Phillips à pente négative [1].

L'élaboration des grands modèles macroéconomiques

Sur arrière-fond de progrès de l'économétrie, de mathématisation de l'économie et de controverses sur la manière de traiter les données, notamment celle qui a opposé les chercheurs associés au National Bureau of Economic Research et ceux que regroupait la commission Cowles [2], la nouvelle macroéconomie de la synthèse a donné un cadre où les fonctions keynésiennes revues, corrigées et complétées ont constitué les relations de base ; le développement de la comptabilité nationale et des appareils statistiques a fourni les matériaux ; les ordinateurs, de plus en plus puissants, ont été les instruments.

C'est, nous l'avons dit aussi, L. Klein qui joue le rôle majeur dans le développement des modèles macroéconométriques. Il conçoit très tôt l'importance de ces modèles pour les politiques économiques (1947 *Etrica*) et pour l'analyse des fluctuations (1950) ; le modèle qu'il construit avec A.S. Goldberger est estimé en 1953 (ouvrage publié avec Goldberger en 1955) ; il servit de prototype pour le Wharton Model, auquel il travaillera avec M.K. Evans. Ce modèle, qui tournera avec 1 600 équations

1. Sur ces points, voir les chapitres 7 et 8. Sur la courbe de Phillips, voir entre autres : G.C. Archibald, « Wage-Price Dynamics, Inflation, and Unemployment : The Phillips Curve and the Distribution of Unemployment », *American Economic Review*, vol. 59, 1959, *Papers and Proceedings*, 124-34 ; K. Brunner et A.H. Meltzer (dir.), *The Phillips Curve and Labor Markets*, Amsterdam, North-Holland, 1976 ; P. Fortin, « The Phillips Curve, Macroeconomic Policy, and the Welfare of Canadians », *Revue canadienne d'économique*, vol. 24, 1991, 774-83 ; M.C. Sawyer, *The Political Economy of the Phillips Curve*, Aldershot, Hants, Edward Elgar, 1991.

2. Voir chapitre précédent. Voir notamment à ce sujet, Bodkin, Klein et Marwah 1991, et J. Lodewijks, « Macroeconometric Models and the Methodology of Macroeconomics », *History of Economics Society Bulletin*, vol. 11, 1989, 33-58, déjà mentionnés.

en 1983, était, en 1963, fondé sur 12 équations. Klein travaille aussi avec D.B. Suits sur le Michigan Model, en relation avec le Séminaire de Michigan mis en place en 1950.

Parallèlement, sont construits des modèles associés à la commission Cowles, ainsi que le Chase Econometrics Model auquel travaille M.K. Evans et le Data Resources Inc. Model, avec O. Eckstein de Harvard et J. Duesenberry. Progressivement, les modèles macroéconométriques sortent de l'univers de l'administration et des universités. Ils intéressent de plus en plus les banques, les organismes financiers, les grandes entreprises : et les construire, les faire tourner devient aussi une nouvelle branche d'activité.

La fin des années cinquante ouvre l'ère des grands modèles. Ainsi est mis en place, à partir de 1959, le Brookings SSRC Model (avec SSRC pour Social Science Research Council). Il est coordonné par L. Klein et J. Duesenberry. Y travaillent de nombreux spécialistes : D. Jorgenson et R. Eisner pour les équations d'investissement, S. Maisel pour la construction résidentielle, D.B. Suits pour la consommation, E. Kuh pour la distribution des revenus et l'emploi, C.L. Schultze pour les prix et les salaires, F. de Leeuw pour le secteur financier[1] ; fonctionnant avec six secteurs et 100 équations, il sera progressivement développé pour atteindre 32 secteurs et plus de 350 équations. Pour la première fois, il intègre un tableau d'échanges interindustriels et la prise en compte des flux financiers. Parallèlement est développé, à partir de 1962, le MPS Model (MIT-Penn-Social Science Research Council) auquel travaillent F. Modigliani du MIT et A. Ando de l'université de Pennsylvanie.

Dans les années soixante, la plupart des grands modèles se réfèrent à une structure de type IS-LM, avec des équations déduites ou inspirées notamment des travaux de Modigliani-Brumberg et Ando-Modigliani pour la consommation, Jorgenson pour l'investissement, de Leeuw pour les marchés financiers. Ils constituent donc l'aboutissement de la macroéconomie de la synthèse qui prédomine sans conteste dans la communauté des économistes en cette période. Ils deviennent les instruments indispensables, non seulement pour la définition et

1. Voir J. Duesenberry *et al.* (dir.), *The Brookings Quarterly Econometric Model of the United States*, Chicago, Rand McNally, 1965 ; L. Klein *et al.* (dir.) 1969.

l'évaluation des politiques économiques, mais plus largement pour la connaissance de la conjoncture et des perspectives économiques, dont ont désormais besoin tous les secteurs d'activité.

La pratique de l'économétrie donnera lieu à de vifs débats, dans les années soixante-dix et quatre-vingt, liés à la controverse entre keynésianisme, monétarisme et nouvelle macroéconomie classique. Aux modèles macroéconométriques keynésiens, Friedman reproche entre autres leur dimension et leur complexité, et il prône le retour à des modèles simples et même naïfs, dont Keynes lui-même était à son avis un adepte. Dans sa critique de 1976, Lucas reproche de son côté à l'économétrie traditionnelle de ne pas tenir compte du fait que les paramètres des modèles sont modifiés par les politiques économiques proposées pour influencer l'évolution des variables, par exemple le taux de chômage.

* * *

Ainsi, d'une certaine manière le keynésianisme triomphe encore. Mais non Keynes, en tout cas pas le Keynes qui cherchait à rompre avec la pensée classique. Dans l'appareillage de plus en plus sophistiqué et puissant des modèles informatisés, seuls subsistent des instruments et des relations formelles. Ce keynésianisme est habituellement qualifié de synthèse néoclassique. Ce terme n'est-il pas trompeur ? Y a-t-il eu synthèse entre les éléments forts de la théorie classique et les apports majeurs du Keynes de la rupture ? Certainement pas. Il y a plutôt eu rapprochement, de type syncrétique, entre des éléments – classiques et keynésiens – compatibles ou rendus tels, et insertion de ces éléments dans des ensembles formalisés, modèles théoriques ou économétriques.

Ce qui cependant va être désormais nommé la synthèse devient la nouvelle orthodoxie qui domine la pensée économique dans une période importante de l'après-guerre. L'orthodoxie se définit par référence à un dogme considéré comme une vérité ; nous avons exposé le contenu de ce dogme. Mais elle existe aussi comme force sociale structurée. Dans le domaine qui nous occupe, cela comprend d'abord l'enseignement : les manuels distillent cette orthodoxie qui constitue le contenu des enseignements à tous les niveaux ; la nécessité pour les étudiants de se conformer au moule assure la pérennité du dogme. Les revues sont aussi un puissant moyen de propagation de l'orthodoxie : de plus en plus, c'est à l'aune de la quantité d'articles publiés que se mesurent la compétence et la réputation des économistes, et à partir de là tant les conditions d'embauche, les contrats de recherche que les aides financières accordées par les organismes subventionnaires. Bref, un puissant système se met en place qui décourage la contestation, selon un mécanisme qui a entre autres été décrit par Kuhn dans son livre sur les révolutions scientifiques[1].

Mais la contestation existe tout de même. Les hétérodoxies ne meurent jamais. Nous le constaterons entre autres dans le chapitre suivant, en examinant en particulier l'opposition à la synthèse menée par les post-keynésiens, qui se veulent les héritiers du Keynes de la rupture. Pour sa part, l'orthodoxie, comme toute orthodoxie, est elle-même en évolution. Elle s'est formée et consolidée dans les années quarante et cinquante pour triompher dans les années soixante, sous l'appellation de « nouvelle économique »[2]. Les problèmes économiques nouveaux des années soixante-dix ont commencé à ébranler plusieurs certitudes. Outre la contestation venue de gauche, une contestation de droite, mettant en cause l'interventionnisme, n'a jamais cessé d'exister. On la retrouvait, par exemple, dans la Société du mont Pèlerin animée par Friedrich Hayek. Dans les années soixante, Milton Friedman s'affirme comme le chef de l'opposition au keynésianisme. Ce qu'il appellera lui-même la contre-révolution monétariste[3] visera à rien de moins que le renversement de l'orthodoxie que nous venons de décrire, de la même manière que Keynes avait cherché à renverser ce qu'il appelait l'orthodoxie classique.

1. *The Structure of Scientific Revolutions*, Chicago, University of Chicago Press, 1962 ; 2e éd., 1970 ; trad. fr., *La Structure des révolutions scientifiques*, Paris, Flammarion, 1972.

2. Voir chapitre 3.

3. Voir chapitre 7.

6. Permanence et renouveau des hétérodoxies

En partie masquée par la prééminence du courant de la synthèse, s'est engagée, dans l'après-guerre, la remontée de l'économie néoclassique, solidement amarrée à la théorie rajeunie de l'équilibre général et forte à la fois de sa cohérence théorique et de son assise dans la tradition académique.

Cette orthodoxie, qui s'enracine dans certains aspects de l'économie classique, mais a été engendrée par la révolution marginaliste, privilégie l'*homo economicus*, et donc une rationalité générale portant sur quelques choix élémentaires, le marché, l'équilibre, l'optimum. Elle ne prétend pas rendre compte directement du monde concret, mais elle s'impose comme système de référence à l'ensemble des économistes, universitaires notamment. Le paradoxe est qu'aucun des classiques, aucun des pères de la révolution marginaliste, aucun des grands économistes du vingtième siècle qui ont contribué au développement de l'analyse néoclassique, aucun n'a limité sa pensée ni son œuvre à ce travail d'élaboration théorique dans ce cadre à l'irréalisme convenu. Il n'empêche : l'indestructible construction néoclassique continue à dominer le débat théorique et l'enseignement en économie.

A chaque période, des hétérodoxies naissent ou renaissent : ce furent, après Marx et sa critique de l'économie politique classique, Schumpeter et ses explications des mouvements longs de l'économie, Veblen et sa prise en compte des comportements sociaux et des institutions, Keynes et son explication du chômage. L'influence de Schumpeter a été diffuse, mais les trois autres hétérodoxies ont fait souche : celle de Marx, avec un foisonnement de marxismes, parfois acharnés à se combattre ; celle de Veblen, avec la tradition institutionnaliste ; celle de Keynes, avec le courant post-keynésien.

L'après-guerre a été marqué par l'affirmation de l'hétérodoxie post-keynésienne, la permanence de l'institutionnalisme, enrichi par les apports de penseurs singuliers, tels Myrdal, Perroux et Galbraith, mais aussi Coase et H. Simon, et le renouveau des marxismes. Les principaux débats se sont noués autour de l'analyse de la croissance et du capital, de la lecture des transformations du capitalisme contemporain, et de la question du développement.

Nouveaux développements keynésiens

Après la mort de Keynes, l'ensemble de ses proches et beaucoup, dans le flot montant des auteurs qui se réfèrent à lui, se montrent attachés aux éléments majeurs de la rupture qu'il a opérée : la théorie conçue comme permettant de rendre compte des réalités et de définir des politiques économiques ; le temps saisi dans sa dimension historique ; des anticipations formées et des décisions prises dans l'incertitude ; la monnaie, pont entre le passé et le futur, élément constitutif du processus économique. C'est à travers un large ensemble de travaux diversifiés que va progressivement se mettre en place le corps d'analyse post-keynésien.

Les premiers portent sur la croissance et la répartition. La macroéconomie de la *Théorie générale* se situe en grande partie dans le court terme, parfois même dans une approche statique. Sur ce point, Keynes est en retrait par rapport à la tradition classique, dans laquelle la prise en compte de la dynamique des économies capitalistes était fondamentale.

A partir de la fin des années vingt, sont publiées des esquisses d'analyses formalisées tant des cycles économiques que de la croissance, notamment par Frisch, Kalecki et Tinbergen. Les membres de l'école de Stockholm contribuent aussi à cet effort théorique. De son côté, Schumpeter s'efforce de construire une explication globale de la dynamique des économies capitalistes. Dans la deuxième moitié des années trente, Harrod (1936) et Lundberg[1] présentent des analyses combinant

1. *Studies in the Theory of Economic Expansion*, Londres, P.S. King & Sons, 1937.

le multiplicateur et l'accélérateur et permettant, pour le premier de rendre compte du cycle et pour le second d'expliquer l'instabilité de la croissance. Samuelson en fera la clé de l'explication des fluctuations de court terme (1939 *REStat*, 1939 *JPE*).

Harrod (1939, 1948) reste fidèle à cette démarche en mettant au cœur de son modèle l'équation GC = s qui relie le taux de croissance G, le coefficient de capital C, variable clé de l'accélérateur, et la propension à épargner s, variable clé du multiplicateur : truisme mathématique qui transpose, dans une approche dynamique, l'égalité entre épargne et investissement nécessairement constatée *ex post* en analyse statique[1]. En même temps, il ouvre une voie nouvelle, en réalisant en quelque sorte la dynamisation de la demande effective : à côté de G, le taux de croissance effectif, celui qu'on peut observer comme réalisé, il prend en compte G_w, le taux de croissance nécessaire[2], celui qui permet de valider les anticipations des entrepreneurs et de poursuivre la croissance au même taux ; il prend enfin en compte un troisième taux, G_n, le taux de croissance naturel, qui est le taux maximum permis par la croissance de la population et le progrès technique.

Avec la barrière que constitue, dans le long terme, le taux de croissance naturel et le fait que, dès qu'on s'éloigne du sentier de croissance stable, des forces se mettent en marche pour en éloigner davantage, ce modèle permet de rendre compte de l'instabilité de la croissance : ce que Solow appellera en 1956 l'« équilibre sur le fil du rasoir ». Les décalages entre les trois taux de croissance permettent à Harrod d'expliquer aussi bien les situations de surchauffe et de chômage chronique que les fluctuations cycliques. Ainsi disposait-on d'une approche des mouvements économiques largement fondée sur la prise en compte de l'investissement et des anticipations.

Mais quand Solow évoquera, en 1956, le « modèle de Harrod » ou la « ligne de pensée Harrod-Domar », il les réduira à la relation GC = s et présentera, comme source essentielle de l'instabilité de la croissance, la constance du coefficient de

1. Si Y est le revenu national, K le stock de capital et S l'épargne, G est défini par $\Delta Y/Y$, C par $\Delta K/\Delta Y$ et s par S/Y. L'investissement I étant défini par ΔK, on déduit de l'égalité entre I et S l'équation harrodienne.

2. Pour un coefficient de capital désiré C_r et une propension à épargner s, le taux de croissance nécessaire G_w est défini par la relation : $G_w = s/C_r$; cette relation exprime les conditions d'une croissance stable.

capital[1]. Or on est là aussi loin des analyses de Harrod que de celles de Domar[2]. Mais ce fut le « modèle Harrod-Domar » simplifié que retinrent les manuels et auquel furent initiées des générations de futurs économistes. Bien peu eurent l'occasion de connaître, donc de comprendre, les efforts d'analyse et de réflexion économique qu'avaient menés tant Harrod que Domar.

Avec Solow, Swan[3], Tobin (1955), Meade (1961) et d'autres œuvrèrent à montrer que l'instabilité harrodienne tenait à quelques hypothèses irréalistes, dont la levée permettait d'envisager la possibilité d'une croissance stable. Ainsi, dès lors que, selon les postulats néoclassiques, l'on considère que le coefficient de capital est flexible et qu'il l'est en fonction des rémunérations relatives des facteurs, alors rien ne s'oppose plus à la stabilité de la croissance. Tel est le noyau de la construction que propose Solow en 1956. L'analyse de la croissance a été un des objets de la vive controverse qui s'est alors développée entre deux Cambridge : le Cambridge américain, foyer de la synthèse, et le Cambridge britannique, fidèle au Keynes de la rupture[4].

Outre ceux de Harrod, furent décisifs, pour le courant post-

1. Solow reconnaîtra la simplification abusive qu'il y avait à le faire, dans son ouvrage de 1970 (trad. fr. 1972), en admettant (p. 23) que c'est « avec quelque injustice » qu'il avait parlé de la « version Harrod-Domar » de ce qu'il considère désormais comme une « parabole ».

2. Domar (« Expansion and Employment », *American Economic Review*, vol. 37, 1947, 34-55 ; trad. fr. 1974, « Expansion et emploi », in Abraham-Frois 1974, 3-26) était surtout préoccupé de cerner les conditions du plein emploi. Il avait mis en lumière que l'investissement a non seulement un effet de création de revenu, mais aussi un effet d'accroissement de la capacité de production. Le soutien à l'investissement productif, s'il peut, dans un premier temps, contribuer au plein emploi, peut ensuite être facteur de chômage.

3. « Economic Growth and Capital Accumulation », *Economic Record*, vol. 32, 1956, 334-43.

4. Harcourt (1969, 1972, 1976) a proposé une chronique vivante de cette « guerre des deux Cambridge », dont Joan Robinson et Robert Solow furent les chefs de file et qui s'est caractérisée tant par sa virulence que par son haut niveau d'abstraction. Voir aussi Blaug 1974 et Kregel 1971, 1972, qui présentent des points de vue radicalement différents. Voir aussi les textes rassemblés dans Abraham-Frois 1974 et 1978 ; Hahn 1971 (dir.) ; Harcourt et Laing 1971 ; E.K. Hunt et J.G. Schwartz (dir.), *A Critique of Economic Theory*, Harmondsworth, Penguin Books, 1972 ; Stiglitz et Uzawa 1969 ; A. Weintraub, E. Schwartz et J.R. Aronson (dir.), *The Economic Growth Controversy*, White Plains, New York, International Arts and Sciences Press, 1973.

keynésien, les apports de Kalecki et Kaldor. Dès 1933, Kalecki avait, sur la base d'une première formulation de la théorie de la demande effective et de la prise en compte de la répartition des revenus, posé les jalons d'une explication de l'instabilité des économies capitalistes ; dans son approche de la répartition, inspirée de Marx et des classiques, la société est divisée en deux classes dont l'une a pour revenus les profits et l'autre les salaires. Il a également développé une analyse des prix, autour de la notion de taux de marge, lui-même lié au degré de monopole[1].

Parallèlement, Kaldor a proposé, en 1940, un modèle du cycle économique, s'inscrivant dans l'analyse macroéconomique de Keynes, tout en prolongeant les travaux de Kalecki et de Harrod. On y trouve en germe les principales idées qu'il développera par la suite : la prise en compte de la répartition des revenus pour expliquer la dynamique économique, qui constituera le noyau de la théorie cambridgienne ; l'importance du profit anticipé, duquel dépend le niveau de la production ; le constat que le multiplicateur et la relation entre l'épargne et le revenu varient avec les modifications dans la répartition.

Dans cette même veine, Kaldor développe, après la guerre, ses analyses de la croissance. Dans l'article de 1956, le partage des revenus entre profits et salaires devient l'élément majeur d'explication. Le caractère moteur réside dans les dépenses des entrepreneurs, que ce soit en biens de consommation ou en biens d'investissement : ces dépenses déterminent et le niveau de l'activité et les revenus des entrepreneurs. Ainsi, la part des profits dans le revenu national dépend du rapport de l'investissement au produit. Et si l'on suppose que les travailleurs n'épargnent pas, on obtient l'équation de Cambridge, dans laquelle le taux de profit dans l'économie est égal au taux de croissance divisé par la propension à épargner des capitalistes ; il n'est lié ni à des considérations technologiques, ni à une productivité marginale, ni à une fonction de production. Ce modèle, et celui que propose, également en 1956, Joan

1. Joan Robinson a appelé théorie keynésienne des prix cette dernière théorie. Kaldor (1956) a baptisé de keynésienne la théorie kaleckienne de la répartition. Ainsi s'est progressivement constitué un keynésianisme – largement kaleckien, avec un retour, au moins partiel, à la vision classique, ricardienne ou marxiste, de la répartition – en rupture radicale avec la théorie néoclassique.

Robinson, sont en contradiction totale avec les thèses néoclassiques et soulèvent de vives discussions[1].

Joan Robinson s'est explicitement fixé comme tâche, dans *L'Accumulation du capital*, « la généralisation de la *Théorie générale* », avec un élargissement de l'analyse à la longue période, et donc aux « mouvements généraux d'une économie dans le temps, qui comprennent les variations de population, l'accumulation du capital et les changements techniques » (1956, p. V-VI). Attachée à la prise en compte du temps historique, des anticipations et des institutions du capitalisme contemporain, elle se méfie de la formalisation mathématique qui conduit à privilégier l'équilibre statique et à vider l'analyse de son contenu historique et institutionnel.

Le cœur de son modèle, dont la présentation la plus claire se trouve dans *Essays in the Theory of Economic Growth* (1962), tient à une relation double, que Kalecki avait déjà mise en lumière, entre le taux de profit et le taux d'accumulation : d'une part, le taux d'investissement est lié au profit espéré ; d'autre part, le taux de profit réalisé est déterminé par l'investissement. Le problème est celui du rapport entre ces taux liés par des causalités inverses. Joan Robinson a montré comment une hausse de l'épargne réduit le taux de croissance, projetant ainsi dans l'analyse de long terme ce qu'on appelle parfois le paradoxe central de la *Théorie générale*.

J. Robinson a aussi été l'une des critiques les plus opiniâtres de la synthèse néoclassique. Outre la question de la croissance, la théorie du capital a été un autre champ de controverse entre les deux Cambridge. Amorcé, sur ce terrain, par l'article de 1953 de J. Robinson, « The Production Function and the Theory of Capital », le débat est alimenté, dans le camp du Cambridge britannique, par la publication, en 1960, de *Production de marchandises par des marchandises* de Sraffa et par des contributions de Kaldor, Pasinetti et Garegnani. La controverse sur le phénomène dit du « retour des techniques »

1. L'une des critiques néoclassiques porte sur le fait que les travailleurs épargnent plus que ne le suppose Kaldor, et qu'ils peuvent disposer d'autres revenus que strictement salariaux. Le modèle que propose Pasinetti en 1962 (« Rate of Profit and Income Distribution in Relation to the Rate of Economic Growth », *Review of Economic Studies*, vol. 29, 267-79 ; trad. fr. 1974, « Les liens entre taux de profit, distribution des revenus et taux de croissance de l'économie », in Abraham-Frois (dir.), 134-50) vise à répondre à cette objection.

en a constitué un moment important. En fonction de ce processus, analysé par Sraffa, mais déjà mis en lumière par Wicksell à la fin du siècle dernier[1], une technique de production donnée, caractérisée par une certaine intensité capitalistique, peut se trouver plus profitable qu'une autre à deux niveaux différents du rapport profit-salaire. Cela est lié au fait, démontré par Sraffa, qu'il est impossible de mesurer le capital indépendamment de la connaissance des prix et du taux de profit. De ce fait, la fonction de production agrégée, fondée sur un capital « réel » impossible à mesurer, qui est au cœur de l'ajustement à l'équilibre dans les modèles néoclassiques de croissance, s'écroule, et avec elle la théorie de la répartition fondée sur la productivité marginale des facteurs. Par la voix de Samuelson[2], les théoriciens néoclassiques ont reconnu, à la suite d'un symposium du *Quarterly Journal of Economics*, la justesse des positions anglo-cambridgiennes[3] sur le retour des techniques. Cela n'a pas empêché le développement et la prolifération des modèles néoclassiques de croissance, de plus en plus formalisés et mathématisés, comme la poursuite du dialogue de sourds entre les deux Cambridge. Après une accalmie liée au ralentissement de la croissance dans les années soixante-dix et quatre-vingt, on assiste maintenant à la résurgence d'une « nouvelle théorie de la croissance » qui cherche à dépasser la controverse que nous venons d'évoquer et renoue en partie avec les intentions initiales d'auteurs tels que Schumpeter et Spiethoff[4].

1. Voir aussi à ce sujet P. Garegnani, *Il capitale nelle teorie della distribuzione*, Milan, Giuffré, 1960 ; trad. fr. 1980, *Le Capital dans les théories de la répartition*, Paris, François Maspero ; Grenoble, Presses universitaires de Grenoble.

2. « A Summing Up », *Quarterly Journal of Economics*, vol. 80, 1966, 568-83.

3. On parle parfois d'une école italo-cambridgienne, du fait du nombre élevé d'économistes d'origine italienne dans le camp post-keynésien.

4. Sur la croissance, voir entre autres les textes rassemblés dans E. Burmeister et R. Becker (dir.), *Growth Theory*, 3 vol., Aldershot, Hants, Edward Elgar, 1990. Outre les auteurs mentionnés dans cette section, plusieurs autres économistes de renom ont contribué à la réflexion sur la croissance, dans des perspectives souvent très différentes de celles dont nous venons de faire état, tels que Duesenberry (*Business Cycles and Economic Growth*, New York, McGraw-Hill, 1958), Goodwin (« A Model of Cyclical Growth », in E. Lundberg (dir.), *The Business Cycle in the Post-War World*, Londres, Macmillan, 1955, 203-21 ; « A Growth Cycle », in C.H. Feinstein (dir.), *Capitalism and Economic Growth*, Cambridge, Angleterre, Cambridge University Press, 1967,

L'affirmation du courant post-keynésien [1]

La dynamisation de l'analyse keynésienne et son articulation avec l'approche kaleckienne [2] de la répartition ont concrétisé la volonté de prolonger l'œuvre du Keynes de la rupture ; elles ont été au cœur de la constitution, face à la mouvance néoclassique, d'un courant « post-keynésien » porteur d'une analyse alternative. Pour une large part, ce courant, diversifié et à certains égards hétéroclite, traduit un retour aux sources de la pensée classique, essentiellement celle de Ricardo, et pour certains celle de Marx, considéré comme un disciple de Ricardo.

Même s'il est né bien avant cette date, ce courant a été baptisé en 1975, dans un article de Eichner et Kregel [3] : selon eux, la théorie post-keynésienne constitue la véritable « généralisation de la *Théorie générale* » souhaitée par Joan Robinson : « Cette généralisation peut être considérée comme constituant

---

54-8 ; *Essays in Economic Dynamics*, Londres, Macmillan, 1982), Hicks (1965), Johnson (*Money, Trade and Economic Growth : Survey Lectures in Economics*, Londres, George Allen & Unwin, 1962), Kuznets (1968, et plusieurs autres titres de la notice), Lewis (1955) et Morishima (*Equilibrium, Stability and Growth : A Multi-Sectoral Analysis*, Londres, Oxford University Press, 1964 ; *Theory of Economic Growth*, Londres, Oxford University Press, 1969).

1. Sur le courant post-keynésien, voir entre autres Arestis 1991, Arestis et Skouras 1985, Blaug 1974, Eichner 1979, Eichner et Kregel 1975, Harcourt 1987, Lavoie 1987 et Sawyer 1989.

2. M. Sawyer, soulignant en 1982 l'importance de l'héritage kaleckien, parle d'une macroéconomie post-kaleckienne (voir « Towards a Post-Kaleckian Macroeconomics », in Arestis et Skouras 1985, 146-79). Voir aussi G. Dostaler, « La théorie post-keynésienne, la *Théorie générale* et Kalecki », *Cahiers d'économie politique*, n° 14-15, 1988, 123-42.

3. Kregel a continûment cherché à donner des présentations synthétiques des thèses du courant post-keynésien, comme auteur (avec : *Rate of Profit, Distribution and Growth : Two Views*, Londres, Macmillan, 1971 ; *The Theory of Economic Growth*, Londres, Macmillan, 1972 ; *The Reconstruction of Political Economy : An Introduction to Post-Keynesian Economics*, Londres, Macmillan, 1973 ; *Theory of Capital*, Londres, Macmillan, 1976) et comme directeur d'ouvrages collectifs (*Distribution, Effective Demand and International Economic Relations*, Londres, Macmillan, 1983 et les deux ouvrages de 1988 et 1989) ; Eichner, qui a dirigé en 1978 la publication de *A Guide to Post-Keynesian Economics*, a aussi contribué (notamment avec : *Towards a New Economics. Essays in Post-Keynesian and Institutionalist Economics*, Armonk, New York, M.E. Sharpe, 1985 ; *The Macrodynamics of Advanced Market Economies*, Armonk, New York, M.E. Sharpe, 1987) à l'élaboration et à l'affirmation d'un corps d'analyses post-keynésien.

un nouveau paradigme, au sens de Kuhn ; et comme elle prolonge l'analyse développée dans le *Traité de la monnaie* et la *Théorie générale* de Keynes, on peut l'appeler post-keynésienne » (Eichner et Kregel 1975, p. 1293).

Ce courant de pensée s'est exprimé, en Grande-Bretagne, à travers le *Cambridge Journal of Economics*, fondé par Richard Goodwin, Luigi Pasinetti et Joan Robinson en 1977, et aux Etats-Unis avec le *Journal of Post Keynesian Economics*, fondé en 1978 par Paul Davidson et Sidney Weintraub. Dès la fin des années quarante, Weintraub a commencé, indépendamment des économistes cambridgiens, une critique radicale du keynésianisme de la synthèse, qu'il appelait classique[1], que Joan Robinson appela bâtard[2] et Coddington hydraulique[3]. A l'opposé, Coddington a qualifié de fondamentaliste l'interprétation de Keynes qu'on retrouve tant chez certains post-keynésiens que chez des auteurs originaux et difficilement classables tels que Shackle, à la fois proche des post-keynésiens, notamment du fait de son attachement radical à la prise en compte de l'incertitude, et indépendant d'eux, puisque l'essentiel de son œuvre a visé à construire une théorie générale de la prise de décision en situation d'incertitude.

Alors que ses adversaires présentent volontiers la démarche post-keynésienne comme essentiellement critique, ce courant se caractérise par des efforts marquants pour faire progresser la connaissance des économies contemporaines. D'abord, il y a l'ensemble, déjà évoqué, des travaux sur la croissance et la répartition. Inspirés par ces travaux, des modèles ont été construits, notamment pour la Grande-Bretagne par Eichner[4] et pour la France par Jacques Mazier[5], dans le cadre de la Direction de la prévision du ministère de l'Economie.

Ensuite, il y a des efforts convergents visant à construire une

1. Voir ses articles réunis dans l'ouvrage de 1961.

2. Recension de *Money, Trade and Economic Growth* de H.G. Johnson, *Economic Journal*, vol. 72, 1962, 690-2.

3. « Keynesian Economics : The Search for First Principles », *Journal of Economic Literature*, vol. 14, 1976, 1258-73 ; *Keynesian Economics : The Search for First Principles*, Londres, George Allen & Unwin, 1983.

4. « A Post-Keynesian Short-Period Model », *Journal of Post Keynesian Economics*, vol. 1, 1979, 38-63 ; *The Macrodynamics of Advanced Market Economies*, Armonk, New York, M.E. Sharpe, 1987.

5. *La Macroéconomie appliquée*, Paris, PUF, 1978.

analyse non néoclassique des prix. A l'origine se situe l'intérêt qu'ont très tôt accordé Sraffa et J. Robinson à l'analyse de la concurrence imparfaite. Mais c'est la vision de Kalecki qui est reconnue fondatrice : pour lui, les prix de la plupart des produits manufacturés sont déterminés par les coûts variables (salaires et matières premières) auxquels s'applique un taux de marge, lié au degré de monopole. Dans cette ligne d'analyse s'inscrivent les travaux de Weintraub, qui conduisent à préconiser, pour contrôler l'inflation, de compléter les politiques keynésiennes de gestion de la demande par une politique des revenus, de même que ceux d'Eichner. Cette théorie des prix consacre la rupture avec l'approche néoclassique : et dès lors que l'on admet que la détermination des salaires dépend principalement des décisions des firmes et des accords salariaux, on dispose d'une approche microéconomique cohérente avec la macroéconomie post-keynésienne.

Caractéristique également est la position des post-keynésiens sur la monnaie. Celle-ci est active ; elle est indissociable de l'ensemble des processus économiques ; créée par le crédit, elle est un des vecteurs à travers lesquels jouent le temps historique, l'incertitude, les anticipations. L'ouvrage publié par Davidson en 1972 [1], dans lequel il reproche aux cambridgiens de négliger le rôle de la monnaie, a eu une part importante dans ce développement. Dès 1952, Alain Barrère [2] avait attiré l'attention sur cette dimension de l'effort de Keynes : la construction de la théorie d'une économie monétaire de production, en rupture radicale avec les visions, classique et néoclassique, d'une économie d'échange réel [3]. Les théoriciens du circuit, en France, notamment A. Parguez [4], F. Poulon [5] et B. Schmitt [6], ont déve-

1. *Money and the Real World*, Londres, Macmillan, 1972 ; New York, John Wiley & Sons, 1973 ; 2e éd. 1977.

2. *Théorie économique et impulsion keynésienne*, Paris, Dalloz, 1952.

3. Voir aussi les ouvrages d'A. Barrère (*Déséquilibres économiques et contre-révolution keynésienne. Keynes : seconde lecture*, Paris, Economica, 1979 et *Macroéconomie keynésienne. Le projet économique de John Maynard Keynes*, Paris, Dunod, 1990) dans lesquels cette perspective est approfondie à la lumière des débats les plus récents.

4. *Monnaie et macroéconomie*, Paris, Economica, 1975.

5. *Macroéconomie approfondie : équilibre, déséquilibre, circuit*, Paris, Cujas, 1982.

6. *Monnaie, salaires et profits*, Paris, PUF, 1966 ; *L'Analyse macroéconomique des revenus*, Paris, Dalloz, 1971.

loppé une problématique à certains égards analogue[1]. De son côté, ayant particulièrement mené l'analyse des relations financières et des institutions financières complexes dans les économies modernes, Minsky a montré qu'il y avait là une source d'instabilité qu'il fallait combattre[2]. Au total, les post-keynésiens opposent, tant à la synthèse qu'au monétarisme, une conception endogène de l'offre de monnaie que Keynes avait lui-même développée, dans ses réflexions postérieures à la *Théorie générale* sur le motif de financement, pour rendre compte de la détention de liquidité[3].

La publication par Sraffa, en 1960, d'un bref ouvrage sur lequel il travaillait depuis la fin des années vingt, dans la foulée de sa critique radicale de la théorie néoclassique de la valeur (1925, 1926), *Production de marchandises par des marchandises*, a joué un rôle à la fois important et complexe dans l'évolution de la mouvance post-keynésienne. Ce livre résout un problème laissé en suspens par Ricardo et propose un modèle de détermination des prix et de la répartition qui renoue avec la problématique classique. Sous-titré « Prélude à une critique de la théorie économique », il a joué, comme nous l'avons mentionné, un rôle majeur dans la querelle des deux Cambridge. Salué par certains comme une nouvelle révolution, il est à l'origine d'un courant qualifié de néo-ricardien[4].

Cependant, les rapports entre les thèses de Sraffa et celles de

1. Voir aussi R. Arena et A. Graziani (dir.), *Production, circulation et monnaie*, Paris, PUF, 1985 ; E. Nell, *Transformational Growth and Effective Demand*, Londres, Macmillan et New York University Press, 1992 ; G. Deleplace et E. Nell (dir.), *Money in Motion : The Circulation and Post-Keynesian Approach*, Londres, Macmillan, 1994.

2. « The Financial Instability Hypothesis : An Interpretation of Keynes and an Alternative to "Standard" Theory », *Nebraska Journal of Economics and Business*, vol. 16, 1977, 5-16 ; *Inflation, Recession and Economic Policy*, Brighton, Wheatsheaf, 1982 ; éd. américaine, *Can « It » Happen Again ? Essays on Instability and Finance*, Armonk, New York, M.E. Sharpe ; *Stabilizing an Unstable Economy*, New Haven, Connecticut, Yale University Press, 1986.

3. Voir à ce sujet Asimakopulos 1983 ; A. Graziani, « Le débat sur le "motif de financement" de J.M. Keynes », *Economie appliquée*, nº 1, 1985, 159-75 ; B. Moore, « The Endogeneous Money Supply », *Journal of Post Keynesian Economics*, vol. 2, 1979, 49-70.

4. Steedman (1989) reproduit les principaux articles relatifs à ce courant de pensée. On se reportera à l'entrée de dictionnaire sur Sraffa pour retrouver une partie de l'abondante bibliographie que son œuvre a suscitée.

Keynes, comme du reste avec celles de Marx [1], ont soulevé de vifs débats. Pour plusieurs, tels que Eatwell, Garegnani, Milgate, Nell [2] et Pasinetti, l'œuvre de Sraffa apporte les fondements microéconomiques qui manquent à la théorie keynésienne. Mais d'autres considèrent qu'il y a une rupture radicale entre le modèle statique de Sraffa, fondé sur une analyse en termes d'équilibre, et une approche authentiquement keynésienne : telle est par exemple la position vers laquelle J. Robinson, qui fut toujours très proche de Sraffa, a évolué à la fin de sa vie ; et telle fut également celle d'A. Asimakopulos. Certains post-keynésiens opposent aussi le caractère monétaire de la théorie keynésienne au caractère réel de l'analyse de Sraffa. Les années quatre-vingt ont vu s'accentuer clivages et débats acrimonieux entre post-keynésiens de vieille souche et néo-ricardiens, débats qui se sont entre autres déroulés à l'occasion de l'école d'été de Trieste, qui a réuni pendant quelques années les principaux ténors de ces deux écoles [3].

Mais si l'on prend du recul, il demeure un noyau d'auteurs, identifiables comme post-keynésiens, qui mettent l'accent sur la rupture entre Keynes et la théorie classique et rejettent la synthèse, et, pour beaucoup, préconisent des politiques économiques qui ne se limitent pas au « réglage de précision », mais impliquent interventions lourdes et changements structurels.

Autour de l'institutionnalisme

Dans la même période, quelques auteurs, nouveaux hétérodoxes hors courants, se sont efforcés de jeter les bases de théories alternatives à la théorie néoclassique ; comme Keynes, face au chômage des années trente, ils avaient le souci, pour contri-

1. Voir à ce sujet G. Dostaler, « Marx et Sraffa », *L'Actualité économique*, vol. 58, 1982, 95-114 ; et « From Marx to Sraffa : Comments on an Article by P.L. Porta », *History of Political Economy*, vol. 18, 1986, 155-61. Voir aussi *infra*, chapitre 9.

2. *Keynes after Sraffa*, Londres, Unwin Hyman, 1977.

3. Voir à ce sujet R. Arena, « L'école internationale d'été de Trieste (1981-1985) : vers une synthèse classico-keynésienne ? », *Economies et sociétés*, vol. 21,1987 (série *Œconomia*, n° 7), 205-38 ; « La dynamique économique : nouveaux débats, nouvelles perspectives », *L'Actualité économique*, vol. 63, 1987, 77-117.

buer à trouver des solutions aux problèmes du monde (pauvreté, inégalités, dynamiques inégales, atteintes aux ressources non renouvelables et à l'environnement), de construire un cadre explicatif adéquat.

Ainsi Gunnar Myrdal : après s'être affirmé par ses travaux en théorie monétaire, il s'est de plus en plus écarté de la démarche économique conventionnelle. De l'étude du problème noir aux Etats-Unis (1944) à celle du sous-développement en Asie du Sud (1968), de son engagement au sein du Parti social-démocrate suédois au travail d'expert et de conseiller en développement, il a de plus en plus considéré que l'économie ne peut être coupée des dimensions sociales, culturelles, politiques ; et son analyse des causalités circulaires et cumulatives, qu'il utilisa pour expliquer aussi bien la situation des Noirs américains que le sous-développement (1957), appartient à un univers qui n'a rien à voir avec celui de l'équilibre et de l'optimum. Il se rapprochera du courant institutionnaliste, dont il finira par se réclamer.

En France, François Perroux a critiqué l'irréalisme des postulats – notamment celui d'acteurs égaux – et le cadre de référence – l'équilibre – de la théorie néoclassique et a consacré une large part de son œuvre à construire une démarche alternative. Il l'a fait sur deux registres. D'abord, il a, dès 1948, mis en chantier la construction d'un nouvel appareil analytique : en son cœur, il a situé l'effet de domination, qui s'applique aux relations entre nations, secteurs, régions, entreprises et permet d'étudier les dynamiques des inégalités et leurs effets structurants et déstructurants. Ensuite, il a plaidé pour une « économie humaine », dans laquelle l'homme serait reconnu comme finalité (1961). Perroux a eu une influence et des disciples surtout en France[1], dans le monde latin et certains pays du Tiers-Monde.

Aux Etats-Unis, John K. Galbraith a également cherché à établir les bases d'une approche alternative, en analysant le rôle de la grande entreprise dans le système industriel et en cernant des phénomènes cruciaux qu'il baptisa de formules qui firent florès : « contre-pouvoirs » (1952 *American*), « technostructure » (1967 *The New*). Même si, sur le tard, il s'est rapproché de l'institutionnalisme – ou peut-être est-ce l'institutionnalisme qui s'est rapproché de lui ? – Galbraith, contrairement à

1. Notamment, en économie internationale, M. Byé et J. Weiller.

Myrdal, a refusé le prix de l'Association for Evolutionary Economics, qui regroupe les partisans de cette approche.

Bien d'autres auteurs, parmi lesquels Boulding, Furtado, Georgescu-Roegen, Hirschman, Kornai, Prebisch, Sen, Tinbergen, ont cherché à échapper au carcan de la cohérence néoclassique et, pour certains, l'ont critiquée.

Par beaucoup d'aspects, leur démarche rejoint celle de l'institutionnalisme[1] : celle-ci s'est développée, après Veblen, le fondateur, avec Commons et la « collective economics », J.M. Clark et la « social economics », Tugwell et l'« experimental economics », Mitchell et la « quantitative economics »[2], avec Ayres[3] et son « instrumentalisme »[4] et Gruchy[5] qui fut à l'origine de la création en 1958 de l'Association for Evolutionary Economics. Malgré l'évidente difficulté qu'ils ont à se définir d'un même mot emblématique, tous ces auteurs ont en commun l'approche holiste – refusant de couper le domaine économique du reste de la réalité sociale et de réduire l'économie au seul marché –, le travail pluridisciplinaire, la prise en compte des valeurs, des institutions, des technologies, de l'évolution et, souvent, une attitude favorable à une politique économique active.

Mais un tel programme permet d'inclure la quasi-totalité des hétérodoxes. Ainsi, dans son livre de 1972 sur la pensée économique contemporaine et ce qu'il appelle le « néo-institutionnalisme », Gruchy consacre des chapitres non seulement à Gerhard Colm et Ayres, mais aussi à Galbraith et Myrdal, en évoquant à diverses reprises et assez longuement Perroux ; mais il se démarque nettement de Keynes, à qui il reproche son analyse de court terme (p. 5), des keynésiens dont la démarche est « statique et non interdisciplinaire » (p. 334) et surtout des radi-

1. Voir Adams 1980, Gruchy 1947 et 1972, Samuels 1989 et Tool 1988.

2. Voir P.A. Klein, « A Reconsideration of Holistic Economics », in Adams 1980, 45-7.

3. *The Problem of Economic Order*, New York, Farrar & Rinehart, 1938 ; *The Theory of Economic Progress*, Chapel Hill, University of North Carolina Press, 1944 ; *The Industrial Economy*, Boston, Houghton Mifflin, 1952 ; *Toward a Reasonable Society*, Austin, University of Texas Press, 1961.

4. Voir Gruchy 1972, 97-132.

5. Outre Gruchy 1947 et Gruchy 1972, cités ci-dessus, voir *Comparative Economic Systems, Competing Ways to Stability and Growth*, Boston, Houghton Mifflin, 1966 ; *The Reconstruction of Economics : An Analysis of the Fundamentals of Institutional Economics*, New York, Greenwood Press, 1987.

caux de l'Union for Radical Political Economics, accusés pêle-mêle d'anarchisme, de socialisme et du manque d'une claire vision de ce qu'ils voudraient mettre à la place du système social existant (p. VIII-IX).

Dans sa diversité, la mouvance institutionnaliste s'exprime principalement à travers le *Journal of Economic Issues*, revue de l'Association for Evolutionary Economics, créée en 1967. Elle n'est évidemment pas sans points communs avec l'économie comportementaliste; marqués par les apports de Coase, H. Simon, Arrow, ses membres se regroupent en des cercles plus restreints, comportementalistes, de la nouvelle économie institutionnelle, de l'économie néo-institutionnelle, voire de l'économie industrielle[1].

Au-delà, on peut trouver des liens de l'institutionnalisme aussi bien avec l'école historique allemande et Sombart – Kuznets (1965, 1966, 1971, 1979) se situant quelque part entre les deux – qu'avec les fabiens britanniques et leurs continuateurs, avec Polanyi qu'avec Hayek et l'école autrichienne moderne. D'ailleurs, l'attribution du Nobel en 1974 a couronné ensemble Myrdal et Hayek ; le choix de Myrdal a pu être interprété comme une forme de reconnaissance de l'institutionnalisme, et il est remarquable que le jury ait mentionné, dans son commentaire concernant les deux auteurs, la multidisciplinarité.

Du côté du marxisme

L'autre grande mouvance hétérodoxe est celle du marxisme, qui s'élargit, notamment aux Etats-Unis, à ce qu'on nomme l'économie radicale ou l'économie politique radicale[2]. Cependant, le label « radical » recouvre, selon les auteurs, des champs extrêmement différents : ainsi, pour Sherman (1972) et plusieurs autres, le courant radical englobe post-keynésiens, néo-ricardiens, institutionnalistes et marxistes, bref, l'ensemble des hétérodoxies. Au contraire, pour Bronfenbrenner[3], Appelbaum

1. Voir *infra*, chapitre 9.

2. E. Appelbaum, « Radical Economics », in Weintraub 1977, 559-74; Bowles et Edwards 1990; Bronfenbrenner 1970; Flaherty, « Radical Political Economy », *New Palgrave*, 1987, vol. 4, 36-9; Sherman1972 et 1987.

3. « Radical Economics in America : A 1970 Survey », *Journal of Economic Literature*, vol. 18, 1970, 747-66.

(1977) et Flaherty (1987)[1], il apparaît principalement – effet probable du maccarthysme et de l'anticommunisme – comme une manière de nommer les marxistes des Etats-Unis dans les années cinquante et soixante ; mais pour Bowles et Edwards[2], le courant radical, qui s'est formé dans les années soixante-dix et quatre-vingt, « est distinct à la fois de l'économie néoclassique et du marxisme classique » (vol. I, p. 1) ; ce nouveau courant radical trouve ses racines aux Etats-Unis dans le marxisme de l'après-guerre, dans l'Union for Radical Political Economics (URPE) où se retrouvaient une large gamme de dissidents radicaux, tant marxistes que libertariens[3], ainsi que dans les débats, les recherches et les remises en cause des années soixante.

Reste donc le marxisme. Mais c'est un monde à lui seul. Et un monde profondément marqué par l'histoire et ses déchirements (Lénine contre Bernstein, Kautsky et d'autres ; Staline contre Trotsky et d'autres ; Mao Tse-toung contre Staline), par la philosophie et ses débats (Lukács, Gramsci, Korsch, Bloch, Habermas, et plus récemment, Marcuse, Lefebvre, Althusser, Kosik), par les enjeux et les clivages politiques et, sous le rationnel des formulations, par les convictions – par exemple que tel pays est socialiste ou est engagé dans la construction du socialisme. Et puis, entre Marx et le marxisme, les relations sont encore plus complexes qu'entre Keynes et le keynésianisme[4], et les querelles d'héritage encore plus impitoyables, d'autant plus qu'elles prennent parfois le chemin de la violence.

Dans l'univers anglo-saxon, la pensée économique marxiste de l'après-guerre[5] est dominée par trois noms : Paul Baran,

1. Dans le *New Palgrave* (1987), il y a d'ailleurs un large recoupement entre les auteurs pris en compte par D. Flaherty dans son article sur la « Radical Political Economy », vol. 4, 36-9 et ceux dont traite A. Glynn dans l'article « Marxist Economics », vol. 3, 390-5.

2. Bowles et Edwards (dir.) 1990.

3. Flaherty 1987, p. 36.

4. On a rapporté de Keynes qu'il se serait déjà déclaré non keynésien, et de Marx qu'il n'était pas, quant à lui, marxiste. Ces propos, évidemment impossibles à démontrer, ont pour principal mérite de signaler le problème.

5. Voir : Howard et King 1992 ; A. Glynn, « Marxist Economics », *New Palgrave*, 1987, vol. 3, 390-5 ; King 1990, qui reproduit plusieurs articles majeurs en trois volumes ; J.C. Wood (dir.), *Karl Marx. Critical Assessments*, 4 vol., Londres, Croom Helm, 1987. Nous nous limiterons ici aux représentants les plus caractéristiques ; nous avons déjà montré plus haut l'influence de Kalecki, notamment sur la mouvance post-keynésienne. On devrait aussi évoquer un marxisme ricardien (dans la foulée de Sraffa, Dobb, Meek), ainsi que les réécri-

Maurice Dobb et Paul Sweezy. Elle s'exprime à travers des revues telles que la *Review of Radical Political Economy*, la *Socialist Review*, la *New Left Review*, *Capital and Class* et la *Monthly Review* fondée en 1949 par P. Sweezy et Leo Huberman et que, depuis la mort de Huberman en 1968, Sweezy dirige avec Harry Magdoff. Dans l'univers francophone se dégagent les noms de Charles Bettelheim, Henri Denis [1] et Ernest Mandel.

Après la guerre, les thèses de von Mises sur l'impossibilité du socialisme, auxquelles s'étaient opposés Lange et Lerner dans les années trente, semblent invalidées. Avec sa planification centralisée, l'URSS – étudiée très tôt par Bettelheim [2] et Dobb (1948) – s'affirme à la fois comme grande puissance et comme socialiste. Pour beaucoup, même si certaines réalités obligent à s'interroger, le socialisme fait des progrès décisifs en URSS, en Chine, dans le Tiers-Monde [3] ; mais l'autocensure marque beaucoup d'écrits : a-t-on le droit de formuler des doutes, des critiques quand des hommes sacrifient leur vie pour le socialisme et la révolution ? Révélatrice de ce trouble est la longue évolution de Bettelheim face à la réalité soviétique, des études descriptives de 1939 et 1946 [4] montrant les avancées en cours, à une analyse faisant une forte place au concept de capitalisme d'Etat [5], pour arriver, au terme d'une puissante fresque

---

tures néoclassiques, et même walrasiennes, du marxisme, avec le cas de Lange dont les travaux s'inscrivent à la fois dans la tradition marxiste et dans la tradition néoclassique.

1. De ses premiers ouvrages (*La Monnaie*, Paris, Editions sociales, 1951 ; *Valeur et capitalisme*, Paris, Editions sociales, 1957) à sa réflexion sur le marxisme (*L'Economie de Marx. Histoire d'un échec*, Paris, PUF, 1980 ; *Logique hégelienne et systèmes économiques*, Paris, PUF, 1984).

2. *La Planification soviétique*, Paris, Marcel Rivière, 1939 ; *L'Economie soviétique* (tome 4 du *Traité d'économie politique* dirigé par Gaëtan Pirou), Paris, Sirey, 1950.

3. Bettelheim *et al.* (*La Construction du socialisme en Chine*, Paris, François Maspero, 1965) sur la Chine ; Sweezy et Huberman (*Socialism in Cuba*, New York, Monthly Review Press, 1969 ; trad. fr. 1970, *Le Socialisme cubain*, Paris, François Maspero) sur Cuba ; Sweezy et Bettelheim (*Lettres sur quelques problèmes actuels du socialisme*, Paris, François Maspero, 1970 ; éd. angl. 1971, *On the Transition to Socialism*, New York, Monthly Review Press).

4. *Problèmes théoriques et pratiques de la planification*, Paris, PUF, 1946.

5. *Planification et croissance accélérée*, Paris, François Maspero, 1964 ; *La Transition vers l'économie socialiste*, Paris, François Maspero, 1968 ; *Calcul économique et formes de propriété*, Paris, François Maspero, 1970.

historique[1], à la conclusion que la révolution de 1917 a été une révolution non pas socialiste mais capitaliste.

Quant au capitalisme, malgré les analyses de Hansen (1938, 1939, 1941) qui estimait, à la fin des années trente, qu'avait commencé une longue période de stagnation économique et le jugement de Schumpeter, dans *Capitalisme, socialisme et démocratie* (1942) selon lequel le déclin du capitalisme était inéluctable, il connaît, après la guerre, une des périodes de prospérité les plus longues de son histoire. Mais la conviction anti-capitaliste permet de s'armer de patience : constatant que la loi marxienne de la baisse tendancielle du taux de profit ne joue plus dans un capitalisme où les monopoles imposent leurs prix, Baran[2] et Baran et Sweezy[3] mettent en avant la tendance à la hausse du surplus potentiel, source majeure de la tendance à la stagnation du capitalisme moderne. Mais c'est dans la baisse tendancielle du taux de profit et les mouvements longs de Kondratiev, que Mandel[4] voit les racines des crises capitalistes contemporaines.

Mais le marxisme n'est pas uniquement affaire d'intellectuels et de choix individuels. Il a été, à partir de 1917, l'idéologie de l'URSS, du Parti qui la dirige et de l'ensemble des partis communistes qui lui sont liés[5] : depuis Lénine, et plus encore depuis Staline, s'est affirmé un marxisme orthodoxe. Dès 1936, Staline a ordonné la rédaction d'un manuel d'économie politique : celui-ci, après une gestation difficile[6], ne sera publié

1. *Les Luttes de classes en URSS* : *1re période 1917-1923*, 1974 ; *2e période 1923-1930*, 1977 ; *3e période 1930-1941*, vol. 1, *Les Dominés*, 1982 ; vol. 2, *Les Dominants*, 1983, Paris, François Maspero/Seuil.

2. *The Political Economy of Growth*, New York, Monthly Review Press, 1957 ; trad. fr. 1967, *Economie politique de la croissance*, Paris, François Maspero.

3. *Monopoly Capital : An Essay on the American Economic and Social Order*, New York, Monthly Review Press, 1966 ; trad. fr. 1968, *Le Capitalisme monopoliste : un essai sur la société industrielle américaine*, Paris, François Maspero.

4. *Traité d'économie marxiste*, 2 vol., Paris, Julliard, 1962 ; *Der Spätkapitalismus*, Frankfurt am Main, Suhrkamp Verlag, 1972 ; trad. fr. 1976, *Le Troisième Age du capitalisme*, 3 vol., Paris, Union générale d'édition.

5. Ce qui n'empêche évidemment pas de très nombreux autres partis et organisations de se réclamer aussi, sous une forme ou une autre, du marxisme.

6. Staline lui-même doit intervenir pour trancher quelques points de doctrine, avec notamment *Les Problèmes économiques du socialisme en URSS* (1952). On pourra consulter R.L. Meek, « Stalin as an Economist », *Review of Economic Studies*, vol. 21, 1953-54, 232-9.

qu'en 1954[1] ; il donne de l'histoire une vision linéaire, à la Rostow pourrait-on dire, avec une succession des modes de production aboutissant au mode de production socialiste et développe d'une manière scolastique l'économie politique du socialisme ; il affirme les deux dogmes, de la supériorité du socialisme, et de l'effondrement du capitalisme. Ces idées marquent directement l'ensemble des travaux dépendant des partis communistes liés à l'URSS[2] et indirectement l'ensemble de la pensée liée aux organisations ouvrières ou aux mouvements de libération nationale.

La réalité soviétique a cependant été très tôt l'objet de critiques venues soit de la mouvance trotskiste, soit d'autres groupes révolutionnaires[3]. Et dans le camp socialiste lui-même, une faille majeure s'est ouverte entre l'URSS et la Chine ; dès 1937 (*De la pratique*, *De la contradiction*), Mao Tse-toung avait exposé un marxisme où l'analyse des contradictions joue un rôle clé ; plus tard, il critique l'économisme de Staline ; la rupture avec l'URSS en 1960, puis la « Grande révolution culturelle prolétarienne » (1966-71) concrétiseront, après le schisme titiste, la mise en cause de l'orthodoxie héritée de Staline, mort en 1953.

En outre, les difficultés mêmes de la planification centralisée et du système étatiste mis en place au nom du socialisme conduisent par vagues successives à des propositions de réformes, avec I. Birman, V. Nemchinov, E. Liberman en URSS, W. Brus en Pologne, O. Sik en Tchécoslovaquie et J. Kornai en Hongrie : celui-ci, qui avait mis en lumière dès 1957 l'hypercentralisation

1. *Manuel d'économie politique* du PC de l'URSS (1954), trad. fr., Paris, Editions sociales, 1956.

2. Voir certains ouvrages de Lange (1953, 1957, 1959, etc.). En France, voir l'ouvrage réalisé, sous la direction de Philippe Herzog et Paul Boccara, par les économistes du Parti communiste français, *Traité marxiste d'économie politique. Le capitalisme monopoliste d'Etat*, 2 vol., Paris, Editions sociales, 1971.

3. Ainsi, dès les années trente, les écrits du groupe « Living Marxism » (voir K. Korsch, P. Mattick et A. Pannekoek, *La Contre-Révolution bureaucratique*, Paris, Union générale d'édition, 1973) ; Bruno R. [Rizzi], *La Bureaucratisation du monde*, édité par l'auteur, en dépôt aux messageries Hachette, 1939 ; et après la guerre, les écrits de *Socialisme ou barbarie* (voir C. Castoriadis, *La Société bureaucratique*, 2 vol., Paris, Union générale d'édition, 1973) ; et plus récemment, R. Bahro, *Die Alternative*, 1977 ; trad. fr., *L'Alternative. Pour une critique du socialisme réellement existant*, Paris, Stock, 1979. Voir M. Beaud, *Le Socialisme à l'épreuve de l'histoire*, Paris, Seuil, 1982 ; nouvelle éd. 1985, p. 160 s.

de la planification, a pendant plus de trente ans contribué à éclairer et esquisser les voies de réformes possibles.

Si les mouvements de contestation de mai 1968 ont entraîné un certain renouveau de la pensée marxiste [1], le basculement des régimes soviétique et d'Europe de l'Est, à la fin des années quatre-vingt, bouleversera le paysage idéologique et intellectuel.

Débats sur le développement

Les questions de l'arriération économique, puis du sous-développement et du développement ont, après la Seconde Guerre mondiale, fait l'objet d'un nombre élevé de travaux, notamment d'économistes s'inscrivant dans la mouvance des hétérodoxies [2].

Les premières réflexions contemporaines sur les problèmes de l'arriération économique ont concerné l'Europe de l'Est et du Sud-Est. Paul Rosenstein-Rodan [3] mettait en avant la nécessité d'une grande poussée, le « big push » [4]. Kurt Mandelbaum [5] mettait en relief « le cercle vicieux de la pression démographique, de la pauvreté et du manque d'industries » (p. III) et plaidait pour l'industrialisation, en relevant que les principaux obstacles tiennent d'une part à l'insuffisance de la demande et de l'autre à la rareté du capital.

Avec les vagues des indépendances, c'est l'ensemble des pays pauvres qui vont être concernés. Nommé en 1950 secrétaire exécutif de la CEPAL – Commission économique pour l'Amérique latine – créée en 1948, R. Prebisch plaide pour la programmation du développement économique. De la pro-

1. Voir *infra*, chapitre 9.

2. Voir Meier et Seers 1984, trad. fr. 1988 ; Arndt, *Economic Development. History of an Idea*, University of Chicago Press, 1987 ; Hirschman, « Grandeur et décadence de l'économie du développement », in 1984, 42-68. Pour entrer dans une immense bibliographie, on renverra à Stern 1989, Lal 1992, Omman et Vignaraja 1991 et, en français, aux ouvrages de G. Grellet, P. Guillaumont et P. Hugon.

3. « Problems of Industrialization of Eastern and South-Eastern Europe », *Economic Journal*, vol. 53, 1943, 202-11.

4. A cette formule font écho le « grand rush » *(spurt)* de Gerschenkron, le seuil critique de Leibenstein, le décollage *(take off)* de Rostow. Voir Hirschman, art. cit., in 1984, p. 52.

5. *Industrialisation of Backward Areas*, Oxford, Basil Blackwell, 1945.

grammation souple, telle qu'elle est préconisée par Meade (1948) ou mise en place en France après la guerre, à la planification soviétique, que contribuent à faire connaître, en dehors de la sphère d'influence de l'URSS, des auteurs comme Bettelheim (1939, 1950)[1] et Dobb (1948), en passant par les multiples efforts (notamment de Tinbergen, Myrdal) pour mettre en place des modèles simples et robustes, la planification va être, pour les pays pauvres, l'outil presque incontesté de l'industrialisation et de la modernisation : comme la politique économique est alors, pour les pays riches, l'indispensable instrument de la croissance.

Mais en même temps, se révèlent des clivages. R. Prebisch, en même temps que Singer, en 1950, met en cause la détérioration des termes de l'échange, thèse que critique Viner en 1953. Pour beaucoup, marxistes du Nord ou nouveaux responsables du Sud, la voie soviétique vers l'industrialisation apparaît comme le modèle à adopter : ce que fait la Chine communiste après 1949, puis, à sa manière, l'Inde, dont les choix vont être éclairés par le « modèle de Mahalanobis », ainsi que de nombreux autres pays nouvellement indépendants. Mais comment les Etats-Unis pourraient-ils accepter que l'ensemble du monde sous-développé bascule dans le camp soviétique ?

En 1951, est publié, sous les auspices des Nations unies, un rapport sur les *Mesures pour le développement économique des pays sous-développés*[2], préparé par A. Baltra Cortez (Chili), D.R. Gadgil (Inde), G. Hakim (Liban), A. Lewis (Grande-Bretagne) et T.W. Schultz (Etats-Unis). Ce rapport constatait l'existence d'une main-d'œuvre excédentaire et la faible part du revenu national consacré à la formation de capital et il préconisait la mise en œuvre de programmes de développement comportant les budgets d'investissement nécessaires.

Rostow esquisse en 1952 une description du développement[3] qui débouchera sur la vision rassurante des étapes de la croissance[4] : étapes que les pays développés ont franchies, et

1. Voir *supra*.

2. *Measures for the Economic Development of Under-Developed Countries*, New York, United Nations, 1951.

3. *The Process of Economic Growth*, New York, W.W. Norton, 1952.

4. *The Stages of Economic Growth : A Non-Communist Manifesto*, Cambridge, Angleterre, Cambridge University Press, 1960 ; trad. fr. 1962, *Les Etapes de la croissance économique*, Paris, Seuil.

que les pays attardés franchiront un jour, à condition qu'ils réunissent les conditions du décollage, *take off*. Si Viner[1] s'inquiète du risque que le développement ne favorise la croissance démographique, Lewis, dans son article de 1954, voit au contraire, dans l'existence d'une offre illimitée de main-d'œuvre dans le secteur traditionnel, une chance pour l'expansion du secteur capitaliste. Et si Nurkse[2] fait ressortir le double cercle vicieux de la pauvreté, cause à la fois d'une faible demande et d'une insuffisante capacité de financement, Schultz (1945 dir., 1964) met en lumière l'importance du potentiel paysan. Enfin leurs convictions libérales amèneront des économistes tels que Viner et Haberler à critiquer les restrictions au commerce international préconisées ou adoptées en faveur du développement.

Si les positions de Viner étaient clairement libérales et celles de Rostow manifestement étapistes, il a fallu simplifier l'analyse de Lewis pour en faire la caricature d'une approche dualiste. Face à ces positions, vont s'affirmer deux attitudes.

En premier lieu, des économistes marxistes éclairent de leurs analyses la situation et les choix à opérer. Dobb (1951), rejoignant Nurkse sur ce point, estime que « le plus grand facteur qui régit la productivité d'un pays est la richesse ou la pauvreté de ses instruments fixes de production » et considère « l'accumulation du capital, c'est-à-dire la croissance du stock des instruments de production – croissance à la fois qualitative et quantitative – comme le centre du processus de développement »[3]. Mais comme le montre Baran (1957)[4], dans les pays en retard, pris entre le féodalisme et le capitalisme des pays développés, le surplus n'est pas utilisé à des fins productives, du fait qu'il est en partie gaspillé (en consommation des classes dirigeantes, dépenses militaires et entretien des bureaucraties) et en partie capté par le capital étranger. Pour l'ensemble des marxistes, le développement passe donc par le socialisme ; c'est

1. *International Trade and Economic Development*, Oxford, Clarendon Press, 1953.

2. *Problems of Capital Formation in Underdeveloped Countries*, Oxford, Basil Blackwell, 1953 ; 7e éd. 1960 ; trad. fr. 1963, *Les Problèmes de la formation du capital dans les pays sous-développés*, Paris, Institut pour le développement économique, BIRD.

3. Dobb 1951, p. 7.

4. Voir *supra*.

ainsi que Sweezy et Huberman[1] voient dans Cuba un modèle pour l'Amérique latine.

En second lieu, différents auteurs, qui ont en commun de ne pas s'en remettre au marché (tant au plan national qu'international), ont cherché à identifier les rigidités et distorsions, sources de retard tenant aux structures des pays pauvres (tant pour leurs économies et leurs sociétés que pour leurs relations avec les pays industrialisés) ; cette approche, nourrie à plusieurs sources, peut être qualifiée de structuraliste, dans une acception très large du terme.

F. Perroux dégage des outils pour l'analyse du sous-développement et plaide, dans la tradition de l'humanisme chrétien (dans laquelle s'inscrivent aussi les travaux du Père Lebret et d'*Economie et humanisme*), pour que soient couverts les « coûts de l'homme » et que le développement soit celui de « tout l'homme et tous les hommes » (1961). Myrdal (1957, 1968) applique au sous-développement son analyse en termes de causalité circulaire et cumulative et appelle les jeunes économistes du Tiers-Monde à rejeter « ces vastes constructions de doctrines et d'approches théoriques, dépourvues de signification et de pertinence, et parfois même manifestement inadéquates » et à « renouveler à fond leur pensée à partir de l'étude de leurs besoins et de leurs problèmes particuliers »[2]. De même, Hirschman (1958) souligne, face aux partisans du développement équilibré, le caractère nécessairement déséquilibré de tout processus de développement ; il prend en compte (1963, 1967), comme Schultz, les rationalités cachées et, comme Perroux, les effets d'entraînement.

En Amérique latine, l'école de la dépendance[3] recouvre un large spectre de combinaisons entre l'approche structurale et l'analyse marxiste. Avec Prebisch et, autour de lui, dans le cadre de la CEPAL notamment, O. Sunkel et A. Pinto, elle a constitué un foyer actif de recherche, de réflexions et de propositions. Au début des années cinquante, elle conduit l'analyse des struc-

1. *Socialism in Cuba*, New York, Monthly Review Press, 1969 ; trad. fr. 1970, *Le Socialisme cubain*, Paris, François Maspero.

2. 1957, trad. fr. 1959, p. 121.

3. Voir F.H. Cardoso, *As Ideas e seu lugar*, Vozes et CEBRAP, 1980 ; trad. fr., *Les Idées à leurs places. Le concept de développement en Amérique latine*, Paris, A.M. Métailié, 1984 ; O. Rodriguez, *« La Teoria » del subdesarrollo de la CEPAL*, Mexico, Siglo XXI, 1980.

tures de production et d'échange qui entraînent tant l'inflation que la détérioration des termes de l'échange et elle propose les stratégies d'industrialisation par substitution aux importations. Elle analyse ensuite les relations centre-périphérie et les caractéristiques propres du capitalisme périphérique. Elle débouchera sur un très large éventail de positions, de la démarche modérée et réformatrice de C. Furtado[1], aux analyses d'inspiration marxiste de F.H. Cardoso et E. Faletto[2], à celles, marxistes radicales, d'A.G. Frank[3], R.M. Marini, T. Dos Santos. Ces derniers, avec Samir Amin, seront, dans les années soixante-dix, représentatifs d'un courant d'économistes du Tiers-Monde à dominante anti-impérialiste.

Tandis que sont de plus en plus mis en accusation les rapports inégaux à l'échelle mondiale, en 1972, Robert McNamara, président de la Banque mondiale[4], met l'accent sur l'aggravation des inégalités au sein de chaque pays, comme obstacle majeur au développement[5]; c'est à cette époque qu'I. Adelman travaille, pour la Banque mondiale, sur la relation entre croissance et inégalité des revenus[6]. Puis l'analyse se

1. *Teoria e politica do desenvolvimento economico*, São Paulo, Companhia editorial national, 1967 ; trad. fr. 1970, *Théorie du développement économique*, Paris, PUF ; *Anàlise do « modelo » brasileiro*, Rio de Janeiro, Paz e Terra, 1972 ; trad. fr. 1974, *Analyse du « modèle » brésilien*, Paris, Anthropos ; *O Mito do desenvolvimento econômico*, Rio de Janeiro, Paz e Terra, 1974 ; trad. fr. 1976, *Le Mythe du développement économique*, Paris, Anthropos.

2. F.H. Cardoso et E. Faletto, *Dependencia y desarrollo en America Latina*, Mexico, Siglo XXI, 1967.

3. *Capitalism and Underdevelopment in Latin America*, New York, Monthly Review Press, 1967 ; trad. fr. 1968, *Capitalisme et sous-développement en Amérique latine*, Paris, François Maspero ; *Latin America : Underdevelopment or Revolution*, New York, Monthly Review Press, 1969 ; trad. fr. 1970, *Le Développement du sous-développement : Amérique latine*, Paris, François Maspero ; *Lumpenbourgeoisie, Lumpendevelopment, Dependency, Class and Politics in Latin America*, New York, Monthly Review Press, 1972 ; trad. fr. 1971, *Lumpenbourgeoisie et lumpendéveloppement*, Paris, François Maspero.

4. A la tête du Département économique de la Banque mondiale, de 1970 à 1972, Hollis B. Chenery y avait lancé, dans l'esprit des travaux de S. Kuznets (1959), un large programme de recherches quantitatives sur les pays sous-développés.

5. Hirschman, art. cit., in 1984, p. 64.

6. Voir Adelman et Morris (*Economic Growth and Social Equity in Developing Countries*, Stanford University Press, 1973) ; Chenery *et al.* (*Redistribution with Growth*, Londres, Oxford University Press, 1974 ; trad. fr. 1977, *Redistribution et croissance*, Paris, PUF).

portera sur le minimum nécessaire, sur les besoins essentiels, tandis que seront mises en avant, vers le milieu des années soixante-dix, d'une part la *self reliance*, la nécessité de compter sur soi-même, d'autre part la revendication d'un Nouvel ordre économique international. Mais la crise du pétrole, la fin des croissances des pays riches, le piège de l'endettement vont bientôt soumettre nombre de pays du Tiers-Monde aux pressions de l'urgence, puis à celles de l'ajustement structurel.

7. Résurgences du libéralisme

Le triomphe du keynésianisme a pu donner l'illusion qu'il occupait toute la scène, que la *Théorie générale* avait effectivement terrassé la théorie classique. La reconnaissance, par Pigou, de la validité de la théorie de Keynes[1] constituait d'une certaine manière un symbole de ce triomphe, sur le plan théorique, comme la nouvelle politique économique mise en œuvre au début des années soixante, sous la présidence de John F. Kennedy, a paru en marquer la victoire politique. Mais le keynésianisme, nous l'avons vu, constitue une vaste nébuleuse, traversée de courants et sous-courants ; des économistes aux orientations théoriques ou politiques très diversifiées ont pu y trouver de quoi nourrir ou étayer leurs thèses.

De son côté, le libéralisme classique, attaqué par Keynes et plusieurs autres dans les années vingt et trente, apparemment défait dans les années quarante et cinquante, est loin d'avoir disparu. Dans l'ombre du keynésianisme, il s'est même développé, tout en prenant, si l'on peut dire, un profil bas. Plusieurs de ses partisans semblaient même devenus keynésiens. Parmi eux, certains ont en quelque sorte contribué de l'intérieur à une déconstruction du keynésianisme, à l'image de Keynes lui-même qui avait entrepris de l'intérieur sa déconstruction de la citadelle orthodoxe.

D'autres n'ont jamais accepté les thèses de Keynes, et ne se sont jamais ralliés au keynésianisme. Quelques-uns se retrouvent dans la Société du mont Pèlerin qui, fondée en 1947 à l'initiative de Friedrich Hayek, a joué un rôle important dans le maintien puis le développement du libéralisme clas-

1. *Keynes's « General Theory » : A Retrospective View*, Londres, Macmillan, 1950.

sique[1]. Certains ont effectué au moins une partie de leur carrière à l'université de Chicago[2]. On parle ainsi d'une école de Chicago[3], pour caractériser des travaux menés dans des champs de spécialisation très diversifiés, mais unis par une foi solide dans la théorie néoclassique des prix, la conviction que le marché libre est le mécanisme le plus efficace pour allouer les ressources et une réticence fondamentale face à l'intervention de l'Etat dans l'économie. Milton Friedman, qui a étudié et mené toute sa carrière à cette université, a été, dans les années soixante et soixante-dix, le porte-parole le plus réputé de cette école[4].

C'est donc à une résurgence du libéralisme qu'on assiste dans cette période, alors que l'euphorie liée à la croissance commence à se dissiper. Ce sont des signes, plus ou moins perceptibles, concernant les économies capitalistes développées : rupture dans les croissances de productivité, tensions puis tendances inflationnistes, dysfonctionnements du système monétaire international. Ce sont les difficultés dans lesquelles s'enlise une partie de ce qu'on appelle le Tiers-Monde. C'est aussi l'impasse pour les pays de l'Est, qui sont confrontés à des problèmes et des aspirations auxquels leur système ne permet pas de répondre.

Graduellement, à partir du début des années soixante-dix, le keynésianisme de la synthèse est remis en question. La coexis-

1. On compte, parmi eux, Armen Alchian, Maurice Allais, Gary Becker, James Buchanan, Harold Demsetz, Walter Eucken, Milton Friedman, Frank H. Knight, Fritz Machlup, Ludwig von Mises, Richard Posner, Lionel Robbins, George Stigler.

2. Parmi d'autres, on peut mentionner, outre Friedman, Gary Becker, James Buchanan, Ronald Coase, H. Gregg Lewis, Robert Lucas, Loyd Mints, Richard Posner, Théodore Schultz, George Stigler et Allen Wallis. Hayek a été aussi professeur de sciences morales et sociales à l'université de Chicago, entre 1950 et 1961.

3. Sur l'école de Chicago, voir H.L. Miller, « On the "Chicago School of Economics" », *Journal of Political Economy*, vol. 70, 1962, 64-9 ; Patinkin 1969, 1981 ; Reder 1982 ; Stigler 1988 (dir.). Toutefois, Viner, souvent considéré comme l'un des pères de ladite école, en a nié l'existence (voir à ce sujet la correspondance avec Patinkin, in Patinkin 1981, 265-71).

4. Friedman a déclaré, sous forme de boutade – mais les boutades ne sont jamais innocentes –, dans le cadre d'une série de conférences prononcées par des récipiendaires américains du prix Nobel, qu'on a des chances maximales de recevoir ce prix si on est américain, de sexe masculin et si on a enseigné ou étudié, à un moment ou un autre de sa vie, à l'université de Chicago (1986, p. 77-8).

tence de taux d'inflation et de taux de chômage de plus en plus élevés remet en cause les certitudes associées à la courbe de Phillips et symbolise l'échec des politiques keynésiennes. A défaut d'explication, on crée un mot, la stagflation. Et certains commencent à expliquer les difficultés de plus en plus graves des années soixante-dix par les effets secondaires de la dangereuse médecine keynésienne, source d'inflation.

Des théories alternatives existent déjà. Au premier rang parmi les prétendantes, le monétarisme s'impose rapidement comme pôle majeur de l'opposition au keynésianisme, tant sur le plan politique que théorique. L'économie de l'offre et divers autres courants libéraux se concurrencent aussi comme pourvoyeurs de recettes pour les économies en difficulté. Parallèlement, sur le plan théorique, la microéconomie néoclassique est utilisée comme une clé pour éclairer, non seulement les problèmes économiques, mais tous les problèmes sociaux. Comme les théoriciens du monétarisme ou les économistes de l'offre, les adeptes de ce qu'on appelle parfois le nouvel impérialisme de l'économie se posent en adversaires résolus de l'interventionnisme. Et c'est au contraire en réaffirmant la nécessité de cet interventionnisme que les keynésiens de la synthèse lanceront leur contre-attaque contre ces nouveaux courants de pensée, tout en retenant certains de leurs apports.

Milton Friedman et le monétarisme [1]

Le terme de monétarisme a été forgé en 1968 par Karl Brunner[2]. Il a lui-même qualifié de « révolution monétariste »[3] ce que de son côté Harry Johnson[4] a baptisé la contre-révolu-

1. Sur le monétarisme, on consultera entre autres, dans une littérature désormais très abondante, Chrystal 1990 (anthologie d'articles majeurs de ce courant de pensée, en 2 volumes), Hoover 1984, Laidler 1981, Mayer 1978 et 1990, Steele 1989, Stein 1976. Sur l'évolution de la macroéconomie contemporaine, et les débats entre les écoles qui s'y partagent le terrain, voir entre autres Barro et Fischer 1976, Dow 1985 et Johnson 1962.

2. « The Role of Money and Monetary Policy », *Federal Reserve Bank of St Louis Review*, vol. 50, 8-24, 1968.

3. « The "Monetarist Revolution" in Monetary Theory », *Weltwirtschaftliches Archiv*, vol. 105, 1970, 1-30.

4. « The Keynesian Revolution and the Monetarist Counter-Revolution », *American Economic Review*, vol. 61, 1971, *Papers and Proceedings*, 1-14.

tion monétariste. Friedman lui-même n'aime pas le qualificatif de monétariste, mais accepte de se rallier à l'appellation, dans un texte où il décrit la « contre-révolution dans la théorie monétaire », qu'il dit avoir prédite dès 1958 et dont il constate maintenant la victoire (Friedman 1970). Cette contre-révolution se caractérise par « l'accent renouvelé mis sur le rôle de la quantité de monnaie » (*ibid.*, p. 7-8).

Cette appellation nouvelle recouvre une réalité ancienne, complexe et diverse. Elle désigne autant une vision politique globale que des constructions théoriques qui varient d'un auteur à l'autre. La vision globale, dans le cas du monétarisme, c'est évidemment la croyance dans la stabilité inhérente des économies de marché, et donc la méfiance face à l'interventionnisme. Quant au noyau théorique, c'est ce que l'on appelle la théorie quantitative de la monnaie.

Attribuée généralement à Jean Bodin [1], cette théorie a reçu du philosophe David Hume, au milieu du dix-huitième siècle [2], la formulation qui, reprise par les économistes classiques, est à la base des versions modernes d'Irving Fisher, de Marshall et de Pigou. Selon cette théorie, une modification de la masse monétaire se traduit à long terme par une modification dans le même sens et la même proportion du niveau général des prix. Keynes acceptait durant la première partie de sa carrière cette théorie, dont l'abandon constitue un moment important de l'élaboration de la *Théorie générale*. Mais il affirme néanmoins, dans ce dernier ouvrage, que la théorie quantitative de la monnaie, comme du reste la théorie classique dont elle constitue un élément majeur, est valable lorsqu'on atteint le plein emploi. Cela amène Friedman à affirmer que Keynes est fondamentalement quantitativiste (Friedman 1970, p. 8).

1. *Response... aux Paradoxes de Monsieur de Malestroit*, Paris, 1568 [réimpr., Paris, Armand Colin, 1932]. Jean Bodin était un juriste et philosophe. Malestroit avait rédigé un rapport sur la hausse des prix en France, l'attribuant principalement aux mutations qui modifient la valeur des monnaies. Bodin estime au contraire que l'afflux d'or et d'argent du Nouveau Monde est de loin la principale cause de la hausse des prix. La théorie de Bodin avait été déjà énoncée, entre autres, par Martin de Azpicuelta (*Commentarius de usuris*, Rome, 1556) et l'astronome Copernic (*Monete Cudende Ratio*, 1526).

2. *Political Discourses*, 1752. Il est intéressant de souligner que Hayek voit en Hume l'un des plus grands théoriciens du libéralisme moderne, et le principal inspirateur de Smith.

C'est en 1956, exactement vingt ans après la publication de la *Théorie générale*, que Friedman propose une réhabilitation et une reformulation de la théorie quantitative de la monnaie, dans le texte introductif d'un ouvrage collectif issu de travaux menés à l'université de Chicago dans le cadre d'un atelier d'étude sur la monnaie et la banque. Faisant écho à la conviction de Bodin, il écrit :

> [...] il n'y a sans doute pas d'autre relation empirique en économique dont on a observé la réapparition aussi uniformément et dans des circonstances aussi variées que la relation entre des changements substantiels, dans une courte période, dans la quantité de monnaie et dans les prix ; l'un est invariablement lié à l'autre et va dans la même direction ; j'ai le sentiment que cette uniformité est du même ordre que plusieurs des uniformités qui forment la base des sciences physiques (Friedman 1956, p. 20-21).

La caractéristique principale de la reformulation de Friedman consiste à présenter la théorie quantitative de la monnaie comme une théorie de la demande de monnaie. La demande totale de monnaie est agrégée à partir des demandes de quantités réelles de monnaie de la part des agents, la monnaie étant l'une des formes dans lesquelles on choisit de détenir sa richesse. La quantité réelle de monnaie est égale à sa quantité nominale pondérée par l'indice des prix. La demande de monnaie est une fonction relativement stable de quelques variables clés. Ces variables incluent le taux d'intérêt. Friedman admet donc un aspect important de l'approche de Keynes, et il considère du reste la théorie de la préférence pour la liquidité comme un apport positif de la révolution keynésienne, que la contre-révolution monétariste doit conserver. Il en est de même de la perception de la monnaie comme un actif substituable à d'autres, tels que les obligations[1]. Comme Keynes, et contrairement à la tradition quantitativiste orthodoxe, Friedman considère aussi que la vitesse de circulation de la monnaie est variable. Mais, contrairement à Keynes, il estime

1. Pour leur part, Baumol (« The Transaction Demand for Cash : An Inventory Theoretic Approach », *Quarterly Journal of Economics*, vol. 66, 1952, 545-56) et Tobin (1947 *RES*, 1956 *RES*) avaient développé des analyses de la demande de monnaie inspirées de Keynes, mais fondées sur un comportement d'optimisation des agents.

que cette variabilité n'est pas importante et surtout qu'elle est prévisible, réagissant elle aussi à des modifications dans les variables clés. C'est sur cette base, ainsi que sur la faiblesse de l'élasticité de la demande de monnaie par rapport au taux d'intérêt, que Friedman tire sa principale conclusion.

Pour lui, l'offre de monnaie, déterminée par les autorités monétaires, est beaucoup plus volatile que la demande, qui découle des comportements des agents. Il s'ensuit que les changements de la valeur de la monnaie, donc du niveau général des prix, sont fondamentalement déterminés par l'offre de monnaie. Les variations de la quantité nominale de monnaie agissent à court terme sur les quantités et l'emploi, et à long terme leurs effets sont purement nominaux. C'est sur cette argumentation que se fonde la célèbre déclaration de Friedman selon laquelle « l'inflation est toujours et partout un phénomène monétaire » (Friedman 1968 *Dollars...*, p. 105).

La question du rapport entre l'offre de monnaie et les agrégats macroéconomiques a été soulevée avant la publication de 1956, par Friedman lui-même mais aussi par d'autres auteurs. Dès la fin des années quarante, Friedman commençait à affirmer la supériorité de l'approche par la quantité de monnaie sur l'approche keynésienne, fondée sur les dépenses autonomes, pour rendre compte du niveau et des fluctuations du revenu national. C'est à cette époque que Friedman et Schwartz commencèrent, dans le cadre du National Bureau of Economic Research, une étude des rapports entre les cycles économiques et les variations de la masse monétaire[1]. Cette longue recherche a été à l'origine de trois livres majeurs cosignés par Friedman et Schwartz (1963, 1970 et 1982) et d'une étude publiée par Cagan[2] : leurs auteurs prétendent avoir démontré empiriquement que les variations dans la quantité de monnaie jouent un rôle déterminant pour rendre compte des fluctuations économiques. Ainsi la profondeur de la crise des années trente s'expliquerait par les contractions monétaires dont fut responsable le Système de réserve fédérale. Il est clair

1. C. Warburton s'était déjà penché sur cette question et en avait tiré des conclusions qu'on peut qualifier de « monétaristes ». Voir « The Misplaced Emphasis in Contemporary Business-Cycle-Fluctuation Theory », *Journal of Business*, octobre 1946.

2. *Determinants and Effects of Changes in the Stock of Money*, New York, National Bureau of Economic Research, 1965.

que cette conclusion s'oppose aux analyses de Keynes et de ses disciples.

Dans une étude cosignée avec Meiselman, et réalisée comme toujours dans le cadre du National Bureau of Economic Research, Friedman estime avoir définitivement démontré la supériorité de son analyse sur celle du keynésianisme, sur la base d'une étude comparée, pour la période de 1897 à 1958, de la stabilité du multiplicateur et de celle de la vitesse de circulation de la monnaie :

> La vitesse de circulation de la monnaie par rapport au revenu est immanquablement et décidément plus stable que le multiplicateur d'investissement, sauf durant les premières années de la grande dépression, après 1929 [...]
> En d'autres mots, la version simplifiée de la théorie liant le revenu aux dépenses, à laquelle nous nous sommes délibérément restreints dans ce texte, est à peu près totalement inutile comme description de relations empiriques stables, comme on peut le juger par six décennies d'expérience aux Etats-Unis (Friedman et Meiselman 1963, 186-7).

Cette publication a suscité de vives controverses, constituant un des points forts du débat entre keynésianisme et monétarisme[1]. A travers ces controverses qui prennent une allure souvent très technique, s'opposent des conceptions radicalement différentes du fonctionnement des économies et des possibilités d'intervention : c'est la stabilité des économies de marché qui est en cause. Pour Friedman et les autres partisans du monétarisme, les économies modernes sont stables, et le fonctionnement libre du marché suffit pour assurer une allocation optimale des ressources et le plein emploi des capacités de production. Pour Keynes et ses disciples, les économies sont instables et le mécanisme du marché ne suffit pas pour assurer le plein emploi. Pour chacun, la conviction est préalable à l'ana-

1. Voir entre autres Ando et Modigliani (« The Relative Stability of Monetary Velocity and the Investment Multiplier », *American Economic Review*, vol. 55, 1965, 693-728) ; DePrano et Mayer (« Tests of the Relative Importance of Autonomous Expenditure and Money », *American Economic Review*, vol. 55, 1965, 729-52). Friedman avait lancé avec Becker, en 1957, une offensive préliminaire qui avait aussi provoqué plusieurs réactions (« A Statistical Illusion in Judging Keynesian Models », *Journal of Political Economy*, vol. 65, 64-75).

lyse théorique : ce qu'on appelle « politiques monétaristes » n'est donc pas, malgré les apparences, le résultat de la réhabilitation de la théorie quantitative de la monnaie, pas plus que les politiques keynésiennes n'ont été conçues sur la base des thèses élaborées dans la *Théorie générale*.

Le programme de politique économique de Friedman est d'ailleurs en grande partie contenu dans son « A Monetary and Fiscal Framework for Economic Stability » (1948), lui-même inspiré des thèses mises en avant par Simons l'année même de la publication de la *Théorie générale*[1]. L'Etat doit se limiter à assurer un encadrement stable aux opérations du marché. Cela implique qu'un objectif tel que la réalisation à tout prix du plein emploi doit être mis en question, d'autant plus que les politiques à mettre en œuvre pour le réaliser peuvent accroître l'instabilité économique. Aux politiques keynésiennes de gestion de la conjoncture, en particulier par la fiscalité et les dépenses publiques, il faut substituer les réactions automatiques d'un cadre fiscal et monétaire stable aux variations du niveau du revenu. Il faut se contenter de fixer quelques objectifs globaux et laisser agir le seul mécanisme apte à gérer efficacement l'allocation des ressources : le marché.

Ces règles comprennent, outre la discipline monétaire, la stabilité des dépenses et des paiements de transfert des gouvernements, qui ne doivent pas être utilisés comme moyen de stabilisation de l'économie, et celle des taux d'imposition et de taxation, dont l'objectif doit être l'équilibre budgétaire. A cela, Friedman ajoute en 1960 sa fameuse règle monétaire qui est devenue, pour beaucoup, le symbole du monétarisme : pour assurer la stabilité des prix, le seul moyen est de soustraire les variations de la masse monétaire à la décision arbitraire des autorités politiques. Le taux de croissance de la masse monétaire doit être stabilisé en fonction du taux de croissance à long terme du produit national brut. Friedman propose même que cette règle soit inscrite dans la Constitution, de manière à la soustraire à l'arbitraire des décisions politiques.

La critique des fondements théoriques de la relation de Phillips, l'un des instruments les plus populaires de gestion

1. « Rules versus Authorities in Monetary Policy », *Journal of Political Economy*, vol. 44, 1936, 1-30.

keynésienne de la conjoncture, menée par Friedman (1968 *AER*) et par Phelps[1], apporte un nouveau concept à la panoplie du monétarisme : l'hypothèse du taux naturel de chômage, défini comme celui vers lequel tend une économie dans un état d'équilibre. Il dépend des caractéristiques structurelles de l'économie et des préférences des agents qui la composent, bref de ce qu'on appelle des forces réelles en jeu. Les imperfections du marché, les arrangements institutionnels tels que les régimes d'assurance-chômage, la nature du marché du travail, les caractéristiques des syndicats comptent parmi les réalités qui déterminent le niveau de ce taux naturel. L'existence d'un taux naturel de chômage a des conséquences importantes. Elle implique en effet que les politiques, tant fiscales que monétaires, pour réduire le taux de chômage au-dessous du taux naturel sont à long terme inefficaces ; elles engendrent une inflation qui ne cessera de s'accélérer. C'est ce qu'exprime l'affirmation selon laquelle la courbe de Phillips est, à long terme, verticale, c'est-à-dire qu'il n'y a pas d'arbitrage entre l'inflation et le chômage. Cet arbitrage disparaît parce que les agents s'adaptent au taux d'inflation qu'ils constatent dans l'économie. On ne peut les tromper indéfiniment. Une politique monétaire destinée à stimuler la demande effective ne peut donc avoir d'effet réel sur l'économie qu'à court terme, au prix d'une augmentation de l'inflation. A long terme, les agents s'adaptent et l'économie se retrouve au taux naturel de chômage.

Réhabilitation de la théorie quantitative de la monnaie et mise en avant du taux de chômage naturel vont donc justifier théoriquement les politiques monétaristes. Mais la contre-offensive libérale va prendre bien d'autres formes. Le monétarisme est d'ailleurs lui-même, comme le keynésianisme, diversifié. Nous en avons privilégié, ici, la version friedmanienne, du fait de l'impact qu'elle a eu. Mais, ce faisant, il est d'autres auteurs à qui nous n'avons pas rendu justice, tels que Brunner et Meltzer[2],

1. « Phillips Curves, Expectations of Inflation and Optimal Unemployment over Time », *Economica*, vol, 34, 1967, 254-81.

2. Voir en particulier la série « Carnegie-Rochester Conference Series on Public Policy », publiée bi-annuellement sous la direction de ces deux auteurs (Amsterdam, North-Holland) ; voir aussi leur critique de Friedman, « Friedman's Monetary Theory », *Journal of Political Economy*, vol. 80, 1972, 837-51.

dont on oppose parfois le monétarisme à celui de Friedman, et David Laidler[1], parmi d'autres.

Economie de l'offre et autres courants libéraux[2]

La théorie keynésienne est souvent présentée comme une théorie de la demande effective, et les politiques keynésiennes comme des politiques de stimulation de la demande. Les monétaristes critiquent la conception prêtée à Keynes d'une offre infiniment élastique. Ils insistent sur le fait qu'il faut tenir compte de l'offre globale. Mais ce qu'on appelle économie de l'offre est un mouvement de pensée plus circonscrit, associé aux changements dans la politique économique américaine sous la présidence de Ronald Reagan, au point qu'on l'identifie parfois à ce qu'on a baptisé la « reaganomics ». Avant d'être élu président des Etats-Unis, Reagan avait été gouverneur de Californie. Un mouvement populaire de révolte contre l'impôt, soutenu par des économistes, a abouti dans cet Etat au vote de la fameuse proposition treize, en 1978, qui prévoyait une réduction importante des taxes sur la propriété. Cette fronde des payeurs de taxes s'est étendue aux Etats-Unis. L'année suivante, Arthur Laffer et Jan P. Seymour ont publié *The Economics of the Tax Revolt*[3].

On y trouve la courbe qui porte le nom de Laffer, selon laquelle le rendement de l'impôt augmente puis diminue au fur et à mesure que la pression fiscale augmente. Des impôts sur le revenu et sur le profit trop élevés découragent l'initiative, l'épargne, l'investissement et l'effort productif. Une fiscalité trop oppressante provoque l'émergence et l'extension d'une économie souterraine, comme la prolifération d'emplois exclusivement liés à la tentative d'échapper à l'impôt. Les éco-

1. *Essays on Money and Inflation*, Manchester University Press et University of Chicago Press, 1975 ; *Monetarist Perspectives*, Cambridge, Massachusetts, Harvard University Press, 1982 ; *Taking Money Seriously and Other Essays*, Cambridge, Massachusetts, MIT Press, 1990 ; *The Golden Age of the Quantity Theory*, Princeton University Press, 1991.

2. Sur l'économie de l'offre, voir Hailstones 1982, Lucas 1990, Raboy 1982 et Rousseas 1982.

3. *The Economics of the Tax Revolt*, New York, Harcourt Brace Jovanovich, 1979.

nomistes de l'offre proposent une réduction importante de l'impôt direct et une atténuation sensible de son caractère progressif, puisque ce sont les riches qui épargnent et donc investissent le plus.

Pour appuyer leur argumentation, les économistes de l'offre se réclament de la loi des débouchés, énoncée en 1803 par Jean-Baptiste Say, en vertu de laquelle l'offre globale crée sa demande, de sorte que tout déséquilibre macroéconomique, en particulier l'existence de chômage, ne peut naître que de chocs exogènes ou du mauvais fonctionnement des marchés. Les solutions keynésiennes de stimulation de la demande sont non seulement inefficaces, mais elles peuvent même avoir l'effet inverse de celui qui est recherché.

Proches des monétaristes à bien des égards, les économistes de l'offre leur reprochent toutefois de concentrer toute leur réflexion sur l'offre de monnaie, alors qu'il faut selon eux s'occuper des processus de production, de productivité et d'innovation. Plutôt que sur le contrôle de l'offre de monnaie, ils insistent sur la génération d'une demande de monnaie par la production de biens. Le problème fondamental n'est donc pas pour eux celui de l'inflation, mais une stagnation de la productivité causée en grande partie par un système fiscal qui détruit l'initiative et provoque des distorsions dans les prix relatifs, et donc dans les décisions au niveau de la production, dans l'offre des facteurs de production et plus généralement dans l'allocation des ressources d'une communauté.

La réduction de la fiscalité doit être accompagnée d'une diminution des dépenses de l'Etat. Comme tous les courants d'opposition au keynésianisme fondés sur la foi dans la stabilité inhérente des économies de marché, l'économie de l'offre croit à l'existence de l'effet d'éviction, version moderne de la *Treasury View* que Keynes avait combattue au tournant des années trente, en vertu de laquelle les dépenses gouvernementales détournent des fonds autrement disponibles pour le secteur privé [1]. Il faut

1. Une autre théorie moderne concerne les effets de l'endettement et des déficits publics : selon le théorème d'équivalence ricardienne – ainsi nommé par Buchanan, à la suite d'un article de Barro (« Are Government Bonds Net Wealth ? », *Journal of Political Economy*, vol. 82, 1974, 1095-117) –, ces effets sont inexistants ; en effet, la rationalité des agents implique qu'une augmentation du déficit budgétaire financée par une émission d'obligations doit provoquer une baisse des dépenses privées et une hausse de l'épargne, compte tenu

dégager les ressources nécessaires à la relance de la production en les détournant d'un Etat-providence omniprésent.

Cela rend nécessaire la réduction de toutes les dépenses sociales de l'Etat. Ce dernier objectif a été l'objet d'un effort de justification dans *Richesse et pauvreté*, de George Gilder[1]. Pour lui, les politiques sociales constituent l'obstacle principal, non seulement à la croissance économique, mais même à la survie de la civilisation, menacée par les rêves d'état stationnaire, les modes de vie alternatifs et immoraux et les revendications écologistes. Rappelant certains accents de Malthus, de Townsend et de DeFoe, dans leurs critiques contre les lois sur les pauvres et leur éloge de l'aiguillon de la faim, Gilder écrit que l'aide aux chômeurs, aux divorcés, aux déviants, aux prodigues ne peut que les inciter à se multiplier et constitue ainsi une menace d'éclatement pour la société : « La sécurité sociale érode maintenant le travail et la famille et maintient ainsi les pauvres dans la pauvreté » (p. 127).

L'économie de l'offre participe ainsi d'un mouvement plus vaste, inspiré par une philosophie conservatrice, et dans laquelle on trouve des courants tels que celui des libertariens, parfois appelés anarcho-capitalistes. Le contenu théorique de ces diverses écoles de pensée se réduit à une réaffirmation des vertus du marché et de la concurrence contre l'intervention de l'Etat et toute forme de réglementation sociale. Le niveau excessif des taux naturels de chômage est considéré comme le résultat des lois de salaire minimum, de l'assurance-chômage et du militantisme de syndicats dont il faut réduire les pouvoirs. Ce sont les libertariens qui vont le plus loin dans la remise en cause du rôle de l'Etat, puisqu'ils lui retirent les fonctions qu'Adam Smith et ses successeurs libéraux lui reconnaissaient : armée, police, justice, éducation et production de certaines infrastructures essentielles telles que le système de transport. C'est en fait la conséquence d'une attitude transformant en panacée la logique libérale. L'un des animateurs de ce courant

---

du fait que les agents, « intertemporellement rationnels », anticipent le fait qu'eux ou leurs descendants devront un jour, du fait de l'accroissement de la dette publique, payer des impôts plus lourds. Pour une revue de la littérature sur ce sujet, voir John J. Seater, « Ricardian Equivalence », *Journal of Economic Literature*, vol. 31, 1993, 142-90.

1. *Wealth and Poverty*, New York, Basic Books, 1981 ; trad. fr., *Richesse et pauvreté*, Paris, Albin Michel, 1981.

est le fils de Milton Friedman, David, qui reproche à son père et à Hayek de n'être pas assez radicaux dans leur anti-étatisme [1]. En fin de compte, l'Etat peut disparaître ; en cela les libertariens se déclarent en accord avec le courant anarchiste. Mais contrairement à Proudhon, Bakounine – et même Marx qui envisageait lui aussi la dissolution de l'Etat –, les libertariens mettent leur confiance dans le marché ; pour eux, l'anarchisme est la forme ultime du capitalisme libéral.

L'impérialisme de l'économie néoclassique

Même s'ils se recouvrent largement, libéralisme et théorie néoclassique ne doivent pas être confondus. La seconde n'est pas le fondement théorique obligé du premier, auquel elle ne mène pas nécessairement ; elle peut s'accommoder de plusieurs orientations idéologiques et politiques. Cependant, depuis la fin des années cinquante, un renouvellement et une généralisation de l'approche néoclassique ont accompagné la résurgence du libéralisme, sous l'impulsion notamment d'économistes rattachés à l'école de Chicago. Alors que la théorie néoclassique a été critiquée, depuis très longtemps, pour son réductionnisme qui l'empêche de rendre compte des réalités complexes du monde dans lequel nous vivons [2], certains théoriciens néoclassiques ont réagi, paradoxalement, en poussant à l'extrême cette réduction, et en en faisant la clé qui ouvre à la connaissance de tous les phénomènes sociaux, au point que les autres sciences sociales, telles que la sociologie, la science politique, l'histoire ou la psychologie semblent désormais inutiles.

Selon cette perspective, la société est une somme d'agents (individus, ménages, entreprises) indépendants ; chacun est doté d'un libre arbitre et l'interaction des décisions individuelles est à l'origine de la vie économique, sociale et politique ; chaque agent est soumis à des contraintes, cognitives

1. *The Machinery of Freedom : Guide to a Radical Capitalism*, New Rochelle, New York, Arlington House, 1973 ; dans la même ligne, Robert Nozick, *Anarchy, State and Utopia*, Oxford, Basil Blackwell ; New York, Basic Books, 1974. Des positions analogues sont défendues en France par Henri Lepage (*Demain le libéralisme*, Paris, Hachette, 1980), qui les attribue à ce qu'il appelle les « nouveaux économistes ».

2. Voir chapitres 6 et 9.

autant que matérielles ; les ressources dont il dispose, biens et services, ressources productives, informations, sont limitées ; son comportement peut être prédit à partir de l'hypothèse de la rationalité. Cette dernière hypothèse constitue le noyau central de la problématique néoclassique.

L'une des formes les plus importantes de la généralisation de l'approche néoclassique est la théorie du capital humain, étroitement associée à l'école de Chicago. En effet, parmi quatre des principaux théoriciens de cette nouvelle approche, Mincer, Schultz, Becker et Stigler, seul le premier n'enseigne pas à Chicago. Certes, Mincer en est considéré comme l'initiateur, puisque l'expression de capital humain apparaît dans le titre d'un article qu'il publie en 1958[1] ; c'est toutefois l'article de Schultz, « L'investissement en capital humain » (Schultz 1961) qui est considéré comme la première codification de la nouvelle théorie, à laquelle Becker consacrera à son tour une importante monographie (Becker 1964). Outre les biens matériels servant à la production d'autres biens, ce sont, désormais, les ressources humaines qui sont, elles aussi, considérées comme des capitaux, gérés selon les mêmes principes que les ressources physiques.

La nouveauté ici ne réside pas dans l'importance attribuée aux capacités des hommes et que résume le « Il n'est de richesse que d'homme… » de Schultz (1980)[2]. Dans une situation où les soins de santé et l'éducation sont devenus à la fois coûteux et rentables, on comprend que l'investissement dans l'homme doive être pris en compte ; et que, pour les pays en développement, Schultz ait critiqué le fait de privilégier l'investissement matériel, alors que l'investissement humain lui paraissait devoir être prioritaire. Mais cette problématique peut aussi être appliquée au niveau de l'individu. Ainsi les dépenses d'éducation peuvent-elles être analysées comme un investissement en capi-

1. « Investment in Human Capital and Personal Income Distribution », *Journal of Political Economy*, vol. 66, 1958, 281-302.

2. Bien avant lui, les mercantilistes avaient affirmé que la population constitue la vraie source de la richesse des nations. La théorie des services producteurs de Say, source de l'analyse de la production de Walras qui est elle-même à l'origine de la théorie microéconomique moderne, contient au moins implicitement une théorie du capital humain. L'harmonie de la construction implique qu'au capital physique, source des services rendus par les machines et les outils, corresponde un capital humain dispensateur des services. Et, dans un tout autre contexte, Staline avait, dans un discours de 1935, exalté l'homme comme le capital le plus précieux.

tal, opération dans le cadre de laquelle l'agent rationnel compare un flux de bénéfices futurs à un coût présent. Appliquée à l'éducation, à la formation et à la santé, cette nouvelle approche permet d'analyser les choix individuels dans ces domaines sur la base de la rationalité de l'agent. Et l'inégalité des revenus peut dès lors être analysée comme le résultat d'un choix de consommateur rationnel, doté de préférences déterminées.

De son côté, Stigler a appliqué cette approche à l'acquisition de l'information qui constitue elle aussi une activité coûteuse, qui sera poursuivie aussi longtemps que le bénéfice marginal en dépasse le coût marginal (Stigler 1961). Appliquée entre autres domaines à celui de la recherche d'un emploi, cette extension de la théorie néoclassique joue un rôle important dans certains développements récents de l'économie du travail et de la macroéconomie.

Le pas majeur a été franchi par Becker et Mincer, qui appliquent cette approche, fondée sur le postulat de la rationalité de l'agent, à l'ensemble des comportements humains. Cela permet d'expliquer tout acte humain, y compris par exemple les activités criminelles. Celles-ci sont considérées, à l'instar de toutes les autres, comme le fruit d'un calcul rationnel, dans le cadre duquel des bénéfices, sans doute élevés à court terme, sont comparés à des coûts, en termes de danger de se faire prendre et condamner. Cette approche, Becker et ses collègues l'ont généralisée à des décisions telles que celles de se marier, d'avoir des enfants, de mettre fin au mariage par un divorce, aussi bien qu'au partage des tâches à l'intérieur d'un ménage. Dans tous les cas, il s'agit de comparer, rationnellement, des coûts et des bénéfices[1]. Les développements de spécialisations telles que la « nouvelle économie de la famille » (Becker 1981) ou l'économie du crime et du châtiment (Becker 1968, Becker et Landes 1974)[2] illustrent l'élargissement du champ d'analyse en termes d'*homo economicus* et de choix rationnels.

1. Cette conception de Becker (1965), selon laquelle l'activité principale d'un individu consiste à allouer son temps entre des activités diverses, a été appliquée par dérision au fait de se brosser les dents (A.S. Blinder, « The Economics of Brushing Teeth », *Journal of Political Economy*, vol. 82, 1974, 887-91).

2. Voir aussi I. Ehrlich, « The Deterrent Effect of Criminal Law Enforcement », *Journal of Legal Studies*, vol. 1, 972, 259-76 ; G. Radnitzky et P. Bernholz (dir.), *Economic Imperialism : The Economic Approach Applied Outside the Field of Economics*, New York, Paragon House, 1987.

Outre le qualificatif de révolutionnaires, on a aussi appliqué celui d'impérialistes pour caractériser ces nouveaux développements (Stigler 1984). On ne sait trop, en effet, une fois adoptée la démarche de Becker et de ses collègues, ce qu'il reste de champ d'investigation à l'anthropologie, à la psychologie, à la science politique, à la sociologie, et en général aux autres sciences humaines, puisque l'économie ainsi conçue devient en quelque sorte la théorie générale du comportement humain :

> *Il n'y a qu'une seule science sociale.* Ce qui donne à la science économique son pouvoir d'invasion impérialiste est le fait que nos catégories analytiques – rareté, coût, préférence, opportunité – sont véritablement d'applicabilité universelle. [...] Ainsi la science économique constitue la grammaire universelle de la science sociale (J. Hirshleifer, « The Expanding Domain of Economics », *American Economic Review*, vol. 75, nº 6, 1985, p. 53).

Ainsi conçue, l'économie peut s'appliquer par exemple à la politique. En effet, dès lors que l'on postule que la même rationalité détermine les comportements des agents dans toutes leurs activités, la voie est ouverte pour développer une analyse économique des processus politiques. Telle est celle dans laquelle s'est engagée la théorie des choix publics. Comme la précédente est associée à l'école de Chicago, celle-ci l'est à l'école de Virginie, compte tenu de l'appartenance institutionnelle de ses principaux animateurs, James Buchanan et Gordon Tullock, qui y ont fondé en 1963, après la publication de leur livre de 1962, la Public Choice Society.

Mais c'est Anthony Downs qui a pour la première fois proposé d'utiliser les outils microéconomiques pour analyser les comportements des électeurs et des élus[1], avant de les appliquer à l'étude de la bureaucratie[2]. Comme la théorie du capital humain l'avait fait pour les choix de l'individu dans sa vie privée, la théorie des choix publics utilise les outils de la microéconomie pour étudier les comportements des individus dans l'administration et la vie publique et politique, comme citoyens et décideurs, et pour analyser, à travers eux, les

1. *An Economic Theory of Democracy*, New York, Harper & Brothers, 1957.

2. *Inside Bureaucracy*, Boston, Little, Brown & Co, 1967.

finances publiques et l'économie publique. Comme sur celui des biens, des agents, qui peuvent être par exemple des groupes d'intérêt, se rencontrent sur un marché politique, chacun cherchant à maximiser ses intérêts privés, ici par des moyens gouvernementaux.

Sur ces bases, tandis que Buchanan (1980, 1985) s'efforçait d'élaborer une explication du partage entre le domaine du marché et celui du pouvoir politique et de produire une théorie objective de la structure institutionnelle et du cadre constitutionnel, Tullock, rejoignant la démarche de Becker, appliquait l'approche microéconomique à de très nombreux domaines : la procédure judiciaire, le crime et sa sanction, la charité et l'altruisme, la pollution.

Etroitement liée à ces développements, l'application de la théorie microéconomique à l'analyse des effets des lois et du droit est un des éléments constituants de la nouvelle branche de spécialisation connue sous le nom de « Law and Economics » [1]. Le *Journal of Law of Economics*, établi à l'université de Chicago, et dirigé, de 1964 à 1982, par Ronald Coase, en est un vecteur important, les travaux de Coase constituant une source d'inspiration de ce courant de pensée.

Politiques libérales et ripostes keynésiennes

Ainsi, dans les années soixante et soixante-dix, se généralisent les approches en termes de comportements individuels rationnels, est affirmée l'existence d'une relation simple entre l'émission monétaire et la hausse des prix, est mise en avant l'existence d'un taux naturel de chômage et souligné le rôle stratégique de l'offre. Toutes ces analyses convergent pour critiquer l'interventionnisme et préconiser la réduction du rôle de l'Etat. Si la révolution keynésienne a consisté à fonder des politiques économiques visant à faire reculer le chômage, en insistant sur le rôle stratégique de la demande effective, laquelle implique l'incertitude et les anticipations, il est difficile de ne

1. Voir à ce sujet C. Fluet, « L'analyse économique du droit », *Economie appliquée*, vol. 43, 1990, 53-66 ; D. Friedman, « Law and Economics », *New Palgrave* 1987, vol. 3, 144-8 ; C.J. Goetz, *Cases and Materials on Law and Economics*, St Paul, Minnesota, West ; R. Posner 1973, 1981 et 1987 ; Tullock 1971.

pas voir dans ces nouvelles écoles les manifestations d'une puissante contre-offensive libérale.

Cette contre-offensive ne se déploie évidemment pas uniquement dans le domaine théorique. Elle se traduit dans les faits par une inflexion profonde des politiques économiques menées dans les grands Etats industrialisés durant les années soixante-dix, et cela quelle que soit la couleur politique des gouvernements qui en ont la responsabilité. Deux noms symbolisent cette transformation, ceux de Margaret Thatcher, qui a pris le pouvoir en Grande-Bretagne en 1979, et de Ronald Reagan, devenu président des Etats-Unis en 1981. A tel point que les expressions thatchérisme, reaganisme, et même « reagonomics », sont parfois utilisées pour caractériser les nouvelles politiques économiques, et en particulier leur connotation monétariste. Mais, comme toujours, la relation entre théorie et politique n'est ni univoque, ni simple. C'est à la pression des événements autant qu'à l'inspiration de théories, en partie conçues *a posteriori* pour rationaliser les politiques, que répondent les pouvoirs politiques. Et, du moins dans le contexte de régimes démocratiques, les gouvernements ne peuvent effectuer de virages à cent quatre-vingts degrés dans les politiques économiques sans risquer de briser les consensus sociaux et de dérégler considérablement la machine économique.

Il n'en reste pas moins que des changements très importants se manifestent un peu partout dans le monde, dans les années soixante-dix et quatre-vingt, par rapport aux politiques menées dans l'après-guerre. En 1977, Friedman publie un ouvrage intitulé *Contre Galbraith*, issu de conférences prononcées en Grande-Bretagne. Dans l'une de celles-ci, il propose à la Grande-Bretagne, pour sortir de ses maux, une thérapie de choc s'inspirant en partie de celle qui a été mise en œuvre au Chili. C'est effectivement une thérapie de choc, appuyée en particulier sur le monétarisme friedmanien, et prévoyant entre autres un large volet de privatisation et de déréglementation, ainsi qu'une remise en question des prérogatives syndicales, que le gouvernement de Mme Thatcher met en œuvre à partir de 1979.

Le premier budget de l'administration Reagan, qui s'est aussi attaqué de front au pouvoir syndical, fait des coupes importantes dans les dépenses sociales. On a pu dire ainsi que le programme, dont l'*Economic Recovery Tax Act* de 1981 constituait l'un des volets, consistait à enlever aux pauvres pour donner aux riches. Dans son premier rapport économique [1], le président des Etats-Unis déclare ainsi, à propos de cette législation qualifiée d'historique : « Plutôt que d'utiliser le système fiscal pour redistribuer le revenu, nous l'avons restructuré de manière significative afin d'encourager les gens à travailler, épargner et investir plus » (in Tobin et Weidenbaum 1988, p. 325). Critiquant la politique monétaire laxiste de ses prédécesseurs et la croissance continuelle de l'importance des interventions économiques du gouvernement, jugées responsables des difficultés de l'économie américaine, le président Reagan affirme que la tâche du gouvernement doit se limiter à « construire un cadre à long terme solide et stable, à l'intérieur duquel le secteur privé constitue le moteur principal de la croissance, de l'emploi et de l'amélioration des conditions de vie » (*ibid.*, p. 328), ce qui implique « une combinaison soigneuse d'actions destinées à réduire des taxes qui étouffent l'initiative, à ralentir la croissance des dépenses fédérales et des réglementations, et à ralentir graduellement l'expansion de l'offre de monnaie » (*ibid.*). Plus globalement, « mon premier et principal objectif a été d'améliorer la performance de l'économie en réduisant le rôle du gouvernement fédéral dans ses nombreuses dimensions » (p. 322), ce qui implique en particulier « d'éviter les politiques économiques passées du type "stop and go", qui, avec leur visée à court terme, n'ont fait qu'aggraver nos maux économiques de long terme » (p. 323). Il faut relire « A Monetary and Fiscal Framework for Economic Stability », publié par Friedman en 1948, ou encore le « Rules versus Authorities in Monetary Policy », publié par Simons en 1936, pour trouver les sources d'inspiration des rédacteurs du discours de Ronald Reagan.

Ce tournant politique a bien sûr suscité les critiques des post-keynésiens, des institutionnalistes, des radicaux, des marxistes et autres hétérodoxes. Il a aussi été vivement critiqué par les « keynésiens de la synthèse », qui ont codifié l'orthodoxie des décennies précédentes, en particulier de ceux qui ont été associés de près ou de loin à la « nouvelle économie » de l'ère Kennedy. Ainsi, les Hahn, Modigliani, Samuelson, Solow et

1. Ce rapport, et celui du comité des conseillers économiques, ainsi que le premier rapport du président Kennedy, ont été publiés par Tobin et Weidenbaum, sous le titre de *Two Revolutions in Economic Policy* (1988). Voir *supra*, chapitre 3, où on trouvera des extraits du rapport de Kennedy.

Tobin ont-ils critiqué à diverses reprises, parfois très durement, le monétarisme[1], en particulier dans son volet politique. Sur le plan théorique, le débat a été plus feutré. Tobin admet par exemple l'idée du glissement progressif vers le Nord-Est de la courbe de Phillips augmentée des anticipations, sans pour autant accepter l'hypothèse du taux naturel de chômage (Tobin 1975). Dans son discours présidentiel à l'American Economic Association, Modigliani déclare pour sa part qu'« il n'y a pas en réalité de divergences analytiques sérieuses entre les principaux monétaristes et les principaux non-monétaristes » (Modigliani 1977, p. 1). Il ajoute que si Friedman a pu déjà se déclarer keynésien, alors on peut le considérer lui-même comme monétariste, sur la base, en particulier, de ses articles de 1944 et 1963, comme du reste Keynes lui-même pourrait le faire. Don Patinkin, que certains voient comme un artisan majeur de la synthèse néoclassique et d'autres comme un théoricien du monétarisme, considère pour sa part que Friedman, dans sa théorie monétaire, a tout simplement donné une formulation élégante et sophistiquée à la théorie monétaire de Keynes (Patinkin [1969] 1981, p. 256). A cela, Friedman a rétorqué que les ressemblances entre sa théorie et celle de Keynes tiennent au fait que la *Théorie générale* conserve plusieurs éléments de la théorie quantitative de la monnaie dont Keynes fut un partisan convaincu pendant la plus grande partie de sa carrière : « A vrai dire, je peux affirmer, comme l'ont fait tant d'autres parce qu'on ne peut prouver le contraire, que si Keynes vivait aujourd'hui, il serait sans aucun doute à l'avant-garde de la contre-révolution » (Friedman 1970, p. 8). Certains ont même cru déceler dans les écrits de Keynes la théorie du taux naturel de chômage[2]. On constate donc ici une certaine confusion théorique, qui tient sans doute au fait que tant les monétaristes que les keynésiens de la synthèse se réfèrent au même fondement microéconomique.

Mais la divergence politique est quant à elle très claire. Modigliani la décrit ainsi, dans son discours, déjà cité, intitulé

1. Voir par exemple Hahn 1971 et 1982, Modigliani 1977, Samuelson 1980, Solow 1980 *AER*, Tobin 1981 et 1987.

2. Voir par exemple Hutchison 1977, *op. cit.*; Meltzer 1988, *op. cit.*; E. Phelps, « Théorie keynésienne et théorie structuraliste du chômage : analyse des vingt dernières années », *Revue française d'économie*, vol. 5, n° 1, 1990, 3-28.

« La controverse monétariste ou Devons-nous renoncer aux politiques de stabilisation ? » :

> En réalité, le trait distinctif de l'école monétariste et le véritable sujet de désaccord avec les non-monétaristes n'est pas le monétarisme, mais plutôt le rôle qu'on devrait probablement assigner aux politiques de stabilisation. Les non-monétaristes acceptent ce que je considère comme le principal message d'ordre pratique de la *Théorie générale* : qu'une économie d'entreprise privée utilisant une monnaie intangible *a besoin* d'être stabilisée, *peut* être stabilisée, et dès lors *devrait* être stabilisée par des politiques monétaires et fiscales appropriées. Au contraire les monétaristes considèrent qu'il n'y a pas de besoin sérieux de stabiliser l'économie ; que même si cela était nécessaire, ce ne pourrait être fait, car les politiques de stabilisation sont plus susceptibles d'accroître que de diminuer l'instabilité ; et je crois que certains monétaristes iraient jusqu'à soutenir que, advenant même le cas peu probable où les politiques de stabilisation s'avéraient au total bénéfiques, le gouvernement ne devrait pas se voir confier le pouvoir nécessaire pour les mettre en œuvre (Modigliani 1977, p. 1).

De l'avis de Modigliani, l'attaque des monétaristes contre le keynésianisme n'est pas dirigée contre le cadre théorique keynésien comme tel, mais porte sur la question de savoir si ce cadre implique la nécessité de politiques de stabilisation. En ce qui concerne la nécessité de l'intervention de l'Etat, sa position est très claire : « Nous devons dès lors rejeter catégoriquement l'appel monétariste à faire revenir l'horloge quarante ans en arrière en renonçant au message fondamental de la *Théorie générale*. Nous devons au contraire concentrer nos efforts de manière à rendre les politiques économiques plus efficaces dans le futur qu'elles ne l'ont été dans le passé » (*ibid.*, p. 18).

L'un des principaux artisans de la synthèse néoclassique, John Hicks, n'a quant à lui jamais voulu faire de compromis avec l'approche monétariste. C'est en utilisant le schéma IS-LM que monétaristes, keynésiens de la synthèse et nouveaux macroéconomistes ont pu réussir à comparer, en les mettant sur le même plan, leurs positions respectives quant aux mécanismes en jeu dans l'économie. Seules variaient, entre les uns et les autres, la forme et la position des courbes. Hicks, nous l'avons déjà souligné, a préféré prendre ses distances par rapport à ce schéma d'analyse dont il était pourtant l'initiateur[1]. Mais au moment de la montée du monétarisme, on ne pouvait guère le considérer comme faisant toujours partie du camp de la synthèse néoclassique.

Une autre attaque contre le monétarisme viendra d'un tout autre camp, et prendra une allure très différente. Elle est le fait d'économistes qui partagent la vision politique des monétaristes, et sont même plus radicaux dans la remise en question de l'intervention économique de l'Etat. Mais ils reprochent aux monétaristes, comme du reste aux keynésiens, qu'ils placent parfois dans le même camp, un manque de rigueur théorique, et en particulier l'absence de fondements microéconomiques clairs à leurs constructions macroéconomiques. Il s'agit des théoriciens de la nouvelle macroéconomie classique, dont nous parlerons maintenant.

1. Voir *supra*, chapitre 5.

8. De nouvelles macroéconomies

Amorcée dans les années soixante, la remise en question du keynésianisme s'opère dans les années soixante-dix et quatre-vingt. Elle passe par la critique de l'insuffisance des fondements microéconomiques du keynésianisme. Celle-ci est formulée par des auteurs d'horizons théoriques divers, et dont plusieurs se présentent toujours comme disciples de Keynes. Elle prend aussi le chemin de la critique des modèles macroéconomiques keynésiens. C'est ici Lucas, d'abord keynésien puis principal théoricien de la nouvelle macroéconomie classique, qui prend la direction de l'offensive. C'est en fait de la macroéconomie, tant friedmanienne – même si Lucas n'attaque jamais de front Friedman, pour lequel il manifeste de la déférence [1] – que keynésienne, qu'on s'évade désormais, pour reconstruire l'analyse économique sur la base d'un postulat de rationalité étendu à l'acquisition de l'information et aux anticipations.

C'est aussi sur la base du postulat de rationalité, mais inscrit dans une perspective non walrasienne, que les théoriciens du déséquilibre, s'inspirant en particulier de Patinkin, Clower et Leijonhufvud, cherchent à donner à la macroéconomie keynésienne des fondements microéconomiques plus solides. Enfin, dans les années quatre-vingt, en opposition à la nouvelle macroéconomie classique, une « nouvelle économie keynésienne » se développe en empruntant certains éléments des théories du déséquilibre.

1. Lucas est lui aussi, depuis 1974, professeur à l'université de Chicago.

La nouvelle macroéconomie classique [1]

La nouvelle macroéconomie classique est née dans les années soixante-dix, dans la foulée des travaux, principalement, de Robert Lucas, Leonard Rapping [2], Thomas Sargent et John Wallace, pour s'imposer assez rapidement comme courant dominant, du moins dans les départements de sciences économiques d'Amérique du Nord. Certains partisans enthousiastes n'ont pas reculé devant l'expression de révolution, dans une discipline décidément fertile en convulsions. D'autres ont caractérisé la prise de pouvoir par ces nouveaux théoriciens de révolution de palais dans le camp monétariste, en dépit du fait que plusieurs économistes de cette école de pensée se considèrent comme aussi éloignés du monétarisme que du keynésianisme. Mais on sait que les querelles fratricides sont souvent les plus impitoyables.

L'appellation de nouvelle macroéconomie classique constitue une référence explicite à la théorie macroéconomique classique qui a fait l'objet de la critique de Keynes. Lucas affirme ainsi qu'il faut revenir au programme de recherche des théoriciens du cycle de la première moitié du vingtième siècle, au premier rang desquels Mitchell et Hayek [3]. L'adjectif « nouvelle » indique qu'il ne s'agit pas d'un pur et simple retour en arrière. Ainsi des éléments du keynésianisme ont été conservés. Et les fondateurs de la nouvelle macroéconomie classique ne se considéraient pas comme en rupture avec le monétarisme : au

1. Pour des présentations générales, et des appréciations critiques de la nouvelle macroéconomie classique, voir entre autres Begg 1982, Kantor 1979, Pesaran 1987, Sheffrin 1983, Shiller 1978. Fischer (1980) et Lucas et Sargent (1981) constituent d'utiles recueils de textes. Klamer (1983) propose des entrevues avec les principaux protagonistes du débat entre keynésianisme, monétarisme et nouvelle macroéconomie classique.

2. Après avoir contribué à jeter les bases de la nouvelle macroéconomie classique avec Lucas (voir « Price Expectations and the Phillips Curve », *American Economic Review*, vol. 59, 1969, 342-50 et « Real Wages, Employment and Inflation », *Journal of Political Economy*, vol. 77, 1969, 721-54), Rapping a effectué un virage radical pour se rallier aux courants post-keynésien et institutionnaliste (voir son entretien dans Klamer 1983, 218-34, trad. fr. 1988, 283-304).

3. Certains ont ainsi qualifié la nouvelle macroéconomie classique de variante de l'école néo-autrichienne. Voir par exemple Hoover 1988 et Laidler 1981.

contraire, l'ambition explicite de Lucas était de donner des fondements théoriques plus solides aux propositions de politiques économiques mises en avant par Henry Simons, Friedman et les monétaristes. Il s'agissait aussi de rationaliser la théorie du taux de chômage naturel.

Ces résultats devraient être atteints en donnant à la macroéconomie les fondements microéconomiques qui lui manquent. Ces fondements se trouvent dans la théorie de l'équilibre général walrasien. En particulier, pour Lucas et ses disciples, il faut, pour construire une théorie macroéconomique rigoureuse, partir de l'hypothèse que tous les marchés, y compris le marché du travail, sont toujours en équilibre, les prix flexibles y jouant le rôle prévu dans la théorie walrasienne de l'équilibre général. Ainsi nomme-t-on parfois cette école : théorie d'équilibre des cycles.

Aux hypothèses néoclassiques traditionnelles, la nouvelle macroéconomie classique ajoute le traitement optimal, par les agents, des informations dont ils disposent, informations imparfaites, dont l'acquisition est coûteuse – alors que, dans le modèle d'équilibre général walrasien, l'information est parfaite. Deux sources doivent être ici distinguées : d'une part la théorie de l'information avancée par Stigler en 1961, en vertu de laquelle l'acquisition d'information est un processus auquel on doit appliquer les mêmes règles d'analyse en termes d'optimisation que pour les autres activités économiques ; d'autre part, l'hypothèse des anticipations rationnelles énoncée par Muth la même année [1]. Cette hypothèse a une importance telle, dans la nouvelle problématique, qu'on l'a aussi baptisée théorie des anticipations rationnelles. Elle en constitue en effet, pour plusieurs, le noyau le plus fondamental.

La prise en compte des anticipations n'est évidemment pas une innovation. La question du traitement du temps et des anticipations est aussi ancienne que la réflexion économique. Cette dernière a pour objet d'étude des êtres humains qui doivent prendre des décisions dans le temps. En introduisant explicitement les anticipations pour décrire le processus de formation

1. « Rational Expectations and the Theory of Price Movements », *Econometrica*, vol. 29, 1961, 315-35. La même année, E.S. Mills a, indépendamment, développé une analyse semblable (« The Use of Adaptive Expectations in Stability Analysis : Comment », *Quarterly Journal of Economics*, vol. 75, 1961, 330-5 ; « Reply », 335-8).

des prix dans sa thèse de doctorat, Myrdal (1927) annonce les réflexions contemporaines à ce sujet. Sur cette base, tant Myrdal lui-même que Ohlin, Lindahl et Lundberg ont cherché à construire une analyse macroéconomique dynamique, qui tienne compte des anticipations[1]. Les anticipations jouent évidemment un rôle capital dans la *Théorie générale* de Keynes. Elles sont liées à l'incertitude face au futur, et ne peuvent donc recevoir un traitement de type probabiliste. Il n'y a pas, chez les acteurs du système keynésien, de calcul rationnel des résultats escomptés des actions et des choix. Shackle, qui fut l'un des premiers à attirer l'attention sur les convergences entre Keynes, Hayek et Myrdal à cet égard, a de son côté consacré l'essentiel de son œuvre à l'élaboration d'une théorie de la décision en situation d'incertitude.

Dans l'après-guerre, des théoriciens qui reprochent à Keynes le caractère dit « exogène » des anticipations dans son système cherchent à fournir une explication endogène de la formation des anticipations par les agents. L'article de Metzler de 1941 sur les cycles d'inventaire[2] joue à cet égard un rôle pionnier. En 1956, dans l'ouvrage collectif sur la théorie quantitative de la monnaie dirigé par Friedman, Cagan introduit dans une étude sur la fonction de demande de la monnaie ce qu'on appelle l'hypothèse des anticipations adaptatives[3], en vertu de laquelle les agents forment leurs anticipations sur la base de la différence entre leurs anticipations passées et les valeurs effectivement réalisées des variables anticipées. Ainsi, par exemple, l'inflation anticipée est déterminée par la différence entre les niveaux d'inflation effectifs dans le passé et les anticipations d'inflation. Telle est l'hypothèse qui est à la base de la théorie du taux naturel de chômage. Et la courbe de Phillips intégrant cette approche est baptisée « courbe de Phillips augmentée des anticipations ».

Pour les théoriciens de la nouvelle macroéconomie classique, cette hypothèse est insatisfaisante, parce qu'elle est en

1. Voir à ce sujet K. Velupillai, « Some Swedish Stepping Stones to Modern Macroeconomics », *Eastern Economic Journal*, vol. 14, 1988, 87-98 ; pour lui, l'école suédoise est un précurseur de la nouvelle macroéconomie classique.

2. « The Nature and Stability of Inventory Cycles », *Review of Economics and Statistics*, vol. 23, 1941, 113-29.

3. Le travail de Cagan s'inspire d'une étude de L.M. Koyck, *Distributed Lags and Investment Analysis*, Amsterdam, North-Holland, 1954.

contradiction avec le comportement rationnel. En effet, elle suppose que les agents n'apprennent que par leurs erreurs passées et n'utilisent pas les informations nouvelles dont ils peuvent disposer. L'hypothèse des anticipations rationnelles est destinée à corriger cette faiblesse. Voici comment Muth la formule :

> Je voudrais suggérer que les anticipations, du fait qu'elles constituent des prédictions informées quant aux événements futurs, sont essentiellement la même chose que les prédictions de la théorie économique pertinente. Au risque de créer une confusion entre cette hypothèse purement descriptive et une déclaration au sujet de ce que les entreprises doivent faire, nous qualifierons ces anticipations de « rationnelles » [...] Les anticipations des entreprises (ou, plus généralement, la probabilité subjective de distribution des résultats) tendent à être distribuées, pour le même ensemble d'informations, autour de la prédiction de la théorie (ou des distributions « objectives » des probabilités des résultats) (Muth, « Rational Expectations and the Theory of Price Movements », *Econometrica*, vol. 29, 1961, p. 316).

Cette hypothèse n'est en fin de compte, pour reprendre les termes de l'un des adeptes de cette école, qu'« une application du concept de l'*homo economicus* » (Fischer 1980, p. 13). On en a évidemment critiqué l'irréalisme. Muth avait déjà une réponse dans son article, rejoignant les arguments de Friedman (1953) : peu importe l'absence de réalisme des hypothèses, du moment qu'elles permettent de déduire des résultats qu'on peut tester empiriquement. Il suffit donc de construire le modèle « comme si » les agents avaient une connaissance parfaite de l'économie. Au total, les anticipations subjectives des agents coïncident avec les valeurs réelles des variables ; l'incertitude face au futur disparaît. Nous sommes ainsi effectivement très loin de la vision de Keynes. Alors que ce dernier reproche à la théorie classique de postuler trop de rationalité de la part des agents, Muth reproche aux modèles économiques de ne pas postuler assez de rationalité de leur part.

La nouvelle macroéconomie classique s'enracine dans les réflexions de Friedman (1968 *AER*) et de Phelps (1967) [1] sur la

1. Voir *supra*.

courbe de Phillips et le taux naturel de chômage. Elle applique à l'analyse macroéconomique l'hypothèse des anticipations rationnelles que Muth avait formulée dans une étude de caractère microéconomique, en supposant que les agents recueillent et utilisent rationnellement l'information et qu'ils ont, de la structure et du fonctionnement de l'économie, la même connaissance que celle de la théorie économique : comme l'écrit T.J. Sargent, « les agents privés comprennent l'environnement dynamique dans lequel ils opèrent approximativement aussi bien que ceux qui élaborent les politiques gouvernementales »[1]. Ils modifient leurs comportements lorsque sont changées les règles du jeu, dont les principales sont les paramètres de la politique économique. Ils ne peuvent donc être trompés facilement. Ils vont ainsi intégrer dans leurs anticipations de l'inflation les actions prévues des autorités monétaires. Seules des modifications non anticipées de la masse monétaire peuvent faire diverger le taux effectif d'inflation du taux anticipé. Dès lors, non seulement la courbe de Phillips à long terme, mais aussi la courbe à court terme sont verticales. Pas plus à court terme qu'à long terme il n'y a, contrairement à ce qu'avaient avancé Samuelson et Solow[2], d'arbitrage entre l'inflation et le chômage. Alors que pour le monétarisme classique, celui de Hume autant que de Friedman, une variation de la masse monétaire – ce que le jargon contemporain appelle un choc nominal – peut avoir un effet à court terme sur les grandeurs réelles dans l'économie, pour la nouvelle macroéconomie classique, l'économie réagit à court terme à un choc nominal pour retrouver immédiatement son taux naturel d'emploi, sauf en cas de choc inattendu, de surprise de la part des autorités monétaires.

Cette analyse amène la nouvelle macroéconomie classique à être très critique vis-à-vis de l'économétrie traditionnelle et de ce que Lucas appelle la « théorie de la politique économique » (Lucas 1976, p. 20). Les modèles économétriques traditionnels, monétaristes autant que keynésiens, supposent en effet que les comportements des agents sont invariants aux modifications dans les règles du jeu et les politiques économiques. C'est ainsi qu'ils n'ont pu prédire les effets sur la production, l'emploi et

1. *Rational Expectations and Inflation*, New York, Harper & Row, 1986, p. 102.

2. Voir *supra*, chapitre 5.

les prix des énormes déficits budgétaires et des accroissements de la masse monétaire qu'on a observés dans les années soixante-dix. Voici comment Lucas conclut l'article dans lequel il met en cause l'économétrie traditionnelle, et qui est à l'origine de l'expression « critique de Lucas » : « Etant donné que la structure d'un modèle économétrique consiste en règles de décision optimale des agents économiques, et que les règles de décision optimale varient de manière systématique avec les changements dans la structure des séries utiles pour les décideurs, il s'ensuit que tout changement de politique modifiera systématiquement la structure des modèles économétriques » (Lucas, 1976, p. 41).

Toute politique de stimulation de la demande qui est anticipée et systématique ne peut avoir aucun effet sur la production et l'emploi. C'est ce qu'on appelle parfois le théorème de neutralité, ou d'inefficacité politique, formulé par Sargent et Wallace [1] et Barro [2]. Les responsables politiques réagissant eux-mêmes à l'état de la conjoncture, les agents finissent par deviner ce qu'ils feront et ajustent leurs comportements en conséquence. Les déviations du taux effectif de production par rapport au taux naturel découlent de chocs aléatoires et non pas de politiques systématiques.

Selon cette perspective, les fluctuations cycliques sont provoquées par des chocs qui sont ensuite amplifiés par divers mécanismes de transmission dans un univers caractérisé par le comportement rationnel des agents, et soumis à l'équilibre général. Ces chocs, ces surprises, induisent chez les agents des perceptions erronées des variations de prix, ce qui les amène à prendre de mauvaises décisions de production. En particulier, l'offre de travail réagit fortement à de petites fluctuations temporaires dans les revenus réels, en vertu de ce qu'on appelle l'hypothèse de substitution intertemporelle. Les fluctuations dans l'emploi sont provoquées par le choix qu'opère le travailleur entre le loisir et le travail. Dans cette perspective, il n'y a pas de chômage involontaire : « Le chômage involontaire n'est pas un fait ou un phénomène qu'il revient aux théoriciens

1. « "Rational" Expectations, the Optimal Monetary Instrument, and the Optimal Money Supply Rule », *Journal of Political Economy*, vol. 83, 1975, 241-57.

2. « Rational Expectations and the Role of Monetary Policy », *Journal of Monetary Economics*, vol. 2, 1976, 1-32.

d'expliquer. C'est, au contraire, une construction théorique que Keynes a introduite dans l'espoir qu'elle serait utile pour découvrir l'explication correcte d'un véritable phénomène : les fluctuations de grande échelle dans le chômage total mesuré » (Lucas 1978, p. 354). Lucas et ses collègues estiment évidemment que leur construction théorique est supérieure à celle de Keynes pour rendre compte des fluctuations de l'emploi, construction en vertu de laquelle le chômeur choisit son état, dans le cadre d'un processus d'optimisation.

Pour la nouvelle macroéconomie classique, les chocs qui déclenchent le processus cyclique dans un univers autrement équilibré et stable sont de nature monétaire. Diverses critiques de ces modèles ont été avancées, non seulement par des adversaires résolus de cette problématique, mais même par ceux qui en partagent certains postulats. C'est ainsi que s'est développée la théorie d'équilibre des cycles réels, sous l'impulsion de F.E. Kydland et E.C. Prescott[1], J.B. Long et C.I. Plosser[2], R.G. King et Plosser[3]. Graduellement, durant les années quatre-vingt, cette vision s'est imposée à l'intérieur de la nouvelle macroéconomie classique, certains la voyant comme un prolongement des travaux de Lucas, Sargent et Wallace, d'autres au contraire comme une rupture d'importance.

La théorie des cycles réels considère que les fluctuations sont générées par des chocs au niveau de la productivité, heurtant des économies dans lesquelles les marchés sont continuellement en équilibre. Par exemple, dans le modèle de Kydland et Prescott, le temps nécessaire pour construire les nouveaux biens d'équipement est considéré comme une caractéristique technologique qui détermine le nombre de périodes nécessaire pour produire des biens de production et de consommation durables. Ces délais sont invariants et ne sont pas affectés par

1. « Time to Build and Aggregate Fluctuations », *Econometrica*, vol. 50, 1982, 1345-70 ; voir aussi Prescott, « Theory Ahead of Business Cycle Measurement », *Federal Reserve Bank of Minneapolis Quarterly Review*, vol. 10, 1986, 1-22 ; et Kydland et Prescott, « Business Cycles : Real Facts and a Monetary Myth », *Federal Reserve Bank of Minneapolis Quarterly Review*, vol. 14, 1990, nº 2, 3-18.

2. « Real Business Cycles », *Journal of Political Economy*, vol. 91, 1983, 39-69.

3. « Money, Credit and Prices in a Real Business Cycle », *American Economic Review*, vol. 24, 1984, 363-80 ; voir aussi Plosser, « Understanding Business Cycles », *Journal of Economic Perspectives*, vol. 3, 1989, nº 3, 51-77.

des facteurs politiques. C'est le temps de construction qui contribue ainsi à générer les fluctuations de la production, les fluctuations de l'emploi s'expliquant par l'hypothèse de substitution intertemporelle. Ce sont donc des chocs réels, affectant la technologie et la productivité des travailleurs, qui déclenchent les processus cycliques. Dans le modèle de Long et Plosser, les chocs réels se propagent compte tenu du désir des agents de lisser leur consommation à long terme. Pour King et Plosser, les corrélations entre les variations monétaires et l'activité « réelle » mise en évidence dans les analyses monétaristes sont en réalité les résultats communs de l'influence d'autres facteurs réels, tels que des changements dans les préférences, les technologies ou les ressources [1].

Les analyses des partisans de la nouvelle macroéconomie classique sont donc diversifiées. Sargent a ainsi contesté le fait qu'on puisse parler d'une école des anticipations rationnelles, au sens d'un « groupe d'économistes avec un modèle unique de l'économie et une vision commune des politiques fiscales et monétaires optimales » (Sargent 1986 [2], p. 101). Mais on retrouve tout de même une attitude commune en ce qui concerne les politiques économiques. Sur ce plan, les positions sont radicales, et se caractérisent par un scepticisme absolu face à l'efficacité des politiques d'intervention étatique. Il suffit d'avoir des « règles du jeu » stables, claires, bien connues de tous. Sargent compare ainsi l'économie à une compétition de football américain. Lucas énonce ces règles dans un article de 1980, en disant qu'il ne fait qu'amender ce que Friedman avait déjà écrit, en 1948, à propos du contexte monétaire et fiscal d'une politique de stabilisation. La première règle consiste à fixer un taux annuel stable d'augmentation de la masse monétaire ; la seconde, un taux de dépenses et de transferts gouvernementaux qui ne varie pas en termes réels selon le cycle ; la

1. Sur la théorie des cycles réels, voir S. Ambler, « Les modèles du cycle économique face à la corrélation productivité-emploi », *Actualité économique*, vol. 67, 1991, 532-48 ; K. Brunner et A. Meltzer (dir.), *Real Business Cycles, Real Exchange Rates and Actual Policies*, Amsterdam, North-Holland, 1986 ; B.T. McCallum, « Real Business Cycle Models », in Barro 1989, 16-50 ; A. Stockman, « Real Business Cycle Theory : A Guide, an Evaluation, and New Directions », *Federal Reserve Bank of Philadelphia Review*, vol. 24, 1987, 24-47.

2. Voir *supra*.

troisième, des taux de fiscalité fixes dont l'objectif serait à long terme d'équilibrer le budget. A ces trois règles, déjà proposées par Friedman, Lucas ajoute celle-ci : « Une politique clairement annoncée selon laquelle les prix et les salaires déterminés à la suite d'accords privés ne déclencheront d'action gouvernementale d'aucune sorte » (Lucas 1980, p. 200). Ces règles sont ainsi des règles minimales. D'une certaine manière, la meilleure politique économique, dans la perspective des nouveaux classiques, est l'absence de politique économique.

Sur la base de leurs analyses, les économistes de cette école de pensée ont été très critiques vis-à-vis du programme économique élaboré par les conseillers de Reagan et de sa mise en œuvre. Leur critique porte sur le manque de cohérence, et donc l'absence de crédibilité des mesures proposées. A une politique monétariste stricte de réduction de la masse monétaire, on ajoute une politique de réduction des impôts qui n'est pas compensée par des perspectives de baisse des dépenses. La réduction des dépenses sociales a en effet été accompagnée aux Etats-Unis par une augmentation des dépenses pour la recherche et les activités spatiales et militaires qui a creusé plutôt que comblé le déficit budgétaire. Dès lors, les agents ont anticipé une monétisation de la dette croissante du gouvernement. Selon les propositions de la nouvelle macroéconomie classique, il aurait fallu annoncer clairement, d'un côté une baisse de la masse monétaire, et de l'autre une réduction des impôts en indiquant par quelle voie le déficit budgétaire allait être comblé [1].

Les théories du déséquilibre [2]

Dans le cadre de la synthèse néoclassique, telle qu'on la trouve formulée dans les manuels des années cinquante et soixante, le modèle keynésien est conçu comme un système d'équilibre, sauf dans le cas où le marché du travail est carac-

1. Voir par exemple Sargent, *Rational Expectations and Inflation*, New York, Harper & Row, 1986, p. 36.

2. Sur les théories du déséquilibre, on consultera, entre autres, J.-P. Bénassy, « Disequilibrium Analysis », *New Palgrave*, vol. 2, 858-63 et « Rationed Equilibria », *ibid.*, vol. 4, 88-92 ; Drazen 1980 ; Grandmont 1977 ; Hénin et Michel 1982.

térisé par une rigidité salariale qui empêche l'établissement du plein emploi. Telle est l'analyse que Modigliani propose en 1944, et qu'on retrouve chez plusieurs autres auteurs. Don Patinkin fait toutefois exception à la règle. Selon lui en effet, « le chômage involontaire, dans la *Théorie générale*, n'a pas nécessairement pour origine des rigidités dans les salaires » (Patinkin [1956] 1972, p. 378). Il considère que la *Théorie générale* doit être interprétée comme une analyse dynamique, dans laquelle il est démontré qu'il n'existe pas de forces suffisantes pour amener le système à l'équilibre. Il s'agit bien de rigidités, mais elles ne sont pas de même nature que celles qui sont postulées dans le modèle keynésien statique de la synthèse, dans le cadre duquel on peut démontrer que l'effet d'encaisse réelle suffit pour assurer le plein emploi. Dans un système dynamique, le fait que consommateurs et investisseurs ne réagissent pas assez rapidement au mouvement des prix et à la modification de la valeur réelle de leurs encaisses monétaires, les rigidités dans leurs habitudes de dépenses empêchent l'atteinte de l'équilibre (*ibid.*, p. 380). C'est pourquoi Patinkin préfère qualifier la théorie de Keynes de théorie de déséquilibre de sous-emploi plutôt que de théorie d'équilibre de sous-emploi.

Dans un article qui a suscité beaucoup de discussions, publié d'abord en allemand en 1963, puis en anglais en 1965 [1], Clower développe certaines de ces idées, tout en se montrant très critique par rapport aux thèses de Patinkin, comme du reste par rapport à celles de Hicks, lequel jetait pourtant au même moment les fondements d'une approche en termes de déséquilibre (Hicks 1965), assez éloignée des idées de la synthèse néoclassique initiée par son article de 1937. S'attaquant à ladite synthèse, qu'il qualifie de « contre-révolution keynésienne », Clower en considère Hicks et Patinkin comme deux des principaux inspirateurs. Pour Clower, la macroéconomie keynésienne est incompatible avec la microéconomie walrasienne avec laquelle on a essayé de l'intégrer. On ne peut concevoir l'équilibre de sous-emploi comme résultant d'un manque de rationalité des agents, en particulier d'une illusion monétaire de la part des travailleurs.

Pour Clower, il y a dans la *Théorie générale* des fondements microéconomiques implicites, différents de l'hypothèse walrasienne traditionnelle, mais qui impliquent, comme cette dernière,

1. Voir *supra*.

la rationalité des agents. Dans le modèle walrasien, les prix varient instantanément de manière à équilibrer offre et demande sur tous les marchés. Les individus peuvent acheter ou vendre tout ce qu'ils veulent aux prix donnés. Clower appelle ces demandes et ces offres « notionnelles ». Dans le modèle de Keynes, il existe des contraintes sur les quantités de biens qu'un individu peut vendre ou acheter. Par exemple, dans le cas d'une offre excédentaire de travail, la demande, qu'on appelle alors effective, d'un individu qui ne peut vendre tout le travail qu'il souhaiterait est inférieure à la demande notionnelle aux prix donnés. La demande pour les biens est alors une fonction, non pas des prix, mais de la quantité de travail que l'individu peut vendre. On remplace donc un système dans lequel les variations instantanées des prix assurent l'équilibre sur les marchés par un système dans lequel ce sont les quantités qui s'ajustent rapidement alors que les prix sont fixes ou ne varient que lentement.

Dans son *Capital et croissance*, publié la même année que la version anglaise du texte de Clower, Hicks développe les concepts de prix flexibles *(flexprice)* et prix fixes *(fixprice)*. Il considère, comme il le faisait dans ses travaux des années trente, en s'inspirant explicitement des théoriciens suédois, une économie dans laquelle se succèdent des périodes de temps. La méthode *flexprice* – également nommée d'équilibre temporaire – suppose que les prix s'ajustent à l'intérieur de chaque période de telle sorte que les transactions courantes égalisent les offres et les demandes. La méthode *fixprice* considère que les prix sont donnés au début de chaque période et demeurent inchangés, de sorte que les offres et les demandes peuvent demeurer en déséquilibre. Hicks estime qu'il s'agit là de deux cas extrêmes, et que la réalité se situe quelque part entre les deux.

En 1968, Leijonhufvud publie un livre[1], qui a fait couler beaucoup d'encre, dans lequel il distingue l'économie keynésienne de l'économie de Keynes, et se propose de guérir ce qu'il appelle la « schizophrénie » micro-macro sans abandonner l'hypothèse de la rationalité des agents[2]. Pour Leijonhufvud, comme pour Patinkin, le débat sur la *Théorie générale* « s'est

1. *On Keynesian Economics and the Economics of Keynes : A Study in Monetary Theory*, New York, Oxford University Press, 1968.

2. Pour Coddington (1976, 1983), le livre de Leijonhufvud, avec l'article de Clower dont il prolonge les analyses, marque l'émergence d'un « néo-réductionnisme » keynésien, qui constituerait désormais, avec le keynésianisme

déroulé pendant longtemps dans un cadre de statique comparative, qui a obscurci la nature de déséquilibre essentiellement dynamique de la théorie de Keynes » (Leijonhufvud 1968, p. 537). Comme Clower, il souligne qu'il faut revenir à une analyse de type marshallien dans laquelle les quantités s'ajustent plus facilement et plus rapidement que les prix. Leijonhufvud introduit dans son étude les problèmes de structure des transactions, de circulation de l'information et de contraintes de liquidité pour expliquer les déséquilibres keynésiens. Sa vision a une certaine parenté avec celle que Phelps développe dans son introduction au livre sur les fondements microéconomiques des théories de l'inflation et du chômage dont il a dirigé la publication[1]. Pour Leijonhufvud, le chômage et les dépressions sont causés en grande partie par le fait que le système de marché donne de mauvais signaux aux agents.

Construisant une synthèse des modèles de Clower et de Patinkin, en y intégrant l'apport de Hicks, ce sont Barro et Grossman[2] qui donnent à ce type d'analyse l'appellation de théorie du déséquilibre. Toutefois, les analyses de Clower et de Leijonhufvud comme celles de Barro et Grossman ne rendent pas compte de ce qui explique la rigidité des prix dans leurs modèles. C'est un groupe d'économistes, majoritairement français, qui développe la théorie du déséquilibre en cherchant à élaborer une explication endogène de la rigidité des prix. L'ambition est d'expliquer le chômage involontaire non pas comme le résultat de prix fixés de manière exogène, mais de rendre compte simultanément, de manière endogène, du chômage et de la rigidité des prix. Parmi les principaux théoriciens de ce courant de pensée, on peut mentionner J.-P. Bénassy[3], J.H. Drèze[4],

---

hydraulique de la synthèse et le fondamentalisme des post-keynésiens, l'une des trois grandes interprétations de l'œuvre de Keynes.

1. Phelps *et al.*, *Microeconomic Foundations of Employment and Inflation Theory*, New York, W.W. Norton, 1970.

2. « A General Disequilibrium Model of Income and Employment », *American Economic Review*, vol. 61, 1971, 82-93.

3. « Neo-Keynesian Disequilibrium Theory in a Monetary Economy », *Review of Economic Studies*, vol. 42, 1975, 502-23 ; *The Economics of Market Disequilibrium*, New York, Academic Press, 1982 ; *Macroéconomie et théorie du déséquilibre*, Paris, Dunod, 1984 ; *Macroeconomics : An Introduction to the Non-Walrasian Approach*, New York, Academic Press, 1986.

4. « Existence of an Equilibrium Under Price Rigidity and Quantity Rationing », *International Economic Review*, vol. 16, 1975, 301-20.

J.M. Grandmont et G. Laroque[1], Y. Younès[2]. Malinvaud a aussi apporté des contributions importantes à la théorie du déséquilibre. On lui doit en particulier la distinction entre chômage keynésien, caractérisé par une insuffisance de la demande effective et chômage classique, caractérisé par des salaires réels trop élevés[3]. Negishi a, de son côté, développé des analyses de formation des prix dans le cadre de la concurrence monopolistique[4]. Théoricien sceptique de l'équilibre général, Hahn (1975) a lui-même apporté des contributions à la théorie du déséquilibre, en développant en particulier certaines intuitions de Drèze et de Negishi.

La nouvelle économie keynésienne[5]

Les années quatre-vingt ont aussi vu se développer un courant de pensée qu'on a baptisé la « nouvelle économie keynésienne ». Cette nouvelle vague keynésienne, qui est née en réaction au rejet, par la nouvelle macroéconomie classique, de la problématique keynésienne, poursuit un projet analogue à celui de la théorie du déséquilibre, tout en s'en démarquant. Il s'agit, ici aussi, de donner à la théorie macroéconomique keynésienne des fondements microéconomiques plus rigoureux.

La nouvelle économie keynésienne cherche à expliquer la rigidité des prix et des salaires, postulée par le keynésianisme

1. « On Keynesian Temporary Equilibria », *Review of Economic Studies*, vol. 43, 1976, 53-67.

2. « On the Role of Money in the Process of Exchange and the Existence of a Non-Walrasian Equilibrium », *Review of Economic Studies*, vol. 42, 1975, 489-501.

3. *The Theory of Unemployment Reconsidered*, Oxford, Basil Blackwell, 1977 ; trad. fr. revue et complétée par l'auteur 1980, *Réexamen de la théorie du chômage*, Paris, Calmann-Lévy.

4. « Involuntary Unemployment and Market Imperfection », *Economic Studies Quarterly*, vol. 25, 1974, 32-41 ; « Existence of an Underemployment Equilibrium », in G. Schwödiauer (dir.), *Equilibrium and Disequilibrium in Economic Theory*, Boston, Reidel, 1978 ; *Microeconomic Foundations of Keynesian Macroeconomics*, Amsterdam, North-Holland, 1979.

5. Sur la nouvelle économie keynésienne, voir Arena et Torre 1992, Gordon 1990, Greenwald et Stiglitz 1987, Hargreaves-Heap 1991, et Mankiw et Romer 1991 (recueil de 39 articles produits dans ce courant de pensée). David Colander a été un des premiers à utiliser l'expression « new Keynesian economics » (in *Macroeconomic Theory and Policy*, Chicago, Scott Foresman, 1986).

de la synthèse, et à montrer comment ces rigidités provoquent les caractéristiques qualifiées de keynésiennes des économies contemporaines, au premier rang desquelles la persistance de taux de chômage élevés. Il s'agit en particulier de voir comment de « petites rigidités nominales » peuvent engendrer d'importants effets réels sur le plan macroéconomique[1]. Ces frictions dans la flexibilité des prix peuvent très bien découler d'un comportement rationnel, ou « quasi rationnel », des firmes, compte tenu des coûts d'ajustement des prix, qualifiés dans cette problématique de *menu costs*. Il y a ainsi, comme dans un restaurant, des coûts associés à l'impression du nouveau menu qui devra accompagner le changement de prix, coûts qui sont parfois plus élevés que l'avantage lié à l'ajustement de prix. L'entreprise individuelle gagne donc à ne pas modifier son prix, nonobstant le fait que l'impact de ces décisions individuelles sur l'ensemble de l'économie peut être très considérable. Ces phénomènes sont accentués lorsqu'on tient compte du caractère monopolistique des économies contemporaines[2]. Pour M. Weitzman[3], dont l'article a suscité une vive controverse, l'existence du chômage involontaire s'explique essentiellement par la structure monopolistique des économies contemporaines. Une étude empirique menée par Dennis W. Carlton montre d'ailleurs que la rigidité des prix est

1. Voir en particulier G.A. Akerlof et J.L. Yellen, « A Near-Rational Model of the Business Cycle, with Wage and Price Inertia », *Quarterly Journal of Economics*, vol. 100, suppl., 1985, 828-38 ; A.S. Caplin et D.F. Spulber, « Menu Costs and the Neutrality of Money », *Quarterly Journal of Economics*, vol. 102, 1987, 703-25 ; N.G. Mankiw, « Small Menu Costs and Large Business Cycles : A Macroeconomic Model of Monopoly », *Quarterly Journal of Economics*, vol. 100, 1985, 529-39 ; M. Parkin, « The Output-Inflation Trade-off When Prices Are Costly to Change », *Journal of Political Economy*, vol. 94, 1986, 200-24.

2. Sur les liens entre la concurrence imparfaite et le chômage voir entre autres : O.J. Blanchard et N. Kiyotaki, « Monopolistic Competition and the Effects of Aggregate Demand », *American Economic Review*, vol. 77, 1987, 647-66 ; R.E. Hall, « Market Structure and Macroeconomic Fluctuations », *Brookings Papers on Economic Activity*, nº 2, 1986, 285-322 ; O. Hart, « A Model of Imperfect Competition with Keynesian Features », *Quarterly Journal of Economics*, vol. 97, 1982, 109-38 ; R. Startz, « Monopolistic Competition as a Foundation for Keynesian Macroeconomic Models », *Quarterly Journal of Economics*, vol. 104, 1989, 737-52.

3. « Increasing Returns and the Foundations of Unemployment Theory », *Economic Journal*, vol. 92, 1982, 787-804.

beaucoup plus la norme que l'exception lorsqu'on examine le comportement des grandes entreprises américaines[1]. Les nouveaux keynésiens font aussi intervenir, pour expliquer le sous-emploi, ce qu'ils appellent les « échecs de coordination » entre les agents dans une économie, échecs liés à des problèmes de circulation de l'information, et qui ont pour effet d'amplifier les effets de tout phénomène aléatoire « heurtant » une économie[2].

L'étude des caractéristiques du marché du travail joue un rôle important, tant dans la nouvelle économie keynésienne que dans les théories du déséquilibre. Sur ce point, certains développements sont communs à ces approches et à des courants comme l'institutionnalisme et l'économie radicale, d'un côté, et à la nouvelle macroéconomie classique de l'autre. Les travaux de caractère institutionnaliste sur la dualité du marché du travail[3] et certaines analyses des économistes radicaux[4] rejoignent ceux qui sont consacrés aux contrats implicites et aux salaires d'efficience[5]. Selon cette dernière vision, un salaire réel plus élevé exerce une influence à la hausse sur la productivité. De plus, les entreprises peuvent avoir intérêt à payer un salaire plus élevé que le salaire d'équilibre pour ralentir la rotation du personnel, attirer des candidats mieux qualifiés, combattre la négligence des travailleurs et accroître la discipline dans l'entre-

1. « The Rigidity of Prices », *American Economic Review*, vol. 76, 1986, 637-58.

2. L. Ball et D. Romer, « Sticky Prices as Coordination Failure », *American Economic Review*, vol. 81, 1991, 539-52 ; R. Cooper et A. John, « Coordinating Coordination Failures in Keynesian Models », *Quarterly Journal of Economics*, vol. 103, 1988, 441-63.

3. Par exemple M. Piore, *Unemployment and Inflation : Institutionalist and Structuralist View*, White Plains, New York, M.E. Sharpe, 1979.

4. Voir Bowles, Gordon et Weisskopf 1983. *Beyond the Waste Land : A Democratic Alternative to Economic Decline*, New York, Doubleday ; trad. fr. 1986, *L'Economie du gaspillage. La crise américaine et les politiques reaganiennes*, Paris, La Découverte.

5. Akerlof et Yellen 1986 ; C. Azariadis, « Implicit Contracts and Underemployment Equilibria », *Journal of Political Economy*, vol. 83, 1975, 1183-202 ; L. Katz, « Efficiency Wage Theories : A Partial Evaluation », *NBER Macroeconomics Annual*, 1986, 235-76 ; A.B. Krueger et L.H. Summers, « Efficiency Wages and the Interindustry Wage Structure », *Econometrica*, vol. 56, 1988, 259-93 ; Rosen 1985 ; Stiglitz et Azariadis, « Implicit Contracts and Fixed-Price Equilibria », *Quarterly Journal of Economics*, vol. 98, 1983, supplément, 1-22. Voir aussi, sur les contrats implicites, le numéro spécial du *Quarterly Journal of Economics*, vol. 98, supplément.

prise[1]. La théorie des contrats implicites cherche de son côté à déceler, dans les relations de travail à l'intérieur de l'entreprise, les normes et ententes implicites, souvent très rigides et établies pour une longue période, mais qui ne sont pas codifiées dans des conventions collectives.

L'étalement des contrats constitue une autre source de rigidité et d'amplification des déséquilibres[2]. Il s'agit ici autant de l'étalement dans les décisions de variations de prix des produits que de l'étalement des contrats de travail. Des théoriciens proches de la nouvelle macroéconomie classique ont souligné ce fait, en indiquant que cette réalité affaiblissait le postulat d'inefficacité de Sargent et Wallace. A cause de l'étalement des contrats, un choc monétaire même anticipé peut avoir un effet réel sur l'économie[3]. Dans le modèle de Taylor, l'interaction entre contrats salariaux et anticipations propage l'onde de choc au-delà de la durée du contrat typique, compte tenu du chevauchement des contrats. Les effets sont en effet d'autant plus importants que les prix sont fixés par une marge au-dessus des coûts[4].

En fournissant ainsi à la macroéconomie keynésienne les fondements microéconomiques qui lui manquent, plusieurs adeptes de la nouvelle économie keynésienne prétendent dépasser la controverse entre le keynésianisme « classique » et le monétarisme. A tel point qu'un « nouveau keynésien » peut s'abreuver aux deux sources sans risquer de s'étouffer, comme on le lit dans l'introduction à un récent recueil des textes majeurs de ce courant de pensée :

1. J.E. Stiglitz et C. Shapiro, « Equilibrium Unemployment as a Worker-Discipline Device », *American Economic Review*, vol. 74, 1984, 433-44.

2. L. Ball et S.G. Cecchetti, « Imperfect Information and Staggered Price Setting », *American Economic Review*, vol. 78, 1988, 999-1008 ; G. Fethke et A. Policano, « Will Wage Setters Ever Stagger Decisions ? », *Quarterly Journal of Economics*, vol. 101, 1986, 867-77 ; J.B. Taylor, « Staggered Wage Setting in a Macro Model », *American Economic Review*, vol. 69, 1979, 108-13 ; *id.*, « Aggregate Dynamics and Staggered Contracts », *Journal of Political Economy*, vol. 88, 1980, 1-23.

3. S. Fischer, « Long-term Contracts, Rational Expectations, and the Optimal Money Supply Rule », *Journal of Political Economy*, vol. 85, 1977, 191-206 ; Phelps et Taylor, « Stabilizing Powers of Monetary Policy with Rational Expectations », *Journal of Political Economy*, vol. 85, 1977, 163-90.

4. Voir M. Bils, « The Cyclical Behavior of Marginal Cost and Price », *American Economic Review*, vol. 77, 1987, 838-55.

> Un économiste peut être un monétariste parce qu'il croit que les fluctuations dans l'offre de monnaie constituent la principale source des fluctuations de la demande globale et un nouveau keynésien parce qu'il croit que des imperfections microéconomiques mènent aux rigidités macroéconomiques de prix. De fait, comme les monétaristes croient que les fluctuations dans l'offre de monnaie ont des effets réels, mais laissent souvent les rigidités de prix inexpliquées, une partie importante de la nouvelle économie keynésienne pourrait aussi être appelée nouvelle économie monétariste (Mankiw et Romer 1991, p. 3).

Ainsi, un nouveau keynésien peut partager les réticences des monétaristes et des nouveaux classiques vis-à-vis des politiques d'intervention étatique. Néanmoins, la plupart des travaux réalisés par les auteurs de ce courant font ressortir que le fonctionnement normal des économies monétaires, y compris en supposant une parfaite rationalité de leurs agents, ne mène pas à la stabilité et à l'équilibre postulés dans les modèles classiques et monétaristes. En conséquence, la plupart considèrent que l'intervention étatique peut améliorer la situation. La question de savoir si elle doit le faire relève des choix politiques des uns et des autres.

* * *

On retrouve ainsi un tableau analogue à celui que Franco Modigliani avait peint dans son discours présidentiel à l'American Economic Association (1977) et que nous avions cité à la fin du chapitre précédent. Il y soulignait en effet des convergences entre monétaristes et keynésiens sur le plan de l'analyse, en indiquant que les divergences portaient sur le plan politique, et plus particulièrement sur le caractère nécessaire et souhaitable des politiques de stabilisation. On aura pu constater, de la même manière, plusieurs convergences, sur le plan de l'analyse, entre les auteurs dont nous venons de traiter[1].

1. Plusieurs d'entre eux appartiennent d'ailleurs à plus d'un courant. Par exemple, Barro et Grossman sont à la fois rattachés à la nouvelle macroéconomie classique et à l'école de la théorie du déséquilibre. Voici un exemple de propos qu'on peut souvent lire sous la plume de nouveaux keynésiens : « Nos résultats illustrent la complémentarité entre les modèles macroéconomiques de la nouvelle économie keynésienne et de la nouvelle macroéconomie classique »

L'ouvrage publié par Phelps et ses collègues en 1970[1], consacré à la recherche de fondements microéconomiques de la macroéconomie, en est une illustration. Non seulement il constitue une transition entre le monétarisme et la nouvelle macroéconomie classique, mais il présente aussi des analyses relevant de la théorie du déséquilibre et d'autres qui annoncent la nouvelle économie keynésienne.

Ces convergences découlent d'un projet commun, qui est de donner à la macroéconomie, quelle qu'en soit la couleur, des fondements microéconomiques rigoureux, en s'évadant une fois pour toutes de la dichotomie « micro-macro » caractérisant la pensée économique d'après-guerre. Mais, plus profondément, il y a aussi une convergence sur l'hypothèse de base selon laquelle l'analyse économique doit partir du postulat de la rationalité des agents, que cette rationalité s'exerce face à des contraintes de quantité ou de prix. On est très loin, évidemment, des interprétations de Keynes qui mettent l'accent sur l'irréductible incertitude sur laquelle se fondent les décisions prises dans un temps historique. On est loin, aussi, des analyses qu'on pourrait qualifier de holistes, du type de celles de Kalecki ou de Weintraub, pour qui il s'agit plutôt, d'une certaine manière, de donner des fondements macroéconomiques à la microéconomie.

Mais ces convergences découlent aussi, en grande partie, des similitudes formelles entre ces approches qui utilisent le même langage. Voici comment un théoricien rattaché à l'école du déséquilibre justifie la sophistication mathématique très poussée des écrits de ce courant, en la liant au postulat de rationalité :

> Les explications des phénomènes macroéconomiques ne seront complètes que lorsque ces explications seront compatibles avec l'analyse microéconomique du comportement de choix et pourront être exprimées dans le langage de la théo-

---

(L. Ball et S.G. Cecchetti, « Imperfect Information and Staggered Price Setting », *American Economic Review*, vol. 78, 1988, 999-1008 ; in Mankiw et Romer 1991, vol. 1, p. 280). De son côté, Malinvaud (*Voies de la recherche macroéconomique*, Paris, Odile Jacob, 1991) a mis en avant la profonde unité de la macroéconomie, alors que Hicks, dont se réclament par ailleurs tous les courants de la macroéconomie, a intitulé son dernier article, publié à titre posthume, « The Unification of Macro-Economics » (1990). Mais la vision hicksienne est assez éloignée de celle des nouveaux courants de la macroéconomie.

1. Voir *supra*.

> rie de l'équilibre général. Cela rend nécessaires des énoncés formels mathématiquement rigoureux du cadre et des résultats, même lorsqu'ils sont bien connus. Dès lors, l'opinion selon laquelle tous les travaux récents en théorie non walrasienne énoncent des évidences dans un langage très mathématique et parfois abstrus est, au mieux, mal fondée (Drazen 1980, p. 293).

Ce qui est écrit ci-dessus de la théorie du déséquilibre s'applique *mutatis mutandis* aux autres écoles. L'évolution la plus récente de la macroéconomie contemporaine s'inscrit en effet dans un univers intellectuel transformé par la profonde vague de formalisation et de mathématisation dont nous avons exposé les sources au chapitre 4. Sans doute n'en a-t-on pas suffisamment mesuré la portée sur la nature même de la réflexion et des débats économiques. La forme mathématique conduit à un rapprochement entre les différentes démarches, les différences se jouant souvent sur le choix d'une hypothèse, ce qui n'est pas sans déboucher parfois sur un certain éclectisme [1]. Elle tend à s'accompagner d'un appauvrissement de la réflexion, et se traduit par des discussions entre initiés, de moins en moins en prise sur les complexités des réalités économiques, sociales et politiques contemporaines.

1. A titre d'exemple, voici comment Phelps décrit l'évolution de la théorie orthodoxe du chômage depuis 1970 : « La théorie du chômage considérée comme orthodoxe dans le monde occidental, c'est-à-dire celle qui est exposée dans les manuels, est, en gros, keynésienne. Elle hérite, notamment, de Keynes, Hicks, Tobin, Patinkin, du taux naturel et également d'un appareil théorique qui relève soit de la nouvelle microéconomie sans anticipation rationnelle, soit de l'appareil keynésien compatible avec les anticipations rationnelles dans lequel l'inertie dans les salaires nominaux ou les prix génère le taux de chômage. D'autres développent l'idée que l'hystérésis est à la base du lien entre le taux naturel de chômage et le sentier de croissance. Les monétaristes utilisent la même théorie, avec des accents différents, et en un sens, la théorie néoclassique en est un cas particulier, quoique plus élaboré » (« Théorie keynésienne et théorie structuraliste du chômage : analyse des vingt dernières années », *Revue française d'économie*, vol. 5, 1990, p. 3-4).

9. Sur Babel et trois démarches de la pensée économique contemporaine

Depuis la fin des années soixante, les processus d'internationalisation et de mondialisation transforment profondément les économies nationales, restreignent les marges de manœuvre et les capacités d'action des Etats et font ressortir les limites de l'Etat providence. L'effondrement des régimes communistes semble consacrer la victoire du système de marché. Avec les échecs, dans trop de pays, des politiques de développement, le chômage massif, les nouveaux progrès de la pauvreté, les atteintes à l'environnement, le monde souffre en cette fin de siècle de maladies que la science économique ne sait guérir ; ce qui ne l'empêche pas d'apparaître comme la plus solidement structurée de toutes les sciences sociales, efficace par la multiplicité de ses applications pour des domaines circonscrits[1], dominatrice et expansionniste[2].

Travaillée par d'incessantes remises en cause et la poursuite d'ambitions toujours renouvelées, la Babel que constitue la cité des économistes contemporains peut être caractérisée par trois figures mythologiques : Pénélope, Sisyphe, Icare.

1. Voir à ce sujet Baumol et Faulhaber, « Economists as Innovators : Practical Products of Theoretical Research », *Journal of Economic Literature*, vol. 26, 1988, 577-600.

2. Voir *supra*, chapitre 7.

Babel : les économistes en leur nouveau monde

Il y a cent cinquante ans, un économiste pouvait avoir lu tous les ouvrages d'économie ou se rapportant à ce champ ; il y a soixante ans, il pouvait avoir une connaissance directe de tous les principaux travaux ; il y a trente ans, il pouvait suivre les principales avancées en cours. Aujourd'hui, un économiste doit avoir l'esprit ouvert et être opiniâtre pour être au courant des principaux débats concernant son (ou ses quelques) champ(s) de travail. En deux siècles, l'économie, qui était une petite contrée du savoir humain, dont chacun connaissait chaque mont, chaque vallon, chaque sentier, est devenue un monde en incessante expansion, avec des continents ou des archipels qui surgissent et des paysages qui sans cesse se remodèlent.

Au lendemain de la Seconde Guerre mondiale, la science économique était déjà profondément diverse, du fait de la pluralité des objets et des approches, de la diversité des conceptions du rapport entre théorie et réalité, de la multiplicité des écoles. Depuis, les domaines couverts par la science économique ne cessent de s'étendre, les champs d'économie appliquée de se multiplier[1], le nombre des écoles et de leurs factions d'augmenter : une multitude de discours coexistent, se rencontrent, s'affrontent, se mêlent, s'influencent. En outre, le discours économique est élaboré et diffusé sur des registres de plus en plus divers, avec de très larges différenciations dans les degrés de généralité, d'élaboration théorique et de formalisation, dans le caractère central ou marginal de l'objet traité, dans la proximité de cet objet par rapport à la réalité observable, dans la nature et la qualité des informations empiriques[2]. De l'ouvrage ou l'article théorique qui marquera durablement à la publication qui n'apporte rien, de l'étude empirique qui nour-

1. Voir à ce sujet Hutchison 1978, p. 319-20.

2. Au total, se dégage, dans les publications académiques, une nette prédilection pour la théorie formalisée : pour la période 1982-86, les articles présentant des modèles mathématiques sans aucune donnée représentaient 52 % des articles publiés par l'*Economic Journal* et 42 % de ceux publiés dans l'*American Economic Review*, et nombre de revues économiques ne publient que de tels articles ; or cette proportion était en sciences politiques de 18 %, en physique de 12 %, en sociologie de 1 % et en chimie de 0 % (voir T. Morgan, « Theory versus Empiricism in Academic Economics », *Journal of Economic Perspective*, vol. 2, nº 4, 1988, p. 163).

rira longtemps les analyses et la réflexion à l'étude descriptive de circonstance, en passant par les incontournables exercices académiques, la palette des travaux économiques est très largement ouverte.

Au total, la science économique contemporaine est caractérisée par une double dynamique, dont témoigne la multiplication du nombre des revues : le gonflement du stock publié [1] et sa parcellisation. Cela transforme le monde des économistes en une sorte de tour de Babel, où rares sont ceux qui écoutent les autres et où seule une infime part du discours émis est entendue [2] ; d'autant plus que les savoirs économiques continuent à être produits non seulement dans les deux langages qui se sont imposés depuis la guerre – l'anglais et les mathématiques [3] – mais encore dans une large variété d'idiomes nationaux. Or, si les économistes de cultures non anglophones ont l'obligation de suivre les productions en anglais, de plus en plus nombreux sont les économistes anglo-saxons qui ignorent systématiquement ce qui est publié dans d'autres langues que la leur.

Dans ce cadre, les économistes tendent à constituer une multitude de microcosmes, chacun fondé sur une communauté d'approche ou de domaine de travail et sur la reconnaissance réciproque, et ancré dans un département universitaire ou un

1. S.-C. Kolm estimait le *corpus* écrit de la science économique à « plusieurs centaines de milliers de pages s'accroissant au rythme de quelques dizaines de milliers de pages par an avec une définition très stricte du domaine (et quelque dix fois cela pour l'ensemble de la littérature économique) » (*Philosophie de l'économie*, Paris, Seuil, 1986, p. 30). Stigler estimait la production annuelle en anglais de quelque 6 000 économistes proprement dits à 800 livres et 6 000 articles et il évaluait l'augmentation du stock des écrits à 5 % par an, soit un doublement tous les 14 ans : ce stock serait donc en 1992 seize fois ce qu'il était en 1936, année de la publication de la *Théorie générale* (« The Literature of Economics : The Case of the Kinked Oligopoly Demand Curve », *Economic Inquiry*, vol. 16, 1978, 185-204).

2. « C'est une littérature qu'une seule personne ne peut lire – les limites imposées par la santé mentale sont plus strictes que celles imposées par le temps. Au vrai cette littérature est lue par des économistes dont le nombre n'est peut-être qu'un peu plus élevé que celui de ceux qui écrivent » (Stigler, *op. cit.*, p. 185).

3. Le nombre de pages publiées annuellement dans les principales revues d'économie mathématique (dont certaines créées au cours de cette période, comme l'*International Economic Review*, le *Journal of Economic Theory* et le *Journal of Mathematical Economics*) est passé de 400 à 700 dans les années trente et quarante à un ordre de grandeur de 4 à 5 000 dans les années soixante-dix et quatre-vingt (voir Debreu 1986).

centre de recherche, avec ses cahiers de recherche et souvent sa revue à faible tirage. En sens inverse, quelques grandes associations, nationales (au premier rang desquelles l'American Economic Association, avec ses revues[1]) ou internationales, quelques grandes revues et quelques maisons d'édition travaillent à diffuser et à rendre accessibles ces savoirs en incessante évolution.

Ainsi, la science économique est, dans son mouvement d'expansion, en permanent renouvellement. Mais, du fait de l'opacité des savoirs, du temps historique, donc des délais de diffusion et d'assimilation et des décalages qui en résultent, cette réorganisation permanente se fait d'une manière que l'on peut qualifier de difforme et discordante : c'est ainsi que des textes écrits dans les années trente, redécouverts par des économistes d'une nouvelle génération dans les années soixante, deviennent des références obligées dans les années soixante-dix et quatre-vingt. Et nul ne peut dire avec certitude quels seront, parmi ceux récemment publiés, les textes qui s'imposeront comme références vers 2020.

C'est dire qu'on ne prétend pas, en ce chapitre final, dresser le bilan des savoirs économiques contemporains. Nous allons simplement tenter, dans le foisonnement actuel, de discerner quelques lignes de force significatives des mouvements en cours de la pensée économique.

Pénélope : de l'idéal théorique à la complexité du monde, tisser l'impossible toile

Alors qu'on avait pu penser, dans les années soixante, que les coups portés par Keynes et les keynésiens avaient eu raison de la forteresse classique, il s'est reconstitué dans l'après-guerre une nouvelle forteresse : à la fois disparate et rassemblée sous le donjon de la théorie de l'équilibre général, bardée de la grille de lecture néoclassique, dotée d'armes et d'instruments analytiques et mathématiques puissants. Pour une large part, sa force tient à ses postulats simplificateurs, lesquels engendrent ensemble son irréalisme et sa vocation universelle.

1. *American Economic Review*, *Journal of Economic Literature*, *Journal of Economic Perspectives*.

Spécialiste de la théorie de l'équilibre général et travaillant à en élargir les champs d'applicabilité, Hahn explique ainsi pourquoi il accepte le qualificatif de néoclassique :

> Il existe trois éléments dans ma pensée qui peuvent le justifier :
> 1) je suis un réductionniste dans la mesure où je tente de trouver des explications dans les actions des agents individuels ;
> 2) en théorisant à propos de l'agent, je recherche des axiomes de rationalité ;
> 3) je prétends qu'une notion d'équilibre est nécessaire et que l'étude des états d'équilibre est utile (Hahn 1984, p. 1-2).

Et en effet les décisions d'agents individuels rationnels, le marché, l'équilibre, l'optimum sont les éléments constitutifs majeurs de la nouvelle orthodoxie ; or, en chacun de ces domaines, les critiques à la fois ébranlent l'orthodoxie, conduisent à la renforcer et suscitent de nouvelles mises en cause.

Tel a été le cas pour le marché. La vision orthodoxe ou néoclassique du marché est celle d'une entité mécanique, au sein de laquelle interviennent des acteurs individuels, non coordonnés et dont aucun n'exerce d'influence particulière, les informations circulant entre eux conduisant à l'ajustement en équilibre.

L'irréalisme simplificateur de cette vision a été critiqué, depuis un siècle, par toutes les générations et toutes les familles d'hétérodoxes. Elle l'est aussi, depuis quelques décennies, par l'école autrichienne [1], qu'on associe pourtant souvent à la mouvance néoclassique, et que caractérise en particulier un libéralisme radical qui la distingue des autres hétérodoxies.

La critique de Hayek a eu un impact particulier, essentiellement parce que, au premier rang des libéraux contemporains, c'est précisément au marché qu'il reconnaît une place essentielle, tant pour l'économie que pour la société. Or, Hayek rejette la conception walrasienne d'un marché sur lequel les agents seraient parfaitement informés (Hayek 1937) : il déve-

1. Le qualificatif d'autrichien découle des origines de ce courant de pensée dans les travaux de Carl Menger et de ses disciples viennois. C'est en effet aujourd'hui aux Etats-Unis qu'on trouve le plus d'« autrichiens », ou plutôt de « néo-autrichiens », regroupés dans le Ludwig von Mises Institute, animé entre autres par Murray Rothbard. L'institut publie la *Review of Austrian Economics* et le *Austrian Economic Newsletter*, et organise une université d'été. Sur l'école autrichienne, voir entre autres Dolan 1976, Grassl et Smith 1986, Kirzner 1982, Littlechild 1990, O'Sullivan 1990.

loppe une vision de la concurrence sur le marché comme processus d'apprentissage et de coordination d'informations à la fois multiples, incomplètes et surtout dispersées entre des millions d'individus. Le marché ainsi perçu est un « ordre spontané » issu d'une évolution plusieurs fois millénaire de l'humanité, et non pas une création rationnelle, dont on puisse donner une représentation chiffrée. Mises[1] a développé une conception analogue, en mettant l'accent sur l'incertitude comme contexte dans lequel les entrepreneurs prennent leurs décisions.

Ces idées ont été développées dans le cadre de l'école autrichienne moderne, en particulier par Israel Kirzner[2], qui élabore le concept de marché comme processus, tandis que Ludwig Lachmann[3] met en question les vertus équilibrantes du marché. Tous mettent l'accent sur le fossé entre leur conception et celle qui inspire la théorie de l'équilibre général[4].

Mais on a aussi, dans des cercles plus proches de l'orthodoxie néoclassique, cherché à donner plus de réalisme à la vision orthodoxe du marché. Ainsi le chantier ouvert, dans les années soixante, notamment par Stigler (1961)[5], de l'analyse de la recherche, de l'utilisation et du coût de l'information est-il prolongé par les travaux sur les imperfections de la circulation de l'information et les équilibres de marché en information incomplète[6]. Economie de l'information et économie de l'incertain sont ainsi des nouveaux champs de spécialisation qui se sont ouverts[7].

1. *Human Action. A Treatise on Economics*, Londres, William Hodge ; New Haven, Yale University Press, 1949 ; trad. fr., *L'Action humaine. Traité d'économie*, Paris, PUF, 1985.

2. *Competition and Entrepreneurship*, University of Chicago Press, 1973 ; *Perception, Opportunity and Profit*, University of Chicago Press, 1979 ; *Discovery and the Capitalist Process*, University of Chicago Press, 1985.

3. *The Market as an Economic Process*, Oxford, Basil Blackwell, 1986.

4. Voir aussi G. O'Driscoll et M.J. Rizzo, *The Economics of Time and Ignorance*, Oxford, Basil Blackwell, 1985 ; M.N. Rothbard, *Man, Economy, and State. A Treatise on Economic Principles*, Princeton, Van Nostrand, 1962.

5. Voir *supra*, chapitre 7.

6. Voir par exemple P.A. Diamond, « A Model of Price Adjustment », *Journal of Economic Theory*, vol. 3, 1971, 156-68 ; F.M. Fisher, « Stability and Competitive Equilibrium in Two Models of Search and Individual Price Adjustment », *Journal of Economic Theory*, vol. 6, 1973, 446-70 ; Stiglitz 1976 (avec S.J. Grossman), 1981 (avec A. Weiss).

7. Voir le symposium sur l'économie de l'information, *Review of Economic Studies*, vol. 44, octobre 1977, 389-601.

Parallèlement, la théorie des jeux a profondément renouvelé l'analyse des marchés, des comportements et stratégies des acteurs, des différentes formes de concurrence, ainsi que les typologies des marchés [1]. Dans ce cadre élargi, le modèle standard du marché n'est pas invalidé ; mais son champ de validité, désormais, est mieux délimité.

Enfin, avec les analyses en termes de marchés contestables, Baumol, Panzar et Willig [2] font indéniablement faire à la théorie une avancée dans le sens de l'explication des réalités observables.

Il en a été de même en ce qui concerne la rationalité. La conception orthodoxe est celle d'une rationalité à la fois réductrice, celle d'un agent réduit à une dimension qui se borne à maximiser des avantages et à minimiser des coûts, et générale, applicable à toute situation, à n'importe quelle décision : c'est la rationalité que H. Simon qualifie de « substantielle ».

Sur ce point, où d'innombrables critiques avaient été également portées, c'est Simon, universitaire à la large palette de compétences, pionnier de l'analyse de la complexité et que le Nobel consacrera comme économiste, qui a ouvert la brèche décisive. En 1943, dans sa thèse de doctorat (publiée en 1947), il introduit l'analyse en termes de « rationalité limitée », approche qu'il développera (1957, 1969, 1982 *Models*) en termes de « rationalité procédurale » : celle d'un acteur qui exerce sa capacité de choix, non pas en fonction d'un unique souci de maximisation ou d'optimisation, mais dans la complexité de sa situation, en tenant compte, non seulement de l'imperfection de l'information et du coût de son amélioration, mais encore de la pluralité des contraintes, des critères, des avantages et des inconvénients. Cette rationalité est indissociable du processus même de la décision, propre à chaque agent, et notamment à chaque organisation, et dans lequel celui-ci peut être amené à réviser ses objectifs.

Ces analyses sont au cœur des travaux d'une des écoles comportementalistes, la Carnegie School [3], dont la démarche, fondée sur l'analyse concrète des comportements des firmes et

1. A. d'Autume, « Théorie des jeux et marché », *Cahiers d'économie politique*, n° 20-21, 1992, 155-65.

2. *Contestable Markets and the Theory of Industry Structure*, New York, Harcourt Brace Jovanovich, 1982.

3. Earl 1988, 3-4.

des administrations, a été illustrée par les travaux de March et Simon (1958) et de Cyert et March[1], poursuivis par March[2] à Stanford et par Nelson[3] à Yale. Ces travaux ont évidemment contribué au renouvellement des analyses de la firme, boîte noire de la théorie néoclassique. Mais, dans ce domaine, c'est évidemment l'article publié par Coase en 1937, le plus communément cité, qui a ouvert de nouvelles perspectives, même s'il a fallu du temps pour qu'on les reconnaisse. Le but poursuivi par Coase était de « montrer l'importance pour le fonctionnement du système économique de ce qu'on peut appeler la structure institutionnelle de la production » (Coase 1992, p. 713). Dans son article de 1937, il cherche à expliquer, tout en demeurant dans le cadre de l'analyse néoclassique, la spécificité de la firme par rapport au marché et donc la nature de la firme dans une économie de marché. Il le fait en développant la thèse selon laquelle la firme est une structure qui permet d'éliminer certains des coûts découlant du fonctionnement des marchés, coûts de la recherche d'information et de la négociation des contrats, en bref les « coûts de transaction ».

Longtemps méconnue ou mal comprise[4], cette approche a été reprise par Coase dans son article de 1960, « Le problème du coût social » ; dans les années soixante-dix, elle a été de plus en plus largement prise en compte et a donné lieu à une abondante littérature, dans laquelle on trouve par exemple les travaux de Steven S. Cheung[5], Harold Demsetz[6] et Oliver Williamson[7]. Partant d'hypothèses radicalement différentes

1. *A Behavioural Theory of the Firm*, Englewood Cliffs, New Jersey, Prentice-Hall, 1963.

2. J.G. March et J.P. Olsen, *Ambiguity and Choice in Organizations*, Bergen, Universitets Forlaget, 1976.

3. R.R. Nelson et S.G. Winter, *An Evolutionary Theory of Economic Change*, Cambridge, Massachusetts, Harvard University Press, 1982.

4. Sur ce point, voir Coase 1972.

5. *The Theory of Share Tenancy*, University of Chicago Press, 1969 ; « The Contractual Nature of the Firm », *Journal of Law and Economics*, vol. 26, 1982, 1-22.

6. « Toward a Theory of Property Rights », *American Economic Review*, vol. 57, 1967, *Papers and Proceedings*, 347-59 ; « The Cost of Transacting », *Quarterly Journal of Economics*, vol. 82, 1968, 33-53 ; « Wealth Distribution and the Ownership of Rights », *Journal of Legal Studies*, vol. 1, 1972, 13-28.

7. *Markets and Hierarchies. Analysis and Antitrust Implications*, New York, Free Press, 1975 ; *The Economic Institutions of Capitalism : Firms, Markets, Relational Contracting*, New York, Free Press, 1985. Voir aussi O.E. William-

de celles de Simon et de Coase – non seulement une situation d'incertitude, mais des agents non motivés et sans rationalité –, Alchian[1] aboutit, en prenant en compte la logique de la sélection naturelle, à des analyses convergentes. Avec Demsetz[2], il met en avant, dans l'explication de la firme, l'efficacité de la « production d'équipe ». Marschak, dans la dernière partie d'une longue carrière qui l'a vu d'abord donner un nouvel essor à l'économétrie[3], s'est aussi intéressé à cette question[4], ainsi qu'à l'économie des organisations, des décisions et de l'information[5]. Parallèlement, l'explication de la taille de la firme en termes d'économie d'échelle débouchait sur une explication élargie en termes d'économie de champs et était enrichie par l'analyse des fonctions de coûts multi-produits[6].

Ces différentes percées ont eu trois types d'effets : elles ont ouvert des brèches dans la forteresse de l'orthodoxie ; mais elles ont, par là même, suscité des travaux qui la renforcent ; et elles ont provoqué, dans différentes spécialités et dans plusieurs courants théoriques, un profond renouvellement des analyses des institutions, des organisations, des firmes, des marchés et des relations entre organisations et marchés.

Ainsi, l'étude des organisations qui, dans l'approche néoclassique, était du ressort, non de la théorie économique, mais de l'histoire, est désormais réintégrée, et pas seulement pour les marxistes et les institutionnalistes, dans le champ de l'analyse économique[7]. La figure simpliste de la firme maximisatrice est

---

son et S.G. Winter (dir.), *The Nature of the Firm : Origins, Evolution, and Development*, Oxford, Oxford University Press, 1991 ; O.E. Williamson (dir.), *Industrial Organization*, Aldershot, Hants, Edward Elgar, 1990.

1. « Uncertainty, Evolution and Economic Theory », *Journal of Political Economy*, vol. 58, 1950, 211-21 ; *Economic Forces at Work*, Indianapolis, Liberty Press, 1977.

2. « Production, Information Costs, and Economic Organization », *American Economic Review*, vol. 62, 1972, 777-95.

3. Voir *supra*, chapitre 4.

4. Avec Roy Radner, *Economic Theory of Teams*, New Haven, Connecticut, Yale University Press, 1972.

5. *Economic Information, Decision, and Prediction. Selected Essays*, vol. 1, *Economics of Decision* [bibliographie de Marschak, XVII-XVIII] ; vol. 2, *Economics of Information and Organization* ; vol. 3, *Money and Other Assets ; Economic Measurements ; Contributions to the Logic of Economics*, Dordrecht, D. Reidel, 1974.

6. Voir par exemple Baumol, Panzar et Willig 1982, *op. cit.*

7. Voir C. Ménard, *Les Organisations*, Paris, La Découverte, 1990, 16 s.

de plus en plus largement rejetée ; son analyse, comme celle des autres institutions, est éclairée par la théorie des jeux, avec notamment les jeux récurrents. Le marché cesse d'être le mode universel, échappant à l'histoire, d'ajustement des plans des agents. Il convient donc de connaître les fondements institutionnels de son émergence et de son fonctionnement [1] ; cette étude peut s'inscrire dans la démarche institutionnaliste ou dans celle de l'économie des organisations. Il convient aussi de comprendre comment s'opère le partage entre ce qui est du ressort de l'entreprise et ce qui est du ressort du marché et comment s'opère la substitution entre l'un et l'autre [2].

Ces travaux se sont traduits par un profond renouveau de l'économie comportementaliste et de ses différentes écoles [3], des formes modernes de l'institutionnalisme – nouvelle économie institutionnelle [4] et économie néo-institutionnelle [5] – et de l'économie industrielle.

Ce renouveau se traduit par différents types de rapprochements ou de croisements. Ainsi Williamson, qui est abondamment cité, et parfois revendiqué, par les trois courants évoqués ci-dessus, fit sa thèse à l'université Carnegie Mellon et a une démarche qui porte la double marque de l'approche comportementaliste et de l'analyse néoclassique. On peut d'autre part noter des convergences entre des travaux post-keynésiens et l'approche comportementaliste, vue comme une nouvelle approche de l'économie industrielle [6]. Des auteurs comme

1. Parmi d'autres, Alchian, *Economic Forces at Work*, Indianapolis, Liberty Press, 1977 ; Williamson, *The Economic Institutions of Capitalism*, 1985, *op. cit.*

2. De Coase 1937 à Simon 1991 (dans le cadre d'un symposium du *Journal of Economic Perspectives*, introduit par Stiglitz, sur le thème « Organizations and Economics »), en passant par Williamson 1975, *op. cit.*

3. Voir Earl 1988, p. 3 s.

4. « New Institutional Economics », dont l'appellation a été proposée par O. Williamson en 1975 (*op. cit.*). Elle constitue, plus qu'une école, un programme de recherche sur la rationalité et les institutions (voir R.N. Langlois, « Rationality, Institutions, and Explanation », in Langlois 1986, p. 252-3).

5. Voir Eggertsson 1990, p. 6 s. Si le renouveau de l'institutionnalisme est indéniable, il n'est pas sûr que cette distinction soit très opérante, d'autant plus que, comme le remarque Eggertsson (p. 10, n. 12), Coase et Williamson utilisent l'appellation « New Institutional Economics » pour désigner deux paradigmes distincts. Pour Langlois (1986, p. 252-3), la nouvelle économie institutionnelle se définit principalement par un programme de recherches.

6. Voir par exemple N. Kay, « Post-Keynesian Economics and New Approaches to Industrial Economics », in Pheby 1989, 191-208 ; B. Haines et

Akerlof et Stiglitz ont pu être qualifiés d'« hétérodoxes néo-classiques ». Des institutionnalistes ambitionnent de généraliser l'économie néoclassique [1], tandis que d'autres s'inquiètent de la perspective d'une synthèse entre économie néoclassique et économie comportementaliste [2].

Au cœur de cette dynamique, se situent les travaux de K. Arrow, très fréquemment cité dans l'abondante littérature que nous venons d'évoquer, tant pour ses réflexions sur les *Limites de l'organisation* (1974) que pour ses travaux sur les choix individuels et sociaux [3].

Mais dans le sens opposé, on assiste à un retour de la notion standard de marché pour traiter de phénomènes internes à l'entreprise, voire pour rendre compte de « [t]ous les rapports sociaux [...] désormais considérés comme des "marchés" implicites », le concept de marché étant alors élargi jusqu'à « la systématisation de négociations quelconques entre individus » [4] ; et à travers la théorie des contrats [5], on tend à réduire « tout ce qui est institutionnel ou organisationnel » à des contrats entre individus, s'apparentant aux relations entre acheteurs et vendeurs dans la théorie néoclassique : « L'organisation, simple collection de contrats, perd alors toute identité ; elle disparaît en tant qu'entité collective, réduite à de l'inter-individuel » [6] et peut, finalement, à nouveau être interprétée en termes de rationalité substantielle.

J.R. Shackleton, « The New Industrial Economics », in Shackleton 1990, 178-204 ; Shepherd 1990.

1. Eggertsson 1990, chapitre 1. Pour sa part, J. Lesourne affiche l'ambition de contribuer à une synthèse plus large encore, puisque son *Economie de l'ordre et du désordre* (Paris, Economica, 1991) est annoncée comme la première pierre d'une construction, dont l'inspiration puise à « plusieurs courants de la pensée scientifique » : « la théorie générale des systèmes », « le courant évolutionniste », « l'approche comportementaliste », « l'économie institutionnelle » et « la théorie économique elle-même » (p. 10-3).

2. Ainsi Earl (1988, p. 9-12) qui met en cause les pseudo-comportementalistes.

3. Voir par exemple, dans sa bibliographie, 1983, 1984, 1985, 1986.

4. M. Lagueux, « Le libéralisme économique comme programme de recherche et comme idéologie », *Cahiers d'économie politique*, nº 16-17, 1989, p. 142.

5. Ainsi Alchian et Demsetz, « Production, Information Costs and Economic Organization », *American Economic Review*, vol. 62, 1972, p. 778.

6. Y. Giordano, « Décision et organisations : quelles rationalités ? », *Economies et sociétés*, vol. 25, 1991, nº 4, série SG nº 17, p. 172.

Comment là ne pas évoquer Pénélope ? Tandis qu'une partie des économistes travaille à rendre les concepts et outils théoriques mieux à même de prendre en compte la réalité des marchés et des firmes, une autre partie applique les analyses les plus réductrices à la firme, à l'organisation et hors du champ de l'économie. N'est-ce pas, pour quelques pas en avant dans la connaissance, faire là plusieurs pas en arrière ?

Sisyphe : l'hétérodoxie toujours à reconstruire

Face à la vitalité de ce que nous avons appelé la « nouvelle forteresse », les hétérodoxies d'hier peuvent paraître émoussées. Ainsi, l'institutionnalisme, plutôt que de développer sa propre cohérence, décline, on l'a vu, ses mélodies en contrepoint du thème néoclassique dominant et constitue un vivier de renouveau des différentes théories économiques. Le courant post-keynésien est toujours bien vivant, avec ses canaux de diffusion et les départements universitaires et centres de recherche où il est influent. Ses publications sont nombreuses et diversifiées. Mais, en même temps, on peut parfois se demander s'il existe en tant que courant unique. Par exemple s'opposent, en controverses parfois très dures, disciples de Sraffa et ceux qui croient incompatibles les approches keynésienne et néo-ricardienne [1].

Quant au marxisme, il a indéniablement connu un renouveau dans la décennie qui a suivi 1968 [2]. Caractéristiques de la période, ont été d'une part son éclatement dans le cadre des différentes disciplines académiques (anthropologie, sociologie, économie notamment) et d'autre part la sujétion de nombre d'auteurs à des lignes politiques (communiste orthodoxe, trotskiste, maoïste, tiers-mondiste). En économie, outre les ouvrages déjà évoqués, les manuels sur l'économie marxiste se sont mul-

1. Voir *supra*, chapitre 6.

2. Voir Howard et King 1992, H. Gintis, « The Re-emergence of Marxian Economics in America », in B. Ollman et E. Vernoff (dir.), *The Left Academy : Marxist Scholarship on American Campuses*, vol. 1, New York, McGraw-Hill, 1982. Voir aussi les textes rassemblés dans King (dir.) 1990 ; G. Caravale (dir.), *Marx and Economic Analysis*, Aldershot, Hants, Edward Elgar, 1990 ; G. Deleplace et P. Maurisson (dir.), *L'Hétérodoxie dans la pensée économique : K. Marx, J.M. Keynes, J.A. Schumpeter*, Paris, Anthropos, 1985.

tipliés[1]. La marée de la mathématisation a donné lieu à des réécritures formalisées de Marx, qui ne sont pas d'ailleurs uniquement le fait d'économistes se réclamant du marxisme[2]. Samuelson, parmi d'autres, après avoir écrit de Marx qu'il était un post-ricardien mineur et autodidacte, le considère désormais comme un important économiste mathématicien[3], alors que Morishima le décrit comme le cofondateur, avec Walras, de l'économie mathématique moderne[4]. On a assisté à un débat intense, alimenté par la contribution de Sraffa et de l'école néo-ricardienne, sur la signification de l'œuvre de Marx, et en particulier sur le problème séculaire de la transformation des valeurs en prix de production[5]. Alors que plusieurs auteurs se réclamant

1. J.F. Becker, *Marxian Political Economy : An Outline*, Cambridge, Angleterre, Cambridge University Press, 1977; trad. fr., *Economie politique marxiste : une perspective*, Paris, Economica, 1980; G. Catephores, *An Introduction to Marxist Economics*, New York, New York University Press, 1988; L. Gill, *L'Economie capitaliste : une analyse marxiste*, 2 vol., Montréal, Presses socialistes internationales, 1976 et 1979; J. Gouverneur, *Manuel de théorie économique marxiste*, Bruxelles, De Boeck-Wesmael, 1987; M.C. Howard et J.E. King, *The Political Economy of Marx*, Harlow, Longman, 1975; P. Salama et J. Valier, *Une introduction à l'économie politique*, Paris, François Maspero, 1973.

2. Notamment A. Brody, *Proportions, Prices and Planning. A Mathematical Restatement of the Labor Theory of Value*, Budapest, Akademiai Kiado; Amsterdam, North-Holland, 1970; G. Maarek, *Introduction au « Capital » de Karl Marx*, Paris, Calmann-Lévy, 1975; J.E. Roemer, *Analytical Foundations of Marxian Economic Theory*, Cambridge, Angleterre, Cambridge University Press, 1981.

3. Voir notamment « Wage and Interest : A Modern Dissection of Marxian Economic Models », *American Economic Review*, vol. 47, 1957, 884-912; « Understanding the Marxian Notion of Exploitation : A Summary of the So-Called Transformation Problem between Marxian Values and Competitive Prices », *Journal of Economic Literature*, vol. 9, 1971, 399-431; « Marx as a Mathematical Economist : Steady-State and Exponential Growth Equilibrium », in G. Horwich et P.A. Samuelson (dir.), *Trade, Stability, and Macroeconomics : Essays in Honor of Lloyd A. Metzler*, New York et Londres, Academic Press, 1974, 269-307.

4. *Marx's Economics : A Dual Theory of Value and Growth*, Cambridge, Angleterre, Cambridge University Press, 1973.

5. Voir à ce sujet G. Dostaler, *Marx, la valeur et l'économie politique*, Paris, Anthropos, 1978; G. Duménil, *De la valeur aux prix de production*, Paris, Economica, 1980; A. Lipietz, « The So-Called "Transformation Problem" Revisited », *Journal of Economic Theory*, vol. 26, 1982, 59-88; I. Steedman *et al.*, *The Value Controversy*, Londres, New Left Books et Verso, 1981; J.S. Szumski, « The Transformation Problem Solved ? », *Cambridge Journal of Economics*, vol. 13, 1989, 431-52. Voir les textes rassemblés dans Abraham-Frois 1978 et dans G. Dostaler (dir., avec la coll. de M. Lagueux), *Un échiquier centenaire :*

des courants post-keynésien et néo-ricardien, tels que K. Bharadjaw[1] et Steedman[2], et certains économistes marxistes comme Dobb (1973) et Meek[3] considèrent que l'œuvre de Sraffa prolonge celle de Marx, d'autres estiment qu'elle la trahit[4]. A cet égard, la frontière entre marxisme et théorie post-keynésienne, comme du reste entre les deux premières et l'institutionnalisme, est souvent floue et changeante, d'autant plus que chacun de ces courants de pensée est traversé de multiples sous-courants. Parallèlement, à côté de nombreuses analyses consacrées au capitalisme mondial, à l'impérialisme et à la crise[5], on peut relever les travaux de S. de Brunhoff sur la monnaie[6] et l'Etat[7].

---

théorie de la valeur et formation des prix, Paris/Montréal, La Découverte/Presses de l'université du Québec, 1985.

1. *Themes in Value and Distribution : Classical Theory Reappraised*, Londres, Unwin Hyman, 1989.

2. *Marx after Sraffa*, Londres, New Left Books, 1977.

3. Voir par exemple la préface à la deuxième édition (1973) de *Studies in the Labour Theory of Value*, Londres, Lawrence & Wishart (1re éd. 1956).

4. Voir par exemple S. Amin, *La Loi de la valeur et le matérialisme historique*, Paris, Editions de Minuit, 1977 ; C. Benetti, C. Berthomieu et J. Cartelier, *Economie classique, économie vulgaire : essais critiques*, Grenoble, Presses universitaires de Grenoble ; Paris, François Maspero, 1975 ; E. Mandel (dir., avec A. Freeman), *Ricardo, Marx, Sraffa*, Londres, Verso, 1984 ; B. Rowthorn, « Neo-classicism, Neo-Ricardianism and Marxism », *New Left Review*, 1974, nº 86, 63-87.

5. Mentionnons, outre les nombreux travaux de S. Amin (parmi lesquels : *L'Accumulation à l'échelle mondiale : Critique de la théorie du sous-développement*, Paris, Anthropos, 1970 ; *L'Impérialisme et le développement inégal*, Paris, Editions de Minuit, 1976 ; *L'Empire du chaos. La nouvelle mondialisation capitaliste*, Paris, L'Harmattan, 1991 ; et, en collaboration, *La Crise de l'impérialisme*, Paris, Editions de Minuit, 1975 et *La Crise, quelle crise ?*, Paris, François Maspero, 1982), les ouvrages suivants : A. Brewer, *Marxist Theories of Imperialism, A Critical Survey*, Londres, Routledge & Kegan Paul, 1980 ; A. Emmanuel, *L'Echange inégal*, Paris, François Maspero, 1969 ; L. Gill, *Economie mondiale et impérialisme*, Montréal, Boréal Express, 1983 ; M. Itoh, *Value and Crisis*, Londres, Pluto et New York, Monthly Review Press, 1980, trad. fr. *La Crise mondiale*, Paris, EDI, 1987 ; H. Magdoff, *Imperialism : From the Colonial Age to the Present*, New York, Monthly Review Press, 1978 ; P. Mattick, *Marx and Keynes : The Limits of the Mixed Economy*, Londres, Merlin, 1971, trad. fr. *Marx et Keynes : Les limites de l'économie mixte*, Paris, Gallimard, 1971 ; R. Owen et B. Sutcliffe (dir), *Studies in the Theory of Imperialism*, Londres, Longman, 1972 ; C. Palloix, *L'Economie mondiale capitaliste*, Paris, François Maspero, 1971 ; H. Radice, *International Firm and Modern Imperialism*, Harmondsworth, Penguin, 1975.

6. *L'Offre de monnaie (Critique d'un concept)*, Paris, François Maspero, 1971.

7. *Etat et capital : Recherches sur la politique économique*, Presses univer-

La stagflation qui a frappé les économies capitalistes à partir du début des années soixante-dix a attisé la flamme du libéralisme et ébranlé le keynésianisme. Elle a, pendant un temps, stimulé le marxisme, pour finalement le déstabiliser à son tour, avec le reflux des idéaux sociaux-démocrates et socialistes dans les pays capitalistes. L'effondrement des régimes de type soviétique a porté un autre coup sérieux. Ces événements historiques ne peuvent évidemment faire mourir un courant théorique, qui pourrait d'ailleurs essayer d'en rendre compte. Mais il est certain qu'ils donnent, aux yeux de plusieurs, un air d'obsolescence, comme un parfum suranné à certains travaux. Comme le keynésianisme, le marxisme n'est plus à la mode.

C'est principalement par des pratiques de l'économie proches des faits et de l'histoire que se caractérisent les nouvelles vagues hétérodoxes. Par-delà l'histoire économique [1], et l'histoire quantitative [2], il s'agit des efforts d'analyse de la réalité économique saisie dans sa dimension historique, bref, de ce que l'on peut appeler l'économie historique [3].

L'économie politique s'est enracinée dans l'histoire. Elle a été, sans qu'on éprouve alors le besoin de le dire, une économie historique. De Turgot et Smith à Mill et Marx, de l'école historique allemande, Marshall et Schumpeter à Keynes, Hayek et Perroux, les économistes qui ont marqué la pensée économique ont pris en compte la dimension historique. Cette prise en compte est d'ailleurs commune à l'ensemble des hétérodoxies. Pour la quasi-totalité des économistes post-keynésiens, institu-

---

sitaires de Grenoble et Paris, François Maspero, 1976. Voir aussi J.J. O' Connor, *The Fiscal Crisis of the State*, New York, St. Martin's Press, 1973.

1. Illustrée d'abord par des historiens de Sombart à F. Braudel, I. Wallerstein, J. Bouvier – mais aussi par des spécialistes d'autres disciplines, tels le démographe Alfred Sauvy ou Karl Polanyi, qu'il est difficile de classer dans une discipline particulière –, et à laquelle des dizaines d'économistes contemporains ont, sous des formes diverses, apporté leurs contributions. Voir Hicks 1969 ; A.J. Field (dir.), *The Future of Economic History*, Boston, Kluwer-Nijhoff, 1986 ; W.N. Parker (dir.), *Economic History and the Modern Economist*, Oxford, Basil Blackwell, 1986.

2. On pense bien sûr d'abord à S. Kuznets et, en France, J. Marczewski.

3. « Economie et histoire, nouvelles approches », numéro réalisé sous la direction de P. Dockès et B. Rosier, *Revue économique*, vol. 42, 1991, 145-441 ; R. Boyer, « Economie et histoire : vers de nouvelles alliances », *Annales ESC*, 44e année, 1989, 1397-426 ; R. Boyer, B. Chavance, O. Godard, *Les Figures de l'irréversibilité en économie*, Paris, Ecole des hautes études en sciences sociales, 1991.

tionnalistes, radicaux et marxistes, une partie de l'œuvre au moins a une dimension historique ; et c'est aussi le cas pour l'ensemble très diversifié des économistes qui ont travaillé sur le développement, sur le destin du capitalisme et ses crises, sur des économies nationales et sur l'économie internationale et mondiale.

Le plus souvent, la manière dont sont articulées économie et histoire demeure implicite. Jean Lhomme[1] a eu le souci de l'expliciter : pour lui, ce sont « les faits historiques qui forment la matière de la théorie économique »[2], d'où l'importance du travail que l'on a à faire sur leur représentativité, leur homogénéité, leur cohésion et leur continuité dans le temps ; en outre, l'économiste doit recourir à l'histoire pour éprouver les concepts, avec, comme critère, la « correspondance avec la réalité »[3].

Plus ambitieux est le projet affiché par Pierre Dockès et Bernard Rosier « de faire de l'économie en privilégiant l'analyse du changement dans un temps historique, donc de situer le déroulement des phénomènes économiques dans une dynamique de l'irréversibilité, de l'innovation irréductible, mais aussi dans l'épaisseur du social et de ses jeux conflictuels, de retrouver la diversité des durées et des rythmes »[4]. Leur ambition, comme économistes, est de construire « un emboîtement [...] de théories de généralités variées, depuis les plus générales appuyées sur des concepts très englobants et qui sont de simple logique formelle jusqu'aux plus circonstanciées qui retiennent des concepts singuliers [...] »[5].

Cette recherche de l'articulation des deux dimensions, théorique et historique, reprend très largement la démarche qui a sous-tendu une large part de l'œuvre de Schumpeter, qu'il s'agisse de son analyse de l'entrepreneur, des innovations et de

1. *Economie et histoire*, Genève, Librairie Droz, 1967. Voir Michel Beaud, « Economie, théorie, histoire : Essai de clarification », *Revue économique*, vol. 42, 1991, 155-72.

2. Lhomme 1967, *op. cit.*, p. 16.

3. *Ibid.*, p. 30.

4. Introduction du numéro spécial « Economie et histoire : Nouvelles approches » et « Histoire "raisonnée" et économie historique », *Revue économique*, vol. 42, 1991, p. 150. Voir aussi, des mêmes auteurs, *Rythmes économiques, crise et changement social. Une perspective historique*, Paris, La Découverte, 1983 ; *L'Histoire ambiguë. Croissance et développement en question*, Paris, PUF, 1988.

5. *Revue économique*, *op. cit.*, p. 207 et 208.

leur rôle dans les mouvements économiques ou de sa réflexion sur le devenir à long terme du capitalisme et du socialisme. Elle rejoint celle d'auteurs comme Perroux, avec la prise en compte de l'économie dominante, de la firme dominante, de l'industrie dominante, et de ses continuateurs tels que M. Byé, avec la grande unité interterritoriale[1], et J. Weiller avec la préférence de structure[2]. Elle est convergente avec les travaux de certains institutionnalistes[3].

Dans cette mouvance large de l'économie historique, un effort d'élaboration théorique plus systématique a été mené par l'école de la régulation[4]. Elle puise son inspiration à plusieurs sources : le marxisme et le post-keynésianisme avec une forte influence de Kalecki, l'école historique, Schumpeter et la tradition de l'économie politique française universitaire attachée à l'étude du social et des institutions, le tout retravaillé en une pâte nouvelle, que contribuèrent à faire lever différents levains de l'après-1968. Les premiers travaux ont porté sur l'accumulation aux Etats-Unis[5], la construction d'un modèle macroéconomique de l'économie française d'inspiration post-keynésienne[6] et l'inflation en France[7].

1. « La grande unité interterritoriale dans l'industrie extractive », *Cahiers de l'ISEA*, série F, n° 2, septembre 1955, 5-94.

2. « Les préférences nationales de structures et la notion de déséquilibre structurel », *Revue d'économie politique*, 59e année, 1949, 414-34 ; *L'Economie internationale depuis 1950*, Paris, PUF, 1965.

3. R.R. Nelson et S.G. Winter, *An Evolutionary Theory of Economic Change*, Cambridge, Massachusetts, Harvard University Press, 1982.

4. R. Boyer, *La Théorie de la régulation : une analyse critique*, Paris, La Découverte, 1986 ; *id.*, « Les théories de la régulation : Paris, Barcelone, New York », *Revue de synthèse* (CNRS, 4e section), avril-juin 1989, n° 2, 277-91. Voir aussi : *Le Colloque de Barcelone*, *Economies et sociétés*, vol. 23, 1989, n° 11 (R 4) et vol. 24, 1990, n° 12 (R 5). Bob Jessop (« Regulation Theories in Retrospect and Prospect », *Economies et sociétés*, vol. 23, n° 11 1989 (R 4), p. 8 s.) distingue sept écoles de la régulation : trois sont des avatars de l'économie marxiste (économistes du Parti communiste français, tenants du capitalisme monopoliste d'Etat, école de Grenoble et école d'Amsterdam) ; et trois autres (en Allemagne, dans les pays scandinaves et aux Etats-Unis) peuvent être situées par rapport à l'école parisienne, qui, avec M. Aglietta, H. Bertrand, R. Boyer, A. Lipietz et J. Mistral, a fait l'effort fondateur et dont nous parlerons ici.

5. M. Aglietta, *Régulation et crises du capitalisme : l'expérience des Etats-Unis*, Paris, Calmann-Lévy, 1976.

6. J. Mazier, *La Macroéconomie appliquée*, Paris, PUF, 1978.

7. Travaux réalisés dans le cadre du Centre de recherches prospectives d'économie mathématique appliquée à la planification (CEPREMAP).

Selon les termes de R. Boyer, l'approche régulationniste apporte « une attention extrême à la forme précise que prennent *les rapports sociaux fondamentaux*, lors d'une phase historique et pour une société données »[1], principalement le rapport marchand et la relation capital-travail, et en étudie les « formes institutionnelles ». Sur la base d'une macroéconomie d'inspiration post-keynésienne, elle analyse les « régimes d'accumulation », conçus comme « l'ensemble des régularités assurant une progression générale et relativement cohérente de l'accumulation du capital »[2], ainsi que le « mode de régulation »[3].

Cette démarche a permis de mener d'une manière coordonnée et cohérente un ensemble d'analyses sur les dynamiques du capitalisme d'hier et d'aujourd'hui, de distinguer d'une manière systématique différents types de crises, de faire ressortir la distinction entre régimes d'accumulation extensif et intensif, de mettre en lumière le fordisme dans l'explication de la période de croissance de l'après-guerre, et de la crise des années soixante-dix et quatre-vingt[4]. Elle a débouché sur de nouveaux travaux, notamment sur la monnaie[5], l'Etat[6] et l'organisation du travail[7].

Dans la mouvance de l'économie historique se situent aussi les auteurs qui ont travaillé sur le système capitaliste mondial[8] et sur les firmes multinationales[9]. Leurs travaux sont en quelque

1. R. Boyer 1986, *op. cit.*, p. 23.

2. *Ibid.*, p. 46.

3. Pour une critique de cette démarche, voir J. Cartelier et M. de Vroey, « L'approche de la régulation. Un nouveau paradigme ? », *Economies et sociétés*, vol. 23, n° 11 (R 4), 1989, 63-87.

4. Voir notamment R. Boyer et J. Mistral, *Accumulation, inflation, crise*, Paris, PUF, 1978 ; R. Boyer (dir.), *Capitalismes fin de siècle*, Paris, PUF, 1986 ; R. Boyer (dir.), *La Flexibilité du travail en Europe*, Paris, La Découverte, 1986.

5. M. Aglietta et A. Orléan, *La Violence de la monnaie*, Paris, PUF, 1982.

6. R. Delorme et C. André, *L'Etat et l'économie*, Paris, Seuil, 1983.

7. B. Coriat, *L'Atelier et le chronomètre*, Paris, Bourgois, 1979 ; *L'Atelier et le robot*, Paris, Bourgois, 1990.

8. Notamment I. Wallerstein, *Le Capitalisme historique*, Paris, La Découverte, 1985, et S. Amin (notamment, les ouvrages déjà cités de 1970, 1976 et 1991).

9. Notamment R. Vernon, *Sovereignty at Bay : The Multinational Spread of US Enterprises*, New York, Basic Books, 1971 ; trad. fr. 1973, *Les Entreprises multinationales. La souveraineté nationale en péril*, Paris, Calmann-Lévy ; *Exploring the Global Economy : Emerging Issues in Trade and Investment*, Cambridge, Massachusetts, Harvard University Press, 1985 ; et C.-A. Michalet, *Le Capitalisme mondial*, Paris, PUF, 1976 ; nouvelle éd. 1985.

sorte parallèles à ceux des régulationnistes, puisque ceux-ci posent comme premier le fait national, l'économie nationale. Cependant ils ont aussi été amenés à prendre en compte la dimension internationale du capitalisme, et ont mis en avant la notion de régime international [1] ; là, des proximités peuvent être notées, soit avec l'approche anglo-saxonne en termes d'hégémonie [2], soit avec les approches visant à construire l'articulation des dimensions nationale et mondiale du capitalisme [3].

Dans cette même mouvance de l'économie historique, se situent les radicaux américains tels que S. Bowles, D.M. Gordon, T. Weisskopf, R. Edwards et E. Reich. Entre leurs travaux et ceux de la régulation, des convergences fortes peuvent d'ailleurs être saisies : ainsi, la notion de structure sociale d'accumulation [4] recouvre largement celle de régime d'accumulation ; de même une proche parenté existe dans les manières dont ces deux écoles analysent le rapport salarial et le compromis capital-travail, ainsi que la crise des années soixante-dix [5]. Un autre rapprochement peut être noté avec Michael Piore, qui, en collaboration avec C. Sabel, a abordé l'analyse du post-fordisme en définissant la spécialisation flexible [6], thème auquel

1. A. Lipietz (*Mirages et miracles*, Paris, La Découverte, 1985) estime qu'il peut exister « comme un régime d'accumulation mondial » (p. 101). J. Mistral (« Régime international et trajectoires nationales », in Boyer (dir.) 1986, *op. cit.*) lie l'analyse des aires stratégiques et des régimes internationaux d'accumulation (p. 172 s.). M. Aglietta (*La Fin des devises-clés*, Paris, La Découverte, 1986) étudie le « régime monétaire international qui s'établit autour d'une devise clé » (p. 44 s.).

2. R. Gilpin, *The Political Economy of International Relations*, Princeton University Press, 1987 ; J. Kolko, *Restructuring the World Economy*, New York, Pantheon Books, 1988 ; S. Strange, *States and Markets*, Londres, Pinter, 1988.

3. J.O. Anderson, « Capital and Nation-State : A Theoretical Perspective », *Development and Peace*, vol. 2, 1981, 238-54 ; M. Beaud, *Histoire du capitalisme*, Paris, Seuil, 1981 ; nouvelle éd., 1990 ; *id.*, *Le Système national/mondial hiérarchisé*, Paris, La Découverte, 1987.

4. S. Bowles, D. Gordon et T. Weisskopf, *Beyond the Waste Land : A Democratic Alternative to Economic Decline*, New York, Doubleday, 1983 ; trad. fr. 1986, *L'Economie du gaspillage. La crise américaine et les politiques reaganiennes*, Paris, La Découverte.

5. Bowles, Gordon et Weisskopf 1983, *op. cit.* ; R. Edwards, D.M. Gordon et E. Reich, *Segmented Work, Divided Workers*, Cambridge, Angleterre, Cambridge University Press, 1982.

6. *The Second Industrial Divide*, New York, Basic Books, 1984 ; trad. fr., *Les Chemins de la prospérité*, Paris, Hachette, 1989.

se sont attachés des théoriciens français de l'école de la régulation. Enfin, on peut évoquer ici certains tenants de l'approche anglo-saxonne moderne en termes de « corporatisme sociétal »[1], approche qui prend en compte les caractéristiques du système politique et des modes de représentation des intérêts de chaque pays, les stratégies des principaux acteurs (Etat, patronat, syndicat), la nature et le rôle des compromis sociaux.

Enfin, malgré le fait que leurs travaux soient largement inspirés par les débats (évoqués dans la section précédente) sur le marché, la firme, la rationalité, l'organisation, et qu'ils sont attachés (contrairement à l'ensemble des hétérodoxies) aux préceptes de l'individualisme méthodologique, les tenants de l'économie des conventions[2] paraissent de plus en plus devoir se situer dans la mouvance de l'économie historique. En effet, s'ils mettent au cœur de leurs analyses les deux formes majeures de coordination que constituent le marché et l'entreprise, ils posent que l'un comme l'autre ne peut fonctionner « sans un cadre commun, sans une convention constitutive »[3], laquelle ne peut se comprendre que située dans l'histoire des sociétés. L'analyse des conventions peut donc permettre de construire l'articulation des champs trop souvent séparés de l'économie, de la sociologie et de l'histoire, d'établir des passages entre la réflexion théorique et l'analyse de la réalité et de constituer une charnière entre l'individualisme et le holisme, entre micro et macroéconomie. Là encore, on peut noter des convergences, avec des « hétérodoxes néoclassiques » (comme Akerlof et Stiglitz), des institutionnalistes (comme Doeringer et Piore), et des régulationnistes[4].

1. P.C. Schmitter et G. Lehmbruch (dir.), *Trends Toward Corporatist Intermediation*, Beverley Hills, Californie, Sage, 1979 ; S.D. Berger (dir.), *Organising Interest in Western Europe*, Cambridge, Angleterre, Cambridge University Press, 1981 ; P.J. Katzenstein, *Corporatism and Change*, Ithaca, New York, Cornell University Press, 1984. Voir aussi F.L. Pryor, « Corporatism as an Economic System : A Review Article », *Journal of Comparative Economics*, vol. 12, 1988, 317-44.

2. J.-P. Dupuy, F. Eymard-Duvernay, O. Favereau, A. Orléan, R. Salais, L. Thévenot (dir.), « L'économie des conventions », numéro spécial de la *Revue économique*, vol. 40, 1989, 141-400 ; voir aussi A. Orléan, *Analyse économique des conventions*, Paris, PUF, 1994.

3. *Revue économique*, 1989, *op. cit.*, p. 142.

4. Sur ces convergences, du point de vue de l'école de la régulation, voir Boyer 1986, trad. angl., *The Regulation School : A Critical Introduction*, New

Avec leurs efforts sans cesse recommencés pour rendre à l'économie ses dimensions historique, sociologique et politique, nombreux sont ceux qui, tels Sisyphe, travaillent à une économie historique toujours à reconstruire, et qui, à défaut d'être attractive par la pureté de sa cohérence formelle, doit l'être par sa capacité à expliquer les mouvements et les transformations des économies des nations et du monde.

Icare : le vol brisé de la pensée économique

Chez beaucoup de ses fondateurs, l'économie politique a été une pensée pluridimensionnelle, et cela de deux manières. D'abord, elle était à la fois pensée du marché et des processus productifs, de l'acteur individuel et de la société, du choix rationnel et du mouvement historique. Et en même temps, elle était à la fois essai de compréhension des processus observables, effort de conceptualisation et de formalisation, guide pour les décisions du Prince et réflexion sur les finalités. Discipline assumant la triple dimension humaine, sociale et historique, c'était une « science morale et politique ».

Cette tradition, née avec Petty, Turgot, Smith, Malthus et Ricardo serait-elle morte avec Keynes, Frisch, Myrdal, Perroux, Tinbergen et Hayek ? On peut le craindre.

Non que, parmi les économistes vivants et qui pensent, tous aient renoncé à l'ambition d'une pensée pluridimensionnelle. Mais avec l'énorme production écrite que représentent les travaux de science économique des dernières décennies, l'analyse, la théorie, la recherche – et avec elles la pensée – ont éclaté en de multiples domaines : le marché, l'entreprise, le choix public, le consommateur, l'économie nationale, le travail, l'emploi, le bien-être, l'économie internationale, la firme multinationale, les processus de mondialisation, le capitalisme, la technologie, l'innovation, l'information, et bien d'autres qu'on n'en finirait pas d'énumérer; avec, pour chacun, des sous-domaines de spécialisation, le tout étant surcloisonné par le jeu des écoles et traditions théoriques et des langues.

York, Columbia University Press, 1989, XIX-XXII; voir aussi R. Boyer et A. Orléan, « Les transformations des conventions salariales entre théorie et histoire », *Revue économique*, vol. 42, 1991, p. 269.

L'économiste débutant autant que l'auteur chevronné, ayant travaillé dur à se faire reconnaître dans un domaine ou deux, peuvent à juste titre hésiter fortement devant la tâche de construire une pensée globale.

En outre, les quarante dernières années ont été marquées par une prolifération démesurée des travaux théoriques formalisés sur les marchés, les équilibres, les choix et les stratégies. L'étude des réalités économiques contemporaines est désormais considérée comme une activité de deuxième rang, rattachée à la précédente par quelques passerelles. Le conseil aux gouvernants connaît un net déclin ; et plusieurs générations d'ordinateurs passeront avant que l'on soit en mesure de construire rigoureusement le chemin de la théorie de l'équilibre général aux choix concrets de politique économique. Quant à la dimension éthique, certains économistes essaient de la réintroduire, soit pour élargir l'analyse, par exemple avec la prise en compte de l'équité et la notion de « superéquité » (Baumol et Fischer[1]), soit pour réfléchir sur le monde comme il va (Hirschman 1984 ; Sen 1985, 1987 *On Ethics*..., 1991), soit pour critiquer l'irréalisme de la théorie dominante (Bartoli[2]), soit encore comme point d'appui pour ceux qui refusent l'ingouvernabilité du monde (Tinbergen 1990, Gruson et Ladrière[3]).

Constater ce double éclatement des savoirs économiques devrait d'abord conduire à constater le pluralisme, à l'admettre, mais aussi à plaider pour que tous l'admettent. Mais cela devrait aussi conduire à réfléchir sur le besoin de pensée. Au seizième siècle déjà, François Rabelais écrivait que « science sans conscience n'est que ruine de l'âme ». Que dire, aujourd'hui, de la formalisation sans pensée ?

Deux rapports récents, réalisés à l'initiative de l'American Economic Association, ont montré les impasses auxquelles conduit la place excessive des mathématiques et de la formalisation dans l'enseignement des sciences économiques aux Etats-Unis[4]. Malencontreuse ou provocatrice, la note de

1. *Superfairness : Application and Theory*, Cambridge, MIT Press, 1986.
2. Bartoli 1977 et 1991.
3. *Éthique et gouvernabilité*, Paris, PUF, 1992.
4. A.O. Krueger *et al.*, « Report of the Commission on Graduate Education in Economics », et W. Lee Hansen, « The Education and Training of Economics Doctorates », *Journal of Economic Literature*, vol. 29, 1991, 1035-53 et 1054-87.

Lawrence Summers, économiste à la Banque mondiale, qu'a révélée la presse anglo-saxonne, est, à sa manière, révélatrice des incongruités auxquelles mènent certaines démarches de la pensée économique contemporaine privilégiant le calcul rationnel. Y justifiant la délocalisation vers le Sud des pollutions et déchets du Nord, l'auteur présente, entre autres, cet argument : « Le calcul du coût d'une pollution dangereuse pour la santé dépend des profits absorbés par l'accroissement de la morbidité et la mortalité. De ce point de vue, [...] la logique économique qui veut que des masses de déchets toxiques soient déversés là où les salaires sont les plus faibles est imparable[1]. »

Or – est-ce le cadre actuel de la discipline, est-ce la nature des problèmes ? – la pensée économique paraît aujourd'hui souffreteuse, même si, ici ou là, subsistent quelques foyers. Une fois éteints les brûlots anarcho-capitalistes et rangée sur les rayons l'abondante suite des explications marxistes de la dernière crise, où en est la réflexion sur les systèmes ? Pour certains auteurs, aujourd'hui très à la mode, nous en sommes tout simplement à la « fin de l'histoire »[2]. Même l'encyclique *Centesimus Annus* du pape Jean-Paul II n'a guère trouvé d'écho chez les économistes ; il faut dire qu'en pleine vague libérale, elle dénonçait les limites du libéralisme et plaidait pour l'Etat providence[3].

Alors que les pays du Tiers-Monde ont connu des évolutions très disparates, le doute gagne. Au Nord comme au Sud, des voix mettent en cause le développement comme objectif universel[4]. En ce domaine aussi, les certitudes brusquement basculent : de la confiance dans le socialisme au postulat des agents rationnels et au libéralisme ; du projet axé sur la construction d'une économie nationale aux stratégies d'extraversion au sein des marchés internationaux ; du rôle prééminent de l'Etat au slogan du « moins d'Etat »[5]. Les principaux

1. Voir *The Economist*, 8 février 1992, le *Financial Times*, 10 février 1992, *Courrier international*, 20 février 1992.

2. F. Fukuyama, *The End of History and the Last Man*, New York, Free Press, 1992 ; trad. fr., *La Fin de l'histoire et le dernier homme*, Paris, Flammarion, 1992.

3. Voir *Le Centenaire de Rerum Novarum*, présenté par Hugues Puel, Paris, Cerf, 1991.

4. S. Latouche, *Faut-il refuser le développement ?*, Paris, PUF, 1986.

5. Voir G. Grellet, « Un survol critique de quelques orthodoxies contemporaines », *Revue Tiers-Monde*, vol. 33, 1992, 31-66.

efforts pour poursuivre la réflexion dans une dimension globale ont été collectifs et sous l'impulsion de politiques : rapport Brandt, qui s'est inquiété de l'approfondissement du fossé entre le Nord et le Sud [1] ; rapport Brundtland, qui, soulignant l'appauvrissement des plus pauvres, a réussi, à défaut d'apporter des solutions, à lancer une formule : le développement durable [2], c'est-à-dire celui qui est capable de préserver l'environnement et les chances des générations futures.

Car l'environnement est devenu, pour toutes les disciplines scientifiques, un des grands chantiers de cette fin de siècle. Des économistes inspirés l'avaient assez tôt compris : Boulding (1966 « The Economics »), Georgescu-Roegen [3], Commoner [4], Passet [5]. D'autres y ont assez tôt appliqué leurs techniques [6] : analyse interindustrielle (Leontief 1970), et prise en compte des externalités (Baumol, avec Oates [7], et avec Oates et Batey Blackman [8]) notamment. Mais ces techniques permettent-elles

1. W. Brandt (dir.), *North-South : A Program for Survival*, Cambridge, Massachusetts, MIT Press, 1980 ; trad. fr., *Nord-Sud : un programme de survie*, Paris, Gallimard, 1980.

2. World Commission on Environment and Development, *Our Common Future*, New York, Oxford University Press, 1987 ; trad. fr., *Notre avenir à tous*, Montréal, Editions du Fleuve, 1988. Ignacy Sachs avait en 1972 proposé un concept précurseur, celui d'éco-développement.

3. *The Entropy Law and the Economic Process*, Cambridge, Massachusetts, Harvard University Press, 1971 ; « De la science économique à la bioéconomie », *Revue d'économie politique*, vol. 88, 1978, 337-82 ; *Demain la décroissance. Entropie, écologie, économie*, Lausanne, Pierre-Marcel Favre, 1979 ; *Entropy and Economic Myths*, Ottawa, Science Council of Canada, 1980 ; « La dégradation entropique et la destinée prométhéenne de la technologie humaine », *Economie appliquée*, vol. 35, 1982, 1-26.

4. *The Closing Circle. Nature, Man and Technology*, New York, Alfred A. Knopf, 1971 ; trad. fr., *L'Encerclement*, Paris, Seuil, 1972.

5. *L'Economique et le vivant*, Paris, Payot, 1979.

6. R. et N. Dorfman (dir.), *Economics of the Environment*, New York, W.W. Norton, 1972 ; trad. fr., *Economie de l'environnement*, Paris, Calmann-Lévy, 1975 ; A.C. Fisher et F.M. Peterson, « The Environment in Economics : A Survey », *Journal of Economic Literature*, vol. 14, 1976, 1-33 ; M.L. Cropper et W.E. Oates, « Environmental Economics : A Survey », *Journal of Economic Literature*, vol. 30, 1992, 675-740 ; D. Pearce, « Green Economics », *Environmental Values*, vol. 1, 1992, nº 1, 3-13 ; W.E. Oates (dir.), *The Economics of the Environment*, Aldershot, Hants, Edward Elgar, 1992.

7. *The Theory of Environmental Policy*, Englewood Cliffs, New Jersey, Prentice-Hall, 1975.

8. *Economics, Environmental Policy and the Quality of Life*, Englewood Cliffs, New Jersey, Prentice-Hall, 1979.

plus que d'éclairer des problèmes circonscrits ? L'émergence d'une pensée globale n'est-elle pas nécessaire pour éclairer, dans sa complexité, le défi nouveau auquel l'humanité est confrontée [1] ?

Discipline éclatée, la science économique d'aujourd'hui se développe à travers une multitude de travaux, consacrés pour la plupart à des objets ponctuels, abordés à travers des approches réductrices. Le temps des synthèses et des reconstructions paraît encore loin. Plusieurs économistes ont choisi leur discipline en espérant contribuer à la solution d'un grand problème de leur temps : le chômage dans les années vingt et trente, le sous-développement dans l'après-guerre et aujourd'hui les inégalités, la pauvreté, la faim, les atteintes à l'environnement. Mais chacun de ces grands problèmes constitue un « fait social total » [2]. Ce n'est pas en réduisant tout à des aspects fragmentaires, à des choix individuels et à des calculs de maximisation, ce n'est même pas en construisant une collection de théories locales qu'on en construira la connaissance. Il faut prendre en charge le fait social global, ce qui conduit à déborder l'économie, ainsi que l'ont tenté Myrdal, Perroux, Tinbergen, Boulding ou Hirschman ; et Sen pour la faim, Hayek pour le marché, Simon pour les organisations, Kornai pour le système étatiste et les transitions en cours. Pour trouver un éclairage utile sur nombre de problèmes centraux de l'économie, c'est vers des non-économistes qu'il faut se tourner : vers Polanyi pour le processus de déstructuration de la société lié à la généralisation de l'économie de marché, Habermas pour le devenir de nos sociétés, Rawls pour l'inégalité et la justice, Prigogine pour la complexité.

Beaucoup d'économistes cherchent à rouvrir le champ de leur réflexion. Certains reprennent au fond la question des méthodes, s'interrogent sur les bases mêmes de la réflexion économique. Nous n'avons pu, ici, faire état de l'importante discussion sur la méthodologie de l'économie – cela devrait faire l'objet d'un autre ouvrage –, poursuivie certes depuis les origines de la discipline, mais qui a connu, depuis une vingtaine d'années, un regain d'énergie, à l'instigation des travaux de

1. Peut-on voir une contribution en ce sens dans la *Déclaration pour des droits écologiques universels*, diffusée par le CSE (Centre pour la science et l'environnement) de New Delhi, animé par Anil Agarwal ?

2. Lire, entre autres, Marcel Mauss et Fernand Braudel.

Blaug[1], Boland[2], Caldwell[3], Hausman[4], Hutchison[5], Kolm[6], Latouche[7], Mayer[8], Pheby[9] et beaucoup d'autres[10]. La fondation de la revue *Philosophy and Economics* et celle de *Methodus* (liée à l'*International Network for Economic Methodology* et devenue *Journal of Economic Methodology*) illustrent cette nouvelle vitalité. Klamer, McCloskey et d'autres ont mis en avant l'importance, en sciences économiques comme dans les autres domaines du savoir, de la nature du discours, de la rhétorique et de l'art de convaincre[11]. P. Mirowski (1989) a

1. *The Methodology of Economics : Or How Economists Explain*, Cambridge, Angleterre, Cambridge University Press, 1980 ; trad. fr. 1982, *La Méthodologie économique*, Paris, Economica.

2. *The Foundations of Economic Method*, Londres, Allen & Unwin, 1982.

3. *Beyond Positivism : Economic Methodology in the Twentieth Century*, Londres, Allen & Unwin, 1982.

4. *Capital, Profits and Prices : An Essay in the Philosophy of Economics*, New York, Columbia University Press, 1981.

5. *On Revolutions and Progress in Economic Knowledge*, Cambridge, Angleterre, Cambridge University Press, 1978 ; *The Politics and Philosophy of Economics, Marxists, Keynesians, and Austrians*, Oxford, Basil Blackwell, 1981 ; *Changing Aims in Economics*, Oxford, Basil Blackwell, 1992.

6. *Philosophie de l'économie*, Paris, Seuil, 1985.

7. *Epistémologie et économie*, Paris, Anthropos, 1973 ; *Le Procès de la science sociale*, Paris, Anthropos, 1984.

8. *Truth versus Precision in Economics*, Aldershot, Hants, Edward Elgar, 1993.

9. *Methodology and Economics : A Critical Introduction*, Handmills, Macmillan, 1988.

10. Voir aussi les textes rassemblés dans M. Blaug et N. De Marchi (dir.), *Appraising Economic Theories : Studies in the Methodology of Scientific Research Programmes*, Aldershot, Edward Elgar, 1991 ; B.J. Caldwell (dir.), *Appraisal and Criticism in Economics : A Book of Readings*, Boston, Allen & Unwin, 1984 ; *id.* (dir.), *The Philosophy and Methodology of Economics*, Aldershot, Hants, Edward Elgar, 1993 ; A.W. Coats (dir.), *Methodological Controversy in Economics : Historical Essays in Honor of T.W. Hutchison*, Greenwich, Conn., et Londres, JAI Press, 1983 ; J. Creedy (dir.), *Foundations of Economic Thought*, Oxford, Basil Blackwell, 1990 ; F. Hahn et M. Hollis (dir.), *Philosophy and Economic Theory*, Oxford et New York, Oxford University Press, 1979 ; W.J. Samuels (dir.), *Research in the History of Economic Thought and Methodology*, Greenwich, Conn., et Londres, JAI Press, série annuelle publiée depuis 1983. Voir aussi A. Mingat, P. Salmon et A. Wolfelsperger, *Méthodologie économique*, Paris, PUF, 1985 ; B. Walliser et C. Prou, *La Science économique*, Paris, Seuil, 1988.

11. Voir par exemple A. Klamer, D.N. McCloskey et R.M. Solow (dir.), *The Consequences of Economic Rhetoric*, Cambridge, Angleterre, Cambridge University Press, 1988 ; J.S. Nelson, A. Megill et D.M. McCloskey (dir.), *The Rhetoric of the Human Sciences : Language and Argument in Scholarship and Public Affairs*, Madison et Londres, University of Wisconsin Press, 1987.

déclenché une vive polémique en jetant un regard neuf sur les relations entre physique et sciences économiques[1]. C'est à partir d'une problématique née dans le cadre de l'étude des turbulences en météorologie, les théories du chaos[2], que certains cherchent à renouveler l'étude des fluctuations cycliques, en s'évadant du cadre déterministe inspiré de la physique classique[3].

S'agissant de la formation des praticiens de l'économie, R.H. Nelson met en relief le besoin d'élargir leurs connaissances dans les domaines de l'histoire, du droit, de la science politique et des institutions, avec, finalement, un retour à la tradition de l'économie politique[4]. Déjà en 1978, T.W. Hutchison écrivait : « Au lieu d'attendre un Newton ou un nouveau Keynes, il peut être plus prometteur de chercher à retrouver les composantes historiques institutionnelles et psychologiques de notre sujet, qui avaient été incorporées avec tant de maîtrise dans *La Richesse des nations* » (Hutchison 1978, p. 320).

Dans cette perspective s'inscrit l'économie historique, que nous avons évoquée plus haut. S'inscrit aussi la « socioéconomie » qu'avec le sociologue Amitaï Etzioni[5], et des spécialistes de diverses sciences sociales, les économistes Boulding, Hirschman, Leibenstein, Sen, Simon, Thurow, ont choisie comme bannière pour regrouper ceux qui veulent que la pensée

1. Voir aussi, sur la mathématisation de l'économie, Ingrao et Israel 1987 ; E.R. Weintraub 1991.

2. J. Gleick, *Chaos*, New York, Viking, 1987 ; trad. fr., *La Théorie du chaos*, Paris, Albin Michel, 1988 ; I. Prigogine et I. Stengers, *Entre le temps et l'éternité*, Paris, Fayard, 1988 ; M. Mitchell Waldrop, *Complexity : The Emerging Science at the Edge of Order and Chaos*, New York, Simon & Schuster, 1992.

3. J. Benhabib (dir.), *Cycles and Chaos in Economic Equilibrium*, Princeton University Press, 1992 ; R.M. Goodwin, *Chaotic Economic Dynamics*, Oxford, Clarendon Press, 1990 ; H.W. Lorenz, *Nonlinear Dynamical Economics and Chaotic Motions*, New York, Springer-Verlag, 1989.

4. « The Economics Profession and the Making of Public Policy », *Journal of Economic Literature*, vol. 25, 1987, p. 86.

5. « Toward Deontological Social Sciences », *Philosophy of the Social Sciences*, vol. 19, 1989, 145-56 ; trad. fr., « Pour une science sociale déontologique », *Revue du MAUSS*, 3e trim. 1990, 14-32 ; *The Moral Dimension : Toward a New Economics*, New York, Free Press, 1988. Sur l'inanité de la séparation entre l'économique et le social, voir Marcel Mauss, « Essai sur le don », *Année sociologique*, vol. 1, 1923-4, in *Sociologie et anthropologie*, Paris, PUF, 1960, 143-279. Et, sur le besoin d'une science sociale historique, I. Wallerstein, « A Theory of Economic History in Place of Economic Theory ? », *Revue économique*, vol. 42, 1991, 173-80.

économique échappe au carcan qui la mutile[1]. Plus largement, ne manquent pas, dans la période, les plaidoyers pour la reconstruction de l'économie politique[2], une économie politique élargie[3], prenant en compte la dimension éthique, conçue comme une science morale et politique[4], bref une économie multidimensionnelle[5]. De nouvelles graines sont ainsi lancées. Mais quand viendra la moisson ?

Certains ont-ils voulu s'approcher trop près du soleil de la connaissance globale ? Aujourd'hui, le vol brisé de la pensée économique laisse, face aux grands problèmes de notre temps, l'économiste désarmé, avec ses savoirs fragmentés, ses regards parcellaires et ce fascinant abîme entre un édifice théorique en quête de cohérence et un monde en quête de solutions et de réponses.

1. R. Swedberg, « The New "Battle of Methods" », *Challenge*, janvier-février 1990, 33-8.

2. L. Baeck, « Political Economy as a Science », *Tijdschrift voor Economie en Management*, vol. 33, n° 1, 1988, p. 38.

3. Hirschman 1986.

4. Hirschman 1984, p. 109.

5. Bartoli 1991. Voir aussi les œuvres d'auteurs tels que Boulding, Sen ou Simon.

DEUXIÈME PARTIE

DICTIONNAIRE DES PRINCIPAUX ÉCONOMISTES CONTEMPORAINS

Liste des auteurs inclus dans la deuxième édition complète

avec, en gras, les noms de ceux retenus dans la présente édition abrégée

ADELMAN, Irma
ALCHIAN, Armen
ALLAIS, Maurice
AMIN, Samir
ARROW, Kenneth
ASIMAKOPULOS, Athanasios
BAIN, Jos
BALASSA, Bela
BARAN, Paul A.
BARRÈRE, Alain
BARRO, Robert
BAUMOL, William
BECKER, Gary
BERGSON, Abram
BETTELHEIM, Charles
BHARADWAJ, Krishna
BLAUG, Mark
BOITEUX, Marcel
BOULDING, Kenneth
BOWLES, Samuel
BRODY, Andras
BRONFENBRENNER, Martin
BRUNHOFF, Suzanne de
BUCHANAN, James M.
BURNS, Arthur
CHENERY, Hollis
CLARK, Colin
CLOWER, Robert
COASE, Ronald
CODDINGTON, Alan
DAVIDSON, Paul
DEBREU, Gérard
DEMSETZ, Harold
DENISON, Edward F.
DOBB, Maurice H.
DOMAR, Evsey
DOWNS, Anthony
DUESENBERRY, James S.
EATWELL, John
EICHNER, Alfred S.
EISNER, Robert
FELDSTEIN, Martin
FELLNER, William
FOGEL, Robert
FRANK, André G.
FRIEDMAN, Milton
FRISCH, Ragnar
FURTADO, Celso
GALBRAITH, John K.
GAREGNANI, Pierangelo
GEORGESCU-ROEGEN, Nicholas
GOODWIN, Richard M.
GRUSON, Claude
HAAVELMO, Trygve
HABERLER, Gottfried
HAHN, Frank
HANSEN, Alvin
HARCOURT, Geoffrey C.
HARROD, Roy
HAYEK, Friedrich A.
HEILBRONNER, Robert
HELLER, Walter
HICKS, John R.
HIRSCHMAN, Albert O.
HUTCHISON, Terence W.
ISARD, Walter

JOHNSON, Harry G.
JORGENSON, Dale
KALDOR, Nicholas
KALECKI, Michal
KANTOROVICH, Leonid
KATONA, George
KINDLEBERGER, Charles P.
KLEIN, Lawrence
KOOPMANS, Tjalling
KORNAI, János
KREGEL, Jan
KUZNETS, Simon
LAFFER, Arthur
LANGE, Oskar
LEIBENSTEIN, Harvey
LEIJONHUFVUD, Axel
LEONTIEF, Wassily
LERNER, Abba
LEWIS, W. Arthur
LIPSEY, Richard
LITTLE, Ian M.D.
LUCAS, Robert
LUNDBERG, Eric
MACHLUP, Fritz
MALINVAUD, Edmond
MANDEL, Ernest
MARSCHAK, Jacob
MAYER, Thomas
McCLOSKEY, Donald
MEADE, James
METZLER, Lloyd A.
MINCER, Jacob
MINSKY, Hyman
MODIGLIANI, Franco
MORGENSTERN, Oskar
MORISHIMA, Michio
MUSGRAVE, Richard A.
MYRDAL, Gunnar
NEMCHINOV, Vasili S.
NEUMANN, John von
NORTH, Douglass C.
NOVE, Alex
NOVOZHILOV, Viktor
NURKSE, Ragnar
OHLIN, Bertil
OKUN, Arthur
PASINETTI, Luigi L.
PATINKIN, Don
PERROUX, François
PHELPS, Edmund
PHELPS BROWN, Henry
PHILLIPS, A. William
POSNER, Richard A.
PREBISCH, Raul
ROBINSON, Joan
ROSTOW, Walt
SAMUELSON, Paul A.
SARGENT, Thomas
SCHULTZ, Theodore
SCHWARTZ, Anna J.
SCITOVSKY, Tibor
SEN, Amartya
SHACKLE, George L.S.
SIMON, Herbert
SINGER, Hans
SOLOW, Robert
SPENCE, Michael A.
SRAFFA, Piero
STEINDL, Josef
STIGLER, George
STIGLITZ, Joseph
STONE, Richard
SWEEZY, Paul M.
TARSHIS, Lorie
TINBERGEN, Jan
TOBIN, James
TRIFFIN, Robert
TSURU, Shigetu
TULLOCK, Gordon
VANEK, Jaroslav
VERNON, Raymond
WEINTRAUB, Sidney
WILLIAMSON, Oliver E.
ZELLNER, Arnold

ALLAIS Maurice

Né en 1911

Maurice Allais est né à Paris, où il a étudié à l'Ecole polytechnique (1931-33) et à l'Ecole nationale supérieure des mines (1934-36). Il obtient le diplôme d'ingénieur-docteur de la Faculté des sciences de l'université de Paris en 1949. En 1944, il est nommé professeur d'économie à l'Ecole des mines de Paris. En 1946, il devient directeur du Centre d'analyse économique de l'Ecole et directeur de recherche au Centre national de la recherche scientifique (CNRS). Il a occupé plusieurs autres fonctions tant dans l'enseignement que dans l'administration publique. Il a reçu en 1988 le prix de sciences économiques en mémoire d'Alfred Nobel.

Principales publications

1943. *A la recherche d'une discipline économique*, 1re partie : *L'Economie pure*, Paris, Ateliers Industria ; 2e éd. 1952, sous le titre *Traité d'économie pure*, Paris, Imprimerie nationale, 5 vol., 1952.
1945. *Economie pure et rendement social*, Paris, Sirey.
1945. *Prolégomènes à la reconstruction économique du monde*, Paris, Sirey.
1946. *Abondance ou misère*, Paris, Médicis.
1947. *Economie et intérêt*, 2 vol., Paris, Imprimerie nationale.
1953. « Fondements d'une théorie positive des choix comportant un risque et critique des postulats et axiomes de l'Ecole américaine », in *Econométrie*, Collection des Colloques internationaux du Centre national de la recherche scientifique, Paris, vol. 40, 127-40.

1954. *Les Fondements comptables de la macroéconomique : les équations comptables entre quantités globales et leurs applications*, Paris, PUF.
1959. *L'Europe unie : route de la prospérité*, Paris, Calmann-Lévy.
1960. *Les Aspects essentiels de la politique de l'énergie*, Paris, Imprimerie nationale.
1965. *Reformulation de la théorie quantitative de la monnaie*, Paris, SEDEIS.
1967. *Les Fondements du calcul économique*, 3 vol., Paris, Ecole nationale supérieure des mines.
1971. *La Libéralisation des relations économiques internationales : accords commerciaux ou intégration économique*, Paris, Gauthier-Villars.
1976. *L'Impôt sur le capital et la réforme monétaire*, Paris, Hermann.
1978. *La Théorie générale des surplus*, 2 vol., Paris, Institut des sciences mathématiques et économiques; 2e éd. 1989, Presses universitaires de Grenoble.
1979 (dir., avec O. Hagen). *Expected Utility Hypotheses and the Allais' Paradox; Contemporary Discussions and Rational Decisions under Uncertainty with Allais' Rejoinder*, Dordrecht, Reidel.
1988. « Les lignes directrices de mon œuvre », in *Les Prix Nobel 1988*, Stockholm, Fondation Nobel ; in *Revue canadienne d'études du développement*, 1989, vol. 10, 177-94.
1989. « My Life Philosophy », *American Economist*, vol. 33, n° 2, 3-17 ; sous le titre « The Passion for Research », in Szenberg 1992, 17-41 ; trad. fr. 1989, « La Passion de ma vie », *Revue d'économie politique*, vol. 99, 28-54.
1989. *Autoportraits : une vie, une œuvre*, Paris, Montchrestien.
1989. *Scientific Papers on Risk and Utility Theory. Theory, Experience and Applications*, Dordrecht, Kluwer.
1989. *Les Conditions monétaires d'une économie de marché. De la réflexion sur le passé à la préparation de l'avenir*, Paris, Montchrestien.
1990. *Pour l'indexation*, Paris, Clément Juglar.
1990. *Pour la réforme de la fiscalité*, Paris, Clément Juglar.

Comme plusieurs économistes français, Maurice Allais a une formation d'ingénieur. Au début des années quarante, alors qu'il est employé dans le service des mines de Nantes, il lit Walras, Fisher et Pareto, et rédige en un peu plus de deux ans un ouvrage de près de mille pages, pour lequel, entre autres, le prix Nobel lui a été accordé. Convaincu qu'il est possible de trouver dans l'économie les mêmes régularités que dans le monde physique (il est d'ailleurs l'auteur de contributions importantes dans le domaine de la physique théorique), Allais s'est alors fixé pour tâche de reconstruire la science économique moderne sur des bases plus rigoureuses en même temps que plus réalistes. Parallèlement à Hicks et Samuelson, dont il ne connaissait pas les travaux, il arrive à des conclusions analogues, et à certains égards plus générales que celles de ses collègues anglo-saxons.

L'un des apports principaux du premier livre d'Allais est la démonstration de ce qu'il appelle les théorèmes d'équivalence : « Toute situation d'équilibre d'une économie de marché est une situation d'efficacité maximale, et réciproquement toute situation d'efficacité maximale est une situation d'équilibre d'une économie de marché » (1989, *RCED*, p. 181). Allais est un disciple critique de Walras, à qui il reproche son irréalisme. Dans les années soixante, il étend cette critique aux développements de l'analyse walrasienne proposés par des auteurs tels que Debreu et Samuelson, à qui il reproche, comme à plusieurs économistes contemporains, de valoriser la virtuosité mathématique aux dépens du réalisme. Il propose de remplacer le modèle général de l'équilibre de marché fondé sur l'hypothèse de l'existence de prix uniques par un modèle de l'économie des marchés fondé sur le concept de surplus, déjà présent dans son ouvrage de 1943 (1978), la dynamique économique se caractérisant par la recherche, la réalisation et la répartition de surplus.

Le jury du prix Nobel mentionne aussi, dans son avis d'attribution, *Economie et intérêt* (1947). Allais y démontre ce qui deviendra, sous la plume de Swan et de Phelps, la règle d'or de la croissance selon laquelle un taux d'intérêt égal au taux de croissance permet de maximiser la consommation. Cet ouvrage, comme le précédent, contient plusieurs autres résultats que l'économie néoclassique d'après-guerre allait redécouvrir, en Grande-Bretagne et surtout aux Etats-Unis. Outre l'étude de l'équilibre des marchés, de la théorie du capital, des processus intertemporels, Allais a aussi contribué à la théorie de la monnaie et du crédit, reformulant la théorie quantitative de la monnaie (1965). Il s'est aussi intéressé à l'étude des choix et des décisions rationnelles, établissant pour la première fois en 1953 ce qui est désormais connu comme le paradoxe d'Allais, qui contredit le modèle traditionnel de rationalité des choix, plus particulièrement sa transitivité.

Allais est aussi l'auteur de nombreux travaux dans le domaine de l'économie appliquée, et il se déclare partisan d'une imbrication entre les différentes sciences humaines, dans le but de découvrir des meilleures solutions pour arriver à l'efficacité économique et au bien-être social. Sur le plan politique, il se réclame du libéralisme de penseurs tels que Tocqueville, Walras ou Keynes. Mais plusieurs de ses prises de position le rapprochent plutôt de Friedman ou Hayek, qu'il a côtoyés au sein de la Société du mont Pèlerin.

Principales références

« The Nobel Memorial Prize in Economics 1988 ». Proclamation, articles de J.H. Drèze et J.-M. Grandmont, et bibliographie (extraite de Boiteux, Montbrial et Munier 1986), *Scandinavian Journal of Economics*, 1989, vol. 91, 1-46.

ALLAIS 1988. 1989 « My Life Philosophy ». 1989 *Autoportraits*.

BOITEUX M., MONTBRIAL T. de et MUNIER B. 1986 (dir.). *Marchés, capital et incertitude. Essais en l'honneur de Maurice Allais*, Paris, Economica ; trad. angl. 1989, *Markets and Risk. Essays in Honour of Maurice Allais*, Dordrecht, Kluwer.

MUNIER Bertrand 1989. « Portée et signification de l'œuvre de Maurice Allais, prix Nobel d'économie, 1988 », *Revue d'économie politique*, vol. 99, 1-27.

MUNIER Bertrand 1991. « Nobel Laureate : The Many Other Allais Paradoxes », *Journal of Economic Perspectives*, vol. 5, n° 2, 179-99.

New Palgrave 1987, vol. 1, 78-82.

ARROW Kenneth

Né en 1921

Kenneth Arrow est né à New York. Son père, un immigrant qui avait réussi dans les affaires, ayant tout perdu pendant la grande dépression, sa famille a vécu dans un état de grande pauvreté pendant dix ans. Il a obtenu un premier diplôme en mathématiques au City College de New York en 1940. Il a poursuivi ses études à l'université Columbia, dont il a obtenu une maîtrise (MA) en mathématiques en 1941 et un doctorat en sciences économiques en 1951. Ses études ont été interrompues par quatre années de service militaire, entre 1942 et 1946. Il a été associé à la commission Cowles, à Chicago, entre 1947 et 1949, et consultant de la Rand Corporation depuis 1948. Professeur assistant à l'université de Chicago en 1948-49, il a obtenu en 1949 un poste à l'université de Stanford, où il a été nommé professeur en 1953. De 1968 à 1979, il a été professeur à l'université Harvard. Depuis 1979, il est de nouveau professeur à l'université Stanford. Il a été membre du Comité des conseillers économiques du président des Etats-Unis en 1962. Il a obtenu la médaille John Bates Clark de l'American Economic Association, dont il a été président en 1973, et le prix de sciences économiques en mémoire d'Alfred Nobel, conjointement avec John Hicks, en 1972. Il a été président de la Société d'économétrie (1956) et de l'International Economic Association (1983-6).

Principales publications

1951. *Social Choice and Individual Values*, New York, John Wiley & Sons ; 2e éd. 1963 ; trad. fr. 1974, *Choix collectif et préférences individuelles*, Paris, Calmann-Lévy.

1951. « An Extension of the Basic Theorems of Classical Welfare Economics », in J. Neyman (dir.), *Proceedings of the Second Berkeley Symposium of Mathematical Statistics and Probability*, Berkeley, University of California Press, 507-32.

1953. « Le rôle des valeurs boursières pour la répartition la meilleure des risques », *Econométrie* [Colloques internationaux du Centre national de la recherche scientifique, Paris], vol. 11, 41-7.

1954. Avec Gérard Debreu, « Existence of an Equilibrium for a Competitive Economy », *Econometrica*, vol. 22, 265-90.

1958. Avec S. Karlin et H. Scarf, *Studies in the Mathematical Theory of Inventory and Production*, Stanford University Press.

1958. Avec L. Hurwicz et H. Uzawa, *Studies in Linear and Non-Linear Programming*, Stanford University Press.

1959. Avec M. Hoffenberg, *A Time Series Analysis of Interindustry Demands*, Amsterdam, North-Holland.

1962. « The Economic Implications of Learning by Doing », *Review of Economic Studies*, vol. 29, 155-73.

1965. *Aspects of the Theory of Risk-Bearing*, Helsinki, Yrjö Jahnssonin säätiö.

1970. Avec M. Kurz, *Public Investment, the Rate of Return and Optimal Fiscal Policy*, Baltimore, Johns Hopkins University Press.

1971. Avec F.H. Hahn, *General Competitive Analysis*, San Francisco, Holden-Day ; Amsterdam, North-Holland.

1971. *Essays in the Theory of Risk-Bearing*, Chicago, Markham.
1974. *The Limits of Organization*, New York, W.W. Norton ; trad. fr. 1976, *Les Limites de l'organisation*, Paris, PUF.
1977. Avec L. Hurwicz, *Studies in Resource Allocation Processes*, Cambridge, Angleterre, Cambridge University Press.
1983. *Collected Papers of Kenneth J. Arrow*, vol. 1, *Social Choice and Justice* ; vol. 2, *General Equilibrium*, Cambridge, Massachusetts, Harvard University Press.
1984. *Collected Papers of Kenneth J. Arrow*, vol. 3, *Individual Choice under Certainty and Uncertainty* ; vol. 4, *The Economics of Information*, Cambridge, Massachusetts, Harvard University Press.
1985. *Collected Papers of Kenneth J. Arrow*, vol. 5, *Production and Capital* ; vol. 6, *Applied Economics*, Cambridge, Massachusetts, Harvard University Press.
1986. Avec H. Raynaud, *Social Choice and Multicriterion Decision-Making*, Cambridge, Massachusetts, MIT Press.
1986. « My Evolution as an Economist », in Breit et Spencer 1986, 43-57.
1987. « Arrow's Theorem », in *New Palgrave*, vol. 1, 124-26.
1992. « I Know a Hawk from a Handsaw », in Szenberg 1992, 42-50.

Kenneth Arrow a reçu le prix Nobel pour ses « contributions pionnières à la théorie de l'équilibre économique général et à la théorie du bien-être » (« The Nobel… », p. 486). Mais sa première contribution, issue de sa thèse de doctorat, et consacrée à l'analyse des choix sociaux (1951 ; voir aussi 1983, vol. 1), est sans doute la plus célèbre. Arrow y redécouvre en effet, en le généralisant, le paradoxe du vote que Condorcet avait mis en lumière en 1785. Il est en effet possible, quel que soit le mode de scrutin, que A obtienne une majorité sur B et B sur C, mais que C obtienne la majorité sur A. La transitivité qui caractérise les choix rationnels d'un individu ne peut être agrégée pour obtenir un processus de choix sociaux transitifs. Le théorème d'impossibilité, appelé aussi théorème d'Arrow, énonce ainsi qu'il n'y a pas de mécanisme, aussi bien dans le domaine économique que politique, permettant de passer de choix individuels rationnels à des choix sociaux rationnels. Cet énoncé a suscité une très abondante littérature, ce qui a amené Arrow à le corriger (1987), mais il n'a jamais été infirmé de manière convaincante.

L'article rédigé avec Debreu (1954), mais issu d'efforts de recherche indépendants, constitue certainement l'une des contributions très importantes à la théorie microéconomique contemporaine. Utilisant des techniques mathématiques modernes, Arrow et Debreu démontrent l'existence d'un équilibre général à partir d'un nombre restreint d'hypothèses relatives à la rationalité des firmes et des consommateurs. Ce faisant, ils complètent le système walrasien, auxquels plusieurs prédécesseurs avaient déjà tenté de donner des fondements plus satisfaisants que ceux établis par Walras, qui s'était contenté, pour affirmer l'existence de l'équilibre général, de compter le nombre d'équations et d'inconnues. D'autres économistes ont développé indépendamment des modèles analogues, mais c'est la version de Arrow et Debreu qui s'est imposée dans la théorie économique contemporaine.

Arrow a aussi démontré que tout équilibre général est une situation Pareto-optimale et, inversement, que toute situation Pareto-optimale est un équilibre général (1951 « An Extension... »). Arrow est aussi l'un des premiers qui a tenté d'intégrer l'incertitude dans la théorie de l'équilibre général (1953). Outre ces contributions, réalisées au début de sa carrière, mais qu'il a développées par la suite, Arrow est intervenu dans plusieurs autres domaines : méthodologie, théorie de la production, théorie de la croissance, politique économique.

Arrow est l'un de ceux qui a le plus contribué à la mathématisation de la théorie économique contemporaine. Mais il a aussi, à diverses reprises, insisté sur le fait que les mathématiques constituent un instrument qui ne peut se substituer au raisonnement économique, soulignant lui-même le caractère abstrait et limité que plusieurs ont reproché au modèle d'équilibre général. Il a aussi attiré l'attention sur l'importance de l'histoire, et sur la variabilité des conditions économiques et institutionnelles selon les époques et les pays.

Principales références

« The Nobel Memorial Prize in Economics 1972 ». Proclamation et article de C.C. von Weizsäcker, *Swedish Journal of Economics*, 1972, vol. 74, 486-502.

ARROW 1986, 1992.

DUFFIE Darrell et SONNENSCHEIN Hugo 1989. « Arrow and General Equilibrium Theory », *Journal of Economic Literature*, vol. 27, 565-98.

FEIWEL George R. 1986 (dir.). *Essays in Honour of Kenneth J. Arrow*, Londres, Macmillan.
FEIWEL, George R. 1987 (dir.). *Arrow and the Foundations of the Theory of Economic Policy*, Londres, Macmillan.
FEIWEL, George R. 1987 (dir.). *Arrow and the Ascent of Modern Economic Theory*, Londres, Macmillan.
GEANAKOPLOS John 1987. « Arrow-Debreu Model of General Equilibrium », *New Palgrave*, vol. 1, 116-24.

BLAUG 1985, 6-9.

BECKER Gary

Né en 1930

Gary Stanley Becker est né à Pottsville, en Pennsylvanie. Il a obtenu sa maîtrise (1953) et son doctorat (1955) de l'université de Chicago, où il a commencé à enseigner en 1954. Il a été professeur à l'université Columbia (1957-69) et, depuis 1969, il est de nouveau à l'université de Chicago. Il est aussi associé à l'Institut Hoover de Stanford. Récipiendaire de la médaille John Bates Clark en 1967, il a été président de l'American Economic Association en 1987. Il a été nommé vice-président de la Société du mont Pèlerin en 1989. Il a reçu en 1992 le prix de sciences économiques en mémoire d'Alfred Nobel.

Principales publications

1957. *The Economics of Discrimination*, University of Chicago Press.
1957. Avec M. Friedman, « A Statistical Illusion in Judging Keynesian Models », *Journal of Political Economy*, vol. 65, 64-75.
1962. « Investment in Human Capital : A Theoretical Analysis », *Journal of Political Economy*, vol. 70, 9-49.
1964. *Human Capital : A Theoretical and Empirical Analysis with Special Reference to Education*, New York, Columbia University Press.
1965. « A Theory of the Allocation of Time », *Economic Journal*, vol. 75, 493-508.
1967. *Human Capital and the Personal Distribution of Income : An Analytical Approach*, Ann Arbor, Institute of Public Administration.

1968. « Crime and Punishment : An Economic Approach », *Journal of Political Economy*, vol. 76, 196-217.
1971. *Economic Theory*, New York, Alfred A. Knopf.
1973. « A Theory of Marriage : Part I », *Journal of Political Economy*, vol. 81, 813-46 ; « Part II », *Journal of Political Economy*, vol. 82, 1974, S11-S26
1974 (dir., avec William M. Landes). *Essays in the Economics of Crime and Punishment*, New York, Columbia University Press.
1974. « A Theory of Social Interactions », *Journal of Political Economy*, vol. 82, 1063-93.
1975. Avec Gilbert R. Ghez, *The Allocation of Time and Goods Over the Life Cycle*, New York, Columbia University Press.
1976. *The Economic Approach to Human Behavior*, University of Chicago Press.
1981. *A Treatise on the Family*, Cambridge, Massachusetts, Harvard University Press.
1983. « A Theory of Competition among Pressure Groups for Political Influence », *Quarterly Journal of Economics*, vol. 98, 371-400.
1988. « Family Economics and Macro Behavior », [Discours présidentiel à l'American Economic Association], *American Economic Review*, vol. 86, 1-13.
1988. Avec Kevin M. Murphy, « A Theory of Rational Addiction », *Journal of Political Economy*, vol. 96, 675-700.
1989. Avec R.J. Barro, « Fertility Choice in a Model of Economic Growth », *Econometrica*, vol. 57, 481-501.

Associé à ce qu'on appelle l'école de Chicago, dont il partage les valeurs libérales, Gary Becker s'est très tôt engagé (1964, 1967) dans la voie ouverte par Jacob Mincer et Theodore Schultz, de la théorie du capital humain, qui consiste à appliquer à « l'investissement dans le capital humain » les mêmes règles d'analyse que celles qu'on applique à l'investissement traditionnel. L'individu qui effectue des dépenses pour améliorer son éducation ou sa santé, ou un autre élément de sa situation, le fait dans la perspective d'obtenir un gain futur plus considérable. On peut donc dire qu'il investit en lui-même. L'individu rationnel prendra ses décisions en comparant le flux de gains futurs au coût de l'investissement.

Becker a donné une très large extension à la problématique néoclassique qui est à la base de la théorie du capital humain. On peut considérer son œuvre comme découlant d'un programme de recherche visant à expliquer l'ensemble des comportements humains au moyen des principes de base de l'analyse néoclassique, fondés sur l'hypothèse de la rationalité des individus (1976). Qu'il s'agisse de s'adonner au commerce de la drogue, ou d'en consommer, de voler, de tuer, de se marier, d'avoir des enfants, de tromper son conjoint ou de divorcer, l'individu effectue son choix en comparant rationnellement des coûts et des bénéfices, dans le but de maximiser sa satisfaction. Dans le cas du crime, par exemple, l'individu rationnel compare les gains de cette activité à ses coûts, en particulier en termes de probabilités d'être capturé et de la nature de la peine encourue. Seuls quelques psychopathes échappent à la règle. Becker considère que l'ensemble des décisions prises à l'intérieur de l'unité familiale, par exemple la répartition des tâches domestiques, peut aussi être analysé de cette manière (1981). L'amour lui-même n'y échappe pas : « A un niveau abstrait, l'amour, et les autres liens d'ordre émotif tels que l'activité sexuelle ou de fréquents contacts rapprochés avec une personne particulière, peuvent être considérés comme des marchandises domestiques particulières non commercialisables, et il n'y a pas grand-chose à ajouter à l'analyse, dans la première partie, de la demande de marchandise » (1976, p. 233). Une telle démarche nourrit évidemment l'accusation d'impérialisme portée contre une science économique qui prétend se substituer aux autres sciences sociales, et même à la psychologie.

Principales références

SHACKLETON J.R. 1981. « Gary S. Becker : The Economist as Empire-Builder », in Shackleton et Locksley 1981, 12-32.

BLAUG 1985, 15-7.

BOULDING Kenneth Ewart

1910-1993

Kenneth Ewart Boulding est né à Liverpool, Angleterre, dans une famille méthodiste. Il fait ses études à Oxford (1928-32), puis à l'université de Chicago (1932-34). Il commence une carrière d'enseignant à l'université d'Edimbourg, Ecosse (1934-37), puis à l'université Colgate, New York (1937-41). En 1941, il accepte à Princeton un emploi à la Société des Nations, emploi qu'il doit quitter en 1942, pour demeurer libre d'exprimer ses idées pacifistes. Il enseigne à l'université Fisk à Nashville (1942-43), à l'Iowa State College (1943-46 et 1947-49), à l'université McGill (1946-47), et acquiert la nationalité américaine en 1948.

Il est professeur de sciences économiques à l'université du Michigan (1949-68), puis à l'université du Colorado à Boulder (1968-80), dont il est nommé, à sa retraite, professeur émérite. Il a obtenu en 1949 la médaille John Bates Clark de l'American Economic Association, association dont il a été président en 1968.

Principales publications

1941. *Economic Analysis*, New York, Harper.

1945. *The Economics of Peace*, Englewood Cliffs, New Jersey, Prentice-Hall ; trad. fr. 1946, *Economie de paix*, Paris, Librairie de Médicis.

1950. *A Reconstruction of Economics*, New York, Wiley.

1952 (dir., avec G. Stigler). *Readings in Price Theory*, Homewood, Illinois, Richard D. Irwin.

1953. *The Organizational Revolution : A Study in the Ethics of Economic Organization*, New York, Harper.

1956. *The Image : Knowledge in Life and Society*, Ann Arbor, University of Michigan Press.

1958. *Principles of Economic Policy*, Englewood Cliffs, New Jersey, Prentice-Hall.

1958. *The Skills of the Economist*, Cleveland, Ohio, Howard Allen.

1960 (dir., avec W.A. Spivey). *Linear Programming and the Theory of the Firm*, New York, Macmillan ; trad. fr. 1964, *La Programmation linéaire et la théorie de l'entreprise*, Paris, Dunod.

1962. *Conflict and Defense ; A General Theory*, New York, Harper & Row.

1964. *The Meaning of the Twentieth Century : The Great Transition*, New York, Harper & Row.

1966. « The Economics of the Coming Space-Ship Earth », in Henry Jarrett dir., *Environmental Quality in a Growing Economy*, Baltimore, Johns Hopkins, 3-14.

1966. *The Impact of the Social Sciences*, New Brunswick, New Jersey, Rutgers University Press.

1968. *Beyond Economics : Essays on Society, Religion and Ethics*, Ann Arbor, University of Michigan Press.

1970. *A Primer on Social Dynamics : History as Dialectics and Development*, New York, Free Press.
1970. *Economics as a Science*, New York, McGraw-Hill.
1971-85. *Collected Papers*, 6 vol., édités par F.R. Glahe et L. Singell, Boulder, Colorado Associated University Press.
1972 (dir., avec M. Pfaff). *Redistribution to the Rich and the Poor : the Grants Economics of Income Distribution*, Belmont, Californie, Wadsworth.
1973. *The Economy of Love and Fear : A Preface to Grants Economics*, Belmont, Californie, Wadsworth.
1978. *Ecodynamics : A New Theory of Societal Evolution*, Beverly Hills, Californie, Sage ; éd. de poche rév. 1981.
1978. *Stable Peace*, Austin, University of Texas Press.
1981. *A Preface to Grants Economics : The Economy of Love and Fear*, New York, Praeger.
1981. *Evolutionary Economics*, Beverly Hills, Californie, Sage.
1985. *Human Betterment*, Beverly Hills, Californie, Sage.
1985. *The World as a Total System*, Beverly Hills, Californie, Sage.
1985. « My Life Philosophy », *American Economist*, vol. 29, 5-14 ; sous le titre « From Chemistry to Economics and Beyond », in Szenberg 1992, 69-83.
1989. « A Bibliographical Autobiography », *Quarterly Review, Banca Nazionale del Lavoro*, n° 171, 363-93.
1989. *Three Faces of Power*, Beverly Hills, Californie, Sage.
1991. *Towards a New Economics : Critical Essays on Ecology, Distribution and Other Themes*, Aldershot, Hants, Edward Elgar.

Plus de mille articles et quarante ouvrages ; une large gamme de moyens d'expression, de la poésie aux mathématiques ; une œuvre qui couvre de nombreux champs de l'économie et, au-delà, ceux de la religion, de la morale, de la philosophie, de l'écologie et des diverses sciences sociales : il n'est pas aisé de cerner la pensée de Kenneth E. Boulding.

De 1931 à 1945, ses publications sont soit religieuses et liées à son appartenance à la Society of Friends (Quaker), soit économiques, notamment sur le capital, l'investissement, la firme, le surplus économique. Son ouvrage de 1941 est un manuel, qui n'intégrera les principaux apports de la *Théorie générale* de Keynes que dans sa deuxième édition de 1948.

A partir de 1945, Boulding inclut dans sa réflexion économique son engagement pour la paix et le désarmement (1945, 1962, 1978 *Stable*...) et ses convictions éthiques et religieuses (1968) ; tout en publiant de nombreux articles et des ouvrages (1952, 1960) s'inscrivant dans les approfondissements et les débats des professionnels de l'économie, il s'efforce de renouveler cette discipline notamment en mettant l'accent sur l'analyse en termes de stocks et en analysant, à côté de la logique de l'échange, celle de la contrainte et celle de l'amour (1950, 1953, 1989 *Three Faces*) ; il approfondit en particulier l'économie du transfert sans contrepartie – « Grants Economy » (1972, 1973, 1981 *A Preface...*). Il construit une vision de l'évolution des sociétés humaines où l'accumulation des savoirs joue un rôle clé (1964, 1970 *A Primer...*, 1978 *Ecodynamics...*). Il travaille, avec des spécialistes d'autres disciplines, à la théorie des systèmes et s'efforce d'enrichir l'économie par l'apport des autres disciplines, de la biologie aux sciences sociales (1956, 1966 *The Impact*, 1970 *Economics...*, 1985 *The World...*). Précurseur parmi les économistes en matière d'écologie, il souligne dès 1956 les limites des ressources terrestres et illustre dès 1966 par l'image de la terre-vaisseau spatial le fait que la terre est un système fermé.

Boulding a participé, en 1955, à la création de la Society for General System Research, qu'il présida de 1955 à 1959, et, en 1957, au lancement du *Journal of Conflict Resolution* ; et il a fondé en 1968 l'Association for the Study of the Grants Economy, dont il a été président de 1970 à 1989. Si Boulding a bénéficié de l'estime de l'ensemble de la profession des économistes, son œuvre a été, de leur part, l'objet d'une large, constante et profonde incompréhension.

Principales références

BOULDING 1985 *AE*. 1989 *QRBNdL*.

KERMAN Cynthia E. 1974. *Creative Tension : The Life and Thought of Kenneth Boulding*, Ann Arbor, University of Michigan Press.

PFAFF Martin et HORVATH Janos 1976 (dir.). *Frontiers in Social Thought : Essays in Honor of Kenneth E. Boulding*, Amsterdam, North-Holland.

WRIGHT Robert 1988. *Three Scientists and Their Gods : Looking for Meaning in an Age of Information*, New York, Times Books/Random House, 213-95.

ARESTIS et SAWYER 1992, 45-54. BLAUG 1985, 21-3. *New Palgrave* 1987, vol. 1, 265-6. SILK 1978, 207-59. SPIEGEL et SAMUELS 1984, 461-71.

BUCHANAN James McGill

Né en 1919

James M. Buchanan est né à Murfreesboro, Tennessee. Diplômé (MA) en 1941 de l'université du Tennessee, il obtient son doctorat en 1948 à l'université de Chicago. Professeur associé, puis professeur à l'université du Tennessee (1948-51), il est professeur à l'université d'Etat de Floride (1951-56) et, après une année de recherche en Italie (1955-56), dans les universités de Virginie (1956-68), de Californie (1968-69), d'Etat de Virginie (1969-83) et George Mason (depuis 1983). Buchanan a fondé avec G. Tullock, en 1963, la Public Choice Society puis la revue *Public Choice* ; il a dirigé le Center for Study of Public Choice à l'université d'Etat de Virginie de 1969 à 1983, puis à l'université George Mason de 1983 à 1988. Il a été président de la Société du mont Pèlerin (1984-86) et a reçu en 1986 le prix de sciences économiques en mémoire d'Alfred Nobel.

Principales publications

1949. « The Pure Theory of Public Finance : A Suggested Approach », *Journal of Political Economy*, vol. 57, 496-505.
1954. « Social Choice, Democracy and Free Markets », *Journal of Political Economy*, vol. 62, 114-23.
1954. « Individual Choice in Voting and the Market », *Journal of Political Economy*, vol. 62, 334-43.
1958. *Public Principles of Public Debt : A Defense and Restatement*, Homewood, Illinois, Richard D. Irwin.
1960. *Fiscal Theory and Political Economy : Selected Essays*, Chapel Hill, University of North Carolina Press.
1962. Avec Gordon Tullock, *The Calculus of Consent : Logical Foundations of Constitutional Democracy*, Ann Arbor, University of Michigan Press.
1966. *Public Finance in Democratic Process : Fiscal Institutions and Individual Choice*, Chapel Hill, University of North Carolina Press.
1968. *The Demand and Supply of Public Goods*, Chicago, Rand McNally.
1969. *Cost and Choice : An Inquiry in Economic Theory*, Chicago, Markham.
1975. *The Limits of Liberty : Between Anarchy and Leviathan*, University of Chicago Press.

1977. Avec Richard E. Wagner, *Democracy in Deficit : The Political Legacy of Lord Keynes*, New York, Academic Press.
1978. *Freedom in Constitutional Contract*, Austin, Texas, A & M University Press.
1980. Avec H. Geoffrey Brennan, *The Power to Tax : Analytical Foundations of a Fiscal Constitution*, Cambridge, Angleterre, Cambridge University Press.
1985. *Liberty, Market and State : Political Economy in the 1980s*, Brighton, Wheatsheaf, New York University Press.
1985. Avec H. Geoffrey Brennan, *The Reason of Rules : Constitutional Political Economy*, Cambridge, Angleterre, Cambridge University Press.
1986. « Better than Ploughing », *Quarterly Review, Banca Nazionale del Lavoro*, n° 159, 359-75 ; in Kregel 1989, 279-95.
1987. *Economics : Between Predictive Science and Moral Philosophy*, édité par Robert D. Tollison et Viktor J. Vanberg, Austin, Texas, A & M University Press.
1989. *Explorations into Constitutional Economics*, édité par Robert D. Tollison et Viktor J. Vanberg, Austin, Texas, A & M University Press.
1990. « Born-Again Economist », in Breit et Spencer 1990, 163-80.
1991. *Constitutional Economics*, Oxford, Basil Blackwell.
1992. « From the Inside Looking Out », in Szenberg 1992, 98-106.
1992. *Better than Plowing and Other Personnal Essays*, University of Chicago Press.
1993. *Property as a Guarantor of Liberty*, Aldershot, Hants, Edward Elgar.

Dès ses premiers articles, qui portent sur les finances publiques, la fiscalité et les choix sociaux, J. Buchanan se réfère à Wicksell, dont il traduit un texte pour l'ouvrage publié par Musgrave en 1958 et chez qui il reprend notamment la notion d'échange fiscal. Son séjour de recherche de 1955-56 en Italie lui permet de se familiariser avec l'école italienne des finances publiques et ses analyses de l'endettement public.

C'est à l'influence de Frank Knight que Buchanan attribue sa conversion de jeune socialiste en adepte de l'économie de marché (1986). L'ensemble de ses travaux reposent sur une application systématique de l'individualisme méthodologique à l'étude des finances publiques, de l'économie publique et des choix collectifs : il n'y a en effet, pour lui, aucune raison pour que l'individu se comporte différemment dans les aspects privés et sociaux de sa vie ; de même que le consommateur compare le prix et la satisfaction qu'il attend d'un bien, de même, le citoyen met en relation les impôts qu'il paie et les services publics dont il bénéficie. Cela permet d'appliquer l'approche microéconomique aux finances publiques et au domaine de la science politique : ce faisant, Buchanan rejette la thèse traditionnelle selon laquelle le gouvernement serait un acteur ayant la charge de définir et faire respecter l'intérêt général et recentre l'analyse sur les choix individuels des citoyens-électeurs.

Cela amène Buchanan à souligner très tôt (articles de 1954, ouvrage de 1962) l'importance du choix des règles du jeu, puis à élaborer une théorie positive de la structure institutionnelle et du cadre constitutionnel au sein duquel s'exercent droits et obligations (1980, 1985 *The Reason*). Il étudie ainsi comment s'établit la ligne de partage entre le domaine du privé et du marché et celui du public et de l'élection.

Il développe aussi une analyse en termes de coûts des modalités de la décision publique : il prend en compte deux types de coûts, les coûts de la décision et les coûts externes, que ceux – minorités ou majorités – qui font la décision rejettent sur les autres ; si la décision est prise par une petite minorité, les coûts de la décision sont faibles, mais les coûts externes, rejetés sur les autres, élevés ; pour une décision prise par une large majorité, c'est l'inverse. Dans les années soixante-dix, Buchanan est amené à prendre en considération l'offre des biens publics et donc les stratégies des politiques et des bureaucraties.

Principales références

« The Nobel Memorial Prize in Economics 1986 ». Proclamation, article de Anthony B. Atkinson et bibliographie établie par J. Buchanan, *Swedish Journal of Economics*, 1987, vol. 89, 1-17.

BUCHANAN 1986, 1990, 1992 « From the Inside », 1992 *Better*.
REISMAN David 1989. *The Political Economy of James Buchanan*, Londres, Macmillan.
ROMER Thomas 1988. « On James Buchanan's Contributions to Public Economics », *Journal of Economic Perspectives*, vol. 2, n° 4, 165-79.
SANDMO Agnar 1990. « Buchanan on Political Economy : A Review Article », *Journal of Economic Literature*, vol. 28, 50-65.

BLAUG 1985, 26-8. SHACKLETON et LOCKSLEY 1981, 33-54. SPIEGEL et SAMUELS 1984, 557-69.

COASE Ronald

Né en 1910

Ronald Coase est né à Middlesex, en Grande-Bretagne. Il a obtenu à la London School of Economics un baccalauréat en commerce en 1932 et un doctorat en économie du même établissement en 1951. Il a enseigné à la Dundee School of Economics and Commerce (1932-34), l'université de Liverpool (1934-35), la London School of Economics (1935-51), l'université de Buffalo (1951-58), l'université de Virginie (1958-64) et, à partir de 1964, l'université de Chicago, dont il est professeur émérite depuis 1982. Il a dirigé le *Journal of Law and Economics* de 1964 à 1982. Il a obtenu le prix de sciences économiques en mémoire d'Alfred Nobel en 1991.

Principales publications

1937. « The Nature of the Firm », *Economica*, vol. 4, 386-405.

1946. « The Marginal Cost Controversy », *Economica*, vol. 13, 169-82.

1950. *British Broadcasting : A Study in Monopoly*, Londres, Longmans Green.

1959. « The Federal Communications Commission », *Journal of Law and Economics*, vol. 2, 1-40.

1960. « The Problem of Social Cost », *Journal of Law and Economics*, vol. 3, 1-44.

1972. « Industrial Organization : A Proposal for Research », in V.R. Fuchs (dir.), *Policy Issues and Research Opportunities in Industrial Organization*, Cambridge, Massachusetts, National Bureau of Economic Research, 59-73 ; trad. fr. 1991, « L'organisation industrielle : un programme de recherche », *Revue d'économie industrielle*, n° 58, 15-21.

1974. « The Lighthouse in Economics », *Journal of Law and Economics*, vol. 17, 357-76.

1988. *The Firm, the Market, and the Law*, University of Chicago Press.

1992. « The Institutional Structure of Production » [1991 Alfred Nobel Memorial Prize Lecture in Economic Sciences], *American Economic Review*, vol. 82, 713-19.

1994. *Essays on Economics and Economists*, University of Chicago Press.

Ronald Coase occupe une place très particulière dans la pensée économique contemporaine. D'une part, certains de ses articles (1937, 1960) sont parmi les plus cités. D'autre part, comme il l'écrit dans l'introduction à une réédition de ses principaux articles (1988), sa vision a été incomprise et ne s'est pas imposée. Disciple d'Adam Smith et d'Alfred Marshall, croyant dans les vertus du marché, associé tant à l'école de Virginie qu'à celle de Chicago, et donc à des courants de pensée considérés comme conservateurs, Coase n'en a pas moins toujours systématiquement critiqué tous les dogmatismes. En particulier, il s'est attaqué à la manière dont on dérive des propositions politiques à partir de ce qu'il appelle « l'économie du tableau noir ».

Pour Coase, les économistes ont tendance à construire des théories en s'appuyant sur des réalités qu'ils n'ont jamais étudiées concrètement. Son article sur « le phare dans l'économique » (1974) en donne une démonstration éclairante. A partir d'une étude minutieusement documentée de l'histoire de l'industrie du phare en Angleterre depuis le seizième siècle, il montre comment les plus grands économistes, de Mill à Samuelson, se sont fourvoyés en « éclairant » leur argumentation au moyen d'un exemple totalement inadéquat, dont ils n'ont jamais pris la peine d'étudier le fonctionnement, en se contentant d'idées reçues. Tout au long de sa carrière, Coase, qui reproche à la science économique courante de traiter d'entités telles que l'entreprise, le marché ou la satisfaction du consommateur sans jamais s'interroger sur leur nature, est parti de l'étude approfondie du fonctionnement de diverses industries pour élaborer ses théories. Maniant avec dextérité la langue et la logique plutôt que les symboles et les équations, Coase a écrit : « Lorsque j'étais jeune, on disait que ce qui était trop stupide pour être dit pouvait être chanté. Dans l'économique moderne, on peut le formuler mathématiquement » (1988, p. 185).

Sa première contribution majeure pose le problème de l'existence de l'entreprise (1937), dont l'organisation interne est totalement différente du système de prix qui préoccupe exclusivement les économistes. Coase y développe le concept baptisé plus tard de coûts de transaction. Ces coûts ne découlent pas de la production, mais du fonctionnement des marchés, par exemple de la recherche d'information et de la négociation des contrats. L'entreprise est une structure qui permet d'éliminer ces coûts. C'est en comparant ces coûts à ceux qui découlent de l'organisation interne de l'entreprise qu'on peut déterminer sa dimension optimale.

Dans son article de 1960, Coase s'intéresse aux procédures légales mises en œuvre pour corriger les externalités, tels les inconvénients pour les résidents d'un quartier résultant de la fumée de cheminées d'usine. Pour Pigou et ses disciples, l'existence de ces effets externes justifie une intervention gouvernementale, de manière à égaliser les coûts privés et les coûts sociaux de l'activité incriminée. Généralisant à l'échange des droits de propriété les mécanismes de l'échange des ressources, Coase démontre que si les droits de propriété sont au départ bien délimités pour l'ensemble des ressources en jeu et qu'on peut les échanger librement, une négociation entre les parties s'engagera dont les résultats sont indépendants des stipulations légales prévues pour corriger les effets externes. En l'absence de coûts de transaction, ces résultats seront optimaux, réduisant au minimum les conséquences des externalités. Selon le « théorème de Coase », les coûts privés et les coûts sociaux sont égaux en l'absence de coûts de transaction. Lorsqu'il existe des coûts de transaction, les règles légales ont un effet sur l'allocation des ressources, mais on ne peut déterminer au départ quelles seront les stipulations les plus efficaces. Il faut étudier et régler les problèmes cas par cas.

Le travail de Coase a contribué au développement d'une nouvelle spécialisation qu'on appelle aux Etats-Unis *Law and Economics*.

Principales références

« The Nobel Memorial Prize in Economics 1991 ». Proclamation, articles de K. Brunner et de Y. Barzel et L.A. Kochin, et bibliographie, *Scandinavian Journal of Economics*, 1992, vol. 94, 1-36.

COOTER Robert D. 1982. « The Cost of Coase », *Journal of Legal Studies*, vol. 11, 1-34.

COOTER Robert D. 1987. « Coase Theorem », *New Palgrave*, vol. 1, 457-60.

MEDEMA Steven G. 1995 (dir.). *The Legacy of Coase in Economic Analysis*, Aldershot, Hants, Edward Elgar.

SPITZER M. 1982. « The Coase Theorem : Some Experimental Tests », *Journal of Law and Economics*, vol. 25, 73-98.
WILLIAMSON Oliver E. et WINTERS Sidney G. (dir.) 1991. *The Nature of the Firm : Origins, Evolution, and Development*, New York et Oxford, Oxford University Press [contient Coase 1937 et trois textes de Coase sur cet article].

BLAUG 1985, 37-8. *New Palgrave* 1987, vol. 1, 455-57. SILLS 1979, 125-7. SPIEGEL et SAMUELS 1984, 571-8.

DEBREU Gérard

Né en 1921

Gérard Debreu est né à Calais, en France. Il a obtenu la citoyenneté américaine en 1975. Il a étudié les mathématiques et la physique à l'Ecole normale supérieure de Paris (1941-44). Agrégé de mathématiques en 1946, il devient chercheur associé au Centre national de la recherche scientifique (CNRS, 1946-48). Il séjourne aux Etats-Unis, en Suède et en Norvège comme boursier Rockefeller (1948-50). Il est chercheur associé à la commission Cowles, à l'université de Chicago (1950-55), puis à l'université Yale, où il est nommé professeur associé (1955-61). Il reçoit un doctorat de l'université de Paris en 1956. Depuis 1962, il est professeur de sciences économiques, ainsi que professeur de mathématiques depuis 1975, à l'université de Californie à Berkeley. Il a été président de la Société d'économétrie (1971) et de l'American Economic Association (1990). Il a obtenu le prix de sciences économiques en mémoire d'Alfred Nobel en 1983.

Principales publications

1951. « The Coefficient of Resource Utilization », *Econometrica*, vol. 19, 273-92.
1952. « A Social Equilibrium Existence Theorem », *Proceedings of the National Academy of Sciences*, vol. 38, 886-93.
1954. Avec Kenneth J. Arrow, « Existence of an Equilibrium for a Competitive Economy », *Econometrica*, vol. 22, 265-90.

1956. « Market Equilibrium », *Proceedings of the National Academy of Sciences*, vol. 42, 876-8.
1959. *Theory of Value, An Axiomatic Analysis of Economic Equilibrium*, New York, John Wiley & Sons ; trad. fr. 1966, *Théorie de la valeur : analyse axiomatique de l'équilibre économique*, Paris, Dunod ; 2e éd. augmentée 1984.
1960. « Une économie de l'incertain », *Economie appliquée*, vol. 13, 111-6.
1962. « New Concepts and Techniques for Equilibrium Analysis », *International Economic Review*, vol. 3, 257-73.
1963. Avec H. Scarf, « A Limit Theorem on the Core of an Economy », *International Economic Review*, vol. 4, 235-46.
1964. « Continuity Properties of Paretian Utility », *International Economic Review*, vol. 5, 285-93.
1969. « Neighboring Economic Agents », *La Décision* [Paris, colloques internationaux du Centre national de la recherche scientifique], n° 171, 85-90.
1970. « Economies with a Finite Set of Equilibria », *Econometrica*, vol. 38, 387-92.
1972. « Smooth Preferences », *Econometrica*, vol. 40, 603-15.
1974. « Excess Demand Functions », *Journal of Mathematical Economics*, vol. 1, 15-21.
1982. « Existence of Competitive Equilibrium », in K.J. Arrow et M.D. Intriligator (dir.), *Handbook of Mathematical Economics*, vol. 2, 697-743 ; trad. fr. 1984, in G. Debreu, *Théorie de la valeur*, 2e éd., Paris, Dunod, 123-74.
1983. *Mathematical Economics : Twenty Papers of Gerard Debreu*, Cambridge, Angleterre, Cambridge University Press.
1984. « Economic Theory in the Mathematical Mode », in *Les Prix Nobel 1983*, Stockholm, Almqvist & Wiksell, 231-46 ; *American Economic Review*, vol. 74, 267-78.
1986. « Theoretic Models : Mathematical Form and Economic Content », *Econometrica*, vol. 54, 1259-70.
1987. « Mathematical Economics », *New Palgrave*, vol. 3, 399-404.
1987. « Existence of General Equilibrium », *New Palgrave*, vol. 2, 216-9.
1991. « The Mathematization of Economic Theory », *American Economic Review*, vol. 81, 1-7.
1991. « Random Walk and Life Philosophy », *The American Economist*, vol. 35, n° 2, 3-7 ; in Szenberg 1992, 107-14.

Mesurée par le nombre de pages publiées, l'œuvre de Gérard Debreu n'est pas, et de loin, la plus importante parmi celles des économistes contemporains, dont plusieurs sont obsédés par la contrainte du « publier ou périr ». Un petit livre de 107 pages (1959) et vingt articles regroupés dans un autre livre (1983) contiennent l'essentiel de son apport. Cet apport est toutefois l'un des plus influents dans la théorie économique contemporaine, et Debreu est sans doute l'un des économistes les plus souvent cités. Son nom est associé, en particulier, à deux aspects des développements récents de la pensée économique : l'économie mathématique et la théorie de l'équilibre général.

Debreu a lui-même décrit très clairement les transformations importantes que la théorie économique a connues avec sa mathématisation à partir de 1944, dans les rares textes « non mathématiques » qu'il a écrits (1984, 1986, 1987 « Mathematical » et 1991 *AER*). Mathématicien de formation – il est d'ailleurs professeur de mathématiques –, il a introduit, au début des années cinquante, des techniques mathématiques qui n'avaient pas encore été utilisées en économie, si l'on fait exception de quelques écrits de John von Neumann, dont Debreu reconnaît l'énorme influence qu'il a eue sur les développements contemporains de l'économie mathématique. Brouwer, Kakutani, Nash sont quelques-uns des noms à l'origine de ces développements qui portent le nom de théorème de point fixe, convexité, min-max. Théorie des ensembles et topologie remplacent le calcul différentiel et l'algèbre linéaire.

C'est à l'aide de ces instruments que Debreu donne à la théorie de l'équilibre général sa formulation définitive (Arrow et Debreu 1954 ; Debreu 1956 ; voir aussi 1987 « Existence », pour un traitement plus accessible au lecteur moyen). Walras avait ouvert la voie en 1874, en tentant de répondre rigoureusement à la question posée par Adam Smith un siècle plus tôt : comment, de l'interaction d'agents mus par leur intérêt propre, peut naître un ordre, ou en d'autres termes comment fonctionne la main invisible ? Walras n'avait pas réussi à démontrer l'existence d'un équilibre général. Wald, dans les années trente, en avait donné une première démonstration, mais c'est Arrow et Debreu (et simultanément, d'une manière différente, L. McKenzie) qui en apportent une preuve rigoureuse et définitive. Dans sa *Théorie de la valeur*, présentée d'abord comme thèse de doctorat en 1956, Debreu donne ce qu'il appelle une « analyse axiomatique » de l'équilibre général : « Une théorie axiomatique choisit d'abord ses concepts initiaux et représente chacun d'eux par un objet mathématique... Ensuite, des hypothèses à propos des concepts initiaux sont spécifiées, et les conséquences en sont mathématiquement déduites. L'interprétation économique des théorèmes ainsi obtenus constitue la dernière étape de l'analyse. Selon ce schéma, une théorie axiomatique a une forme mathématique totalement indépendante de son contenu économique » (1987 « Mathematical », p. 401). Dans son livre, Debreu définit ainsi rigoureusement la marchandise, le prix, le consommateur, le producteur. Il spécifie certaines hypothèses relatives aux liens entre ces éléments (une bonne partie des développements ultérieurs de la théorie de l'équilibre général, y compris par Debreu, consistera à alléger ces hypothèses). Il en déduit l'existence d'un ensemble de prix. Il montre ensuite que cet ensemble est un optimum, et qu'à tout optimum est associé un équilibre général. Il avait déjà proposé en 1952 une preuve de l'équivalence entre l'équilibre concurrentiel et l'optimum de Pareto.

Pour Debreu, l'analyse axiomatique permet seule d'atteindre la rigueur, la simplicité et la généralité, qui caractérisent précisément tous ses écrits. Elle permet aussi de mieux circonscrire le champ d'application de la théorie économique, et d'éviter de lui faire dire ce qu'elle ne peut pas dire. Debreu est lui-même le premier conscient des limites de son approche. Ainsi a-t-il clairement mis en lumière l'impossibilité de démontrer l'unicité et la stabilité de l'équilibre général, en dehors d'hypothèses extrêmement contraignantes, très éloignées des réalités contemporaines (1974). Il est donc hasardeux, par exemple, de conclure de l'équivalence entre les conditions de l'optimum et de l'équilibre général en la supériorité d'une économie de marché. Debreu a lui-même indiqué que les partisans d'une intervention active de l'Etat peuvent aussi s'appuyer sur cette analyse en faisant ressortir son irréalisme (1987 « Mathematical », p. 402).

Principales références

« The Nobel Memorial Prize in Economics 1983 ». Proclamation, article de Hal R. Varian et bibliographie, *Scandinavian Journal of Economics*, 1984, vol. 86, 1-16.

DEBREU 1991 *AE*.
GEANAKOPLOS John 1987. « Arrow-Debreu Model of General Equilibrium », *New Palgrave*, vol. 1, 116-124.
HILDEBRAND Werner 1983. « Introduction », in Debreu 1983, 1-29.

BLAUG 1985, 39-40.

DOBB Maurice Herbert

1900-1976

Maurice Dobb est né à Londres, où il a commencé des études universitaires en histoire. Entre 1919 et 1922, il étudie l'histoire et l'économie à Cambridge, où il participe au Club d'économie politique de Keynes. Il séjourne enfin à la London School of Economics, qui lui décerne un doctorat en 1924. Il commence à enseigner à Cambridge en 1924, et y demeure jusqu'à sa retraite en 1967.

Principales publications

1925. *Capitalist Enterprise and Social Progress*, Londres, Routledge & Kegan Paul.
1928. *Russian Economic Development since the Revolution*, Londres, Routledge & Kegan Paul.
1928. *Wages*, Cambridge, Angleterre, Cambridge University Press.
1937. *Political Economy and Capitalism : Some Essays in Economic Tradition*, Londres, Routledge & Kegan Paul.
1946. *Studies in the Development of Capitalism*, Londres, Routledge & Kegan Paul ; trad. fr. 1969, *Etudes sur le développement du capitalisme*, Paris, François Maspero.
1948. *Soviet Economic Development since 1917*, Londres, Routledge & Kegan Paul.
1951-73. Collaboration avec P. Sraffa (dir.), *The Works and Correspondence of David Ricardo*, 11 vol., Cambridge, Angleterre, Cambridge University Press.
1951. *Some Aspects of Economic Development : Three Lectures*, Delhi, Ranjit Publishers.
1955. *On Economic Theory and Socialism : Collected Papers*, Londres, Routledge & Kegan Paul.
1960. *An Essay on Economic Growth and Planning*, Londres, Routledge & Kegan Paul.
1963. *Economic Growth and Underdeveloped Countries*, Londres, Lawrence & Wishart ; trad. fr. 1965, *Croissance économique et sous-développement*, Paris, François Maspero.
1967. *Papers on Capitalism, Development and Planning*, Londres, Routledge & Kegan Paul.
1969. *Welfare Economics and the Economics of Socialism : Towards a Commonsense Critique*, Cambridge, Angleterre, Cambridge University

Press ; trad. fr. 1971, *Economie du bien-être et économie socialiste*, Paris, Calmann-Lévy.
1970. *Socialist Planning : Some Problems*, Londres, Lawrence & Wishart.
1973. *Theories of Value and Distribution since Adam Smith : Ideology and Economic Theory*, Cambridge, Angleterre, Cambridge University Press.
1976 (dir., avec Paul M. Sweezy). *The Transition from Feudalism to Capitalism*, Londres, New Left Books ; trad. fr. 1977, *Du féodalisme au capitalisme : problèmes de la transition*, Paris, François Maspero.
1978. « Random Biographical Notes », *Cambridge Journal of Economics*, vol. 2, 115-20.

Maurice Dobb occupe une position très particulière dans le panorama de la pensée économique contemporaine. Membre du Parti communiste britannique depuis 1922, il en fut un militant actif jusqu'à sa mort. Outre sa production de travaux académiques, il a rédigé de nombreux ouvrages de vulgarisation et plusieurs articles de journaux. Séjournant à diverses reprises en Union soviétique, dont il a appris la langue, il en a toujours défendu les politiques, même s'il lui est arrivé de critiquer le dogmatisme stalinien.

Pendant plusieurs années, M. Dobb fut ainsi l'un des rares, sinon le seul économiste universitaire anglo-saxon à se réclamer du marxisme et du communisme. En dépit, et peut-être en partie à cause de cette situation originale, Maurice Dobb a joui, tout au long de sa carrière, d'un prestige exceptionnel, y compris auprès de ceux qui, sur le plan politique et idéologique, étaient très éloignés de lui. En témoigne, par exemple, la liste des économistes qui ont accepté de contribuer aux Mélanges qui lui furent présentés à l'occasion de sa retraite de Cambridge (Feinstein 1967). Dès le début de sa carrière, il a joui de l'estime de Keynes et de ses collègues de Cambridge. Outre son tempérament affable, qui désarmait ses adversaires potentiels, c'est à la fois sa connaissance approfondie de la théorie économique orthodoxe, son absence de dogmatisme sur le plan théorique et ses nombreuses contributions scientifiques qui lui ont valu l'estime dans un univers académique très longtemps hostile au marxisme.

Avant Joan Robinson et Paul Sweezy, Dobb fut le premier à présenter au monde universitaire anglo-saxon une vision subtile et non dogmatique de la théorie marxiste, dont il souligne la continuité avec la tradition classique et surtout ricardienne

(1937). Il reprend ce thème dans son dernier livre (1973), synthèse de l'histoire de la pensée économique à la lumière des travaux de Sraffa. Mais il serait injuste de parler d'une influence à sens unique de Sraffa sur Dobb, quand on sait que Dobb a contribué activement à l'édition des œuvres complètes de Ricardo, y compris à la rédaction de la célèbre introduction aux *Principes* contenue dans le tome premier – introduction qu'il affirmera avoir lui-même écrite (1978, p. 119). De ce fait, Dobb serait au même titre que Sraffa un initiateur du courant néo-ricardien, ce qui lui a d'ailleurs valu les critiques des marxistes orthodoxes.

Dobb est aussi l'auteur de contributions importantes dans le domaine de l'histoire économique. Son étude de la transition du féodalisme au capitalisme (1946) est peut-être son livre le plus connu. Ses thèses ont déclenché une vive polémique (voir les textes rassemblés dans Dobb et Sweezy 1976), comme du reste son analyse du développement économique de l'Union soviétique (1948), la première étude importante sur ce sujet parue en anglais. Participant au débat sur le socialisme de marché, Dobb est toujours demeuré, à l'encontre des thèses de Lange et Lerner, partisan d'une planification centralisée (voir certains articles rassemblés dans 1955 et 1967). Sa position s'est toutefois assouplie à la fin de sa carrière, comme en témoigne en particulier son analyse de l'économie du bien-être (1969).

A partir des années cinquante, Dobb s'est aussi intéressé tant à la théorie de la croissance qu'aux problèmes de développement des pays du Tiers-Monde, dans lesquels il avait, pour nombre d'entre eux, séjourné et enseigné (1951, 1960, 1963).

Principales références

Cambridge Journal of Economics 1978, « Maurice Dobb Memorial Issue », vol. 2, n° 2.

DOBB 1978.

FEINSTEIN C.H. 1967 (dir.). *Socialism, Capitalism and Economic Growth. Essays Presented to Maurice Dobb*, Cambridge, Angleterre, Cambridge University Press [comprend une bibliographie des œuvres de Dobb jusqu'à 1967].

MEEK Ronald 1978. « Obituary of Maurice Herbert Dobb », *Proceedings of the British Academy 1977*, vol. 53, 333-44.

ARESTIS et SAWYER 1992, 128-34. BLAUG 1985, 49-50. *New Palgrave* 1987, vol. 1, 913. SILLS 1979, 142-4. SPIEGEL et SAMUELS 1984, vol. 2, 595-621.

FRIEDMAN Milton

Né en 1912

Milton Friedman est né à Brooklyn, de parents immigrés de Roumanie. Il étudie à l'université de Chicago et à l'université Columbia, qui lui décerne un doctorat en 1946. En 1937, il devient membre du National Bureau of Economic Research (NBER), auquel il demeure associé jusqu'en 1981. En 1946, il obtient un poste à l'université de Chicago, où il enseigne jusqu'en 1977. Membre de la Société du mont Pèlerin depuis sa fondation, en 1947, par un groupe d'intellectuels libéraux réunis par Friedrich Hayek, il en est président entre 1970 et 1972. De 1966 à 1984, Friedman signe régulièrement une chronique économique dans le périodique *Newsweek*. En 1964, il est conseiller économique du candidat républicain à la présidence, Barry Goldwater. Il tient le même rôle auprès de Richard Nixon en 1968, puis de Ronald Reagan en 1980. Il est membre de l'Economic Policy Advisory Board nommé par le président Reagan en 1981. Président de l'American Economic Association en 1967, Friedman reçoit le prix de sciences économiques en mémoire d'Alfred Nobel en 1976. Depuis 1977, il est chercheur à la Hoover Institution à Stanford, en Californie.

Principales publications

1945. Avec Simon Kuznets, *Income from Independent Professional Practice*, New York, National Bureau of Economic Research.

1948. « A Monetary and Fiscal Framework for Economic Stability », *American Economic Review*, vol. 38, 245-64.

1951. « Les effets d'une politique de plein emploi sur la stabilité économique : Une analyse formelle », *Economie appliquée*, vol. 4, 441-56 ; version angl. révisée, « The Effects of a Full-Employment

Policy on Economic Stability : A Formal Analysis », in Friedman 1953, 117-32.
1953. *Essays in Positive Economics*, University of Chicago Press.
1956 (dir.). *Studies in the Quantity Theory of Money*, University of Chicago Press.
1957. *A Theory of the Consumption Function*, Princeton University Press.
1960. *A Program for Monetary Stability*, New York, Fordham University Press.
1962. *Capitalism and Freedom*, University of Chicago Press ; trad. fr. 1971, *Capitalisme et liberté*, Paris, Laffont.
1962. *Price Theory*, Chicago, Aldine ; trad. fr. 1983, *Prix et théorie économique*, Paris, Economica.
1963. Avec A.J. Schwartz, *A Monetary History of the United States, 1867-1960*, Princeton University Press.
1963. Avec D. Meiselman, « The Relative Stability of Monetary Velocity and the Investment Multiplier in the United States, 1897-1958 », in E. Cary Brown *et al.*, *Stabilization Policies*, Englewood Cliffs, New Jersey, Prentice-Hall, 165-268.
1968. *Dollars and Deficits : Inflation, Monetary Policy and the Balance of Payments*, Englewood Cliffs, New Jersey, Prentice-Hall ; trad. fr. 1969, *Inflation et systèmes monétaires*, Paris, Calmann-Lévy.
1968. « The Role of Monetary Policy », *American Economic Review*, vol. 58, 1-17.
1969. *The Optimum Quantity of Money and Other Essays*, Chicago, Aldine.
1969. Avec W.W. Heller, *Monetary vs Fiscal Policy. A Dialogue*, New York, W.W. Norton ; trad. fr. 1969, *Politique monétaire ou politique fiscale*, Tours, Mame.
1970. *The Counter-Revolution in Monetary Theory*, Londres, Institute of Economic Affairs.
1970. Avec A.J. Schwartz, *Monetary Statistics of the United States : Estimates, Sources, Methods*, New York, Columbia University Press.
1971. *A Theoretical Framework for Monetary Analysis*, New York, National Bureau of Economic Research.
1972. *An Economist's Protest : Columns in Political Economy*, Glen Ridge, New Jersey, Thomas Horton & Daughters ; 2e éd. 1975, sous le titre *There's no Such Thing as a Free Lunch*, Lassalle, Illinois, Open Court ; 3e éd. 1983, sous le titre *Bright Promises, Dismal Performance : An Economist's Protest*, New York, Harcourt Brace Jovanovich.
1977. *From Galbraith to Economic Freedom*, Londres, Institute of Economic Affairs ; trad. fr. 1977, *Contre Galbraith*, Paris, Economica.
1977. « Nobel Lecture : Inflation and Unemployment », *Journal of Political Economy*, vol. 85, 451-72.
1980. Avec Rose Friedman, *Free to Choose, A Personal Statement*, New York, Harcourt Brace Jovanovich ; trad. fr. 1980, *La Liberté du choix*, Paris, Belfond.

1982. Avec A.J. Schwartz, *Monetary Trends in the United States and the United Kingdom. Their Relation to Income, Prices, and Interest Rates, 1867-1975*, University of Chicago Press.

1984. Avec Rose Friedman, *Tyranny of Status Quo*, New York, Harcourt Brace Jovanovich ; trad. fr. 1984, *La Tyrannie du statu quo*, Paris, J.-C. Lattès.

1986. « My Evolution as an Economist », in Breit et Spencer 1986, 77-92.

1987. *The Essence of Friedman*, sous la direction de K.R. Leube, Stanford, Hoover Institution Press.

1991. *Monetarist Economics*, Oxford, Basil Blackwell.

1992. *Money Mischief : Episodes in Monetary History*, New York, Harcourt Brace Jovanovich ; trad. fr. 1993, *La Monnaie et ses pièges*, Paris, Dunod.

Milton Friedman s'est imposé, depuis la fin des années cinquante, comme le chef de file de l'opposition à l'interventionnisme keynésien, l'avocat le plus actif d'un libéralisme intransigeant et le principal inspirateur des nouvelles politiques économiques mises en œuvre à partir des années soixante-dix. Le nom de Friedman est d'ailleurs étroitement associé à l'expression de monétarisme. Friedman défend ses idées politiques avec vigueur, sans craindre la controverse qu'il se plaît au contraire à provoquer. Dans son énoncé de philosophie politique (1962 *Capitalism*), il affirme que le mécanisme du marché suffit pour régler la plupart des problèmes économiques et sociaux de notre temps. Le pouvoir de l'Etat doit être réduit au minimum et décentralisé, la liberté d'entreprise étant le fondement de la liberté politique. Il propose de remplacer l'ensemble des mesures de sécurité sociale par un impôt négatif sur le revenu. Il est partisan d'une privatisation du système scolaire. Friedman voit ses thèses triompher dans les années soixante-dix. Il utilise, pour les répandre, tous les media, journaux, périodiques à grand tirage, radio et télévision. Friedman s'est chargé lui-même de la vulgarisation de ses idées, ce qui a sans doute contribué à faire de lui l'économiste contemporain le plus connu du grand public.

Mais Milton Friedman est d'abord un théoricien et c'est sur ce plan que, graduellement, ses idées, d'abord décriées par ses collègues, se sont imposées. L'Académie royale des sciences de Suède lui a attribué le prix Nobel « pour ses réalisations dans les domaines de l'analyse de la consommation, de l'histoire et de la théorie monétaire et pour sa mise en lumière de la complexité des politiques de stabilisation ». Ses diverses contributions sont fondées sur une foi inébranlable dans le mécanisme des prix de marché pour résoudre les problèmes de production et d'allocation des ressources. La théorie des prix constitue le principal sujet de son enseignement à Chicago et a donné lieu à un manuel qui contient certaines de ses contributions qu'il juge les plus importantes (1962 *Price*).

Ses travaux sont fondés sur des positions méthodologiques rendues publiques en 1953, et qui ont suscité depuis cette date un débat qui n'est pas terminé. Friedman y défend l'idée que l'économique est une science empirique, au même titre que les sciences de la nature (voir aussi 1977, *JPE*). On y élabore des énoncés, à caractère surtout prédictif, dont on doit être capable de démontrer la fausseté par des tests empiriques. Le réalisme des hypothèses qui sont au point de départ de ces élaborations n'a pas en soi d'importance. Une théorie doit être rejetée non pas parce que ses hypothèses ne correspondent pas à la réalité, mais parce qu'on a réfuté les prédictions qu'on en déduit par des tests empiriques. Ainsi, pour Friedman, les critiques contre la théorie néoclassique des prix fondées sur l'irréalisme de ses hypothèses ne sont pas pertinentes.

Cette approche méthodologique est mise en œuvre dans une étude de la fonction de consommation, qui occupe une place centrale dans la théorie keynésienne (1957). Dans cet ouvrage, que plusieurs considèrent comme sa principale contribution scientifique, Friedman propose l'hypothèse du revenu permanent (dont on trouve déjà une ébauche en 1945), selon laquelle la plus importante partie des dépenses de consommation n'est pas reliée au revenu courant, comme le croit Keynes, mais à sa composante principale appelée revenu permanent. Il en conclut que les économies modernes sont plus stables que ne le pensent les keynésiens.

Friedman est surtout connu pour sa réhabilitation de la théorie quantitative de la monnaie (1956, 1969 *The Optimum*). De sa thèse principale, selon laquelle toute variation de la masse monétaire est suivie d'une variation dans le même sens des prix, de la production et des revenus, Friedman affirme qu'il s'agit d'une loi observée depuis des siècles et qui a la même régularité que celle des sciences naturelles. L'inflation est ainsi pour lui un phénomène strictement monétaire. Pendant vingt-cinq ans, Friedman a effectué, avec Anna J. Schwartz, pour le compte du National Bureau of Economic Research, une longue recherche sur l'histoire monétaire des Etats-Unis (1963, 1970, 1982 ; dans ce dernier livre, la situation en Angleterre est aussi examinée). Les résultats démontrent la validité empirique de sa version de la théorie quantitative de la monnaie (1971). Friedman et Schwartz montrent en particulier que les fluctuations cycliques sont sinon provoquées du moins aggravées par des politiques monétaires erratiques. C'est ainsi la Réserve fédérale qui est en dernière instance responsable de la gravité de la dépression des années trente (1963, avec A.J. Schwartz). C'est pourquoi Friedman préconise sa fameuse « règle monétaire » : décréter, si possible dans la Constitution, que la masse monétaire doit varier à un taux constant, égal au taux de croissance à long terme de la production nationale (1960). Dans une étude réalisée pour le National Bureau of Economic Research avec David Meiselman (1963), Friedman estime avoir définitivement réfuté l'analyse keynésienne en montrant qu'à long terme, dans l'économie américaine, le rapport entre la quantité de monnaie et le revenu national est beaucoup plus stable que le rapport entre les dépenses autonomes et le revenu, rapport appelé multiplicateur. Friedman estime toutefois qu'on oppose la plupart du temps une version simpliste de la théorie quantitative à une version non moins simpliste de la théorie de Keynes, et que sa propre « théorie monétaire du revenu nominal » (1971) inclut comme cas particuliers les deux premières. Bref, la contre-révolution que Friedman affirme avoir déclenchée à la fin des années cinquante a conservé certains éléments de la révolution keynésienne (1970 *The Counter-Revolution*).

Pour Friedman, la politique monétaire, pas plus que la politique fiscale, ne peut avoir d'effet réel profond sur les mécanismes économiques. Cette vision débouche sur la théorie du taux naturel de chômage (1968 *AER*). Friedman affirme qu'il existe dans une économie, à tout moment, un taux naturel de chômage, déterminé par des forces réelles, parmi lesquelles la structure du marché du travail, les imperfections du marché, l'assurance-chômage. Tout effort pour abaisser le taux de chômage au-dessous du taux naturel déclenche une inflation qui doit être constamment augmentée pour que l'emploi soit maintenu à ce niveau. Cette hypothèse s'appuie sur la prise en compte des anticipations de hausse de prix par les agents. Elle implique que la courbe de Phillips, au lieu d'exprimer une relation négative entre le taux de chômage et le taux d'inflation, est verticale à long terme. Friedman affirme qu'on peut même observer une courbe de Phillips positive (1977 *JPE*) : les taux d'inflation et de chômage augmentent désormais ensemble, en se stimulant mutuellement. Des facteurs politiques qu'on doit intégrer dans les modèles rendraient compte de ce nouveau phénomène.

Décriées comme réactionnaires, sinon aberrantes, lorsqu'elles furent exposées, les positions de Friedman se sont graduellement imposées. Adversaire résolu de Keynes, Friedman partage avec ce dernier auteur l'art de susciter la controverse, le pouvoir de la gagner et la capacité d'imposer une nouvelle orthodoxie. Comme Keynes, il est aussi vigoureusement contesté, y compris par ses disciples.

Principales références

« The Nobel Prize in Economics 1976 ». Proclamation, article de Niels Thygesen et bibliographie, *Swedish Journal of Economics*, 1977, vol. 79, 54-97.

BUTLER E. 1985. *Milton Friedman : A Guide to his Economics*, Aldershot, Hants, Gower ; New York, Universe Books.

FRAZER W. 1988. *Power and Ideas : Milton Friedman and the Big U-Turn*, Gainesville, Floride, Gulf Atlantic.

GORDON Robert J. 1974 (dir.). *Milton Friedman's Monetary Framework. A Debate with his Critics*, University of Chicago Press.

HIRSCH Abraham et DE MARCHI Neil 1990. *Milton Friedman. Economics in Theory and Practice*, University of Michigan Press, Ann Arbor.

LAVOIE Marc et SECCARECCIA Mario 1993 (dir.), *Milton Friedman et son œuvre*, Montréal, Presses de l'université de Montréal.

SELDEN Richard T. 1975 (dir.). *Capitalism and Freedom*, Charlottesville, University of Virginia Press.

WOOD John Cunningham et WOODS Ronald N. 1990 (dir.). *Milton Friedman. Critical Assessments*, 4 vol., Londres, Routledge.

BLAUG 1985, 62-3. BREIT et RANSOM 1971, 223-256. *New Palgrave* 1987, vol. 2, 422-7. SHACKLETON et LOCKSLEY 1981, 53-71. SILK 1978, 59-109. SOBEL 1980, 144-174.

FRISCH Ragnar Anton Kittil

1895-1973

Ragnar Frisch est né à Oslo. Il fait l'apprentissage de l'orfèvrerie, le métier de son père, tout en menant ses études d'économie à l'université d'Oslo, dont il est diplômé en 1919. Il poursuit ensuite ses études en France (1921-23) et en Grande-Bretagne (1923), puis obtient en 1926 à l'université d'Oslo un doctorat en statistique mathématique. Après des séjours aux Etats-Unis, en France et en Italie (1927-28), il enseigne deux années à l'université d'Oslo, puis est invité à l'université Yale. Pour le faire revenir en Norvège, une chaire de sciences économiques est créée en 1931 à l'université d'Oslo : il l'occupera jusqu'à sa retraite en 1965 ; il dirigera, depuis sa création en 1932 jusqu'en 1965, l'Institut d'économie d'Oslo.

Conseiller du Parti travailliste norvégien dans les années trente et dans l'immédiat après-guerre, il effectue des missions auprès des gouvernements de l'Inde (1954-55) et d'Egypte (plusieurs missions entre 1957 et 1964). Après bien d'autres distinctions, il reçoit en 1969, conjointement avec Jan Tinbergen, le premier prix de sciences économiques en mémoire d'Alfred Nobel.

Principales publications

1926. « Sur un problème d'économie pure », *Norsk Matematisk Forenings Skrifter*, n° 16, 1-40 ; rééd. 1957, *Metroeconomica*, vol. 9, 79-111.

1929. « Statikk og dynamikk i den okonomiske teorie » [Statique et dynamique en théorie économique], *Nationalokonomisk Tidsskrift*, vol. 67, 321-79.

1932. *New Methods of Measuring Marginal Utility*, Tübingen, Mohr.

1933. « Propagation Problems and Impulse Problems in Dynamic Economics », in *Economic Essays in Honor of Gustav Cassel*, Londres, George Allen & Unwin, 171-205 ; rééd. 1965, in *Readings in Business Cycles*, Homewood, Illinois, Richard D. Irwin, 155-85.

1934. « Circulation Planning », *Econometrica*, vol. 2, 258-336 et 422-35.

1936. « On the Notion of Equilibrium and Disequilibrium », *Review of Economic Studies*, vol. 3, 100-5.

1947. *Noen trekk av konjunkturlæren* [Eléments de la théorie du cycle d'affaires], Oslo, H. Aschehoug & Co.
1950. « Alfred Marshall's Theory of Value », *Quarterly Journal of Economics*, vol. 64, 495-524.
1950. « L'emploi des modèles pour l'élaboration d'une politique économique rationnelle », *Revue d'économie politique*, vol. 60, 474-99 et 601-35.
1952. « Wicksell », in H.W. Spiegel (dir.), *The Development of Economic Thought : Great Economists in Perspective*, New York, John Wiley, 652-99.
1954. « La théorie de l'avantage collectif et les régions de Pareto », *Economie appliquée*, vol. 7, 211-80.
1956. « Macroeconomics and Linear Programming », in *Twenty-Five Economic Essays in Honour of Erik Lindahl*, Stockholm, *Ekonomisk Tidskrift*, vol. 58, 38-67.
1959. « A Complete Scheme for Computing All Direct and Cross-Demand Elasticities in a Model with Many Sectors », *Econometrica*, vol. 27, 177-96.
1960. *Maxima et minima : théorie et applications économiques*, Paris, Dunod.
1960. *Planning for India : Selected Explorations in Methodology*, New York, Asia Publishing House.
1962. *Innledning til produksjonsteorien*, Oslo, Universitets Forlaget ; version fr. 1963, *Lois techniques et économiques de la production*, Paris, Dunod.
1970. « Econometrics in the World of Today », in W.A. Eltis, M.F. Scott et J.N. Wolfe (dir.), *Induction Growth and Trade ; Essays in Honour of Sir Roy Harrod*, Oxford, Clarendon Press, 152-66.
1976. *Economic Planning Studies : A Collection of Essays*, Dordrecht, D. Reidel.

La plus grande partie de l'œuvre de Ragnar Frisch est en norvégien : sur quelque 400 textes scientifiques, environ un quart seulement ont été soit publiés soit traduits, parfois tardivement, en anglais. Cette œuvre couvre de larges champs. Elle s'ouvre, dans les années vingt, par des travaux de mathématique et de statistique mathématique publiés en Norvège ou en France. Elle aborde l'économie par une approche mathématique rigoureuse de la théorie du consommateur (1926, 1932). Elle se concrétise dans des travaux qui se révéleront pionniers dans plusieurs domaines : élaboration de la notion de macroéconomie et approfondissement méthodologique des concepts de statique et de dynamique (article en norvégien de 1929) et d'équilibre et de déséquilibre (1936) ; construction du premier modèle macrodynamique explicatif des cycles (1933) ; esquisse de l'approche interindustrielle et, deux ans avant la publication de la *Théorie générale* de Keynes, analyse des processus de production et de circulation dans une économie subissant une dépression due à l'insuffisance de la demande (1934).

A partir de 1930, Frisch œuvre à l'affirmation et au développement de l'économétrie qu'il conçoit comme l'unification de la théorie économique, de la mathématique et de la statistique. Il est un des fondateurs, en 1930, et un animateur de la Société d'économétrie. Il a été le rédacteur en chef d'*Econometrica* depuis sa création en 1933 jusqu'en 1955, date à laquelle il devint président du comité de rédaction. Dans le premier numéro de cette revue, il écrit : « La politique d'*Econometrica* sera, tout aussi ardemment, de dénoncer le jeu futile de la symbolique mathématique en économie, que d'encourager son utilisation constructive » (vol. 1, 1933, p. 3). Ses travaux portent principalement sur les modèles linéaires, l'analyse de systèmes à données multiples, l'estimation des paramètres en cas de variables explicatives corrélées ; dans les années cinquante et soixante, il explore différentes méthodes de programmation linéaire : méthode du potentiel logarithmique, méthode multiplex, méthode nonplex.

Tout en poursuivant son effort pour dégager les lois de la dynamique et des cycles économiques (1947), il systématise l'étude de la production, en analysant notamment les « structures temporelles des processus de production » (1962) ; il exerce une influence particulière sur la conception des comptes nationaux dans les pays scandinaves ; il travaille à construire les outils, les modèles nécessaires à une politique économique et à une planification rationnelles, sans négliger les questions concrètes du développement économique et de la planification pour le développement (1950 *REP*, 1960 *Planning...* et articles repris in 1976).

Poussant la rigueur jusqu'à une recherche de perfection qui l'a souvent conduit à ne pas publier ou à retarder la publication de nombre de ses travaux, R. Frisch avait une haute conscience de la responsabilité sociale du savant. Pour lui, l'économétrie se devait, pour ne pas verser dans des jeux stériles, de demeurer en relation avec les réalités concrètes (1970) et l'économiste ne devait pas se laisser décourager par le fait que les problèmes sur lesquels il travaille sont infiniment plus complexes que ceux qu'étudie le physicien.

Principales références

« The First Nobel Prize in Economics », Proclamation, article de L. Johansen et bibliographie, *Swedish Journal of Economics*, 1969, vol. 71, 300-24 ; article repris in Spiegel et Samuels 1984, 299-317.

ANDVIG Jens C. 1985. *Ragnar Frisch and the Great Depression : A Study in the Interwar History of Macroeconomics Theory and Policy*, Oslo, Norwegian Institute of International Affairs.

ARROW Kenneth J. 1960. « The Work of Ragnar Frisch, Econometrician », *Econometrica*, vol. 28, 175-192.

BLAUG Mark 1992 (dir.), *Pioneers in Economics*, section 4, *Twentieth Century Economics*, Aldershot, Hants, Edward Elgar, vol. 41.

European Economic Review, 1974, vol. 5, 3-66, avec des contributions de Jan Tinbergen, Paul Samuelson et Leif Johansen.

EVARDSEN Kare 1970. « A Survey of Ragnar Frisch's Contribution to the Science of Economics », *De Economist*, vol. 118, 174-96.

BLAUG 1985, 66-7. *New Palgrave* 1987, vol. 2, 428-30. SILLS 1979, 211-5.

GALBRAITH John Kenneth

Né en 1908

John Kenneth Galbraith est né au Canada, dans une communauté rurale d'origine écossaise de l'Ontario. Après avoir engagé des études d'agronomie, il va étudier l'économie agricole à l'université de Californie à Berkeley, où il obtient son doctorat en 1934. Sa carrière va désormais se dérouler aux Etats-Unis. Nommé en 1936 assistant en économie agricole à Harvard, il enseigne aussi à Princeton, avant de devenir chef du département des prix de l'Office des prix et du rationnement (1941-3). Après 1943, il est chargé de différentes missions publiques, notamment sur l'économie des pays occupés. En 1948, il revient à Harvard, où il devient l'année suivante professeur de sciences économiques ; il prend sa retraite en 1975 avec le titre de professeur émérite.

Auteur de nombreux ouvrages, conférencier, collaborateur de divers organes de presse, du *New York Times* à *Playboy*, il a été conseiller personnel du président Kennedy, ambassadeur en Inde (1961-3), et président des « Américains pour l'action démocratique » (1967-9), de l'American Economic Association (1972) et de l'American Academy and Institute of Arts and Letters (1984-7).

Principales publications

1938. Avec Henry S. Dennison, *Modern Competition and Business Policy*, New York, Oxford University Press.
1952. *A Theory of Price Control*, Cambridge, Massachusetts, Harvard University Press.
1952. *American Capitalism : The Concept of Countervailing Power*, Boston, Houghton Mifflin ; trad. fr. 1956, *Le Capitalisme américain : le concept du pouvoir compensateur*, Paris, Génin.
1954. *The Great Crash, 1929*, Boston, Houghton Mifflin ; trad. fr. 1961, *La Crise économique de 1929*, Paris, Payot.
1955. *Economics and the Art of Controversy*, New Brunswick, New Jersey, Rutgers University Press.
1958. *The Affluent Society*, Boston, Houghton Mifflin ; trad. fr. 1961, *L'Ere de l'opulence*, Paris, Calmann-Lévy.
1960. *The Liberal Hour*, Boston, Houghton Mifflin ; trad. fr. 1963, *L'Heure des libéraux*, Paris, Calmann-Lévy.
1962. *Economic Development in Perspective*, Cambridge, Massachusetts, Harvard University Press ; trad. fr. 1962, *Les Conditions actuelles du développement économique*, Paris, Denoël.
1967. *How to Get out of Vietnam*, New York, New American Library.
1967. *The New Industrial State*, Boston, Houghton Mifflin ; trad. fr. 1968, *Le Nouvel Etat industriel*, Paris, Gallimard.
1969. *Ambassador's Journal*, Boston, Houghton Mifflin ; trad. fr. 1970, *Le Journal d'un ambassadeur*, Paris, Denoël.
1971. *A Contemporary Guide to Economics, Peace and Laughter*, édité par Andrea D. Williams, Boston, Houghton Mifflin ; trad. fr. 1971, *Fraternité, finances et fantaisies*, Paris, Denoël.
1973. *Economics and the Public Purpose*, Boston, Houghton Mifflin ; trad. fr.1974, *La Science économique et l'intérêt général*, Paris, Gallimard.
1975. *Money, Whence it Came, Where it Went*, Boston, Houghton Mifflin ; trad. fr. 1976, *L'Argent*, Paris, Gallimard.
1977. *The Age of Uncertainty*, Boston, Houghton Mifflin ; trad. fr. 1978, *Le Temps des incertitudes*, Paris, Gallimard.
1979. *Annals of an Abiding Liberal*, Boston, Houghton Mifflin ; trad. fr. 1981, *Chroniques d'un libéral impénitent*, Paris, Gallimard.
1979. *The Nature of Mass Poverty*, Cambridge, Massachusetts, Harvard

University Press ; trad. fr. 1980, *Théorie de la pauvreté de masse*, Paris, Gallimard.
1981. *A Life in our Times : Memoirs*, Boston, Houghton Mifflin ; trad. fr. 1983, *Une vie dans son siècle*, Paris, Gallimard.
1983. *The Anatomy of Power*, Boston, Houghton Mifflin ; trad. fr. 1985, *Anatomie du pouvoir*, Paris, Seuil.
1983. *The Voice of the Poor*, Cambridge, Massachusetts, Harvard University Press ; trad. fr. 1984, *La Voix des pauvres*, Paris, Gallimard.
1987. *Economics in Perspective. A Critical History*, Boston, Houghton Mifflin ; trad. fr. 1989, *L'Economie en perspective : une histoire critique*, Paris, Seuil.
1988. Avec S.M. Men'shikov, *Capitalism, Communism and Coexistence*, Boston, Houghton Mifflin ; trad. fr. 1988, *Capitalisme, communisme et coexistence*, Paris, InterEditions.
1990. *A Tenured Professor*, Boston, Houghton Mifflin ; trad. fr. 1991, *Monsieur le professeur*, Paris, Belfond.
1990. *A Short History of Financial Euphoria*, Knoxville, Tennessee, Whittle Communications ; trad. fr. 1992, *Brève Histoire de l'euphorie financière*, Paris, Seuil.
1992. *The Culture of Contentment*, Boston, Houghton Mifflin ; trad. fr. 1993, *La Culture du contentement aux Etats-Unis*, Paris, Seuil.

Comme l'ensemble de sa génération, J.K. Galbraith a été marqué par la crise de 1929 (à laquelle il consacre un ouvrage en 1955), par le New Deal et les idées interventionnistes et keynésiennes. Son premier ouvrage (1938), cosigné avec un industriel libéral, fait ressortir les imperfections du marché et les rigidités de l'économie et propose l'esquisse d'un programme de réglementation pour l'industrie ; après la guerre, il plaide encore pour l'intervention de l'Etat et le contrôle des prix (1952 *A Theory*). Il a écrit sur la politique américaine (1960, 1967 *How to Get*, 1977, 1979 *Annals*), le développement (1962, 1983 *The Voice*), la pauvreté (1979 *The Nature*), l'économie (1955, 1971, 1975, 1987) et quelques autres sujets ayant peu à voir avec l'économie.

Quatre livres majeurs marquent son œuvre. *Le Capitalisme américain* (1952) présente l'économie américaine comme dominée par les grandes entreprises, avec un degré élevé de concentration. Au lieu de s'en inquiéter, Galbraith accepte le système tel qu'il est et en relève l'efficacité : d'autant plus que, selon lui, un nouvel équilibre résulte du développement de « pouvoirs compensateurs » (syndicats, grandes chaînes commerciales) qui contrebalancent le pouvoir des grandes firmes.

Dans *L'Ere de l'opulence* (1958), la vision se fait moins confiante : certes, le système se révèle efficace pour produire plus de biens destinés aux consommateurs ; mais ceux-ci sont de plus en plus soumis à la pression de la publicité, ce qui vide de son contenu la notion de souveraineté du consommateur. D'autre part et surtout, l'« opulence privée » contraste avec le « dénuement public » : routes, écoles, logement social, musées, police à l'abandon et dégradation du cadre de vie et de l'environnement. La croissance ne peut remédier à tout ; il faut une revalorisation de l'action publique et qu'elle dispose de plus de moyens (quitte à réduire les budgets militaires) ; il faut aussi une amélioration de l'éducation pour que les citoyens-consommateurs soient mieux à même de choisir.

Le Nouvel Etat industriel (1967) met à nouveau en relief le rôle de la grande entreprise : obligée, pour se renforcer et assurer la recherche qui permet l'innovation technologique, d'obtenir le soutien de l'Etat, de contrôler le marché (notamment par la publicité) et, à sa manière, de planifier. Le pouvoir n'y est plus détenu par l'entrepreneur, mais par une « technostructure », gestionnaires et techniciens salariés qui disposent des connaissances nécessaires ; soucieuse de sauvegarder son autonomie, la technostructure cherche à satisfaire les actionnaires et à entretenir la croissance, meilleur gage de sa survie – et que souhaitent aussi les dirigeants de l'armée. Mais cette croissance laisse entiers et parfois aggrave les principaux maux dont souffre la société. Aussi Galbraith en appelle-t-il à un renouveau des politiques publiques et à un sursaut des élites intellectuelles et professionnelles.

Avec *La Science économique et l'intérêt général* (1973), Galbraith poursuit son effort pour construire une vision d'ensemble des réalités contemporaines. Il distingue, dans l'économie, deux secteurs, l'un de grandes firmes qui planifient et l'autre de petites entreprises soumises au marché, et prend en compte l'Etat et la transnationalisation. Dans le prolongement de ses analyses antérieures, il montre comment cet ensemble génère distorsions, instabilité et inflation et prône de profondes réformes visant à émanciper l'Etat des pouvoirs privés, à rééquilibrer le secteur de marché par rapport au secteur de plans, à assurer une meilleure coordination nationale et internationale des plans, à concilier les intérêts des citoyens et des consommateurs et le respect de l'environnement. Ainsi, dans une période où s'imposait la formalisation en économie, Galbraith a apporté une contribution marquante à l'analyse des institutions et des tendances du capitalisme américain ; et, à l'heure où s'enflait la vague du libéralisme, il avançait des propositions qui rejoignaient celles du socialisme démocratique européen.

Principales références

« The Economic Legacy of John Kenneth Galbraith », *Journal of Economic Issues*, vol. 23, 1989, 357-416.

FRIEDMAN Milton 1977. *From Galbraith to Economic Freedom*, Londres, Institute of Economic Affairs ; trad. fr. 1977, *Contre Galbraith*, Paris, Economica.

GALBRAITH 1969, 1981.

GAMBS John S. 1975. *John Kenneth Galbraith*, Boston, Twayne.

HESSION C.H. 1972. *John Kenneth Galbraith and his Critics*, New York, New American Library.

MUNRO C. Lynn 1977. *The Galbraithian Vision : The Cultural Criticism of John Kenneth Galbraith*, Washington, DC, University Press of America.

REISMAN David 1980. *Galbraith and Market Capitalism*, Londres, Macmillan ; New York University Press.

SHARPE M.E. 1973. *John Kenneth Galbraith and the Lower Economics*, Londres, Macmillan.

ARESTIS et SAWYER 1992, 164-70. BLAUG 1985, 68-70. BREIT et RANSOM 1971, 159-88. *New Palgrave* 1987, vol. 2, 455. SHACKLETON et LOCKSLEY (dir.) 1981, 72-86. SILK 1978, 111-62. SILLS 1979, 223-226. SOBEL 1980, 65-92. SPIEGEL et SAMUELS 1984, 657-85.

HAAVELMO Trygve

Né en 1911

Trygve Haavelmo est né à Skedsmo, en Norvège. Il a obtenu un diplôme de l'université d'Oslo en 1933 et est devenu assistant de recherche à l'Institut d'économique créé par Ragnar Frisch. Pendant la seconde guerre mondiale, il séjourne aux Etats-Unis ; il obtient un doctorat de l'université Harvard en

1946, et met sur pied, avec Jacob Marschak, à partir de 1941, un séminaire d'économétrie à New York. Etroitement associé à la commission Cowles à partir du moment où Marschak en a pris la direction, Haavelmo y obtient un poste titulaire en 1946. Il est revenu en Norvège en 1947 et a été nommé professeur à l'université d'Oslo en 1948. Il a pris sa retraite en 1979. Président de la Société d'économétrie en 1957, il a reçu en 1989 le prix de sciences économiques en mémoire d'Alfred Nobel.

Principales publications

1938. « The Method of Supplementary Confluent Relations, Illustrated by a Study of Stock Prices », *Econometrica*, vol. 6, 203-18.

1943. « The Statistical Implications of a System of Simultaneous Equations », *Econometrica*, vol. 11, 1-12.

1943. « Statistical Testing of Business-Cycle Theories », *Review of Economic Statistics*, vol. 25, 13-18.

1944. *The Probability Approach in Econometrics*, *Econometrica*, vol. 12, supplément [repris in 1994].

1945. « Multiplier Effects of a Balanced Budget », *Econometrica*, vol. 13, 311-8.

1947. Avec M.A. Girshick, « Statistical Analysis of the Demand for Food : Examples of Simultaneous Estimation of Structural Equations », *Econometrica*, vol. 15, 79-110.

1954. *A Study in the Theory of Economic Evolution*, Amsterdam, North-Holland.

1958. « The Role of the Econometrician in the Advancement of Economic Theory », *Econometrica*, vol. 26, 351-7.

1960. *A Study in the Theory of Investment*, University of Chicago Press.

1970. « Some Observations on Welfare and Economic Growth », in W.A. Eltis, M.F. Scott et J.N. Wolfe (dir.), *Induction, Growth and Trade : Essays in Honour of Sir Roy Harrod*, Oxford, Clarendon Press, 65-75.

1982. « On the Dynamics of Global Economic Inequality », in *Economic Essays in Honour of Jorgen H. Gelting*, supplément à *Nationaløkonomisk Tidsskrift* (Copenhague).

1990. « Econometrics and the Welfare State », in *Les Prix Nobel 1989*, Stockholm, Fondation Nobel, 283-9.

1994. *The Probability Approach in Econometrics and Other Essays*, West Calwell, New Jersey, Augustus M. Kelley [avec une reprise de : 1944].

Il est rare qu'un document de travail multigraphié ait eu, trois ans avant sa publication (1944), un tel impact sur la recherche économique que celui que Haavelmo avait commencé à faire circuler en 1941. Il a très vite influencé ceux qui allaient, dans les années à venir, à la commission Cowles, sous la direction de Marschak, repenser l'économétrie. Il est difficile de déceler l'importance de l'influence de Frisch, que reconnaît Haavelmo au début de son travail (1944, p. v), mais il est certain que, sur le plan de sa contribution essentielle, Haavelmo prend le contre-pied de la position de Frisch, comme du reste de celle de Keynes dans son débat avec Tinbergen, débat dans lequel il est lui-même intervenu (1943 *RES*). Presque tous les économistes en effet, y compris ceux qui utilisaient des méthodes statistiques, étaient jusque-là réticents à utiliser l'approche probabiliste en économie. Haavelmo croit au contraire que c'est la seule voie pour « fournir un fondement théorique à l'analyse de l'interrelation entre des variables économiques » (1944, p. III). Cela découle de « la nature même du comportement économique, sa dépendance à l'égard d'un nombre énorme de facteurs » (1943 *Etrica*, p. 1). Les variables dont on traite en économie sont des variables aléatoires. On ne peut connaître le futur, on ne peut faire d'expérience, et on ne peut s'attendre à ce que les données observées, même si on pouvait les mesurer parfaitement, coïncident avec les prédictions de la théorie, qui est de toute manière une construction pour interpréter la réalité. Cela est vrai, selon Haavelmo, de toutes les sciences empiriques. Seules des méthodes fondées sur les probabilités peuvent permettre de tester empiriquement ces théories. Ce sont ces méthodes, appliquées entre autres aux systèmes d'équations simultanées (1943 *Etrica*), que Haavelmo développe dans ses travaux des années quarante, et qui auront un tel impact que certains ont parlé de « révolution probabiliste » pour caractériser l'apport de Haavelmo. Klein et Koopmans, parmi d'autres, comptent parmi ses disciples.

Conscient des limites de l'économétrie, aussi bien que des failles de la théorie économique orthodoxe, Haavelmo a attiré l'attention, dans son discours comme président de la Société d'économétrie (1958), sur le danger du développement d'une expertise technique dépourvue aussi bien de fondements théoriques cohérents que de liens féconds avec la réalité. Lui-même s'est intéressé, à partir des années cinquante, à des questions plus concrètes, comme le développement économique et les inégalités de revenus qu'il provoque (1954, 1982). Il élabore, dans son livre de 1954, un modèle de croissance préfigurant ceux de Solow et Swan, mais il s'y penche aussi sur la croissance démographique, les migrations et les problèmes d'éducation. Dans son livre sur l'investissement (1960), Haavelmo, qui s'intéresse aussi à l'histoire de la pensée économique, étudie les débats sur la théorie du capital, en remontant à Böhm-Bawerk et Wicksell. Il met en doute l'existence, postulée par la théorie néoclassique, d'une fonction de demande d'investissement fondée sur le postulat de la maximisation du profit par les entrepreneurs.

Haavelmo a aussi donné son nom à un théorème. Ce théorème concerne l'effet multiplicateur de la variation d'un budget équilibré. Il avait déjà été énoncé par d'autres (voir Matthiessen 1966), mais c'est Haavelmo qui est le premier à lui donner une formulation rigoureuse et une preuve. Le théorème indique que, en situation de sous-emploi, une hausse des dépenses gouvernementales, même si elle est accompagnée d'une hausse égale des revenus, perçus par exemple sous forme d'impôt, a un effet de stimulation sur le revenu national. Un budget équilibré n'est donc pas neutre pour autant. Haavelmo démontre que le multiplicateur d'un tel budget équilibré est égal à un.

Principales références

« The Nobel Memorial Prize in Economics 1989 ». Proclamation, article de Marc Nerlove et bibliographie, *Scandinavian Journal of Economics*, 1990, vol. 92, 11-30 ; trad. fr. 1990, *Problèmes économiques*, n° 2194, 28-31.

MATTHIESSEN Lars 1966. « A Note on the Haavelmo Theorem », *Swedish Journal of Economics*, vol. 68, 261-80.

MOENE Karl Ove et RØDSETH Asbjørn 1991. « Nobel Laureate : Trygve Haavelmo », *Journal of Economic Perspectives*, vol. 5, n° 3, 175-92.

SPANOS Aris 1989. « On Rereading Haavelmo : A Retrospective View of Econometric Modeling », *Econometric Theory*, vol. 5, 405-29.

New Palgrave 1987, vol. 2, 580.

HAHN Frank

Né en 1925

Frank Hahn est né à Berlin ; sa famille s'établit en Grande-Bretagne dans les années trente. Il fait ses études à la London School of Economics, où il obtient son doctorat en 1950 (thèse publiée en 1972). Il enseigne à l'université de Birmingham (1948-60), puis à l'université de Cambridge (1960-65), avant d'être nommé professeur à la London School of Economics, où il reste jusqu'en 1970. Depuis cette date, il est professeur à l'université de Cambridge et membre (*fellow*) de Churchill College. Il a été responsable de la rédaction de la *Review of Economic Studies* (1963-66), président de la Société d'économétrie (1968), président de la Royal Economic Society (1986).

Principales publications

1952. « The General Equilibrium Theory of Money : A Comment », *Review of Economic Studies*, vol. 19, 179-85.
1955. « The Rate of Interest and General Equilibrium Analysis », *Economic Journal*, vol. 65, 52-61.
1960. « The Stability of Growth Equilibrium », *Quarterly Journal of Economics*, vol. 74, 206-26 ; et 1962, « Reply », vol. 76, 502.
1962. « On the Stability of a Pure Exchange Equilibrium », *International Economic Review*, vol. 3, 206-14.
1962. Avec T. Negishi, « A Theorem on Non-Tatonnement Stability », *Econometrica*, vol. 30, 463-9.
1964. Avec R.C.O. Matthews, « The Theory of Economic Growth : A Survey », *Economic Journal*, vol. 74, 779-902 ; trad fr. 1972, *Théorie de la croissance économique*, Paris, Economica.
1965. « On Some Problems of Proving the Existence of an Equilibrium in a Monetary Economy », in F. H. Hahn et F. P. R. Brechling (dir.), *The Theory of Interest Rates*, Londres, Macmillan, 126-35.
1971. Avec Kenneth J. Arrow, *General Competitive Analysis*, San Francisco, Holden Day ; Amsterdam, North-Holland.
1971 (dir.). *Readings in the Theory of Growth*, Londres, Macmillan.
1971. « Professor Friedman's Views on Money », *Economica*, vol. 38, 61-80.
1972. *The Share of Wages in the National Income : An Enquiry into the Theory of Distribution*, Londres, Weidenfeld & Nicolson.

1973. « The Winter of Our Discontent », *Economica*, vol. 40, 322-30.
1975. « On the Role of Money in the Process of Exchange and the Existence of a Non-Walrasian Equilibrium », *Review of Economic Studies*, vol. 42, 489-501.
1979 (dir., avec Martin Hollis). *Philosophy and Economic Theory*, New York, Oxford University Press.
1981. *Three Lectures in Monetary Theory*, Stanford University, Institute for Mathematical Studies in the Social Sciences.
1982. *Money and Inflation*, Oxford, Basil Blackwell; trad. fr. 1984, *Monnaie et inflation*, Paris, Economica.
1984. *Equilibrium and Macroeconomics*, Oxford, Basil Blackwell.
1985. *Money, Growth and Stability*, Oxford, Basil Blackwell.
1987. « Information, Dynamics and Equilibrium », *Scottish Journal of Political Economy*, vol. 34, 321-34.
1988 (dir.). *The Economics of Missing Markets, Information, and Games*, New York, Oxford University Press.
1989 (dir., avec Ben Friedman). *Handbook of Monetary Economics*, Amsterdam, North-Holland.
1990. « On Inflation », *Oxford Review of Economic Policy*, vol. 6, n° 4, 15-25.
1992. « Autobiographical Notes with Reflections », in Szenberg 1992, 160-66.

F. Hahn a non seulement contribué à donner une version plus accessible de la théorie de l'équilibre général (1971 avec Arrow), mais aussi à en élargir les champs d'application. Après ses premiers travaux sur la part des salaires dans le revenu national et les cycles économiques, c'est en effet à l'approfondissement et à l'extension à de nouveaux champs de la théorie de l'équilibre général qu'il consacre ses talents d'économiste mathématicien. D'une part il travaille, dans la ligne d'Arrow et de Debreu (1954), sur les problèmes de l'équilibre général des marchés, et notamment sur la question de sa stabilité (1962 *IER*, 1962 *Etrica*, 1971 avec Arrow). D'autre part, sur la base de ces analyses, il s'attaque à des domaines majeurs, mais qui débordent le cadre strict dans lequel avait pu être prouvée l'existence de l'équilibre général : la monnaie (1952, 1981, 1985, 1989 dir.), le taux d'intérêt (1955, 1965) et la croissance (1960, 1964, 1971 dir., 1985); il le fait avec l'ambition de contribuer, à partir des travaux fondateurs, à la réélaboration rigoureuse de la théorie économique.

C'est sur la base de l'exigence théorique qu'implique la référence à l'équilibre général que Hahn critique les premiers efforts de Patinkin pour construire une théorie de la monnaie

(1952), puis met en lumière quelques points d'achoppement de sa tentative pour intégrer la monnaie dans l'équilibre général (1965). C'est au nom de la simple rigueur intellectuelle qu'il critique les thèses monétaires de M. Friedman, ses références à la théorie néoclassique, son imprécision, ses glissements de l'empirique au théorique (1971 *Eca*). Ses critiques aux nouveaux classiques portent sur la minceur de leur apport au cœur de la théorie économique, et surtout sur la caution scientifique qu'ils apportent aux politiques libérales. Car la théorie de l'équilibre général ne permet en rien de fonder la thèse selon laquelle une économie connaissant un fort taux de chômage ne doit pas faire l'objet d'autres politiques que celles portant sur l'offre de monnaie : « Lorsqu'on regarde les meilleurs écrits de la nouvelle orthodoxie et qu'on constate qu'ils excluent la possibilité qu'il y ait quelqu'un voulant travailler au salaire courant mais qui ne trouve pas à se faire embaucher, alors un peu de véhémence est peut-être ce dont nous avons justement besoin » ([1982] 1984, p. 20). Hahn a aussi utilisé sa verve critique par rapport à ses collègues post-keynésiens et néo-ricardiens (1973) et même par rapport à sa propre démarche, s'interrogeant parfois sur l'utilité des travaux sur l'équilibre général.

Plus précisément, Hahn estime que l'écart reste immense entre les domaines théoriques, où peut s'exercer la rigueur scientifique, et l'économie concrète sur laquelle, en tant que savant, l'économiste a encore bien peu à dire. Il considère que les vues de Keynes, même s'il a laissé « beaucoup de trous béants » dans sa théorie, « étaient bien plus profondes et réalistes que celles de ses critiques récents » *(ibid.)*. Mais il s'interroge sur le statut de la macroéconomie (1984), nécessaire, notamment pour la politique économique, mais qui reste sans fondement théorique tant qu'elle n'aura pas été reconstruite sur la base d'une théorie dynamique de l'équilibre général intégrant le temps, la monnaie et la croissance : objectif dont, à l'évidence, on est encore bien loin.

Principales références

DASGUPTA Portha *et al.*, 1993. *Economic Analysis of Markets and Games : Essays in Honor of Frank Hahn*, Cambridge, Massachusetts, MIT Press.

GUERRIEN Bernard, « Présentation », in Hahn [1982] 1984, 5-16.
HAHN 1992.

BLAUG 1985, 77-8. LOASBY 1989, 119-39.

HANSEN Alvin Harvey

1887-1975

Alvin H. Hansen est né dans une famille de fermiers, à Viborg, dans le Dakota du Sud ; il fait des études à Sioux Falls, puis à Yankton College, dont il est diplômé en 1910. Il enseigne dans une école secondaire et entre en 1914 à l'université du Wisconsin, où il obtient son doctorat en 1918 (thèse publiée en 1921). Il est nommé à l'université du Minnesota ; une bourse Guggenheim lui permet de séjourner à l'étranger en 1928 ; il est directeur de recherche pour le Comité d'enquête sur les relations économiques internationales (1933-34).

En 1937, il est nommé professeur d'économie politique à Harvard ; il est membre du Comité consultatif, institué auprès du président, sur la sécurité sociale (1937-38), président de l'American Economic Association en 1939, président de la Commission économique mixte américano-canadienne (1941-43) et conseiller économique de la Réserve fédérale. A sa retraite, en 1957, il s'installe à Belmont dans le Massachusetts ; en 1972, il se retire en Virginie.

Principales publications

1921. *Cycles of Prosperity and Depression in the United States, Great Britain and Germany : A Study of Monthly Data, 1902-1908*, Madison, University of Wisconsin Press.
1927. *Business-Cycle Theory ; Its Development and Present Status*, Boston, Ginn.
1928. Avec F.B. Garver, *Principles of Economics*, Boston, Ginn.
1932. *Economic Stabilization in an Unbalanced World*, New York, Harcourt Brace ; réimpr. 1971, Clifton, New Jersey, Augustus M. Kelley.

1933. Avec H. Tout, « Annual Survey of Business Cycle Theory : Investment and Saving in Business Cycle Theory », *Econometrica*, vol. 1, 119-47.
1936. « Mr. Keynes on Underemployment Equilibrium », *Journal of Political Economy*, vol. 44, 667-86.
1938. *Full Recovery or Stagnation ?*, New York, W.W. Norton.
1939. « Economic Progress and Declining Population Growth », *American Economic Review*, vol. 29, 1-15.
1941. *Fiscal Policy and Business Cycles*, New York, W.W. Norton.
1944. Avec H.S. Perloff, *State and Local Finance in the National Economy*, New York, W.W. Norton.
1947. *Economic Policy and Full Employment*, New York, McGraw-Hill.
1949. *Monetary Theory and Fiscal Policy*, New York, McGraw-Hill.
1951. *Business Cycles and National Income*, New York, W.W. Norton ; éd. augmentée 1964.
1953. *A Guide to Keynes*, New York, McGraw-Hill ; trad. fr. 1967, *Introduction à la pensée keynésienne*, Paris, Dunod.
1953 (dir., avec R.V. Clemence). *Readings in Business Cycles and National Income*, Londres, George Allen & Unwin.
1957. *The American Economy*, New York, McGraw-Hill.
1960. *Economic Issues of the 1960s*, New York, McGraw-Hill.
1965. *The Dollar and the International Monetary System*, New York, McGraw-Hill.
1966. « Keynes After Thirty Years (with Special Reference to the United States) », *Weltwirtschaftliches Archiv*, vol. 97, 213-31.

« Keynes américain », analyste des cycles, diffuseur des concepts keynésiens aux Etats-Unis, artisan de la synthèse néoclassique : Alvin H. Hansen a été tout cela. Il a aussi été le principal tenant du stagnationnisme, vision selon laquelle le capitalisme est porteur d'une tendance profonde à la stagnation. Comme beaucoup de ses contemporains, Hansen commence à travailler sur les cycles : de sa première étude empirique, il dégage l'importance des facteurs monétaires (1921) ; de son étude des théories, il fait ressortir la complexité du phénomène – notamment l'interaction des mouvements courts et longs – et de ses causes (1927) ; sa position, alors, n'est guère interventionniste : le déficit budgétaire et les grands travaux – que commencent à prôner certains économistes américains – lui paraissent de nature à avoir des effets négatifs, notamment sur l'épargne, le marché des capitaux, l'investissement privé (1932, 1933).

Mais la durée et la gravité de la dépression le conduisent à devenir un partisan de l'intervention publique, notamment à travers l'investissement. Dans son séminaire de politique des finances publiques de Harvard, il présente et discute les analyses de Keynes et beaucoup de ses étudiants, parmi lesquels J.K. Galbraith, P.A. Samuelson, J. Tobin, lui doivent leur première initiation aux idées keynésiennes. Lui-même adopte la plupart des outils et concepts keynésiens, notamment l'approche macroéconomique, l'idée qu'un équilibre de sous-emploi peut être durable et la prise en compte de l'incertitude et des anticipations. En même temps, il développe sa propre analyse d'une tendance à la stagnation liée à la faible croissance démographique et à la tendance à la réduction du coefficient du capital, donc à la moindre croissance de l'investissement (1938, 1939, 1941, 1957).

A partir de la Seconde Guerre mondiale, les travaux de Hansen sur l'économie et la politique économique se nourrissent à la fois des lectures de Keynes et des développements et débats de la période : le keynésianisme qu'il contribue à diffuser est de plus en plus celui de la synthèse, avec la place centrale qu'y occupe le modèle IS-LM, lequel ne laisse aucune place à certains apports fondamentaux de Keynes (1947, 1949, 1953). Quant à la politique économique, non seulement elle est, à ses yeux, indispensable chaque fois qu'il faut rétablir le plein emploi, mais elle est aussi rendue nécessaire par les nouvelles caractéristiques du capitalisme moderne (1947, 1957).

Au total, tout en gommant ou en délaissant certains aspects clés de la pensée de Keynes, Hansen a joué un rôle essentiel dans la diffusion du keynésianisme et s'est affirmé comme un partisan résolu des politiques interventionnistes.

Principales références

METZLER Lloyd A. 1948 (dir.). *Income Employment and Public Policies : Essays in Honor of Alvin Hansen*, New York, W.W. Norton.

Quarterly Journal of Economics, 1976, vol. 90, 1-37 (avec des articles de R.A. Musgrave, J.H. Williams, G. Haberler, W.S. Salant, P.A. Samuelson et J. Tobin).

BLAUG 1985, 79-81. BREIT et RANSOM 1971, 85-110. *New Palgrave* 1987, vol. 2, 591-2. SILLS 1968, vol. 6, 319-23.

HARROD Roy Forbes

1900-1978

Roy Forbes Harrod naît à Norfolk, en Grande-Bretagne. Il étudie à Oxford à partir de 1919, en littérature classique, histoire ancienne et philosophie. Il obtient un diplôme en lettres en 1922 et en histoire moderne en 1923. Nommé assistant au Christ Church College d'Oxford pour enseigner l'économique, il fait un séjour à Cambridge pour étudier cette discipline, sous la direction de Keynes, dont il devient un ami et un collaborateur. Toute la carrière de Harrod se déroule à Oxford. En 1945, il succède à Keynes à la direction de l'*Economic Journal*, poste qu'il occupe jusqu'en 1966. Il est candidat du Parti libéral aux élections de 1945, puis membre du cabinet fantôme de ce parti. Entre 1957 et 1963, il est conseiller du Premier ministre conservateur Harold Macmillan. Roy Harrod est anobli en 1959. Président de la Royal Economic Society de 1962 à 1964, il a pris sa retraite en 1967, mais a continué à enseigner dans plusieurs universités nord-américaines.

Principales publications

1930. « Notes on Supply », *Economic Journal*, vol. 40, 232-41.
1933. *International Economics*, Cambridge, Angleterre, Cambridge University Press.
1936. *The Trade Cycle : An Essay*, Oxford, Clarendon Press.
1937. « Mr. Keynes and Traditional Theory », *Econometrica*, vol. 5, 74-86.
1939. « An Essay in Dynamic Theory », *Economic Journal*, vol. 49, 14-33.
1944. (Anonyme) *A Liberal Plan for Peace*, Londres, Gollancz.
1946. *A Page of British Folly*, Londres, Macmillan.
1947. *Are These Hardships Necessary ?*, Londres, Rupert Hart-Davis.
1948. *Towards a Dynamic Economics : Some Recent Developments of Economic Theory and their Application to Policy*, Londres, Macmillan ; trad. fr. partielle 1974, in Abraham-Frois (dir.), 27-37.
1951. *The Life of John Maynard Keynes*, Londres, Macmillan.
1951. *And So It Goes. Further Thoughts on Present Mismanagement*, Londres, Rupert Hart-Davis.
1952. *Economic Essays*, Londres, Macmillan.
1952. *The Pound Sterling*, Princeton University Press.
1953. *The Dollar*, Londres, Macmillan.

1956. *Foundations of Inductive Logic*, Londres, Macmillan.
1958. *The Pound Sterling, 1951-1958*, Princeton University Press.
1958. *Policy against Inflation*, Londres, Macmillan.
1959. *The Prof : A Personal Memoir of Lord Cherwell*, Londres, Macmillan.
1961. *Topical Comments : Essays in Dynamic Economics Applied*, Londres, Macmillan.
1963. *The British Economy*, New York, MacGraw-Hill.
1965. *Reforming the World's Money*, Londres, Macmillan.
1967. *Towards a New Economic Policy*, Manchester University Press.
1969. *Money*, Londres, Macmillan.
1970. *Sociology, Morals and Mystery*, Londres, Macmillan.
1973. *Economic Dynamics*, Londres, Macmillan.

C'est à une carrière dans le domaine de la philosophie que Harrod se destinait. Il en fut dissuadé par un de ses professeurs, mais n'en continua pas moins à s'intéresser à cette discipline jusqu'à la fin de sa vie, publiant plusieurs articles philosophiques et un ouvrage (1956), qu'il considère comme sa contribution la plus importante. Il y critique le scepticisme de David Hume. Mais c'est à titre d'économiste que Roy Harrod est célèbre. Sa production très abondante touche tous les domaines, de la théorie la plus abstraite aux interventions dans les débats politiques et économiques de la Grande-Bretagne. Harrod est ainsi l'auteur de très nombreux articles de journaux, de nombreux documents officiels et d'analyses de conjoncture pour une firme de courtage. Il a beaucoup écrit sur les problèmes monétaires internationaux, défendant les thèses que Keynes et la délégation britannique avaient mises en avant à Bretton Woods (1952 *The Pound*, 1958 *The Pound*, 1965). Mais Harrod est surtout connu comme le créateur de la théorie moderne de la croissance, dont il a élaboré l'essentiel avant la guerre. C'est de cette période que datent en fait ses contributions théoriques les plus originales.

Dès son premier article, écrit en 1928 et publié en 1930, Harrod introduit une innovation théorique importante, qui allait être popularisée par Joan Robinson et Edward Chamberlin dans le cadre du développement de la théorie de la concurrence monopolistique : la courbe de revenu marginal. Puis il développe le concept de multiplicateur du commerce extérieur (1933). A cette époque, Harrod est en contact étroit avec Keynes. Leur correspondance témoigne du rôle important que Harrod a joué dans le développement de la *Théorie générale*, dont Keynes lui envoyait les épreuves. Après la guerre, et jusqu'à sa mort, Harrod sera un défenseur constant du keynésianisme (1958 *Policy*, 1963, 1967). A la mort de Keynes, c'est à Harrod que le frère de John Maynard fait appel pour qu'il rédige une biographie de ce dernier (1951).

Harrod n'était toutefois pas un disciple inconditionnel de Keynes. Il lui reprochait le caractère statique de son analyse. Peu de temps après la publication de la *Théorie générale*, Harrod publie *The Trade Cycle* (1936). Il s'y déclare partisan de la vision keynésienne des rapports entre l'investissement, la propension à l'épargne et la détermination du revenu national, par le biais du multiplicateur. Mais il ajoute que, pour comprendre les fluctuations cycliques de l'activité économique, il faut aussi tenir compte des effets de la croissance de la production sur l'investissement. Il appelle alors « relation » ce concept, plus connu sous le nom d'accélérateur.

C'est entre 1936 et 1939 que Harrod, cherchant à dynamiser l'analyse contenue dans la *Théorie générale*, élabore son célèbre modèle de croissance. Il croit en effet que le fait d'atteindre le plein emploi, par des politiques appropriées de gestion de la conjoncture, ou par la guerre, n'est d'aucune manière une garantie de croissance stable et surtout de maintien à long terme du plein emploi. Plus encore, la caractéristique fondamentale des économies capitalistes modernes tient à l'instabilité de la croissance. Tel est le message principal de l'article de 1939. Il passe d'abord inaperçu, du fait de la guerre, mais sa reformulation en 1948 aura au contraire un très grand impact. Entre-temps, Evsey Domar avait développé, indépendamment de Harrod, un modèle à certains égards analogue ; un des points communs, relevé par Solow, était le recours à des relations de la forme GC = s et cette relation servit à caractériser un modèle popularisé dans les manuels de l'après-guerre sous l'appellation de « Harrod-Domar ».

Ce modèle s'appuie sur une relation très simple entre le taux de croissance de la production nationale, G, la propension à l'épargne de la communauté, s, que Harrod considère comme relativement stable, et le rapport entre l'augmentation du capital et l'augmentation de la production, C, que Harrod appelle le coefficient de capital. Dérivée de l'égalité keynésienne entre l'investissement et l'épargne, cette relation prend la forme GC = s. Il s'agit d'un truisme, toujours vérifié *ex post*. Mais Harrod définit un second taux de croissance, G_w, le taux de croissance nécessaire (*warranted*, qu'on traduit aussi par garanti ou justifié). S'il est réalisé, les entrepreneurs sont satisfaits des résultats obtenus et incités à poursuivre leur activité d'investissement à une échelle identique. Harrod désigne par C_r le coefficient de capital désiré par les entrepreneurs, correspondant à ce taux de croissance. D'où l'équation fondamentale de la croissance : $G_wC_r = s$.

Cette dernière équation n'est pas un truisme, mais une condition d'équilibre et de stabilité de la croissance. Il y a un rapport précis entre le taux de croissance, le coefficient en capital et le taux d'épargne qui va assurer une croissance stable. La propension à l'épargne, s, étant donnée, plus G est élevé, plus C est faible. G, le taux de croissance effectif de l'économie, est le résultat d'une multitude de décisions individuelles des entrepreneurs, et ce n'est que par un hasard exceptionnel que la valeur de G va correspondre à celle du taux de croissance nécessaire, G_w. Si G est supérieur à G_w, cela signifie que C est plus petit que C_r. Le coefficient de capital effectif est inférieur au coefficient de capital désiré. Cela incitera les entrepreneurs à accroître l'investissement, et donc G sera entraîné vers le haut. Inversement, si G est inférieur à G_w, les entrepreneurs seront amenés à diminuer l'accroissement du stock de capital. Bref, dès qu'on s'éloigne du sentier de croissance équilibré, des forces se mettent en marche pour nous en éloigner davantage. C'est ce qu'on appelle le cheminement sur un fil de rasoir *(knife-edge equilibrium)*. On peut le désigner comme principe d'instabilité de la croissance de Harrod.

La situation se complique encore avec l'introduction d'un troisième taux de croissance, le taux naturel, G_n, qui est le taux maximum permis par la croissance de la population et les améliorations techniques. Harrod montre en effet que si G_w est supérieur à G_n, l'économie sera dans un état de dépression chronique. Si G_w est inférieur à G_n, l'économie sera dans un état de surchauffe permanente. Cela a des conséquences importantes pour la politique économique. La divergence entre G_w et G_n explique le chômage chronique et la tendance de G à s'écarter de G_w rend compte du problème des cycles économiques. La situation habituelle dans les pays capitalistes développés se caractérise, selon Harrod, par des niveaux trop élevés des taux nécessaires par rapport aux taux naturels. Il faut donc élaborer des politiques permettant de manipuler les taux garantis pour les amener à égalité avec les taux naturels. En particulier, une réduction du taux d'épargne s'avère souhaitable. Les politiques de travaux publics ne peuvent en effet suffire à résoudre les problèmes de chômage chronique.

Le modèle de Harrod a suscité une énorme littérature, certains cherchant à démontrer que l'instabilité postulée par Harrod découle d'hypothèses restrictives relativement à la technologie. Harrod est lui-même intervenu à diverses reprises dans cette discussion, soulignant dans ses dernières interventions (1973) que les déviations par rapport au sentier d'équilibre doivent être très grandes pour que s'applique le principe d'instabilité.

Principales références

ELTIS Walter A., SCOTT Maurice F. et WOLFE James N. 1970 (dir.). *Induction, Growth and Trade : Essays in Honour of Sir Roy Harrod*, Oxford, Clarendon Press [contient une bibliographie, 361-76].

PHELPS BROWN Henry 1980. « Sir Roy Harrod : A Biographical Memoir », *Economic Journal*, vol. 90, 1-33.

YOUNG Warren 1989. *Harrod and his Trade Cycle Group. The Origins and Development of the Growth Research Programme*, Londres, Macmillan.

BLAUG 1985, 82-4. *New Palgrave* 1987, vol. 2, 595-602. SILLS 1979, 271-4. SPIEGEL et SAMUELS 1984, 85-92.

HAYEK Friedrich August

1899-1992

Friedrich August von Hayek est né à Vienne. Il obtient un doctorat en droit de l'université de Vienne en 1921 et un doctorat en science politique du même établissement en 1923. En 1927, il fonde, avec Ludwig von Mises, l'Institut autrichien de recherche économique et le dirige jusqu'en 1931. Il commence à enseigner à l'université de Vienne en 1929. En 1931, il émigre en Grande-Bretagne et enseigne à la London School of Economics jusqu'en 1950. En 1947, il fonde la Société du mont Pèlerin, qui réunit des intellectuels voués à l'étude et à la défense du libéralisme. De 1950 à 1961, Hayek est professeur de sciences sociales et morales à l'université de Chicago. En 1962, il obtient une chaire d'économie politique à l'université de Freiburg, en Allemagne, dont il devient professeur émérite en 1977. Entre 1969 et 1978, il séjourne à l'université de Salzbourg, en Autriche, avant de retourner à Freiburg, où il passe les dernières années de sa vie. En 1974, le prix de sciences économiques en mémoire d'Alfred Nobel lui est décerné, conjointement à Gunnar Myrdal.

Principales publications

1929. *Geldtheorie und Konjunkturtheorie*, Vienne, Hölder-Pichler-Tempsky ; trad. angl. 1933, *Monetary Theory and the Trade Cycle*, Londres, Jonathan Cape.
1931. *Prices and Production*, Londres, George Routledge & Sons ; trad. fr. 1975, *Prix et production*, Paris, Calmann-Lévy.
1935 (dir.). *Collectivist Economic Planning : Critical Studies on the Possibilities of Socialism*, Londres, George Routledge & Sons.
1937. *Monetary Nationalism and International Stability*, Londres, Longmans Green.
1937. « Economics and Knowledge », *Economica*, vol. 4, 33-54.
1939. *Profits, Interest and Investment : And Other Essays on the Theory of Industrial Fluctuations*, Londres, Routledge & Kegan Paul.
1941. *The Pure Theory of Capital*, University of Chicago Press ; Londres, Routledge & Kegan Paul.
1944. *The Road to Serfdom*, University of Chicago Press ; Londres, George Routledge ; trad. fr. 1946, *La Route de la servitude*, Paris, Médicis, 1946.
1948. *Individualism and Economic Order*, University of Chicago Press ; Londres, Routledge & Kegan Paul.
1951. *John Stuart Mill and Harriet Taylor : Their Friendship and Subsequent Marriage*, University of Chicago Press ; Londres, Routledge & Kegan Paul.
1952. *The Counter-Revolution of Science : Studies on the Abuse of Reason*, Glencoe, Illinois, Free Press ; trad. fr. partielle 1953, *Scientisme et sciences sociales : Essai sur le mauvais usage de la raison*, Paris, Plon ; réimpr. 1986, coll. « Agora ».
1952. *The Sensory Order : An Inquiry into the Foundations of Theoretical Psychology*, University of Chicago Press ; Londres, Routledge & Kegan Paul.
1960. *The Constitution of Liberty*, University of Chicago Press ; Londres, Routledge & Kegan Paul.

1967. *Studies in Philosophy, Politics and Economics*, University of Chicago Press ; Londres, Routledge & Kegan Paul.
1973. *Law, Legislation and Liberty : A New Statement of the Liberal Principles of Justice and Political Economy*, vol. 1, *Rules and Order*, University of Chicago Press ; Londres, Routledge & Kegan Paul ; trad. fr. 1980, *Droit, législation et liberté, une nouvelle formulation des principes libéraux de justice et d'économie politique*, vol. 1, *Règles et ordre*, Paris, PUF.
1976. *Denationalisation of Money : An Analysis of the Theory and Practice of Concurrent Currencies*, Londres, Institute of Economic Affairs.
1976. *Law, Legislation and Liberty*, vol. 2, *The Mirage of Social Justice*, University of Chicago Press ; Londres, Routledge & Kegan Paul ; trad. fr. 1981, *Droit, législation et liberté*, vol. 2, *Le Mirage de la justice sociale*, Paris, PUF.
1978. *New Studies in Philosophy, Politics, Economics and the History of Ideas*, University of Chicago Press ; Londres, Routledge & Kegan Paul.
1979. *Law, Legislation and Liberty*, vol. 3, *The Political Order of a Free People*, University of Chicago Press ; Londres, Routledge & Kegan Paul ; trad. fr. 1983, *Droit, législation et liberté*, vol. 3, *L'Ordre politique d'un peuple libre*, Paris, PUF.
1984. *Money, Capital and Fluctuations : Early Essays*, traduit et édité par Roy McCloughry, University of Chicago Press ; Londres, Routledge & Kegan Paul.
1984. *The Essence of Hayek*, édité par C. Nishiyama, C. et K. Leube, Stanford, Hoover Institution Press.
1988. *The Collected Works of F.A. Hayek*, vol. 1, *The Fatal Conceit : The Errors of Socialism*, édité par W.W. Bartley III, University of Chicago Press ; Londres, Routledge ; trad. fr., *La Présomption fatale : les erreurs du socialisme*, Paris, PUF.
1991. *The Collected Works of F.A. Hayek*, vol. 3, *The Trend of Economic Thinking : Essays on Political Economists and Economic History*, édité par W.W. Bartley III et S. Kresge, University of Chicago Press ; Londres, Routledge.
1991. *Economic Freedom*, Oxford, Basil Blackwell.
1992. *The Collected Works of F.A. Hayek*, vol. 4, *The Fortune of Liberalism : Essays on Austrian Economics and the Ideal of Freedom*, édité par G. Klein, University of Chicago Press ; Londres, Routledge.

Hayek s'est d'abord fait connaître par sa théorie des fluctuations cycliques, élaborée au tournant des années vingt et trente (1929, 1931, 1939 ; 1984 *Money*... regroupe des traductions anglaises des premiers articles de Hayek) et qui s'est présentée pendant quelques années comme la principale alternative à la vision que Keynes commençait à mettre en avant. Le succès de la *Théorie générale* éclipse la vision de Hayek, dont la dernière œuvre dans le domaine de la théorie économique pure est publiée en 1941. Mais on assiste depuis une vingtaine d'années à un retournement spectaculaire, alors que les théoriciens de la nouvelle macroéconomie classique déclarent renouer avec le programme de recherche que Hayek avait mis au point dès la fin des années vingt.

La théorie économique de Hayek puise à une double source : la théorie de Wicksell et celle des fondateurs de l'école autrichienne, en particulier de Böhm-Bawerk. Pour ce dernier, l'investissement doit être conçu comme un détour de production. Le détour sera plus ou moins long selon l'impatience d'une communauté à consommer, que révèle le taux d'épargne. Dans un état d'équilibre, la structure temporelle de production choisie par les entrepreneurs correspond au désir d'épargne des consommateurs. Cet équilibre peut être rompu par suite de la présence de la monnaie, sous la forme de crédits qui peuvent être injectés dans l'économie. Cette injection provoque un bouleversement de la structure des prix, en particulier une baisse des taux d'intérêt sous le taux naturel, selon la problématique élaborée par Wicksell. Cette baisse suscite à son tour une hausse de l'investissement, au-dessus de son niveau d'équilibre, lequel est déterminé par l'épargne. Ce surinvestissement est financé par ce que Hayek appelle une épargne forcée. Telle est la cause fondamentale du retournement conjoncturel qui tôt ou tard se manifeste, lorsque se tarit la source artificielle de l'épargne forcée. L'économie doit traverser une période de chômage et de réajustements pour que se rétablissent les équilibres rompus par une politique monétaire laxiste.

Cette vision est totalement opposée à celle de Keynes, pour qui l'insuffisance de l'investissement est la cause fondamentale du chômage. Il n'est donc pas étonnant que les deux auteurs se séparent tout aussi radicalement au sujet des politiques à mettre en œuvre : stimulation de l'investissement, entre autres par l'accroissement de la masse monétaire, pour Keynes, austérité et discipline monétaire pour Hayek. C'est aux politiques keynésiennes, contre lesquelles il a mené le combat en permanence, que Hayek attribue la longue inflation de l'après-guerre, puis la récession et l'augmentation du chômage que les économies capitalistes ont commencé à connaître à partir des années soixante-dix. Il compare la médecine keynésienne à une drogue qui aurait provoqué une euphorie plus durable qu'il ne le pensait dans les années trente, mais dont les lendemains sont d'autant plus pénibles.

La critique du keynésianisme n'est qu'un aspect du combat politique de Hayek, et la théorie que nous venons de décrire brièvement n'en est qu'une arme. Dès le milieu des années trente, Hayek commence une croisade contre le socialisme et ce qu'il appelle le planisme et le rationalisme collectiviste (1935, 1944, 1952 *The Counter-Revolution...*) qu'il poursuit dans son dernier livre, sous-titré « Les erreurs du socialisme » (1988). Ce combat s'appuie sur le concept d'ordre spontané et sur la notion de division de la connaissance, deux idées-forces de la vision hayékienne. Alors qu'il considère la seconde comme son apport propre, et le plus original, Hayek fait remonter la première aux grands philosophes sociaux écossais du dix-huitième siècle, en particulier Ferguson, Hume et Smith.

Il existe ainsi, entre les ordres naturels, dont les sciences naturelles cherchent à mettre en lumière les régularités, et les ordres artificiels, construits par l'homme selon des plans prédéterminés, un troisième type d'ordres qui ont pour caractéristique d'être le fruit de l'action humaine sans pour autant être le résultat d'un dessein humain. Ce sont les « ordres spontanés ». Telles sont les principales institutions sociales, comme le marché, la monnaie, le langage et la morale. Personne ne les a consciemment construits. L'erreur des rationalistes constructivistes, depuis Descartes et Rousseau jusqu'à leurs disciples modernes, socialistes, sociaux-démocrates et même libéraux au sens américain du terme, est de croire que ces ordres sont artificiels et peuvent donc être détruits et reconstruits. Cette erreur s'appuie sur le « scientisme », fondé sur l'illusion selon laquelle on peut comprendre la société comme un organisme naturel. C'est donc une erreur intellectuelle qui est à la base du socialisme, et cette erreur, partagée par les plus grands scientifiques de notre temps, constitue une menace pour la civilisation.

C'est par analogie avec la vision smithienne de la division du travail que Hayek introduit le concept de division de la connaissance. Toute société est ainsi caractérisée par le fait que les connaissances, de nature autant pratique que théorique, sont fragmentées et dispersées entre des millions d'individus. Le problème social fondamental se pose de la manière suivante : comment un ordre peut-il naître de cette diffusion et de cette dispersion ? C'est le marché, ordre produit comme le langage, dans le développement des sociétés humaines, qui le permet. Aucun cerveau, si puissant soit-il, ne peut y arriver. La planification est donc impossible. La volonté de l'imposer ne peut mener qu'à la « route de la servitude », au totalitarisme. Tel est l'ultime destin de tout interventionnisme.

Après avoir traversé un long purgatoire, Hayek s'est imposé comme le principal théoricien contemporain du libéralisme, auquel il a cherché à donner de nouveaux fondements, aussi bien juridiques, politiques et idéologiques que purement économiques. C'est un projet global d'organisation des sociétés modernes qu'il propose (1960, 1973, 1976 *Law* et 1979), projet dans lequel l'Etat, qui a pour rôle essentiel d'encadrer juridiquement le marché et d'assurer la liberté individuelle grâce au monopole de la coercition, doit être lui-même encadré et limité par la règle du droit. Du dernier livre de Hayek se dégage toutefois un pessimisme évident face à l'avenir de la civilisation.

Principales références

« The Nobel Memorial Prize in Economics 1974 », Proclamation et article de F. Machlup, *Swedish Journal of Economics*, 1974, vol. 76, 469 et 498-531.

BARRY Norman P. 1979. *Hayek's Social and Economic Philosophy*, Londres, Macmillan.

BLAUG Mark 1992 (dir.). *Pioneers in Economics*, section 4, *Twentieth Century Economics*, Aldershot, Hants, Edward Elgar, vol. 41.

BUTLER Eamonn 1985. *Hayek : His Contribution to the Political and Economic Thought of Our Time*, New York, Universe Books.

COLONNA Marina, HAGEMANN Harald et HAMOUDA Omar (dir.) 1994. *The Economics of Hayek*, 2 vol., Aldershot, Hants, Edward Elgar.

CROWLEY Brian L. 1987. *The Self, the Individual, and the Community : Liberalism and Political Thought of F.A. Hayek and Sidney and Beatrice Webb*, Oxford, Clarendon Press.

DOSTALER Gilles et ETHIER Diane 1988 (dir.). *Friedrich Hayek : philosophie, économie et politique*, Montréal, ACFAS ; Paris, Economica, 1989.

GRAY John 1984. *Hayek on Liberty*, Oxford, Basil Blackwell ; 2e éd. 1986.

KUKATHAN Chandras 1989. *Hayek and Modern Liberalism*, Oxford, Clarendon Press.

MACHLUP Fritz 1976 (dir.). *Essays on Hayek*, New York, New York University Press.
NEMO Philippe 1988. *La Société de droit selon F.A. Hayek*, Paris, PUF.
O'DRISCOLL Gerald P., Jr., 1977. *Economics as a Coordination Problem : The Contributions of Friedrich A. Hayek*, Kansas City, Sheed Andrews & McMeel.
STEELE G.R. 1993. *The Economics of Friedrich Hayek*, New York, St. Martin's Press.
TOMLINSON Jim 1990. *Hayek and the Market*, Londres, Pluto Press.
WOOD John C. et WOODS Ronald N. 1991 (dir.). *Friedrich A. Hayek. Critical Assessments*, 4 vol., Londres, Routledge.

BLAUG 1985, 87-90. *New Palgrave* 1987, vol. 2, 609-14. O'BRIEN et PRESLEY 1981, 234-61. SILLS 1979, 274-82. SPIEGEL et SAMUELS, 251-84.

HICKS John Richard

1904-1989

John Richard Hicks est né à Warwick, en Grande-Bretagne. Après des études à Oxford (1922-26), il a enseigné à la London School of Economics (1926-35) et à l'université de Manchester (1935-46) avant de s'établir à Oxford en1946. Anobli en 1964, il a pris sa retraite en 1965, mais a continué à écrire abondamment jusqu'à la fin de sa vie. Il a obtenu le prix de sciences économiques en mémoire d'Alfred Nobel en 1972, avec Kenneth J. Arrow. Ce prix leur a été attribué pour « leurs contributions novatrices à la théorie de l'équilibre général et à la théorie du bien-être ».

Principales publications

1932. *The Theory of Wages*, Londres, Macmillan ; 2e éd. 1963.
1934. Avec R.G.D. Allen, « A Reconsideration of the Theory of Value », *Economica*, vol. 1, 52-76 et 196-219.
1935. « A Suggestion for Simplifying the Theory of Money », *Economica*, vol. 2, 1-19.
1936. « Mr. Keynes' Theory of Employment », *Economic Journal*, vol. 46, 238-53.

1937. *Théorie mathématique de la valeur en régime de libre concurrence*, Paris, Hermann.
1937. « Mr. Keynes and the "Classics" : A Suggested Interpretation », *Econometrica*, vol. 5, 147-59 ; trad. fr. 1977, « M. Keynes et les "classiques" : proposition d'une interprétation », in M. Bertonèche et J. Terlié (dir.), *Théories macroéconomiques : textes fondamentaux*, Paris, PUF, 183-201.
1939. *Value and Capital : An Inquiry Into Some Fundamental Principles of Economic Theory*, Oxford, Clarendon Press ; 2e éd. 1946 ; trad. fr. 1956, *Valeur et capital : enquête sur divers principes fondamentaux de la théorie économique*, Paris, Dunod.
1942. *The Social Framework : An Introduction to Economics*, Oxford, Clarendon Press.
1945. « La théorie de Keynes après neuf ans », *Revue d'économie politique*, vol. 55, 1-11.
1950. *A Contribution to the Theory of the Trade Cycle*, Oxford, Clarendon Press.
1956. *A Revision of Demand Theory*, Oxford, Clarendon Press.
1959. *Essays in World Economics*, Oxford, Clarendon Press.
1965. *Capital and Growth*, Oxford, Clarendon Press ; trad. fr., *Capital et croissance*, Paris, PUF.
1967. *Critical Essays in Monetary Theory*, Oxford, Clarendon Press.
1969. *A Theory of Economic History*, Oxford, Clarendon Press ; trad. fr. 1973, *Une théorie de l'histoire économique*, Paris, Seuil.
1973. *Capital and Time : A Neo-Austrian Theory*, Oxford, Clarendon Press ; trad. fr. 1975, *Le Temps et le capital*, Paris, Economica.
1973. « The Mainspring of Economic Growth », *Swedish Journal of Economics*, vol. 75, 336-48.
1974. *The Crisis in Keynesian Economics*, Oxford, Basil Blackwell ; New York, Basic Books ; trad. fr. 1988, *La Crise de l'économie keynésienne*, Paris, Fayard.
1975. « Revival of Political Economy : The Old and the New », *Economic Record*, vol. 51, 365-67.
1976. « Some Questions of Time in Economics », in A. Tang, F.M. Westfield et J.S. Worley (dir.), *Evolution, Welfare and Time in Economics. Essays in Honor of Nicholas Georgescu-Roegen*, Lexington, Massachusetts, Lexington Books, 135-51.
1977. *Economic Perspectives : Further Essays on Money and Growth*, Oxford, Clarendon Press.
1979. *Causality in Economics*, Oxford, Basil Blackwell ; New York, Basic Books.
1979. « The Formation of an Economist », *Quarterly Review, Banca Nazionale del Lavoro*, n° 130, 195-204 ; in Kregel 1988, 1-10.
1980-81. « IS-LM : An Explanation », *Journal of Post Keynesian Economics*, vol. 3, 139-54.

1981. *Wealth and Welfare, Collected Essays on Economic Theory*, vol. 1, Oxford, Basil Blackwell.
1982. *Money, Interest and Wages, Collected Essays on Economic Theory*, vol. 2, Oxford, Basil Blackwell.
1983. *Classics and Moderns, Collected Essays on Economic Theory*, vol. 3, Oxford, Basil Blackwell [contient une bibliographie des œuvres de Hicks, 376-86].
1984. *The Economics of John Hicks*, édité par Dieter Helm, Oxford, Basil Blackwell.
1985. *Methods of Dynamic Economics*, Oxford, Clarendon Press [nouvelle édition de la première partie de Hicks 1965].
1989. *A Market Theory of Money*, Oxford, Clarendon Press.
1990. « The Unification of Macro-Economics », *Economic Journal*, vol. 100, 528-38.
1991. *The Status of Economics*, Oxford, Basil Blackwell.

John Richard Hicks est l'un des économistes très influents du vingtième siècle. Ses nombreuses contributions ont été la plupart du temps incorporées dans les écrits de ses collègues, en particulier dans leurs manuels, et font désormais partie de la théorie courante sans qu'on en voie toujours clairement l'origine dans l'œuvre de Hicks. Cette œuvre s'est déployée dans tous les domaines. Hicks a apporté des contributions fondamentales tant à ce qu'on appelle aujourd'hui la microéconomie qu'à la macroéconomie, que jusqu'à la fin il a préféré continuer à appeler, respectivement, la théorie de la valeur et la théorie monétaire. Il a d'ailleurs essayé d'intégrer ces deux champs, convaincu qu'il était de l'unité de la théorie économique.

Au début de sa carrière, alors qu'il se trouve à la London School of Economics, Hicks est proche de Robbins et de Hayek. Il a lui-même décrit, dans un texte intitulé « The Hayek Story » (publié in Hicks 1967), comment au début des années trente il hésitait, comme de nombreux autres jeunes économistes, entre les explications des fluctuations économiques et des crises proposées par Hayek et par Keynes. Son premier livre (1932) est un exposé orthodoxe des thèses néoclassiques sur le marché du travail. Deux ans plus tard, Hicks propose, avec le mathématicien Allen, une reformulation de la théorie de la valeur qui se retrouve maintenant dans tous les manuels de microéconomie (1934). Il s'était alors fixé une tâche très ambitieuse : reformuler et moderniser la théorie de l'équilibre général élaborée par Walras et Pareto, en tentant d'y intégrer la monnaie, et lui donner un prolongement dynamique. Le résultat de cet effort paraît dans *Valeur et capital* (1939). Ce livre est sans doute le plus connu de Hicks, et celui dont l'influence a été la plus grande, puisque la plupart des instruments d'analyse qu'il propose ont été graduellement intégrés dans la théorie économique courante. Jusqu'à cette époque, c'était, dans le monde anglo-saxon, la version anglaise de la théorie marginaliste proposée par Jevons et Marshall qui dominait. Hicks a introduit l'approche walrasienne de l'équilibre général qui s'est rapidement imposée dans la microéconomie moderne.

Hicks avait commencé à se rapprocher de Keynes, avant la publication de la *Théorie générale*. Certains de ses textes, comme sa « suggestion pour une réinterprétation de la théorie de la monnaie » (1935), peuvent même être considérés comme précurseurs de l'analyse de Keynes. Hicks, qui connaissait bien Wicksell, avait d'ailleurs à cette époque mesuré l'importance des travaux de Myrdal et de l'école de Stockholm. Il s'en est inspiré pour l'analyse dynamique qu'on trouve dans *Valeur et capital*, en particulier dans sa prise en compte des anticipations.

Comme les Suédois, Hicks manifeste un certain scepticisme face à la nouveauté radicale que Keynes revendique pour son livre. Dans un de ses articles les plus célèbres, « Mr. Keynes and the "Classics" » (1937), il met dans un cadre plus général les équations du système keynésien et du système classique. Keynes considérait au contraire le modèle classique comme un cas particulier de son modèle général, valable lorsqu'on atteint le niveau de plein emploi. Les trois équations et surtout l'illustration graphique, montrant comment s'établissent le taux d'intérêt et le niveau de revenu au point d'intersection des courbes IS et LL (qui deviendra LM), vont fournir le cadre de la lecture dominante de la théorie de Keynes dans les années quarante et cinquante et être intégrées dans tous les manuels de macroéconomie. Repris et développé par Hansen, Lerner, Samuelson et d'autres, le modèle IS-LM est devenu le noyau de ce qu'on appelle la synthèse néoclassique. Face à ce succès, Hicks a toutefois été amené à mettre en garde contre une utilisation non critique de ce modèle, et il a souligné qu'il était loin de contenir toute la signification de l'œuvre de Keynes : « Je dois dire que ce diagramme est désormais beaucoup moins populaire pour moi que je crois qu'il l'est encore pour plusieurs autres personnes. Il réduit la *Théorie générale* à une économique d'équilibre ; il n'est pas vraiment *dans* le temps » (1976, p. 141). Il propose même une forme d'« autocritique » dans la revue du courant post-keynésien (1980-81), qui n'a cessé d'attaquer le keynésianisme néoclassique dont le modèle IS-LM est le symbole. Tout au long de sa carrière, Hicks s'est interrogé sur le sens de l'œuvre de Keynes et de la révolution keynésienne. Jusqu'à la fin, il fut aussi un critique vigoureux du monétarisme, dont il montre que les racines plongent dans les thèses de la « Currency School ».

Dans une discipline caractérisée de plus en plus par la spécialisation, sinon l'éclatement, John Hicks ne craignait pas de s'attaquer à des questions très diverses. Outre ses écrits sur la théorie de l'équilibre général et la théorie keynésienne, il a publié des travaux importants sur la théorie du bien-être (rassemblés dans le premier volume de ses *Collected Essays*, 1981), les cycles (1950), la croissance (1965, 1977), la théorie du capital (1973 *Capital*), l'économie internationale (1959), l'histoire de la pensée (1983), sans compter de nombreuses interventions dans le domaine de l'économie appliquée et de la politique économique. Durant la dernière partie de sa carrière, il a en outre proposé une théorie générale de l'histoire économique (1969) et une analyse de la causalité en économie (1979 *Causality*). Hicks est en fait un des derniers grands généralistes dans notre discipline. C'est aussi un auteur qu'il est extrêmement difficile de classer dans une école de pensée. Influencé par plusieurs courants, il n'a cessé tout au long de sa carrière de se remettre en question, et il a lui-même exercé une influence sur plusieurs écoles. Les théoriciens de la synthèse néoclassique comme les post-keynésiens, l'école du déséquilibre comme la nouvelle macroéconomie classique se réclament ainsi de lui, et tous lui doivent quelque chose. Il est significatif que son dernier article, écrit alors qu'il était âgé de quatre-vingt-cinq ans et publié à titre posthume, soit intitulé « l'unification de la macroéconomie » (1990). Il a un jour écrit qu'il y avait deux Hicks, l'oncle et le neveu, que l'oncle était un théoricien néoclassique et que le neveu n'était pas très fier des travaux de son oncle (1975).

Principales références

« The Nobel Memorial Prize in Economics 1972 ». Proclamation et article de William J. Baumol, *Swedish Journal of Economics*, 1972, vol. 74, 486-527.

BAUMOL William J. 1990. « Sir John Versus the Hicksians, or Theorist Malgré Lui ? », *Journal of Economic Literature*, vol. 28, 1708-15.
COLLARD David A. 1984 (dir.). *Economic Theory and Hicksian Themes*, Oxford, Clarendon Press.
GOODHART Charles A.E. et COURAKIS Anthony 1990 (dir.). *The Monetary Economics of John Hicks*, Londres, Macmillan.
HAHN Frank 1990. « John Hicks the Theorist », *Economic Journal*, vol. 100, 539-49.
HAMOUDA Omar 1993. *John R. Hicks : The Economist's Economist*, Oxford, Basil Blackwell.
McKENZIE Lionel et ZAMAGNI Stefano 1990 (dir.). *Value and Capital : Fifty Years Later*, Londres, Macmillan.
WOLFE James N. 1968 (dir.). *Value, Capital, and Growth : Papers in Honour of Sir John Hicks*, Edinburgh University Press.
WOOD John C. et WOODS Ronald N. 1989 (dir.). *Sir John Hicks. Critical Assessments*, 4 vol., Londres, Routledge.

BLAUG 1985, 91-3. GREENAWAY et PRESLEY 1989, 97-119. KREGEL 1988, 1-10. KUPER et KUPER 1985, 355-56. *New Palgrave* 1987, vol. 2, 641-6. SHACKLETON et LOCKSLEY 1981. SILLS 1979, 300-2. SPIEGEL et SAMUELS 1984, 78-98.

HIRSCHMAN Albert Otto

Né en 1915

Né à Berlin, A. Hirschman y commence ses études (1932-33) ; mais il quitte l'Allemagne hitlérienne et poursuit ses études à Paris (HEC et Institut de statistique de la Sorbonne, 1933-35), puis à la London School of Economics (1935-36) et enfin à l'université de Trieste, où il obtient un doctorat d'économie (1938). Il travaille un an à Paris, puis combat dans les rangs de l'armée française (1939-40). Il part ensuite pour les Etats-Unis et obtient une bourse de recherche à l'université de Californie à Berkeley (1941-43) ; il sert dans les rangs de l'armée américaine, travaille à la Réserve fédérale, à Washington (1946-52), puis est, de 1952 à 1954, conseiller du Bureau national de planification de la Colombie, à Bogota, où il demeure comme consultant de 1954 à 1956. Professeur invité à l'université Yale (1956-58), il est professeur de relations économiques internationales à Columbia (1958-64), professeur d'économie politique à Harvard (1964-74) et, à partir de 1974, professeur de science sociale à l'Institute for Advanced Study à Princeton, où il devient professeur émérite en 1985.

Principales publications

1945. *National Power and the Structure of Foreign Trade*, Berkeley, University of California Press.
1958. *The Strategy of Economic Development*, New Haven, Connecticut, Yale University Press ; trad. fr. 1964, *Stratégie du développement économique*, Paris, Editions ouvrières.
1963. *Journeys Toward Progress : Studies of Economic Policy-Making in Latin America*, New York, Twentieth Century Fund.
1967. *Development Projects Observed*, Washington, DC, Brookings Institution.
1970. *Exit, Voice and Loyalty : Responses to Decline in Firms, Organizations, and States*, Cambridge, Massachusetts, Harvard University Press ; trad. fr. 1972, *Face au déclin des entreprises et des institutions*, Paris, Editions ouvrières.
1971. *A Bias for Hope : Essays on Development and Latin America*, New Haven, Connecticut, Yale University Press.
1977. *The Passions and the Interests : Political Arguments for Capitalism before its Triumph*, Princeton University Press ; trad. fr. 1980, *Les Passions et les intérêts : justifications politiques du capitalisme avant son apogée*, Paris, PUF.
1981. *Essays in Trespassing : Economics to Politics and Beyond*, Cambridge, Angleterre, Cambridge University Press.
1982. *Shifting Involvements : Private Interest and Public Action*, Princeton University Press ; trad. fr. 1983, *Bonheur privé, action publique*, Paris, Fayard.
1984. *L'Economie comme science morale et politique*, Paris, Gallimard-Seuil.
1986. *Vers une économie politique élargie*, Paris, Editions de Minuit.
1986. *Rival Views of Market Society and Other Essays*, New York, Viking-Penguin.
1991. *The Rhetoric of Reaction : Perversity, Futility, Jeopardy*, Cambridge, Massachusetts, Harvard University Press ; trad. fr. 1991, *Deux Siècles de rhétorique réactionnaire*, Paris, Fayard.

Albert Hirschman est intervenu à contre-courant dans le débat sur le développement en 1958. Alors que beaucoup cherchaient alors les voies du développement équilibré, lui souligne que la croissance est nécessairement source de déséquilibres et de tensions ; à ceux qui font référence à une rationalité économique unique, il suggère – rejoignant sur ce point Schultz – qu'il existe des « rationalités cachées » ; et plutôt qu'une industrialisation harmonieuse, il plaide – comme le fait de son côté Perroux – pour la dynamique que peuvent engendrer certains secteurs par leurs liaisons tant en amont qu'en aval. Il reprendra ces thèmes, en relation avec des expériences concrètes (1963, 1967, 1971).

Mais la réflexion de Hirschman ne reste cantonnée ni dans le domaine du développement, ni dans le champ convenu de la science économique. Traitant des mutations contemporaines (1970), il poursuit sa quête des rationalités cachées : à côté des intérêts – sur lesquels se focalise l'économiste –, l'amour, la générosité, le don, la loyauté et finalement l'éthique ; en plus de la capacité de faire ou non défection, principale alternative qu'offre le marché – acheter ou non, vendre ou non –, la capacité de « prendre la parole » pour contester ou proposer. S'intéressant aux racines idéologiques du capitalisme (1977) ou à la permanence du discours de ceux qui s'opposent aux réformes (1991), il touche à la science et à la sociologie politiques, à l'histoire des idées, à la philosophie. Goût de sortir des chemins battus ? Volonté de contribuer à une « économie politique élargie » ? Ou, tout simplement, démarche d'un hétérodoxe qui, comme l'a noté François Furet (introduction à 1984, p. 6), recherche « ce qui, dans l'économique, n'est pas économique, et pourtant agit sur, ou résulte de, l'économique » ? Au risque de dérouter l'économiste.

Principales références

WILBER Charles K. et JAMESON Kenneth P. 1992. « Albert O. Hirschman », in SAMUELS (dir.), 106-28.

ARESTIS et SAWYER 1992, 256-62. BLAUG 1985, 94-6. MEIER et SEERS 1984, 87-111 ; trad. fr. 1988, 91-126. *New Palgrave*, 1987, vol. 2, 658-9.

KALDOR Nicholas

1908-1986

Nicholas Kaldor est né à Budapest, en Hongrie. Il a étudié à Berlin et à Londres. Diplômé de la London School of Economics en 1930, il y enseigne de 1932 à 1947. Il est alors recruté par Gunnar Myrdal pour devenir le premier directeur du secrétariat responsable de la recherche de la Commission économique des Nations unies pour l'Europe. En 1949, il devient membre *(fellow)* de King's College, à Cambridge, où il est nommé professeur en 1966. Il prend sa retraite en 1975. Nicholas Kaldor a été conseiller fiscal pour de nombreux gouvernements de pays du Tiers-Monde. Il a été conseiller économique du chancelier de l'Echiquier, sous deux gouvernements travaillistes, de 1964 à 1968 et de 1974 à 1976. Il a été anobli en 1974.

Principales publications

1938. « Stability of Full Employment », *Economic Journal*, vol. 48, 642-57.

1940. « A Model of the Trade Cycle », *Economic Journal*, vol. 50, 78-92.

1948. *A Statistical Analysis of Advertising Expenditures and of the Revenue of the Press*, Cambridge, Angleterre, Cambridge University Press.

1955. *An Expenditure Tax*, Londres, George Allen & Unwin.

1956. « Alternative Theories of Distribution », *Review of Economic Studies*, vol. 23, 83-100 ; trad. fr. partielle in Abraham-Frois 1974, 102-11.

1957. « A Model of Economic Growth », *Economic Journal*, vol. 67, 591-624.

1960. *Essays on Value and Distribution* (*Collected Economic Essays*, vol. 1), Londres, Gerald Duckworth.

1960. *Essays on Economic Stability and Growth* (*Collected Economic Essays*, vol. 2), Londres, Gerald Duckworth.

1961. « Capital Accumulation and Economic Growth », in F.A. Lutz et D.C. Hague (dir.), *The Theory of Capital*, Londres, Macmillan, 177-222 ; trad. fr. partielle, « Accumulation du capital et croissance économique », in Abraham-Frois 1974, 112-32.

1964. *Essays on Economic Policy I* (*Collected Economic Essays*, vol. 3), Londres, Gerald Duckworth.

1964. *Essays on Economic Policy II* (*Collected Economic Essays*, vol. 4), Londres, Gerald Duckworth.

1966. *Causes of the Slow Rate of Economic Growth in the United Kingdom*, Cambridge, Angleterre, Cambridge University Press.
1967. *Strategic Factors in Economic Development*, Ithaca, New York, ILR Press.
1971 (dir.). *Conflicts in Policy Objective*, Oxford, Basil Blackwell.
1978. *Further Essays on Economic Theory* (*Collected Economic Essays*, vol. 5), Londres, Gerald Duckworth.
1978. *Further Essays on Applied Economics* (*Collected Economic Essays*, vol. 6), Londres, Gerald Duckworth.
1980. *Reports on Taxation I* (*Collected Economic Essays*, vol. 7), Londres, Gerald Duckworth.
1980. *Reports on Taxation II* (*Collected Economic Essays*, vol. 8), Londres, Gerald Duckworth.
1982. *The Scourge of Monetarism*, Oxford et New York, Oxford University Press ; trad. fr. 1985, *Le Fléau du monétarisme*, Paris, Economica.
1983. *Limitations of the General Theory*, Oxford, Oxford University Press.
1983. *The Economic Consequences of Mrs. Thatcher*, Londres, Gerald Duckworth.
1984. *Economics without Equilibrium*, New York, M.E. Sharpe.
1986. « Recollections of an Economist », *Quarterly Review, Banca Nazionale del Lavoro*, n° 156, 3-26 ; in Kregel 1988, 11-35.
1987. *Economie et instabilité*, édité par R. Boyer *et al.*, Paris, Economica.
1989. *Further Essays on Economic Theory and Policy* (*Collected Economic Essays*, vol. 9), Londres, Gerald Duckworth.
1989. *The Essential Kaldor*, édité par F. Targetti et A.P. Thirlwall, Londres, Duckworth.
1991. *Causes of Growth and Stagnation in the World Economy*, Cambridge, Angleterre, Cambridge University Press.

Au début de sa carrière, alors qu'il se trouve à la London School of Economics, Kaldor fait quelques contributions à la théorie néoclassique. La parution de la *Théorie générale* marque un tournant dans sa carrière. Kaldor se donne alors pour tâche d'en développer divers aspects et en particulier de construire sur cette base une théorie des cycles (1940), dans le but d'isoler les facteurs permettant de rendre compte de l'instabilité de l'investissement. Il devient, avec Joan Robinson, l'un des principaux inspirateurs de ce qu'on appelle la théorie post-keynésienne, qui se caractérise par une interprétation « non néoclassique » de l'œuvre de Keynes et surtout une extension de l'approche keynésienne à l'étude des cycles, de la croissance et de la répartition. A la synthèse néoclassique, Kaldor oppose une synthèse entre la théorie de la demande effective et une vision de la répartition inspirée de Kalecki, et fondée sur le rapport de force entre capitalistes et travailleurs. Dans un de ses articles les plus connus (1956), Kaldor démontre que les dépenses d'investissement et de consommation des capitalistes déterminent le revenu national et le niveau des profits. Il élabore un modèle dans lequel le taux de profit dans l'économie est déterminé par le taux de croissance et par la propension à l'épargne des capitalistes, modèle résumé dans ce qu'on appelle parfois « l'équation de Cambridge ». L'élaboration simultanée des modèles de croissance néoclassiques à Cambridge, Massachusetts, en particulier par Robert Solow, donnera naissance à la « guerre des deux Cambridge », dans les années soixante.

Ses contributions à la théorie de la croissance et de la répartition ne constituent qu'une partie de l'abondante production intellectuelle de Nicholas Kaldor, dont les principaux textes ont été publiés en neuf volumes entre 1960 et 1980 *(Collected Economic Essays)*. Kaldor a apporté des contributions importantes à plusieurs domaines de la théorie économique : valeur et répartition, monnaie, capital, développement, progrès technique, économie du bien-être, commerce international. Réformateur, adversaire acharné du monétarisme (1982), disciple critique de Keynes (1983 *Limitations*), Kaldor s'est aussi toujours intéressé autant à la politique qu'à la théorie (livres de 1964, 1971, 1983 *The Economic*). On lui doit en particulier de nombreux travaux sur la fiscalité (1955 et livres de 1980).

Principales références

Cambridge Journal of Economics, Memorial Issue, mars 1989, vol. 13, n° 1, 1-272 ; rééd. *Kaldor's Political Economy*, édité par T. Lawson, J. Gabriel Palma et J. Sender, Londres, Academic Press ; San Diego, California, Harcourt Brace Jovanovich.

HARCOURT G.C. 1988. « Nicholas Kaldor, 12 May 1908 - 30 September 1986 », *Economica*, vol. 55, 159-70.

KALDOR 1986.

NELL Edward J. et SEMMLER Willi (dir.) 1991. *Nicholas Kaldor and Mainstream Economics. Confrontation or Convergence ?*, Londres, Macmillan ; New York, St. Martin's Press.

PASINETTI Luigi L. 1986. « Nicholas Kaldor : An Appreciation », *Cambridge Journal of Economics*, vol. 10, 301-3.

TARGETTI Ferdinando 1988. *Nicholas Kaldor : Economia e Politica di un capitalismo in mutamento*, Bologne, il Mulino ; trad. angl. 1992, *Nicholas Kaldor : The Economics and Politics of Capitalism as a Dynamic System*, New York, Oxford University Press.

THIRLWALL A.P. *et al.* 1983. « Symposium : Kaldor's Growth Laws », *Journal of Post Keynesian Economics*, vol. 5, 341-429.

THIRLWALL A.P. 1987. *Nicholas Kaldor, Economist and Adviser*, Brighton, Wheatsheaf.

TURNER Marjorie S. 1993. *Nicholas Kaldor and the Real World*, Armonk, New York, M.E. Sharpe.

ARESTIS et SAWYER 1992, 293-302. BLAUG 1985, 106-8. GREENAWAY et PRESLEY 1989, 68-95. *New Palgrave* 1987, vol. 3, 3-8. SILLS 1979, 366-69.

KALECKI Michal

1899-1970

Michal Kalecki naît à Lodz, ville polonaise alors occupée par la Russie. Il doit abandonner, pour des raisons financières, des études en génie civil entreprises aux écoles polytechniques de Varsovie et de Gdansk. Il obtient en 1929 un poste à l'Institut de recherches sur les cycles économiques et les prix, à Varsovie, où il commence ses travaux en économie. En 1936, une bourse de la fondation Rockefeller lui permet de se rendre en Suède, où il rencontre des économistes de l'école de Stockholm, puis en Angleterre, où il rencontre Keynes et entre en contact, entre autres, avec Kahn, Sraffa et Joan Robinson. En 1937, Kalecki démissionne de l'Institut de Varsovie à la suite de la mise à pied pour des raisons politiques, dans le cadre d'une campagne antisémite, de deux de ses collègues et il demeure en Angleterre. De 1940 à 1945, il est employé par l'Institut de statistiques de l'université d'Oxford. En 1946, il devient directeur adjoint du département des affaires économiques au secrétariat des Nations unies à New York. Il démissionne pour protester contre des discriminations politiques liées à la montée du maccarthysme et retourne en Pologne en 1955. Il est nommé professeur en 1956 et occupe diverses fonctions publiques, en particulier celle de président de la Commission de planification prospective. En 1961, il est rattaché à l'Ecole centrale de planification et de statistiques. Il en démissionne, comme de tous les postes officiels qu'il occupait, en 1968, à la suite de la campagne antisémite et antirévisionniste menée par le gouvernement polonais et qui atteint plusieurs amis, élèves et collègues de Kalecki. Il continue ses recherches jusqu'à la fin de sa vie.

Principales publications

1933. *Proba teorii koniunktury* [Essai sur la théorie du cycle économique], Varsovie, Instytut Badania Koniunkture Gospodarczych i Cen.

1935. « Essai d'une théorie du mouvement cyclique des affaires », *Revue d'économie politique*, vol. 49, 285-305.

1935. « A Macrodynamic Theory of Business Cycles », *Econometrica*, vol. 3, 327-44.

1939. *Essays in the Theory of Economic Fluctuations*, Londres, George Allen & Unwin.

1943. *Studies in Economic Dynamics*, Londres, George Allen & Unwin.

1954. *Theory of Economic Dynamics : An Essay on Cyclical and Long-Run Changes in Capitalist Economy*, Londres, George Allen & Unwin ; trad. fr. 1966, *Théorie de la dynamique économique : essai sur les variations cycliques et à long terme de l'économie capitaliste*, Paris, Gauthier-Villars.

1966. *Studies in the Theory of Business Cycles 1933-1939*, Oxford, Basil Blackwell.

1971. *Selected Essays on the Dynamics of the Capitalist Economy, 1933-1970*, Cambridge, Angleterre, Cambridge University Press.

1972. *Selected Essays on the Economic Growth of the Socialist and the Mixed Economy*, Cambridge, Angleterre, Cambridge University Press.

1972. *The Last Phase in the Transformation of Capitalism*, New York, Monthly Review Press.

1976. *Essays on Developing Economies*, Brighton, Harvester Press.

1976-86. *Dziela* [Œuvres complètes], 6 vol., sous la dir. de J. Osiatynski, Varsovie, Panstwowe Wydawnictwo Ekonomiczne ; trad. angl. 1990-, *Collected Works of Michal Kalecki*, New York, Oxford University Press ; Oxford, Clarendon Press.

1976. *Selected Essays on Economic Planning*, édité par Jan Toporowsky, Cambridge, Angleterre, Cambridge University Press.

En 1933, l'Institut de recherches sur les cycles économiques et les prix de Varsovie publie, en polonais, un livre de 55 pages intitulé *Essai sur la théorie du cycle économique* (traduction anglaise partielle dans Kalecki 1966 et 1971). Ce texte pourrait suffire à établir la réputation de son auteur, Michal Kalecki. On y trouve en effet, formulée avec beaucoup de concision, la théorie de la demande effective dont Keynes est considéré comme l'auteur. On y trouve, de plus, une analyse de la répartition et des fluctuations cycliques. L'attitude de Kalecki lorsqu'il lut, au moment où il séjournait à Stockholm, la *Théorie générale* de Keynes, donne la mesure de l'homme. Il a confessé à Joan Robinson que ce fut une expérience déconcertante, puisqu'il s'apprêtait à écrire un livre analogue (Robinson 1973 *Collected...*, p. 87). Il avait aussi pu constater que Myrdal et ses collègues de Stockholm étaient sur la même voie. Il se rendit à Cambridge. Il rencontra Keynes, avec qui ses rapports ne furent guère chaleureux, les deux individus étant trop différents. Jamais il ne fit état publiquement de sa priorité de publication. Il en parla aux disciples de Keynes, mais jamais à ce dernier. Ce n'est que dans la préface d'un ouvrage posthume qu'on peut lire : « La première partie inclut trois textes parus en 1933, 1934 et 1935 en polonais avant que la *Théorie générale* de Keynes ne soit publiée et en contenant, je crois, l'essentiel » (1971, p. VII). Kalecki et Keynes sont arrivés par des voies tout à fait différentes à des conclusions semblables. Alors que Keynes avait élaboré sa théorie en partant de la théorie orthodoxe, essentiellement marshallienne, Kalecki s'était initié à la réflexion économique à travers la lecture de Marx, Tugan-Baranovski et Rosa Luxemburg.

Kalecki avait présenté son modèle, à l'automne 1933, à la nouvelle Société d'économétrie et Ragnar Frisch et Jan Tinbergen avaient bien mesuré l'importance de la contribution. En 1935, des versions anglaises et françaises de ses thèses étaient publiées. Mais elles passèrent à peu près inaperçues. Leur formulation mathématique complexe et le style très dense de Kalecki en rendaient la lecture très difficile. Dans les années qui ont suivi, et jusqu'à la fin de sa vie, Kalecki a développé sa théorie de la dynamique des économies capitalistes, en intégrant à la théorie de la demande effective des analyses de la formation des prix, de la répartition, de la croissance et de la détermination de l'investissement qu'on ne trouve pas chez Keynes. Ce faisant, Kalecki a joué un rôle capital dans la naissance du courant post-keynésien, exerçant une influence importante sur des auteurs comme Kaldor, Joan Robinson ou Pasinetti.

Kalecki fonde son analyse des prix sur la prise en compte des monopoles. Pour Kalecki, les prix de la plupart des produits manufacturés sont déterminés par les coûts variables, en salaires et matières premières, et un taux de marge lié à ce qu'il appelle le degré de monopole. L'analyse de la répartition prend en compte l'existence de deux classes dans l'économie, les travailleurs et les capitalistes. Les dépenses d'investissement et de consommation des seconds déterminent le revenu national et sa répartition entre salaires et profits. C'est ce qu'illustre l'aphorisme forgé par Kaldor pour caractériser la théorie kaleckienne de la répartition : « Les capitalistes gagnent ce qu'ils dépensent, les travailleurs dépensent ce qu'ils gagnent » (Kaldor [1956] 1974, p. 105).

Kalecki reprochait à Keynes le caractère statique de son étude du multiplicateur et l'insuffisance de son analyse de la détermination de l'investissement. Dans son texte de 1933, il propose une analyse des fluctuations cycliques fondée sur la distinction temporelle entre les commandes, la production et la livraison des biens d'investissement. Jusqu'à la fin de sa vie, il cherchera à trouver une explication satisfaisante de la détermination du niveau de l'investissement, estimant qu'il s'agit là du véritable talon d'Achille de la théorie économique. Tout au long de sa carrière, il cherche aussi à combiner les analyses des fluctuations cycliques et de la croissance. Son dernier message est qu'on ne peut pas construire de modèle fermé de croissance. On se heurte en définitive aux limites de la théorie économique.

Théoricien de la dynamique des économies capitalistes modernes, Kalecki l'est aussi des économies en voie de développement et des économies socialistes. Après son retour en Pologne en 1955, il a mené des recherches sur la croissance dans les économies socialistes et la planification (1972 *Selected*), soulignant plusieurs erreurs de la planification centralisée traditionnelle, en particulier l'accent mis sur la croissance de l'investissement sans prise en compte de ses effets sur la consommation populaire. Le plan qu'il proposera pour l'économie polonaise ne sera pas mis en œuvre.

Kalecki a aussi beaucoup écrit, surtout dans la dernière décennie de sa vie, sur les problèmes auxquels sont confrontés les pays du Tiers-Monde, dont il a d'ailleurs conseillé certains gouvernements (1976). Là aussi, il mettait en garde contre l'application mécanique de recettes tirées des modèles économiques traditionnels, et il estimait que seule l'interaction entre les facteurs économiques et politiques était de nature à résoudre les problèmes de développement. Là encore, il ne fut pas écouté.

C'est sur une note très pessimiste que Kalecki a terminé sa carrière. Partisan du plein emploi et d'une répartition plus équitable des richesses, comme Keynes, il ne croyait pas, contrairement à ce dernier, que les économies capitalistes étaient en mesure de réaliser ces objectifs. Il était partisan d'un socialisme à la fois décentralisé et démocratique dont il voyait les pays de l'Est s'éloigner de plus en plus pour s'enfoncer dans des difficultés économiques inextricables et la répression politique. Partisan d'un nouvel ordre économique international, il voyait s'aggraver le fossé entre pays riches et pays pauvres.

Principales références

BLAUG Mark 1992 (dir.). *Michal Kalecki (1899-1970)*, Aldershot, Hants, Edward Elgar.

FEIWEL George R. 1975. *The Intellectual Capital of Michal Kalecki*, Knoxville, University of Tennessee Press.

KRIESLER Peter 1987. *Kalecki's Microanalysis : The Development of Kalecki's Analysis of Pricing and Distribution*, New York, Cambridge University Press.

NUTI Domenico M. 1986. *Michal Kalecki's Contribution to the Theory and Practice of Socialist Planning*, Florence, European University Institute.

OSIATYNSKI Jerzy 1988. *Michal Kalecki on Socialist Economy*, Londres, Macmillan ; New York, St. Martin's Press.

Oxford Bulletin of Economics and Statistics, vol. 39, 1977, numéro spécial sur Kalecki.

Problems of Economic Dynamics and Planning : Essays in Honour of Michal Kalecki, Varsovie, Polish Scientific Publisher, 1964.

SAWYER Malcolm C. 1985. *The Economics of Michal Kalecki*, Armonk, New York, M.E. Sharpe.

SAWYER Malcolm C. 1982. *Macro-economics in Question : Orthodoxies and the Kaleckian Alternative*, Brighton, Wheatsheaf.

SEBASTIANI Mario 1989 (dir.). *Kalecki's Relevance Today*, Londres, Macmillan.

ARESTIS et SAWYER 1992, 302-10. BLAUG 1985, 109-11. *New Palgrave* 1987, vol. 3, 9-14. SHACKLETON et LOCKSLEY 1981, 141-59. SILLS 1979, 369-72.

KANTOROVICH Leonid Vitalievich

1912-1986

Né à Saint-Pétersbourg, Russie, Leonid Kantorovich est, du fait de ses exceptionnelles qualités en mathématiques, admis à quatorze ans à l'université de cette ville, devenue en 1924, pour quelques décennies, Leningrad. C'est donc en mathématiques qu'il est diplômé en 1930, qu'il est nommé enseignant dans un institut de formation d'ingénieurs, puis en 1934 professeur à l'université de Leningrad et qu'il obtient son doctorat en 1935. Responsable du département de mathématiques de l'Académie des sciences de Leningrad (1948-60), il est nommé membre correspondant (en mathématiques) de l'Académie des sciences de l'URSS en 1958.

Sans pouvoir en être directeur en titre puisque n'étant pas membre du Parti communiste, il est, de 1960 à 1971, à la tête du département – qu'il avait été chargé de fonder – des méthodes mathématiques de la branche sibérienne de l'Académie des sciences de l'URSS, à Novosibirsk. Nommé en 1964 membre de l'Académie des sciences de l'URSS, il est appelé à diriger à Moscou à partir de 1971 l'Institut de gestion de l'économie nationale du Gosplan et à partir de 1976 l'Institut d'analyse des systèmes de l'Académie des sciences de l'URSS.

Prix Staline de mathématiques en 1949, il reçoit en 1965, avec V.S. Nemchinov et V.V. Novozhilov – pour leur œuvre en économie – le prix Lénine et en 1975, avec T.C. Koopmans, le prix de sciences économiques en mémoire d'Alfred Nobel.

Principales publications

1939. *Matematicheskie metody organizatsii i planirovaniia proizvodstva*, Leningrad University Press ; trad. angl. 1960, « Mathematical Methods of Organizing and Planning Production », *Management Science*, vol. 6, 363-422 ; 2e vers., avec des corrections mineures, 1959, in V.S. Nemchinov (dir.), 251-309 ; trad. angl. 1964, « Mathematical Methods of Production Planning and Organization », in A. Nove (dir.), *The Use of Mathematics in Economics*, Edimbourg et Londres, Oliver & Boyd, 225-80.

1959. *Ekonomicheskii raschet nailuchshego ispol'zovaniia resursov*, Moscou, State Publishing House ; trad. fr. 1962, *Calcul économique et utilisation des ressources*, Paris, Dunod.
1959. Avec G.P. Akilov, *Funktsionnal'nyi analiz v normirovannykh prostranstvakh*, Moscou, Nauka ; trad. fr. [s.d.], *Analyse fonctionnelle*, Moscou, Mir.
1959. « Dal'neishee razvitie matematicheskikh metodov i perspektivy ikh primenenia v planirovanii i ekonomike », in V.S. Nemchinov (dir.), vol. 1, 310-53 ; trad. angl. 1964, « Further Development of Mathematical Methods and Prospects of Their Application in Economic Planning », in A. Nove (dir.), *The Use of Mathematics in Economics*, Edimbourg et Londres, Oliver & Boyd, 281-321.
1968. Avec A.V. Gorstko, *Matematicheskoe optimal'noe progammivoranie v ekonomike* [Programmation mathématique optimale d'une économie], Moscou, Nauka.
1972. Avec A.V. Gorstko, *Optimal'nye resheniia v ekonomike* [Solutions optimales dans une économie], Moscou, Nauka.
1976. *Essays in Optimal Planning*, édité par Leon Smolinski, White Plains, New York, International Arts and Sciences Press.
1976. « Economic Problems of Scientific and Technical Progress », *Scandinavian Journal of Economics*, vol. 78, 521-41.
1987. « Moi put'v nauke » [Mon chemin dans la science], *Uspechi matematicheskich nauk*, vol. 42, 183-213.
1989. *Problemy effektivnogo ispol'zovaniia i razvitiia transporta* [Problèmes de l'utilisation effective et du développement des transports], Moscou, Nauka.
1989. « Mathematics in Economics : Achievements, Difficulties, Perspectives. Nobel Memorial Lecture, December 11, 1975 », *American Economic Review*, vol. 79, 18-22.

Leonid Kantorovich est d'abord un mathématicien ; sa thèse porte sur l'analyse fonctionnelle des espaces partiellement ordonnés – espaces qui, en hommage à son nom, sont maintenant nommés K-espaces. Certains ont souhaité en URSS qu'il soit reconnu comme l'inventeur de la programmation linéaire ; d'après ce que l'on sait de ses travaux sur l'optimisation, il a certes été un des premiers à s'engager dans ce domaine, mais c'est von Neumann qui a formulé le théorème de la dualité et G.B. Dantzig qui a inventé l'algorithme simplex (Gardner 1990).

Son œuvre, comme ses publications, il ne faut pas l'oublier, ont été soumises aux conditions très oppressantes de l'URSS d'alors : envoi au goulag de scientifiques tels que Kondratiev ou Fel'dmann, guerre et évacuation de Leningrad en 1943, oppression quotidienne du système politico-policier. En tant que mathématicien, il lui est demandé en 1937 de limiter les chutes dues aux découpes pour une usine de contreplaqué ; il met son point d'honneur à élaborer une méthode qui fait l'objet de son étude – longtemps confidentielle – de 1939. Mais quand il écrit au Gosplan pour suggérer une réforme du système des prix pour la planification, il lui est répondu qu'une telle réforme n'est pas nécessaire. Et quand il applique sa méthode à une entreprise de construction de wagons de chemins de fer, la réduction des chutes obtenue est de 50 %, ce qui diminue les approvisionnements des usines d'acier et lui vaut le risque d'être accusé de sabotage de l'industrie : il y échappe grâce au soutien de l'armée qui utilise ses travaux – mais on sait peu de choses sur ces points – pour la fabrication de tanks, l'établissement de champs de mines et le programme nucléaire. Il restera cependant jusqu'au début des années soixante-dix suspecté par les économistes officiels de faire – haute mathématique, relation entre rareté et prix et optimisation – de l'« économie bourgeoise ».

La contribution de Kantorovich à la théorie de l'allocation optimale des ressources, pour laquelle il a reçu le prix en mémoire de Nobel, constitue donc son apport essentiel (1959 *Ekonomicheskii*, 1968, 1972, 1976 *Essays*). Il a en effet élaboré une méthode qui, à partir de ressources hétérogènes données et d'objectifs diversifiés dont les prix ne sont pas connus, repose sur le calcul par itérations de multiplicateurs qui, dans le contexte idéologique marxiste de l'époque, furent baptisés « évaluations objectivement déterminées » : celles-ci sont en fait des prix fictifs qui – tels les multiplicateurs de Lagrange – permettent de dégager la solution optimale. Kantorovich, avec son équipe de Novosibirsk, a appliqué cette méthode à de nombreux domaines : problèmes de transports, de localisation, de choix d'investissements, de choix intertemporels, de rythmes d'amortissement (1976 *Essays*, 1989 *Problemy*). Plus largement, il a fermement établi qu'il ne peut y avoir planification optimale sans système correct de prix. Dans la dernière période de sa vie, Kantorovich a travaillé sur la question du progrès technique (1976 *SJE*).

Principales références

« The Nobel Memorial Prize in Economics 1975 ». Proclamation, article de Leif Johansen et bibliographie, *Swedish Journal of Economics*, 1976, vol. 78, 59-80 ; article repris in Spiegel et Samuels 1984, 373-94.

Bibliographies in M. Ellman, *Planning Problems in the USSR*, Cambridge University Press, 197-9, 1973 ; et in Kantorovich 1976 (*Essays*), XXVIII-XXXII.

GARDNER Roy 1990. « L.V. Kantorovich : The Price Implication of Optimal Planning », *Journal of Economic Literature*, vol. 28, 638-48.

KANTOROVICH 1987.

BLAUG *Who's Who...* 1986, 451-2. *New Palgrave*, 1987, vol. 3, 14-5.

KLEIN Lawrence Robert

Né en 1920

Né à Omaha, Nebraska, Lawrence Klein a fait ses études à Berkeley, à l'université de Californie (BA en 1942) et obtient son PhD en 1944 au Massachusetts Institute of Technology, où il est assistant de recherche de P. Samuelson. Il travaille d'abord comme chercheur à la commission Cowles, à l'université de Chicago (1944-47), puis au National Bureau of Economic Research (1948-51) et au Survey Research Center de l'université du Michigan (1949-54), où il enseigne à partir de 1950.

En réaction contre les activités de la commission McCarthy, il part en Grande-Bretagne, où il est chargé de recherches, puis d'enseignement à l'Institut de statistiques de l'université d'Oxford (1954-58). Professeur à l'université de Pennsylvanie depuis 1958, il reçoit en 1959 la médaille John Bates Clark de l'American Economic Association, dont il sera président en 1977, après l'avoir été de la Société d'économétrie en 1960 ; il exerce de nombreuses responsabilités en matière de recherche, notamment, depuis 1989, comme directeur au National Bureau of Economic Research. Il a reçu en 1980, pour ses travaux sur les modèles économétriques, le prix de sciences économiques en mémoire d'Alfred Nobel.

Principales publications

1947. « The Use of Econometric Models as a Guide to Economic Policy », *Econometrica*, vol. 15, 111-51.
1947. « Theories of Effective Demand and Employment », *Journal of Political Economy*, vol. 55, 108-31.
1947. *The Keynesian Revolution*, New York, Macmillan.
1950. *Economic Fluctuations in the United States : 1921-1941*, New York, John Wiley.
1953. *A Textbook of Econometrics*, Evanston, Row Peterson & Co.
1955. Avec A.S. Goldberger, *An Econometric Model of the United States : 1929-1951*, New York, John Wiley.
1961. Avec R.J. Ball *et al.*, *An Econometric Model of the United Kingdom*, Oxford, Basil Blackwell.
1962. *An Introduction to Econometrics*, Englewood Cliffs, New Jersey, Prentice-Hall.
1965 (dir., avec J. Duesenberry, G. Fromm et E. Kuh). *The Brookings Quarterly Econometric Model of the United States*, Chicago, Rand McNally.
1967. Avec M.K. Evans, *The Wharton Econometric Forecasting Model*, Philadelphie, Wharton School of Finance and Commerce.
1969 (dir., avec J. Duesenberry, G. Fromm et E. Kuh). *The Brookings Model : Some Further Results*, Chicago, Rand McNally.
1969. Avec M.K. Evans et M. Hartley, *Econometric Gaming : A Kit for Computer Analysis of Macroeconomic Models*, New York, Macmillan.
1969-71 (dir.). *Essays in Industrial Econometrics*, 3 vol., Philadelphie, Wharton School of Finance and Commerce.
1975 (dir., avec G. Fromm). *The Brookings Model : Perspective and Recent Developments*, New York, John Wiley.
1976 (dir., avec Edwin Burmeister). *Econometric Model Performance*, Philadelphie, University of Pennsylvania Press.
1978. « The Supply Side », *American Economic Review*, vol. 68, 1-7.
1980. Avec R.M. Young, *An Introduction to Econometric Forecasting and Forecasting Models*, Lexington, Massachusetts, Lexington Books.
1981. *Econometric Models as Guides for Decision Making*, New York, Free Press.
1983. *The Economics of Supply and Demand*, Oxford, Basil Blackwell.
1983. *Lectures in Econometrics*, Amsterdam, North-Holland.
1985. *Economic Theory and Econometrics*, édité par Jaime Marquez, Oxford, Basil Blackwell.
1986. « My Evolution as an Economist », in Breit et Spencer 1986, 21-42.
1989 (dir., avec Jaime Marquez). *Economics in Theory and Practice : An Eclectic Approach*, Dordrecht, Kluwer.
1991. Avec Ronald G. Bodkin et Kanta Marwah, *A History of Macroeconometric Model-Building*, Aldershot, Hants, Edward Elgar.

1991 (dir.). *Comparative Performance of US Econometric Models*, New York, Oxford University Press.
1992. « My Professional Life Philosophy », in Szenberg 1992, 180-9.

Les premiers travaux de Lawrence Klein, menés aux côtés de Samuelson, sont consacrés à des problèmes de formalisation mathématique de la théorie économique. Au sein de l'équipe d'économistes travaillant pour la commission Cowles, il trouve un climat intellectuel stimulant et participe aux recherches et discussions qui portent autant sur la théorie que sur les questions de formalisation et d'économie appliquée.

Sa thèse, soutenue en 1944, est publiée, après remaniements, en 1947 ; mettant pour la première fois en avant l'expression « révolution keynésienne », il y présente l'architecture de la théorie keynésienne, avec le double souci de la formaliser – donc de clarifier et de simplifier – et de rendre compte des débats et des prolongements en cours – donc des éléments d'enrichissement et d'approfondissement de cette théorie.

La publication, en cette même année 1947, de cet ouvrage et de l'article sur l'utilisation des modèles économétriques comme guides pour la politique économique, illustre et symbolise le triple intérêt de Klein pour la théorie économique, la modélisation économétrique et leurs applications pour la politique économique, domaines profondément liés dans sa démarche et sur lesquels il travaillera tout au long de sa vie.

C'est donc à partir de la théorie keynésienne que Klein a travaillé au développement et à la formalisation de la théorie économique : avec le souci de construire la correspondance entre les approches macro et microéconomiques, d'approfondir l'analyse de l'investissement et de l'épargne, de mieux intégrer la prise en compte du marché de la monnaie et du taux d'intérêt. Au fil des ans, il a pris ses distances par rapport à certains apports keynésiens, notamment la place clé donnée à la demande effective, pour être plus attentif à ce qui se passe du côté de l'offre et mieux le prendre en compte (1978, 1983 *The Economics*). Il a finalement été un des principaux artisans de l'élaboration, à partir de la macroéconomie keynésienne, d'une macroéconomie moderne dont les références à Keynes s'estompent de plus en plus.

Parallèlement, Klein a poursuivi ses travaux en économétrie en approfondissant certaines questions (prise en compte des décalages dans le temps pour les variables explicatives, multicolinéarité) et publié des manuels et ouvrages de référence dans ce domaine (1953, 1962, 1980, 1983 *Lectures*). Mais c'est principalement en économétrie appliquée, avec la conception, la construction et l'élargissement de modèles économétriques, que Klein a réalisé la part majeure de son œuvre.

Il a fait un travail de pionnier en construisant, avec A.S. Goldberger, en 1951-53, le premier modèle économétrique des Etats-Unis (1955), puis en mettant en place un modèle économétrique pour le Royaume-Uni (1961). De 1961 à 1972, il joue un rôle primordial dans l'établissement, avec Duesenberry, de l'ambitieux modèle Brookings-Social Science Research Council (1965, 1969, 1975) ; parallèlement, il dirige le projet plus modeste, mais qui se révélera plus opérationnel, de la Wharton School (1967) ; à partir de 1968, il anime le projet LINK, visant à interconnecter des modèles économétriques nationaux de pays de l'Ouest et de l'Est. Parti de l'intuition que serait fructueuse la combinaison de l'approche macroéconomique keynésienne et de l'approche interindustrielle de Leontief, Klein a cherché à intégrer dans ces modèles les apports principaux et les plus récents de la recherche théorique et économétrique appliquée, et, là encore, à mieux prendre en compte la dimension monétaire, notamment dans le modèle de la Wharton School. Il a aussi eu le souci d'adapter les modèles économétriques pour les pays en développement.

Ainsi, les apports de Klein se situent essentiellement dans les domaines de l'élaboration et de la diffusion de l'usage des modèles économétriques, travaux menés avec la double perspective de la recherche (1980) et de la politique économique (1947 *Etrica*, 1981) ; de ces modèles, il a fait l'évaluation, avec un regard à la fois technique et historique (1976, 1991 dir., 1991).

A la confluence des deux grandes révolutions des années quarante et cinquante : la révolution keynésienne et la révolution de la formalisation mathématique, Klein a choisi et opiniâtrement suivi la voie de l'économétrie appliquée, jouant par là même un rôle majeur dans la mise en place de la macroéconomie moderne.

Principales références

« The Nobel Memorial Prize in Economics 1980 ». Proclamation et article de R.J. Ball, *Swedish Journal of Economics*, 1981, vol. 83, 79-93 ; avec une bibliographie, 1943-80, établie par L. Klein, 93-103. Article repris in Spiegel et Samuels 1984, 333-49.

ADAMS F. Gerard et HICKMAN Bert G. 1983 (dir.). *Global Econometrics : Essays in Honor of Lawrence F. Klein*, Cambridge, Massachusetts, MIT Press.
KLEIN 1986, 1992.

BLAUG 1985, 114-5.

KOOPMANS Tjalling Charles

1910-1985

Né à Graveland, Hollande, Tjalling Koopmans a fait des études de mathématiques et physique théorique à Utrecht (MA en 1933) et a obtenu en 1936 un doctorat en statistique mathématique à l'université de Leiden. Après avoir travaillé à l'école d'économie de Rotterdam, puis à la Société des Nations à Genève, il émigre en 1940 aux Etats-Unis ; il travaille aux universités de Princeton puis de New York, à la Penn Mutual Life Company et enfin au Combined Shipping Adjustment Board à Washington. Il est chercheur (1944-48), puis directeur de recherches (1948-67), de la commission Cowles, d'abord à l'université de Chicago, puis, à partir de 1955, à l'université Yale ; il est professeur de sciences économiques à Chicago de 1948 à 1955, puis à Yale, de 1955 à sa retraite en 1981.

Il a été président de la Société d'économétrie en 1950 et de l'American Economic Association en 1978 et a reçu le prix de sciences économiques en mémoire d'Alfred Nobel, conjointement avec Kantorovich, en 1975. Il est mort à New Haven, Etats-Unis.

Principales publications

1937. *Linear Regression Analysis of Economic Time Series*, Haarlem, De Erven, F. Bohn.
1939. *Tanker Freight Rates and Tankship Building*, Haarlem, De Erven, F. Bohn.
1941. « The Logic of Econometric Business-Cycle Research », *Journal of Political Economy*, vol. 49, 157-81.
1945. « Statistical Estimation of Simultaneous Economic Relations », *Journal of the American Statistical Association*, vol. 40, 448-66.
1947. « Measurement without Theory », *Review of Economic Statistics*, vol. 29, 161-72 ; « Reply », vol. 31, 1949, 86-91.
1949. « Identification Problems in Economic Model Construction », *Econometrica*, vol. 17, 125-44.
1950 (dir.). *Statistical Inference in Dynamic Economic Models*, New York, John Wiley & Sons.
1951 (dir.). *Activity Analysis of Production and Allocation*, New York, John Wiley & Sons.
1951. « Analysis of Production as an Efficient Combination of "Activities" », in Koopmans 1951 (dir.), 33-97.
1951. Avec S. Reiter, « A Model of Transportation », in Koopmans 1951 (dir.), 222-59.
1953 (dir., avec William C. Hood). *Studies in Econometric Method*, New York, John Wiley & Sons.
1953. « La notion d'utilité dans le cas de décisions concernant le bien-être futur », *Cahiers du Séminaire d'économétrie*, 7-10.
1957. *Three Essays on the State of Economic Science*, New York, McGraw-Hill ; trad. fr. 1970, *Trois essais sur la science économique contemporaine*, Paris, Dunod.
1964. « Economic Growth at a Maximal Rate », *Quarterly Journal of Economics*, vol. 78, 355-94.
1970. *Scientific Papers of Tjalling C. Koopmans*, Berlin, Springer.
1973. « Economics among the Sciences », *American Economic Review*, vol. 69, 1-13.
1985. *Scientific Papers of Tjalling C. Koopmans*, vol. 2, Cambridge, Massachusetts, MIT Press.

Après avoir publié en 1933 et 1934 deux articles de physique, T. Koopmans termine en 1936 une thèse de méthodologie économétrique, dans laquelle il traite des problèmes de régression linéaire quand les variables sont sujettes à des erreurs de mesure (1937). Il poursuivra ses travaux en méthodologie de l'économétrie, en explorant une démarche probabiliste pour l'étude des relations entre variables soumises à de telles erreurs ou à des aléas, et par ses contributions sur la résolution de systèmes d'équations simultanées, l'identification des systèmes et l'évaluation des paramètres (1945, 1950).

D'autre part, ses travaux sur les transports maritimes (1939) le conduisirent à travailler pendant la guerre sur l'allocation optimale des convois sur les routes maritimes (étude de 1942 inédite jusqu'en 1970) et, dans le même temps que Kantorovich, à devenir un des pionniers de la programmation linéaire, domaine sur lequel il eut, avec G.B. Dantzig, des échanges, fructueux pour l'un comme pour l'autre (1951 *Activity*).

Ses travaux sur l'« analyse de l'activité » doivent à la fois à sa formation de physicien et à sa pratique économique ; d'une part, il a le souci de mener l'étude de l'activité productive indépendamment de celle de ses fins ; d'autre part il étudie les relations ressources-production non pas sous l'angle de la traditionnelle fonction de production, mais sous celui des choix de production à effectuer sous contraintes ; il analyse alors les conditions d'efficience et d'optimalité, dans leurs relations avec le système de prix (1951 « Analysis… », 1957). Au-delà, Koopmans a abordé le problème de l'allocation optimale des ressources dans le temps et de la maximisation du taux de croissance (1953 *CSE*, 1964). Et c'est pour ses contributions à la théorie de l'allocation optimale des ressources qu'il a reçu, conjointement avec Kantorovich, le prix en mémoire de Nobel.

Economiste mathématicien, Koopmans avait une conception très exigeante du travail scientifique : Malinvaud (1972) souligne qu'il s'interdisait de traiter de domaines sur lesquels il estimait ne pas avoir de contribution scientifique à apporter et qu'il publiait ses résultats même quand sa recherche paraissait ne pas avoir abouti. Théoricien, c'était aussi un organisateur et un rassembleur. Il a joué un rôle clé à la commission Cowles, où il a succédé à Marschak comme directeur, tant dans la conception que dans la dissémination de la nouvelle approche économétrique associée aux noms de Tinbergen et Haavelmo. Il a répondu à la critique de Tinbergen par Keynes (1941). Mais surtout il s'est attaqué à la forteresse du National Bureau of Economic Research en critiquant durement le livre de Burns et Mitchell (1946), qualifié de « mesure sans théorie » (1947). Cet article a déclenché un vif débat, dont les séquelles sont toujours présentes. Plus fondamentalement, distinguant l'économie en tant qu'art pratique et l'économie en tant que science,

Koopmans a approfondi les questions des relations entre choix des méthodes et instruments d'analyse, entre prise en considération des faits et raisonnement théorique, entre science économique et autres sciences, entre position éthique et démarche scientifique (1957, 1973, 1985).

Principales références

« The Nobel Memorial Prize in Economics 1975 ». Proclamation, articles de Lars Werin et Karl G. Jugenfelt et bibliographie 1933-1974, *Swedish Journal of Economics*, 1976, vol. 78, 59-60 et 81-102. Articles in Spiegel et Samuels 1984, 351-71.

MALINVAUD Edmond 1972. « The Scientific Papers of Tjalling C. Koopmans : A Review Article », *Journal of Economic Literature*, vol. 10, 798-802.

SCARF H.E. 1985. Préface à Koopmans 1985, XI-XII.

VINING Rutledge 1949. « Koopmans on the Choice of Variables to be Studied and of Methods of Measurement », *Review of Economics and Statistics*, vol. 31, 77-86 ; « A Rejoinder », 91-4.

BLAUG 1985, 119-21. *New Palgrave*, 1987, vol. 3, 62-7.

KORNAI János

Né en 1928

Né en 1928 à Budapest, János Kornai fait d'abord des études d'histoire et de philosophie, puis s'oriente vers la science économique (doctorat en 1956). Chercheur à l'Institut d'économie de l'Académie des sciences de Hongrie (1955-58), chef de département à l'Institut de l'industrie textile (1958-63), chef de département au centre informatique de l'Académie des sciences (1963-67), il obtient en 1965 une habilitation en sciences économiques. Depuis 1967, il est chef de département à l'Institut d'économie de l'Académie des sciences ; il est en outre, depuis 1986, professeur de sciences économiques à Harvard. Il a été vice-président du Comité de planification du développement des Nations unies (1972-77) et président de la Société d'économétrie (1978) et de l'Association européenne d'économie (1987).

Principales publications

1957. *A gazdasági vezetés tulzott központositása*, Budapest, Közgazdasagi és Jogi Könyvkiado ; trad. angl. remaniée 1959, *Overcentralization in Economic Administration : A Critical Analysis Based on Experience in Hungarian Light Industry*, Londres, Oxford University Press.

1962. Avec Tamas Lipták, « Kétszintü tervezés » [Planification à deux niveaux], *MTA Matematikai Kutato Intézetének Közleményei*, vol. 7, 577-621.

1965. Avec Tamas Lipták, « Two-Level Planning », *Econometrica*, vol. 33, 141-69.

1965. *A gazdasági szerkezet matematikai tervezése*, Budapest, Közgazdasagi és Jogi Könyvkiado ; trad. angl. 1967, *Mathematical Planning of Structural Decisions*, Amsterdam, North-Holland ; 2e éd. augmentée 1975.

1971. *Anti-Equilibrium*, Budapest, Közgazdasagi és Jogi Könyvkiado ; trad. angl. 1971, *Anti-Equilibrium*, Amsterdam, North-Holland.

1972. *Eröltetett vagy harmonikus növekedés*, Budapest, Akadémiai Kiado ; trad. angl. 1972, *Rush Versus Harmonic Growth*, Amsterdam, North-Holland.

1980. *A hiány*, Budapest, Közgazdasagi és Jogi Könyvkiado ; trad. angl. 1980, *Economics of Shortage*, 2 vol., Amsterdam, North-Holland ; trad. fr. 1984, *Socialisme et économie de la pénurie*, Paris, Economica.

1981 (dir., avec Bela Martos). *Szabályozás árjelzések nélkül*, Budapest, Akadémiai Kiadò; trad. angl. 1981, *Non-Price Control*, Amsterdam, North-Holland.

1982. *Növekedés, hiany és hatékonysag*, Budapest, Közgazdasagi és Jogi Könyvkiado ; trad. angl. 1982, *Growth, Shortage and Efficiency*, Oxford, Basil Blackwell ; Berkeley, University of California Press.

1983. *Ellentmondások és dilemmák*, Budapest, Magvetö; trad. angl. 1985, *Contradictions and Dilemmas*, Budapest, Corvina et 1986, Cambridge, Massachusetts, MIT Press.

1986. « The Hungarian Reform Process : Visions, Hopes and Reality », *Journal of Economic Literature*, vol. 24, 1687-737.

1986. « The Soft Budget Constraint », *Kyklos*, vol. 39, 3-30.

1986 (dir., avec Xavier Richet). *La Voie hongroise : analyses et expérimentations économiques*, Paris, Calmann-Lévy.

1989. *Régi és uj ellentmondások és dilemmák*, Budapest, Magvetö ; trad. angl. 1990, *Vision and Reality, Market and State : Contradictions and*

Dilemmas Revisited, New York, Routledge ; Londres, Harvester Wheatsheaf.

1989. *Indulatos röpirat a gazdasagi atmenet ügyeben* [Libelle passionné au service de la transition économique hongroise], Budapest, HVG Kiado ; trad. angl. 1990, *The Road to a Free Economy. Shifting from a Socialist System : The Exemple of Hungary*, New York, W.W. Norton ; trad. fr. 1990, *Du socialisme au capitalisme : l'exemple de la Hongrie*, Paris, Gallimard.

1992. *The Socialist System : The Political Economy of Communism*, Princeton University Press et Oxord University Press.

Les premiers travaux de J. Kornai, publiés en Hongrie ou dans d'autres pays de l'Est à partir de la deuxième moitié des années cinquante, sont consacrés aux problèmes économiques de la Hongrie et de quelques pays d'Europe de l'Est et à des questions de planification : choix et efficacité de l'investissement, rentabilité, productivité, utilisation de techniques quantitatives telles que la recherche opérationnelle et la programmation linéaire. Très vite, il souligne les défauts de l'hypercentralisation de la planification (1957) et esquisse le modèle d'une planification à deux niveaux – puis à plusieurs niveaux – dans laquelle s'établiraient de véritables procédures interactives entre le centre et les autres instances (1962, 1965 *Etrica*) ; au-delà, il prend part, tant par son travail théorique que par sa réflexion d'ensemble, aux différentes étapes de la réforme et de la transformation du système économique de son pays (1965, 1972, 1983, 1986 *JEL*, 1986 dir.).

Parallèlement, il s'impose comme théoricien, à l'Est comme à l'Ouest, avec sa critique de la théorie de l'équilibre général et ses efforts pour jeter les fondements d'une théorie des systèmes économiques (1971). Dans les années soixante-dix, il élabore le concept de *hiany* (manque, pénurie), dont il fait une des clés – avec la prise en compte de la contrainte budgétaire, dure ou souple (1986 *Kyk*, 1986 dir.) – de l'analyse des économies dites alors socialistes : la soif d'investissement, liée à la logique des entreprises, conduit à des situations où la production est toujours contrainte par un manque (d'énergie, de matériaux, de pièces, etc.) et les efforts de chaque entreprise pour se prémunir contre ce mal conduisent à l'aggraver : il s'étend inexorablement à tous les domaines de la vie économique et sociale jusqu'à modeler les comportements des consommateurs, qui à la fois subissent cette logique et contribuent à la reproduire

(1980, 1982). Cette analyse, que l'auteur tient à distinguer de celles de l'école du déséquilibre, peut contribuer à éclairer certains aspects des économies occidentales.

Accompagnant les profondes mutations du tournant des années quatre-vingt et quatre-vingt-dix, Kornai analyse les relations entre formes de propriété (privée ou publique) et modes de coordination (marché et plan) et constate l'existence de relations fortes, d'une part entre appropriation privée et marché, et d'autre part entre propriété publique et plan : d'où les difficultés qu'il y aurait à vouloir construire une économie fondée sur le couple propriété publique-marché. Dans la perspective d'une transition « vers une société libre » et une « économie libre », il esquisse (1989 *Indulatos*) les modalités et les étapes de ce que pourrait être une transition maîtrisée : « sans illusion » et ayant conscience de « l'énormité des forces qui s'opposent à la mise en place des idées » qu'il avance (1989, trad. fr. 1990, p. 209), il plaide pour une « chirurgie de la stabilisation » qui, dans le même mouvement, permette d'arrêter l'inflation, de restaurer l'équilibre budgétaire, de reprendre la maîtrise de la demande globale, d'établir des prix rationnels et d'introduire la convertibilité avec un taux de change uniforme, conditions, selon lui, pour aller vers une économie de marché.

Principales références

CSIKOS-NAGY Béla, 1992. « János Kornai », in Samuels (dir.), 129-55.

BLAUG 1985, 122-3.

KUZNETS Simon Smith

1901-1985

Né en Russie, Simon Kuznets a émigré aux Etats-Unis en 1922 ; après des études d'économie à l'université Columbia, où il obtient son doctorat en 1926, il entre, avec le soutien de W.C. Mitchell, au National Bureau of Economic Research

(NBER), dont il fera partie jusqu'en 1961. Il enseigne à l'université de Pennsylvanie de 1930 à 1954. De 1942 à 1944, il participe à la direction du bureau de statistique et de programmation de l'administration américaine de la production de guerre ; à partir des années cinquante, il anime les travaux du comité sur la croissance économique du Social Science Research Council (SSRC) ; il enseigne dans les universités Johns Hopkins (1954-60) et Harvard (1960-71). Les travaux qu'il mène après sa retraite portent surtout sur la population.

S. Kuznets a été président de l'American Statistical Association (1949), de l'American Economic Association (1954) et, de 1953 à 1963, du programme Falk de recherche économique en Israël. Il a reçu le prix de sciences économiques en mémoire d'Alfred Nobel en 1971. Il est mort à Cambridge, Massachusetts.

Principales publications

1930. *Secular Movements in Production and Prices : Their Nature and their Bearing upon Cyclical Fluctuations*, Boston, Houghton Mifflin ; réimpr. 1967, New York, Augustus M. Kelley.

1933. *Seasonal Variations in Industry and Trade*, New York, National Bureau of Economic Research.

1934. *National Income, 1929-1932*, New York, National Bureau of Economic Research.

1938. *Commodity Flow and Capital Formation*, New York, National Bureau of Economic Research ; réimpr. 1975, New York, Arno Press.

1941. Avec E. Jenks et L. Epstein, *National Income and its Composition, 1919-1938*, New York, National Bureau of Economic Research.

1941. *National Income and Capital Formation, 1919-1935*, New York, National Bureau of Economic Research.

1946. *National Income : A Summary of Findings*, New York, National Bureau of Economic Research.

1946. Avec E. Jenks et L. Epstein, *National Product since 1869*, New York, National Bureau of Economic Research.

1953. Avec la collaboration d'E. Jenks, *Shares of Upper Income Groups in Income and Savings*, New York, National Bureau of Economic Research.

1957 (dir., avec D.S. Thomas). *Population Redistribution and Economic Growth : United States, 1870-1950*, Philadelphie, American Philosophical Society.

1959. *Six Lectures on Economic Growth*, Glencoe, Illinois, Free Press.

1961. Avec la collaboration d'E. Jenks, *Capital in the American Economy : Its Formation and Financing*, Princeton University Press.
1964. *Postwar Economic Growth : Four Lectures*, Cambridge, Massachusetts, Harvard University Press.
1965. *Economic Growth and Structure : Selected Essays*, New York, W.W. Norton ; trad. fr. 1972, *Croissance et structures économiques*, Paris, Calmann-Lévy.
1966. *Modern Economic Growth : Rate, Structure and Spread*, New Haven, Connecticut, Yale University Press.
1968. *Toward a Theory of Economic Growth : With Reflections on the Economic Growth of Modern Nations*, New York, W.W. Norton.
1971. *Economic Growth of Nations : Total Output and Production Structure*, Cambridge, Massachusetts, Harvard University Press.
1972. *Quantitative Economic Research : Trends and Problems*, New York, National Bureau of Economic Research.
1973. *Population, Capital and Growth : Selected Essays*, New York, W.W. Norton.
1979. *Growth, Population and Income Distribution : Selected Essays*, New York, W.W. Norton.

La thèse de doctorat de S. Kuznets et ses premiers travaux ont été consacrés à l'étude des séries temporelles : fluctuations, cycles et mouvements longs. Au cours de ces recherches, il identifie un cycle de quinze-vingt ans (1930), dont l'existence et la nature seront l'objet de débats et qui est entré dans la littérature sous le nom de « cycle Kuznets » ou *Kuznets swings* (*New Palgrave* 1987, vol. 3, 71-2). Cela le conduit, bien avant la mise en place des comptabilités nationales, à travailler sur le concept, la définition et la mesure du produit national brut, du revenu national et de leurs composants, consommation, épargne et investissement (1934, 1938 et les deux ouvrages de 1941). Dans ce cadre, il fait apparaître une certaine stabilité, dans le long terme, du taux d'épargne aux Etats-Unis (autour de 12 %), ce qui semble contredire les vues de Keynes.

Ses travaux de l'après-guerre sont largement consacrés à ce qu'il nomme la « croissance moderne » (1966, 1973), à ses déterminants (les progrès de la science et des connaissances et les innovations qu'ils engendrent) et ses caractéristiques (croissance par tête, hausse de la productivité, changements technologiques, transformations structurelles) ; ils combinent le souci du travail rigoureux sur des séries statistiques longues, qui caractérise la tradition du NBER, et la prise en compte des apports des autres sciences sociales et de la dimension historique, dans une démarche qui se situe à la frontière de l'école historique allemande et de l'institutionnalisme américain. Ils sont, pour lui, l'occasion de poursuivre l'étude des conditions et des déterminants de la croissance économique moderne : relations entre cycle et croissance (1946 *National Income*), rôle de la formation du capital et de l'épargne (1961), relations entre changements structurels et amélioration de la productivité et entre croissance démographique, variations du revenu national réel et revenu par tête (1965, 1971, 1973), impact de la répartition des revenus (1966, 1979).

Kuznets a lui-même décrit sa méthode comme allant « de la mesure, à l'estimation, à la classification, à l'explication, aux conjectures *(speculation)* » (« The Nobel... » 1971, p. 460). La proclamation du prix en mémoire de Nobel souligne que « plus que tout autre savant, il a éclairé par les faits – et expliqué par l'analyse – la croissance économique depuis le milieu du dernier siècle » (*id.*, p. 443).

Principales références

« The Nobel Memorial Prize in Economics 1971 ». Proclamation et article de E. Lundberg, *Swedish Journal of Economics*, vol. 73, 1971, 444-61 ; repris in Spiegel et Samuels 1984, 523-42.

FLOERSHEIM Rachel 1961. « Bibliography of the Works of Simon Kuznets », *Economic Development and Cultural Change*, vol. 9, 550-560.

BLAUG 1985, 124-6. *New Palgrave*, 1987, vol. 3, 69-71. SILLS 1979, 393-7.

LANGE Oskar Ryszard

1904-1965

Né près de Lodz, en Pologne, Oskar Lange fait ses études à Poznan, puis Cracovie ; diplômé en 1928, il va l'année suivante à la London School of Economics. Il est chargé d'enseignement à l'université de Cracovie, enseigne à l'université du

Michigan en 1936 et s'établit l'année suivante aux Etats-Unis. Il enseigne de 1938 à 1945 à l'université de Chicago, où il devient professeur en 1943, année où il acquiert la nationalité américaine.

Il participe à la préparation de la mise en place d'un nouveau régime pour la Pologne d'après-guerre, reprend la nationalité polonaise en 1945, est ambassadeur de la République populaire de Pologne à Washington (1945-46), puis chef de la délégation polonaise auprès des Nations unies (1946-49). Il retourne en Pologne en 1949 ; les fonctions officielles qui lui sont confiées sont largement honorifiques. Il accomplit des missions auprès des gouvernements de l'Inde, de Ceylan, de la République arabe unie, d'Irak. Il est recteur de l'Ecole centrale de planification et de statistiques (1952-55), puis professeur à l'université de Varsovie (1955-65). Il meurt dans un hôpital de Londres.

Principales publications

1935. « Marxian Economics and Modern Economic Theory », *Review of Economic Studies*, vol. 2, 189-201.

1936-37. « On the Economic Theory of Socialism », *Review of Economic Studies*, vol. 4, 53-71 et 123-144.

1938. « The Rate of Interest and the Optimum Propensity to Consume », *Economica*, vol. 5, 12-32.

1943. « Gospodarcze podstawy demokracji w Polsce » [Fondements économiques de la démocratie en Pologne], in *Ku gospodarce planowej* [Vers une économie à planification centralisée], Londres.

1945. *Price Flexibility and Employment*, Bloomington, Principia Press of Trinity University.

1953. *Zagadnienia ekonomii politycznej w swietle pracy J. Stalina « Ekonomiczne problemy socjalizmu w ZSRR »* [Problèmes d'économie politique à la lumière de l'ouvrage de J. Staline, « Problèmes économiques du socialisme en URSS »], Varsovie, Panstwowe Wydawnictwo Naukowe.

1957. *Dlaczego kapitalizm nie potrafi rozwiazac problemu krajów gospodarczo zacofanych* [Pourquoi le capitalisme est incapable de résoudre les problèmes des pays sous-développés], Varsovie, Panstwowe Wydawnictwo Naukowe.

1958. *Wstep do ekonometrii* [Introduction à l'économétrie], Varsovie, Panstwowe Wydawnictwo Naukowe ; trad. angl. 1962, *Introduction to Econometrics*, Oxford, Pergamon Press ; trad. fr., voir 1970.

1959. *Ekonomia polityczna*, Varsovie, Panstwowe Wydawnictwo Naukowe ; trad. angl. 1963, *Political Economy*, vol. 1, Oxford, Pergamon Press ; trad. fr. 1962, *Economie politique*, vol. 1, Paris, PUF.
1961. *Teoria reprodukcji y Akumulacji* [Théorie de la reproduction et de l'accumulation], Varsovie, Panstwowe Wydawnictwo Naukowe ; trad. angl. 1969, *Theory of Reproduction and Accumulation*, Oxford, Pergamon Press ; trad. fr., voir 1970.
1961. *Pisma ekonomiczne i spoleczne : 1930-1960* [Essais en économie et en sociologie : 1930-1960], Varsovie, Panstwowe Wydawnictwo Naukowe ; trad. angl. 1970, *Papers in Economics and Sociology*, Oxford, Pergamon Press.
1963. *Economic Development, Planning and International Cooperation*, New York, Monthly Review Press.
1963. *Essays on Economic Planning*, Bombay, Asia Publishing House.
1964. *Optymalne decysje : Zasady programowania* [Décisions optimales : principes de programmation], Varsovie, Panstwowe Wydawnictwo Naukowe ; trad. angl. 1971, *Optimal Decisions, Principles of Programming*, Oxford, Pergamon Press.
1965. *Wholes and Parts : A General Theory of System Behaviour*, Oxford, Pergamon Press.
1965. *Wstep do cybernetyki ekonomiczne*, Varsovie, Panstwowe Wydawnictwo Naukowe ; trad. angl. 1970, *Introduction to Economic Cybernetics*, Oxford, Pergamon Press ; trad. fr. 1976, *Introduction à l'économie cybernétique*, Paris, Sirey.
1966. *Ekonomia polityczna*, vol. 2, Varsovie, Panstwowe Wydawnictwo Naukowe ; trad. angl. 1971, *Political Economy*, Oxford, Pergamon Press.
1970. *Leçons d'économétrie* [trad. fr. de Lange 1958 et de Lange 1961 *Teoria*], Paris, Gauthier-Villars.
1973-77. *Dziela* [Œuvres], 5 vol., Varsovie, Panstwowe Wydąwnictwo Ekonomiczne.
1994. *Economic Theory and Market Socialism : Selected Essays of Oskar Lange*, édité par Tadeusz Kowalik, Aldershot, Hants, Edward Elgar.

Au tournant des années vingt et trente, les premiers travaux d'O. Lange portent sur l'analyse des cycles économiques. Socialiste, il expose, au début des années trente, sa vision de l'économie socialiste : socialisation des grandes firmes et des banques, centralisation du crédit, pouvoir des travailleurs et marché. Econometre, soucieux de travailler à partir de ce qui est pour lui le cœur de la science économique, la théorie de l'équilibre général, mais aussi socialiste et marxiste, rejetant la théorie de la valeur-travail mais attaché au matérialisme historique, Lange a très tôt assumé cette pluralité (1935), qu'il ambitionnait de dépasser en une synthèse jamais accomplie.

Dans les années trente, il travaille, à partir de la théorie économique dominante, sur le bien-être, les taux d'intérêt, les prix, la monnaie, la théorie keynésienne – dont il estimait qu'elle ne constituait pas une révolution ; travaux qui le conduiront à souligner l'importance de la flexibilité des prix (1945). Contre von Mises, il cherche à démontrer, à partir de la théorie de l'équilibre général, la possibilité théorique d'un socialisme assurant l'optimum aussi bien que les marchés parfaits, grâce au calcul économique (1936-37) ; la discussion qu'il a avec Lerner l'amène alors à préciser sa conception d'un socialisme orienté, éclairé par le marché. Et dès 1943, soucieux des réformes à engager en Pologne, il préconise de limiter la socialisation aux industries clés, donc de laisser fonctionner un important secteur privé, et d'être attentif aux dangers résultant du pouvoir de la bureaucratie d'Etat. Conscient des défauts du système centralisé comme de ceux du capitalisme, amené à publier des ouvrages marqués par le marxisme officiel d'alors (1953, 1957, 1959), sa conception a de plus en plus été celle d'une économie mixte, éclairée et guidée par la planification.

Matériaux d'une synthèse inaccomplie, ses leçons d'économétrie et d'économie cybernétique (1958, 1961 *Teoria*, 1965 *Wstep*, 1970) portent aussi bien sur le traitement des séries chronologiques, l'analyse des mécanismes de marché, le multiplicateur keynésien et les tableaux d'échanges interindustriels que sur les schémas de reproduction de Marx.

Principales références

Bibliographie 1925-61, in LANGE 1961 *Pisma*.

KOWALIK Tadeusz 1970. « Oskara Langego Wczesne modele socjalismu » [Les premiers modèles du socialisme d'O. Lange], *Ekonomista*, vol. 5, 965-1000.

KOWALIK Tadeusz 1974. « Zur klassischem Modell des Sozialismus » [Sur le modèle classique du socialisme], in *Sozialismus Geschichte und Wirtschaft : Festschrift für Eduard Marz*, Vienna, Europaverlag.

New Palgrave, 1987, vol. 3, 123-9 et 129-31. SILLS 1978, vol. 8, 581-4.

LEONTIEF Wassily W.

Né en 1906

Né à Saint-Pétersbourg, qui deviendra en 1924 pour quelques décennies Leningrad, Wassily Leontief entre à quinze ans à l'université de cette ville, dont il est diplômé en 1925 ; il va alors en Allemagne, travaille à l'Institute für Weltwirtschaft de l'université de Kiel et obtient son doctorat à l'université de Berlin en 1928. Il passe une année en Chine, puis va en 1931 aux Etats-Unis : après quelques mois au National Bureau of Economic Research, il entre à l'université Harvard, où il est nommé professeur en 1946 ; il dirige le Harvard Economic Research Project de 1946 à 1972. Président de l'American Economic Association en 1970, il reçoit le prix de sciences économiques en mémoire d'Alfred Nobel en 1973. Il est nommé en 1975 à l'université de New York, où il devient directeur de l'Institut d'analyse économique.

Principales publications

1936. « Quantitative Input and Output Relations in the Economic System of the United States », *Review of Economics and Statistics*, vol. 18, 105-25.

1941. *The Structure of the American Economy, 1919-1929*, Cambridge, Massachusetts, Harvard University Press ; 2e éd. augmentée 1951, *The Structure of the American Economy, 1919-1939*, New York, Oxford University Press ; trad fr. 1958, *La Structure de l'économie américaine : 1919-1939*, Paris, Génin.

1953. *Et al., Studies in the Structure of the American Economy*, New York, Oxford University Press.

1953. « Domestic Production and Foreign Trade : The American Capital Position Re-examined », *Proceedings of the American Philosophical Society*, vol. 97, 332-49 ; trad. fr. 1972, in B. Lassudrie-Duchêne (dir.), *Echange international et croissance*, Paris, Economica.

1966. *Input-Output Economics*, New York, Oxford University Press ; 2e éd. augmentée 1986.

1966. *Essays in Economics : Theories and Theorizing*, New York, Oxford University Press ; trad. fr. 1974, *Essais d'économiques*, Paris, Calmann-Lévy.

1970. « Environmental Repercussions and the Economic Structure : An Input-Output Approach », *Review of Economics and Statistics*, vol. 52, 262-71.

1971. « Theoretical Assumptions and Nonobserved Facts », *American Economic Review*, vol. 61, 1-7 ; trad. fr., in trad. fr. 1974 de Leontief 1966, 11-25 et in Rosier (dir.) 1986, 11-21.

1973. « Structure of the World Economy : Outline of a Simple Input-Output Formulation », in *Les Prix Nobel 1973*, Stockholm, Nobel Foundation ; *Swedish Journal of Economics*, vol. 76, 1974, 387-401.

1976 (dir., avec Herbert Stein). *The Economic System in an Age of Discontinuity : Long-Range Planning or Market Reliance ?*, New York University Press.

1977. *Essays in Economics*, vol. 2, *Theories, Facts and Policies*, White Plains, New York, International Arts and Sciences ; Oxford, Basil Blackwell.

1977. Avec Anne P. Carter et Peter Petri, *The Future of the World Economy*, New York, Oxford University Press ; trad. fr. 1977, *1999 : l'expertise de Wassily Leontief. Une étude de l'ONU sur l'économie mondiale future*, Paris, Dunod.

1983. Avec Faye Duchin, *Military Spending : Facts and Figures, Worldwide Implications and Future Outloock*, New York, Oxford University Press.

1986. Avec Faye Duchin, *The Future Impact of Automation on Workers*, New York, Oxford University Press.

1986. *Wassily Leontief : textes et itinéraire*, édité par Bernard Rosier, Paris, La Découverte [bibliographie 1925-85].

Quelques articles – sur l'économie de la Russie, l'analyse statistique de l'offre et de la demande, l'analyse du commerce extérieur, l'intérêt et la théorie de la productivité marginale du capital, etc. – publiés dans *Weltwirtschaftliches Archiv* et *Quarterly Journal of Economics* permirent à W. Leontief de faire très tôt reconnaître ses talents dans l'art de combiner réflexion théorique, travail statistique et maîtrise de l'outil mathématique. Ces talents, il les mit tout au long de sa vie au service d'une démarche : l'analyse interindustrielle – *input output analysis* –, pour le développement de laquelle il a reçu le prix en mémoire de Nobel. Cette démarche s'enracine dans une intuition de jeunesse, selon laquelle le système de l'équilibre général de Walras peut être étudié concrètement à travers l'analyse des coefficients techniques caractérisant les relations entre les différentes branches de l'industrie. Il la développa à travers un travail théorique et statistique très lourd – compte tenu notamment des moyens de calcul de l'époque – visant à construire la matrice des relations entre 44 secteurs, donc évaluer les flux d'entrée/sortie de chaque secteur pour chaque autre, calculer les coefficients (environ 2 000), puis établir la matrice inverse (1936, 1941 et articles publiés dans la *Review of Economic Statistics* et *Econometrica*).

A partir de cette structure de base et grâce aux capacités de plus en plus puissantes des ordinateurs, W. Leontief a pu, avec le Bureau des statistiques du travail, puis dans le cadre du Harvard Economic Research Project, augmenter le nombre de secteurs étudiés, compléter la matrice interindustrielle avec la prise en compte des achats et des ventes aux ménages, aux administrations et au reste du monde, examiner les interactions entre secteurs, étudier les variations dans le temps des coefficients techniques, calculer des multiplicateurs de production et d'emploi, prendre en compte la dimension interrégionale (1951, 1953 *Studies*...). Appliquant son analyse à l'étude du commerce extérieur des Etats-Unis, il fit apparaître que les exportations des Etats-Unis seraient plus « intensives en travail » et moins « intensives en capital » que leurs importations (1953, *PAPS*) : « paradoxe de Leontief », qui a fait l'objet d'abondants débats et dont la réalité même a été contestée (*New Palgrave*, vol. 3, 166-7).

Inlassablement, Leontief a élargi les applications de l'analyse interindustrielle à des domaines aussi divers que le commerce extérieur, l'analyse des effets du désarmement, le développement, les problèmes d'environnement et de pollution, l'emploi et l'automation, le changement technique (nombreux articles en partie repris in 1977 *Essays*, 1983 et 1986 *The Future*), ainsi que comme instrument de planification, notamment pour la planification indicative dont il est devenu l'avocat (1976). Cette analyse ayant été reprise dans la plupart des pays et développée en liaison avec les comptes nationaux, Leontief en a fait la base d'une analyse renouvelée de l'économie mondiale (1973, 1977 *The Future*).

A travers toute son œuvre Leontief a ainsi mis en pratique sa conception de l'économie telle qu'il l'a formulée dans son discours présidentiel devant l'American Economic Association (1971) : son souci de lier l'élaboration théorique et la modélisation mathématique avec l'effort de connaissance de la réalité et donc avec l'élaboration statistique et le travail sur données brutes qu'elle implique.

Principales références

« The Nobel Memorial Prize in Economics 1973 ». Proclamation et article de R. Dorfman, *Swedish Journal of Economics*, 1973, vol. 75, 428-49. Article repris in Spiegel et Samuels 1984, 407-21.

CARTER Anne P. et BRODY Andras (dir.) 1970. *Contributions to Input-Output Analysis : Published in Honor of Wassily Leontief*, Amsterdam, North-Holland.

CARTER Anne P. et BRODY Andras (dir.) 1970. *Applications of Input-Output Analysis : Published in Honor of Wassily Leontief*, Amsterdam, North-Holland.

CARTER Anne P. et PETRI Peter A. 1986. « La Contribution de Wassily Leontief et de l'analyse *input-output* à la science économique », in Leontief 1986 *Wassily*, 125-58.

CARTER Anne P. et PETRI Peter A. 1989. « Leontief's Contribution to Economics », *Journal of Policy Modeling*, vol. 11, n° 1, 7-30.

GEORGESCU-ROEGEN Nicholas 1950. « Leontief's System in the Light of Recent Results », *Review of Economics and Statistics*, vol. 32, 214-222.

BLAUG 1985, 133-6. *New Palgrave* 1987, vol. 3, 164-6. SHACKLETON et LOCKSLEY 1981, 160-82. SILK 1976 ; trad. fr. 1978, 167-205. SILLS 1979, 435-8.

LERNER Abba Ptachya

1903-1982

Né en Bessarabie, A. Lerner part très jeune avec sa famille à Londres. Après avoir exercé divers métiers, il entre, en 1929, à la London School of Economics, où, socialiste convaincu, il reçoit les enseignements de Lionel Robbins ; il obtient en 1932 un doctorat en économie à l'université de Londres. Il passe quelques mois à l'université de Cambridge en 1935, est assistant à la London School of Economics (1935-37). Mais c'est aux Etats-Unis qu'il fait l'essentiel de sa carrière d'enseignant : aux universités Columbia, de Virginie et de Kansas City (1940-42), à la New School for Social Research (1942-47), aux universités Roosevelt (1947-59), d'Etat du Michigan (1959-65), de

Californie à Berkeley (1965-71), au Queen's College de New York (1971-78) et à l'université d'Etat de Floride (1978-80).

Principales publications

1932. « The Diagrammatic Representation of Cost Conditions in International Trade », *Economica*, vol. 12, 346-56.
1933-4. « The Concept of Monopoly and the Measurement of Monopoly Power », *Review of Economic Studies*, vol. 1, 157-175.
1934. « The Diagrammatic Representation of Demand Conditions in International Trade », *Economica*, n.s., vol. 1, 317-34.
1934-5. « Economic Theory and Socialist Economy », *Review of Economic Studies*, vol. 2, 51-61.
1936. « Mr. Keynes' *General Theory of Employment, Interest and Money* », *International Labour Review*, vol. 34, 435-54.
1938. « Alternative Formulations of the Theory of Interest », *Economic Journal*, vol. 48, 211-30.
1939. « Ex-Ante Analysis and Wage Theory », *Economica*, vol. 6, 436-49.
1940. « Some Swedish Stepping Stones in Economic Theory », *Canadian Journal of Economics and Political Science*, vol. 6, 574-91.
1944. *The Economics of Control : Principles of Welfare Economics*, Londres, Macmillan.
1951. *The Economics of Employment*, New York, McGraw-Hill ; trad. fr. 1972, *Economie de l'emploi*, Paris, Sirey.
1953. *Essays in Economic Analysis*, Londres, Macmillan.
1967. « Employment Theory and Employment Policy », *American Economic Review*, vol. 57, *Papers and Proceedings*, 1-18.
1972. *Flation : Not Inflation of Prices, not Deflation of Jobs*, Chicago, Quadrangle Books.
1980. Avec D.C. Colander, *MAP, A Market Anti-inflation Plan*, New York, Harcourt Brace Jovanovich.
1983. *Selected Economic Writings of Abba P. Lerner*, édité par D.C. Colander, New York, Columbia University Press [avec une bibliographie].

Dans les années trente, A. Lerner a publié plusieurs articles, sur le pouvoir de monopole (1933-4) et, avec l'utilisation de techniques géométriques, sur la théorie pure du commerce international (1932 et 1934). Il est aussi intervenu (1934-5) dans le débat sur le socialisme, en soutenant, comme Lange, qu'est possible un socialisme de marché tendant vers l'optimum grâce à un système de prix fondés sur les coûts marginaux.

Convictions socialistes et affinités keynésiennes, respect du marché comme instrument d'allocation, souci du plein emploi et conscience de la nécessité de la politique économique marquent l'œuvre de Lerner. Ainsi, l'ouvrage de 1944 (en partie composé à partir de sa thèse de 1932) devait, comme son titre le suggère, constituer un guide pratique de politique économique ; cependant il a surtout été lu, conformément à son sous-titre, comme un nouvel exposé des principes de l'économie du bien-être ; mais l'idée selon laquelle une répartition égalitaire des revenus peut assurer la maximisation du bien-être n'était guère de nature à emporter la conviction des néoclassiques ; de même la critique de la notion de finances publiques « saines » et la mise en avant de l'idée de « finances fonctionnelles », qui doivent être appréciées en fonction de leurs effets sur le revenu, l'emploi et les prix, n'ont pas été prisées par les libéraux et ont été la cible de Friedman (1947).

Lerner considérait qu'il convenait de trouver la combinaison de politique monétaire et de politique de finances publiques qui assure et le plein emploi et la stabilité des prix ; il a été parmi les premiers, chez les tenants de politiques économiques actives, à redouter les effets du plein emploi sur les prix (1951) ; distinguant deux niveaux de plein emploi – l'un élevé, qui, grâce à l'absence de rigidités, peut être atteint sans inflation, l'autre bas, du fait des facteurs inflationnistes que suscitent rigidités institutionnelles et pouvoirs de monopole – il a d'abord préconisé une politique des salaires fondée sur la fixation d'objectifs et la négociation collective. Puis, prenant en compte différents types d'inflation (1972) – l'une tenant à l'excès de la demande, l'autre, administrée, tenant à l'excès des prétentions des acteurs, et la troisième résultant de l'anticipation même de l'inflation – il préconise des actions adaptées à chaque cas. Finalement, il en arrivera (1980) à un « plan anti-inflation de marché » (*Market Anti-inflation Plan* – MAP), qui repose sur l'attribution, par l'autorité publique, de « droits à augmenter les prix », susceptibles de faire l'objet de transactions entre entreprises.

Penseur singulier, Lerner a laissé, dans des universités où il enseigna, des mobiles, qu'à l'instar de Calder, il aimait construire.

Principales références

FRIEDMAN Milton 1947. « Lerner on the Economics of Control », *Journal of Political Economy*, vol. 55, 405-16.

SAMUELSON Paul A. 1964. « A.P. Lerner at Sixty », *Review of Economic Studies*, vol. 31, 169-78.

SCITOVSKY T. 1984. « Lerner's Contribution to Economics », *Journal of Economic Literature*, vol. 22, 1547-71.

SOBEL Irvin 1979. « Abba Lerner on Employment and Inflation : A Post-Keynesian Perspective », in J.H. Gapinski et C.E. Rockwood (dir.), *Essays in Post-Keynesian Inflation*, Cambridge, Massachusetts, Ballinger, 265-85.

BLAUG 1985, 137-9. BREIT et RANSOM 1971, 139-58. *New Palgrave* 1987, vol. 3, 167-9. SILLS 1979, 438-42. SPIEGEL et SAMUELS 1984, 185-200.

LEWIS William Arthur

1915-1991

W. Arthur Lewis est né à Sainte-Lucie (Indes occidentales). Dès quatorze ans, il travaille dans l'administration. En 1932, il reçoit une bourse pour étudier à la London School of Economics, où il obtient son doctorat en 1940. Il est chargé de conférences à l'université de Londres (1938-48), professeur à l'université de Manchester (1948-58), vice-chancelier de l'université des Indes occidentales (1959-63), professeur à l'université de Princeton (1963-83). Parallèlement à sa carrière universitaire, il travaille dans l'administration coloniale britannique (1943-52) ; il est conseiller auprès du Premier ministre du Ghana (1957-58), du Fonds spécial des Nations unies (1959-60), puis du Premier ministre des Indes occidentales (1961-62) ; il a aussi été directeur de la Banque centrale de Jamaïque (1961-62), puis président de la Banque de développement des Caraïbes (1970-73).

En 1979, W.A. Lewis partage avec Theodore W. Schultz le prix de sciences économiques en mémoire d'Alfred Nobel. Il préside l'American Economic Association en 1983.

Principales publications

1939. *Labour in the West Indies*, Londres, Fabian Society.
1945. *Monopoly in British Industry*, Londres, Fabian Society.
1949. *Economic Survey, 1919-1939*, Londres, George Allen & Unwin.
1949. *Overhead Costs*, Londres, George Allen & Unwin.
1950. *The Principles of Economic Planning*, Londres, George Allen & Unwin.
1954. « Economic Development with Unlimited Supplies of Labour », *Manchester School of Economic and Social Studies*, vol. 22, 139-91.
1955. *The Theory of Economic Growth*, Londres, George Allen & Unwin ; trad. fr. 1967, *La Théorie de la croissance économique*, Paris, Payot.
1966. *Development Planning : The Essentials of Economic Policy*, Londres, George Allen & Unwin ; trad. fr. 1968, *Développement économique et planification : les aspects essentiels de la politique économique*, Paris, Payot.
1967. *Reflections on the Economic Growth of Nigeria*, Paris, OCDE.
1969. *Some Aspects of Economic Development*, Accra, Ghana Publishing Corporation.
1978. *Growth and Fluctuations : 1870-1913*, Londres, George Allen & Unwin.
1978. *The Evolution of the International Economic Order*, Princeton University Press ; trad. fr. 1980, *L'Ordre économique international : fondements et évolution*, Paris, Economica.
1980. *Selected Economic Writings of W. Arthur Lewis*, édité par M. Gersovitz, New York, Columbia University Press.
1984. « The Economics of Development in the 1950 s », in Meier et Seers (dir.) ; trad. fr. 1988, « L'économie du développement dans les années cinquante », 129-48.
1985. *Racial Conflict and Economic Development*, Cambridge, Massachusetts, Harvard University Press.
1986. « My Evolution as an Economist », in Breit et Spencer 1986, 1-20.

Les premiers travaux de W.A. Lewis ont porté sur les coûts et les tarifs (articles regroupés in 1949 *Overhead...*) ; outre son pays d'origine, il a étudié de nombreux pays du Tiers-Monde, notamment des Caraïbes et d'Afrique occidentale ; il a traité de la politique économique et de la planification pour les pays en développement (1955, 1966) ; il a travaillé sur le développement (1955, 1985) et sur l'histoire économique (1949 *Economic...*, 1978), dans les deux cas avec une démarche qui déborde largement l'économie.

Pour Lewis, l'économie mondiale s'organise autour d'un « cœur », constitué par les économies développées ; pour la première moitié du vingtième siècle, il distinguait deux « périphéries », l'une de la zone tempérée, à populations principalement d'origine européenne, l'autre de la zone tropicale et caractérisée par une « offre illimitée de main-d'œuvre ». Cette notion est à la base de l'article de 1954, article qui a fait l'objet d'abondantes discussions : sur le caractère dualiste (moderne-traditionnel) du modèle ; sur l'articulation des deux analyses classique-néoclassique de la rémunération de la main-d'œuvre ; et sur l'explication des termes de l'échange.

Dans cet article, Lewis analyse une « économie duale » composée d'un secteur capitaliste et d'un secteur traditionnel ; le premier inclut activités manufacturières et minières et agriculture commerciale : il est orienté vers le profit, lequel est consacré au financement de l'investissement ; le second secteur comprend l'agriculture paysanne et les activités informelles urbaines et est orienté vers la subsistance : du fait du sous-emploi rural, du chômage urbain et de la croissance démographique, il est source de l'« offre illimitée de main-d'œuvre ».

Renouant avec la tradition classique de la première moitié du dix-neuvième siècle, tout en adoptant un modèle de croissance proche de celui de Cambridge, Lewis montre que la combinaison d'une offre massive de main-d'œuvre bon marché et d'un secteur capitaliste réinvestissant ses profits peut assurer durablement des taux élevés de profits et de croissance – ce qu'a connu l'Angleterre de 1780 à 1840 et que connaîtront, dans les années soixante et soixante-dix, les nouveaux pays industriels.

Dans le même article, Lewis explique les termes de l'échange entre pays développés et pays pauvres par les rapports entre leurs taux de productivité respectifs dans la production de produits alimentaires ; la haute productivité agricole du Nord et la faible productivité du Sud expliquent donc le caractère défavorable des termes de l'échange de ce dernier.

Principales références

« The Nobel Memorial Prize in Economics 1982 ». Proclamation et article de R. Findlay, *Swedish Journal of Economics*, 1982, vol. 80, 59-79. Article repris in Spiegel et Samuels 1984, 123-39.

GERSOVITZ M. *et al.* 1982 (dir.). *The Theory and Experience of Economic Development : Essays in Honour of W. Arthur Lewis*, Londres, George Allen & Unwin.

LEWIS 1984, 1986.

BLAUG 1985, 140-2. KUPER et KUPER 1985, 459-60. *New Palgrave* 1987, vol. 3, 170-1.

LUCAS Robert E., Jr.

Né en 1937

Robert E. Lucas est né à Yakima, dans l'Etat de Washington. Il a obtenu à l'université de Chicago un premier diplôme universitaire en histoire en 1959, puis un doctorat en sciences économiques en 1964. Il a été professeur assistant au Carnegie Institute of Technology (1963-67), puis professeur associé (1967-70) et titulaire (1970-74) à l'université Carnegie-Mellon. Depuis 1974, il est professeur à l'université de Chicago. Il est codirecteur du *Journal of Political Economy*. Il a reçu en 1995 le prix de sciences économiques en mémoire d'Alfred Nobel.

Principales publications

1969. Avec Leonard A. Rapping, « Price Expectations and the Phillips Curve », *American Economic Review*, vol. 59, 342-50.

1969. Avec Leonard A. Rapping, « Real Wages, Employment and Inflation », *Journal of Political Economy*, vol. 77, 721-54.

1972. « Expectations and the Neutrality of Money », *Journal of Economic Theory*, vol. 4, 103-24.

1973. « Some International Evidence on Output-Inflation Trade-Offs », *American Economic Review*, vol. 63, 326-34.

1975. « An Equilibrium Model of the Business Cycle », *Journal of Political Economy*, vol. 83, 1113-44.

1976. « Econometric Policy Evaluation : A Critique », in K. Brunner et A.H. Meltzer (dir.), *The Phillips Curve and the Labor Market*, Amsterdam, North-Holland, 19-46.

1977. « Understanding Business Cycles », in K. Brunner et A.H. Meltzer (dir.), *Stabilization of the Domestic and International Economy*, Amsterdam, North-Holland, 7-29.

1978. « Unemployment Policy », *American Economic Review*, vol. 68, *Papers and Proceedings*, 353-7.

1980. « Rules, Discretion, and the Role of the Economic Advisor », in S. Fischer (dir.), *Rational Expectations and Economic Policy*, Chicago, National Bureau of Economic Research, 199-210.
1981. *Studies in Business-Cycle Theory*, Cambridge, Massachusetts, MIT Press.
1981 (dir., avec T.S. Sargent). *Rational Expectations and Econometric Practice : A Book of Readings*, 2 vol., Minneapolis, University of Minnesota Press.
1983. « Entrevue », in Klamer [1983] 1988, 49-84.
1987. *Models of Business-Cycle*, Oxford, Basil Blackwell.
1989. Avec N.L. Stokey et Edward C. Prescott, *Recursive Methods in Economic Dynamics*, Cambridge, Massachusetts, Harvard University Press.
1990. « Supply-Side Economics : An Analytical Review », *Oxford Economic Papers*, vol. 42, 293-16.

Robert Lucas est le plus connu des théoriciens de la nouvelle macroéconomie classique, et le premier à utiliser l'hypothèse des anticipations rationnelles, formulée par John Muth en 1961, dans l'étude des fluctuations cycliques de l'activité économique. Entre 1970 et 1980, en collaboration avec d'autres jeunes économistes américains, Robert Lucas élabore une nouvelle approche qui vise à remplacer la théorie keynésienne affaiblie, en donnant à la vision monétariste alternative des fondements théoriques plus solides. Lucas affirme en effet que sa théorie des cycles économiques vise à rendre explicites les modèles fondant les propositions de politique économique mises en avant, depuis de nombreuses années, par Henry Simons, Milton Friedman et les autres critiques des politiques interventionnistes (1981 *Studies*, p. 234). Il est convaincu que l'efficacité de toute intervention gouvernementale pour contrer les effets des fluctuations cycliques est limitée, et que la politique économique doit se restreindre à la mise en œuvre de règles stables et prévisibles, tant dans le domaine fiscal que monétaire (1980). Ces propositions avaient été énoncées par Simons dans les années trente, puis par Friedman dès les années quarante, mais elles n'avaient alors pas trouvé d'écho, dans un univers alors dominé par le keynésianisme.

Pour Lucas, la théorie du taux de chômage naturel formulée par Friedman et Phelps marque un changement fondamental de perspective par rapport à la synthèse néoclassique fondée sur la *Théorie générale* de Keynes (1981 *Studies*, p. 283). Elle consiste à affirmer qu'il existe un niveau d'emploi d'équilibre dans l'économie, qu'aucune politique économique ne peut modifier à long terme. Il n'y a donc pas, entre inflation et chômage, l'arbitrage illustré par la courbe de Phillips. Au même moment que Friedman et Phelps, Lucas et Rapping arrivaient indépendamment à la même conclusion, en partant d'une analyse selon laquelle le marché du travail est toujours en équilibre, de sorte qu'il n'y a pas de chômage involontaire dans l'économie. Les actions menées pour réduire le chômage ne peuvent y parvenir que temporairement et en alimentant l'inflation.

A partir de ce moment, Lucas, qui se définissait d'abord comme keynésien, se fixe comme programme de recherche celui de rendre compte théoriquement de cette situation. Pour y arriver, il faut revenir aux théories pré-keynésiennes du cycle économique, d'où l'appellation de nouvelle macroéconomie classique. En particulier, Lucas indique qu'il faut renouer avec le programme de recherche proposé par Hayek à la fin des années vingt : intégrer la théorie des cycles et la théorie de l'équilibre général de Walras (1981 *Studies*, p. 215-7). Il s'agit de donner à la macroéconomie de véritables fondements microéconomiques, et ces fondements se trouvent dans l'approche néoclassique traditionnelle. Ainsi, l'étude du marché du travail doit être menée en postulant que les travailleurs ont un comportement rationnel de maximisation dans l'arbitrage qu'ils opèrent entre le temps de travail et le temps de loisir.

C'est la combinaison des hypothèses néoclassiques relative à l'équilibre des marchés et celle d'une utilisation optimale, par les agents, des informations disponibles dans la formation des anticipations qui constitue le fondement de la théorie des cycles de Lucas (1975). Sur cette base, il cherche à démontrer que l'instabilité des économies actuelles n'est pas liée à des échecs du marché, mais à des interventions gouvernementales erratiques. Ces interventions ne peuvent avoir d'effet réel sur l'économie que si elles ne sont pas anticipées et prennent les agents par surprise. A long terme, les politiques gouvernementales de stimulation de la demande sont inefficaces. Les forces du marché doivent normalement suffire pour générer une croissance stable de l'économie, dans laquelle le chômage se maintient à son taux naturel.

Principales références

BLINDER Alan S. 1987. « Keynes, Lucas and Scientific Progress », *American Economic Review*, vol. 77, *Papers and Proceedings*, 130-6.

VERCELLI Allessandro 1991. *Methodological Foundations of Economics : Keynes and Lucas*, Cambridge, Angleterre, Cambridge University Press.

BLAUG 1985, 148-50.

MEADE James Edward

1907-1995

Né à Swanage, Dosset, en Angleterre, James Meade fait des études classiques et économiques à Oxford (BA en 1930); nommé en 1930 à Hertford College, où il enseigne l'économie jusqu'en 1937, il est envoyé un an à Cambridge pour parfaire sa formation, ce qui lui donne l'occasion de travailler avec Kahn et de participer aux réunions du « Circus » avec les proches de Keynes.

Il travaille comme économiste à la Société des Nations (1937-40), est membre (1940-45) puis directeur (1945-47) de la Section économique auprès du gouvernement britannique, professeur de commerce à la London School of Economics (1947-57), professeur d'économie à l'université de Cambridge (1957-68). Il prend sa retraite cinq ans avant l'âge statutaire pour se consacrer à la rédaction de ses *Principes*. Il a présidé un Comité sur les structures économiques et sociales de l'île Maurice (1961) et un autre sur la réforme de la fiscalité directe (1975-78). Il a été président de la Royal Economic Association (1964-66) et a reçu en 1977, avec Bertil Ohlin, le prix de sciences économiques en mémoire d'Alfred Nobel.

Principales publications

1936. *An Introduction to Economic Analysis and Policy*, Londres, Oxford University Press ; 2e éd. 1939.

1937. « A Simplified Model of Mr. Keynes' System », *Review of Economic Studies*, vol. 4, 98-107.
1938. *Consumers' Credit and Unemployment*, Londres, Oxford University Press.
1940. *The Economic Basis of a Durable Peace*, Londres, Oxford University Press.
1944. Avec Richard Stone, *National Income and Expenditure*, Londres, Oxford University Press.
1948. *Planning and the Price Mechanism : The Liberal-Socialist Solution*, Londres, George Allen & Unwin ; trad. fr. 1952, *Plans et prix entre socialisme et libéralisme*, Paris, Rivière.
1951-1955. *The Theory of International Economic Policy*, vol. 1, 1951, *The Balance of Payments* ; vol. 2, 1955, *Trade and Welfare*, Londres, Oxford University Press.
1952. *A Geometry of International Trade*, Londres, George Allen & Unwin.
1955. *The Theory of Customs Unions*, Amsterdam, North-Holland.
1961. *A Neo-Classical Theory of Economic Growth*, Londres, George Allen & Unwin.
1964. *Efficiency, Equality and the Ownership of Property*, Londres, George Allen & Unwin.
1965-76. *Principles of Political Economy*, vol. 1, 1965, *The Stationary Economy* ; vol. 2, 1968, *The Growing Economy* ; vol. 3, 1971, *The Controlled Economy* ; vol. 4, 1976, *The Just Economy*, Londres, George Allen & Unwin.
1974. *The Inheritance of Inequalities*, Londres, Oxford University Press.
1975. *The Intelligent Radical's Guide to Economic Policy*, Londres, George Allen & Unwin.
1978. *Et al., The Structure and Reform of Direct Taxation*, Londres, George Allen & Unwin.
1982-83. *Stagflation*, vol. 1, 1982, *Wage Fixing* ; vol. 2, 1983, avec D. Vines et J. Maciejowsky, *Demand Management*, Londres, George Allen & Unwin.
1985. *Alternative Forms of Business Organisation and Workers' Remuneration*, Londres, George Allen & Unwin.
1986. *Different Forms of Share Economy*, Londres, Public Policy Center.
1988. *Collected Papers*, vol. 1, 2 et 3, 1988 ; vol. 4, 1989, Londres, Unwin Hyman.
1989. *Et al., Macroeconomic Policy : Inflation, Wealth and the Exchange Rate*, Londres, Unwin Hyman.

Face aux problèmes de son époque, le jeune Meade décide d'étudier l'économie ; la tradition classique anglaise, les idéaux socialistes fabiens, les efforts autour de Keynes pour renouveler l'analyse et la politique économiques, c'est en cette diversité que s'enracine sa pensée. Il est un des premiers à inclure dans un manuel (1936), avec l'essentiel de l'enseignement classique, des éléments sur la concurrence imparfaite et une première présentation des grandes fonctions keynésiennes. Partisan des politiques keynésiennes (1938, 1940), il expose avec Stone (1944) les principes et le cadre des comptes nationaux qu'ils avaient élaborés au cours de la guerre. Plus tard, il consacrera plusieurs années à la rédaction du traité qui devait mettre à la portée de l'honnête homme le meilleur de la théorie économique (1965-76).

Son ouvrage de 1951-55, mis en avant dans la proclamation d'attribution du prix Nobel, est animé par l'ambition d'offrir une large compréhension des problèmes et articule d'emblée les deux dimensions auxquelles Meade consacrera l'essentiel de son œuvre : l'économie internationale et la politique économique. Préoccupé de cerner les conditions du double objectif de l'équilibre interne et externe, il met en relation la recherche du plein emploi et du bien-être et l'équilibre de la balance des paiements. Prenant en compte à la fois les effets-prix (dans la tradition classique) et les effets-revenus (dans la nouvelle veine keynésienne), il prône la mise en œuvre de deux types d'instruments, les uns jouant sur le taux de change et les autres sur la demande effective.

Profondément confiant dans le marché comme moyen premier de l'allocation des ressources, il considérait de la responsabilité du gouvernement de veiller au caractère effectif de la concurrence, de contrôler le jeu des externalités et de limiter l'inégalité dans la distribution des revenus et de la propriété (1964, 1974, vol. 4 de 1965-76) ; il préconisait une politique économique mêlant classicisme et radicalisme, libéralisme et prise en considération du monde du travail : la *lib-lab policy* – avec *lab* pour *labour* (1948, 1975). Et quand se développe la situation nouvelle de coexistence du chômage et de l'inflation, il préconise une politique combinant gestion de la demande, actions sur la fixation des salaires et réforme des institutions financières internationales (1982-83, 1985).

Dans le champ de l'économie internationale, Meade a développé l'analyse recourant notamment au concept de « second rang » des relations entre commerce international, protectionnisme et bien-être (1952, vol. 2 de 1951-55), approfondi la question de l'intégration européenne et des unions douanières (1955 *The Theory*) et contribué – comme conseiller du gouvernement à la fin de la guerre, puis comme économiste universitaire – à la conception, à l'édification et au maintien d'un système international, et notamment d'un ordre monétaire international, aussi efficient et équitable que possible.

Préoccupé en permanence par la question de l'équité, toujours soucieux de trouver, dans la théorie, des outils pour la compréhension du réel et la définition de la politique économique, Meade est considéré par Solow comme « un grand utilitarien dans la lignée de Mill, Sidgwick, Marshall et Pigou » (*EJ* 1987, p. 986).

Principales références

« The Nobel Memorial Prize in Economics 1977 ». Proclamation, article de Harry Johnson et bibliographie, *Swedish Journal of Economics*, 1978, vol. 80, 62-85 ; article repris in Spiegel et Samuels 1984, 19-36.

HOWSON Susan et MOGGRIDGE D.E. (dir.) 1990. *The Wartime Diaries of Lionel Robbins and James Meade 1943-45*, Londres, Macmillan.
SOLOW Robert 1987. « James Meade at Eighty », *Economic Journal*, vol. 97, 986-8.

BLAUG 1985, 161-3. GREENAWAY et PRESLEY 1989, 121-43. *New Palgrave* 1987, vol. 3, 410-7. SILLS 1979, 528-32.

MODIGLIANI Franco

Né en 1918

Franco Modigliani est né à Rome, où il a obtenu un doctorat en droit de l'université de Rome en 1939. Fortement opposé au régime de Mussolini, il émigre alors aux Etats-Unis et étudie l'économie à la New School for Social Research, où il obtient un doctorat en 1944. Il enseigne au New Jersey College for Women (1942) et à la New School for Social Research (1943-48), où il est nommé professeur assistant en 1946. Professeur associé (1949), puis professeur (1950-52) à l'université d'Illinois, il est ensuite professeur au Carnegie Institute of

Technology (1952-60), à la Northwestern University (1960-62) et, depuis 1962, au Massachusetts Institute of Technology, où il a accédé à l'éméritat en 1988. Il a été consultant pour la commission Cowles (1949-54) et, entre autres activités professionnelles, consultant auprès du secrétaire au Trésor (1964-72). Président de la Société d'économétrie (1962), de l'American Economic Association (1976), de l'American Finance Association (1981), il a été nommé en 1983 président honoraire de l'Association économique internationale. Il a reçu le prix de sciences économiques en mémoire d'Alfred Nobel en 1985.

Principales publications

1944. « Liquidity Preference and the Theory of Interest and Money », *Econometrica*, vol. 12, 45-88.

1953. Avec Hans Neisser, *National Incomes and International Trade*, Urbana, University of Illinois Press.

1954. Avec Richard Brumberg, « Utility Analysis and the Consumption Function : An Interpretation of Cross-Section Data », in K.K. Kurihara (dir.), *Post-Keynesian Economics*, New Brunswick, Rutgers University Press, 388-436.

1956. *Problems of Capital Formation : Concepts, Measurements and Controlling Factors*, Princeton University Press.

1958. Avec Merton H. Miller, « The Cost of Capital, Corporation Finance and the Theory of Investment », *American Economic Review*, vol. 48, 261-97.

1960. Avec Charles C. Holt, John F. Muth et Herbert A. Simon, *Planning Production, Inventories and Work Forces*, Englewood Cliffs, New Jersey, Prentice-Hall ; trad. fr. 1964, *Planification de la production, des stocks et de l'emploi*, Paris, Dunod.

1963. « The Monetary Mechanism and Its Interaction with Real Phenomena », *Review of Economics and Statistics*, vol. 45, 79-107.

1963. Avec Albert K. Ando, « The "Life-Cycle" Hypothesis of Saving : Aggregate Implications and Tests », *American Economic Review*, vol. 53, 55-84.

1965. Avec Albert K. Ando, « The Relative Stability of Monetary Velocity and the Investment Multiplier », *American Economic Review*, vol. 55, 693-728.

1975. « The Life Cycle Hypothesis of Saving Twenty Years Later », in M. Parkin et A. R. Nobay (dir.), *Contemporary Issues in Economics*, Manchester University Press, 2-36.

1977. « The Monetarist Controversy Or, Should We Forsake Stabilization Policies ? », *American Economic Review*, vol. 67, 1-19.

1980. *The Collected Papers of Franco Modigliani*, vol. 1, *Essays in Macroeconomics* ; vol. 2, *The Life Cycle Hypothesis of Saving* ; vol. 3, *The Theory of Finance and Other Essays*, édité par Andrew Abel, Cambridge, Massachusetts, MIT Press.
1983. Entretien, in Klamer 1983 ; trad. fr. 1988, 157-72.
1985. « Life Cycle, Individual Thrift, and the Wealth of Nations », in *Les Prix Nobel*, Stockholm, Nobel Foundation ; trad. fr. 1986, « Cycle de vie, épargne individuelle et richesse des nations », *Revue française d'économie*, vol. 1, n° 2, 16-54.
1986. *The Debate Over Stabilization Policy*, édité par Franco Bruni, Cambridge, Angleterre, Cambridge University Press.
1986. « My Evolution as an Economist », in Breit et Spencer 1986, 137-62.
1989. *The Collected Papers of Franco Modigliani*, vol. 4, *Monetary and Stabilization Policies* ; vol. 5, *Savings, Deficits, Inflation, and Financial Theory*, édité par Simon Johnson, Cambridge, Massachusetts, MIT Press.

Franco Modigliani est l'un des principaux artisans de la synthèse néoclassique, qu'il décrit lui-même comme une tentative « d'intégration des principaux éléments constitutifs de la *Théorie générale* avec la méthodologie plus traditionnelle et établie de la science économique qui repose sur le postulat de base du comportement rationnel de maximisation des agents économiques » (1980 vol. 1, p. XI). Issu de sa thèse de doctorat, son article de 1944 est une de ses contributions majeures. Partant entre autres du modèle IS-LL de Hicks, Modigliani y démontre que l'hypothèse cruciale pour rendre compte de l'équilibre de sous-emploi dans le système keynésien est la rigidité des salaires. Dans un seul cas cette hypothèse s'avère superflue : le « cas keynésien » où le taux d'intérêt atteint le minimum correspondant à la trappe de liquidité, la demande de monnaie devenant infiniment élastique. Modigliani a, par la suite, perfectionné ce modèle initial (1963 *REStat* ; voir aussi les textes rassemblés en 1980, vol. 1 et 1989, vol. 5), et l'a soumis à la vérification empirique, en construisant, avec Albert Ando, un modèle économétrique des Etats-Unis, connu d'abord sous le sigle FMP (Federal Reserve-MIT-University of Pennsylvania), puis sous le sigle MPS (MIT-Penn-SSRC).

C'est pour ses « études fondamentales de l'épargne et des marchés financiers » (*SJE* 1986, p. 305) que Modigliani s'est vu attribuer le prix de sciences économiques en mémoire d'Alfred

Nobel. Deux contributions majeures caractérisent sa production dans ce domaine : l'hypothèse du cycle de vie pour rendre compte de l'épargne et la formulation des théorèmes de Modigliani-Miller sur l'évaluation des entreprises et les coûts en capital. La première est issue d'une réflexion sur la fonction de consommation de Keynes (1954, 1963 *AER*, 1975, 1980 vol. 2). Elle vise à expliquer l'épargne en partant de l'hypothèse de la rationalité de consommateurs maximisant leur utilité et allouant leurs ressources de manière optimale sur leur horizon de vie. Au début de leur vie active, les individus consomment plus qu'ils ne gagnent, en empruntant, pour au contraire liquider leurs épargnes après leur retraite. Il s'ensuit que la consommation n'est pas déterminée par le revenu courant.

Dans leur travail conjoint, Modigliani et Miller développent la thèse selon laquelle les entreprises ne maximisent pas leur taux de profit, mais plutôt leur valeur de marché (1958 ; voir aussi 1980 vol. 3). Cette valeur est indépendante de la manière dont l'entreprise finance son capital, et découle plutôt des flux de revenus générés par les actifs. Ainsi une entreprise très endettée peut-elle néanmoins avoir une valeur de marché plus considérable qu'une entreprise plus « prudente ». Les contributions de Modigliani et Miller rapprochent deux champs d'étude traditionnellement disjoints : la théorie économique pure et l'étude du comportement financier des entreprises. Une nouvelle spécialisation, qui a de multiples implications concrètes, est ainsi née : l'économie financière. Pour ses contributions dans ce domaine, Merton Miller est, avec Harry Markowitz et William F. Sharpe, l'un des trois récipiendaires du prix Nobel de 1990.

Modigliani a été très actif dans la controverse entre keynésianisme et monétarisme (1965, 1977, 1986). Il admet que certaines objections formulées par les monétaristes à l'encontre des premiers modèles keynésiens sont fondées, et que l'écart sur le plan théorique entre les deux approches n'est pas si grand qu'on le considère généralement. Mais il l'estime très profond sur le plan politique, et il est convaincu qu'il reste toujours un espace important pour des politiques très actives de stabilisation des économies contemporaines. Il a qualifié la nouvelle macroéconomie classique, dont il est très critique, de révolution de palais au sein du monétarisme.

Principales références

« The Nobel Memorial Prize in Economics 1985 ». Proclamation, article de P. Kouri et bibliographie, *Swedish Journal of Economics* 1986, vol. 88, 305-53.

DORNBUSCH Rudiger, FISCHER Stanley et BOSSONS John D. 1987 (dir.). *Macroeconomics and Finance : Essays in Honor of Franco Modigliani*, Cambridge, Massachusetts, MIT Press.
MODIGLIANI 1986 « My Evolution ».

BLAUG 1985, 169-71. SPIEGEL et SAMUELS 1984, vol. 1, 175-84.

MYRDAL Karl Gunnar

1898-1987

Karl Gunnar Myrdal est né en Suède. Il obtient en 1927 son doctorat en économie de l'université de Stockholm, sous la direction de Gustav Cassel. En 1932, il devient conseiller économique du nouveau gouvernement social-démocrate de Suède. Il est nommé professeur à l'université de Stockholm en 1934. Sénateur de la première Chambre parlementaire de Suède à deux reprises (1932-34 et 1942-46), il est ambassadeur de Suède en Inde entre 1939 et 1942, ministre du Commerce et de l'Industrie (1945-47), président de la Commission de planification économique de Suède (1945-48). Il est invité en 1938 par la fondation Carnegie à étudier le problème noir aux Etats-Unis. Il est nommé membre de l'Académie royale des sciences de Suède en 1945. En 1947, il devient, pour dix ans, secrétaire exécutif de la Commission économique de l'Organisation des Nations unies pour l'Europe, à Genève. Il séjourne en Inde entre 1957 et 1966 et y mène des recherches sur les problèmes de développement en Asie. En 1974, le prix de sciences économiques en mémoire d'Alfred Nobel lui est attribué, conjointement avec Friedrich Hayek. Son épouse Alva, sociologue, qui fut aussi sa collaboratrice tout au long de sa carrière, reçoit le prix Nobel de la paix en 1982.

Principales publications

1927. *Prisbildningsproblemet och föränderligheten* [Le Problème de la formation des prix et le changement économique], Uppsala et Stockholm, Almqvist & Wiksell.
1930. *Vetenskap och politik i nationalekonomien*, Stockholm, P.A. Norstedt & Söners ; trad. angl. 1953, *The Political Element in the Development of Economic Theory*, Londres, Routledge & Kegan Paul.
1931. « Om penningteoretisk jämvikt. En studie över den "normala räntan" i Wicksells penninglära », *Ekonomisk Tidskrift*, vol. 33, 191-302 ; version allemande rév. 1933, « Der Gleichgewichtsbegriff als Instrument der geldtheoretischen Analyse », in F.A. Hayek (dir.), *Beiträge zur Geldtheorie*, Vienne, Julius Springer, 361-485 ; version angl. rév. 1939, *Monetary Equilibrium*, Londres, William Hodge ; trad. fr. 1950, *L'Equilibre monétaire*, Paris, Médicis.
1934. *Finanspolitikens ekonomiska verkningar* [Les Effets économiques de la politique fiscale], Stockholm, P.A. Norstedt & Söners.
1934. Avec Alva Myrdal, *Kris i befolkningsfrågan* [Crise dans la situation démographique], Stockholm, Bonnier.
1940. *Population. A Problem for Democracy*, Cambridge, Massachusetts, Harvard University Press.
1944. *An American Dilemma. The Negro Problem and Modern Democracy*, 2 vol., New York, Harper & Brothers.
1956. *An International Economy, Problems and Prospects*, Londres, Routledge & Kegan Paul ; trad. fr. 1958, *Une économie internationale*, Paris, PUF.
1957. *Economic Theory and Under-Developed Regions*, Londres, Gerald Duckworth ; éd. américaine, *Rich Lands and Poor. The Road to World Prosperity*, New York, Harper & Row ; trad. fr. 1959, *Théorie économique et pays sous-développés*, Paris, Présence africaine.
1958. *Value in Social Theory. A Selection of Essays on Methodology*, édité par Paul Streeten, Londres, Routledge & Kegan Paul.
1960. *Beyond the Welfare State. Economic Planning and its International Implication*, New Haven, Connecticut, Yale University Press ; trad. fr. 1963, *Planifier pour développer. De l'Etat-providence au monde-providence*, Paris, Editions ouvrières.
1963. *Challenge to Affluence*, New York, Pantheon Books.
1968. *Asian Drama : An Inquiry into the Poverty of Nations*, 3 vol., New York, Twentieth Century Fund ; version condensée par S.S. King, 1971 New York, Pantheon Books ; trad. fr. de la version condensée, 1976, *Le Drame de l'Asie : une enquête sur la pauvreté des nations*, Paris, Seuil.
1969. *Objectivity in Social Research*, New York, Pantheon Books.
1970. *The Challenge of World Poverty. A World Anti-Poverty Program in Outline*, New York, Pantheon Books ; trad. fr. 1971, *Le Défi du*

monde pauvre. Un programme de lutte sur le plan mondial, Paris, Gallimard.
1973. *Against the Stream : Critical Essays on Economics*, New York, Pantheon Books ; trad. fr. 1978, *Procès de la croissance : à contre-courant*, Paris, PUF.
1973. *Essays and Lectures*, édité par Mutsumi Okada, Kyoto, Keibunsha.
1975. « The Equality Issue in World Development », in *Les Prix Nobel en 1974*, Stockholm, P. A. Norstedt & Söners, 263-81 ; *American Economic Review*, 1989, vol. 79, 8-17.
1979. *Essays and Lectures after 1975*, édité par Mutsumi Okada, Kyoto, Keibunsha.
1982. *Hur styrs landet?* [Comment le pays est-il dirigé ?], Stockholm, Raben & Sjören.

C'est comme théoricien, spécialiste de la théorie monétaire, que Gunnar Myrdal a commencé sa carrière. Dans sa thèse de doctorat, publiée en 1927, il défriche un territoire peu exploré en introduisant les anticipations dans l'analyse de la formation des prix. Ce livre a exercé une forte influence sur un collègue de Myrdal, Erik Lindahl. Avec Bertil Ohlin, ces économistes forment le noyau de ce qu'on désigne comme l'école de Stockholm. Dans *L'Equilibre monétaire* (d'abord publié comme article en suédois en 1931), Myrdal applique sa méthode à l'analyse de la théorie monétaire et des cycles économiques, en se proposant de réaliser une « critique immanente » des thèses de l'économiste suédois Knut Wicksell, qui a aussi inspiré, à la même époque, Hayek et Keynes. Dans la version allemande de ce texte (1933), Myrdal introduit les concepts de *ex ante* et *ex post*, pour distinguer entre les anticipations d'épargne et d'investissement et les grandeurs réalisées. Un déséquilibre *ex ante* entre ces grandeurs, qui sont égales *ex post*, génère fluctuations économiques, inflation et chômage. Plusieurs résultats importants de la *Théorie générale* sont présents, tant dans cet ouvrage que dans le rapport que Myrdal rédige pour le comité sur le chômage mis sur pied par le gouvernement de Suède (1934 *Finanspolitikens*). Certains considèrent Myrdal, au même titre que Kalecki, comme un précurseur de la révolution qui porte le nom de Keynes.

Dès le début de sa carrière, Myrdal manifeste un esprit critique face à la théorie économique orthodoxe professée par ses aînés. Dans *The Political Element in the Development of Economic Theory* (1930), il affirme qu'il est impossible de dissocier le normatif et le positif, que les jugements de valeur sont toujours présents dans toute entreprise scientifique, et qu'il est du devoir du chercheur de les mettre clairement en évidence au début de son travail. Il ne cessera de répéter cette conviction tout au long de son œuvre, ce qui l'amènera à s'éloigner toujours plus de la théorie économique orthodoxe. Très critique, à son premier contact avec lui aux Etats-Unis à la fin des années vingt, par rapport au courant institutionnaliste, Myrdal s'en rapproche de plus en plus pour finalement s'en réclamer à la fin de sa carrière.

La plus grande partie de l'œuvre de Myrdal se situe en dehors du champ de l'économie pure, bien qu'elle utilise largement des concepts dégagés dans ses premiers travaux de théoricien économique. Dans son ouvrage volumineux sur le problème noir aux Etats-Unis (1944), Myrdal met en œuvre sa conception de la causalité cumulative, héritée de Wicksell. Contrairement aux enseignements de la théorie orthodoxe, il n'existerait pas de force qui tende à ramener à l'équilibre lorsqu'on s'en éloigne de manière significative. Un processus cumulatif accentue au contraire les déséquilibres. Pour les Noirs américains, la discrimination aggrave l'infériorité économique qui aggrave à son tour la discrimination. Myrdal insiste sur le fait que l'analyse de ce problème, comme de tous les autres grands problèmes sociaux, doit considérer simultanément tous les aspects de la réalité : économique, social, politique, idéologique, culturel, psychologique. C'est cette même approche que Myrdal met en œuvre dans ses nombreuses études des problèmes d'inégalité, de sous-développement et d'industrialisation (1957), dont le point culminant est son long ouvrage consacré aux problèmes de l'industrialisation en Asie (1968).

En attribuant à Myrdal le prix de sciences économiques en mémoire d'Alfred Nobel, l'Académie royale des sciences de Suède a souligné « son habileté à combiner l'analyse économique avec une large perspective sociologique ». Myrdal se définissait comme un héritier des idéaux de rationalité et de justice sociale du siècle des Lumières. Critique du libéralisme, il l'était aussi du socialisme marxiste. Avocat de la social-démocratie, il en a dessiné concrètement les contours en Suède, comme conseiller de politiciens et comme homme politique. Il fut aussi très actif à l'échelle internationale, entre autres comme haut fonctionnaire des Nations unies. Il a plaidé sans relâche pour un nouvel ordre économique international, fondé sur l'égalité et la coopération entre les nations. Dans les dernières années de sa vie, il était toutefois pessimiste, face aux perspectives mondiales ; il consacrait alors, avec son épouse Alva, une grande partie de son énergie aux problèmes du désarmement et de la paix.

Principales références

« The Nobel Memorial Prize in Economics 1974 ». Proclamation et articles de E. Lundberg et L.G. Reynolds, *Swedish Journal of Economics*, 1974, vol. 76, 469-97.

ASSARSSON-RIZZI Kerstin et BOHRN Harald 1984. *K. Gunnar Myrdal, a Bibliography, 1919-1981*, New York, Garland.

CARLSON Allan C. 1990. *The Swedish Experiment in Family Politics : The Myrdals and the Interwar Population Crisis*, New Brunswick, New Jersey, Transaction.

DOSTALER Gilles 1991. « Les premiers travaux économiques de Gunnar Myrdal », *L'Actualité économique*, vol. 67, 192-217.

DOSTALER Gilles, ETHIER Diane et LEPAGE Laurent 1990 (dir.). *Gunnar Myrdal et son œuvre*, Montréal, Presses de l'université de Montréal ; Paris, Economica.

JACKSON Walter A. 1990. *Gunnar Myrdal and America's Conscience : Social Engineering and Racial Liberalism, 1938-87*, Chapel Hill, University of North Carolina Press.

KINDLEBERGER Charles P. 1987. « Myrdal, Gunnar, 1898-1987 », *Scandinavian Journal of Economics*, vol. 89, 393-403.

SHACKLE George L.S. 1945. « Myrdal's Analysis of Monetary Equilibrium », *Oxford Economic Papers*, n° 7, 47-66.

SOUTHERN David W. 1987. *Gunnar Myrdal and Black-White Relations : The Use and Abuse of an American Dilemma, 1944-1969*, Baton Rouge, Louisiana State University Press.

ARESTIS et SAWYER 1992, 366-73. BLAUG 1985, 179-81. *New Palgrave* 1987, vol. 3, 581-3. SILLS 1979, 571-8. SPIEGEL et SAMUELS 1984, 688-94.

OHLIN Bertil Gotthard

1899-1979

Bertil Ohlin est né à Klippan, en Suède. Il a étudié à l'université de Lund, à l'Ecole d'économie et d'administration des affaires de Stockholm, à Cambridge et à Harvard, avant d'obtenir un doctorat de l'université de Stockholm en 1923. Il a enseigné à l'université de Copenhague (1925-29) et à l'Ecole d'économie et d'administration des affaires de Stockholm (1929-65). Il a été membre du parlement suédois (1938-70), leader du Parti libéral (1944-67) et ministre du Commerce (1944-45). Il a reçu en 1977, conjointement avec James Meade, le prix de sciences économiques en mémoire d'Alfred Nobel.

Principales publications

1927. *Saet produktionen i gang* [Stimulons la production], Stockholm, H. Aschehoug.

1929. « The Reparation Problem : A Discussion, I. Transfer Difficulties, Real and Imagined », *Economic Journal*, vol. 39, 172-8.

1931. *The Course and Phases of the World Economic Depression : Report Presented to the Assembly of the League of Nations*, Genève, Société des Nations ; trad. fr. 1931, *Le Cours et les phases de la dépression économique mondiale*, Genève, Secrétariat de la Société des Nations.

1933. *Interregional and International Trade*, Cambridge, Massachusetts, Harvard University Press ; éd. révisée 1967.

1933. « Till frågan om penningteoriens uppläggning », *Ekonomisk Tidskrift*, vol. 35, 45-81 ; trad. angl. 1978, « On the Formulation of Monetary Theory », *History of Political Economy*, vol. 10, 353-88.

1934. *Utrikeshandel och handelspolitik*, Stockholm ; trad. fr. 1955, *La Politique du commerce extérieur*, Paris, Dunod.

1934. *Penningpolitik, offentliga arbeten, subventioner och tullar som medel mot arbetslöshet* [Politique monétaire, travaux publics, subventions et tarifs comme moyens de lutte contre le chômage], Stockholm, P.A. Norstedt.

1936. « La politique économique de la Suède pendant la crise », *Revue d'économie politique*, vol. 50, 312-26.

1937. « Some Notes on the Stockholm Theory of Savings and Investment », *Economic Journal*, vol. 47, 53-69 et 221-240.

1941. *Kapitalmarknad och räntepolitik* [Le Marché du capital et la politique des taux d'intérêt], Stockholm, Kooperativa förbundets bokförlag.
1949. *The Problem of Employment Stabilization*, New York, Columbia University Press.
1958. « Problèmes d'harmonisation et de coordination des politiques économiques et sociales », *Revue d'économie politique*, vol. 68, 264-90.
1972-75. *Bertil Ohlin's Memoarer* [Mémoires de Bertil Ohlin], 2 vol., Stockholm, Bonnier.
1977 (dir., avec Per Magnus Wijkman et Per Ove Hesselborn). *The International Allocation of Economic Activity*, Londres, Macmillan.
1978. « 1933 and 1977 : Some Expansion Policy Problems in Cases of Unbalanced Domestic and International Economic Relations » [Conférence Nobel], *Scandinavian Journal of Economics*, vol. 80, 360-74.
1981. « Stockholm and Cambridge : Four Papers on the Monetary and Employment Theory of the 1930s », édité par O. Steiger, *History of Political Economy*, vol. 13, 189-255.

Ohlin s'est d'abord rendu célèbre par sa controverse avec Keynes sur le problème des transferts, dans le cadre d'une discussion de la question des réparations de guerre (1929). En mettant en évidence les rapports entre les transferts de pouvoir d'achat, les variations du revenu national et celles de la balance des paiements, Ohlin défendait une position qu'on appellera plus tard keynésienne contre un Keynes qui s'en tenait alors à la vision traditionnelle de la réalisation de l'équilibre de la balance des paiements par les variations de prix. Mais c'est son ouvrage sur le commerce international (1933), point de départ de la théorie néoclassique moderne du commerce international, qui lui a valu le prix Nobel. Développant une thèse d'abord formulée par son professeur Eli Heckscher, Ohlin y explique qu'un pays, ou une région, exporte les marchandises qu'il produit avec des facteurs dont il est doté en abondance, et inversement pour les importations. Il en déduit l'existence d'une tendance à l'égalisation des prix des facteurs entre les pays commerçants. Samuelson et Stolper ont baptisé cet énoncé théorème de Heckscher-Ohlin (Samuelson 1941).

Les contributions d'Ohlin à la théorie macroéconomique moderne ont pris beaucoup plus de temps à être reconnues à leur juste valeur, certains textes marquants n'ayant été traduits que très récemment (1933 *Ekonomisk Tidskrift*) et d'autres n'existant toujours qu'en suédois (1934). C'est Ohlin qui a forgé, après la publication de la *Théorie générale* de Keynes, l'expression d'école de Stockholm pour caractériser ses contributions et celles de ses collègues Lindahl et Myrdal qui, inspirés par Wicksell et Cassel, ont développé des thèses à bien des égards analogues à celles de Keynes. Les fondements théoriques de l'interventionnisme qualifié de keynésien, en particulier le concept de multiplicateur, celui de la préférence pour la liquidité et le rôle des variations de la production globale pour équilibrer épargne et investissement, sont ainsi présents dans les écrits d'Ohlin (1927, 1931, 1933 *ET* et 1934 *Penningpolitik*). Insistant sur le rôle des anticipations et de l'incertitude, Ohlin oppose à l'analyse de Keynes, en termes d'équilibre statique, l'analyse suédoise dynamique des processus. La mort l'a interrompu dans la rédaction d'un texte sur les rapports entre l'école de Stockholm et la révolution keynésienne (1981), question qui a toujours été très discutée (*HPE* 1978, Landgren 1960, Steiger 1976).

Principales références

« The Nobel Memorial Prize in Economics 1977 ». Proclamation, article de Richard E. Caves et bibliographie (préparée par B. Ohlin), *Scandinavian Journal of Economics*, 1978, vol. 80, 62-3 et 86-99.

BLAUG Mark 1992 (dir.). *Bertil Ohlin (1899-1979)*, Aldershot, Hants, Edward Elgar.

History of Political Economy 1978. « A Bertil Ohlin Symposium », vol. 10, 353-453 : trad. angl. d'Ohlin 1933 et articles de Hans Brems, Otto Steiger, Don Patinkin et William P. Yohe.

KEYNES John M. 1929. « The Reparation Problem : A Discussion, II. A Rejoinder », *Economic Journal*, vol. 39, 179-82.

LANDGREN Karl-Gustaf 1960. *Den « nya ekonomien » i Sverige. J.M. Keynes, E. Wigforss, B. Ohlin och utvecklingen 1927-39* [La « nouvelle économique » en Suède. J.M. Keynes, E. Wigforss, B. Ohlin et le développement de 1927 à 1939], Stockholm, Almqvist & Wiksell.

SAMUELSON Paul A. 1981. « Bertil Ohlin (1899-1979) », *Scandinavian Journal of Economics*, vol. 82, 355-71.

STEIGER Otto 1976. « Bertil Ohlin and the Origins of the Keynesian Revolution », *History of Political Economy*, vol. 8, 341-66.

STEIGER Otto 1981. « Bertil Ohlin, 1899-1979 », *History of Political Economy*, vol. 13, 179-88.

BLAUG 1985, 185-7. *New Palgrave* 1987, vol. 3, 697-700. SILLS 1979, 603-7.

PATINKIN Don

1922-1995

Don Patinkin est né à Chicago. Il a étudié à l'université de Chicago, qui lui a décerné une maîtrise en 1945 et un doctorat en 1947. Chercheur à la commission Cowles entre 1946 et 1948, il a été professeur assistant à l'université de Chicago (1947-48) et professeur associé à l'université d'Illinois (1948-49). Il émigre en Israël en 1949 et commence à enseigner à la Hebrew University of Jerusalem, où il est nommé professeur associé en 1952 et professeur titulaire en 1957. Il a été directeur du Maurice Falk Institute for Economic Research d'Israël (1956-72). Il a été président de la Société d'économétrie (1974) et président de l'Israel Economic Association (1976). Il a occupé diverses fonctions universitaires et publiques en Israël.

Principales publications

1948. « Price Flexibility and Full Employment », *American Economic Review*, vol. 38, 543-64.
1949. « The Indeterminacy of Absolute Prices in Classical Economic Theory », *Econometrica*, vol. 17, 1-27.
1956. *Money, Interest, and Prices : An Integration of Monetary and Value Theory*, Evanston, Illinois, Row, Peterson ; 2e éd. remaniée 1965, New York, Harper & Row ; trad. fr. 1972, *La Monnaie, l'intérêt et les prix : une intégration de la théorie de la monnaie et de la théorie de la valeur*, Paris, PUF ; 3e éd. allégée 1989, avec une nouvelle introduction, Cambridge, Massachusetts, MIT Press.
1956. « La théorie quantitative de la monnaie : une analyse par l'équilibre général », *Economie appliquée*, vol. 9, 151-72.
1959. « Keynesian Economics Rehabilitated : A Rejoinder to Professor Hicks », *Economic Journal*, vol. 69, 582-87.
1959. *The Israel Economy : The First Decade*, Jérusalem, Maurice Falk Institute for Economic Research in Israel.

1967. *On the Nature of Monetary Mechanism*, Stockholm, Almqvist & Wiksell.
1969. « The Chicago Tradition, the Quantity Theory and Friedman », *Journal of Money, Credit and Banking*, vol. 1, 46-70.
1972. *Studies in Monetary Economics*, New York, Harper & Row.
1976. *Keynes' Monetary Thought : A Study of its Development*, Durham, Caroline du Nord, Duke University Press.
1978 (dir., avec James Clark Leith). *Keynes, Cambridge and The General Theory : The Process of Criticism and Discussion Connected with the Development of The General Theory*, Londres, Macmillan.
1981. *Essays on and in the Chicago Tradition*, Durham, Caroline du Nord, Duke University Press.
1982. *Anticipations of the General Theory ? And Other Essays on Keynes*, University of Chicago Press ; Oxford, Basil Blackwell.
1987. « Keynes, John Maynard (1883-1946) », *New Palgrave*, vol. 3, 19-41.
1990. « On Different Interpretations of the *General Theory* », *Journal of Monetary Economics*, vol. 26, 205-43.

Don Patinkin a fait, dans le domaine de la théorie macroéconomique et dans celui de l'histoire de la pensée, des contributions qui ont toujours suscité de vives discussions. Issu de sa thèse de doctorat, consacrée à la « consistance des modèles économiques », dont les principaux résultats ont d'abord été présentés dans des articles (entre autres, 1948 et 1949), le livre que Patinkin publie en 1956, vise à intégrer théorie monétaire et théorie réelle, en donnant à la macroéconomie des fondements microéconomiques rigoureux dans un modèle d'équilibre général.

Le point de départ de la réflexion de Patinkin consiste en une critique de ce qu'il appelle la dichotomie classique, qui oppose au secteur réel le secteur monétaire de l'économie, et à la formation des prix relatifs celle du niveau des prix absolus. Les prix relatifs sont ainsi déterminés, dans le secteur réel de l'économie, par les forces de l'offre et de la demande, et le niveau absolu des prix est ensuite fixé par la quantité de monnaie. Pour Patinkin, cette dichotomie est contradictoire et inacceptable, ne permettant de déterminer ni les prix absolus, ni les prix relatifs : « La seule manière de résoudre cette difficulté est d'abandonner la dichotomie entre les secteurs réel et monétaire, et de reconnaître que les prix sont déterminés simultanément dans les deux secteurs, dans un véritable modèle d'équilibre général » (1949, p. 2).

L'intégration des secteurs monétaire et réel dans l'analyse économique est réalisée au moyen de ce que Patinkin appelle d'abord l'effet Pigou (1948) et qu'il baptise ensuite effet d'encaisse réelle (1956 *Money*). L'expression d'encaisses réelles désigne la valeur réelle des encaisses monétaires détenues par les individus. L'adjectif réel signifie l'absence d'illusion monétaire. Une baisse générale de prix implique ainsi une hausse de la valeur d'un stock de monnaie constant détenu par les individus. La relation d'équilibre entre stock de monnaie et richesse totale étant ainsi modifiée, la demande de biens et de services dans l'économie s'accroîtra, ce qui stimulera à son tour la production et l'emploi. Négligé par Keynes, l'effet d'encaisse réelle constitue un moyen d'atteindre le plein emploi, dans une économie dans laquelle les salaires et les prix sont flexibles. Toutefois, dans une perspective dynamique, tant Pigou que Patinkin reconnaissent que la baisse des prix et des salaires nécessaire pour arriver à ce résultat peut déclencher une situation d'incertitude et une vague de faillites qui empêcheront finalement l'atteinte de l'objectif souhaité. Bref, l'effet d'encaisse réelle a une signification essentiellement théorique et ne peut être utilisé comme instrument de politique économique.

Estimant avoir rétréci le fossé entre Keynes et les classiques, sur le plan analytique, Patinkin considère toutefois que le fossé sur le plan des politiques demeure toujours aussi grand. Patinkin rejette par ailleurs l'idée, avancée dans le cadre de la synthèse néoclassique, selon laquelle la persistance du chômage involontaire découle de la rigidité des salaires ou de la trappe de liquidité. Acceptable dans le cadre d'une analyse statique, cette idée ne l'est plus dans le cadre dynamique qui est pour lui, fondamentalement, celui de la *Théorie générale*. Le message central de ce livre réside dans la théorie de la demande effective vue comme l'effet équilibrant exercé par une baisse de la production, permettant ainsi la persistance d'un état de sous-emploi, qu'il préfère appeler déséquilibre de sous-emploi. C'est ainsi que plusieurs voient en Patinkin le père de la théorie du déséquilibre. D'autres voient dans son travail la quintessence de la synthèse néoclassique, et d'autres encore celle du monétarisme. Lui-même considère la théorie monétaire de Friedman « un exposé des plus élégants et sophistiqués de la théorie monétaire keynésienne moderne » – désignée de manière erronée comme « La théorie quantitative de la monnaie – un nouvel énoncé » ([1969] 1981, p. 256).

Depuis une vingtaine d'années, Patinkin a consacré une partie importante de son temps de recherche à l'étude du développement de la théorie monétaire de Keynes (1976, 1978, 1982, 1987). Dans ses ouvrages, qui témoignent d'une érudition considérable, Patinkin ne craint pas de mettre en avant des interprétations qui vont à l'encontre de plusieurs idées reçues, en les appuyant toujours sur une étude minutieuse des textes.

Principales références

ARCHIBALD G.C. et LIPSEY R.G. 1958. « Monetary and Value Theory : A Critique of Lange and Patinkin », *Review of Economic Studies*, vol. 26, 1-22.

ASIMAKOPULOS A. 1973. « Keynes, Patinkin, Historical Time, and Equilibrium Analysis », *Revue canadienne d'économique*, vol. 6, 179-88.

BARKAI Haim, FISCHER Stanley et LIVIATAN Nissan 1993 (dir). *Monetary Theory and Thought : Essays in Honor of Don Patinkin*, Londres, Macmillan.

DAVIDSON Paul 1967. « A Keynesian View of Patinkin's Theory of Employment », *Economic Journal*, vol. 77, 559-78.

HICKS John R. 1957. « A Rehabilitation of "Classical" Economics », *Economic Journal*, vol. 67, 278-89.

MAURER L.J. 1966. « The Patinkin Controversy : A Review », *Kyklos*, vol. 19, 299-314.

BLAUG 1985, 193-5.

PERROUX François

1903-1987

Né à Lyon, François Perroux y fait ses études ; il y entame une carrière d'enseignant qu'il poursuit à Paris à partir de 1936-37. En 1934, boursier Rockefeller, il va à Vienne, où il suit les séminaires de L. von Mises ; il va aussi à Berlin et séjourne à Rome. Après 1944, F. Perroux, outre ses enseignements, anime le groupe de mathématiques appliquées à l'économie, avec F. Divisia et R. Roy, et crée l'Institut de sciences économiques appliquées (ISEA) ; il travaille sur la conception de la comptabilité nationale et effectue des voyages en Angleterre permettant de nouer de nombreux contacts, notamment avec J. Hicks, J. Robinson et R. Stone. F. Perroux a été professeur au Collège de France de 1955 à 1974. Il a poursuivi ses activités au-delà de l'âge de la retraite, notamment à l'ancien ISEA, devenu Institut de sciences mathématiques et économiques appliquées (ISMEA).

Principales publications

1926. *Le Problème du profit*, Paris, Marcel Giard.
1938. *Capitalisme et communauté de travail*, Paris, Sirey.
1939. *Syndicalisme et capitalisme*, Paris, Librairie générale.
1940. *Autarcie et expansion : empire ou empires*, Paris, Médicis.
1943. *La Valeur*, Paris, PUF.
1947. *Le Revenu national, son calcul et sa signification*, Paris, PUF.
1948. *Le Capitalisme*, Paris, PUF.
1948. *Le Plan Marshall ou l'Europe nécessaire au monde*, Paris, Médicis.
1954. *L'Europe sans rivages*, Paris, PUF.
1956 et 1957. *Théorie générale du progrès économique*, 3 vol., Paris, Cahiers de l'ISEA, série I, fasc. 1, 2 et 3.
1958. *La Coexistence pacifique*, 3 vol., Paris, PUF.
1960. *Economie et société : contrainte-échange-don*, Paris, PUF.
1961. *L'Economie du vingtième siècle*, Paris, PUF.
1962. *L'Economie des jeunes nations*, Paris, PUF.
1963. *Indépendance de l'économie nationale et interdépendance des nations*, Paris, Union générale d'édition; nouvelle éd. 1969, Paris, Aubier-Montaigne.
1964. *Industrie et création collective*, tome 1 : *Saint-simonisme du vingtième siècle et création collective*, Paris, PUF.
1965. *La Pensée économique de Joseph Schumpeter : les dynamiques du capitalisme*, Genève, Droz.
1965. *Les Techniques quantitatives de la planification*, Paris, PUF.
1968. *Le Pain et la parole*, Paris, Cerf.
1969. *« Indépendance » de la nation et interdépendance des nations*, Paris, Aubier-Montaigne.
1970. *Industrie et création collective*, tome 2 : *Images de l'homme nouveau et techniques collectives*, Paris, PUF.
1971. *Indépendance de la nation*, Paris, Union générale d'édition.
1972. *Masse et classe*, Tournai, Casterman.

1973. *Pouvoir et économie*, Paris, Bordas.
1975. *Unités actives et mathématiques nouvelles : révision de la théorie de l'équilibre économique général*, Paris, Dunod.
1980. *Les Entreprises transnationales et le nouvel ordre économique international*, Lyon, Croissance des jeunes nations.
1980. « Peregrinations of an Economist and the Choice of his Route », *Quarterly Review, Banca Nazionale del Lavoro*, n° 133, 147-62 ; in Kregel 1989, 1-15 ; trad. fr. 1987, *Economie appliquée*, vol. 15, 197-212.
1981. *Pour une philosophie du nouveau développement*, Paris, Aubier/UNESCO.
1982. *Dialogue des monopoles et des nations : « équilibre » ou dynamique des unités actives*, Presses universitaires de Grenoble.
1987. *Economie appliquée*, vol. 15, n° 2 [réédition de 12 textes publiés par F. Perroux entre 1926 et 1980, avec une bibliographie de l'auteur].
1990-. *Œuvres complètes* [publication en cours], Presses universitaires de Grenoble.

Cette longue liste – d'où sont exclus de très nombreux articles, contributions et directions d'ouvrages collectifs – témoigne de l'ampleur et de la richesse de l'œuvre économique de F. Perroux ; beaucoup de ses ouvrages ont été traduits, en diverses langues, mais peu en anglais. Et il faut aussi y ajouter les revues qu'il a fondées : *Cahiers de l'ISEA*, *Economie appliquée*, *Revue Tiers-Monde*, *Mondes en développement*. Chez Perroux, l'économie n'est pas dissociable de son option philosophique et éthique : l'humanisme chrétien. Celui-ci a inspiré ses premiers intérêts pour la « communauté de travail » (1938), son rejet du marxisme, ses options en faveur de la solidarité, de l'économie de don, d'une économie pour l'homme. L'économique ne peut en effet se réduire aux seuls rapports marchands entre agents homogènes : les rapports de pouvoir (la contrainte), mais aussi la solidarité (le don) en sont parties intégrantes (1960). Bref, tout en centrant sa pensée sur l'économique, F. Perroux rejette les principes fondateurs de l'univers néoclassique.

Dans l'après-guerre, Perroux a largement contribué à la présentation et la diffusion en France de la pensée de Keynes, et à l'ouverture de la pensée française à des auteurs aussi dissemblables que J. Schumpeter, E.H. Chamberlin, M. Kalecki, W. Leontief ou P. Samuelson. Il a aussi joué un rôle majeur lors de la mise en place de la comptabilité nationale, pour la compréhension de la planification à la française, pour l'introduction des mathématiques et des techniques quantitatives, et, finalement, pour le renouvellement de la pensée économique en France.

Plus profondément, il a travaillé à l'élaboration d'une théorie capable de rendre compte des réalités contemporaines : au-delà des analyses de la concurrence imparfaite (E.H. Chamberlin), de la dynamique de l'innovation et de l'entrepreneur (J. Schumpeter) et de la vision profondément renouvelée par Keynes des équilibres macroéconomiques, il a cherché à construire une nouvelle cohérence théorique, assumant l'inégalité des agents, les stratégies, le pouvoir, et organisée autour de l'effet de domination. L'« Esquisse d'une théorie de l'économie dominante », il la présente à Oxford en 1947, puis dans un des premiers numéros d'*Economie appliquée* en 1948 (nº 2-3) : asymétrie, influences non intentionnelles, irréversibilité en étaient les éléments constitutifs, qui devaient permettre l'ébaboration d'une « dynamique de l'inégalité ». A travers les ouvrages des années cinquante (et notamment celui de 1954), se déploient de larges analyses : firme dominante, industrie dominante, économie nationale dominante, pôles de croissance, effets d'entraînement, ainsi que des visions profondément renouvelées de l'économie mondiale, de l'économie spatiale, des politiques de croissance et de développement.

En bien d'autres domaines, F. Perroux impulse d'importantes novations théoriques, de la prise en compte des structures économiques, dès 1939 (in *Mélanges Witmeur*, Paris, Sirey) à l'emprise de structure (1969 *« Indépendance »*), de la firme motrice aux grandes unités actives (1975, 1980 *Les Entreprises*, 1982). Ces analyses fondent largement les travaux qu'il mène dans les années soixante et soixante-dix sur le développement et dans lesquels prédomine son souci d'affirmer l'homme comme finalité de l'économie, avec cet objectif ultime : développer « tout l'homme » et « tous les hommes » – c'est-à-dire nourrir, loger, éduquer, soigner les hommes, bref couvrir les « coûts de l'homme » (1961, p. 7, 511 et 512).

Face à la cohérence néoclassique, Perroux a ouvert des brèches et esquissé des perspectives ; il a essayé de remettre l'homme au centre de l'économie ; mais il n'a pas réussi à imposer la nouvelle théorie économique à laquelle il a tant œuvré : dans les années cinquante et soixante, la montée des keynésianismes ne laissait guère d'espace et dans la période suivante c'est le libéralisme qui prit le dessus. Son influence a été profonde en France, même sur beaucoup qui s'en défendent ou l'oublient, et notable dans l'ensemble du monde latin. Perroux a abordé des questions essentielles et ouvert des pistes que retrouveront de nouvelles générations d'économistes.

Principales références

BLAUG Mark 1964. « A Case of Emperor's Clothes : Perroux's Theories of Economic Domination », *Kyklos*, vol. 17, 551-64.

BOCAGE Ducarmel 1985. *The General Economic Theory of François Perroux*, Lanham, Maryland, University Press of America.

DENOEL François 1990 (dir.). *François Perroux*, Lausanne, L'Age d'Homme.

Hommage à F. Perroux, 1978. Presses universitaires de Grenoble.

KRISHNAM-KUTTY G. 1964. *Perroux's Theory of Dominant Economy*, Kerala, Inde, Union Press.

LEROY Marie-Christine 1986. *La Monnaie chez L. Walras, J.M. Keynes, F. Perroux*, Paris, Editions de l'Epargne.

PERROUX 1980 « Peregrinations ».

URI Pierre 1984. « Uri on Perroux », in Spiegel et Samuel 1984, 543-56 ; trad. fr. 1987, « François Perroux », *Revue économique*, vol. 38, I-XII.

WEILLER Jean 1989. « François Perroux, un grand contestataire », *Revue française d'économie*, vol. 4, n° 2, 27-41.

ARESTIS et SAWYER 1992, 425-32. *New Palgrave* 1987, vol. 3, 851-2.

PREBISCH Raul

1901-1986

Né à Tucuman (Argentine), Raul Prebisch fait ses études à l'université de Buenos Aires, dont il est diplômé en économie en 1923. Assistant, puis professeur d'économie politique à l'université de Buenos Aires (1925-48), il est sous-secrétaire d'Etat aux Finances de 1930 à 1932 et, après la création de la Banque centrale de la République d'Argentine, il en est le premier directeur général de 1935 à 1943. Il est, de 1950 à 1962, secrétaire exécutif de la Commission économique pour l'Amérique latine (CEPAL), puis, de 1962 à 1973, directeur de l'Institut latino-américain de planification économique et sociale, et, de 1963 à 1969, secrétaire général de la Commission des Nations unies pour le commerce et le développement (CNUCED). Il est ensuite conseiller du secrétaire général des Nations unies sur les problèmes de développement et dirige à partir de 1976 la revue de la CEPAL.

Principales publications

1947. *Introduccion a Keynes*, Mexico/Buenos Aires, Fondo de Cultura Economica.
1950. *The Economic Development of Latin America and its Principal Problems*, New York, Nations unies.
1950. *Economic Survey of Latin America 1949*, New York, Nations unies.
1951. *Theoretical and Practical Problems of Economic Growth*, Santiago, Nations unies-ECLA.
1959. « Commercial Policy in the Underdeveloped Countries », *American Economic Review*, vol. 49, *Papers and Proceedings*, 251-73.
1963. *Towards a Dynamic Development Policy for Latin America*, New York, Nations unies.
1964. *Towards New Trade Policy for Development*, New York, Nations unies.
1965. *Transformacion y desarrollo*, Mexico, Fondo de Cultura Economica.
1968. « A New Strategy for Development », *Journal of Economic Studies*, vol. 3, 1-14.
1970. *Transformacion y desarrollo : la gran tarea de America Latina*, Mexico, Fondo de Cultura Economica ; trad. angl. 1971, *Change and Development. Latin America's Great Task*, New York, Praeger.
1976. « A Critique of Peripheral Capitalism », *CEPAL Review*, vol. 1, 9-76.
1980. Introduction à Rodriguez 1980 (voir principales références, *infra*).
1981. *Capitalismo periferico : crisis y tranformacion*, Mexico, Fondo de Cultura Economica.
1984. « Cinq étapes dans ma réflexion sur le développement », in Meier et Seers ; trad. fr. 1988, 189-206.

Adepte des théories néoclassiques au début de sa carrière, R. Prebisch a évolué sous les influences successives de la crise des années trente, de la pensée de Keynes, qu'il a contribué à diffuser en Amérique latine, et des difficultés du Tiers-Monde dans l'après-guerre. Dans la première partie de sa vie, il publie en espagnol de nombreux articles : entre 1920 et 1927, sur les problèmes économiques, monétaires, financiers et démographiques de son pays ; en 1944-45, sur les problèmes financiers ; en 1947, année de la parution de son livre sur Keynes et sur la théorie keynésienne.

De 1949 à 1962, les publications de R. Prebisch et celles de la CEPAL, dont il est secrétaire exécutif, sont difficiles à dissocier ; il en diffuse les principales thèses dans de nombreuses contributions publiées dans des revues latino-américaines. En 1950, en même temps que H. Singer, il affirme la tendance à la détérioration des termes de l'échange des pays du Tiers-Monde, thèse de « Prebisch-Singer » qui fera l'objet de discussions nourries. Expliquant cette évolution tendancielle par la nature des offres d'exportations et des demandes d'importations et donc, fondamentalement, par les structures de production, R. Prebisch prône l'industrialisation, notamment pour substituer des productions nationales aux importations ; il préconise également une ouverture plus large des pays développés aux exportations du Tiers-Monde et c'est pendant son mandat à la CNUCED que sera réalisé l'accord pour le système de préférences généralisées.

Auteur majeur de l'école de la dépendance, R. Prebisch a recours à une analyse qu'on a qualifiée de structuraliste, puisqu'elle prend en compte les structures d'une réalité étudiée en tant que système. Au niveau mondial, il conduit l'analyse en termes de centre-périphérie. Selon lui, les économies du centre sont caractérisées par une structure à la fois diversifiée et homogène, tandis que celles de la périphérie sont spécialisées et hétérogènes ; le sous-développement ne peut donc s'interpréter comme un retard, comme dans la vision diffusée par W. Rostow : il résulte de cette dualité de structures et des modalités d'insertion des pays du Tiers-Monde dans le système mondial qui génèrent le double handicap des ponctions opérées sur leur revenu et des obstacles à la diffusion du progrès technique.

De 1963 à 1969, les publications de R. Prebisch sont indissociables de celles de la CNUCED. A partir de 1976, il reprend et approfondit sa réflexion sur le système mondial et les stratégies de développement et notamment – dans plusieurs articles publiés dans la revue de la CEPAL et l'ouvrage de 1981 – sur le « capitalisme périphérique ». R. Prebisch a eu une influence certaine, ayant réussi à œuvrer une large partie de sa vie dans des organismes internationaux, tout en développant une réflexion théorique originale.

Principales références

DI MARCO Luis Eugenio 1972 (dir.). *International Economics and Development : Essays in Honor of Raul Prebisch*, New York, Academic Press [avec une bibliographie de R. Prebisch pour la période 1918-1970, 487-99].

LIRA Maximo 1986. « La larga marcha de Prebisch hacia la critica del capitalismo periferico y su teoria de la transformacion de la sociedad », *El Trimestre Economico* (Mexico), vol. 53, 451-76 ; précédé de Victor L. Urquidi « In memoriam : Raul Prebisch », 441-9.

PREBISCH 1984. Avec des « Commentaires » de Jagdish Bhagwati et d'Albert Fishlow, 207-22.

RODRIGUEZ O. 1980. *La teoria del subdesarrollo de la CEPAL*, Mexico, Siglo XXI.

ARESTIS et SAWYER 1992, 438-48. *New Palgrave* 1987, vol. 3, 934-36.

ROBINSON Joan Violet

1903-1983

Joan Violet Maurice est née à Camberley, dans le Surrey, en Grande-Bretagne. Après des études à Londres, elle a été admise en 1922 au Girton College de Cambridge. Elle a obtenu son diplôme en 1925. En 1926, elle épousait Austin Robinson ; ils séjournèrent ensuite deux ans en Inde. A leur retour, Austin a obtenu un poste de professeur assistant en économique à Cambridge, où ils ont vécu jusqu'à la fin de leur vie. Nommée assistante junior en 1931, Joan Robinson n'a franchi que très lentement les échelons universitaires cambridgiens. Assistante en 1937, chargée d'enseignement en 1947, elle n'a accédé au poste de professeur qu'en 1965, étant nommée à la chaire de son mari, qui venait de prendre sa retraite ! Elle était par ailleurs membre du Girton College et du Newnham College. Le vénérable King's College, celui de Keynes, ayant enfin résolu d'accepter les femmes dans ses rangs, l'a élue membre honoraire, en 1970.

Ayant pris sa retraite en 1971, Joan Robinson a continué à écrire, enseigner et diriger des étudiants jusqu'à la fin de sa vie. Voyageuse infatigable, elle ne craignait pas de vivre dans des conditions très difficiles pour comprendre les sociétés dans lesquelles elle se trouvait. Jusqu'à la fin, elle se plaisait à scandaliser par ses propos les économistes orthodoxes, souvent beaucoup plus jeunes qu'elle. D'innombrables étudiants, à travers le monde, ont entendu ses conférences.

Principales publications

1933. *The Economics of Imperfect Competition*, Londres, Macmillan ; 2e éd. 1969 ; trad. fr. 1975, *L'Economie de la concurrence imparfaite*, Paris, Dunod.
1933. « The Theory of Money and the Analysis of Output », *Review of Economic Studies*, vol. 1, 22-6.
1937. *Essays in the Theory of Employment*, Londres, Macmillan.
1937. *Introduction to the Theory of Employment*, Londres, Macmillan ; trad. fr. 1948, *Introduction à la théorie de l'emploi*, Paris, PUF.
1942. *An Essay on Marxian Economics*, Londres, Macmillan ; trad. fr. 1971, *Essai sur l'économie de Marx*, Paris, Dunod.
1948. « La Théorie générale de l'emploi », *Economie appliquée*, vol. 1, 185-96.
1951. *Collected Economic Papers*, vol. 1, Oxford, Basil Blackwell.
1952. *The Rate of Interest and Other Essays*, Londres, Macmillan.
1953. *On Re-reading Marx*, Cambridge, Students' Bookshop.
1953-4. « The Production Function and the Theory of Capital », *Review of Economic Studies*, vol. 21, 81-106.
1956. *The Accumulation of Capital*, Londres, Macmillan ; trad. fr. 1972, *L'Accumulation du capital*, Paris, Dunod.
1960. *Collected Economic Papers*, vol. 2, Oxford, Basil Blackwell.
1960. *Exercises in Economic Analysis*, Londres, Macmillan ; trad. fr. 1963, *Exercices d'analyse économique*, Paris, PUF.
1962. *Economic Philosophy*, Londres, C.A. Watts ; trad. fr. 1967, *Philosophie économique*, Paris, Gallimard.
1962. *Essays in the Theory of Economic Growth*, Londres, Macmillan.
1965. *Collected Economic Papers*, vol. 3, Oxford, Basil Blackwell.
1966. *The New Mercantilism : An Inaugural Lecture*, Cambridge University Press.
1966. *Economics : An Awkward Corner*, Londres, George Allen & Unwin.
1969. *The Cultural Revolution in China*, Londres, Penguin Books.

1970. *Freedom and Necessity : An Introduction to the Study of Society*, Londres, George Allen & Unwin.
1971. *Economic Heresies : Some Old-Fashioned Questions in Economic Theory*, Londres, Macmillan ; trad. fr. 1972, *Hérésies économiques*, Paris, Calmann-Lévy.
1973. *Collected Economic Papers*, vol. 4, Oxford, Basil Blackwell.
1973 (dir.). *After Keynes*, Oxford, Basil Blackwell.
1973. Avec John Eatwell, *An Introduction to Modern Economics*, Londres, McGraw-Hill ; trad. fr. 1975, *L'Economique moderne*, Paris, Ediscience.
1974. *Reflections on the Theory of International Trade*, Manchester University Press.
1978. *Contributions to Modern Economics*, Oxford, Basil Blackwell.
1979. *Collected Economic Papers*, vol. 5, Oxford, Basil Blackwell.
1979. *Aspects of Development and Underdevelopment*, Cambridge, Angleterre, Cambridge University Press ; trad. fr. 1980, *Développement et sous-développement*, Paris, Economica.
1979. *Generalization of the General Theory and Other Essays*, Londres, Macmillan.
1980. *Collected Economic Papers*, 5 vol. et index général, Cambridge, Massachusetts, MIT Press.
1980. *Further Contributions to Modern Economics*, Oxford, Basil Blackwell.
1981. *What Are the Questions ? And Other Essays*, Armonk, New York, M.E. Sharpe.
1984. *Contributions à l'économie contemporaine*, Paris, Economica.

Dès le début de sa carrière, Joan Robinson publiait un livre très important, qui allait contribuer à déclencher ce que certains ont appelé la « révolution de la concurrence monopolistique » (1933). Inspirée par la critique dévastatrice que Sraffa avait proposée en 1925 de la théorie marshallienne de la valeur, Joan Robinson essayait de reconstruire cette dernière en tenant compte de l'existence des monopoles. Elle introduit en particulier le concept de revenu marginal, que Harrod avait aussi découvert indépendamment. Toutefois, Joan Robinson s'est graduellement détachée des thèses de ce livre. Elle en faisait précéder une nouvelle édition, en 1969, d'une préface autocritique, montrant en quoi elle n'avait pas alors suffisamment rompu avec l'orthodoxie néoclassique. Elle déplorait que les points faibles de son livre avaient eu le plus d'influence, alors que les points forts passaient inaperçus.

Au moment où son premier livre est publié, Joan Robinson faisait déjà porter ses efforts de recherche dans une tout autre direction. Elle était devenue une disciple de Keynes. Dans les premiers mois de 1931, elle faisait partie, avec Richard Kahn, James Meade, Austin Robinson et Piero Sraffa, du « Circus » de Cambridge, qui se réunissait pour discuter du *Treatise on Money* que Keynes venait de publier. C'est en fait l'élaboration de la *Théorie générale* qui commençait. Ce qu'on appelle la révolution keynésienne doit ainsi être considérée comme une œuvre collective, dans laquelle Joan Robinson a joué un rôle important (voir 1933 *REStud*). On peut le mesurer à la lecture de sa correspondance avec Keynes, dont elle ne craignait pas de critiquer parfois très vivement les textes. Elle écrit ainsi, en 1948, dans le premier numéro de la revue *Economie appliquée*, à propos du livre de Keynes : « Cet ouvrage est très important, mais il n'est ni complet, ni définitif. Il constituait, lors de sa parution, une sorte de compte rendu provisoire sur un mouvement d'idées en cours de développement » (p. 185). A ce mouvement d'idées, Joan Robinson a participé en publiant, en 1937, *Essays in the Theory of Employment*, recueil de textes écrits en 1935, et *Introduction à la théorie de l'emploi*.

C'est à cette époque que Kalecki, qui avait élaboré de son côté la même théorie, est arrivé à Cambridge. Une collaboration importante avec Joan Robinson a immédiatement commencé. C'est elle qui souligne, dans les années cinquante, l'antériorité de publication de Kalecki. Elle se rapproche d'ailleurs de plus en plus de ses thèses avec les années. Il lui fait découvrir chez Marx une ébauche de la théorie de la demande effective, et une vision dynamique absente de l'économie orthodoxe. Elle écrit alors *Essai sur l'économie de Marx* (1942), dont l'objectif est de présenter, pour la première fois, d'une manière accessible et sympathique, l'œuvre de Marx aux économistes orthodoxes. Ses critiques virulentes de certains aspects de la théorie de Marx, en particulier de la théorie de la valeur, lui valent cependant l'inimitié des marxistes orthodoxes. Joan Robinson aura en fait toujours réussi à avoir toutes les orthodoxies contre elle. Dans une « lettre ouverte d'une keynésienne à un marxiste » (1953 *On Re-reading)*, elle se décrit comme une keynésienne de gauche, ajoutant qu'il s'agit là d'une catégorie comprenant fort peu de membres.

Après la fin de la guerre, Joan Robinson s'intéresse de plus en plus aux problèmes liés à la croissance et à l'accumulation du capital. C'est dans un livre publié en 1952, *The Rate of*

Interest and Other Essays, qu'elle annonce son projet de « généralisation de la *Théorie générale* ». En 1953, dans « The Production Function and the Theory of Capital », Joan Robinson lance une attaque importante contre la théorie néoclassique du capital et de la répartition. L'article de Joan Robinson peut être considéré comme le premier acte de la guerre des deux Cambridge sur la théorie du capital, et il suscitera rapidement des réactions.

En 1956, Joan Robinson publie son œuvre majeure, *L'Accumulation du capital*, qui, avec ses *Essays in the Theory of Economic Growth* (1962), contient sa théorie de la croissance. Elle y développe un modèle, inspiré de Kalecki, dans lequel le taux d'investissement choisi par les entrepreneurs constitue la variable fondamentale. Elle montre comment sont déterminés sur cette base le niveau de consommation, celui de l'épargne et surtout celui des profits, qui réagira à son tour sur les décisions d'investissement futur. Elle insiste par ailleurs sur la nécessité de tenir compte de ce qu'elle appelle le temps historique, les anticipations, les institutions du capitalisme contemporain et ses règles du jeu.

Joan Robinson est aussi intervenue dans plusieurs autres domaines de recherche : développement (1979 *Aspects*), commerce international (1966 *The New*, 1974), histoire de la pensée économique (1971), philosophie économique (1962 *Economic*, 1970). Elle était, à la fin de sa vie, de plus en plus hostile à la nouvelle direction à la fois conservatrice et formaliste que prenait la théorie économique. Dans un ouvrage consacré aux rapports de Joan Robinson avec les économistes américains, Marjorie S. Turner (1989) déduit de nombreux interviews que Joan Robinson n'a pas obtenu le prix de sciences économiques en mémoire d'Alfred Nobel parce que, comme keynésienne de gauche de Cambridge et femme au franc-parler parfois virulent, elle s'était fait trop d'ennemis. Mais cela n'est sans doute pas sans lien avec la place des femmes en sciences économiques.

Principales références

ASIMAKOPULOS Athanasios 1984. « Joan Robinson et la théorie économique », *L'Actualité économique*, vol. 60, 521-52.

BARRERE Alain 1985. « Les rapports entre la problématique de J. Robinson et de J.M. Keynes », *Economie appliquée*, vol. 37, 389-423.

BLAUG Mark 1992 (dir.). *Pioneers in Economics*, section 4, *Twentieth Century Economics*, Aldershot, Hants, Edward Elgar, vol. 45.

FEIWEL George R. 1989 (dir.). *The Economics of Imperfect Competition and Employment. Joan Robinson and beyond*, Londres, Macmillan.

FEIWEL George R. 1989 (dir.). *Joan Robinson and Modern Economic Theory*, Londres, Macmillan.

GRAM Harvey et WALSH Vivian 1983. « Joan Robinson's Economics in Retrospect », *Journal of Economic Literature*, vol. 21, 518-50.

GRELLET Gérard 1985. « Quelques questions hérétiques à l'analyse de Joan Robinson », suivi d'une bibliographie exhaustive, *Economie appliquée*, vol. 37, 519-39.

HARCOURT Geoffrey C. 1984. « Harcourt on Robinson », in Spiegel et Samuels, 639-58.

RIMA Ingrid 1991 (dir.). *The Joan Robinson Legacy*, Armonk, New York, M.E. Sharpe.

SKOURAS T. 1981. « The Economics of Joan Robinson », in Shackleton et Locksley 1981.

STORA Benjamin 1966. *Accumulation du capital : croissance et répartition dans le modèle de Mrs. Joan Robinson*, Paris, Cujas.

TURNER Marjorie S. 1989. *Joan Robinson and the Americans*, Armonk, New York, M.E. Sharpe.

ARESTIS et SAWYER 1992, 454-63. BLAUG 1985, 207-9. LOASBY 1989, 71-85. *New Palgrave* 1987, vol. 4, 211-7. SILLS 1979, 663-71.

SAMUELSON Paul Anthony

Né en 1915

Paul Anthony Samuelson est né à Gary, Indiana. Il commence ses études à Chicago (BA en 1935), puis s'inscrit à l'université Harvard (MA en 1936, PhD en 1941). Il fera toute sa carrière au Massachusetts Institute of Technology (MIT), où il est successivement professeur assistant (1940), professeur associé (1944), professeur (1947) et professeur émérite (1986) et où il poursuit une longue collaboration avec son jeune collègue et ami Robert Solow. Pendant la guerre, il travaille au National Resources Planning Board (1941-43), puis au MIT Radiation

Laboratory (1944-45). Parmi bien d'autres activités, Samuelson a été consultant de la Rand Corporation (1948-75), conseiller économique du sénateur, candidat puis président J.F. Kennedy, consultant du Comité des conseillers économiques (1960-68) et, depuis 1965, du Bureau de la Réserve fédérale ; il a collaboré régulièrement à *Newsweek* de 1966 à 1981.

Il a reçu en 1947 la médaille John Bates Clark de l'American Economic Association, dont il fut président en 1961. Il a également été président de la Société d'économétrie en 1951 et de l'Association économique internationale (1965-68). Il a été le premier Américain à recevoir, en 1970, le prix de sciences économiques en mémoire d'Alfred Nobel.

Principales publications

1937. « Some Aspects of the Pure Theory of Capital », *Quarterly Journal of Economics*, vol. 51, 469-96.

1938. « A Note on the Pure Theory of Consumers' Behaviour », *Economica*, vol. 5, 61-71.

1938. « The Empirical Implications of Utility Analysis », *Econometrica*, vol. 6, 344-56.

1938. « Welfare Economics and International Trade », *American Economic Review*, vol. 28, 261-66.

1939. « Interactions Between the Multiplier Analysis and the Principle of Acceleration », *Review of Economic Statistics*, vol. 21, 75-78 ; trad. fr. in Henri Denis (dir.) 1967, *La Formation de la science économique*, Paris, PUF, 290-96.

1939. « A Synthesis of the Principle of Acceleration and the Multiplier », *Journal of Political Economy*, vol. 47, 786-97.

1939. « The Gains from International Trade », *Canadian Journal of Economics and Political Science*, vol. 5, 195-205.

1941. Avec W.F. Stolper, « Protection and Real Wages », *Review of Economic Studies*, vol. 9, 58-73.

1947. *Foundations of Economic Analysis*, Cambridge, Massachusetts, Harvard University Press ; trad. fr. 1971, *Les Fondements de l'analyse économique*, 2 vol., Paris, Gauthier-Villars.

1948. *Economics : An Introductory Analysis*, New York, McGraw-Hill (15 éditions, la plus récente avec W. Nordhaus, 1994, New York, McGraw-Hill) ; trad. fr. 1953, *L'Economique. Techniques modernes de l'analyse économique*, Paris, A. Colin, 2 vol. (nouvelle éd. en 1982).

1948. « Consumption Theory in Terms of Revealed Preference », *Economica*, vol. 15, 243-53.

1948. « International Trade and the Equalisation of Factor Prices », *Economic Journal*, vol. 58, 163-84.
1949. « International Factor Price Equalisation Once Again », *Economic Journal*, vol. 59, 181-97.
1952. « Economic Theory and Mathematics. An Appraisal », *American Economic Review*, vol. 52, *Papers and Proceedings*, 56-66.
1954. « The Pure Theory of Public Expenditure », *Review of Economics and Statistics*, vol. 36, 387-9.
1958. Avec R. Dorfman et R.M. Solow, *Linear Programming and Economic Analysis*, New York, McGraw-Hill ; trad. fr. 1962, *Programmation linéaire et gestion économique*, Paris, Dunod.
1960. Avec R.M. Solow, « Analytical Aspects of Anti-Inflation Policy », *American Economic Review*, vol. 50, *Papers and Proceedings*, 177-94.
1962. « Economists and the History of Ideas » [discours présidentiel à l'American Economic Association], *American Economic Review*, vol. 52, 1-18.
1966-86. *The Collected Scientific Papers of Paul A. Samuelson*, Cambridge, Massachusetts, MIT Press, 5 vol. ; 1966, vol. 1 et 2, édités par Joseph E. Stiglitz ; 1970, vol. 3, édité par R.C. Merton ; 1977, vol. 4, édité par H. Nagatani et K. Crowley ; 1986, vol. 5, édité par K. Crowley.
1967. Avec A.F. Burns, *Full Employment : Guideposts and Economic Stability*, Washington, American Enterprise Institute for Public Policy Research.
1970. « Maximum Principles in Analytical Economics », in *Les Prix Nobel en 1970*, Stockholm, Nobel Foundation ; in *Collected Scientific Papers*, vol. 3, 2-17.
1972. « Economics in a Golden Age : A Personal Memoir », in Gerald Holton (dir.), *The Twentieth Century Sciences : Studies in the Biography of Ideas*, New York, W.W. Norton, 155-70.
1973. *The Samuelson Sampler*, Glen Ridge, New Jersey, Thomas Horton & Daughters.
1980. « The Economic Responsibility of Government », in *Milton Friedman and Paul Samuelson Discuss the Economic Responsibility of Government*, College Station, Texas, Center for Education and Research in Free Enterprise, A & M University.
1983. « My Life Philosophy », *American Economist*, automne, 5-12 ; repris in Szenberg 1992, 236-47.
1986. « My Evolution as an Economist », in Breit et Spencer 1986, 59-76.

« Samuelson est un des plus grands économistes théoriciens de tous les temps » : ce propos de Kenneth Arrow (1967, p. 735) résume l'opinion de l'ensemble de la profession. Et pourtant, comme le fait remarquer Stanley Fischer, « il n'y a pas une école samuelsonienne d'économie » (*New Palgrave*, vol. 4, p. 235). Dans ce paradoxe, s'inscrit la singularité de l'œuvre de celui qui fut longtemps considéré comme « l'enfant terrible » de la science économique.

Alors que Keynes y répugnait, que Hicks avait une trop large culture économique pour s'en satisfaire et que Frisch s'y était engagé en créant une nouvelle discipline, l'économétrie, le jeune Samuelson va, d'une manière systématique et malgré les réticences de certains de ses maîtres, introduire la formalisation mathématique au cœur de la théorie économique. C'est ainsi – en n'évoquant ici que ses premières contributions marquantes – qu'il renouvelle, avec la théorie des préférences révélées, la théorie du consommateur (1938 *Eca*, 1948 *Eca*) ; il systématise la combinaison du multiplicateur, qui occupe une place importante dans la *Théorie générale* de Keynes, et de l'accélérateur pour offrir un nouvel outil d'analyse des fluctuations de court terme (1939 *REStat*, 1939 *JPE*) ; il donne une nouvelle présentation de l'analyse de l'avantage que représente le commerce libre entre deux pays (1939 *CJEPS*) et clarifie les conditions dans lesquelles le commerce international assure l'égalisation, entre pays, des prix des facteurs (1948 *EJ*, 1949 *EJ*).

Plus largement, dans sa thèse, soutenue en 1941 et qui ne sera publiée qu'en 1947, le recours à une méthodologie unifiée (maximisation sous contrainte, utilisation de conditions de second ordre) révèle son efficacité pour l'analyse de champs différents, tels que la microéconomie (production, comportement du consommateur), la macroéconomie, le commerce international, les finances publiques ; elle permet aussi de clarifier le contenu et les implications de techniques d'analyse : statique comparative et dynamique, équilibre général et équilibre partiel (cf. Lindbeck 1970 *SJE*, p. 343-4). La publication en 1948 de *L'Economique* va élargir l'audience de Samuelson à un très large public, notamment d'étudiants (plus de quatre millions d'exemplaires vendus dans ses quinze éditions et quarante traductions) ; dans sa première édition, ce manuel donnait – en combinant les apports classiques, marginalistes et keynésiens, microéconomiques et macroéconomiques – une présentation de l'analyse des déterminants du revenu national, de la théorie de la production et des prix et de la théorie de la répartition.

Ensuite, les travaux théoriques de Samuelson se sont poursuivis – parfois renouvelés par le recours à de nouveaux outils mathématiques (1958) – tant dans les domaines déjà évoqués que sur l'analyse du capital (participation à la controverse avec l'école de Cambridge, Angleterre), la théorie du bien-être, l'équilibre général, les biens collectifs, la croissance équilibrée, la *consumption loan theory*, l'interprétation de la « courbe de Phillips » (1966-86) ; à tel point, comme le remarque A. Lindbeck (1970 *SJE*, p. 354), qu'« un survey des principaux domaines de recherche de Samuelson se transformerait en un survey de beaucoup de grands problèmes économiques de notre temps ». Méfiant à l'égard des doctrines et des extrêmes, Samuelson a, en tant que conseiller en matière de politique économique, pesé pour un keynésianisme modéré ; mais il n'a pas réussi à faire partager par le président Kennedy et son successeur la conviction, qu'il avait depuis 1959, que le dollar était surévalué et qu'il fallait relever le prix de l'or (*Washington Post*, 17 mars 1968).

Ainsi s'éclaire le paradoxe qu'incarne Samuelson. Grand théoricien, il l'a assurément été : il a été le premier à formuler systématiquement sous forme mathématique les apports majeurs de la théorie économique – classique/néoclassique, avec ou sans concurrence parfaite, keynésienne – de la fin des années trente, ce qui a permis une plus grande rigueur, d'indéniables clarifications et de significatives avancées ; et il a été un des derniers à atteindre au niveau le plus élevé du débat théorique dans un si grand nombre de champs, tout en ayant une large connaissance de la pensée économique antérieure. S'il n'a pas donné son nom à une école, c'est tout simplement qu'il a été au cœur de ce qu'il a nommé la « synthèse néoclassique », ce large courant des années cinquante et soixante, dont il pensait qu'il ralliait 90 % des économistes ([1948] 1953, p. 138) ; mais, unification formelle, à travers la reformulation mathématique des théories économiques, et syncrétisme, particulièrement éclatant dans *L'Economique* (1948), ne constituent pas une synthèse, même s'ils ont contribué à en faire ressentir le besoin et peut-être à en ouvrir la voie.

Samuelson personnifie finalement un double basculement : de l'ancienne économie politique théorique à la nouvelle science économique formalisée et de la suprématie britannique des premières décennies du siècle à la nouvelle suprématie américaine.

Principales références

« The Nobel Memorial Prize in Economics 1970 ». Proclamation et article d'Assar Lindbeck, *Swedish Journal of Economics*, 1970, vol. 72, 341-54. Article repris in Spiegel et Samuels 1984, 5-18.

ARROW K.J. 1967. « Samuelson Collected », *Journal of Political Economy*, vol. 75, 730-7.

BROWN E.C. et SOLOW R.M. 1983 (dir.). *Paul Samuelson and Modern Economic Theory*, New York, McGraw-Hill.

FEIWEL G.R. 1982 (dir.). *Samuelson and Neoclassical Economics*, Boston, Kluwer-Nijhoff.

HOLLANDER Samuel 1980. « On Professor Samuelson's Canonical Classical Model of Political Economy », *Journal of Economic Literature*, vol. 18, 559-74.

SAMUELSON 1972, 1983.

WONG S. 1978. *The Foundations of Paul Samuelson's Revealed Preference Theory*, Londres, Routledge & Kegan.

WOOD John Cunningham et WOODS Ronald N. 1989 (dir.). *Paul A. Samuelson. Critical Assessments*, 4 vol., Londres, Routledge.

BLAUG 1985, 213-6. *New Palgrave*, vol. 4, 234-41. BREIT et RANSOM 1971, 111-38. SHACKLETON et LOCKSLEY 1981, 219-39. SILK 1976 [1978], 15-57. SOBEL 1980, 93-117.

SCHULTZ Theodore W.

Né en 1902

Theodore W. Schultz est né dans une communauté rurale d'origine allemande du Sud-Dakota ; il y fait son premier cycle d'études au collège d'Etat, avant de poursuivre ses études à l'université du Wisconsin, où il obtient son doctorat en économie de l'agriculture en 1930. Il commence alors une carrière d'enseignant à l'Iowa State College, où il dirige le département d'économie et de sociologie de 1934 à 1943. Il est ensuite professeur à l'université de Chicago, où il dirige le département d'économie (1946-61) et où il joue un rôle actif jusqu'à sa retraite en 1974. Il a également été conseiller du gouvernement américain, des Nations unies et d'organisations non gouvernementales.

T.W. Schultz préside l'American Economic Association en 1961 ; il en reçoit la médaille Walker en 1972 et partage avec W. Arthur Lewis, en 1979, le prix de sciences économiques en mémoire d'Alfred Nobel.

Principales publications

1940. « Capital Rationing, Uncertainty, and Farm Tenancy Reform », *Journal of Political Economy*, vol. 48, 309-24.
1941. « Economic Effects of Agricultural Programs », *American Economic Review*, vol. 30, 127-54.
1943. *Redirecting Farm Policy*, Londres, Macmillan.
1945. *Agriculture in an Unstable Economy*, New York, McGraw-Hill.
1945 (dir.). *Food for the World*, University of Chicago Press.
1949. *Production and Welfare of Agriculture*, Londres, Macmillan.
1950. « Reflections on Poverty within Agriculture », *Journal of Political Economy*, vol. 43, 1-15.
1953. *The Economic Organization of Agriculture*, New York, McGraw-Hill.
1958. « The Emerging Economic Scene and its Relation to High School Education », in F.S. Chase et H.A. Anderson (dir.), *The High School in a New Era*, University of Chicago Press.
1960. « Capital Formation by Education », *Journal of Political Economy*, vol. 68, 571-83.
1961. « Investment in Human Capital », *American Economic Review*, vol. 51, 1-17 [et « Reply », 1962, vol. 52, 1035-9].
1962 (dir.). « Investment in Human Being », *Journal of Political Economy*, vol. 70, supplément.
1963. *The Economic Value of Education*, New York, Columbia University Press.
1964. *Transforming Traditional Agriculture*, New Haven, Connecticut, Yale University Press.
1965. *Economic Crises in World Agriculture*, Ann Arbor, University of Michigan Press.
1965. « Investing in Poor People : An Economist's View », *American Economic Review*, vol. 45, 510-20.
1968. *Economic Growth and Agriculture*, New York, McGraw-Hill.
1971. *Investment in Human Capital : The Role of Education and of Research*, New York, Free Press.
1972 (dir.). *Investment in Education : The Equity-Efficiency Quandary*, *Journal of Political Economy*, vol. 80, supplément ; University of Chicago Press.
1972. *Human Resources*, New York, National Bureau of Economic Research.

1975 (dir.). *Economics of the Family : Marriage, Children, and Human Capital*, University of Chicago Press.
1975. « The Value of the Ability to Deal with Disequilibria », *Journal of Economic Literature*, vol. 13, 827-46.
1978 (dir.). *Distortions of Agricultural Incentives*, Bloomington, Indiana University Press.
1980. *Investing in People : The Economics of Population Quality*, Berkeley, University of California Press ; trad. fr. 1983, *Il n'est de richesse que d'hommes : investissement humain et qualité de la population*, Paris, Bonnel.
1990. *Restoring Economic Equilibrium : Human Capital in the Modernizing Economy*, Oxford, Basil Blackwell.
1993. *The Economics of Being Poor*, Oxford, Basil Blackwell.
1993. *Origine of Increasing Returns*, Oxford, Basil Blackwell.

Ayant fait ses études en économie de l'agriculture, T.W. Schultz travaille, dans les années trente, sur la crise de l'agriculture américaine – notamment de l'Iowa – et les mesures gouvernementales, puis, pendant la guerre, sur les programmes agricoles (1941, 1943) ; dès la fin de la guerre, il aborde la question de l'agriculture dans les pays en développement (in 1945 *Food*). Il s'impose comme un spécialiste de ce domaine (1949, 1953, 1964, 1965, 1968, 1978), attaché à quelques idées-forces : le rejet de la thèse selon laquelle la productivité marginale du travail paysan serait nulle ; la conviction que le rôle des prix pour orienter l'utilisation des ressources est essentiel, et donc une profonde réticence par rapport à tout ce qui peut les fausser ; la confiance dans la rationalité des agriculteurs et des paysans, obligés de faire des choix en des situations de changement et d'incertitude.

C'est dans la pleine continuité de cette démarche qu'il ouvre, avec son article de 1958, le champ de travail sur le capital humain : face aux interrogations d'alors sur les facteurs explicatifs de la croissance, il souligne l'importance de la qualité des ressources tant humaines que non humaines. Il développe ensuite cette thèse en mettant en avant les thèmes de l'investissement humain (1961, 1962 dir., 1971, 1972), de l'investissement dans l'éducation, la formation, l'information des gens (1960, 1963, 1965, 1972 dir., 1980). Les travaux de Schultz ont donné une impulsion décisive, tant à la théorie du capital humain qu'à l'économie de l'éducation.

Lui-même souligne le rôle que l'éducation et la formation

doivent jouer dans le développement de l'économie paysanne (1964), tout en élargissant sa réflexion à la logique d'ensemble de la famille (naissances, enfants) (1975 dir.). Loin de s'enfermer, comme le fera notamment Gary Becker, dans une conception étroite de l'économie, Schultz ouvre sa réflexion aux apports des sociologues et des anthropologues et cherche à saisir les relations entre les différentes composantes de la réalité.

Principales références

« The Nobel Memorial Prize in Economics 1980 ». Proclamation et article de M.J. Bowman, *Swedish Journal of Economics*, 1980, vol. 82, 59-61 et 80-107. Article repris in Spiegel et Samuels 1984, 103-21.

BLAUG 1985, 219-21. *New Palgrave* 1987, vol. 4, 262-3. SILLS 1979, 707-9.

SEN Amartya Kunar

Né en 1933

Né à Santiniketan (Bengale), dans une famille hindoue, Amartya Sen fait ses études à Calcutta (BA 1953), puis à Cambridge, où il obtient son doctorat en 1959. Il enseigne à l'université Jadavpur à Calcutta (1956-58), à Cambridge où il est membre (*fellow*) de Trinity College (1957-63), puis est professeur d'économie à l'université de Delhi (1963-71), à la London School of Economics (1971-77), à Oxford (1977-88) et enfin à Harvard. Il a été président de la Société d'économétrie (1984), de l'International Economic Association (1986-89), de l'Indian Economic Association (1989) et de l'American Economic Association (1994).

Principales publications

1960. *Choice of Techniques : An Aspect of the Theory of Planned Economic Development*, Oxford, Basil Blackwell.

1970 (dir.). *Growth Economics : Selected Readings*, Harmondsworth, Penguin Books.

1970. « The Impossibility of a Paretian Liberal », *Journal of Political Economy*, vol. 78, 152-7.

1970. *Collective Choice and Social Welfare*, San Francisco, Holden Day.

1972. Avec P. Dasgupta et S.A. Marglin, *Guidelines for Project Evaluation*, New York, United Nations.

1973. *On Economic Inequality*, Oxford, Clarendon Press.

1975. *Employment, Technology and Development*, Oxford, Clarendon Press.

1980. *Levels of Poverty*, Washington, World Bank.

1981. *Poverty and Famines : An Essay on Entitlement and Deprivation*, Oxford, Clarendon Press.

1982. *Choice, Welfare and Measurement*, Oxford, Basil Blackwell.

1984. *Resources, Values and Development*, Oxford, Basil Blackwell.

1985. *Commodities and Capabilities*, Amsterdam, North-Holland.

1987. *On Ethics and Economics*, Oxford, Basil Blackwell.

1987. *The Standard of Living*, Cambridge University Press.

1989. Avec Jean Drèze, *Hunger and Public Action*, Oxford, Clarendon Press.

1991. « La liberté individuelle : une responsabilité sociale », *Esprit*, mars-avril, 5-25.

A travers près de deux cents ouvrages, articles et contributions, Amartya Sen expose son analyse du développement et du choix des techniques appropriées (1960, 1972, 1975), critique la présomption de rationalité (1970 *JPE*), approfondit la théorie du bien-être social, en prenant en compte les relations entre objectifs sociaux et choix interdépendants des individus (1970 *Collective*, 1982), réfléchit sur la mesure de l'inégalité, du niveau de vie et de la pauvreté (1973, 1975, 1980, 1987 *The Standard*), explique les grandes famines, non par un manque absolu de nourriture, mais par l'inégale attribution des droits sur cette nourriture, liée à l'inégale répartition du pouvoir d'achat (1981).

Au-delà, par sa réflexion sur les conceptions de la liberté individuelle – avec sa double définition (en positif et en négatif) et sa fondation dans le social – qui débouche sur la notion de « capabilité », ou capacité réelle des choix de vie, par l'accent qu'il met sur la nécessité de saisir l'économie dans son insertion dans la société et par la place éminente qu'il accorde à l'éthique (1985, 1987 *On Ethics*..., 1991), il accentue sa mise en question de toute approche économique étroite.

Principales références

CANTO-SPERBER Monique 1991. « Choix de vie et liberté. Sur l'œuvre d'Amartya Sen », *Esprit*, mars-avril, 26-38.
KLAMER Arjo 1989. « A Conversation with Amartya Sen », *Journal of Economic Perspectives*, vol. 3, 135-50.
McPHERSON Michael 1992. « Amartya Sen », in Samuels (dir.), 294-309.

ARESTIS et SAWYER 1992, 498-505. BLAUG 1985, 224-25.

SHACKLE George Lennox Sharman

1903-1992

George Shackle est né à Cambridge, en Angleterre. Après avoir travaillé dans une banque, puis dans une entreprise de tabac, et avoir enseigné dans une école pendant neuf ans, il s'est inscrit en 1935 à la London School of Economics, qui lui a décerné un doctorat en 1937. Il commence alors à travailler à l'Oxford Institute of Statistics. De 1939 à 1945, il fait partie d'un comité de statistique mis sur pied par Winston Churchill *(S. Branch)*, puis il est membre de la section économique du bureau du cabinet de 1945 à 1950. Professeur associé à l'université de Leeds en 1950-51, il est nommé professeur à l'université de Liverpool en 1951, dont il prend sa retraite en 1969.

Principales publications

1933. « Some Notes on Monetary Theories of the Trade Cycle », *Review of Economic Studies*, vol. 1, 27-38.
1938. *Expectations, Investment, and Income*, Londres, Oxford University Press ; 2e éd. 1968, Oxford, Clarendon Press.

1949. *Expectations in Economics*, Cambridge, Angleterre, Cambridge University Press.
1952. *Mathematics at the Fireside*, Cambridge, Angleterre, Cambridge University Press ; trad. fr. 1967, *Les Mathématiques au coin du feu : quelques principes présentés aux enfants*, Paris, Dunod.
1953. *What Makes an Economist*, Liverpool University Press.
1955. *Uncertainty in Economics and Other Reflections*, Cambridge, Angleterre, Cambridge University Press.
1958. *Time in Economics*, Amsterdam, North-Holland.
1959. *Economics for Pleasure*, Cambridge, Angleterre, Cambridge University Press ; trad. fr. 1964, *A la découverte des mécanismes de l'économie moderne*, Paris, Dunod.
1961. *Decision, Order and Time in Human Affairs*, Cambridge, Angleterre, Cambridge University Press ; trad. fr. 1967, *Décision, déterminisme et temps*, Paris, Dunod.
1965. *A Scheme of Economic Theory*, Cambridge, Angleterre, Cambridge University Press.
1966. *The Nature of Economic Thought : Selected Papers 1955-1964*, Cambridge, Angleterre, Cambridge University Press.
1967. *The Years of High Theory : Invention and Tradition in Economic Thought, 1926-1939*, Cambridge, Angleterre, Cambridge University Press.
1970. *Expectation, Enterprise and Profit : The Theory of the Firm*, Londres, George Allen & Unwin.
1972. *Epistemics & Economics : A Critique of Economic Doctrines*, Cambridge, Angleterre, Cambridge University Press.
1974. *Keynesian Kaleïdics : The Evolution of a General Political Economy*, Edinburgh University Press.
1979. *Imagination and the Nature of Choice*, Edinburgh University Press.
1983. « A Student's Pilgrimage », *Quarterly Review, Banca Nazionale del Lavoro*, n° 145, 107-16 ; in Kregel, 1988, 57-66.
1989. *Business, Time and Thought. Collected Essays 1964-88*, édité par S. Frowen, Londres, Macmillan.
1990. *Time, Expectations and Uncertainty in Economics. Selected Essays of G.L.S. Shackle*, édité par J.L. Ford, Aldershot, Hants, Edward Elgar.

George Shackle a poursuivi pendant toute sa carrière un parcours solitaire, en dehors de toutes les orthodoxies. Il est l'un de ces économistes impossibles à classer dans un courant de pensée déterminé. Considéré par Coddington (1983) comme le plus radical des « keynésiens fondamentalistes », il est en même temps revendiqué par les néo-autrichiens comme un des leurs (Lachmann 1976). Fasciné tant par le *Prix et production* de Hayek que par le *Treatise on Money* de Keynes, il cherche à faire une synthèse entre ces auteurs (1933). Puis il est parmi les premiers, avec Hicks, à reconnaître l'importance de *L'Equilibre monétaire* de Myrdal. Il se donne comme objectif, dans sa thèse de doctorat (1938), d'effectuer une synthèse entre les pensées de ces auteurs que tout oppose à première vue. Mais il y a entre eux un aspect commun dont Shackle a bien saisi qu'il mettait en cause la pensée économique dominante se référant à l'équilibre général : c'est la prise en compte d'un temps historique et psychologique, des anticipations, du caractère limité et incomplet de la connaissance et de l'incertitude. Dès ce moment, et jusqu'à la fin de sa vie, il est clair pour lui que « *l'anticipation* est la notion fondamentale et le thème de base. Il était déjà absolument évident pour moi que si l'économique est une tentative pour comprendre une source importante et un aspect de la conduite humaine, elle est concernée par *des pensées relatives au temps à venir* » (1983, in Kregel 1988, p. 65).

C'est une théorie générale de la prise de décision en situation d'incertitude que Shackle a cherché à construire. Rejetant l'approche probabiliste traditionnelle, il élabore, dans ses premiers travaux, ce qu'il appelle des fonctions de surprise potentielle, représentées par des graphiques à trois dimensions, pour tenter d'illustrer les processus de décision. Dans la description de la surprise potentielle, la jouissance ou la souffrance par anticipation, l'imagination, jouent un rôle clé. Le lendemain n'est pas encore créé ni connu, mais les hommes ont le pouvoir singulier de l'imaginer et d'en espérer le bonheur. Pour Shackle, la réflexion sur l'économie et les affaires humaines en général ne concerne pas des objets tels que les astres ou les particules élémentaires, dont on peut prévoir les mouvements ; mais elle porte sur des pensées, pensées imprévisibles et constamment modifiées par des événements imprévus et des configurations changeantes des relations entre les individus.

Dans ses travaux plus récents, Shackle est devenu de plus en plus sceptique quant à la possibilité de modéliser quoi que ce soit dans le domaine de l'économie et de l'action humaine en général, développant, face à toute théorie économique, une attitude que certains qualifient de nihiliste. Maniant la langue avec dextérité, élégance et poésie, Shackle a mis l'accent, bien avant certaines discussions récentes, sur l'importance de l'art de la conviction et de la rhétorique dans l'activité scientifique. Historien de la pensée, il a consacré un ouvrage devenu classique (1967) à ce qu'il a appelé les « années de haute théorie » qui ont vu, entre 1926 et 1939, d'importantes percées dans la pensée économique, mais dont les conséquences n'ont pas été tirées par les nouvelles orthodoxies.

Principales références

BLAUG Mark 1992 (dir.). *Pioneers in Economics*, section 4, *Twentieth Century Economics*, Aldershot, Hants, Edward Elgar, vol. 45.

EARL P.E. et KAY N.M. 1985. « How Economists can Accept Shackle's Critique of Economic Doctrines without Arguing Themselves out of their Jobs », *Journal of Economic Studies*, vol. 12, 34-48.

FROWEN Stephen F. 1990 (dir.). *Unknowledge and Choice in Economics*, Londres, Macmillan.

LACHMANN Ludwig M. 1976. « From Mises to Shackle : An Essay on Austrian Economics and the Kaleïdic Society », *Journal of Economic Literature*, vol. 14, 54-62.

PHEBY John 1987. « A New Perspective on Shackle's Keynesian Fundamentalism », *Journal of Economic Studies*, vol. 14, 24-35.

PHEBY John et BOEHM Stephen 1993 (dir.). *Essays in Honour of G.L.S. Shackle*, Londres, Routledge.

SHACKLE 1983.

ARESTIS et SAWYER 1992, 505-10. BLAUG 1985, 226-7. GREENAWAY et PRESLEY 1989, 24-67. LOASBY 1989, 1-14. *New Palgrave* 1987, vol. 4, 315-16. SPIEGEL et SAMUELS 1984, 579-90.

SIMON Herbert Alexander

Né en 1916

Né à Milwaukee, Wisconsin, Herbert Simon a fait ses études à l'université de Chicago où il obtient son BA en 1936 et son doctorat en 1943. Il travaille à l'Association internationale des administrateurs de villes (1938-39), mène des études sur l'administration à l'université de Californie à Berkeley (1939-42), puis est successivement professeur associé (1942-47) et professeur (1947-49) de science politique à l'Institut de technologie de l'Illinois, professeur d'administration (1949-62) puis d'administration et de psychologie (1962-66) à l'Institut de technologie Carnegie et enfin, depuis 1966, professeur de science informatique et de psychologie à l'université Carnegie-Mellon.

H. Simon a exercé diverses responsabilités dans les universités où il a enseigné ; il a été consultant pour différents organismes publics et privés et a fait partie des hautes instances scientifiques des Etats-Unis.

Comme informaticien et spécialiste d'intelligence artificielle, il a reçu la médaille Türing ; comme psychologue, il a été lauréat de l'Association américaine de psychologie ; et il a, en 1978, reçu le prix de sciences économiques en mémoire d'Alfred Nobel.

Principales publications

1947. *Administrative Behavior*, New York, Macmillan ; 3e éd. 1976 ; trad. fr. 1983, *Administration et processus de décision*, Paris, Economica.

1949. Avec D. Hawkins, « Note : Some Conditions of Macroeconomic Stability », *Econometrica*, vol. 17, 245-8.

1950. Avec Victor A. Thompson et Donald W. Smithburg, *Public Administration*, New York, Alfred A. Knopf.

1954. *Et al.*, *Centralization vs. Decentralization in Organizing the Controller's Department*, New York, Controllership Foundation.

1957. *Models of Man : Social and Rational. Mathematical Essays on Rational Human Behavior in a Social Setting*, New York, John Wiley.

1958. Avec James G. March, *Organizations*, New York, John Wiley ; trad. fr. 1964, *Les Organisations*, Paris, Dunod.

1960. Avec C.C. Holt, F. Modigliani et J. Muth, *Planning Production, Inventories and Work Force*, Englewood Cliffs, New Jersey, Prentice-Hall ; trad. fr. 1964, *Planification de la production, des stocks et de l'emploi*, Paris, Dunod.

1960. *The New Science of Management Decision*, New York, Harper & Row ; éd. rév. 1977, Englewood Cliffs, New Jersey, Prentice-Hall ; trad. fr. 1980, *Le Nouveau Management : la décision par les ordinateurs*, Paris, Economica.

1963. Avec Albert Ando et Franklin M. Fisher, *Essays on the Structure of Social Science Models*, Cambridge, Massachusetts, MIT Press.

1965. *The Shape of Automation for Men and Management*, New York, Harper & Row ; éd. rév. 1977, sous le titre *The New Science of Management*, Englewood Cliffs, New Jersey, Prentice-Hall.

1969. *The Sciences of the Artificial*, Cambridge, Massachusetts, MIT Press ; trad. fr. 1974, *La Science des systèmes : science de l'artificiel*, Paris, EPI.

1972. Avec Allen Newell, *Human Problem Solving*, Englewood Cliffs, New Jersey, Prentice-Hall.
1977. *Models of Discovery*, Dordrecht, Reidel.
1979. *Models of Thought*, New Haven, Connecticut, Yale University Press.
1979. « Rational Decision Making in Business Organizations » (Conférence Nobel), *American Economic Review*, vol. 69, 493-513.
1982. *Behavioral Economics and Business Organization*, Cambridge, Massachusetts, MIT Press.
1982. *Economic Analysis and Public Policy*, Cambridge, Massachusetts, MIT Press.
1982. *Models of Bounded Rationality*, 2 vol., Cambridge, Massachusetts, MIT Press.
1985. « My Life Philosophy », *American Economist*, vol. 21, n° 1, 15-20 ; in Szenberg 1992, 261-9.
1986, « The Failure of Armchair Economics », *Challenge*, novembre-décembre, 18-25.
1991. « Organizations and Markets », *Journal of Economic Perspectives*, vol. 5, n° 2, 25-44.
1991. *Models of my Life*, New York, Basic Books.
1992. *Et al., Economics, Bounded Rationality, and the Cognitive Revolution*, Aldershot, Hants, Edward Elgar.

La proclamation du jury du prix Nobel (*SJE* 1979) affirme avec force que H. Simon « est avant tout un économiste » – pour ajouter aussitôt : « au sens le plus large du terme ». Car rien, ni dans son cursus universitaire, ni dans ses nombreuses publications ne permet d'affirmer qu'il est d'abord économiste : ses premiers travaux des années trente et quarante portent sur la mesure et l'évaluation de l'efficacité de l'activité publique, notamment pour les collectivités locales ; et s'il publie des articles dans *Econometrica*, en 1948 sur le progrès technique et en 1949, avec Hawkins, sur un problème crucial de l'analyse interindustrielle, il publie également, à cette époque, dans des revues d'administration publique, de science politique, de recherche opérationnelle, de mathématique, de statistique, de psychologie et de philosophie.

Il s'est affirmé, dans le champ de l'économie comportementaliste, avec ses travaux sur les organisations, administrations et grandes entreprises, et notamment l'analyse concrète des processus par lesquels y sont prises les décisions (1947, 1950, 1954, 1958) ; ce dernier ouvrage est publié avec J. March, qui, dans la même veine, publiera en 1963, avec R. Cyert,

A Behaviourial Theory of the Firm. Un des thèmes que Simon met en lumière est que les dirigeants ne visent pas la « maximisation » d'une grandeur, mais cherchent la voie la plus « satisfaisante » en fonction d'une pluralité d'objectifs et de contraintes, et compte tenu des limites de leur information. Dès sa thèse de doctorat, rédigée en 1943, publiée en 1947, il avait mis en avant l'argument de la rationalité limitée ; avec le temps, ce qui, au départ, était une simple hypothèse théorique, lui est de plus en plus apparu comme une bonne description de la rationalité humaine telle qu'on peut l'observer (introduction de 1976 à la 3e édition de 1947).

Tenant de l'analyse mathématique, attaché au développement de ses potentialités, démultipliées par les progrès de l'informatique, dans les sciences sociales, H. Simon n'adopte pourtant pas la démarche, prédominante en économie, consistant à privilégier la logique interne de la construction théorique : pour lui, la validité d'une analyse tient à sa vérification empirique. N'est-ce d'ailleurs pas la condition pour que les ordinateurs puissent de mieux en mieux assister les gestionnaires publics ou privés, gérer des stocks, jouer aux échecs, bref aider à des décisions aux enjeux s'inscrivant dans un contexte marqué par la complexité et un avenir incertain ? Au long des travaux qu'il mène sur ces thèmes (1957, 1960 avec Holt, 1960, 1963, 1965, 1982 *Models*), Simon approfondit les questions des relations causales et du *causal ordering*, des comportements rationnels et de la rationalité, des processus cognitifs et de l'intelligence artificielle et finalement de la science des systèmes et de la complexité (1969, 1977, 1979 *Models*). Il fait notamment ressortir que la décision s'inscrit dans un univers complexe, mal connu et incertain, ce qui implique que soient pris en compte le coût de l'information et le « processus de recherche » de la solution. Plus largement, il insiste sur le caractère limité, borné de la rationalité et il oppose à l'irréaliste rationalité « substantielle » *(substantive)* prêtée aux agents économiques par la tradition néoclassique ; il dégage le concept de rationalité « limitée », qu'il nomme ensuite « procédurale » *(bounded)*, des acteurs en situation de décider (1979 *AER*, 1982 *Models*).

Par rapport au courant dominant de la science économique contemporaine, les apports de Simon sont à double tranchant. A un premier degré, ils conduisent au rejet de l'ensemble des travaux qui reposent sur les hypothèses simplistes d'agents économiques maximisant une fonction dans un univers certain, c'est-à-dire d'une part majeure de la science économique contemporaine – qu'il lui arrive d'ailleurs de critiquer avec vigueur (1986). A un second niveau cependant, ils ont constitué une incitation au renouveau de l'analyse des organisations et des marchés et à un enrichissement de l'analyse que l'on peut constater dans la tradition institutionnaliste comme en économie industrielle, dans la jeune école des conventions mais aussi chez de nombreux auteurs qui se réclament de l'approche néoclassique.

Au total, on peut penser, avec Baumol (1979 *SJE*), que l'importance des contributions de Simon à l'économie est d'autant plus remarquable qu'il ne s'agit pas de son premier domaine de travail. Pour le seul champ de l'économie, son apport dépasse largement l'analyse du « processus de prise de décision au sein des organisations économiques » pour laquelle le jury du Nobel l'a choisi : en s'intéressant aux processus plus qu'à l'équilibre, et aux choix rationnels plus qu'à l'optimum, en mettant l'accent sur les organisations plutôt que sur les marchés (1991), en mettant en relief la rationalité procédurale, Simon a, dans une période de surenchères en abstraction et formalisation, maintenu vivace la pensée économique et mis les savoirs les plus élaborés de son temps au service de la connaissance. Il est trop tôt pour dire s'il n'aura été qu'une comète dans le ciel de la science économique moderne ou si son œuvre aura contribué à susciter un nouveau cours de la pensée et de l'analyse.

Principales références

« The Nobel Memorial Prize in Economics 1978 ». Proclamation, articles de William J. Baumol et Albert Ando et bibliographie, *Swedish Journal of Economics*, 1979, vol. 81, 72-114. Articles repris in Spiegel et Samuels 1984, 474-82.

DEMAILLY André et LE MOIGNE Jean-Louis (dir., avec la collaboration de H.A. Simon) 1986. *Sciences de l'intelligence, sciences de l'artificiel*, Presses universitaires de Lyon.

MONGIN Philippe 1986. « Simon, Stigler et les théories de la rationalité limitée », *Information sur les sciences sociales*, vol. 25, 555-606.

SIMON 1985, 1991 *Models*.

BLAUG 1985, 229-31. LOASBY 1989, 140-54.

SOLOW Robert M.

Né en 1924

Robert Solow est né à Brooklyn. Il a obtenu un doctorat de l'université Harvard en 1951. Depuis 1950, il enseigne au département d'économie du Massachusetts Institute of Technology, où il poursuit une longue collaboration avec son collègue et ami P.A. Samuelson. En 1961, il a obtenu la médaille John Bates Clark. Il a été président de l'American Economic Association en 1979. Il a obtenu le prix de sciences économiques en mémoire d'Alfred Nobel en 1987.

Principales publications

1956. « A Contribution to the Theory of Economic Growth », *Quarterly Journal of Economics*, vol. 70, 65-94 ; trad. fr. 1974, « Une contribution à la théorie de la croissance économique », in Abraham-Frois (dir.), 39-67.

1957. « Technical Change and the Aggregate Production Function », *Review of Economics and Statistics*, vol. 39, 312-20.

1958. Avec R. Dorfman et P.A. Samuelson, *Linear Programming and Economic Analysis*, New York, McGraw-Hill ; trad. fr. 1962, *Programmation linéaire et gestion économique*, Paris, Dunod.

1960. Avec Paul A. Samuelson, « Analytical Aspects of Anti-Inflation Policy », *American Economic Review*, vol. 50, *Papers and Proceedings*, 177-94.

1960. « Investment and Technical Progress », in K.J. Arrow, S. Karlin et P. Suppes (dir.), *Mathematical Methods in the Social Sciences*, Stanford, Californie, Stanford University Press, 89-104.

1963. *Capital Theory and The Rate of Return*, Amsterdam, North-Holland ; trad. fr. 1970, *Théorie du capital et taux de rendement*, Paris, Dunod.

1964. *The Nature and Sources of Unemployment in the United States*, Stockholm, Almqvist & Wiksell.

1966. Avec J. Tobin, C.C. von Weizsäcker et M. Yaari, « Neoclassical Growth with Fixed Factor Proportions », *Review of Economic Studies*, vol. 33, 79-116 ; trad. fr. 1974, in Abraham-Frois (dir.), 83-100.

1969. *Price Expectations and the Behaviour of the Price Level*, Manchester University Press.

1970. *Growth Theory : An Exposition*, New York, Oxford University Press ; trad. fr. 1972, *Théorie de la croissance économique*, Paris, A. Colin.
1973. Avec A.S. Blinder, « Does Fiscal Policy Matter ? », *Journal of Public Economics*, vol. 2, 319-37.
1974 (dir., avec E. Ginzberg). *The Great Society : Lessons for the Future*, New York, Basic Books.
1980. *The Story of a Social Experiment and Some Reflections*, Dublin, Economic and Social Research Institute.
1980. « On Theories of Unemployment », *American Economic Review*, vol. 70, 1-11.
1983 (dir., avec E.C. Brown). *Paul Samuelson and Modern Economic Theory*, New York, McGraw-Hill.
1983. « Entrevue », in Klamer 1983 ; trad. fr. 1988, 173-99.
1988 (dir., avec A. Klamer et D. McCloskey). *The Consequences of Economic Rhetoric*, Cambridge, Angleterre, Cambridge University Press.
1988. « Growth Theory and After », *American Economic Review*, vol. 78, 307-17.
1989. Avec M. Dertouzos et R.K. Lester, *Made in America : Regaining the Productive Edge*, Cambridge, MIT Press.
1990. *The Labor Market as a Social Institution*, Cambridge, Massachusetts, et Oxford, Basil Blackwell.
1990. « My Evolution as an Economist », in Breit et Spencer 1990, 181-201.
1992. « Notes on Coping », in Szenberg 1992, 270-74.

Robert Solow a reçu le prix Nobel pour ses contributions à la théorie de la croissance économique. Ses écrits dans ce domaine sont nombreux, mais le plus connu et le plus influent est celui de 1956, dans lequel il élabore un modèle néoclassique de croissance inspiré des travaux de Harrod et Domar. Il y démontre comment, si l'on introduit dans le modèle de Harrod-Domar la substitution entre les facteurs de production, capital et travail, on peut atteindre un sentier de croissance stable de plein emploi, grâce à la flexibilité des prix. Solow prouve aussi que le taux de croissance de la production par unité de travail est indépendant de la propension à l'épargne et dépend entièrement du taux de progrès technologique. Dans un autre article influent (1957), il étudie le rapport entre croissance économique, augmentation de la quantité des facteurs de production et progrès technologique. Proposant des techniques nouvelles pour mesurer la contribution des facteurs de production à la croissance, il démontre que, sur une longue période, c'est le progrès technologique qui est la principale source de la croissance, plutôt que, par exemple, l'accroissement de la quantité de capital par travailleur. Ce progrès inclut l'accroissement des qualifications de la main-d'œuvre, entre autres par le biais de l'éducation. Solow montre aussi que ce progrès est neutre, en ce sens qu'il ne modifie pas la répartition du revenu national entre les salaires et les revenus du capital. Dans une autre contribution importante (1960, in Arrow *et al.*), Solow explique que le progrès technique est incorporé dans le capital, et qu'il faut tenir compte de la structure en termes d'âge du capital, en construisant des modèles « millésimés » *(vintage models).* Ces articles sont à l'origine d'une littérature abondante sur les mécanismes de croissance économique, tant dans les économies développées que sous-développées.

Robert Solow a apporté des contributions dans plusieurs autres domaines de la théorie économique : théorie macroéconomique, économie du travail, économie des ressources naturelles et de l'environnement, économie urbaine, politiques d'emploi et de stabilisation. Se définissant lui-même comme un keynésien éclectique, au centre-gauche de l'échiquier politique, Solow est un polémiste redoutable. Il a mené le combat contre Joan Robinson et les économistes post-keynésiens dans la « guerre des deux Cambridge » qui a fait rage dans les années soixante, et dont l'objet portait précisément sur la théorie du capital et de la croissance, en particulier sur l'existence des fonctions de production agrégées que Solow et ses collègues postulaient. Dans une de ses contributions à la théorie du capital (1963), Solow cherche à répondre aux critiques des post-keynésiens en démontrant que la mesure du capital physique n'a pas d'importance. Le problème est de savoir comment est déterminé le taux de rendement du capital, et ce dernier dépend de la valeur nominale et non de la valeur réelle du capital.

Solow a aussi croisé le fer avec les monétaristes et, plus récemment, avec les nouveaux économistes classiques, à qui il reproche de valoriser la virtuosité mathématique aux dépens de l'étude réaliste des problèmes économiques contemporains. Lui-même habile mathématicien, Solow s'oppose néanmoins à la prétention de plusieurs économistes à construire une physique sociale dotée de modèles valables en tout temps et en tout lieu. Il considère l'économie comme une science sociale, inexacte, et dans laquelle il faut tenir compte des institutions, des structures sociales et de l'histoire. Contre les nouveaux classiques, il estime aussi que l'Etat a toujours un rôle important à jouer pour assurer le plein emploi, la stabilité de la croissance et le progrès technologique.

Principales références

« The Nobel Memorial Prize in Economics 1987 ». Proclamation, articles de E.C. Prescott et R.C.O. Matthews, et bibliographie préparée par R.M. Solow, *Scandinavian Journal of Economics* 1988, vol. 90, 1-26.

ROBINSON Joan 1964. « Solow on the Rate of Return », *Economic Journal*, vol. 74, 410-17.
SOLOW 1990 « My Evolution », 1992.

BLAUG 1985, 232-33.

SRAFFA Piero

1898-1983

Piero Sraffa est né à Turin. Il commence en 1916 à la faculté de droit de Turin des études, interrompues par le service militaire, et obtient son doctorat en 1920, sous la direction de Luigi Einaudi. En 1919, il fait la connaissance d'Antonio Gramsci, dont il demeurera proche jusqu'à la mort de ce dernier en 1937. Pendant les onze années de détention de Gramsci, Sraffa alerte l'opinion internationale à ce sujet, lui ouvre un compte illimité dans une librairie de Milan et joue un rôle clé dans la préservation de ses *Quaderni delle carcere* (Lettres de prison).

Sraffa séjourne en 1921 et 1922 à la London School of Economics et fait la connaissance de Keynes. En 1923, il est nommé chargé de cours à l'université de Pérouse. En 1926, il devient titulaire d'une chaire d'économie politique à l'université de Cagliari, où il n'enseignera que jusqu'en 1927, tout en conservant ce poste jusqu'à la fin de sa vie, et en versant son traitement à la bibliothèque de l'université. L'accentuation de la répression politique en Italie, et en particulier la persécution contre la communauté juive dont il fait partie, et le fait que l'université de Cambridge, à l'instigation de Keynes, lui offre un poste, le convainquent de s'installer en Grande-Bretagne en 1927. Il y demeurera jusqu'à sa mort, sans pour autant abandonner sa nationalité italienne, ce qui lui vaut d'être brièvement détenu en 1940 à l'île de Man, d'où il est libéré à la suite de l'intervention de Keynes.

Eprouvant beaucoup de difficultés à enseigner, il abandonne cette tâche en 1930. Keynes le fait nommer bibliothécaire de la Marshall Library of Economics, poste qu'il détiendra jusqu'en 1973, et fait créer pour lui une fonction de « directeur assistant de recherche » qui l'amène à superviser les thèses. En 1930, il fait partie du « Circus », composé entre autres de Richard Kahn, James Meade, Austin et Joan Robinson, organisé pour discuter du *Treatise on Money* de Keynes. En 1939, Sraffa est élu membre de Trinity College. Il est mort à Cambridge, après une longue maladie.

Principales publications

1920. *L'inflazione monetaria in Italia durante et dopo la guerra*, Milan, Scuola Tipografica Salesiana.

1922. « The Bank Crisis in Italy », *Economic Journal*, vol. 32, 178-197.

1922. « Italian Banking To-Day », *The Manchester Guardian Commercial, Reconstruction in Europe*, supplément n° 11, 7 décembre, 675-6.

1925. « Sulle relazioni fra costo e quantità prodotta », *Annali di Economia*, vol. 2, 277-328 ; trad. fr., « Sur les relations entre coût et quantité produite », in Sraffa 1975, 1-49.

1926. « The Laws of Returns Under Competitive Conditions », *Economic Journal*, vol. 36, 535-50 ; trad. fr., « Les lois de rendements en concurrence », in Sraffa 1975, 51-68.

1927. « The Methods of Fascism. The Case of Antonio Gramsci », *Manchester Guardian*, 24 octobre.

1930. « An Alleged Correction of Ricardo », *Quarterly Journal of Economics*, vol. 44, 539-44.

1932. « Dr. Hayek on Money and Capital », *Economic Journal*, vol. 42, 42-53 [et « Money and Capital : a Rejoinder », *ibid.*, 249-51] ; trad. fr. 1984, « La théorie du Dr Hayek sur la monnaie et le capital », *Cahiers d'économie politique*, n° 9, 5-17 [Errratum, *Cahiers d'économie politique*, n° 12, 130].

1938. Editeur, avec J.M. Keynes, de David Hume, *An Abstract of a Treatise on Human Nature (1740)*, Cambridge, Angleterre, Cambridge University Press.
1951-73. Editeur de *The Works and Correspondence of David Ricardo*, 11 volumes, Cambridge, Angleterre, Cambridge University Press, pour la Royal Economic Society.
1951. « Introduction », in *The Works and Correspondance of David Ricardo*, vol. 1, *On the Principles of Political Economy and Taxation*, Cambridge, Angleterre, Cambridge University Press, XIII-LXII ; trad. fr. 1975, in Sraffa 1975, 69-119.
1960. *Production of Commodities by Means of Commodities. Prelude to a Critique of Economic Theory*, Cambridge, Angleterre, Cambridge University Press ; trad. fr. 1970, *Production de marchandises par des marchandises : prélude à une critique de la théorie économique*, Paris, Dunod.
1962. « Production of Commodities. A Comment », *Economic Journal*, vol. 72, 477-9 ; trad. fr. 1977, in G. Faccarello et P. de Lavergne (dir.), *Une nouvelle approche en économie politique ? Essais sur Sraffa*, Paris, Economica, 12-3.
1975. *Ecrits d'économie politique*, Paris, Economica.
1986. *Saggi* [Essais], Bologne, Il Mulino.

Brève et concise, l'œuvre économique de Piero Sraffa est néanmoins l'une de celles qui ont fait couler beaucoup d'encre au vingtième siècle. Après une thèse de doctorat (1920) et deux articles en 1922 sur la situation financière en Italie, dont le second suscite la colère du chef de gouvernement Benito Mussolini, Sraffa entreprend une critique approfondie de la théorie néoclassique de la valeur, qui s'est alors imposée. Deux articles sur cette question (1925, 1926) assurent sa réputation scientifique ; le second est sans doute l'une de ses publications les plus souvent citées jusqu'à ce jour. Sraffa s'y attaque à la cohérence logique de la théorie moderne de la valeur fondée sur la symétrie des forces déterminant l'offre et la demande. Soulignant que rendements croissants et décroissants répondent à des logiques différentes, il conclut que « pour aborder simplement le problème de la valeur en régime de concurrence, la théorie ancienne, aujourd'hui désuète, qui reposait sur les seuls coûts de production, semble être encore la meilleure théorie dont nous disposions » ([1926] 1975, p. 57). Mais comme, de toute manière, les économies modernes se caractérisent par l'existence de monopoles, Sraffa explique pourquoi « il est donc nécessaire d'abandonner la voie de la libre concurrence et de suivre la direction opposée : celle du monopole » (*ibid.*, p. 58). C'est dans cette direction que vont s'engager des auteurs comme Chamberlin, Harrod, Kahn et Joan Robinson, initiant ainsi ce que certains ont appelé la « révolution de la concurrence monopolistique ».

Mais Sraffa lui-même s'est engagé, dès la fin des années vingt, dans une voie tout à fait différente, en rédigeant les premières ébauches d'un ouvrage qui sera finalement publié en 1960, à partir d'une réflexion sur la vision classique, et en particulier ricardienne, de la valeur et de la répartition. En 1930, il est chargé par la Royal Economic Society de la publication des œuvres de Ricardo. Ce travail de bénédictin, auquel Dobb a activement participé, lui demandera finalement plus de vingt ans, et produira une édition scientifique d'une exceptionnelle qualité. Le premier volume paru en 1951 contient une importante introduction qui met en avant une nouvelle interprétation de la théorie de la valeur et des profits de Ricardo. Sraffa y souligne que « le problème de la valeur qui préoccupait Ricardo était de savoir comment trouver une mesure de la valeur qui demeure invariable par rapport à des variations dans la répartition du produit » ([1951] 1975, p. 106).

Ce problème, qui n'a pas été résolu à sa satisfaction par Ricardo, l'est par Sraffa dans *Production de marchandises par des marchandises*. Ce dernier livre, de moins de cent pages, est sous-titré « prélude à une critique de la théorie économique », mais Sraffa laisse à d'autres le soin d'élaborer cette critique. Il indique explicitement qu'il reprend dans cet ouvrage le point de vue « des vieux économistes classiques d'Adam Smith à Ricardo… submergé et oublié depuis l'avènement de l'analyse "marginale" » ([1960] 1970, p. VI). Sraffa montre que, dans une économie capitaliste, les prix et le taux de profit sont simultanément déterminés par les seules conditions de production. Le rapport, nécessairement antagoniste, entre ce taux de profit et le niveau des salaires, doit être déterminé de manière exogène au système, par exemple par le niveau du taux d'intérêt bancaire, comme le suggère Sraffa, ou par la lutte des classes, comme le suggèrent certains de ses disciples.

Le livre bref et dense de Sraffa est à l'origine d'un flot abondant d'articles et d'ouvrages. Il a donné naissance à ce que d'aucuns ont appelé la « révolution sraffienne » ou encore le « courant post-ricardien », expressions que Sraffa récusait. Joan

Robinson et d'autres auteurs du courant post-keynésien, d'abord enthousiasmés, ont fini par reprocher à Sraffa de s'en tenir à un modèle d'équilibre statique à long terme incompatible avec l'esprit de la révolution keynésienne. Pour d'autres, tels que Eatwell, Garegnani ou Kregel, Sraffa démontre définitivement la cohérence des approches de Ricardo et de Marx à la théorie de la valeur et de la répartition, portant ainsi un coup fatal à la théorie néoclassique. Samuelson (1987, *infra*) conclut au contraire que ce qu'il appelle « l'économie sraffaienne », avec les apports de Leontief et de von Neumann dont elle est proche, confirme plutôt qu'elle n'infirme la validité de la théorie de l'équilibre général perfectionnée par Arrow et Debreu (p. 456).

Principales références

ARENA, Richard 1990 (dir.). *Piero Sraffa trente ans après*, Paris, PUF.

BHARADWAJ Krishna et SCHEFOLD Bertram 1989 (dir.). *Essays on Piero Sraffa*, Londres, Unwin Hyman.

BLAUG Mark 1992 (dir.). *Piero Sraffa (1898-1983)*, Aldershot, Hants, Edward Elgar.

Cahiers d'économie politique 1976, n° 3, « Actes du colloque Sraffa ».

Cambridge Journal of Economics 1988, « Piero Sraffa Memorial Issue », vol. 12, n° 1.

FACCARELLO G. et LAVERGNE P. de 1977 (dir.). *Une nouvelle approche en économie politique ? Essais sur Sraffa*, Paris, Economica.

HODGSON Geoffrey M. 1991. *After Marx and Sraffa : Essays in Political Economy*, New York, St. Martin's Press.

POTIER Jean-Pierre 1987. *Un économiste non conformiste : Piero Sraffa (1898-1983). Essai biographique*, Presses universitaires de Lyon.

RONCAGLIA Alessandro 1975. *Sraffa e la teoria dei prezzi*, Rome, Gius. Laterza & Figli Spa ; trad. angl. 1978, *Sraffa and the Theory of Prices*, Chichester, John Wiley & Sons.

SAMUELSON P.A., « Sraffian Economics », *New Palgrave*, vol. 4, 452-60.

STEEDMAN Ian 1977. *Marx after Sraffa*, Londres, New Left Books.

STEEDMAN Ian 1989 (dir.). *Sraffian Economics*, 2 vol., Aldershot, Hants, Edward Elgar.

WOODS John E. 1990. *The Production of Commodities : An Introduction to Sraffa*, Londres, Macmillan.

ARESTIS et SAWYER 1992, 536-45. BLAUG 1985, 236-8. *New Palgrave* 1987, vol. 4, 445-52. SILLS 1979, 736-9. SHACKLETON et LOCKSLEY 1981, 240-56.

STIGLER George J.

1911-1991

George Stigler est né à Renton, dans l'Etat américain de Washington. Il a obtenu une maîtrise de la Northwestern University (1932) et un doctorat de l'université de Chicago (1938). Il a été professeur assistant à l'université d'Etat de l'Iowa (1936-38), professeur assistant, associé et titulaire à l'université du Minnesota (1938-46), professeur à l'université Brown (1946-47), à l'université Columbia (1947-58) et à l'université de Chicago (1958-81), qui lui a décerné l'éméritat en 1981. Il a été chercheur au National Bureau of Economic Research de 1941 à 1976 et directeur du *Journal of Political Economy* de1973 à sa mort. Président de l'American Economic Association en 1964, il a reçu le prix de sciences économiques en mémoire d'Alfred Nobel en 1982. Il a occupé diverses fonctions dans des organismes publics, dont celle de président du Task Force on Competition and Productivity établi par le président Nixon en 1969. Il a été président de la Société du mont Pèlerin en 1977-78.

Principales publications

1941. *Production and Distribution Theories*, New York, Macmillan.
1942. *The Theory of Competitive Price*, New York, Macmillan.
1946. *The Theory of Price*, New York, Macmillan ; trad. fr. 1972, *La Théorie des prix*, Paris, Dunod.
1947. *Domestic Servants in the United States*, New York, National Bureau of Economic Research.
1947. *Trends in Output and Employment*, New York, National Bureau of Economic Research.
1949. *Five Lectures on Economic Problems*, New York, Longmans, Green Co.
1950. *Employment and Compensation in Education*, New York, National Bureau of Economic Research.
1954. « The Early History of Empirical Studies of Consumer Behavior », *Journal of Political Economy*, vol. 62, 95-113.
1955. « The Nature and Role of Originality in Scientific Progress », *Economica*, vol. 22, 293-302.

1956. *Trends in Employment in the Service Industries*, Princeton University Press.
1957. Avec David Blank, *Supply and Demand for Scientific Personnel*, Princeton University Press.
1961. « The Economics of Information », *Journal of Political Economy*, vol. 69, 213-25.
1963. *The Intellectual and the Market Place and Other Essays*, Glencoe, Illinois, Free Press ; éd. augmentée 1984, Cambridge, Massachusetts, Harvard University Press.
1963. *Capital and the Rate of Return in Manufacturing Industries*, Princeton University Press.
1965. *Essays in the History of Economics*, University of Chicago Press.
1965. « The Economist and the State », *American Economic Review*, vol. 55, 1-18 [discours présidentiel à l'American Economic Association].
1968. *The Organization of Industry*, Homewood, Illinois, Richard D. Irwin.
1970. Avec James K. Kindahl, *The Behavior of Industrial Prices*, New York, National Bureau of Economic Research.
1975. *The Citizen and the State : Essays on Regulation*, University of Chicago Press.
1982. *The Economist as Preacher and Other Essays*, University of Chicago Press ; Oxford, Basil Blackwell.
1983. « The Process and Progress of Economics », in *Les Prix Nobel en 1982*, Stockholm, Fondation Nobel ; *Journal of Political Economy*, vol. 91, 529-45.
1984. « Economics : The Imperial Science », *Scandinavian Journal of Economics*, vol. 86, 301-13.
1986. *The Essence of Stigler*, édité par Kurt R. Leube et Thomas Gale Moore, Stanford, Californie, Hoover Institution Press.
1986. « My Evolution as an Economist », in Breit et Spencer 1986, 93-112.
1988. *Memoirs of an Unregulated Economist*, New York, Basic Books.
1988 (dir.). *Chicago Studies in Political Economy*, University of Chicago Press.

La thèse de doctorat de Stigler (1941) est une contribution importante à l'histoire de la pensée économique, qui est pour lui un complément essentiel de la recherche économique. Il y examine l'émergence de la théorie néoclassique de la valeur et de la répartition. On y trouve déjà clairement indiqués certains éléments de l'approche que Stigler appliquera dans ses nombreuses autres publications dans ce domaine (voir en particulier les articles rassemblés en 1965 et 1982). Il ne suffit pas qu'un économiste découvre une idée nouvelle pour avoir droit à la notoriété (1955). Il faut qu'il puisse convaincre ses contemporains de l'importance de cette idée. Stigler est aussi persuadé qu'on ne peut établir, entre l'histoire économique, autre domaine auquel il a contribué, et l'histoire des idées économiques une relation simple et univoque de cause à effet. Il y a pour lui une logique interne de développement des théories.

Le prix Nobel lui a été attribué pour « ses études originales et influentes sur les structures industrielles, le fonctionnement des marchés et les causes et les effets de la réglementation publique » (*SJE* 1983, p. 61). Adepte de la théorie néoclassique des prix, à laquelle il a consacré des ouvrages largement utilisés (1942, 1946), Stigler n'est pas un théoricien pur, préoccupé par l'élaboration et le raffinement de modèles abstraits. Dans la tradition de Chicago, et du National Bureau of Economic Research auquel il a été associé pendant toute sa carrière, il s'est toujours intéressé à la recherche empirique et l'application de la théorie à la compréhension de la réalité (les deux livres de 1947, 1950, 1956, 1957, 1970). C'est ainsi qu'il s'est penché sur les structures des marchés, la nature et le fonctionnement des entreprises, la détermination des prix en situation de monopole et d'oligopole, où il s'est montré très critique des approches traditionnelles inspirées par les travaux de Chamberlin. Ses nombreux travaux dans ce domaine (dont les principaux ont été rassemblés en 1968) sont au point de départ du développement de l'économie industrielle, que Stigler lui-même voit comme de la microéconomie appliquée plutôt que comme une branche autonome de la théorie économique.

L'article sur l'économie de l'information qu'il publie en 1961 a aussi une influence importante, en particulier sur l'évolution de la macroéconomie et de l'économie du travail. Stigler développe la thèse selon laquelle l'acquisition d'information est un processus coûteux, auquel on doit appliquer les mêmes règles d'analyse en termes d'optimisation que pour les autres activités économiques. L'agent rationnel se consacre à la recherche d'information supplémentaire aussi longtemps que le revenu marginal de cette activité en dépasse le coût marginal. Stigler a joué un rôle important dans la généralisation de la problématique néoclassique fondée sur la rationalité de l'agent à divers domaines d'activité, par exemple aux processus légaux et politiques, mouvement qu'on associe d'ailleurs en grande partie à l'université de Chicago. Il a lui-même défini la science économique comme « science impériale » (1984). Ses travaux dans le domaine de la réglementation (1975, 1982) se situent dans cette perspective. Il s'y attaque à l'idée selon laquelle les réglementations étatiques visent à corriger, dans l'intérêt du public, les imperfections du marché. Il prétend au contraire que ces interventions résultent de la collusion entre les intérêts de groupes de pression et de l'appareil bureaucratique. De ce fait, Stigler est un des plus ardents partisans de la déréglementation.

Principales références

« The Nobel Memorial Prize in Economics 1982 ». Proclamation, articles de Jacob Mincer et de Richard Schmalensee et bibliographie (fournie par George J. Stigler), *Scandinavian Journal of Economics*, 1983, vol. 85, 61-93.

COASE Ronald H. 1982. « George J. Stigler : An Appreciation », *Regulation*, vol. 6, 21-4.
RIMA Ingrid H. 1983. « George J. Stigler as a Historian of Economic Thought », in Warren J. Samuels (dir.), *Research in the History of Economic Thought and Methodology*, vol. 1, *The Craft of the Historian of Economic Thought*, Greenwich, Conn., et Londres, JAI Press, 271-89.
STIGLER 1986 « My Evolution », 1988 *Memoirs*.

BLAUG 1985, 239-41. *New Palgrave* 1987, vol. 4, 498-500.

STONE John Richard Nicholas

1913-1991

Né à Londres, John Richard Stone a fait ses études à l'université de Cambridge, d'abord en droit, puis en économie (BA en 1935, MA en 1938) et a eu Colin Clark comme professeur. Il travaille d'abord à la City et, à partir de 1940, à l'Office central de statistiques, où, sous l'impulsion de J.M. Keynes, il mène avec J. Meade, pour le Cabinet britannique, la mise en place de comptes économiques nationaux. De 1945 à 1955, il est directeur du Département d'économie appliquée créé à

Cambridge à l'initiative de Keynes. De 1955 à sa retraite, en 1980, il est professeur de finance et de comptabilité à l'université de Cambridge.

Il a été président d'un comité des Nations unies sur les comptes nationaux en 1945-46, de la Société d'économétrie en 1955, de la Royal Economic Society en 1978-80. Anobli en 1978, Sir Richard a reçu en 1984 le prix de sciences économiques en mémoire d'Alfred Nobel.

Principales publications

1938. Avec W.M. Stone, « The Marginal Propensity to Consume and the Multiplier », *Review of Economic Studies*, vol. 6, 1-24.

1941. Avec J.E. Meade, « The Construction of Tables of National Income, Savings and Investment », *Economic Journal*, vol. 51, 216-31.

1944. Avec J.E. Meade, *National Income and Expenditure*, Londres, Oxford University Press.

1945. « The Analysis of Market Demand », *Journal of the Royal Statistical Society*, vol. 108, 1-98.

1947. « Definition and Measurement of the National Income and Related Totals », appendice à : Nations unies, *Measurement of National Income and Construction of Social Accounts*, Genève.

1954. « Linear Expenditure Systems and Demand Analysis : An Application to the Pattern of British Demand », *Economic Journal*, vol. 64, 511-27.

1954-66. Avec D.A. Rowe *et al.*, *The Measurement of Consumers' Expenditure and Behaviour in the United Kingdom, 1920-1938*, vol. 1, 1954 ; vol. 2, 1966, Cambridge, Angleterre, Cambridge University Press.

1956. *Quantity and Price Indexes in National Accounts*, Paris, OECE.

1957. Avec D.A. Rowe, « The Market Demand for Durable Goods », *Econometrica*, vol. 25, 423-43.

1962. Avec Alan Brown, *A Computable Model of Economic Growth*, Londres, Chapman & Hall.

1964. « Private Saving in Britain, Past, Present and Future », *Manchester School of Economic and Social Studies*, vol. 32, 79-112.

1964. *The Model in its Environment*, Londres, Chapman & Hall.

1970. *Mathematical Models of the Economy and Other Essays*, Londres, Chapman & Hall.

1971. *Demographic Accounting and Model Building* ; trad. fr. 1971, *Comptabilité démographique et construction de modèles*, Paris, OCDE.

1978 (dir.). *Econometric Contributions to Public Policy*, Londres, Macmillan.

1978. « Keynes, Political Arithmetic and Econometrics », *Proceedings of the British Academy*, vol. 64, 55-92.
1985. « The Accounts of Society », Nobel Memorial Lecture, in *Les Prix Nobel 1984*, Stockholm, Almqvist & Wiksell ; in *Journal of Applied Economics*, 1986, vol. 1, 5-28.

Après quelques études statistiques et de conjoncture publiées, pour certaines avec son épouse, dans la seconde moitié des années trente, R. Stone va centrer ses travaux sur deux grands domaines : les comptes nationaux et l'analyse de la consommation.

L'élaboration, menée avec Meade, du cadre conceptuel (1941, 1944) et un laborieux travail sur le matériel statistique ont d'abord permis de calculer de premières évaluations de la production et de la demande et de situer le budget de guerre dans son contexte économique. Dans ce domaine, où d'autres travaux étaient en œuvre dans d'autres pays, cette avancée a constitué une impulsion décisive pour le développement des comptabilités nationales : Stone a largement contribué à ce développement après la guerre, tant par sa participation aux travaux menés dans le cadre de la SDN, puis des Nations unies (1947) et ensuite de l'OECE (1956, et OECE 1952. *Standardised System of National Accounting*, Paris), que par de nombreux articles et sa participation à d'innombrables conférences, colloques et séminaires. Un de ses soucis fondateurs fut de faire apparaître en revenu (pour une catégorie d'agents) ce qui est connu en dépense (pour une autre) ; et réciproquement. Un de ses axes de recherche, dans les années cinquante, fut de systématiser cette approche à l'aide d'une « matrice générale des transactions », tableau à double entrée, de même structure que le tableau d'échanges interindustriels de Leontief, mais plus large (et donc appelée à l'englober) puisque devant recenser toutes les transactions et paiements entre toutes les catégories d'agents. Mais déjà étaient établis les cadres dans lesquels les comptables nationaux de pays de plus en plus nombreux mettaient en place ou perfectionnaient leurs comptes.

Parallèlement, Stone a développé l'analyse de la fonction de demande de consommation : il l'a fait, par produits ou catégories de produits, à partir d'une réflexion sur les déterminants des demandes de consommation et sur la base du traitement économétrique d'un important matériel statistique (1945, 1954, 1954-66). Mais – illustration à la fois de la dévalorisation du travail sur données par rapport à l'élaboration théorique et de la perte d'influence de l'école anglaise par rapport à la nouvelle école américaine – ce sont les hypothèses de Modigliani sur le cycle de vie et de Friedman sur le revenu permanent qui occuperont le devant de la scène. Ce qui n'empêchera pas Stone de poursuivre ses travaux sur la consommation de biens durables et l'épargne (1957, 1964 « Private »).

Stone travailla aussi à la construction d'un grand modèle de croissance, intégrant la prise en compte des relations interindustrielles, pour la Grande-Bretagne (1962, 1964 *The Model*), à l'élargissement des comptes nationaux aux domaines démographique et social (1971, 1985) et à l'économie de l'éducation. Cependant, comme le soulignait l'Académie royale suédoise des sciences (*SJE* 1985, p. 1) en 1984, « c'est son initiative et sa recherche pionnière concernant les systèmes de comptes nationaux qui constituent la contribution centrale de Stone aux sciences économiques ».

Principales références

« The Nobel Memorial Prize in Economics, 1984 ». Proclamation, article de Leif Johansen et bibliographie, *Swedish Journal of Economics*, 1985, vol. 87, 1-43.

New Palgrave 1987, vol. 4, 509-12.

TINBERGEN Jan

1903-1994

Né à La Haye, Jan Tinbergen fait des études de physique mathématique à l'université de Leiden (1922-26) ; membre des jeunesses socialistes, il refuse de faire son service militaire et doit travailler d'abord dans l'administration d'une prison, puis au Bureau central des statistiques. Il obtient en 1929, à Leiden, un doctorat en physique avec une thèse sur les « problèmes de minimum en physique et en économie » ; puis il est recruté, pour travailler sur les cycles économiques, au Bureau central des statistiques, où il reste en poste (sauf deux ans à la Société des Nations, en 1936-38) jusqu'en 1945. Il enseigne la statistique à l'université d'Amsterdam à partir de 1931 et, de 1933 à 1955, est professeur à temps partiel à la Netherland School of Economics, à Rotterdam.

En 1945, il est nommé directeur du nouveau Bureau central de planification à La Haye, poste qu'il occupe jusqu'en 1955. Après une année à Harvard, il est, jusqu'en 1973, professeur à plein temps à la Netherland School of Economics, devenue université Erasmus, à Rotterdam. Il est conseiller de nombreux pays en développement, ainsi que de l'OCDE, de la Banque mondiale, d'agences de l'ONU. De 1966 à 1975, il préside le Comité des Nations unies pour la planification du développement. De 1973 à 1975, il est professeur de coopération internationale à l'université de Leiden.

Après bien d'autres distinctions, il est le premier – conjointement avec Ragnar Frisch – à recevoir, en 1969, le prix de sciences économiques en mémoire d'Alfred Nobel.

Principales publications

1929. *Minimumproblemen in de natuurkunde en de ekonomie* [Problèmes de minimum en physique et en économie], Amsterdam, J.H. Paris.

1935. « Annual Survey : Suggestions on Quantitative Business Cycle Theory », *Econometrica*, vol. 3, 241-308.

1936. « Kan hier te lande, al dan niet na Overheidsingrijpen, een verbetering van de binnenlandse conjuctuur intreden, ook zonder verbeteing van onze exportpositie ? » [Une reprise économique domestique dans notre pays est-elle possible, avec ou sans action gouvernementale, même sans amélioration de notre balance commerciale ?], in *Prae-adviezen voor de Vereeniging voor de Staathuishoudkunde en de Statistiek*, 's-Gravenhage, 1936, 62-108 ; trad. angl. 1959, « An Economic Policy for 1936 », in 1959, 37-84.

1939. *Statistical Testing of Business-Cycle Theories*, vol. 1, *A Method and its Application to Investment Activity* ; vol. 2, *Business Cycles in the United States of America, 1919-32*, Genève, Société des Nations.

1942. « Zur Theorie der Langnistigen Wirtschaftsentwicklung », *Weltwirtschaftliches Archiv*, vol. 55, 511-49 ; trad. angl., « On the Theory of Trend Movements », in 1959, 182-221.

1945. *International Economic Cooperation*, Amsterdam, Elsevier ; éd. révisée 1954, *International Economic Integration*, Amsterdam, Elsevier.
1951. *Business Cycles in the United Kingdom, 1870-1914*, Amsterdam, North-Holland.
1951. *Econometrics*, Londres, George Allen & Unwin ; trad. fr. 1954, *L'Econométrie*, Paris, A. Colin.
1952. *On the Theory of Economic Policy*, Amsterdam, North-Holland.
1954. *Centralization and Decentralization in Economic Policy*, Amsterdam, North-Holland.
1956. *Economic Policy. Principles and Design*, Amsterdam, North-Holland ; trad. fr. 1961, *Techniques modernes de la politique économique*, Paris, Dunod.
1958. *The Design of Development*, Baltimore, Johns Hopkins ; trad. fr. 1962, *Planification du développement*, Paris, PUF.
1959. *Selected Papers*, édité par L.H. Klaassen, L.M. Koyck et H.J. Witteveen, Amsterdam, North-Holland.
1962. *Shaping the World Economy : Suggestions for an International Economic Policy*, New York, Twentieth Century Fund.
1962. Avec Hendricus Cornelis Bos, *Mathematical Models of Economic Growth*, New York, McGraw-Hill ; trad. fr. 1961, *Modèles mathématiques de croissance économique*, Paris, Dunod.
1964. *Central Planning*, New Haven, Connecticut, Yale University Press.
1965. Avec Hendricus Cornelis Bos, *Econometric Models of Education* ; trad. fr. 1965, *Modèles économétriques de l'enseignement : quelques applications*, Paris, OCDE.
1967. *Development Planning*, New York, McGraw-Hill ; trad. fr. 1967, *La Planification*, Paris, Hachette.
1972. Avec Stefan Jensen et Barry Hake, *Possible Futures of European Education : Numerical and System's Forecasts*, La Haye, Martinus Nijhoff.
1972. *Politique économique et optimum social*, Paris, Economica.
1975. *Income Distribution Analysis and Policies*, Amsterdam, Elsevier.
1976 (dir., avec Anthony J. Dolman et Jan Van Ettinger). *Reshaping the International Order : A Report to the Club of Rome*, New York, E.P. Dutton ; trad. fr. 1978, *Nord/Sud, du défi au dialogue ? Propositions pour un nouvel ordre international*, Paris, SNED/Dunod.
1979. « Recollections of Professional Experiences », *Quarterly Review, Banca Nazionale del Lavoro*, n° 131, 331-60 ; in Kregel 1988, 67-95.
1985. *Production, Income and Welfare : The Search for An Optimal Social Order*, Lincoln, University of Nebraska Press.
1990. *World Security and Equity*, Aldershot, Hants, Edward Elgar.
1992. « Solving the Most Urgent Problems First », in Szenberg 1992, 275-82.

L'œuvre de J. Tinbergen se prête assez bien à une présentation par période. Encore ne faut-il pas oublier sa très profonde unité : d'abord, Tinbergen n'est pas l'homme d'une école et n'est attiré ni par les débats académiques, ni par les sophistications formelles ; il attache de l'importance à l'observation des faits et à la quantification (donc à la mesure), à la formalisation et à l'élaboration théorique (conditions d'un travail empirique rigoureux), et à la capacité d'éclairer la décision et l'action. Et sa rigueur scientifique reste en permanence animée par l'idéal d'un monde moins inégal et si possible meilleur.

Dans les années trente et pendant la guerre, il s'affirme comme économètre, participant avec Frisch à la création de la Société d'économétrie. Après des travaux sur les cycles dans la construction navale, il s'efforce de formaliser la dynamique d'ensemble de l'économie hollandaise, avec le souci de dégager les axes d'une politique de plein emploi (1936) ; il le fait avec un modèle de 24 équations, dans le cadre duquel il dégage une première esquisse de ce que sera la « courbe de Phillips » ; il n'obtient pas de vérification satisfaisante du principe d'accélération mais, rejoignant Kalecki, trouve une relation entre profit et investissement. On peut donc considérer que, simultanément avec Keynes, Tinbergen a été un des fondateurs de la macroéconomie moderne. Notons qu'une partie des travaux de cette période, publiés en hollandais, ne seront accessibles à la collectivité des économistes anglo-saxons que lors de leur publication en anglais dans l'ouvrage de 1959.

Ses travaux à la Société des Nations, menés parallèlement à ceux de Haberler, mais dans une démarche de quantification, poussent plus loin le souci de la formalisation, avec, pour l'analyse des cycles, un modèle de 48 équations devant permettre de dégager le poids explicatif des différentes variables (1939) ; cette démarche a été sévèrement critiquée par Keynes (1939) et a donné lieu à un débat auquel ont participé les principaux fondateurs de l'économétrie appliquée. Tinbergen a poursuivi ses travaux sur la Grande-Bretagne (1951 *Business*) et les a élargis à l'étude des mouvements longs (1942).

A partir de 1945, les nouvelles responsabilités de Tinbergen le conduisent à concentrer ses travaux sur la politique économique (1952, 1954, 1956), d'abord dans la perspective de la reconstruction de la Hollande, puis dans celle d'une politique de croissance. Dans la lignée des économistes suédois et de Frisch, il est un des premiers théoriciens de la politique économique. Il élabore un modèle de l'économie hollandaise (à 48 équations), dont la qualité se révélera tant pour la prévision que pour les choix de politique économique. Contre la coexistence de politiques juxtaposées visant chacune un objectif, il prône une politique unique poursuivant une gamme d'objectifs ; il montre que, pour être efficace, une telle politique doit se donner autant de moyens (par exemple fiscalité, taux de change, dépenses publiques) qu'elle se donne d'objectifs (par exemple plein emploi, stabilité des prix, équilibre de la balance des paiements) ; plus largement, il considère qu'il appartient au gouvernement d'exprimer des objectifs de bien-être social (plein emploi, croissance, répartition équitable des richesses) et que ceux-ci peuvent être atteints, dans une économie de libre marché, grâce à un niveau (qui peut être élevé) d'intervention publique (secteur public, fiscalité, investissement public, planification). Il s'agit là du modèle de la politique sociale-démocrate de l'après-guerre, très proche des politiques keynésiennes, et qui se heurtera aux mêmes limites et subira les mêmes attaques.

A partir de 1955, Tinbergen travaille principalement sur les problèmes de développement. Son expérience de la planification le conduit à proposer des méthodes plus simples et plus robustes, tenant compte de la nature des problèmes et des moyens de chaque pays (1958, 1967). Il préconise notamment l'utilisation de tableaux interindustriels simplifiés, mais distinguant les produits faisant l'objet d'échanges commerciaux extérieurs et les autres. Il plaide pour l'aide des pays riches aux pays en développement, pour l'ouverture des pays industrialisés aux produits de ces pays et, plus largement, pour un nouvel ordre international (1962 *Shaping*, 1976). Il est aussi conduit à mettre de plus en plus l'accent sur les problèmes de formation et d'éducation (1965, 1972 avec Jensen).

Finalement, Tinbergen a repris, approfondi et noué ensemble les thèmes fondamentaux de sa réflexion (1975, 1985, 1990) : comment concilier l'équité, qui implique une limitation des inégalités, et l'efficacité économique, qui repose sur une différenciation des revenus, le bien-être social et le bonheur individuel ? Comment hiérarchiser les objectifs et prendre en compte les urgences ? Et comment le faire, non seulement au niveau de la collectivité nationale, mais à l'échelle du monde ?

C'est pour avoir « développé et appliqué des modèles dynamiques pour l'analyse des processus économiques » que Tinbergen a reçu le premier prix de sciences économiques en mémoire d'Alfred Nobel. B. Hansen souligna alors, en 1969 (*SJE*, p. 336), qu'il aurait aussi été digne du prix Nobel de la paix.

Principales références

« The First Nobel Prize in Economics ». Proclamation et article de Bent Hansen, *Swedish Journal of Economics*, 1969, vol. 71, 300-1 et 325-36 ; article repris in Spiegel et Samuels 1984, 319-32 et in Sellekaerts 1974 *International Trade*, 1-16.

De Economist, 1970, vol. 118, 112-172 [Dossier sur Tinbergen : bibliographie par J.P. Pronk et articles de H.C. Bos, P. de Wolff, F. Hartog].

KEYNES John Maynard 1939. « Professor Tinbergen's Method », *Economic Journal*, vol. 49, 306-18. Réponse de Tinbergen, 1940, « On a Method of Statistical Business-Cycle Research : a Reply », *Economic Journal*, vol. 50, 141-54, avec un commentaire de Keynes, 154-60. Voir aussi J.M. Keynes, *Collected Writings*, vol. 14, 285-320.

SELLEKAERTS Willy 1974 (dir.). *Econometrics and Economic Theory : Essays in Honour of Jan Tinbergen*, Toronto, Macmillan of Canada.

SELLEKAERTS Willy 1974 (dir.). *Economic Development and Planning : Essays in Honour of Jan Tinbergen*, Londres, Macmillan.

SELLEKAERTS Willy 1974 (dir.). *International Trade and Finance : Essays in Honour of Jan Tinbergen*, Londres, Macmillan.

TINBERGEN 1979, 1992.

WOLFF Pieter de, LINNEMANN Hans et BOS Hendricus Cornelis 1973 (dir.). *Economic Structure and Development : Essays in Honour of Jan Tinbergen*, Amsterdam, North-Holland.

BLAUG 1985, 244-6. MEIER et SEERS [1984] 1988, 343-65. MORGAN 1990, 101-30. *New Palgrave* 1987, vol. 4, 652-4. SILLS 1979, 766-70.

TOBIN James

Né en 1918

James Tobin est né à Champaign, Illinois. Il a fait toutes ses études universitaires à l'université Harvard, dont il a obtenu successivement un BA (1939), un MA (1940) et un PhD (1947).

Ses études ont été interrompues par plusieurs années passées dans la marine américaine entre 1942 et 1946. Il a commencé à enseigner à Harvard en 1946. Il a été nommé professeur associé (1950), puis professeur (1955) à l'université Yale, où il a fait toute sa carrière. Il a été directeur de la fondation Cowles de 1955 (date à laquelle la commission Cowles a déménagé de Chicago à Yale pour devenir la fondation Cowles) à 1961, et de nouveau en 1964-65. Il a été codirecteur des revues *Econometrica* (1951-53) et *Review of Economic Studies* (1952-54). Président de la Société d'économétrie en 1958, de l'American Economic Association en 1971, il a reçu la médaille John Bates Clark décernée par cette association en 1955 et le prix Nobel de sciences économiques en mémoire d'Alfred Nobel en 1981. Très actif dans plusieurs organismes publics et universitaires, il a été en particulier membre du Comité des conseillers économiques du président Kennedy en 1961 et 1962.

Principales publications

1947. « Liquidity Preference and Monetary Policy », *Review of Economics and Statistics*, vol. 29, 124-31.

1947. « Money Wage Rates and Employment », in S. Harris (dir.), *The New Economics : Keynes' Influence on Theory and Public Policy*, New York, Alfred A. Knopf, 572-87.

1955. « A Dynamic Aggregative Model », *Journal of Political Economy*, vo. 63, 103-15.

1956. Avec Seymour E. Harris, Carl Kaysen et Francis X. Sutton, *The American Creed*, Cambridge, Massachusetts, Harvard University Press.

1956. « The Interest Elasticity of Transactions Demand for Cash », *Review of Economic and Statistics*, vol. 38, 241-7.

1958. « Liquidity Preference as Behavior Towards Risk », *Review of Economic Studies*, vol. 25, 65-86.

1961. « Money, Capital and Other Stores of Value », *American Economic Review*, vol. 51, *Papers and Proceedings*, 26-37.

1966. *National Economic Policy*, New Haven, Connecticut, Yale University Press.

1968. Avec W. Allen Wallis, *Welfare Programs : An Economic Appraisal*, Washington, DC, American Enterprise Institute for Public Policy Research.

1968. Avec William C. Brainard, « Pitfalls in Financial Model Building », *American Economic Review*, vol. 58, *Papers and Proceedings*, 99-122.

1969. « A General Equilibrium Approach to Monetary Theory », *Journal of Money, Credit and Banking*, vol. 1, 15-29.
1971. *Essays in Economics*, vol. 1, *Macroeconomics*, Chicago, Markham.
1972. « Inflation and Unemployment », *American Economic Review*, vol. 62, 1-18.
1974. *The New Economics, One Decade Older*, Princeton University Press.
1975. *Essays in Economics*, vol. 2, *Consumption and Econometrics*, Amsterdam, North-Holland.
1980. *Asset Accumulation and Economic Activity : Reflections on Contemporary Macroeconomic Theory*, University of Chicago Press ; Oxford, Basil Blackwell ; trad. fr. 1983, *Réflexions sur la théorie macroéconomique contemporaine*, Paris, Economica.
1981. « The Monetarist Counter-Revolution Today : An Appraisal », *Economic Journal*, vol. 91, 29-42.
1982. *Essays in Economics*, vol. 3, *Theory and Policy*, Cambridge, Massachusetts, MIT Press.
1982. « Money and Finance in the Macro-Economic Process », in *Les Prix Nobel*, Stockholm, Fondation Nobel ; *Journal of Money Credit and Banking*, vol. 14, 171-204.
1983 (dir.). *Macroeconomics, Prices and Quantities : Essays in Memory of Arthur Okun*, Oxford, Basil Blackwell ; Washington, DC, Brookings Institution.
1983. « Entretien », in Klamer 1983, 97-113 ; trad fr. 1988, 49-84.
1986. « My Evolution as an Economist », in Breit et Spencer 1986, 113-35.
1987. *Policies for Prosperity : Essays in a Keynesian Mode*, édité par P.M. Jackson, Brighton, Wheatsheaf Books ; Cambridge, Massachusetts, MIT Press.
1988 (dir., avec Murray L. Weidenbaum). *Two Revolutions in Economic Policy : The First Economic Reports of Presidents Kennedy and Reagan*, Cambridge, Massachusetts, MIT Press.

James Tobin a commencé ses études d'économie par la lecture de la *Théorie générale* de Keynes, en 1936, sur la recommandation de son tuteur à Harvard. Fasciné par cet ouvrage, il est devenu, et est demeuré jusqu'à ce jour un disciple de Keynes. Jouant un rôle clé dans l'élaboration de la synthèse néoclassique, il s'est fait concrètement le promoteur de ce qu'on a appelé la « nouvelle économique » lorsque le président John F. Kennedy lui a demandé, en 1961, de faire partie de son comité des conseillers économiques. Du rapport économique du président rédigé alors avec Heller, Gordon, Solow et Okun, Tobin a écrit que, même s'il n'apparaît pas dans sa bibliographie, c'est un texte dont il se sent fier en tant qu'économiste professionnel (1986, p. 132). Vingt ans plus tard, en 1981, le rapport rédigé par les conseillers économiques de Ronald Reagan marquait de nouveau un changement de cap important dans la politique économique aux Etats-Unis, avec le repli de l'interventionnisme keynésien, et le triomphe des thèses du monétarisme et de l'économie de l'offre (voir 1988, dans lequel les deux rapports sont reproduits). S'étant déjà affirmé comme l'un des principaux critiques de Friedman, Tobin est alors devenu un critique non moins virulent de ce qu'on a appelé la *Reagonomics* (voir les textes rassemblés en 1987). Continuant d'affirmer, contre vents et marées, la nécessité d'une intervention active de l'Etat pour assurer un niveau élevé d'emploi, associée à une politique de revenus pour combattre l'inflation, Tobin est sans doute ajourd'hui, dans les rangs keynésiens, le plus vigoureux adversaire de la nouvelle macroéconomie classique.

Disciple de Keynes, Tobin n'en est pas pour autant un partisan inconditionnel. Dès ses premiers articles, il attire l'attention sur certaines insuffisances et incohérences de la *Théorie générale*. Dans sa thèse de doctorat, et plusieurs travaux ultérieurs, il se penche sur la fonction de consommation, attirant l'attention sur le lien entre la consommation et le revenu à long terme et sur l'effet de la richesse. Il critique l'analyse de la détermination des salaires monétaires chez Keynes (1947 in Harris). Il reviendra à diverses reprises sur cette question, consacrant plusieurs articles à la courbe de Phillips, et critiquant, dans son discours présidentiel à l'American Economic Association (1972), la thèse du taux naturel de chômage que Friedman avait mise en avant dans son propre discours, quatre ans plus tôt.

Mais ce sont ses contributions à l'étude de la préférence pour la liquidité qui ont eu sans doute le plus d'influence. Affirmant, contre les thèses à caractère monétariste de Fellner et Warburton, que la demande de monnaie est sensible au taux d'intérêt (1947 *RES*), Tobin propose toutefois de cette relation une analyse beaucoup plus élaborée que celle de Keynes (1956, 1958). Dans ce dernier article, l'un des plus cités de l'après-guerre, Tobin développe l'analyse du choix de portefeuille par les agents, jetant ainsi les fondements de la théorie des finances, parallèlement aux travaux de Markowitz, qui a obtenu le prix Nobel en 1990. Pour Tobin, il faut considérer qu'un agent a le choix entre un grand nombre d'instruments financiers, et non pas seulement, comme dans un modèle keynésien simple, entre la monnaie et les obligations. Il y énonce le fameux « théorème de séparation » en vertu duquel le choix d'un portefeuille est indépendant de la décision relative à proportion de la somme investie dans les actifs risqués par rapport à celle qui est consacrée à l'acquisition du seul actif sûr, la monnaie.

A partir de ces réflexions, Tobin, poursuivant en cela le programme de recherche initié par Hicks en 1935, consacre une partie importante de ses efforts à établir la liaison entre ce qu'on appelle le secteur financier et le secteur réel de l'économie. Il a conçu, pour en rendre compte, son célèbre indice « q » (1968 *AER*, 1969), défini comme le rapport entre l'évaluation marchande d'un actif et son coût réel de remplacement. C'est ce rapport qui fait le lien entre les marchés financiers et les marchés des biens et services, et qui détermine en particulier le rythme de l'investissement. Ainsi Tobin explique-t-il la récession de 1973 et 1974 par une chute brutale du coefficient q, provoquée par les politiques monétaires anti-inflationnistes trop restrictives. Préoccupé par les rapports entre les fluctuations cycliques et la croissance économique, Tobin a aussi consacré à cette dernière question plusieurs articles, le premier et sans doute le plus influent en 1955. Là encore, il cherche à intégrer la monnaie dans des modèles de croissance généralement conçus jusque-là en termes « réels » (1955).

Tobin est aussi l'auteur de nombreuses analyses empiriques. Il s'est enfin toujours intéressé tant à la politique économique qu'aux problèmes sociaux, en particulier aux inégalités et à la discrimination contre les Noirs aux Etats-Unis.

Principales références

« The Nobel Memorial Prize in Economics 1981 ». Proclamation, articles de Douglas D. Purvis et Johan Myhrman et bibliographie établie par James Tobin, *Scandinavian Journal of Economics*, 1982, vol. 84, 57-110.

HESTER D. 1977. « Contributions and Growth in Tobin's Economic Essays : A Review Essay », *Journal of Economic Literature*, vol. 15, 486-94.

LUCAS Robert E. Jr. 1981. « Tobin and Monetarism : A Review Article », *Journal of Economic Literature*, vol. 19, 558-67.

TOBIN 1983 « Entretien », 1986.

WEISMAN D.L. 1984. « Tobin on Keynes : A Suggested Interpretation », *Journal of Post Keynesian Economics*, vol. 6, 411-20.

BLAUG 1985, 247-9.

WEINTRAUB Sidney

1914-1983

Sidney Weintraub est né à Brooklyn. Il a étudié à la London School of Economics (1938-39) et à l'université de New York, qui lui a décerné un doctorat en 1941. Après avoir occupé divers emplois, entre autres dans des organismes publics, dans les années quarante, il commence à enseigner à la New School for Social Research, de New York, en 1950, et devient en 1952 professeur à l'université de Pennsylvanie, où il reste jusqu'à la fin de sa carrière, tout en enseignant à titre de professeur invité dans plusieurs universités à travers le monde. Il était fondateur et directeur, avec Paul Davidson, du *Journal of Post Keynesian Economics*.

Principales publications

1940. « Inflation and Price Control », *Harvard Business Review*, vol. 18, 429-36.

1946. « Monopoly Pricing and Unemployment », *Quarterly Journal of Economics*, vol. 61, 108-24.

1949. *Price Theory*, New York, Pitman.

1951. *Income and Employment Analysis*, New York, Pitman.

1956. « A Macroeconomic Approach to the Theory of Wages », *American Economic Review*, vol. 46, 837-56.

1957. « The Micro-Foundations of Aggregate Demand and Supply », *Economic Journal*, vol. 67, 455-70.

1958. *An Approach to the Theory of Income Distribution*, Philadelphie, Chilton.

1959. *A General Theory of the Price Level, Output, Income Distribution and Economic Growth*, Philadelphie, Chilton.

1961. *Classical Keynesianism, Monetary Theory and the Price Level*, Philadelphie, Chilton.

1963. *Some Aspects of Wage Theory and Policy*, Philadelphie, Chilton.
1966. *A Keynesian Theory of Employment, Growth and Income Distribution*, Philadelphie, Chilton.
1966. *Trade Preferences for Less-Developed Countries : An Analysis of United States Policy*, New York, Praeger.
1971. Avec H.C. Wallich, « A Tax-Based Incomes Policy », *Journal of Economic Issues*, vol. 5, 1-19.
1973. *Keynes, Keynesians and Monetarists*, Philadelphie, University of Pennsylvania Press.
1978. *Capitalism's Inflation and Unemployment Crisis : Beyond Monetarism and Keynesianism*, Reading, Massachusetts, Addison-Wesley.
1981. *Our Stagflation Malaise : Ending Inflation and Unemployment*, Westport, Connecticut, Quorum Books.
1983. « A Jevonian Seditionist : A Mutiny to Enhance the Economic Bounty », *Quarterly Review, Banca Nazionale del Lavoro*, n° 146, 215-34 ; in Kregel 1988, 37-56.

Fondateur du *Journal of Post Keynesian Economics*, Sidney Weintraub est associé au courant post-keynésien, dont il est considéré comme le principal initiateur aux Etats-Unis. Mais, peut-être plus justement, Paul Samuelson l'a déjà défini comme un « loup solitaire keynésien », suivant depuis le début des années quarante un parcours solitaire et original, qui l'a amené à prévoir, avant plusieurs autres, la coexistence du chômage et de l'inflation qui allait devenir la principale plaie des économies modernes à partir de la fin des années soixante.

Bien avant Leijonhufvud, Weintraub fait la distinction entre l'apport de Keynes et celui de ses disciples, qu'il appelle les keynésiens classiques. Dès les années cinquante, il critique tant le keynésianisme de Samuelson avec son graphique à 45° que, celui, plus sophistiqué, de Hicks, en termes de IS-LM (voir, entre autres, les articles rassemblés en 1961), auxquels il reproche de n'avoir aucune explication satisfaisante de la détermination des prix et de la répartition. Avant les monétaristes, il attire l'attention sur les dangers de l'inflation, dont l'attaque pernicieuse se fait sentir bien avant la réalisation du plein emploi. Mais il rejette tout autant l'explication monétariste de ce phénomène que la courbe de Phillips, dont l'acceptation représente pour lui une démission du keynésianisme face à l'inflation, désormais considérée comme le prix inéluctable à payer pour réduire le chômage (voir, entre autres, les textes rassemblés en 1973).

Avant que cela ne devienne à la mode dans les années quatre-vingt, Weintraub propose de nouveaux fondements microéconomiques compatibles avec la théorie keynésienne de détermination de l'emploi, théorie qu'il formule en termes de courbes d'offre et de demande agrégées, intégrant comme paramètres les prix et le salaire monétaire (1956, 1957, 1958 et 1959). Il a lui-même baptisé son analyse de théorie des marges sur les coûts salariaux. Elle est encapsulée dans son équation : $P = kw/A$, où P est le niveau des prix, k le taux moyen de marge sur les coûts salariaux unitaires, w le salaire monétaire moyen et A la productivité moyenne par travailleur. Weintraub estime que le taux de marge, k, est à long terme un paramètre relativement constant, plus stable que par exemple la propension à consommer, si l'on en croit Keynes, ou, selon l'avis de Friedman, la vitesse de circulation de la monnaie. A étant déterminé par des considérations technologiques, il en ressort que le salaire monétaire, w, est la principale variable causale pour expliquer le niveau des prix et donc l'inflation. Loin d'être déterminé par le jeu de l'offre et de la demande, sous la forme du tâtonnement walrasien, w est le fruit d'un rapport de forces entre employeurs, syndicats et gouvernements, et constitue même, comme Keynes l'avait du reste pressenti, le véritable numéraire des économies modernes.

Sur la base de cette analyse, Weintraub propose d'ajouter aux politiques keynésiennes traditionnelles de gestion de la demande une politique des revenus pour contrôler l'inflation, dont il rejette l'explication monétariste fondée sur la quantité de monnaie aussi bien que l'explication keynésienne fondée sur la pression de la demande. Il s'agit de lier l'évolution des salaires monétaires à celle de la productivité. En fait, Weintraub propose cette mesure depuis le début de sa carrière (1940). En 1971, il met en avant une politique appuyée de la pénalisation fiscale des entreprises récalcitrantes pour réaliser cet objectif, la politique des revenus fondée sur l'impôt, popularisée sous le sigle de TIP (« Tax-based Income Policy »). C'est pour lui, la seule alternative à la politique de gestion monétariste de l'inflation par la hausse du chômage, à laquelle se rallient d'ailleurs certains keynésiens à la Hicks partisans de la courbe de Phillips (1978, p. 208 ; voir aussi 1981 et 1983).

Principales références

KREGEL Jan 1989 (dir.). *Inflation and Income Distribution in Capitalist Crisis. Essays in Memory of Sidney Weintraub*, Londres, Macmillan.
WEINTRAUB 1983.

ARESTIS et SAWYER 1992, 608-15. BLAUG 1985, 257-60. *New Palgrave* 1987, vol. 4, 888. SPIEGEL et SAMUELS 1984, 201-13.

Bibliographie

ABRAHAM-FROIS Gilbert 1974 (dir.). *Problématiques de la croissance*, vol. 1, *Néo-classiques et néo-keynésiens*, Paris, Economica.

ABRAHAM-FROIS Gilbert 1978 (dir., avec la collaboration de P. Gibert et Ph. de Lavergne). *Problématiques de la croissance*, vol. 2, *Marx, Sraffa et le retour aux classiques*, Paris, Economica.

ADAMS J. 1980 (dir). *Institutional Economics. Contributions to the Development of Holistic Economics. Essays in Honor of Allan G. Gruchy*, La Haye, Martinus Nijhoff.

AHMAD Syed 1990. *Capital in Economic Theory. Neoclassical, Cambridge and Chaos*, Aldershot, Hants, Edward Elgar.

AKERLOF George A. et YELLEN J.L. 1986 (dir.). *Efficiency Wage Models of the Labor Market*, Cambridge, Massachusetts, Cambridge University Press.

ALBERTINI Jean-Marie et SILEM Albert 1983. *Comprendre les théories économiques*, 2 vol., Paris, Seuil.

American Economic Association. *Surveys of Economic Theory*, Londres, Macmillan ; New York, St. Martin's Press.

ANDREFF Wladimir *et al.* 1982. *L'Economie fiction : contre les nouveaux économistes*, Paris, François Maspero.

ARENA Richard et TORRE Dominique 1992 (dir.). *Keynes et les nouveaux keynésiens*, Paris, PUF.

ARESTIS Philip 1991. *The Post-Keynesian Revolution in Economics : An Alternative Analysis of Economic Theory and Policy*, Aldershot, Hants, Edward Elgar.

ARESTIS Philip et KITROMILIDES Yiannis 1989 (dir.). *Theory and Policy in Political Economy : Essays in Pricing, Distribution and Growth*, Aldershot, Hants, Edward Elgar.

ARESTIS Philip et MINSKY Hyman P. 1989 (dir.). *Post Keynesian Monetary Economics*, Aldershot, Hants, Edward Elgar.

ARESTIS Philip et SAWYER Malcolm 1992 (dir.). *A Biographical Dictionary of Dissenting Economists*, Aldershot, Hants, Edward Elgar.

ARESTIS Philip et SKOURAS Thanos 1985 (dir.). *Post Keynesian Economic Theory*, Armonk, New York, M.E. Sharpe.

BACKHOUSE Roger 1985. *A History of Modern Economic Analysis*, Oxford, Basil Blackwell.

BALL Laurence, MANKIW N. Gregory et ROMER David 1988. « The New Keynesian Economics and the Output-Inflation Trade-Off », *Brookings Papers on Economic Activity*, n° 1, 1-82.

BARBER William J. 1991 (dir.). *Perspectives on the History of Economic Thought*, vol. 6, *Themes in Keynesian Criticism and Supplementary Modern Topics*, Aldershot, Hants, Edward Elgar.

BARRÈRE Alain 1974. *Histoire de la pensée économique et analyse contemporaine*, Paris, Les Cours de droit.

BARRO Robert J. 1989 (dir.). *Modern Business Cycle Theory*, Cambridge, Massachusetts, Harvard University Press.

BARRO Robert J. et FISCHER Stanley 1976. « Recent Developments in Monetary Theory », *Journal of Monetary Economics*, vol. 2, 133-67.

BARRY N. 1987. *On Classical Liberalism and Libertarianism*, New York, St. Martin's Press.

BARTOLI Henri 1977. *Economie et création collective*, Paris, Economica.

BARTOLI Henri 1991. *L'Economie multidimensionnelle*, Paris, Economica.

BASLE Maurice *et al.* 1988. *Histoire des pensées économiques. Les contemporains*, Paris, Sirey.

BEGG David K.H. 1982. *The Rational Expectations Revolution in Macroeconomics : Theories and Evidence*, Oxford, Philip Allan ; Baltimore, Johns Hopkins.

BELL D. et KRISTOL I. 1981. *The Crisis in Economic Theory*, New York, Basic Books ; trad. fr. 1986, *Crise et renouveau de la théorie économique*, Paris, Bonnel.

BERG Maxine 1990 (dir.). *Political Economy in the Twentieth Century*, Londres, Philip Allan.

BLANCHARD Olivier J. et FISCHER Stanley 1989 - (dir.). *NBER Macroeconomics Annual 1989*, Cambridge, Massachusetts, MIT Press.

BLAUG Mark 1962. *Economic Theory in Retrospect*, Homewood, Illinois, Richard D. Irwin ; 4e éd. 1985 ; trad. fr. 1981, *La Pensée économique : origine et développements*, Paris, Economica.

BLAUG Mark 1974. *The Cambridge Revolution : Success or Failure ? Critical Analysis of Cambridge Theories of Value and Distribution*, Londres, Institute of Economic Affairs.

BLAUG Mark 1985. *Great Economists Since Keynes : An Introduction to the Lives and Work of One Hundred Modern Economists*, Brighton, Wheatsheaf.

BLAUG Mark 1986 (dir.). *Who's Who in Economics : A Biographical Dictionary, 1700-1986*, 2e éd., Brighton, Wheatsheaf ; Cambridge, Massachusetts, MIT Press.

BLAUG Mark 1989-90 (dir. de la série). *Schools of Thought in Economics*, Aldershot, Hants, Edward Elgar [11 titres et index].

BLAUG Mark 1990- (dir. de la série). *The International Library of Critical Writings in Economics*, Aldershot, Hants, Edward Elgar.

BLAUG Mark 1991 (dir. de la série). *Pioneers in Economics* [4. *Twentieth Century Economics*], Aldershot, Hants, Edward Elgar.

BLAUG Mark et STURGES Paul 1983 (dir.). *Who's Who in Economics ? A Biographical Dictionary, 1700-1981*, Brighton, Wheatsheaf ; Cambridge, Massachusetts, MIT Press.

BODKIN R.G., KLEIN L.R. et MARWAH K. 1991. *A History of Macroeconomic Model-Building*, Aldershot, Hants, Edward Elgar.

BOWLES Samuel et EDWARDS Richard 1990 (dir.). *Radical Political Economy*, 2 vol., Aldershot, Hants, Edward Elgar [Schools of Thought in Economics].

BREIT William et RANSOM Roger L. 1971. *The Academic Scribblers : American Economists in Collision*, New York, Holt, Rinehart & Winston.

BREIT William et SPENCER Roger W. 1986. *Lives of the Laureates. Seven Nobel Economists*, Cambridge, Massachusetts, MIT Press.

BREIT William et SPENCER Roger W. 1990. *Lives of the Laureates. Ten Nobel Economists*, Cambridge, Massachusetts, MIT Press.

BRONFENBRENNER Martin 1970. « Radical Economics in America : A 1970 Survey », *Journal of Economic Literature*, vol. 8, 747-66.

BRUNNER Karl et MELTZER Allan H. 1976 - (dir.). *Carnegie-Rochester Conference Series on Public Policy*, A Bi-annual Conference Proceedings, Amsterdam, North-Holland.

CALDWELL Bruce et BOEHM Stephen 1992 (dir.). *Austrian Economics : Tensions and New Directions*, Boston, Kluwer Academic.

CAPIE Forrest et WOOD Geoffrey E. 1989 (dir.). *Monetary Economics in the 1980s*, Londres, Macmillan.

CHRYSTAL K.A. 1979. *Controversies in Macroeconomics*, Oxford, Philip Allan ; 2e éd. 1983.

CHRYSTAL K.A. 1990 (dir.). *Monetarism*, 2 vol., Aldershot, Hants, Edward Elgar [Schools of Thought in Economics].

CODDINGTON Allan 1976. « Keynesian Economics : The Search for First Principles », *Journal of Economic Literature*, vol. 14, 1258-73.

CODDINGTON Allan 1983. *Keynesian Economics : The Search for First Principles*, Londres, George Allen & Unwin.

CUTHBERSON Keith 1979. *The New Cambridge, Keynesian and Monetarist Controversies*, Londres, Macmillan.

DASGUPTA A.K. 1985. *Epochs of Economic Theory*, Oxford, Basil Blackwell.

DEANE P. 1978. *The Evolution of Economic Ideas*, Cambridge, Massachusetts, Cambridge University Press.

DE MARCHI Neil et GILBERT Christopher 1989 (dir.). *History and Methodology of Econometrics*, Oxford, Clarendon Press.

DENIS Henri 1966. *Histoire de la pensée économique*, Paris, PUF.

DESAI Meghnad 1981. *Testing Monetarism*, Londres, Frances Pinter.

DOLAN E.G. 1976 (dir.). *The Foundations of Modern Austrian Economics*, Kansas City, Sheed & Ward.

DORE Mohammed 1993. *The Macrodynamics of Business Cycles : A Comparative Evaluation*, Oxford, Blackwell.

DOW Sheila C. 1985. *Macroeconomic Thought. A Methodological Approach*, Oxford, Basil Blackwell.

DRAZEN Allan 1980. « Recent Developments in Macroeconomic Disequilibrium Theory », *Econometrica*, vol. 48, 283-306.

EARL Peter E. 1988 (dir.). *Behavioural Economics*, 2 vol., Aldershot, Hants, Edward Elgar [Schools of Thought in Economics].

EATWELL John, MILGATE Murray et NEWMAN Peter 1987 (dir.). *The New Palgrave, A Dictionary of Economics*, 4 vol., Londres, Macmillan ; New York, Stockton.

EICHNER A. et KREGEL J. 1975. « An Essay on Post-Keynesian Theory : A New Paradigm in Economics », *Journal of Economic Literature*, vol. 13, 1293-314.

EICHNER A. 1979 (dir.). *A Guide to Post-Keynesian Economics*, Armonk, New York, M.E. Sharpe.

EKELUND R.B., Jr., FURUBOTN E.G. et GRAMM W.P. 1972 (dir.). *The Evolution of Modern Demand Theory*, Lexington, Massachusetts.

EPSTEIN R.J. 1987. *A History of Econometrics*, Amsterdam, North-Holland.

FELLNER William 1976. « Schools of Thought in the Mainstream of American Economics », *Acta Oekonomica*, vol. 18, 247-62.

FELS Rendigs et SIEGFRIED John J. 1974. *Recent Advances in Economics. A Book of Readings*, Homewood, Illinois, Richard D. Irwin.

FINK Richard H. 1982 (dir.). *Supply-Side Economics : A Critical Appraisal*, University Publications of America.

FISCHER Stanley 1975. « Recent Developments in Monetary Theory », *American Economic Review*, vol. 65, *Papers and Proceedings*, 157-66.

FISCHER Stanley 1980 (dir.). *Rational Expectations and Economic Policy*, University of Chicago Press.

FISCHER Stanley 1986-88 (dir.). *NBER Macroeconomics Annual*, Cambridge, Massachusetts, MIT Press [à partir de 1989, voir Blanchard et Fischer].

FISCHER Stanley 1988. « Recent Developments in Macroeconomics », *Economic Journal*, vol. 98, 294-339.

FRIEDMAN Benjamin et HAHN Frank 1987 (dir.). *Handbook of Monetary Economics*, Amsterdam, North-Holland.

FRYDMAN Roman et PHELPS Edmund S. 1983 (dir.). *Individual Forecasting and Aggregate Outcomes : « Rational Expectations » Examined*, Cambridge, Angleterre, Cambridge University Press.

GIBSON William E. et KAUFMAN George G. 1971 (dir.). *Monetary Economics : Readings on Current Issues*, New York, McGraw-Hill.

GORDON Robert J. 1976. « Recent Developments in the Theory of Inflation and Unemployment », *Journal of Monetary Economics*, vol. 2, 185-219.

GORDON Robert J. 1990. « What is New-Keynesian Economics ? », *Journal of Economic Literature*, vol. 28, 1115-71.

GRANDMONT J.M. 1977. « Temporary General Equilibrium Theory », *Econometrica*, vol. 43, 535-72..

GRASSL W. et SMITH B. 1986 (dir.). *Austrian Economics : Historical and Philosophical Background*, Londres, Croom Helm.

GREENAWAY David, BLEANEY Michael et STEWARD Ian 1992 (dir.). *Companion to Contemporary Economic Thought*, Londres, Routledge.

GREENAWAY David et PRESLEY John R. 1989. *Pioneers of Modern Economics in Britain*, vol. 2, Londres, Macmillan.

GREENWALD B. et STIGLITZ Joseph E. 1987. « Keynesian, New Keynesian and New Classical Economics », *Oxford Economic Papers*, vol. 37, 119-32.

GRUCHY A.G. 1947. *Modern Economic Thought. The American Contribution*, New York, Prentice-Hall.

GRUCHY A.G. 1972. *Contemporary Economic Thought : The Contribution of Neo-Institutional Economics*, Clifton, New Jersey, Augustus M. Kelley.

HAILSTONES Thomas J. 1982 (dir.). *View Points on Supply-Side Economics*, Richmond, Virginie, Robert F. Dame.

HALEY B.F. 1952 (dir.). *A Survey of Contemporary Economics*, Homewood, Illinois, Richard D. Irwin.

HARCOURT Geoffrey C. 1975. *Some Cambridge Controversies in the Theory of Capital*, Cambridge, Angleterre, Cambridge University Press.

HARCOURT Geoffrey C. 1987. « Post-Keynesian Economics », *New Palgrave*, vol. 3, 924-8.

HARGREAVES-HEAP S.P. 1991. *The New Keynesian Macroeconomics*, Aldershot, Hants, Edward Elgar.

HENIN Pierre-Yves et MICHEL Philippe 1982 (dir.). *Croissance et accumulation en déséquilibre*, Paris, Economica.

HEY J.D. et LAMBERT P.J. 1987 (dir.). *Survey in the Economics of Uncertainty*, New York, Basil Blackwell.

HONKAPOHJA Seppo 1990 (dir.). *The State of Macroeconomics*, Oxford, Basil Blackwell.

HOOVER Kevin D. 1984. « Two Types of Monetarism », *Journal of Economic Literature*, vol. 22, 58-76.

HOOVER Kevin D. 1988. *The New Classical Macroeconomics. A Sceptical Enquiry*, Oxford, Basil Blackwell.

HOWARD M.C. et KING J.E. 1992. *A History of Marxian Economics*, vol. 2, *1929-1990*, Princeton, New Jersey, Princeton University Press.

HSIEH Ching-Yao et MANGUM Stephen L. 1986. *A Search for Synthesis in Economic Theory*, Armonk, New York, M.E. Sharpe.

HUNT E.K. 1979. *History of Economic Thought : A Critical Perspective*, Belmont, Californie, Wadsworth.

HUTCHISON Terence W. 1978. *On Revolutions and Progress in Economic Knowledge*, Cambridge, Massachusetts, Cambridge University Press.

HUTCHISON Terence W. 1981. *The Politics and Philosophy of Economics, Marxists, Keynesians, and Austrians*, Oxford, Basil Blackwell.

HUTCHISON Terence W. 1992. *Changing Aims in Economics*, Oxford, Basil Blackwell.

INGRAO Bruna et ISRAEL Giorgio 1987. *La Mano invisibile*, Rome, Gius. Laterza & Figli ; trad. angl. 1990, *The Invisible Hand. Economic Equilibrium in the History of Science*, Cambridge, Massachusetts, MIT Press.

International Bibliography of the Social Sciences, Londres, Routledge.

JOHNSON Harry G. 1962. « Monetary Theory and Policy », *American Economic Review*, vol. 52, 335-84.

JOHNSON Harry G. 1971. « The Keynesian Revolution and the Monetarist Counter-Revolution », *American Economic Review*, vol. 61, 1-14.

JOHNSON Harry G. et NOBAY A.R. 1977. « Monetarism : A Historic-Theoretic Perspective », *Journal of Economic Literature*, vol. 15, 470-95.

KANTOR Brian 1979. « Rational Expectations and Economic Thought », *Journal of Economic Literature*, vol. 17, 1422-41.

KING J.E. 1990. *Marxian Economics*, 3 vol., Aldershot, Hants, Edward Elgar [Schools of Thought in Economics].

KIRZNER Israel 1982 (dir.). *Method, Process and Austrian Economics : Essays in Honor of Ludwig von Mises*, Lexington, Massachusetts, Lexington Books.

KLAMER Arjo, McCLOSKEY Donald N. et SOLOW Robert M. 1988 (dir.). *The Consequences of Economic Rhetoric*, Cambridge, Angleterre, Cambridge University Press.

KLAMER Arjo 1983. *Conversations with Economists : New Classical Economists and Opponents Speak out on the Current Controversy in Macroeconomics*, Towota, New Jersey, Rowman & Allenheld ; éd. angl., *The New Classical Macroeconomics : Conversations with New Classical Economists and their Opponents*, Brighton, Wheatsheaf ; trad. fr. 1988, *Entretiens avec des économistes américains*, Paris, Seuil.

KREGEL Jan A. 1988 (dir.). *Recollections of Eminent Economists*, vol. 1, Londres, Macmillan ; New York University Press, 1989.

KREGEL Jan A. 1989 (dir.). *Recollections of Eminent Economists*, vol. 2, Londres, Macmillan ; New York University Press.

KUPER Adam et KUPER Jessica 1985. *The Social Science Encyclopedia*, Londres, Routledge & Kegan Paul.

LAIDLER David E.W. et PARKIN Michael 1975. « Inflation. A Survey », *Economic Journal*, vol. 85, 741-797.

LAIDLER David E.W. 1981. « Monetarism : An Interpretation and an Assessment », *Economic Journal*, vol. 91, 1-28.

LAL Deepak 1992 (dir.). *Development Economics*, 4 vol., Aldershot, Hants, Edward Elgar.

LANGLOIS R.N. 1986 (dir.). *Economics as a Process. Essays in the New Institutional Economics*, Cambridge, Angleterre, Cambridge University Press.

LAVOIE Marc 1987. *Macroéconomie : théorie et controverses postkeynésiennes*, Paris, Dunod.

LINDBECK Assar 1985. « The Prize in Economic Science in Memory of Alfred Nobel », *Journal of Economic Literature*, vol. 23, 37-56.

LITTLECHILD Stephen 1990 (dir.). *Austrian Economics*, 3 vol., Aldershot, Hants, Edward Elgar [Schools of Thought in Economics].

LOASBY Brian J. 1989. *The Mind and Method of the Economist. A Critical Appraisal of Major Economists in the Twentieth Century*, Aldershot, Hants, Edward Elgar.

LUCAS Robert E. et SARGENT T.S. 1981 (dir.). *Rational Expectations and Econometric Practice : A Book of Readings*, 2 vol., Minneapolis, University of Minnesota Press.

MACESICH G. 1984. *The Politics of Monetarism : The Historical and Institutional Development*, Towota, New Jersey, Rowman & Allenheld.

MAIR D. et MILLER A. 1991 (dir.). *A Modern Guide to Economic Thought*, Aldershot, Hants, Edward Elgar.

MANKIW N. Gregory et ROMER David 1991 (dir.). *New Keynesian Economics*, vol. 1, *Imperfect Competition and Sticky Prices* ; vol. 2, *Coordination Failures and Real Rigidities*, Cambridge, Massachusetts, MIT Press.

MANKIW N. Gregory 1990. « A Quick Refresher Course in Macroeconomics », *Journal of Economic Literature*, vol. 28, 1645-60.

MARCHAL André 1953. *La Pensée économique en France depuis 1945*, Paris, PUF.

MAYER Thomas *et al.* 1978. *The Structure of Monetarism*, New York, W.W. Norton.

MAYER Thomas 1990. *Monetarism and Macroeconomic Policy*, Aldershot, Hants, Edward Elgar.

MAYER Thomas 1990 (dir.). *Monetary Theory*, Aldershot, Hants, Edward Elgar.

MAYER Thomas 1993. *Truth versus Precision in Economics*, Aldershot, Hants, Edward Elgar.

MEIDINGER C. 1983 (dir.). *La Nouvelle Economie libérale*, Paris, Presses de la Fondation nationale des sciences politiques.

MEIER Gerald M. et SEERS Dudley 1984 (dir.). *Pioneers in Development*, New York, Oxford University Press ; trad. fr. 1988, *Les Pionniers du développement*, Paris, Economica.

MIROWSKI Philip 1989. *More Heat Than Light. Economics as Social Physics : Physics as Nature's Economics*, Cambridge, Angleterre, Cambridge University Press.

MOGGRIDGE Donald E. 1990 (dir.). *Perspectives on the History of Economic Thought*, vol. 4, *Keynes, Macroeconomics and Method*, Aldershot, Hants, Edward Elgar.

MORGAN Mary S. 1990. *The History of Econometric Ideas*, Cambridge, Angleterre, Cambridge University Press.

N*ew Palgrave* 1987, voir EATWELL John, MILGATE Murray et NEWMAN Peter K. 1987 (dir.).

O'BRIEN D.P. et PRESLEY J.R. 1981 (dir.). *Pioneers of Modern Economics in Britain*, vol. 1, Londres, Macmillan.

O'SULLIVAN P.J. *et al.* 1990. *Beyond the Austrian School*, Londres, Macmillan.

OMMAN Charles P. et WIGNARAJA Ganeshan 1991. *The Postwar Evolution of Development Thinking*, Londres, Macmillan.

PESARAN M.H. 1987. *The Limits to Rational Expectations*, Oxford, Basil Blackwell.

PHEBY John 1989 (dir.). *New Directions in Post-Keynesian Economics*, Aldershot, Edward Elgar.

PHELPS Edmund S. 1990 (dir.). *Recent Development in Macroeconomics*, Aldershot, Hants, Edward Elgar.

QUANDT Richard E. 1976. « Some Quantitative Aspects of the Economics Journal Literature », *Journal of Political Economy*, vol. 84, 741-55.

RABOY David 1982 (dir.). *Essays in Supply Side Economics*, Washington, Hte Heritage Foundation ; trad. fr. 1984, *L'Economie de l'offre*, Paris, Economica.

REDER M.W. 1982. « Chicago Economics : Permanence and Change », *Journal of Economic Literature*, vol. 20, 1-38.

REDMAN Deborah A. 1992. *A Reader's Guide to Rational Expectations : A Survey and Comprehensive Annotated Bibliography*, Aldershot, Hants, Edward Elgar.

RICKETTS Martin I. 1989 (dir.). *Neoclassical Microeconomics*, 2 vol., Aldershot, Hants, Edward Elgar [Schools of Thought in Economics].

RIZZO M. 1979 (dir.). *Time, Uncertainty and Disequilibrium : Exploration of Austrian Themes*, Lexington, Massachusetts, Lexington Books.

ROBBINS Lionel 1970. *The Evolution of Modern Economic Theory and Other Papers on the History of Economic Thought*, Chicago, Aldine.

ROSEN S. 1985. « Implicit Contracts : A Survey », *Journal of Economic Literature*, vol. 23, 1144-75.

ROUSSEAS Stephen 1982. *The Political Economy of Reagonomics*, Armonk, New York, M.E. Sharpe.

ROUX Dominique et SOULIÉ Daniel 1991. *Les Prix Nobel de sciences économiques 1969-1990*, Paris, Economica.

SAMUELS Warren J. 1983- (dir.). *Research in the History of Economic Thought and Methodology*, A Research Annual, Greenwich, Conn., et Londres, JAI Press.

SAMUELS Warren J. 1989 (dir.). *Institutional Economics*, 3 vol., Aldershot, Hants, Edward Elgar [Schools of Thought in Economics].

SAMUELS Warren J. 1992 (dir.). *New Horizons in Economic Thought*, Aldershot, Hants, Edward Elgar.

SAMUELSON Alain 1985. *Les Grands Courants de la pensée économique*, Grenoble, Presses universitaires de Grenoble.

SAWYER Malcolm C. 1989 (dir.). *Post-Keynesian Economics*, Aldershot, Hants, Edward Elgar [Schools of Thought in Economics].

Scandinavian Journal of Economics 1989, numéro spécial « Whither Macroeconomics », Proceedings of a 90th Anniversary Symposium, Hanasaari, Espoo/Helsinki, 1988.

SCHOTTER Andrew et SCHWODIAUER Gerhard 1980. « Economics and the Theory of Games : A Survey », *Journal of Economic Literature*, vol. 18, 479-527.

SCHUMPETER Joseph A. 1954. *History of Economic Analysis*, Londres, George Allen & Unwin ; trad. franç. 1983, *Histoire de l'analyse économique*, 3 vol., Paris, Gallimard.

SELIGMAN Ben B. 1962. *Main Currents in Modern Economics. Economic Thought Since 1870*, New York, The Free Press of Glencoe.

SHACKLETON J.R. et LOCKSLEY G. 1981 (dir.). *Twelve Contemporary Economists*, Londres, Macmillan.

SHACKLETON J.R. 1990 (dir.). *New Thinking in Economics*, Aldershot, Hants, Edward Elgar.

SHAND Alexander 1989. *Free Market Morality. The Political Economy of the Austrian School*, Londres, Routledge.

SHAW Graham K. 1988. *Keynesian Economics : The Permanent Revolution*, Aldershot, Hants, Edward Elgar.

SHAW Graham K. 1989 (dir.). *The Keynesian Heritage*, 2 vol., Aldershot, Hants, Edward Elgar [Schools of Thought in Economics].

SHEFFRIN Steven M. 1983. *Rational Expectations : An Elementary Exposition*, Cambridge, Angleterre, Cambridge University Press.

SHEPHERD William G. 1990. « Mainstream Industrial Organization and 'New Schools' », *Revue économique*, vol. 41, 453-80.

SHERMAN Howard J. 1972. *Radical Political Economy : Capitalism and Socialism from a Marxist-Humanist Perspective*, New York et Londres, Basic Books.

SHERMAN Howard J. 1987. *Foundations of Radical Political Economy*, Armonk, New York, M.E. Sharpe.

SHILLER Robert J. 1978. « Rational Expectations and the Dynamic Structure of Macroeconomic Models : A Critical Review », *Journal of Monetary Economics*, vol. 4, 1-44.

SILK Leonard S. 1976. *The Economists*, New York, Basic Books ; trad. fr. 1978, *Après Keynes : Cinq grands économistes*, Paris, Editions d'Organisation.

SILLS David F. 1968 (dir.). *International Encyclopedia of the Social Sciences*, 17 vol., New York, The Free Press ; Londres, Collier-Macmillan.

SILLS David F. 1979 (dir.). *International Encyclopedia of the Social Sciences, Biographical Supplement*, vol. 18, New York, The Free Press ; Londres, Collier-Macmillan.

SMITH D. 1988. *The Chicago School. A Liberal Critique of Capitalism*, Londres, Macmillan.

SMITH Vernon L. 1990 (dir.). *Experimental Economics*, Aldershot, Hants, Edward Elgar [Schools of Thought in Economics].

SMITHIN John N. 1990. *Macroeconomics After Thatcher and Reagan. The Conservative Policy in Retrospect*, Aldershot, Hants, Edward Elgar.

SOBEL R. 1980. *The Worldly Economists*, New York, The Free Press.

SPIEGEL Henry William et SAMUELS Warren J. 1984 (dir.). *Contemporary Economists in Perspective*, 2 vol., Greenwich, Connecticut, et Londres, JAI Press.

STEEDMAN Ian 1989 (dir.). *Sraffian Economics*, 2 vol., Aldershot, Hants, Edward Elgar [Schools of Thought in Economics].

STEELE G.R. 1989. *Monetarism and the Demise of Keynesian Economics*, Londres, Macmillan.

STEIN Jerome L. 1976 (dir.). *Monetarism, Studies in Monetary Economy*, Amsterdam, North-Holland.

STERN N. 1989. « The Economics of Development », *Economic Journal*, vol. 99, 597-685.

STURGES Paul 1990 (dir.). *Who's Who in British Economics. A Directory of Economists in Higher Education, Business and Government*, Aldershot, Hants, Edward Elgar.

SZENBERG Michael 1992 (dir.). *Eminent Economists. Their Life Philosophies*, Cambridge, Angleterre, Cambridge University Press.

THYGESEN Niels et VELUPILLAI Kumaraswamy 1991 (dir.). *Recent Development in Business Cycle Theory*, Londres, Macmillan.

TOOL Marc 1988 (dir.). *Evolutionary Economics. Foundations of Institutional Thought*, 2 vol., Armonk, New York, M.E. Sharpe.

WALKER Donald A. 1989 (dir.). *Perspectives on the History of Economic Thought*, vol. 2, *Twentieth-Century Economic Thought*, Aldershot, Hants, Edward Elgar.

WALLISER Bernard et PROU Charles 1988. *La Science économique*, Paris, Seuil.

WALSH V. et GRAM H. 1980. *Classical and Neo-Classical Theories of General Equilibrium*, Oxford, Oxford University Press.

WARD B. 1979. *The Ideal Worlds of Economics. Liberal, Radical and Conservative World Views*, New York, Basic Books.

WARSH David 1993. *Economic Principals : Masters and Mavericks of Modern Economics*, New York, Free Press.

WEINTRAUB E. Roy 1991. *Stabilizing Dynamics*, Cambridge, Angleterre, Cambridge University Press.

WEINTRAUB Sidney 1977 (dir.). *Modern Economic Thought*, Philadelphie, University of Pennsylvania Press.

WOLFF Jacques, *Les Grandes Œuvres économiques*, vol. 4, Paris, Cujas, 1982.

WOOD Geoffrey 1989 (dir.). *Monetary Economics in the 1980s*, Londres, Macmillan.

WOOD John Cunningham 1989 - (dir. de la série). *Critical Assessments of Contemporary Economists*, Londres, Routledge.

YOUNG Warren 1987. *Interpreting Mr. Keynes : The IS/LM Enigma*, Boulder, Colorado, Westview Press ; Oxford, Polity Press et Basil Blackwell.

ZARNOWITZ Victor 1985. « Recent Work on Business Cycles in Historical Perspective : A Review of Theories and Evidence », *Journal of Economic Literature*, vol. 23, 523-580.

Index sélectif

Cet index est limité à cent économistes. Sont imprimés en gras les noms des auteurs dont les notices figurent dans la partie « Dictionnaire » de cette édition abrégée, ainsi que les renvois aux pages de leurs notices. Sont également imprimés en gras, pour Keynes, les renvois aux principaux passages de l'historique le concernant, et, pour les auteurs ayant une notice dans l'édition complète non reprise ici, les renvois à la liste des économistes étudiés dans la partie « Dictionnaire » de l'édition complète.
L'édition complète comporte un index exhaustif, avec environ mille deux cents entrées, qui permet de saisir tous les auteurs nommés.

Table

Principales publications récentes de Michel Beaud

Histoire du capitalisme
Paris, Seuil, 1981 ; nouvelles éditions 1984, 1987 et 1990
traduit en anglais, espagnol, italien, chinois, grec,
brésilien, portugais et hollandais
(à paraître) japonais et bengali

Le Socialisme à l'épreuve de l'histoire
Paris, Seuil, 1982
nouvelle édition augmentée 1985
traduit en grec et anglais

La Politique économique de la gauche
Tome 1, *Le Mirage de la croissance*
Tome 2, *Le Grand Écart*
Paris, Syros, 1983 et 1985

L'Art de la thèse
La Découverte, 1985
nouvelle édition pour le Québec
Éd. Boréal, 1988
nouvelles éditions 1988, 1990, 1991, 1993, 1994

Le Système national/mondial hiérarchisé
(une nouvelle lecture du capitalisme mondial)
Paris, La Découverte, 1987

L'Économie mondiale dans les années 1980
Paris, La Découverte, 1989

Old and New Trends
in Francophone Development Research
(dir. avec Etienne Le Roy et Michel Vernières)
numéro de l'*European Journal of Development Research*
Londres, Frank Cass, décembre 1991

L'État de l'environnement dans le monde
(dir. avec Calliope Beaud et Larbi Bouguerra)
La Découverte, Paris, 1993

Principales publications de Gilles Dostaler

Valeur et Prix, histoire d'un débat
Paris/Grenoble/Montréal
François Maspero/Presses universitaires de Grenoble/
Presses de l'Université du Québec, 1978
traduit en espagnol, Mexico, Terra Nova, 1980

Marx, la valeur et l'économie politique
Paris, Anthropos, 1978

Avec Gilles Bourque, *Socialisme et Indépendance*
Montréal, Boréal Express, 1980

La Crise économique et sa gestion (dir.)
Montréal, Boréal Express, 1982

Un échiquier centenaire :
Théorie de la valeur et formation des prix
(dir. avec la collaboration de Maurice Lagueux)
Paris/Montréal,
La Découverte/Presses de l'Université du Québec, 1985

Avec Robert Couillard
Les Normes du travail : Une analyse de certaines dimensions économiques et juridiques des normes du travail et de leur application au Québec, Québec
Direction générale des publications gouvernementales, 1986

La « Théorie générale » et le Keynésianisme
(dir. avec Gérard Boismenu)
Montréal, ACFAS, 1987

Friedrich Hayek : Philosophie, économie et politique
(dir. avec Diane Éthier), Montréal, ACFAS, 1988
Paris, Économica, 1989

Gunnar Myrdal et son œuvre
(dir. avec Diane Éthier et Laurent Lepage)
Montréal/Paris
Presses de l'Université de Montréal/Économica, 1990
traduit en anglais, Montréal, Harvest House, 1992

RÉALISATION : ATELIER GRAPHIQUE DES ÉDITIONS DE SEPTEMBRE À PARIS
IMPRESSION : MAURY-EUROLIVRES S.A. À MANCHECOURT
DÉPÔT LÉGAL AVRIL 1996. Nº 28969 (96/03/52629)